现代西方批评理论

编著　赵毅衡　傅其林　张怡

教育部教学改革重点项目
——「文化原典导读与本科人才培养」成果

重庆大学出版社

内容提要

本书把现代批评理论分成四个支柱体系和四个新生体系,外加一个体裁分论部分。四个支柱体系指马克思主义、现象学/存在主义/阐释学、精神分析、形式论。四个新生体系是指后结构主义、后现代主义、性别研究、后殖民主义。编者通过精选这些理论体系中的数十篇经典文本并适当解读,引导读者独立思考,掌握西方文论的基础知识。

图书在版编目(CIP)数据

现代西方批评理论/赵毅衡,傅其林,张怡编著

.--2 版.--重庆:重庆大学出版社,2018.1(2019.11 重印)

高等院校汉语言文学专业系列教材

ISBN 978-7-5624-5441-0

Ⅰ.①现… Ⅱ.①赵… ②傅… ③张… Ⅲ.①外国文

学—现代文学—文学评论—高等学校—教材 Ⅳ.

①I106

中国版本图书馆 CIP 数据核字(2018)第 026621 号

高等院校汉语言文学专业系列教材

现代西方批评理论

(原典读本)

赵毅衡 傅其林 张 怡 编著

策划编辑:林佳木

责任编辑:林佳木 版式设计:林佳木

责任校对:夏 宇 责任印制:张 策

*

重庆大学出版社出版发行

出版人:饶帮华

社址:重庆市沙坪坝区大学城西路 21 号

邮编:401331

电话:(023) 88617190 88617185(中小学)

传真:(023) 88617186 88617166

网址:http://www.cqup.com.cn

邮箱:fxk@ cqup.com.cn(营销中心)

全国新华书店经销

重庆升光电力印务有限公司印刷

*

开本:787mm×1092mm 1/16 印张:21.25 字数:530千

2018 年 1 月第 2 版 2019 年 11 月第 8 次印刷

印数:16 001—19 000

ISBN 978-7-5624-5441-0 定价:59.00 元

总序

　　这是一套以原典阅读为特点的新型教材,其编写基于我们较长时间的教改研究和教学实践。

　　有学者认为,中国当代几乎没有培养出诸如钱钟书、季羡林这样学贯中西的学术大师,以至钱钟书在当代中国,成了一个"高山仰止"的神话。诚然,钱钟书神话的形成,"钱学"(钱钟书研究)热的兴起,有着正面的意义,这至少反映了学界及广大青年学子对学术的景仰和向往。但从另一个角度看,也可以说是中国学界的悲哀:偌大一个中国,两千多万在校大学生,当钱钟书、季羡林等大师级人物相继去世之后,竟再也找不出人来承续其学术香火。问题究竟出在哪里?造成这种"无大师时代"的原因无疑是多方面的,但首当其冲应该拷问的是我们的教育(包括初等教育与高等教育)。我们的教育体制、课程设置、教学内容、教材编写等方面,都出现了严重的问题,导致了我们的学生学术基础不扎实,后续发展乏力。仅就目前高校中文学科课程设置而言,问题可总结为四个字:多、空、旧、窄。

　　所谓"多"是课程设置太多,包括课程门类数多、课时多、课程内容重复多。不仅本科生与硕士生,甚至与博士生开设的课程内容也有不少重复,而且有的课程如"大学写作""现代汉语"等还与中学重复。于是只能陷入课程越设越多,专业越分越窄,讲授越来越空,学生基础越来越差的恶性循环。其结果就是,中文系本科毕业的学生读不懂中国文化原典,甚至不知《十三经》为何物;外语学了多少年,仍没有读过一本原文版的经典名著。所以,我认为对高校中文课程进行"消肿",适当减少课程门类、减少课时,让学生多有一些阅读作品的时间,是我们进行课程和教学改革的必由之路和当务之急。

　　所谓"空",即我们现在的课程大而化之的"概论""通论"太多,具体的"导读"较少,导致学生只看"论",只读文学史以应付考试,而很少读甚至不读经典作品,以致空疏学风日盛,踏实作风渐衰。针对这种"空洞"现象,我们建议增开中国古代原典和中外文学作品导读课程,减少文学史课时。教材应该搞简单一点,集中讲授,不要什么都讲,应倡导启发式教育,让学生自己去读原著,读作品。在规定的学生必读书目的基础上,老师可采取各种方法检查学生读原著(作品)情况,如抽查、课堂讨论、写读书报告等。这既可养成学生的自学习惯，又可改变老师满堂灌的填鸭式教育方式。

所谓"旧"，指课程内容陈旧。多年来，我们教材老化的问题并没有真正解决，例如，现在许多大学所用的教材，包括一些新编教材，还是多年前的老一套体系。陈旧的教材体系，造成了课程内容与课程体系不可避免的陈旧，这应当引起我们的高度重视。

"窄"，也是一个亟待解决的问题。自20世纪50年代以来，高校学科越分越细，专业越来越窄，培养了很多精于专业的"匠"，却少了高水平的"大师"。现在，专业过窄的问题已经引起了国家教育部的高度重视。拓宽专业口径，加强素质教育，正在成为我国大学人才培养模式的一个重要改革方向。中文学科是基础学科，应当首先立足于文化素质教育，只要是高素质的中文学科学生，相信不但适应面广，而且在工作岗位上更有后劲。

纵览近代以来的中国学术界，凡学术大师必具备极其厚实的基础，博古通今，学贯中西。而我们今天的教育，既不博古，也不通今；既不贯中，也不知西。这并不是说我们不学古代的东西，不学西方的东西，而是学的方式不对。《诗经》《楚辞》《论语》《史记》我们大家多少都会学一点，但这种学习基本上是走了样的。为什么是"走了样"的呢？因为今天的教育，多半是由老师讲时代背景、主要内容、艺术特色之类"导读"，而不是由学生真正阅读文本。另外，所用的读本基本是以"古文今译"的方式来教学的，而并非让同学们直接进入文化原典文本，直接用文言文阅读文化与文学典籍。这样的学习就与原作隔了一层。古文经过"今译"之后，已经走样变味，不复是文学原典了。诚然，古文今译并非不可用，但最多只能作为参考，要真正"博古"，恐怕还是只有读原文，从原文去品味理解。甚至有人提出，古文今译而古文亡，一旦全中国人都读不懂古文之时，就是中国文化危机之日。其实，这种危机状态已经开始呈现了，其显著标志便是中国文化与文论的"失语症"。更不幸的是，我们有些中青年学者，自己没有真正地从原文读过原汁原味的"十三经"或"诸子集成"，却常常以批判传统文化相标榜，这是很糟的事情，是造成今日学界极为严重的空疏学风的原因之一。传统文化当然可以批判，但你要首先了解它，知晓它，否则你从何批判呢？"告诸往而知来者"，"博古"做不好，就不可能真正"通今"。

那我们在"贯西"上又做得如何呢？在我看来，当今中国学术界、教育界，不但"博古"不够，而且"西化"也不够，准确地说是很不够！为什么这样说呢？详观学界，学者们引证的大多是翻译过来的"二手货"，学生们读的甚至是三手货、四手货。不少人在基本上看不懂外文原文或者干脆不读外文原文的情况下，就夸夸其谈地大肆向国人贩卖西方理论，"以己昏昏，使人昭昭"。这种状况近年来虽有所改善，但在不少高校中仍然或多或少地存在着。一些中文系学者仍然依赖译文来做研究（我并非说不可以参照译文来研究，而是强调应该尽量阅读和参照原文），我们不少学生依然只能读着厚厚的"中国式"的西方文论著作。在这种状况下怎么可能产生学贯中西的学术大师？

　　这种不读原文(包括古文原文与外文原文)的风气,大大地伤害了学术界与教育界,直接的恶果,就是空疏学风日盛,害了大批青年学生,造就了一个没有学术大师的时代,造成了当代中国文化创新能力的严重衰减。

　　基于以上形势和判断,我们在承担了"教育部教学改革重点项目——文化原典导读与本科人才培养"的教改实践和研究的基础上,立足"原典阅读"和夯实基础,组织了一批学科带头人、教学名师、著名学者、学术骨干,为培养高素质的中文学科人才,群策群力,编写了这套新型教材。这套教材特色鲜明,立意高远,希望能够秉承百年名校的传统,再续严谨学风,为培养新一代基础扎实、融汇中西的创新型人才而贡献绵薄之力。

　　本教材第一批共九部,分别由各学科带头人领衔主编,他们是:四川大学文科杰出教授、教育部社科委员、985创新平台首席专家项楚教授,四川大学文科杰出教授、教育部长江学者、国家级教学名师曹顺庆教授,原伦敦大学教授、现任四川大学符号与传播研究中心主任赵毅衡教授,以及周裕锴、谢谦、刘亚丁、俞理明、雷汉卿、张勇(子开)、李怡、杨文全等教授、博士生导师。

　　各部教材主编如下:
　　《西方文化》　曹顺庆
　　《中国古代文学》　周裕锴　刘黎明　谢　谦
　　《古典文献学》　项楚　张子开
　　《古代汉语》　俞理明　雷汉卿
　　《外国文学》　刘亚丁　邱晓林
　　《中国现当代文学》　李怡　干天全
　　《语言学概论》　刘颖
　　《现代汉语》　杨文全
　　《现代西方批评理论》　赵毅衡　傅其林　张怡

曹顺庆

2010年春于蓉城

前言

赵毅衡

为什么要有这样一本教科书？回答很简单：因为大学文科，开设这样一门课。编订出版此教科书，因应教学需要。但是，为什么大学要开这样一门课？而且当做一门重要的课？这就需要解释了。本教科书标题由以下词组成：原典，批评理论，西方，现代。下面简单地解释这几个词，合起来，或许大家会对这本书和这门课有个了解。

1. 为什么读原典？

为什么要读西方文论原典？做学生必须读中国古典文献的原典，这点都能理解：读二手介绍，不能代替读原典；"今译"虽然有，大多不忍卒读，不仅意思无法正确传达，语言之美完全失落。

同样，西方理论介绍之作多矣，大学生还是应当读原典。别人的理解，代替不了自己与先哲面对面交谈。本书除了选编西语重要著作，还选出原文的精彩段落，希望学生们对照阅读，译文中相应段落已经标明，可以参考。读原文有三个好处：真正弄清楚意思；欣赏语言之美；改进我们的写作。这最后一点可能引起怀疑，实际上所谓"洋腔洋调"的中文，是"翻译腔"东施效颦。自己读西文原典，才明白各种语言都有其美不胜收之处。

翻译还有一个重大问题，是译名歧出，术语混乱。本书特地附录了一个译名统一表，在译文中也做了相应的整理，希望在这方面对大家有所助益。

我们唯一做的妥协是：大部分同学只能读英语，本书所选不少理论家写下的原文不是英语。但是一本多种语言的教科书并不现实，幸亏欧洲语言之间差别比较小，英译依然能读出一些原文的神韵。译文中下有虚暗线的部分，可以与文后的英文选读对应。

2. 什么是"批评理论"？

以前大学中文系西语系，都只有"西方文学理论"这门课，常简称为"西方文论"，但是古代汉语或现代汉语中，都没有"文论"这个双声词。这个不规范缩语在中国学界坚持了下来，一方面是中国人的语言实践不由学者控制，学术界的语言实践也不由专家控制；另一方面，"文论"本身的发展，让中国大学占到了这个缩写词的便宜。近四十年来，各国学界为如何命名这门学问而伤脑筋,中文却以一个模糊双音词安之若素:"文学理论"与"文化理论",都可缩写为"文论"。

六十年代以来,这门学科的重点,已经从文学转向文化:"文化转向"已经使文论面目全非。"Literary Theory"这个词已经不适用,不仅文学批评已经多半是"文化进路",而且研究对象,也是整个文化。文科的许多系,如文学系、艺术系、传媒系、比较文学系、哲学系,都转向文化研究(Cultural Studies)。

但是最近十多年的情况,又有变化:这门学科,目前又在溢出"文化"范围,把有关社会变迁、全球化政治等课题,都纳入关注的视野。近年来,这门学科越来越多地被称为"批评理论"(Critical Theory)。此词,一直是德国法兰克福马克思主义学派称呼自己理论的专用词,直到最近,这个词才开始一般化,例如 Hazard Adams 教授主编的著名的巨册文集兼教科书 *Critical Theory since Plato*,从1971年初版以来,已经重印多次,中国也买了版权重印。

这个理论体系,及其应用范围,的确已经开始超出传统的文学/文化之外。先前至少界限比较清楚:文学理论、艺术理论、文化理论、社会批判理论,因对象而界限分明。比较文学在全世界的发展,尤其是对跨学科研究的推崇,对这种界限模糊化,起了促进作用。中文里,现在往往把法兰克福学派的理论及其发展,译为"批判理论",而把广义的 Critical Theory 译为"批评理论"。

当代文化的急剧演变,以及这个理论本身的急剧演变,迫使这个理论体系不断演变。首先是批评理论的范围急剧扩大。就其目标学科而言:文学基本上全部进入,但是过于技术化专业化的文学研究,可能不算;在世界各大学的文学系里,文本源流、考据训诂等传统学术,依然是语文学科核心,这点至今没有动摇,它们不属于批评理论的范围。

各种文化领域——美术、戏剧、电影、电视、歌曲、传媒、广告、流行音乐、各种语言现象、时尚、体育、娱乐、建筑、城市规划、旅游规划,甚至科学伦理(克隆、气候、艾滋等)——这些都是批评理论目前讨论最热烈的题目。显然,专业性的讨论,大部分不进入批评理论,只有把它们当作批评对象的文字,才进入讨论的视野。

而文化领域之外的政治经济领域,却越来越成为"文论"的关注点。全球化、第三世界经济受制宰、"文明冲突"、意识形态、世界体系、第三条道路、贫富分化、穷国富国分化、东西方分化、弱势群体利益、性别歧视,所有这些问题,都是批评理论特别关注的目标。而要用一种理论统摄所有这些讨论,一方面这种理论不得不接近哲学的抽象,例如德勒兹(Gille Deleuze)以精神分裂(Schizophrenia)与资本主义对抗的解放哲学;另一方面这种理论不得不越出"文化"的界线,例如近年的性别政治论(Gender Politics)。

所以我们在许多名为"批评理论"的文集、刊物、课程提纲、教科书(例如本书)中,会发现所选内容,大致上三分之一是文学理论,三分之一是文化理论,还有三分之一是与思想史有关（福柯称为"人类科学"Human Sciences）。这样一看，虽然"批评理论"边界相当模糊，但是这个名称，也是唯一能把这个课题集合在一起的伞形术语。

3. 批评理论的基本体系

本教科书把批评理论分成四个支柱体系，四个派生学派，外加一个体裁分论部分。

当代文论的第一思想体系，是马克思主义（Marxism）。从葛兰西（Antonio Gramsci）、卢卡奇（Georg Lukacs）开始，到法兰克福学派，基本完成了 20 世纪马克思主义的文化转向（Cultural Turn）。可以说，当代著名批评理论家，大多数是马克思主义者。马克思主义保持了当代文化理论的批判锋芒。反过来，当代大多数马克思主义者，从文化批判角度进入政治经济批判。

第二个思想体系，是现象学/存在主义/阐释学（Phenomenology/Existentialism/Hermeneutics）。这个体系，是典型的欧洲传统哲学之延续：他们一再声称结束欧洲的形而上学，或许正是因为这个传统顽强，所以需要努力来结束。从胡塞尔（Edmond Husserl）开始的现象学，与从狄尔泰（Wilhelm Dilthey）开始的现代阐释学，本来是两支，却在海德格尔（Martin Heidegger）、利科（Paul Rocoeur）等思想家手中结合了起来。加德默尔（Hans-Georg Gadamer）与德里达（Jacques Derrida）在八十年代的著名"德法论争"，显示了严谨的哲学与解放的理论态度之间的差别。

当代文论的另一个思想体系，是精神分析（Psychoanalysis）。这一学派，一直遭遇争议，但是其发展势头一直不减。只是这一派的"性力"出发点与中国人传统观念过于对立。拉康（Jacques Lacan）的理论对西方当代批评理论影响巨大，只是其陈意多变，表达方式复杂，在中国的影响一直未能展开。

形式文论（Formalism）这一体系，是批评理论中基础的方法论。这一支，似乎是"语言转向"（Linguistic Turn）的产物。但是语言转向至今并没有结束，"文化转向"是其延续方式之一。符号学（Semiotics）与叙述学（Narratology）自身的发展，从结构主义推进到后结构主义，从文本推进到文化。当代文化的迅疾变形，使符号学研究出现了紧迫感：一方面形式论必须保持其分析立场，另一方面它必须扩展到成为人文与社会科学的"公分母"。

在当代，流派结合成为惯例：对当代批评理论作出重大贡献者，无不得益于这四个体系中几种的结合。七十年代前，两个体系结合已经常见，例如巴赫金（Mikhail Bakhtin）的理论被称为"马克思主义符号学"；马尔库塞（Herbert Marcuse）等人从法兰克福学派独立出来，主要就是糅合精神分析；拉康从事的是心理的符号分析；利科的工作重点是把阐释学与形式论结合起来。八十年代后，越来越多的人，用结合体系的方式推进到新的领域：克里斯台娃用符号学研究精神分析，开创了性别研究的新局面；齐泽克把精神分析与马克思主义结合，推进到全球政治批评。

当代批评理论的新发展，往往都以"后"的形态出现。结构主义发展到"后结构主义"(Post-Structuralism),但是后结构主义者几乎都是结构主义者,这证明结构主义有自行突破的潜质;后现代主义(Postmodernism)则研究当代文化和当代社会正在发生的足以决定历史的重大转折;后殖民主义(Postcolonialism)则反映当代世界各民族之间——尤其是西方与东方国家之间——文化政治关系的巨大变化,以及西方殖民主义侵略的新形式;如果我们把女性主义(Feminism)与其后继者性别研究(Gender Studies)看作被"理所当然"的男性霸权之后的学说,那么六十年代之后的批评理论,的确有"四个后"的主要分支。

应当承认:对批评理论作以上的切割总结,虽然整齐清晰,但是覆盖面不够。为社会学批评做出巨大贡献的韦伯(Max Weber)、西美尔(Georg Simmel)等人,努力恢复实用主义的政治哲学家罗蒂(Richard Rorty),自由主义(Liberalism)者如罗尔斯(John Rowls)或阿伦特(Hanna Arendt),保守主义(Conservatism)者如施密特(Carl Schmitt)或斯特劳斯(Leo Strauss),以及新的思潮如生态主义,就不容易安放在这个图式中。可以辩护说,这些都应当属于社会科学,政治学,或是哲学,但是相当数量的批评理论教科书,也会收入他们的文字:我们强调批评理论的开放性,但是本书篇幅有限,只能给这个学科画出一个简明清晰的图景。

的确,批评理论边界已经扩大,而且会继续扩大,这给文学批评开阔的视野:无论是方法,还是对象,批评理论已经完全改造了文学系的思想方式。但是我们还是不想忘记文学艺术是我们的出发点,因此我们在非常有限的篇幅中还是特辟一章"体裁分论"。无法覆盖所有重要体裁,现在的格局,只留做一个提醒。

4."西方"理论

为什么这门课程叫做"西方"理论。

首先,批评理论是不是"西方"文论? 应当说,是的。第一,从主要参与者来说:以上的四个支柱理论体系和四个"后"体系,创始人和主要发展者,甚至今日的主角人物,都是西方学者。

实际上,在英语世界,常常把批判理论称为"欧洲大陆理论"(Continental European Theory)。在主要的批评理论家中,德语(德国、奥国)和法语(法国、瑞士、比利时)的思想家占了一大半,英语(英国、美国、澳洲),斯拉夫语(东欧、俄国),以及南欧的思想家比例较小,与幅员版图和高校数量不相对应。其中原因,与文化根子有关:德国与法国,是对欧洲古典哲学传统承继最多的民族;英美,受深厚的经验主义传统之累,高校再发达,也只能起鼓风作浪的传播作用;东欧俄国与南欧,则明显受制于现代高等教育体制的发展程度。因此,"欧洲大陆理论",是相当合理的说法。

欧美之外的人,对批评理论起过重大作用的,主要是"后殖民主义者"。这一派的几个领军人物都是在英美受教育,并且在英美大学执教的阿拉伯人和印巴人。为什么东亚(中日韩)在西方的学者,只在地区问题研究中起作用,没有能把自己的理论一般化？我想一个重要原因，是东亚民族，不像阿拉伯与印度与西方直接对峙几百年上千年——对峙本身就是另一种你中有我的交流。

甚至，后殖民主义者阵营中，也没有留在阿拉伯与印度次大陆任教的学者。个中原因，不完全是英语水平，而是他们面对完全不同的体制。在西方，批评理论阵营批判的对象是西方体制，因此后殖民主义依然是一种西方理论。

5. 为什么是"现代"？

20 世纪已经过去，而批评理论的发展已经超越 20 世纪。本书所选文字虽然大都出自 20 世纪，这是因为经典著作的认定，有一定的时间滞后，但是这个局面不会延续下去，本书列出的"延伸阅读"已经有许多 21 世纪的作品。这门课再自称"20 世纪文学理论"，已经不通。我们也无法用"当代"一词代替"20 世纪"：西语中 Contemporary 这个词指的是"同代"；在中国学界，各科目的"当代"比"现代"还要长，已经成了一个窘迫的问题。

权衡再三，最合用的应当是"现代"一词。虽然欧美历史上的"现代"（Modern）一词意义多是与"古代"（Antique）相对，那就是从文艺复兴或启蒙时代开始的所谓"现代"，但是 modern 一词的第一义，是"至今的近年"（《牛津词典》定义："of the present and recent times"）。这也是中文"现代"的第一义（《古今汉语词典》定义："现在这个时代"）。因此，这是个方便又准确的措辞。

更重要的原因是：批评理论是对现代性的一种学术回应。西方批评理论，是 20 世纪初在欧美的许多国家，没有任何人际族际协调地发展起来的：弗洛伊德不了解马克思，胡塞尔不了解索绪尔，雅克布森不知道瑞恰慈或艾略特，皮尔斯不知道索绪尔：我们在第一代奠基者那里，找不到任何有意的应和。

20 世纪初，这些独立的思想者都发现，有必要从现象后面寻找深层的控制原因：葛兰西在阶级斗争后面找到文化霸权（Cultural Hegemony），弗洛伊德从人的行为方式后面找到无意识中里比多的力量，胡塞尔从经验与事物的关联中找到意向性这一纽带，而索绪尔与皮尔斯分别看到人类表意的符号组成。这些思想是不约而同的"星座爆发"，是文化气候催生的产物。正因为它们是对同一个文化发展的思想应对，它们对表层现象有共同的不信任，这种不约而同的立场，为它们日后的融合打下了基础。

从这个角度看，批评理论确是欧洲文化土壤上自动长出来的东西，原因相当明白：在 20 世纪初的欧洲，首次出现了现代性的挑战，学者普遍感到了现代性的文化压力。而那个时候，在世界其他地方，尚未出现这种文化对思想的压力。19 世纪的欧洲，并不存在这样一个理论，那时欧洲有文学理论、文化思考、哲学探讨，学科之间并没有构成一个运动的自觉联系。批评理论的突然出现（虽然这个名称是近年才有的），是思想界对现代性的回应。这就是为什么我们启用"现代"一词：它是批评理论所处时代的名称,它也是这个理论针对的对象①。本书题目可能有人会觉得有争议,实际上这是唯一说得通的方案。

由此,我们可以辩明另一个问题:既然 19 世纪的西方没有批评理论,19 世纪的东方(例如中国)没有这种理论,也是很可以理解的了。等到 20 世纪现代性的挑战成为世界现象时,翻译已经发达,国际学界交流已成常规,大学教育成为思想融合的阵地。此时东方(包括中国)的批评理论,已经不可能与世隔绝单独发展,而且,世界批评理论今后的发展,也不可能脱离东方学者,因为东方国家已经进入现代。

近三十年,在全球范围内,人们渐渐认同一套新的价值观:例如多元文化、地方全球化、弱势群体利益、环境保护意识、动物保护意识、反无限制科技,等等。很多新价值提倡者声称他们是在回向东方智慧:对生态主义的西方信徒,道家经典是他们的圣经,道法自然是他们的响亮口号;反对"科技无禁区"的人,一再回顾老子关于过分智巧的警告;动物保护主义,与佛教的"众生有灵"有显然的相应;对残废人、智弱者的关怀,更是佛教式的悲悯;至于老年人权利,当然与中国儒家传统一致。至少,因为这些本是我们的固有思想,东方人应当对这些新价值并不感到陌生,甚至应当有自然的亲和。

结论是什么呢?批评理论不仅可以与传统中国文论对接,也完全可以与现代中国对接,更可以与当代中国对接。当代中国的文化气候,已经开始召唤这样一种对接。

也就是说,批评理论的当代化,与"西方理论中国化",正在同时进行,可能不久,我们就可用前一个命题,代替后一个命题。

本书的编写,三个编者有分工:傅其林负责马克思主义,现象学/存在主义/阐释学两个部分,及体裁分论的"贝尔"一节;赵毅衡负责精神分析,形式论,体裁分论部分;张怡负责后结构主义,后现代主义,性别主义,后殖民主义部分。术语译名表,由赵毅衡负责。全书编辑写作过程中,三人通力合作,互补互助,互相坦率地提出修改意见。因此,有错误不当之处,我们共同负责。

因时间仓促,本教材所引用的某些文章及译文未及与著作人联系,见书后,请有关著作权人与重庆大学出版社或重庆市版权保护中心联系。

---

① 我们可以找到一系列的同类书,为"现代"一词辩护。伍蠡甫主编《现代西方文论选》,上海译文出版社;王春元、钱中文主编《现代外国文艺理论译丛》,三联书店;甘阳编《现代西方学术文库》,三联书店;安纳·杰弗里、戴维·罗比著《西方现代文学理论概述与比较》,湖南文艺出版社;罗吉·福勒著《现代西方文学批评术语词典》,四川人民出版社;杰弗逊著《现代西方文学理论流派》,北京大学出版社。西语中则更多批评理论著作或编著都用 Modern 一词。如彼得·沃森(Peter Watson)的巨作《The Modern Mind》,中文本译成《二十世纪思想史》,时间暂时对,时代不对,对象不对。

目 录

I 马克思主义

　　20世纪初以来,现代西方资本主义经历了从垄断资本主义向跨国资本主义的结构性转型,它面临巨大困境,同时突飞猛进,从政治、经济、文化、日常生活等方面展露出迥异于19世纪的社会面孔。正是在这样的形势下,始终对资本主义进行彻底批判的马克思主义显示出强大的生命力,如一把利刃插入资本主义制度与文化的心脏,激进地从不同角度建构人类的非异化的社会形态和文化形式,为理想的人类存在设计了一幅幅美丽的蓝图。

　　西方的马克思主义对马克思等人的经典著作进行重新解读,融入20世纪新兴的哲学社会思潮,植根于现代西方具体的现实文化问题,体现出理论的实践性、批判性和跨学科性,其理论形态丰富多彩,具体派别迭起纷呈。"西方马克思主义"(Western Marxism)以1923年出版的卢卡奇的《历史与阶级意识》和柯尔施的《马克思主义与哲学》为标志性的起点,包括一大批具有世界性影响的哲学家、思想家,构成了现代马克思主义的主体部分。这些不少出自资产阶级上层的富裕家庭的马克思主义者既有从黑格尔哲学切入马克思主义的,如卢卡奇和法兰克福学派的阿多诺、马尔库塞,这是黑格尔主义的马克思主义;也有整合马克思主义与现象学、存在主义的,如法国的存在主义哲学家萨特,这是存在主义的马克思主义;也有从弗洛伊德、拉康的精神分析学说来思考马克思主义的,如马尔库塞、弗洛姆等,这是弗洛伊德主义的马克思主义;也有从语言哲学、结构主义来重读马克思的著作的,如法国的阿尔都塞等,这是结构主义的马克思主义;还有把犹太神学和马克思主义联系起来的,如充满原创性思想的本雅明,等等。

可以说,20世纪主要的哲学思潮都纳入了马克思主义的视野,这些都可以说是发展了的马克思主义学说,这表现出20世纪马克思主义的开放性、创造性。

文学艺术、文化现象是这种发展了的马克思主义思考的重要内容之一。现代西方马克思主义不同于19世纪的马克思主义,其中一个明显的区别是它重新张扬作为哲学的马克思主义,把马克思视为一位哲学家而不仅是社会革命家,于是以卢卡奇为首的西方马克思主义者竭力建构马克思主义对主体意识的理解,意识哲学与文化问题成为绕不开的重要问题。文学艺术理论也因此成绩斐然,一个个具有原创性的理论概念,诸如"文化工业"、"灵韵"、"物化"、"机械复制艺术"、"艺术话语"、"狂欢化"、"新感性"、"解异化"、"形式的意识形态"、"文化逻辑"、"审美反映"、"审美意识形态"、"文化唯物主义"、"情感结构"、"沉默"、"症候阅读"、"多元决定"、"发生结构主义"、"认知图绘美学"等,深深影响了现代西方文艺理论与文化理论。马克思主义文艺理论成为西方现代最重要的文艺理论之一,这在西方是有目共睹的,谈及现代西方文学理论的著述也几乎不可能不谈及马克思主义文学理论。

马克思主义文艺理论涉及诸多核心问题。它对文艺本质进行了深入研究,尤其看重文艺与意识形态的复杂关系,认为文艺是审美的,同时也是一种意识形态,因此可以说是一种审美的意识形态。不过在很多马克思主义文艺理论家看来,文艺的意识形态不是基于文艺作品的内容,而是立足于文艺作品的审美的形式,通过文学形式的创造,通过一种具体的感性的审美性来含蓄地呈现意识形态,审美地反映现实社会和人的存在状况。通过注入语言学和结构主义理论,文艺的本质成为形式与意识形态的结构关系,形式表达了意识形态,意识形态也促进了文艺形式的生成。如果说文艺作品是一种具体的话语,那么这种话语不是孤立绝缘的自我封闭的系统,而是一种与社会、文化密切联系在一起的开放性结构,话语本身是一种意识形态,巴赫金的话语理论则是这种观点的一个典型。

文艺理论中的一个问题就是"艺术何为?"西方马克思主义文艺理论很重视对这个问题的回答,认为文艺的力量在于对异化的资本主义社会现实的否定,是对非人性的资本主义存在的批判,因此文艺自由的审美表达具有深刻的社会批判性,具有解异化的功能,为人的自由的意识与感性丰富的个体生存打开了一片亮丽的风景,人在审美中从特殊性走向了自由的个体性,用卢卡奇的话说就是走向了"人的整体",不再是资本主义社会的碎片式的物化存在。

现代西方马克思主义文艺理论影响巨大的一个重要原因在于它始终关注当下的文化现实,对不断升温的大众文化给予辨析,其中,既有本雅明对摄影、电影等大众文化的积极肯定,也有阿多诺对文化工业所带来的意识形态神话的尖锐批判,还有英国伯明翰学派中威廉斯、霍尔对电视等媒体文化的负面性和受众的不同选择的研究,以及詹姆逊对晚近资本主义的文化逻辑的图绘,这些形成了现代马克思主义的文化转型。同时,现代西方马克思主义批评理论突破了经典马克思主义文艺理论的形态,不仅持续对现实主义进行研究,还热衷于浪漫主义,尤其是关注现代主义文艺作品,挖掘现代主义的先锋派形式所具有的意义与价值,体现了马克思主义文艺理论的持续不断的活力与阐释的有效性。

当代马克思主义批评理论体现出与后殖民主义、女性主义、新历史主义、生态主义等密切的关联,焕发着光彩,所以本部分选取了卢卡奇、本雅明、巴赫金、詹姆逊、阿尔都塞五位理论家来介绍,虽然可以借之一窥现代西方马克思主义批评理论,但远远不能概括现代西方马克思主义文艺理论的整体情况。下面就做一些补充。

意大利的葛兰西(Antonio Gramsci,1891—1937)是20世纪最重要的马克思主义理论家之一。他的代表作是在监狱中遭受百般折磨后写下的32本共2 848页的《狱中札记》。在此著作中,他以实践哲学即马克思主义的名义提出了影响深远的文化霸权理论。文化在社会的实践活动中异常关键,是确立统治阶级统治秩序的重要手段,因为文化被整合到领导权之中,从意识形态层面确立了统治的合法性。领导权的确立是在实践中、行动中以及心灵中进行,所以任何统治权力不仅仅体现在国家暴力机构方面,还体现在文化霸权方面。同样,要确立新的领导权,也就必须推翻旧有的文化霸权,建立新的文化领导权。葛兰西的文化理论构建了马克思主义文化转向的基本范式,也为1968年后的后马克思主义提供了理论资源。

德国的马尔库塞(Herbert Marcuse,1898—1979),系法兰克福学派的主要成员之一,曾与马克思、毛泽东并称为三"M"。他对资本主义社会进行了深入的批判,把黑格尔的哲学与马克思主义结合起来,尤其是充分吸纳弗洛伊德的精神分析学说,形成了弗洛伊德的马克思主义思想。马尔库塞认为现实是异化的,按照现实原则起作用,人类文明就是压抑的历史,而爱欲却是体现了快乐原则,是对理性异化现实的超越。审美成为爱欲和非压抑性生活的表达,是超越现实原则的,可以说审美的非功利性、无目的性、感性等本质就是对现实的否定,审美的快乐成为自由的体现,审美成为性欲的升华。马克思主义的任务就是要恢复人的审美自由,而审美、游戏冲动、艺术等作为新感性可以成为恢复人的正常感性功能的途径,促进人的本能解放,走向新的生活形式。新感性意味着对统治阶级的权力、意识形态、文化价值观念的否定,意味着解放,艺术成为解放的承诺。

英国的伊格尔顿(Terry Eagleton,1943—　)是当代著名西方马克思主义文学理论家和文化批评家。他认为,文学文本不是与意识形态无关的纯粹形式的载体,其本身就负载着意识形态的意义,这就是"文本的意识形态"。但是文本的意识形态不是一般意识形态的表现,也不是作者意识形态的表现,而是对一般意识形态进行审美加工的产品,是对审美的意识形态的生产。

卢卡奇

格奥尔格·卢卡奇（Georg Lukács,1885—1971）（又译卢卡契）被认为是西方马克思主义的奠基者之一,是 20 世纪最重要的马克思主义文艺理论家,他 1923 年出版的《历史与阶级意识》被誉为"西方马克思主义的圣经"。

1885 年 4 月 13 日,卢卡奇诞生于匈牙利首都布达佩斯一个中产阶级家庭里。他的父亲是匈牙利通用信贷银行的经理,母亲出身于维也纳贵族家庭。青年卢卡奇是一位具有艺术气质的才子,怀着成为戏剧家的梦想,中学时期就在匈牙利的重要杂志上发表了一些戏剧评论。他 1904 年与贝内代克、巴诺奇联合柏林、维也纳等地的艺术家开展戏剧运动,结成戏剧组织"塔利亚"。中学毕业后,他进入布达佩斯大学学习法律和国家经济学,后攻读文学、艺术史和哲学,1906 年获得法律博士学位,同年加入德国社会学家西美尔社团。1908 年,卢卡奇应匈牙利最权威文学团体公布的"19 世纪最后二十五年戏剧文学的主流"悬赏论文主题而撰写的《戏剧的形式》获奖,后来这篇文章发展为《现代戏剧发展史》。这一年,卢卡奇阅读了马克思、恩格斯的部分著作。后来的两三年,卢卡奇经受了与伊尔玛的恋情纠葛,写出了《心灵与形式》,1911 年伊尔玛的自杀给他造成了巨大的精神影响。从 1912 年开始到 1918 年左右,卢卡奇完成了一部系统的美学著作《艺术哲学》;细致地研读了黑格尔和青年马克思的著作;经常参加贝拉·巴拉茨举办的"星期日俱乐部"活动,辩论哲学和文学问题;并与马克思·韦伯夫妇有密切往来,成为韦伯集团的成员。1918 年,卢卡奇试图以"现象学和先验论哲学"等讲座在德国海德堡谋取大学教学资格,但因该校不录用外国人尤其匈牙利人而遭到拒绝。

中年时期的卢卡奇是一个坚定的革命者与马克思主义者。1918 年,匈牙利爆发革命,他离开生活了八年的海德堡,回国几个星期后加入了匈牙利共产党,1919 年担任匈牙利苏维埃共和国文化人民委员会委员。革命失败后,卢卡奇在逃往维也纳后被逮捕,德国著名作家托马斯·曼组织了营救活动,终于使他在 1919 年年底被释放了。之后十年,他流亡维也纳,积极发表政治论文,参与政治活动。1921 年他以匈牙利共产党身份到莫斯科参加了共产国际第三次世界代表大会,第一次会见了列宁。1923 年发表了重要著作《历史与阶级意识》,推进了马克思的重要概念"异化",影响深远,但也遭来共产党内部的尖锐批判。1930 年他被奥地利驱除出境,只得前往莫斯科侨居,后移居柏林,参加无产阶级革命作家同盟,结识了德国表现主义左派戏剧家布莱希特,1934 年又流亡苏联。他在组织政治活动的同时展开了对现实主义文学的深入研究,1939—1940 年间在苏联还掀起了关于卢卡奇的《十九世纪的文学理论和马克思主义》的激烈讨论。1944 年 12 月卢卡奇回到了匈牙利,第二年任布达佩斯大学美学和文化哲学教授。

卢卡奇晚年生活一波三折。1949 年,社会主义阵营对他 1945 年发表的文学理论和文学史著作中的修正主义倾向展开了大规模的批判;在 1981 年的匈牙利第一届作家代表大会上,他遭到匈牙利教育部部长和匈牙利作家协会主席的严厉指责。不过,卢卡奇在 1955 年被选为匈牙利人民共和国社会科学院院士,1956 年 10 月 23 日在"匈牙利事件"中,他出任纳吉政府的文化部长,但仅仅持续了 8 天。(此后他在意识形态领域继续受到批判。)晚年卢卡奇集中思考早年提出的美学问题,写作了《审美特性》和《社会存在本体论》,试图建构马克思主义系统美学。他开始批判斯大林主义,参与建立由他的学生和同事组成的具有活力的布达佩斯学派。1971 年 6 月 4 日卢卡奇逝世。

卢卡奇的文艺理论代表著述有《心灵与形式》(1910)、《小说理论》(1917)、《现实主义辩》(1938)、《审美特性》(1963)等。他试图建构系统的马克思主义美学与文学理论,主要论点可以总结如下:

卢卡奇坚持现实主义文学理论,强调文学的历史性和真实性、典型性、人民性、政治性。他反对自然主义、超现实主义、表现主义采用的直接展现、拼贴的方法,认为那是颓废的表现。在他看来,"混乱"构成了先锋派艺术的世界观基础。超现实主义主张纯粹的精神的自动主义,认为创作不受理性的任何控制,不依赖任何美学或道德的偏见,主张随意自由地思考与创作,把不相关的东西置于一块儿,善于表现梦境、幻觉、无意识世界等。卢卡奇认为真正的现实主义作家的目的是创作典型,揭示社会本质,表现出深刻性与真实性,因此"只有著名的现实主义者才能组成文学上的这样一支真正的先锋部队"。

他坚持文学的总体性,始终不离开对文学形式的把握,认为形式是心灵的审美赋形,形式的发展又是时代精神的外化,所以小说"是没有上帝时代的史诗",是对破碎世界与时间偶然性的总体构建力量,成为现代人的自我冒险和自我实现的文学类型形式。

审美反映论也是卢卡奇文艺美学的重要成果。卢卡奇深入论述审美发生的过程和审美反映的特性,认为审美反映不同于科学反映,它具有直接性、具体性、形象性、整体性,不是抽象概念地反映社会生活;它也不具有宗教的彼岸性,而是对此岸在世的肯定,因此审美反映是从日常生活中逐渐脱离出来的,保留着日常生活的劳动具体性和拟人特性。但是就审美反映的起源来说,从日常思维到艺术审美反映却要经过巫术这一个重要中介,巫术的情感激发作用成为艺术形成的契机,典型等文艺范畴正是从巫术活动中开始呈现出来的。卢卡奇认为,在现代社会,审美反映的重要功能是把人从异化生存中解放出来,把人从特殊性生活提升到自我意识的自由的高度。

原典选读

现实主义辩(节选)(1938 年)

Realism in the Balance 卢永华,译 叶廷芳,校

选文《现实主义辩》发表于 1938 年,是卢卡奇对布洛赫的批判。卢卡奇与布洛赫曾是好朋友,有着深厚的友谊,但是后来在学术上发生分歧,布洛赫对当时出现的表现主义、超现实主义、意识流文学给予积极肯定,而卢卡奇从创作技巧、世界观和政治立场上对其给予了批评,从而确立了现实主义文学的真实性、人民性。

......

在帝国主义时期,从自然主义到超现实主义的走马灯式的现代文学流派,其共同之点是:这些流派把握现实,正如现实向作家及其作品中的人物所直接展现的那样。这种直接的展现形式,在社会发展的过程中是变换的。变换既有客观的,也有主观的,这要看我们已经描述的资本主义现实的客观展现形式是如何变换的,要看阶级间的变动和阶级斗争是如何引起对这个表面的不同反映的。这种变换首先决定了不同流派的迅速更迭和激烈斗争。然而在思想上和感情上,这些作家仍然停留在他们的直觉上,而不去发掘本质,也就是说,不去发掘他们的经历同社会现实生活之间的真正联系,发掘被掩盖了的引起这些经历的客观原因,以及把这些经历同社会客观现实联系起来的媒介。相反,他们却正是从这种直觉出发(或多或少是自觉的),自发地确立了自己的艺术风格。

所有现代流派同这一时期仅存的旧的文学和文学理论遗产之间的对立,同时突出地表现在对一种批评之专横的激烈抗议上:这些五花八门的流派的代表们,称这种批评是所谓"禁止"他们"想怎么写就怎么写"。但是他们却没有看到在自发性的、局限于直觉的基础上,他们是永远达不到真正的自由的,永远达不到从帝国主义时期的反动偏见(并且不仅仅在艺术领域)中解放出来的自由的。因为帝国主义的资本主义,其自发的发展,正是在不断地产生着和再产生着越来越强烈的反动偏见(更不用说帝国主义的资产阶级有意识地鼓励这种再产生过程)。为了在自己的经历中找出帝国主义环境的反动影响,并且批判地摆脱它,人们就需要进行一番艰苦的劳动,摆脱和克服直觉性,把所有主观经历(无论是经历的内容还是经历的形式)用社会现实加以衡量和比较,就需要对现实进行比较深入的研究。我们时代的一些著名的现实主义作家,都曾不断地在艺术上、世界观上和政治上进行过这样一番艰苦的劳动,而且今天也还在这样做。人们只要想一想罗曼·罗兰、托马斯·曼和亨利希·曼的发展过程就可以了。尽管他们的发展从各种角度来看都各不相同,而这一点却是共同的。

在我们指出不同的现代流派停留在直觉水平上的时候,我们并不想以此来否定从自

然主义到超现实主义的严肃的作家们在艺术上的劳动。他们从自己的经历中,也确实创造了一种风格,一种前后一贯的、常常是富有艺术魅力的有趣的表达方式。然而,如果人们看一下他们这方面的全部劳动同社会现实的关系的话,那么就会发现无论在世界观方面还是在艺术方面,它都没有超出直觉的水平。

正因为如此,所以这里所形成的艺术表现是抽象的和单调的。(至于伴随某一流派的美学理论是主张还是反对艺术上的"抽象",则是完全无关紧要的。况且自从表现主义产生以来,这种抽象在理论上强调得越来越厉害。)也许有的读者会认为,在我们的论述中存在着一个矛盾:似乎直觉与抽象完全是互相排斥的。然而,辩证方法最伟大的思想成就之一就在于(黑格尔就已如此),它揭示了直觉与抽象之间的内在依存关系,论证了在直觉的基础上形成的只能是抽象的思想。

在这方面,马克思把头脚倒置的黑格尔哲学重新颠倒过来了。在分析经济联系时,他一再具体地论证了,直觉与抽象之间的依存关系是如何在反映经济事实时表现出来的。在这里,我们只能局限于用下面这样一个例证来加以十分简单的指示性的说明。马克思指出,货币流通及其代表(货币交易资本)之间的联系,表明了一切媒介的消失。如果人们只看表面上脱离总过程的现象,那么这种联系就出现一种纯粹没有思想的完全偶像化的抽象形态:"钱能生钱"。然而正因为如此,所以那些停留在资本主义表面现象的直觉上的庸俗经济学家们,感到在这个偶像化抽象的世界里证实了自己的直觉,在这里他们感到如鱼得水,并且激烈地反对马克思主义批评的"专横",这种"专横"要求经济学家考虑社会再生产的总进程。马克思在谈及亚当·缪勒时指出:"在这里和在其它地方一样,他们的深刻意义只在于他们看见了表面的尘埃,并且骄横地把这种尘埃说成是什么奥秘和重要的东西。"出于这种考虑,我在我以前的一篇文章中把表现主义称作为"抽掉现实的抽象"(Wegab-strahieren von der Wirklichkeit)。

当然,没有抽象就没有艺术。否则,典型从何产生呢?但是,抽象化如同任何运动一样,是有一定方向的。问题就在这里。每一个著名的现实主义作家对其所经验的材料进行加工(也利用抽象这一手段),是为了揭示客观现实的规律性,为了揭示社会现实的更加深刻的、隐藏的、间接的、不能直接感觉到的联系,因为这些联系不是直接地露在表面,因为这些规律是相互交错的,不平衡的,它们只是有倾向地发生作用的,所以著名的现实主义作家在艺术上和世界观上就要进行巨大的、双倍的劳动,即首先对这些联系在思想上加以揭示,在艺术上进行加工,然后并且是不可或缺地把这些抽象出来的联系再在艺术上加以掩盖——把抽象加以扬弃。通过这一双重劳动,便产生了一种新的、经过形象表现出来的直觉性,一种形象化的生活表面。这种表面,虽然在每一瞬间都闪烁着本质的东西(在生活的直觉中则不是这样),但是却作为一种直觉性,一种生活的表面表现出来。从它所有的本质方面看来,它是一种生活的整个表面,不仅仅是一个主观上从整个联系中攫取出来的、经过抽象的孤立瞬间。这就是本质与现象在艺术上的统一。这种统一愈是强烈地抓住生活中的活生生的矛盾,抓住丰富多彩的矛盾统一,抓住社会现实的统一,现实主义就愈加伟大,愈加深刻。

相反,"抽掉现实的抽象"意味着什么呢? 它或多或少地有意识地排斥和否认客观媒介,不是在思想上加以升华,而是把模糊的、支离破碎的、看来是混乱的、未加理解的、只是直接经历的"表面"加以确认。事实上,无论什么地方也没有静止的东西。思想上和艺术上的劳动,要么接近现实,要么背离现实。后一种运动已经在自然主义中产生了,这看来是自相矛盾的。环境论、把神话偶像化、抽象记录直接的生活外表的表达方式以及其他,等等,它们在这里已经阻碍了对现象和本质的活生生的辩证法在艺术上的突破;或者更准确地说,由于自然主义作家缺乏这样一种突破,他们就造成了这样一种表达方式。两者活跃地相互影响。

因此像摄影机和录音机那样忠实记录下来的自然主义的生活表面,是僵死的,没有内部运动的,停滞的。因此,外表上纷繁的自然主义的戏剧和小说,相互雷同,甚至相互混淆。说到这里,人们不会不联系到当代最伟大的艺术悲剧之一:为什么盖尔哈特·霍普特曼开始那样光华四射,而后来却没有成为一名伟大的现实主义作家呢? 这里篇幅有限,我们只想指出一点:对这位《织工们》和《獭皮》的作者来说,自然主义是一种障碍,而不是一种动力。他在克服自然主义时,没能越过他世界观的基础。

……

"剪接拼合"意味着这一发展的顶点。因此,我们欢迎布洛赫在艺术上和哲学上坚决把它置于"先锋派"的创作和思维的中心。作为摄影组装的本来形式的剪接拼合,能够发挥引人注目的甚至是鼓动性的强烈作用,这种作用正是产生于这样一个事实:它能够迅速地把事实上完全不同的、零碎的、从联系中撕下的现实碎块令人惊奇地拼凑在一起。好的摄影组装能够起到一个好的笑话的作用。但是这种单向联系(对某些笑话来说它是有权的,并且是有效的)却声称是在描写现实(尽管它是被作为非真实来表现的),是在描写联系(尽管它是作为毫无联系来表现的),是在描写"整体性"(尽管它所经历的是一片混乱),其最终效果不过是极度的单调无聊而已。细节可能闪烁着最艳丽的光彩,但从整体来看,它却像污水泥潭一样——在暗淡之中存在着一种毫无生气的暗淡,纵然其组成部分呈现五光十色。这种单调性是放弃客观地反映现实、放弃创作上对表现手段的多样性和统一性的艺术努力、放弃塑造人物的必然后果。其原因在于,这种对世界的感觉不允许从内部、从所描写的生活素材的真实世界进行构思,作强弱处理,进行结构。

如果我们现在把这种艺术上的努力称作"颓废",常常会听到有人叫嚷这是什么"人云亦云的学究在教训别人"。在"颓废"问题上,请允许我援引一位专门家弗里德里希·尼采的话(在其他问题上,我的对手也把他看作是很高超的权威)。他问道:"任何一种文学上的'颓废'是以什么为特征的呢?"回答是:"其特征在于,生命不再存在于整体之中,每个字都是自主的,它跃出了句子;而句子又侵犯别的句子,于是模糊了整页字的意义;整页字又牺牲了全篇而赢得了生命。全篇就再也不成其为整体了。但是看一看下面关于每一种颓废风格的比喻:每一个原子都处于无政府状态,意志则土崩瓦解了……生活,同样的活力,生命的震动与繁荣被排挤到最小的形象里面,剩余部分则缺少活动。到处是瘫痪、困倦、僵化或者敌意、混乱:把这两者的组织形式提得越高,它们就越清楚地跃入人们的眼帘。整体根本不复存在了；它是一个经过计算拼凑起来的人工制造品。"尼采的这一刻画，是对以布洛赫或本恩为代表的这样一些流派的艺术努力的绝妙写照。

当然，即使在乔哀斯那里，这些原则也没有百分之百地实行过，因为百分之百的混乱只存在于疯子的脑袋里。正如叔本华曾经正确地说过的那样，百分之百的唯我主义只有在疯人院里才能找到。但是，既然"混乱"构成了先锋派艺术的世界观基础，那么一切赖以维持的原则都肯定是产生于一种违背原则的材料：因此产生了装配起来的解释，产生了同步主义，等等。所有这一切都只能是赝品，所有这一切只能意味着这种艺术的单向性的提高。

……

在意识形态方面反对战争的斗争，是优秀的表现主义者的一个中心主题。然而，作为对威胁整个文明世界的新的帝国主义战争的预言，这样的作品还有什么可取之处呢？我相信，谁也不会认为，这些作品在今天已经完全过时，在目前根本不能适用了。（相反，在《军曹格里沙》和《凡尔登的教育》中，现实主义者阿诺尔德·茨威格刻画了战争和后方的关系，在战争中社会和个人的"正常"资本主义兽性的继续和发展，以此预见了新战争的一系列基本因素。）

总之，这里面根本没有什么秘密或奇特的地方——这正是任何一种真正的、著名的现实主义的本质。由于从堂吉诃德、奥勃洛摩夫到当代的现实主义者的这样的现实主义是为了创造典型，它就必然要到人们中间，到人与人之间的关系中，到人们活动的场所去寻找这样持续的特点，这样的特点作为社会发展的客观倾向，甚至作为整个人类发展的客观倾向，是长时期都起作用的。这样的作家在意识形态方面形成了一支真正的先锋队，因为他们对活生生的、但还直接被掩盖着的客观现实的倾向刻画得那样深刻和真实，以致后来的实际发展证实了他们的描写。当然，这种吻合不是像一幅成功的照片与原物之间那样简单的吻合，而恰恰是一种丰富多彩的现实的体现，是表面掩盖着的现实潮流的反映。这些潮流在以后的发展阶段中才得以发展，才为一切人们所发现。伟大的现实主义所描写的不是一种直接可见的事物，而是在客观上更加重要的持续的现实倾向，即人物与现实的各种关系，丰富的多样性中那些持久的东西。除此之外，它还认识和刻画一种在刻画时仍处于萌芽状态、其所有主观和客观特点在社会和人物方面还未能展开的发展倾向。掌握和刻画这样一些潜在的潮流，乃是真正的先锋们在文学方面所要承担的伟大历史使命。一个作家是否真正属于先锋，这只能通过发展本身加以证明。这种发展，将证明他是否正确地认识到了典型人物的重要特点、发展倾向和社会作用，并且其作品是否在长期发挥作用。

在进行了这样一番论述后，但愿无需用新的论据就可以证明，只有著名的现实主义者才能组成文学上的这样一支真正的先锋部队。

[原典英文节选一]　Montage represents the pinnacle of this movement and for this reason we are grateful to Bloch for his decision to set it so firmly in the centre of modernist literature and thought. In its original form, as photomontage, it is capable of striking effects, and on occasion it can even become a powerful political weapon. Such effects arise from its technique of juxtaposing heterogeneous, unrelated pieces of reality torn from their context. A good photomontage has the same sort of effect as a good joke. However, as soon as this one-dimensional technique—however legitimate and successful it may be in a joke—claims to give shape to reality (even when this reality is viewed as unreal), to a world of relationships (even when these relationships are held to be specious), or of totality (even when this totality is regarded as chaos), then the final effect must be one of profound monotony. The details may be dazzlingly colourful in their diversity, but the whole will never be more than an unrelieved grey on grey. After all, a puddle can never be more than dirty water, even though it may contain rainbow tints.

[原典英文节选二] ······ The ideological struggle against war was one of the principal themes of the best expressionists. But what did they do or say to anticipate the new imperialist war raging all around us and threatening to engulf the whole civilized world? I hardly imagine that anyone today will deny that these works are completely obsolete and irrelevant to the problems of the present. On the other hand the realist writer Arnold Zweig anticipated a whole series of essential features of the new war in his novels *Sergeant Grischa* and *Education before Verdun*. What he did there was to depict the relationship between the war at the front and what went on behind the lines, and to show how the war represented the individual and social continuation and intensification of 'normal' capitalist barbarity.

There is nothing mysterious or paradoxical about any of this—it is the very essence of all authentic realism of any importance. Since such realism must be concerned with the creation of types (this has always been the case, from *Don Quixote* down to *Oblomov* and the realists of our own time), the realist must seek out the lasting features in people, in their relations with each other and in the situations in which they have to act; he must focus on those elements which endure over long periods and which constitute the objective human tendencies of society and indeed of mankind as a whole. Such writers form the authentic ideological avant-garde since they depict the vital, but not immediately obvious forces at work in objective reality. They do so with such profundity and truth that the products of their imagination receive confirmation from subsequent events—not merely in the simple sense in which a successful photograph mirrors the original, but because they express the wealth and diversity of reality, reflecting forces as yet submerged beneath the surface, which only blossom forth visibly to all at a later stage. Great realism, therefore, does not portray an immediately obvious aspect of reality but one which is permanent and objectively more significant, namely man in the whole range of his relations to the real world, above all those which outlast mere fashion. Over and above that, it captures tendencies of development that only exist incipiently and so have not yet had the opportunity to unfold their entire human and social potential. To discern and give shape to such underground trends is the great historical mission of the true literary avant-garde. Whether a writer really belongs to the ranks of the avant-garde is something that only history can reveal, for only after the passage of time will it become apparent whether he has perceived significant qualities, trends, and the social functions of individual human types, and has given them effective and lasting form.

After what has been said already, I hope that no further argument is required to prove that only the major realists are capable of forming a genuine avant-garde.

延伸阅读

1.《卢卡契文学论文集》(中国社会科学出版社,1981)汇集了卢卡奇关于文学研究的重要资料。

2. 英国学者里希特海姆(George Lichtheim)著,王少军、晓莎译的《卢卡奇》(中国社会科学出版社,1989)通俗易懂,全面地展现了卢卡奇的思想。

3. 要深入理解卢卡奇的文艺理论,就不得不阅读他最重要的代表性著作——《审美特性》(徐恒醇译,中国社会科出版社,第一卷 1986 年,第二卷 1991 年)。

本雅明

瓦尔特·本雅明(Walter Benjamin,1892—1940)是德国著名的马克思主义研究机构"社会研究所"(即法兰克福学派)主要成员之一,德国犹太哲学家和文学批评家。

1892年7月15日本雅明出生于德国柏林的一个富裕的中产阶级家庭。他的父亲在柏林经营古玩和东方地毯,家庭生活舒适,他的母亲曾组织人群到大型豪华商场疯狂购物。本雅明从小享受资产阶级社会上层生活,接受私人化的教育,但是落落寡欢,喜欢冥思和独处。1901年德国"青年运动"盛行,本雅明积极参与精神反抗运动,信奉"青年运动"所主张的"从人为束缚青少年的枷锁中解放出来","所谓真理是志向之死,也是启示","只有在共同性上人类才是真正的孤独"等信条。1912年他进入弗莱堡大学学习哲学,1914年与"青年运动"决裂,走向神学与哲学艺术研究。1919年结识布洛赫,接触马克思主义,并在波恩大学完成了论德国浪漫主义艺术和文学的博士论文。本雅明试图成为大学教师,曾写作17世纪德国悲悼剧,但是法兰克福大学的教授读不懂,他被大学拒绝,被迫成为自由作者。1924年,本雅明阅读了卢卡奇的《历史与阶级意识》,并与布莱希特成为一生的挚友。1927年,他到莫斯科进行考察,据汉娜·阿伦特说,20年代中期本雅明几乎加入共产党。

1933年希特勒上台,本雅明离开德国,到法国和丹麦做职业撰稿人。1935年他开始与社会研究所建立联系,参与社会研究所的研究计划,但是本雅明的研究遭到了阿多诺和霍克海默的批评,被认为是"非辩证的",双方在大众文化上的观点也发生分歧。1939年本雅明在法国巴黎安身,不久巴黎被德军占领,他决定离开法国去美国。在纽约社会研究所的帮助下,本雅明成为法国马赛首批获得签证到美国的人群中的一员,而且很快获得了西班牙的旅游签证,但是离开法国的出境签证还在申请之中。法国傀儡政府为讨好盖世太保,无一例外地拒签德国难民。1940年9月26日,身患严重心脏病的本雅明和大群难民费力步行到达西班牙边境的一个小镇,但就在那天西班牙关闭了边境,他本应该原路返回法国的,可就在这天晚上自杀了,留下了无限遗憾。

法兰克福学派由1923年在德国法兰克福大学成立的社会研究所的三位主要理论家霍克海默、阿多诺、马尔库塞组成,还包括本雅明、弗洛姆、哈贝马斯等,这个学派形成了对20世纪西方人文社会科学产生重大影响的"批判理论"。本雅明在法兰克学派中是一位富有诗人气质的马克思主义文学理论家,代表著作有《论歌德的〈亲和力〉》、《德国悲剧的起源》、《单向街》、《机械复制时代的艺术作品》等。他的文艺理论把犹太神学和马克思主义融合起来,提出了特色鲜明的艺术政治学思想,他被认为是20世纪最具有独创性的马克思主义美学家之一,同时他对"碎片"、"废墟"、"震惊"等意象和概念的迷恋,对体系哲学模式的尖锐批判,又使他成为解构主义的先行者。他的主要文艺理论观点有:

提出了具有特色的寓言美学。在《德国悲剧的起源》中,本雅明认为,悲悼剧作为德国一种独特的艺术形态,历来遭到贬斥,其意义与价值也从未得到公正的评价。本雅明借助于寓言批评、寓言理念来对之进行解读,发现了其独特的艺术魅力,他认为这种体裁体现了艺术的真理内容。悲悼剧所形成的新传统,成为人类原本痛苦的记录和寄寓,尸体、废墟等意象成为救赎的载体,他说:"当上帝从坟墓里带来了收获的时候,那么,我象征死亡的骷髅,也成为天使的面容。"

对审美现代性的"震惊"经验进行了深入的意义阐释。波德莱尔诗歌突出展示的现代性的废墟与经验的瞬间、震惊,脱离了线性时间观念,把个人化的经验转变为潜在的集体意识的对象,暗示了与前历史的沟通网络,成为走向乌托邦或者没有阶级的社会的最终的刺激物,预示了新的解放潜能与希望。

本雅明富有创造性的马克思主义文艺思想是关注灵韵与机械复制时代的艺术作品。艺术的灵韵是在原始宗教仪式中呈现出来的独一无二性、本真性、原创性,这是传统艺术的本质。随着技术的发展而诞生的机械复制的艺术如电影、摄影等消解了传统艺术滞留的灵韵以及与之相关的宗教膜拜功能,呈现出鲜明的展示功能。本雅明认为,机械复制艺术作品体现出集体性和人类经验的新形态,这种大众艺术所预示的艺术政治化与法西斯主义所实践的政治美学化形成了尖锐的对抗。

原典选读

机械复制时代的艺术作品(节选)

The Work of Art in the Age of Mechanical Reproduction　许绮玲,译

选文《机械复制时代的艺术作品》是本雅明的代表作品之一,1935年基本完成,1936年发表在法兰克福学派的杂志《社会学研究》第五卷第一期上。这是本雅明影响最大的一篇论文,被认为是他最具有马克思主义和布莱希特风格的作品,这也是他的艺术理论的纲领性著作。本雅明试图用马克思主义理论来分析艺术生产问题,指出复制对艺术的核心地位,认为机械复制时代的艺术作品颠覆了传统资产阶级的艺术观念,具有重要的革命意义,孕育着艺术经验和表达手段的转型。

……

原则上，艺术作品向来都能复制。凡是人做出来的，别人都可以再重做。我们知道自古以来，学徒一向为了习艺而临摹艺术品，也有师父为了让作品广为流传而加以复制，甚至也有为了获取物质利益而剽窃仿冒的。然而，艺术作品以机械手法来复制却是个新近的现象，诞生于历史演进中，逐步发展而来，每一步的发展都有一段长久的间隔，而跳接的节奏是愈来愈快。古希腊人只晓得两种复制技术方法：熔铸与压印模。他们能够系列性复制的艺术品只有铜器、陶器和钱币。其他类型的作品只可单件存在，无法利用任何形式的技术来复制。有了木刻技术之后，素描作品才第一次被成功地复制，而这是早在印刷术大量复制文书以前很久的事了。众所周知，印刷术，也就是文章的复制技术，为文学带来了重大的转变。这项发明无论有多么不同凡响的重要性，就我们此处所着眼的世界历史来看，也只是一般现象中个别的一环而已。中世纪时代除了木刻之外又出现了铜刻版画与蚀铜版画，19 世纪再加上石版。石版使复制技术跨出了关键性的一大步。这项技法更为忠实，直接素描于石块上，而不是在木板上切画或是在铜片上镂刻，有史以来第一次让图画艺术制品可以流入市面上，不仅是大量出现(这一点早已做到了)，而且是日复一日地推陈出新。这样一来，素描便能够为每日的时事报道配上插图，也由此成为印刷术的亲密搭档。可是这项发明所扮演的角色在不到几十年的工夫就被摄影所取代了。摄影术发明之后，有史以来第一次，人类的手不再参与图像复制的主要艺术性任务，从此这项任务是保留给盯在镜头前的眼睛来完成。因为眼睛捕捉的速度远远快过手描绘的速度，影像的复制此后便不断地加快速度，甚至达到可以紧随说话节奏的地步：利用轮转的照相装置可以在摄影棚内把快如演员念台词的动作变化一一定在影像中。如果说石版潜藏孕育了画报，摄影则潜藏孕育了有声电影，电影是在摄影中萌芽成长的。上个世纪末，曾有人抨击声音复制所引起的问题。一切努力总结起来正足以预见瓦雷里所刻画的美景：“如同水、瓦斯和电流可从远方通到我们的住处，使我们毫不费劲便满足了我们的需求，有一天我们也将会如此得到声音影像的供应，只消一个信号、一个小小的手势，就可以让音像来去生灭。”

到了 20 世纪，复制技术已达到如此的水平，从此不但能够运用在一切旧有的艺术作品之上，以极为深入的方式改造其影响模式，而且这些复制技术本身也以全新的艺术形式出现而引起注目。关于这方面，再也没有比其中两项不同的表现——艺术作品的复制与电影艺术——对传统艺术形式的影响作用更具有启示性的了。

Ⅱ

即使是最完美的复制也总是少了一样东西：那就是艺术作品的“此时此地”——独一无二地现身于它所在之地——就是这独一的存在，且唯有这独一的存在，决定了它的整个历史。谈到历史，我们会想到艺术作品必须承受物质方面的衰退变化，也会想到其世世代代拥有者的传承经过。物质性的衰变痕迹只有仰赖物理化学的分析才能显露出来，这种方式是不可能施用于复制品的；要确知作品转手易主的过程，则需要从作品创作完成之地为起点，追溯整个的传统。

原作的"此时此地"形成所谓的作品真实性。要确立一件铜器为真品，有时需借助化学分析来查验累积其上的铜锈；要证明一份中古世纪手稿的真实性，有时要确定它是否真正源自 15 世纪的某个藏书库。真实性的观念对于复制品而言（不管是机械复制与否）都毫无意义。与出自人手且原则上被认定为赝品的复制物相比，原作保有完整的权威性；而这全然不是机械复制品与其原作间的关系。这有两点原因：一方面，机械复制品较不依赖原作。比如摄影可以将原作中不为人眼所察的面向突显出来，这些面向除非是靠镜头摆设于前，自由取得不同角度的视点，否则便难以呈现出来；有了放大局部或放慢速度等步骤，才能迄及一切自然视观所忽略的真实层面。另一方面，机械技术可以将复制品传送到原作可能永远到不了的地方。摄影与唱片尤其能使作品与观者或听者更为亲近。大教堂可以离开它真正的所在地来到艺术爱好者的摄影工作室；乐迷坐在家中就可以聆听音乐厅或露天的合唱表演。机械复制所创造的崭新条件虽然可以使艺术作品的内容保持完好无缺，却无论如何贬抑了原作的"此时此地"。除了艺术品有此现象之外，其他事物亦然；比如电影胶卷底片拍录的风景，"此时此地"感便受到折损；不过，艺术作品的贬值更是点到了要害，触及了任何自然事物所不能比的弱点：因是直冲着其真实性而来。一件事物的真实性是指其所包含而原本可递转的一切成分，从物质方面的时间历程到它的历史见证力都属之。而就是因这见证性本身奠基于其时间历程，就复制品的情况来看，第一点——时间——已非人所掌握，而第二点——事物的历史见证——也必然受到动摇。不容置疑，如此动摇的，就是事物的威信或权威性。我们可以借"灵光"的观念为这些缺憾做个归结：在机械复制时代，艺术作品被触及的，就是它的"灵光"；这类转变过程具有征候性，意义则不限于艺术领域。也许可说，一般而论，复制技术使得复制物脱离了传统的领域。这些技术借着样品的多量化，使得大量的现象取代了每一事件仅此一回的现象。复制技术使得复制物可以在任何情况下都成为视与听的对象，因而赋予了复制品一种现时性。这两项过程对递转之真实造成重大冲击，亦即对传统造成冲击，而相对于传统的正是目前人类所经历的危机以及当前的变革状态。这些过程又与现今发生的群众运动息息相关。最有效的原动力就是电影。但是即使以最正面的形式来考量，且确实是以此在考量，如果忽略了电影的毁灭性与导泻性，也就是忽略了文化遗产中传统元素之清除的话，也就无法掌握电影的社会意义了。这个现象在历史巨片中特别明显，而阿贝尔·冈斯（Abel Gance）在 1927 年曾兴致高昂地大声疾呼："莎士比亚、伦勃朗、贝多芬也会去拍电影。……一切传奇，一切神话和迷思，所有的宗教创始者与宗教本身……都在等待他们以光的影像复活，而英雄人物纷纷拥到我们的门前，想要进来。"这段话正表示他不自觉地在邀请我们参与普遍的大清除工作。

Ⅲ

在每个重要的历史阶段，各种人类团体的存在模式都曾出现，我们也看到人们感受与接收的方式随着时代在改变。人类感性采取的有机形式——实现的环境——不只由自然因素决定，也取决于历史。在蛮族大迁徙时代的后期罗马帝国艺术家以及收藏于维也纳的《创世记》手抄本作者的身上，我们不只见到了与上古时期不同的艺术，也发觉了一种不同的感受方式。维也纳学派的学者——里格（Riegel）与维克霍夫（Wieckhoff）——见古典传统的历史包袱太重而使得中世纪艺术被忽视遗忘，便极力反对前者，同时他们也第一个想到要研究中古时期特有的感受模式。无论他们探究的广度如何，终究显得不足，因为这些学者只满足于将后期罗马帝国的感受形式特点揭示出来，并未试图——可能想也不敢想——去指出社会的变化，而感受模式的改变只是社会更迭的一种表现。今天比之这些学者，我们已更有机会来理解这个现象。而在这感受运作的环境里，我们目前所面临的转变若真的可以解释为"灵光"的衰退的话，我们便能够进一步地指出导致衰败的社会成因何在。刚才我们是将"灵光"的观念运用在分析历史文物，可是为了更清楚地解释"灵光"，必须想像自然事物的"灵光"。我们可以把它定义为遥远之物的独一显现，虽远，犹如近在眼前。静歇在夏日正午，沿着地平线那方山的弧线，或顺着投影在观者身上的一截树枝——这就是在呼吸那远山、那树枝的灵光。这段描述足以让人轻易地领会目前造成"灵光"衰退的社会影响条件何在。这些条件取决于两种情况，两者都关系到群众在现今生活中日渐提高的重要性。事实上，将事物在空间里更人性地"拉近"自己。这对今天的大众而言是个令人兴致高昂的偏好，而另一个同样令人振奋的倾向，是借由迎接事物的复制品来掌握事物的独一性。将事物以影像且尤其是复制品形式，在尽可能接近的距离内拥有之，已成为日益迫切的需求。不容置疑，像画报或时事周刊上所提供的复制版有别于影像。影像深深包含其独一性与时间历程，而复制版则与短暂性及可重复性紧密相关。揭开事物的面纱，破坏其中的"灵光"，这就是新时代感受性的特点，这种感受性具有如此"世物皆同的感觉"，甚至也能经由复制品来把握独一存在的事物了。如此，在直觉感受方面所显露的现象，理论界也从日益重要的统计数字中注意到了。现实顺应大众及大众配合现实，都是无可限量的进程，无论就思想或直觉感受而言都是如此。

IV

艺术作品的独一性也等于是说它包容于所谓"传统"的整个关系网络中，两者密切不可分。无疑，传统本身仍是活生生的现实，时时在变化。比方一座上古时代的维纳斯雕像，属于古希腊社会传统之复杂体系，希腊人将它视为仪式崇拜物，可是到了中世纪，教会人士则把它当作险恶的异教偶像。然而这两个全然相反的观点之间却有一项共通之处：无论古希腊人还是中世纪的人对维纳斯的看法都出于它独一无二的属性，他们都感受到它的"灵光"。艺术作品最初仍归属于整个传统关系，这点即表现在崇拜仪式中。我们晓得最早的艺术作品是为了崇拜仪式而产生的，起先是用于魔法仪式，后来用于宗教仪式。然而，艺术作品一旦不再具有任何仪式的功能便只得失去它的"灵光"，这一点具有决定性的重要意义。换言之，"真实"艺术作品的独一性价值是筑基于仪式之上，而最初原有的实用价值也表现在仪式中。无论经过多少中介，这个基本关联总是依稀可辨，连已世俗化的仪式亦然，即使是用最凡俗的形式来进行对美的崇拜，也仍有这层基本关联在。对美的崇拜仪式，是源生自文艺复兴时代，此后主导了三个世纪，虽然历经了第一波的动撼，至今仍保留着依稀可辨的初始印记。等到第一个真正具有革命性的复制技术出现时——指摄影，发明于社会学兴起的同一时代——艺术家已预感危机将要来临，而一百年之后再也没有人可以否认这个危机确实存在了。他们以鼓吹"为艺术而艺术"来回应,也就是提出了一种艺术的神学。这个教义直导向一种负面的神学观:结果,构想出一套"纯"艺术作结,不仅拒绝扮演任何的社会功能要角,也不愿以题材内容来分类(马拉美是文学界采取这种立场的第一人)。

机械应允了艺术作品的复制,要研究这时代的艺术品,必须认真思考这些关联。而这些关联揭示了一项真正关键的事,有史以来第一次在世界上发生:那就是艺术品从其祭典仪式功能的寄生角色中得到了解放。愈来愈多的艺术品正是为了被复制而创造。比如从一块摄影底片可以洗出许多张相片;若再去询问其中何者为真品只会显得荒唐可笑。可是,一旦真实性的标准不再适用于艺术的生产,整个艺术的功能也就天翻地覆。艺术的功能不再奠基于仪礼,从此以后,是奠基于另一项实践:政治。

V

对于艺术品的感受评价有各种不同的强调重点:其中有两项特别突出,刚好互成两极。一是有关作品的崇拜仪式价值,另一是有关其展览价值。艺术的生产最早是为了以图像来供应祭典仪式的需要。我们得承认这些图像的"在场"比它们被看见与否更为重要。石器时代的人在石窟墙上画的鹿是一种魔法媒介。这些壁画自然可以让别人看见,但主要还是为了神灵的注目而画的。后来,正是因诸如此类的祭仪价值而将艺术品藏匿于隐秘处;有些神祇的塑像是藏在教士才可进入的祈祷室之内。有些圣母像几乎是一年到头都被覆盖着不露面,也有些哥特式大主教堂的雕像从地面上根本望不见。艺术品从祭典功用解放来后,这些艺术品的展出机会也比较多了。一座人物胸像可搬来搬去,所以它比神像更有机会展出,而神像却得待在庙里头指定的位置。图画比起早先的马赛克或壁画也更便于四处展览。弥撒原则上可能与交响乐一样可以展演,可是在交响乐出现的时代人们已预知它将会比弥撒更容易展演了。

各种复制技术强化了艺术品的展演价值,因而艺术品的两极价值在量上的易动竟变成了质的改变,甚至影响其本质特性。起初祭仪价值的绝对优势使艺术品先是被视为魔术工具,到后来它才在某种程度上被认定为艺术品;同理,今天展演价值的绝对优势给作品带来了全新的功能,其中有一项我们知道的——艺术功能——后来却显得次要而已。从目前来看,摄影确实在这方面作了很明白的见证,而电影更是如此。

数世纪以来,作家只占少数,面对的是数万的读者。直到上个世纪末情况才有了转变。随着新闻业的扩展,不管是来自政治、宗教、科学还是各行业或地方等各种新团体组织的读者,都积极运用登报机会,于是有愈来愈多的读者——起初仅只偶尔为之——转而成为作者。事情的开端是因报社为"读者来信"开放了一个专栏;今天在欧洲各地,一个人不管从事什么工作,只要他想,原则上他都可以在报上发表他的专业工作心得,诉诉苦,或登载一篇报道或者相关的研究。如此一来,作者与读者的基本差异就越来越小,只剩下功能上的不同,而且会随情况而变。无论何时,读者都随时可变成作者。随着工作愈来愈专业化,每个人都或多或少地成为他那一行的专家——即使是微不足道的行业亦然——而这个资历赋予他某种职权与威信。在苏联,工作本身便具有发言权。以言语来介绍其工作是一个人具有工作能力的表现。文学能力不再奠基于专业训练，而在于综合科技，因此变成了公有财产。

……

[原典英文节选]　Even the most perfect reproduction of a work of art is lacking in one element: its presence in time and space, its unique existence at the place where it happens to be. This unique existence of the work of art determined the history to which it was subject throughout the time of its existence. This includes the changes which it may have suffered in physical condition over the years as well as the various changes in its ownership. The traces of the first can be revealed only by chemical or physical analyses which it is impossible to perform on a reproduction; changes of ownership are subject to a tradition which must be traced from the situation of the original.

The presence of the original is the prerequisite to the concept of authenticity. Chemical analyses of the patina of a bronze can help to establish this, as does the proof that a given manuscript of the Middle Ages stems from an archive of the fifteenth century. The whole sphere of authenticity is outside technical—and, of course, not only technical—reproducibility. Confronted with its manual reproduction, which was usually branded as a forgery, the original preserved all its authority; not so *vis a vis* technical reproduction. The reason is twofold. First, process reproduction is more independent of the original than manual reproduction. For example, in photography, process reproduction can bring out those aspects of the original that are unattainable to the naked eye yet accessible to the lens, which is adjustable and chooses its angle at will. And photographic reproduction, with the aid of certain processes, such as enlargement or slow motion, can capture images, which escape natural vision. Secondly, technical reproduction can put the copy of the original into situations which would be out of reach for the original itself. Above all, it enables the original to meet the beholder halfway, be it in the form of a photograph or a phonograph record. The cathedral leaves its locale to be received in the studio of a lover of art; the choral production, performed in an auditorium or in the open air, resounds in the drawing room. The situations into which the product of mechanical reproduction can be brought may not touch the actual work of art, yet the quality of its presence is always depreciated. This holds not only for the art work but also, for instance, for a landscape which passes in review before the spectator in a movie. In the case of the art object, a most sensitive nucleus—namely, its authentic ity—is interfered with whereas no natural object is vulnerable on that score. The authenticity of a thing is the essence of all that is transmissible from its beginning, ranging from its substantive duration to its testimony to the history which it has experienced. Since the historical testimony rests on the authenticity, the former, too, is jeopardized by reproduction when substantive duration ceases to matter. And what is really jeopardized when the historical testimony is affected is the authority of the object. One might subsume the eliminated element in the term "aura" and go on to say: that which withers in the age of mechanical reproduction is the aura of the work of art. This is a symptomatic process whose significance points beyond the realm of art. One might generalize by saying: the technique of reproduction detaches the reproduced object from the domain of tradition. By making many reproductions it substitutes a plurality of copies for a unique existence. And in permitting the reproduction to meet the beholder or listener in his own particular situation, it reactivates the object reproduced. These two processes lead to a tremendous shattering of tradition which is the obverse of the contemporary crisis and renewal of mankind. Both processes are intimately connected with the contemporary mass movements. Their most powerful agent is the film. Its social significance, particularly in its most positive form, is inconceivable without its destructive, cathartic aspect, that is, the liquidation of the traditional value of the cultural heritage. This phenomenon is most palpable in the great historical films. It extends to ever new positions. In 1927 Abel Gance exclaimed enthusiastically: "Shakespeare, Rembrandt, Beethoven will make films... all legends, all mythologies and all myths, all founders of religion, and the very religions... await their exposed resurrection, and the heroes crowd each other at the gate. " Presumably without intending it, he issued an invitation to a far-reaching liquidation.

延伸阅读

1. 当代研究法兰克福学派的美国学者理查德·沃林(Richard Wolin)1982 年的专著《瓦尔特·本雅明:救赎美学》(吴勇立、张亮译,江苏人民出版社,2008)分八章较为全面地分析了本雅明的美学思想,指出其思想的救赎特征。该著作很具权威性,在西方批判理论学术界影响颇大。

2. 本雅明的代表性著述《德国悲剧的起源》(陈永国译,文化艺术出版社,2001),《发达资本主义时代的抒情诗人》(张旭东、魏文生译,生活·读书·新知三联书店,1989)等也被译成了中文,值得一读。前者通过德国悲剧的研究建立了一种具有现代主义色彩的寓言批评,后者主要探讨了波德莱尔及其诗歌的审美现代性意义,挖掘了现代主义文学的革命与政治功能。

巴赫金

米哈伊尔·巴赫金(Mikhail Bakhtin,1895—1975)是前苏联杰出的哲学家与文艺理论家,他广泛而深入地研究了哲学人类学、语言学、精神分析学、神话学、社会理论,对 20 世纪的马克思主义哲学以及整个思想界产生了重要的影响。他的文艺理论成功地将马克思主义和形式主义结合了起来。

1895 年 11 月 16 日,巴赫金出生于莫斯科南部小城奥廖尔的一个富有教养的贵族之家,从小就接受了欧洲古典文化的熏陶。他和哥哥尼古拉在私人教师的指导下表演荷马史诗《伊里亚特》,共同讨论语言学问题,成为一对著名的"科西嘉孪生子"。巴赫金 9 岁时随父亲迁往古迹遍布的维尔纽斯(现立陶宛首都),就读于第一文科中学。这个充满杂语和犹太文化色彩的城市对巴赫金后来的思想产生了重要影响。15 岁时,巴赫金跟着父亲到犹太文化色彩浓重的城市奥德萨继续学业,开始迷恋马丁·布伯和克尔凯郭尔的著作,上大学之前已积累了深厚的学术功底。1913 年,巴赫金和哥哥一起进入彼得堡大学古典研究系,接触俄国未来主义和形式主义成员,但却成为形式主义的敌手。1917 年的十月革命影响了巴赫金。他的哥哥尼古拉参加了马克思主义学习小组,甚至在夜里 12 点挤进厕所参加政治集会,歌唱《国际歌》等革命歌曲,哥哥的行为对巴赫金产生了很大的影响。

十月革命之后苏联知识分子饱受物质和精神之苦,巴赫金 1918 年大学毕业后只好到了涅韦耳,在当地一所中学任教,并加入了一个试图建立涅韦耳哲学学派的哲学小组。1922 年他到了革命后的文化圣地维帖布斯克市,主持讨论,积极举办讲座,撰写了《语言创作美学》等著述。1924 年巴赫金因病获得国家二等抚恤金回到列宁格勒,其私人生活游离于社会体制边缘,只通过著述与形式主义者和马克思主义者辩论。他同以前的哲学小组成员私下建立了密切的联系,形成了以他为中心的巴赫金小组,走向了一生中学术思想的顶峰。在当时的局势下,巴赫金小组面临危机,尤其是巴赫金因为参与从小就信仰的宗教组织,随着宗教成员陆续入狱,他也在 1929 年被捕入狱,1930 年同妻子一起流放到环境颇为恶劣的库斯坦奈。之后巴赫金虽然生活艰辛,随时受秘密警察的监控,但是他仍然不辍笔耕,兴趣集中于文学,特别是文学理论方面。"二战"后,他在政治上压力有所缓解,但是生活仍然不顺,直到 70 年代才得到应有的尊重和声誉。他一生淡泊,不崇名利,虽然身体恶化,在晚年仍撰写了《文艺研究的方法论》等出色的著述。1975 年 3 月 7 日巴赫金因病逝世于莫斯科。

巴赫金的思想甚为复杂,在哲学、语言学、文学方面都成绩斐然。在文学理论方面,他写作了《马克思主义与语言哲学》、《文艺学中的形式主义方法》、《生活话语和艺术话语》、《陀思妥耶夫斯基诗学问题》、《拉伯雷与他的世界》、《长篇小说的话语》等代表性作品,提出了一些影响深远的文艺理论问题。

"复调"理论是建立在巴赫金对陀思妥耶夫斯基长篇小说的解读基础上的。巴赫金认为,有着众多的各自独立而不相融合的声音和意识,由价值上的不同声音所组成的复调,是陀思妥耶夫斯基长篇小说的基本特点。在陀思妥耶夫斯基的作品中,不是众多性格和命运构成一个统一的客观世界,在作者统一的意识支配下层层展开,而是众多地位平等的意识连同它们各自的世界,结合在某个统一的事件之中,彼此不同的世界不发生融合。陀思妥耶夫斯基笔下的主要人物,在艺术家的创作构思之中,不仅仅是作者议论所表现的客体,而且也是直抒己见的主体。主人公的议论,绝不只局限于普通的塑造性格和展开情节的实际功能,也不是作者本人的思想立场的表现。主人公不是作者的传声筒,而是与作者平起平坐,并以特别的方式同作者进行辩论。小说的复调特征正是强调人物之间、人物与作者之间的平等的对话关系。

"复调"理论关联着巴赫金的文学话语理论。他认为,话语不同于语言,它涉及的是具体的言语,言语是一种行为,包含着对话性,不同社会和文化中的话语都是如此。巴赫金赋予了对话以本体论的地位:一切都是手段,对话才是目的,单一的声音,什么也结束不了,什么也解决不了,两个声音才是生命的最终条件,生存的最低条件。对巴赫金来说,小说结构的所有成分之间,小说内容与外部世界都带有对话性质。他说:"对话关系这一现象,比起结构上反映出来的对话中人物对话之间的关系,含义要广得多,这几乎是无所不存的现象,浸透了整个人类的语言,浸透了人类生活的一切关系和一切表现形式,总是浸透了一切蕴含着意义的事务。"巴赫金的话语理论对克里斯蒂瓦的互文性理论产生了直接的影响。

狂欢化理论是巴赫金文艺理论另一重要内容。狂欢文化来自于民间文化与生活,最初孕育于原始生活的综合体之中,可以追溯到人类的原始制度和原始思维。它是一种节日精神,以插科打诨、粗鄙等半现实半游戏的形式,呈现出一个自由的世界。在这个世界里,人人参与世界的再生与更新,本真的节庆使民众暂时进入全民共享、自由、平等和富足的乌托邦王国。在这里,身体与肉体生活也具有宇宙的以及全民的性质,根本不是现代狭隘意义的身体与生理,身体在此演化为人民大众的、集体的、生育的身体。此外,狂欢节日表现出独特的语言特性,促进了现代长篇小说的形成。

原典选读

长篇小说的话语(节选)

Discourse in the Novel　　白春仁,译

　　这里选取的文章《长篇小说的话语》是巴赫金在1934到1935年间写作的一篇重要文章,继承了他顶峰时期的文学观念,即试图克服文学研究中抽象的形式主义与抽象的思想派的脱节,认为形式与内容在语言中是统一的,语言是一种社会现象,其活动的各个方面和一切要素,从声音形象到抽象的意义层次,都是社会性的。巴赫金从现代修辞学角度思考长篇小说体裁,认为长篇小说作为一个整体是一种多语体、杂语类和多声部的现象,是用艺术方法组织起来的社会性的杂语现象。诗歌则不同,它不利用话语的内在对话性,诗歌话语是自给自足的,并不要求在自身之外一定得到他人的表述,丝毫不顾及他人的话语。诗人的语言是他自己的语言,始终沉醉于词语之中。巴赫金认为,杂语和复调不仅是小说和艺术领域的现象,而且是社会生活的基石。

　　本文的主旨,在于克服文学语言研究中抽象的"形式主义"同抽象的"思想派"的脱节。形式和内容在语言中得到统一,而这个语言应理解为一种社会现象;它所活动的一切方面,它的一切成素,从声音形象直至极为抽象的意义层次,都是社会性的。

　　这样的主旨,决定了我们把重点放在"体裁修辞学"上。风格和语言脱离了体裁,在相当大的程度上导致主要研究个人和流派的风格,而风格的社会基调却为人们所忽视。随着体裁命运的变化而来的文学语言重大历史变故,被艺术家个人和流派的细小修辞差异所遮掩。因此,修辞学对自己要研究的课题,失去了真正哲理的和社会的角度,淹没在修辞的细微末节之中,不能透过个人和流派的演变感觉到文学语言重大的不关系个人名字的变化。在大多的情况下,修辞学只是书房技巧的修辞学,忽略艺术家书房以外的语言的社会生活,如广场大街、城市乡村、各种社会集团、各代人和不同时代的语言的生活。修辞学接触的不是活的语言,而是语言的生理上的组织标本,是服务于艺术家个人技巧的语言学上抽象的语言。但即使是风格中这些个人和流派的色调,由于脱离了语言发展中基本的社会进程,也不可避免地只得到浮浅而空洞的解释,不能摆在同作品意义方面构成的有机整体中加以研究。

第一章　　现代修辞学和长篇小说

　　直到20世纪以前,人们一直没能从承认小说(艺术散文)语言的修辞特点出发来明确提出小说修辞的问题。

　　在很长的时间里,长篇小说只是抽象的思想分析的对象和报章评论的对象。具体的

修辞问题或者完全回避不谈,或者附带地毫无根据地分析两句,如把艺术散文的语言解释为狭义的诗语,而后不加区分地用上几个传统修辞学(其基础是语义辞格的理论)的范畴,要么干脆说几句评价语言的空话——"富于表现力"、"形象生动"、"有力的语言"、"语言明快",如此,等等,却不给这些概念以任何确定的和深思熟虑的修辞含义。

上个世纪末,一反抽象的思想分析,对散文艺术技巧的具体问题,对长短篇小说的技术问题,兴趣开始浓厚起来。但在修辞问题上,情况依然故我:注意力几乎全部集中在布局(广义的理解)问题上。同过去一样,对长篇小说(还有短篇小说)中语言的修辞特点,既缺乏原则的研究角度,同时也缺乏具体的研究角度(二者不可分离);依照传统修辞学的精神对语言作出一些偶然的观察评价,这种方法仍继续占着统治地位,而类似的观察评价是完全不能触及艺术散文的真正本质的。

有一种非常流行又很有代表性的观点,认为小说语言是某种非艺术的领域,这个领域不进行特别的独具一格的修辞加工。人们在小说语言中既然找不到预期的纯粹诗意(狭义)的形式,便否认小说语言有任何艺术价值;说它同生活中实用语言或科学语言一样,只是一种没有艺术性的传递手段①。

根据这种观点,就没有必要对小说进行修辞分析,也就取消了小说修辞的这一课题本身,可以只局限于进行纯题材的分析。

其实,恰是在二十年代情形发生了变化:小说的散文语言开始在修辞学中争得一席之地。一方面有一些具体分析小说修辞的著作问世,另一方面有人从原则上尝试理解和确定艺术散文有别于诗歌的修辞特色。

然而,正是这些具体的分析和这些从原则立场上所作的尝试,再清楚不过地表明:传统修辞学的所有范畴,及其所依据的对艺术诗语的看法观念,都不适用于小说语言。小说语言成了整个修辞探索的试金石,它发现这种探索过于狭窄,也无法适应艺术语言的一切领域。

对小说进行具体的修辞分析的尝试,要么形成了对小说家语言的语言学描写,要么局限于举出小说的某些修辞因素,这些因素可以(或者仅仅感到可以)归于修辞学的传统范畴。不管这两种情况的哪一种,小说和小说语言的修辞整体,全都被研究者所忽略。

长篇小说作为一个整体,是一个多语体、杂语类和多声部的现象。研究者在其中常常遇到几种性质不同的修辞统一体,后者有时分属于不同的语言层次,各自服从不同的修辞规律。

下面是几种基本的布局修辞类型,整个一部长篇小说通常就可分解为这些类型。

---

① 早在二十年代,B. M. 日尔蒙斯基就写道:"抒情诗的确是语言艺术品,它的选择和组合词语无论从意义上还是音韵上都完全服务于美学任务。而列夫·托尔斯泰的在语言组织上颇为自由的小说,却不把语言当作具有艺术价值的感染人的因素来使用,而是当作平常的称谓手段或体系,它同实用语言一样服从于交际功能,并把我们引入自语言里抽象出来的题材因素的发展运动之中,这样的文学作品不能称作语言艺术品,或者至少不是抒情诗意义上的语言艺术品。"(《"形式方法"问题》,载 B. M. 日尔蒙斯基的文集《文学理论问题》,列宁格勒,科学出版社,1928 年,第 173 页。)——作者注

（1）作者直接的文学叙述（包括所有各种各样的类别）；

（2）对各种日常口语叙述的摹拟（故事体）；

（3）对各种半规范（笔语）性日常叙述（书信、日记等）的摹拟；

（4）各种规范的但非艺术性的作者话语（道德的和哲理的话语、科学论述、演讲申说、民俗描写、简要通知，等等）；

（5）主人公带有修辞个性的话语。

这些性质迥异的修辞统一体进入长篇小说中，结合而成完美的艺术体系，服从于最高的修辞整体；而这个整体绝不等同于其中所属的任何一种修辞统一体。

长篇小说这一体裁的修辞特点，恰恰在于组合了这些从属的但相对独立的统一体（有时甚至是不同民族语言的统一体），使它们构成一个高度统一的整体：小说的风格，在于不同风格的结合；小说的语言，是不同的"语言"组合的体系。小说语言中每一个分解出来的因素，都是在极大程度上受这一因素直接从属的那个修辞统一体所左右，如主人公独具个性的语言，如叙述人的生活故事，如书信，等等。这个关系最近的修辞统一体，决定着每一因素（词汇、语义、句法等因素）的语言和修辞面貌。与此同时，这一因素又同自己最亲近的修辞统一体一起，参加到整体的风格中，本身带有该整体的色调，又参与形成和揭示整体统一的文意。

长篇小说是用艺术方法组织起来的社会性的杂语现象①，偶尔还是多语种现象，又是个人独特的多声现象。统一的民族语内部，分解成各种社会方言、各类集团的表达习惯、职业行话、各种文体的语言、各代人各种年龄的语言、各种流派的语言、权威人物的语言、各种团体的语言和一时摩登的语言、一日甚至一时的社会政治语言（每日都会有自己的口号，自己的语汇，自己的侧重）。每种语言在其历史存在中此时此刻的这种内在分野，就是小说这一体裁必不可少的前提条件；因为小说正是通过社会性杂语现象以及以此为基础的个人独特的多声现象，来驾驭自己所有的题材、自己所描绘和表现的整个实物和文意世界。作者语言、叙述人语言、穿插的文体、人物语言——这都只不过是杂语藉以进入小说的一些基本的布局结构统一体。其中每一个统一体都允许有多种社会的声音，而不同社会声音之间会有多种联系和关系（总是在某种程度上构成对话的联系和关系）。不同话语和不同语言之间存在这类特殊的联系和关系，主题通过不同语言和话语得以展开，主题可分解为社会杂语的涓涓细流，主题的对话化——这些便是小说修辞的基本特点。

传统修辞学不懂得不同语言和体式会这样结合为更高一层的整体，不研究小说中不同语言构成的特殊的社会对话。正由于这个缘故，修辞分析不针对小说的整体，而只针对其中从属性的这个或那个修辞统一体。研究者绕开小说体裁的基本特点，偷换了研究对象，分析的不是小说的风格，实际上完全是别的什么东西。研究者是把交响乐（乐队伴奏的）题材，移到大钢琴上来。

---

① организованное разноречие 是本文用来界定长篇小说的基本范畴，通译为"组织起来的杂语"或"有序杂语"。——译者注

这种偷梁换柱的做法有两种情形。一种是用描述小说家的语言(最多不过是研究小说中的"不同语言")来代替分析小说的风格。第二种是选择某一从属的体式,把它作为整体的风格来研究。

在第一种情况下,风格脱离开体裁和作品,只作为语言本身的现象来分析。一部作品的完整风格,或者被当成某种个人的语言整体(即独特的个人语言),或者成了个人话语(parole)的整体。正是说话者的个人特点,被认作是构成风格的要素,以为是它把语言现象、语言学现象,转化成为修辞的统一体。

对我们来说,这里重要的不在于这种小说风格的分析是朝什么方向努力:是要揭示小说家某种个人语言(即他的词汇和句法)呢,抑或要揭示作品作为某种言语整体(作为"话语")的特点?不管属哪种情形,都同样是按照索绪尔的精神来理解风格,即是一般语言(指语言普遍规范的体系)的个性化。修辞学在这里变成了研究个人语言的一种特别的语言学,或者是研究话语的语言学。

因此,根据这种观点,风格的完整统一,一方面要求有一个完整统一的语言(指普遍规范形式构成的体系),另一方面要求有一个体现在这语言之中的完整统一的个性。

这两个条件对于大多数诗歌体裁来说,的确是不可缺少的,但即使在这里它们也远远不能囊括和决定作品的风格。就是对诗人个人的语言和言语作出最准确最全面的描写,哪怕也是以语言和言语成分的描绘特征为目标,仍然算不上是对作品的修辞分析,因为这些成分还是属于语言体系或言语体系,亦即属于某种语言学的统一体,而并非属于文学作品的体系,文学作品遵从的完全是另一些规律,不同于语言学中语言体系和言语体系的规律。

但我们要再重申一遍,在大多数诗歌体裁中,语言体系的完整统一,体现于其中的诗人语言个性和言语个性的完整统一(这里的个性并且是独一无二的),这两者是诗歌风格必备的前提。长篇小说则不要求有这些条件。不仅如此,正如我们前面所说,真正的小说作品所要求的前提条件,是语言的内在分野,是语言中社会性的杂语现象,还有其中独特的多声现象。

因此,以小说家个性语言来偷换小说的风格(因为小说家的语言是可以在"语言"体系和"言语"体系里找到的),就会把问题弄得加倍地含混不清;这样做歪曲了小说修辞的真正本质。这样偷换不可避免地导致一个结果:在小说中只注意那些纳得进统一的语言体系框架的成分,那些直接或间接表现作者语言个性的成分。而小说的整体,利用多语型、多声部、多体式、甚至常常是不同民族语言的成分来构建这一整体的特殊任务,则是这种研究所不予注意的。

……

为了服务于欧洲的语言和思想生活中强大的集中倾向,语言哲学、语言学和修辞学首先就得寻求多样的统一。由于全然"以统一为目标",在今天和过去的语言生活中,语言哲学界的注意力,就集中到了语言中最稳定、最牢靠、很少变化而又明确无误的成分上,首先就是语音成分上;这种成分距离语言中多变的社会因素、意义因素是最远的。而参与真正的杂语和多语现象之中负载思想的现实的"语言意识",却被丢在视野之外。又是由于以统一为目标,致使人们忽视了所有的言语体裁:生活的、雄辩术的、文艺散文的体裁,后者恰是代表着语言生活中的分散倾向,或者起码是与杂语现象紧密相关。这一杂语和多语的意识,在语言生活中表现为特殊的语言形态和语言现象,但这一点对语言学和修辞学的学术思想,竟没有产生任何明显的影响。

因此,诸如摹仿风格体、故事体、讽刺摹拟体、多种"不直说"的言语假面形式,以及组织杂语的更为复杂的艺术形式、即用多种语言合奏自己多种主题的艺术形式,还有所有典型而又深刻的长篇小说模式(如格里美豪森、塞万提斯、拉伯雷、菲尔丁、斯摩莱特、斯特恩等人作品)之中所体现出来的对语言和言语的那种独特感受,没有能够获得相应的理论上的理解和阐释。

长篇小说的修辞问题,不可避免地会要求必须研究一系列语言哲学中的原则问题,它们涉及言语生活中几乎完全未被语言学和修辞学界阐释过的那些方面,也就是话语①在杂语世界和多种语言世界里的生活和行为。

[原典英文节选] All attempts at concrete stylistic analysis of novelistic prose either strayed into linguistic descriptions of the language of a given novelist or else limited themselves to those separate, isolated stylistic elements of the novel that were includable (or gave the appearance of being includable) in the traditional categories of stylistics. In both instances the stylistic whole of the novel and of novelistic discourse eluded the investigator.

The novel as a whole is a phenomenon multiform is style and variform in speech and voice. In it the investigator is confronted with several heterogeneous stylistic unities, often located on different linguistic levels and subject to different stylistic controls.

We list below the basic types of compositional-stylistic unities into which the novelistic whole usually breaks down:

(1) Direct authorial literary- artistic narration (in all its diverse variants);

(2) Stylization of the various forms of oral everyday narration (*skaz*);

(3) Stylization of the various forms of semiliterary (written) everyday narration (the letter, the diary, etc.);

(4) Various forms of literary but extra-artistic authorial speech (moral, philosophical or scientific statements, oratory, ethnographic desciptions, memoranda and so forth);

(5) The stylistically individualized speech of characters.

These heterogeneous stylistic unities, upon entering the novel, combine to form a structured artistic system, and are subordinated to the higher stylistic unity of the work as a whole, a unity that cannot be identified with any single one of the unities subordinated to it.

The stylistic uniqueness of the novel as a genre consists precisely in the combination of these subordinated, yet still relatively autonomous, unities (even at times comprised of

① 原文为 CJIOBO,在此文中指语言成品,与语言体系相对。下文取"言语"或"话语"两种译法,可视作同义语。——译者注

different languages) into the higher unity of the work as a whole: the style of a novel is to be found in the combination of its styles; the language of a novel is the system of its "languages". Each separate element of a novel's language is determined first of all by one such subordinated stylistic unity into which it enters directly—be it the stylistically individualized speech of a character, the down-to-earth voice of a narrator in *skaz*, a letter or whatever. The linguistic and stylistic profile of a given element (lexical, semantic, syntactic) is shaped by that subordinated unity to which it is most immediately proximate. At the same time this element, together with its most immediate unity, figures into the style of the whole, itself supports the accent of the whole and participates in the process whereby the unified meaning of the whole is structured and revealed.

The novel can be defined as a diversity of social speech types (sometimes even diversity of languages) and a diversity of individual voices, artistically organized. The internal stratification of any single national language into social dialects, characteristic group behavior, professional jargons, generic languages, languages of generations and age groups, tendentious languages, languages of the authorities, of various circles and of passing fashions, languages that serve the specific sociopolitical purposes of the day, even of the hour (each day has its own slogan, its own vocabulary, its own emphases)—this internal stratification present in every language at any give moment of its historical existence is the indispensable prerequisite for the novel as a genre. The novel orchestrates all its themes, the totality of the world of objects and ideas depicted and expressed in it, by means of the social diversity of speech types [*raznorečie*] and by the differing individual voices that flourish under such conditions. Authorial speech, the speeches of narrators, inserted genres, the speech of characters are merely those fundamental compositional unities with whose help heteroglossia [*raznorečie*] can enter the novel; each of them permits a multiplicity of social voices and a wide variety of their links and interrelationships (always more or less dialogized). These distinctive links and interrealtionships between utterances and languages, this movement of the theme through different languages and speech types, its dispersion into the rivulets and droplets of social heteroglossia, its dialogization—this is the basic distinguishing feature of the stylistics of the novel.

延伸阅读

1. 美国学者卡特琳娜·克拉克(Katerina Clark)和迈克尔·霍奎斯特(Michael Holquist)1984 合著的《米哈伊尔·巴赫金》是巴赫金学术思想研究的权威之作(语冰译,中国人民大学出版社,2002)。全书分 15 章介绍了巴赫金的生平和主要思想,分析颇为全面、深入。

2. 六卷本的《巴赫金全集》(河北教育出版社,1998),是国内研究巴赫金的权威版本,资料详尽,值得深入阅读。

阿尔都塞

路易·阿尔都塞(Louis Althusser,1918—1990)是法国著名哲学家,以对马克思、恩格斯著作的结构主义阅读而闻名,被称为结构马克思主义的奠基人。

他于1918年10月16日出生于法国阿尔及利亚的比曼德利小镇的一个银行经理之家,他的姓名是他的母亲为怀念在第一次世界大战中牺牲的曾经的恋人而取的。他的母亲把阿尔都塞视为这位死者的替代品,这给阿尔都塞留下了一生的心灵创伤。父亲去世后,阿尔都塞随母亲到了法国马赛,参加了法国天主教青年运动和青年学生基督教组织。1936年他以优异的成绩考入巴黎国立高等师范学校预科班,1939年进入该校文学院。德国法西斯入侵法国,他积极应征入伍,驻守布列特尼半岛。不幸的是,1940年被德军俘虏,关押在德国集中营,直到1945年战争结束才被释放,这些都给他的心灵带来冲击。阿尔都塞1945年重返巴黎高等师范学校,在著名的法国哲学家巴歇拉尔的指导下研究哲学,1948年以论文《黑格尔哲学的内容概念》获哲学博士学位,并留校从教,同年加入法国共产党。由于生理和心理上的痛苦不断加剧,他不得不借助于电休克疗法。

20世纪50年代中后期围绕马克思主义与人道主义和黑格尔哲学的关系问题,阿尔都塞同加洛蒂等马克思主义理论家展开了激烈论战,他极力主张对马克思主义进行科学认识。60年代初,阿尔都塞开始受到法国兴起的结构主义思潮的影响,组织关于结构主义和阅读《资本论》的学术论坛,运用结构主义方法解释马克思的著作,在法国形成了一个学派,后来名之为阿尔都塞理论学派,70年代之后这个学派逐步瓦解了。1980年,阿尔都塞患上严重的精神病并勒死了长期陪伴自己的妻子,他不得不进入精神病院。1983年出院后迁居北方,仍然不断写作,1990年死于心脏病发作。

阿尔都塞的思想结合精神心理分析和结构主义方法,体现出结构马克思主义的特色。在文艺理论方面,他也提出了一些有价值的观点:

阿尔都塞关于文艺与意识形态的关系的分析是辩证的。他提出,意识形态是具有独特逻辑和独特结构的表象(形象、神话、观念或概念)体系,而科学认识就是要突破这个表象体系。真正的艺术脱离了意识形态的幻想和虚假性,与科学认识一起飞向真理的蓝天,但是它又离不开意识形态,艺术的特殊性在于"使我们看到"、"使我们觉察到"、"使我们感觉到"某种暗指现实的东西,因此艺术既超越又暗示着意识形态。艺术的审美效果就是体验作品中的艺术家个人表象意识形态与作品中暗示的现实意识形态的内部距离。

他还提出了"症候式阅读"的文学批评方法。传统的阅读方法注重认识与对象的直接明了的关系,通过看与读从对象中直接找到印证的材料。阿尔都塞主张彻底改变传统认识的观念,摒弃看和直接阅读的神话,注重一种新的阅读方法即"症候读法"。"症候读法"把所读的文章本身所掩盖的东西揭示出来,并且使之与其他文章联系起来。阿尔都塞把弗洛伊德的无意识理论、拉康的精神分析学说以及福柯的权力话语学说融入到对文本的解读理论中,主张从文本的沉默、断裂处,从事物的关系中读出文本深层次的意义。

多元决定理论是阿尔都塞结构主义思想的重要内容。多元决定是阿尔都塞从弗洛伊德那里借来的概念。受法国结构主义人类学家列维-斯特劳斯的影响,阿尔都塞对文化现象、意识形态的研究体现出结构主义特色。他认为,意识形态的特殊性在于结构和作用是固定不变的,它首先作为结构而无意识地强加于绝大多数人。但是,这种结构不是线性因果或者表现性因果,而是结构因素的多种组合;不是单一因素所决定的,而是多个因素的决定;任何一种单一的结构因素都不能决定结构的整体,而是由在场的因素和不在场的因素多元界定的,因此意识形态的结构体现出复杂性。当然,结构的决定因素并不是在任何时候都固定不变的,它随着矛盾的多元决定和它们的不平衡发展而变化着。在阿尔都塞看来,文学审美活动也可以被理解为一个复杂的结构机制。

原典选读

意识形态和意识形态国家机器(节选)

Ideology and Ideological State Apparatuses　　李迅,译

选文《意识形态和意识形态国家机器》是阿尔都塞1970年首次发表于法国《思想》杂志上的一篇重要论文,此文主要探讨意识形态,其中也包含有价值的文艺理论思想。他认为,国家机器可以分为强制性的国家机器,也包括非强制性的意识形态国家机器,如宗教组织、学校教育、文学文化机制等,意识形态国家机器成为生产力和生产关系再生产的重要因素。阿尔都塞根据马克思、斯宾诺莎、弗洛伊德、拉康的学说,把意识形态理解为梦的无意识表象,不仅具有想象性而且具有物质实践性,就是日常生活中的见面招呼都呈现出意识形态的作用效果。一个人的主体的形成是在意识形态的作用下形成的,意识形态在具体个体上投入了主体的身份,使主体臣服于另一个大写的他者,并且确保主体与他者的相互认识、主体之间的彼此认识以及

主体的自我认识,因此主体只是他者的镜像,具有双重的镜像结构。阿尔都塞这种具有结构主义色彩的意识形态理论,对文艺研究和文化研究中主体身份的讨论产生了深远的影响。

意识形态是一种"表象"。在这种表象中,个体与其实际生存状况的关系是一种想象关系

为了接近我关于意识形态的结构和功能作用的中心命题,我要先提出两个命题:一个是否定的,涉及以意识形态的想象形式"表现"出来的客体;一个是肯定的,涉及意识形态的物质性。

命题1:意识形态表现了个体与其实际生存状况的想象关系。

我们平常叫惯了宗教意识形态、伦理道德意识形态、法律意识形态、政治意识形态,等等,以及许许多多的"世界观"。假设不把这些意识形态的任何一个当作真实的东西(如像"信奉"上帝、安分、公正等那样),我们自然就会承认我们是以一种批判的观点来讨论意识形态的,就会像人类学家检验"原始社会"神话一样来检验它,就会承认这些"世界观"大都是想象出来的,即"与现实不相符合的"。

无论如何,一旦承认它们与现实不相符合,即承认它们构成了一种幻象,我们就会承认它们的确又影射着现实,并且承认它们须经"阐释",才能使我们在世界的想象表象背后发现实在的世界(意识形态 = 幻象/引喻)。

阐释(interpretation)的类型各有不同,其中最著名的是流行于 18 世纪的机械论类型(上帝是现实中国王的想象表象)和由早期教会的神父们所开创、费尔巴哈(对他说来,上帝就是现实中人的本质)以及受神学家巴特①影响的神学—哲学院所复兴的释义学阐释。上述要点在于:如果把意识形态在想象中的换位(与倒置)加以阐释,我们就会得出结论:在意识形态中,"人们是以一种想象形式来表现他们实际生存状况的"。

……

"人们"在意识形态中"表现出来"的东西并不是他们的实际生存状况即他们的现实世界,而是他们与那些在意识形态中被表现的生存状况的关系。正是这种关系处于现实世界的每一种意识形态(即想象的)表象的中心位置。也正是这种关系包含了能以解释现实世界的意识形态表象的想象性畸变(imaginary distortion)的"原因"。抛开因果关系用语似能说得更确切些:这种关系的想象本质是我们在所有意识形态(如果我们不囿于其真实性的话)中都观察得到的全部想象性畸变的基础。有必要在此展开这个命题。

用马克思主义语言来讲,那些占据生产、剥削、压迫、意识形态灌输和科学实践各个工作职位的个体的实际生存状况的表象,归根结蒂产生于生产关系及其衍生的其它关系。如果这种说法是真实的,我们就可以认为:所有意识形态在其必然的想象性畸变中并不表

---

① Karl Barth (1886—1968),瑞士基督教神学家. 著有《〈罗马书〉注释》(1919)。强调上帝不同于人间任何事物,批判自由派神学中的理性主义、历史主义和心理主义。——译注

现现实生产关系(及其衍生的其它关系),而是表现个体与生产关系及其衍生的那些关系的(想象的)关系状态。因此,在意识形态中被表现出来的东西就不是左右个体生存的现实关系系统,而是这些个体与他们身处其中的现实关系的想象关系。

如果此说成立,那么意识形态中现实关系的想象性畸变的"原因"问题就不复存在了,取代它的是一个完全不同的问题:社会关系左右着个体的生存状况以及他们的集体生活和个人生活,这些个体也有着与这种社会关系的(个人)关系,那么为什么作用于这些个体的表象就必然是一种想象关系呢? 这种想象状态的本质又是什么呢? 以这种方式提出的问题推翻了"宗派"原因论和个体集团决定论(教士们或专制君主们——他们是意识形态神秘幻象的制造者)的解释,也推翻了现实世界的异化性质的解释。以后大家会明白我为什么总要对后者加以提示。现在让我们先告一段落。

命题Ⅱ:意识形态具有一种物质的存在。

我以前在谈到"观念"和"表象"时就已经论及这个命题了。这个命题是要断言意识形态并不具有一种空想的或精神的存在,而是具有一种物质的存在。我甚至认为观念在空想上和精神上的存在只是排它地自现于这个"观念"的观念体系和意识形态的某个观念体系之中,让我加以补充,它自现于看来在学术出现以来就一直"铸造"这个概念的那种东西(即学术工作者们在其自发的意识形态中以为是——无论其真伪——"观念"的那种东西)的观念体系之中。当然,这个肯定形式的命题还没有得到证明。在此我谨以唯物主义的名义请读者宽和地对待这个命题,因为证明它需要一系列冗长的论证。

如果我们想要进一步分析意识形态本质的话,"观念"或其他"表象"不是精神的而是物质的存在这一前提命题是十分必要的。确言之,对任何一种意识形态所作的每一个非常认真的分析都会向观察者(暂且不论那些带批评眼光的观察者)呈现出一些东西,但呈现的方式往往是即发的和经验主义的;而上述命题则恰恰有助于我们更深入地揭示这些东西。

我在讨论意识形态国家机器及其实践时曾讲,每一种意识形态国家机器都是一种意识形态的实现(这些不同范畴的意识形态单位——宗教的、伦理道德的、法律的、政治的、美学的,等等——都以它们对统治意识形态的臣服而确立)。现在我要回到这个命题上来:一种意识形态总是存在于一种机器及其实践或常规之中。这种存在即是物质的存在。

当然,一种机器及其实践中的意识形态的物质存在形式与一架投石机或一枝步枪的物质存在形式并无相同之处。但是,尽管担着被误认为是新亚里士多德派的风险(注:马克思很尊敬亚里士多德),我还是主张"要在多种意义上讨论质料问题",确切讲,我认为质料存在于不同形式之中,而所有形式最终都源自"物理的"质料。

这个观点把我引向深入并发现了生活在意识形态——即世界的定向性(宗教的、伦理道德的,等等)表象——之中的"个体"身上所发生的事情。这种表象的想象性畸变就取决于这些个体与他们生存状况的想象关系,换言之,即最终取决于他们与生产关系和阶级关系的想象关系(意识形态 = 对现实关系的想象关系)。我认为这种想象关系本身就具有物质的存在。

现将我的观察陈述如下。

某个个体信奉上帝(或忠义、公正,等等),那么这种信仰(对每个人,即对所有生活在意识形态的观念体系表象——按照定义,它把意识形态还原到具有一种精神存在的观念——之中的人来说)源于上述个体的观念,即源于意识中包含了所信仰观念的、作为主体的个体。以这种方式,即依靠绝对的意识形态"概念的"设计,就建立起一个有着自由形成或自由认可所信仰观念的意识的主体。而这个主体的(物质的)外貌自然就是下面这个样子。

上述个体以某种行为方式做人,沿袭某种顺应世事的态度,更重要的是参加某种有制可循的意识形态机器的实践(这个个体作为一个主体在完全自由的意识状态中所选择的观念就"依赖于"这种实践)。要是他信奉上帝,他就去教堂参加弥撒仪式、跪拜、祈祷,忏悔、苦行(就这个术语的一般意义讲,也是物质的),自然还有匍匐悔罪,等等。要是他信奉安分,他就会有相应的态度,并在仪式的实践中标铭"遵道义而后行"。要是他信奉公正,他就会无条件地屈从于法律条文,一旦这些条文遭到践踏,他甚至会进行抗议、搞签名请愿、参加示威游行,等等。

通过以上简述,我们看到:意识形态的观念体系表象不得不承认,每一个"主体"都具有一种"意识",而且信奉他的意识赋予他的、也是他自愿接受的观念。这个主体一定会"按照他的观念行动",因而一定会在他的物质的实践活动中作为一个自由的主体来标铭自己的观念。如果他没这么做,"那准是心里有鬼"。

进一步讲,如果他没有作为他的信仰物的一个功能去做他应做之事的话,就恰恰是因为他仍然作为相同的观念论体系的另一个功能去做其他的事。这暗示他头脑中有着与他言行一致的其他观念,也暗示他作为一个或是"灵欲抵牾"("无人自甘邪恶")、或是轻俗蔑世、或是行为倒错的人去按另一些观念行事。

事实证明,意识形态的观念体系尽管有其想象性畸变作用,也还是承认:一个人类主体的"观念"存在于他的行动之中,或者说应该存在于他的行动之中;如果不是这样的话,意识形态的观念体系也会为他提供与他行动(暂且不论那些倒错的行动)相适应的另一些观念。这个观念体系述及行动,我则述及介入实践的行动。然后我要指出这些实践是由仪式所支配的,而且它们被标铭于这些仪式之中;就一种意识形态机器的物质存在范围而言,诸如一个小教堂中的小弥撒、一个葬礼、一个体育俱乐部的小型比赛、一个学习日、一次政党集会等实践,也仅仅是那个机器的一小部分。应该把这个能使我们将意识形态表意体系的秩序颠倒过来的美妙公式归功于帕斯卡的辩护型"辩证法"。帕斯卡大概是这么说的:"一跪下来开口祈祷,你就会信了"。他就是这样招人反感地把事物的秩序颠倒了过来。像基督一样,这种颠倒所带来的不是和平而是争斗;另外它还引来了与基督徒应无相干的东西——诽谤本身(诅咒那个把诽谤带到世间的人吧!)。然而诽谤却使他幸运地接续了冉森教派对于直接命名实体的语言的轻蔑。

我宁愿让帕斯卡回到他那个时代的、伴随着宗教意识形态国家机器的意识形态斗争中去。而且只要有可能,我就要更为直接地运用马克思主义的词汇,从而使我们在艰难探索的领域中取得进展。

因而我认为,就单一主体(某个个体)而言,他所信仰的观念的存在是物质的存在,因为他的观念就是他介入物质的实践的物质的行动,这些实践由物质的仪式所支配,而这些仪式本身是由物质的意识形态机器所规定的,上述主体的观念即产生于这种机器。"物质的"这个形容词在我命题中的四种铭文方式当然是受不同形式的影响:对于参加弥撒仪式、跪拜、划十字或是口头认错、宣判、祈祷、悔罪的举止、诚意的苦行、虔心的注视、庄重的握手、身体力行的讲道或是"内心的"讲道(悟道)来说,逐次置换的物质性就不是同一种物质性。对于区分物质性的不同形式这一理论问题在此就不加论述了。

我要说明的是:我们决不是在利用事物的转化现象来论述"词义转化"问题。原因很清楚:有某些概念在我们的陈述中的确是完全消失了,但另一些概念却沿留下来,而且还出现了一些新的术语。

消失的术语:观念;

沿留的术语:主体,意识,信仰,行动;

出现的术语:实践,仪式,意识形态机器。

这不是转化或废弃(除非在一个政府被推翻或一个玻璃杯被碰翻这个意义上讲),而是不作替换的重新组合。这是一个相当奇特的重新组合。我们因之得出以下结论。

观念就这样消失了(就它们具有的一种空想的或精神的存在而言),准确讲,它们的存在是被标铭在仪式(最终决定于意识形态机器)所支配的实践的行动中了。这样看来,主体的行动(就其被动的行动而言)是被下述系统所支配的(以其实际决定作用的顺序排列):意识形态存在于物质的意识形态机器之中,而意识形态机器规定了由物质的仪式所支配的物质的实践,实践则是存在于于全心全意按照其信仰行事的主体的物质行动之中。

这一陈述表明我们得到了下列概念,主体,意识、信仰和行动。我马上要从这个序列中提取一个有决定作用的、其余一切均取决于它的中心术语:主体。

接着我要提出两个相互关联的命题:

1. 没有不利用某种意识形态和不在某种意识形态之内的实践;

2. 没有不利用特定主体支配和排除个别主体的意识形态。

现在我可以论述我的中心命题了。

意识形态把个体询唤为主体

这个论点不过是要使后一个命题——没有不利用特定主体和排除个别主体的意识形态——显得清晰些罢了。这意味着排除具体的主体就没有意识形态,而且这个针对意识形态的预定论正是因有特定主体——意指主体的类型及其功能作用——才得以成立。

上述表明,即使主体的类型只是随着资产阶级意识形态的兴起,特别是法律意识形态的兴起,并以主体之名(亦可借其他名义——如作为柏拉图所谓灵魂,或作为上帝,等等——发挥功能作用)而出现,它也仍是由所有意识形态构成的类型,无论其决定作用(地域的、或阶级的)如何,也无论其出现的历史年代远近——因为意识形态没有历史。

我认为,主体的类型由所有意识形态构成。但同时我要补充说:仅在所有意识形态都具有把具体的个体"构成"为主体这种功能(它界定意识形态)的意义上,主体的类型才由所有意识形态构成。正是在这个双重构成的相互作用之中,存在着所有意识形态的功能作用。而在这种功能作用的物质存在方式中,意识形态也只不过是自己的功能作用而已。

……

结论:在落入唤为主体,臣服**主体**、普遍相识和绝对担保这四重组合系统之后,主体就"工作起来",他们在一般情况下是"自行工作的"。除了那些不时招致(强制性)国家机器之一部进行干预的"坏主体"之外,绝大多数(好)主体"完全是靠自己"(即靠意识形态——其具体形式被实现于意识形态国家机器之中)顺利地进行工作的。他们被安插于意识形态国家机器的仪式所支配的实践之中。他们承认现存事物的状态,承认"事情是这样而不是那样,这就是真实",承认他们须服从上帝,服从良知,服从神父,服从戴高乐,服从老板,服从工程师,要"爱人如己"等等。他们具体的物质的行为只是祈祷文中那些美妙字句(阿门——"但愿如此")的活铭文。

……

[原典英文节选]　THESIS Ⅱ: Ideology has a material existence.

I have already touched on this thesis by saying that the "ideas" or "representations," ets., which seem to make up ideology do not have an ideal (*idéale or idéelle*) or spiritual existence, but a material existence. I even suggested that the ideal (*idéale, idéelle*) and spiritual existence of "ideas" arises exclusively in an ideology of the "idea" and of ideology, and let me add, in an ideology of what seems to have "founded" this conception since the emergence of the sciences, i. e. what the practicians of the sciences represent to themselves in their spontaneous ideology as "ideas", true or false. Of course, presented in affirmative form, this thesis is unproven. I simply ask that the reader be favorably disposed towards it, say, in the name of materialism. A long series of arguments would be necessary to prove it.

This hypothetical thesis of the not spiritual but material existence of "ideas" or other "representations" is indeed necessary if we are to advance in our analysis of the nature of ideology. Or rather, it is merely useful to us in order the better to reveal what every at all serious analysis of any ideology will immediately and empirically show to every observer, however critical.

While discussing the ideological State apparatuses and their practices, I said that each of them was the realization of an ideology (the unity of these different regional ideologies—religious, ethical, legal, political aesthetic, etc. being assured by their subjection to the ruling ideology). I now return to this thesis: an ideology always exists in an apparatus, and its practice, or practices. This existence is material.

Of course, the material existence of the ideology in an apparatus and its practices does not have the same modality as the material existence of a paving-stone or a rifle. But, at the risk of being taken for a Neo-Aristotelian (NB Marx had a very high regard for Aristotle), I shall say that "matter is discussed in many senses," or rather that it exists in different modalities, all rooted in the last instance in "physical" matter.

Having said this, let me move straight on and see what happens to the "individuals" who live in ideology, i. e. in a determinate (religious, ethical, etc.) representation of the world whose imaginary distortion depends on their imaginary relation to their conditions of existence, in other words, in the last instance, to the relations of production and to class relations (ideology = an imaginary relation to real relations). I shall say that this imaginary relation is itself endowed with a material existence.

Now I observe the following.

An individual believes in God, or Duty, or Justice, etc. This belief derives (for everyone, i. e. for all those who live in an ideological representation of ideology, which reduces ideology to ideas endowed by definition with a spiritual existence) from the ideas of the individual concerned, i. e. from him as a subject with a consciousness which contains the ideas of his belief. In this way, i. e. by means of the absolutely ideological "conceptual" device (*dispositif*) thus set up (a subject endowed with a consciousness in which he freely forms or freely recognizes ideas in which he believes), the (material) attitude of the subject concerned naturally follows.

The individual in question behaves in such and such a way, adopts such and such a practical attitude, and, what is more, participates in certain regular practices which are those of the ideological apparatus on which "depend" the ideas which he has in all consciousness freely chosen as a subject. If he believes in God, he goes to Church to attend Mass, kneels, prays, confesses, does penance (once it was material in the ordinary sense of the term) and naturally repents and so on. If he believes in Duty, he will have the corresponding attitudes, inscribed in ritual practices "according to the correct principles." If he believes in Justice, he will submit unconditionally to the rules of the Law, and may even protest when they are violated, sign petitions, take part in a demonstration, etc.

Throughout this schema we observe that the ideological representation of ideology is itself forced to recognize that every "subject" endowed with a "consciousness" and believing in the "ideas" that his "consciousness" inspires in him and freely accepts, must "*act* according to his ideas," must therefore inscribe his own ideas as a free subject in the actions of his material practice. If he does not do so, "that is wicked."

延伸阅读

1. 路易·阿尔都塞的代表著作《读〈资本论〉》中文版(李其庆、冯文光译,中央编译出版社,2001)从《资本论》的结构主义解读,探讨生产的结构主义机制,其中包括一些重要的文艺理论思想,如把马克思提出的艺术掌握世界的观点进行结构主义理解,是很有意思的。

2. 阿尔都塞关于文艺的具体论述,集中见于他的一封信——《关于艺术问题给安德烈·达斯普莱的复信》,中译文见英国学者塞尔登编的《文学批评理论——从柏拉图到现在》(刘象愚、陈永国等译,北京大学出版社,2000)。

詹姆逊

弗雷德里克·詹姆逊(Fredric Jameson,1934—)是当代最重要的马克思主义文学理论家和文化批评家之一,他和英国的伊格尔顿代表了当代英美马克思主义文艺理论的新方向。

1934年4月14日,詹姆逊生于美国俄亥俄州的克利夫兰。1954年从哈佛大学毕业后,到德国柏林和慕尼黑留学,深入接触了欧洲大陆哲学和结构主义。回到美国后,在奥尔巴赫的指导下攻读耶鲁大学博士学位,研究法国文学,博士论文《萨特:一种风格的起源》于1961年出版。他也因此书进入哈佛大学任教。在60年代新左派及和平主义运动的影响下,詹姆逊深入马克思主义文学理论研究,把西方马克思主义介绍给美国学术界,同时把结构主义和马克思主义结合起来,探讨马克思主义文学理论的新发展。1967年他进入加州大学圣迭戈分校,70年代初出版了《马克思主义与形式——20世纪辩证的文学理论》、《语言的牢笼——俄国形式主义和结构主义批判研究》等重要著作。80年代,詹姆逊出版了名作《政治无意识——作为社会象征行为的叙述》、《后现代主义或晚期资本主义的文化逻辑》等。1984年他第一次到中国访问,在北京大学和深圳大学做了关于后现代主义与文化理论的演讲,对中国后现代主义文化研究产生了重要影响,后来多次来中国访问,引发了研究詹姆逊的热潮,和英国马克思主义文艺理论家伊格尔顿一起成为对中国当代学界影响深远的学者。1985年起,詹姆逊任杜克大学文学系主任,比较文学和法语文学教授。进入90年代后,詹姆逊深入研究全球化问题,更关注文化批评,对电影、建筑、流行文化等进行深入的研究,对现代性、后现代性进行辨析,出版了《地缘政治美学——世界体系中的电影与空间》、《文化转向》、《单一现代性》等著述。

詹姆逊融合了欧洲大陆和英美传统的哲学与文学理论,形成了独特的马克思主义话语,可以说是当代马克思主义文学理论和文化理论的集大成者。他深入有效地把马克思主义的社会历史批评、形式论以及弗洛伊德、拉康的精神分析学说整合起来。他的主要理论观念有:

他提出了文本的意识形态理论。在1970年的著作《马克思主义与形式》中,詹姆逊提出了马克思主义批评的任务,即"应该在形式本身之中证实它的机制"。因为一部艺术作品的内容,归根结底要从它的形式来判断,正是作品的实现形式,为产生作品的主流社会阶级的各种可能问题的解决提供了最可靠的钥匙。他在 1972 年的《语言的牢笼》一书中说:"以意识形态理由把结构主义拒之门外就等于拒绝把当今语言学中的新发现结合到我们的哲学体系中去这项任务。对结构主义的真正的批评需要我们钻进去对它进行深入透彻的研究,以便从另一头钻出来的时候,得出一种全然不同的、在理论上较为令人满意的哲学观点。"在这样的基础上,詹姆逊撰写了文章《文本的意识形态》,认为占据主导地位的语言学模型涉及思维模式的嬗变,他在巴尔特的文本性理论基础上提出的元批评,就是通过辩证思维的运作,把诸如作品的形式理解为作品具体内容的更深层的逻辑,把文本形式视为意识形态自然化过程的载体。

詹姆逊把文学视为社会的象征性行为,认为文学是对社会矛盾的一种想象性的解决,文本或文学形式是政治无意识的流露。他说,文学研究就是要查找那未受干扰的叙事的踪迹的意识形态,探求历史的被压抑和被淹没的现实重现于文本表面的过程的政治无意。政治无意识不是一个新的内容,而是一种叙事范畴,就是阿尔都塞追随斯宾诺莎所称的"缺场的原因"的形式结构,文本以形式无意识构建了意识形态、历史、社会的复杂结构关系,政治无意识理论是詹姆逊的辩证阐释学的重要内容。

詹姆逊的后现代主义文化理论探讨了晚期资本主义的文化逻辑。他认为现实主义、现代主义与后现代主义三种文化形态分别对应着三种社会形态:市场资本主义、垄断资本主义、晚期资本主义。因此晚期资本主义的文化逻辑主要表现为后现代主义的文化、美学的逻辑:深度模式的削平导致平面感,形成一种新的浅显性;历史意识的消失产生断裂感,表意链的断裂导致了精神分裂感;主体性的消失意味着主体零散化;大众文化的复制特性导致距离感的消失,大众传媒的影响力日益突出;文化与消费的合盟导致文化经济化和商品文化化。这样,在全球化的消费文化社会,一种新的文化政治学的可能路径就是建构一种认知图绘的美学,借助于地图重新获得总体性的文化地理和空间。

原典选读

文化与金融资本(节选)

Culture and Finance Capital 单正平,译

选文《文化与金融资本》发表于 1997 年第 24 卷第 1 期的《批判研究》,是詹姆逊探究后现代主义文化的重要论文,提出了当代全球化语境中大众文化与金融资本的深层关系,认为当代全球化世界是金融资本的时代,由于传播技术的强化,资本转移不再受时空限制,可以于瞬间在不同国家间完成,巨额资金在全球范围闪电般的运动,形成了一种新的政治封锁状态,已

经在晚期资本主义的日常生活中产生了一种无法描述的征兆。基于此,他认为,大众文化是晚期资本主义的一部分,消费主义的视觉文化取代了以往上帝的地位,碎片成为后现代文化形象的基本形态。此文后来入选《文化转向》(论文集)一书,此书被佩里·安德森誉为是"至今詹姆逊在研究后现代的著作中最好的一本"。

……

大众文化是晚期资本主义的一部分

因为抽象问题——金融抽象只是其中一部分——必须获得其文化表达。较早阶段的现实抽象——货币和数字在十九世纪工业资本主义大城市中的影响,这一现象赫尔芬丁已作了分析,西美尔(Georg Simmel)在他的开创性论文《都市与精神生活》中也作了文化上的诊断——是出现于所有艺术领域的我们所说的现代主义的一个分支。在这个意义上,现代主义忠实地——甚至"现实主义地"——再造和再现了列宁"帝国主义阶段"的逐渐抽象和非域界化。现在,所谓的后现代性明确表达了抽象的另一阶段,它在本质和结构上与前一阶段有所不同,这就是我吸收阿尔里奇的观点描述的我们所处的金融资本阶段的特征:由控制论技术抽象出来的全球化社会的金融资本时期(称其为后工业是用词不当,除非把它的动力与"生产"时期相区别)。因此任何综合性的金融的资本主义的新理论,都需要深入到膨胀了的文化生产领域,以测绘其影响;的确,与全球化和新信息技术有关的大众文化生产和消费本身,就像影响了经济一样,在晚期资本主义其他生产领域影响深远,而且完全是后者普泛化商品体系的一部分。

……

消费主义的视觉文化取代了上帝

妨碍记录概念的是,它不是一个局部的而是普遍的过程;后现代性的语言是普遍的,在这个意义上它们是媒介语言。它们因此完全不同于伟大的现代派的对孤僻的着迷和对个人主题的癖好,现代派仅通过集体的评论注解和圣徒化这样一个过程,就普遍化和社会化了。如果娱乐和视觉消费不被从根本上视为宗教的实践,那么,记录的概念在此似乎就将失去其力量。用另一种更实在的方式,可以说,上帝死亡与宗教和形而上学终结这种流言,把现代人置于一个焦虑和危机的境地,而这现在似乎已被一个更充分地人类化、社会化、"文化化"的社会充分地吸收。它的空间所充斥的不是新价值,而是消费主义的视觉文化。所以,举唯一一个例子,荒谬的焦虑,本身被一种新的后现代文化逻辑所恢复和重新控制,它尽可能充分地给消费者提供比其他东西更有效的止痛剂。

因此我们必须把注意力转向这个新的间断,它的理论化表现,就是阿尔里奇分析金融资本主义所作出的非凡贡献,对此我第一个提出用抽象本身的范畴,尤其是抽象的特殊形式货币来加以验证。沃林格研究抽象的开创性论文,把它与独特的文化冲动联系在一起,并得出结论:它最终的力量来源是,更古老的、非象征的、进入西方"想象博物馆"的视觉材料,他把这与一种死亡驱力联系在一起。但对我们目标的最大妨碍,是西美尔(Simmel)的《都市与精神生活》,在这本书中,新工业城市的进程,大都包含货币的抽象流动,决定了一种根本不同于老的商业城市和乡村的全新的更抽象的思想和感觉方式。这里致命的关键是,交换价值和货币等价两种效果(effects)的辩证转化;如果后者再一次宣告并发生对对象特性的兴趣,那么在这个新阶段,等值作为其结果就会从旧的稳定的实质概念及其统一标识中撤销。因此,如果所有这些对象如同商品,变成等值的,如果货币消除了作为一种独特东西的内在差异,那么可以购买的似乎就是它们的各种各样的半自治特性或感性特征;而其色彩和造型也就从先前的媒介物中解放出来,独立存在于感觉和艺术素材领域。这是第一阶段,但仅仅是第一阶段,抽象的落实,变成统一的即审美的现代主义,而这一阶段事后看,应被限制在资本主义工业化第二阶段的历史时期——石油和电力工业,内燃机和汽车的新速度和技术,汽船和飞行器——即世纪之交前后那几十年间。

但在继续这种辩证叙述之前,我们需要暂时再回到阿尔里奇。我们已经讨论了想象的方式,阿尔里奇以此剥离了马克思的著名公式 M—C—M',而进入一个流畅的循环的历史叙述。正如我们将要提及的,马克思以另一个公式 C—M—C' 的颠倒开始,如此概括商业的特征:"简单的商品流通始于卖出而终于买入。"商人卖出一件商品并以所得货币买入另一件商品:"整个过程开始于收回卖出商品所得的货币,结束于付出货币买入商品。"这过程并非人们想象的那样,是一个非常有利的轨道,除了个别例外,如在贸易地区之间特殊商品诸如盐和香料就只是为了换回货币。除此之外,如他已经说过的,物质商品本身的中心地位决定了一种感觉的注意力,它与哲学的本质范畴一起,只能导向更现实主义的美学。

然而,还是另一个公式更让我们感兴趣,M—C—M',这是一个辩证的空间,商业(或者商人资本)在这里变成了资本兜售场所。我节略了马克思的解释(在《资本论》第一卷第四章)而只观察第二个 M 初期的逐渐加强:在这个阶段运作的焦点不再是资本而是货币,而且在这个阶段其推动力在于货币在商业生产上的投资,其目的不是为了商品生产本身,而是为了增加 M 回报,即 M'。换言之,财富转化成资本本身;这是资本积累过程的自治化,它坚持自己的逻辑于商品生产和消费的全过程,甚至包括了私人企业家和个体工人。

抽象化和非域界化是金融资本的新逻辑

现在我想介绍德利兹的新词,这个词在我看来显然增强了我们对这个重要转化的意义的认识。非域界化(Deterritorialization),将极大地澄清阿尔里奇理论的意义,对各种不同现象都有广泛的用途;但我认为,它第一的而且似乎是最根本的意义在于使资本主义本身显现出来。并且重构了马克思证明过的核心作用。首先的和最重要的非域界化就是:德利兹和奎达里亚所谓的资本主义公理解译了老的前资本主义代码系统的语符并"释放"了它们新的更强功能的联合。这个新词的反响可以和一个总的说来更琐屑甚至更成功的流行媒介词语境重构(decontextulization)相比较;后者恰当地表明,任何事物脱离其最初的语境(如果你能想象一个),总要与它所处的新区域和新境况形成新的相互关系。但非域界化比这要远为绝对(虽然其结果的确可以被掌握甚至偶尔在新历史条件下被纪录)。因为它更强调一种新的本体的自由流动状态,其内容(重复黑格尔的语言)最终被抑制以有利于形式,在其中产品的内在本性失去意义,仅仅是一个销售借口,而生产的目的不再是为了满足任何特定市场、特定消费群体或者社会和个人的需要,而毋宁在于能转化为一种没有前后关系或区域,而且的确没有使用价值的东西,即货币。

而且,这个时期是双重的,它是对这种非域界化的两个阶段的证明,我看这正是阿尔里奇最根本的独创性和他对当代文化分析最重要的贡献。有一种非域界化资本经常是在新的地区转向其他和更有利可图的生产方式。然后就有一个残酷的危机时刻,到这时整个中心或地区的资本一起放弃生产以便寻求在非生产领域获得最大化的利差,这就是我们已经看到的那些投机、资金市场和一般金融资本。当然,在此非域界化这个词能赞美它自己的各种反话;因为今日有特权的投机的形式之一就是似乎有域界的土地和城市剩余土地的投机。新的后现代信息化或全球化城市因此非常特殊地从最终的非域界化中产生,在这样的城市,土地甚至地球都被抽象化,商品交换的关系背景成了商品本身。因此土地投机是这一过程的一面,它的另一面是全球化本身的最终的非域界化,在这里最大的错误是把地球这种东西想象成一种新的更大的空间以取代老的国家的或帝国的空间。全球化更是一种计算机化的空间,在其中货币资本达到它终极的非域界化——资讯从先前的地球也即先前的物质世界的一个波点在一瞬间传向另一个波点。

我现在想简略讨论的金融资本的新逻辑——这种新逻辑从根本上来说就是新的抽象形式,它们与那些现代主义的抽象截然不同——就是现在文化生产所遵循的逻辑,或换言之,就存在于人们所谓的后现代性之中。需要对这种抽象略加说明,在这种抽象中,新的非域界化的后现代内容是对旧的现代主义的自治化而言,正如全球金融投机是对旧的银行业和信贷而言,或者,正如八十年代的疯狂股市是对大萧条而言。我并不想在这里特别介绍金本位的主题,这必然会提出一个稳固实在的价值是相对于各种形式的纸和塑料形式(或者你电脑上的信息)而言的问题。我们想能够理论化的是,对文化标志的性质及其运行系统进行修改。如果现代主义是一种省略的现实主义,它分割和区分了某种最初模仿的开端,那么它可比作一个大致能被接受的纸币,它的通货膨胀率的突然变化,导致引进了金融投机的机构和工具。

碎片:后现代文化形象的基本形态

我想用碎片(fragment)以及它在不同文化时期的命运来检验这一历史变化。谈论碎片,从施莱格尔认作现代主义的那种东西初露端倪时就有了。既然形象的内涵成了问题,之所以如此,并非形象本身的分裂残缺或极端的损耗所致,乃是分析的结果,那我认为碎片是用词不当,也就可以理解了。但这个词虽不准确却比较方便,所以我在这个简单的最后讨论中要继续使用。我想以罗素(Ken Russell)看似诙谐的评论开始:在21世纪,所有虚构电影都不再超过十五分钟;言外之意是,在一个像我们自己这样的晚显(late show)文化中,为了理解由一系列形象构成的故事,先要做一些精心准备,这种习惯在将来无论如何都没有必要了。而实际上我认为我们自己的经验就可以证明这一点。去电影院看电影的每个人已经意识到,竞争激烈的电影工业为争夺积习很深的电视观众而导致转向一种预展结构。这种预展不得不发展扩张成比先前的电影预告更有综合性的挑逗者。最终,受到强烈吸引的观众(每部正片放映前先加映五六个预展镜头)被它引导而得出一个重要发现,即,预展正是你所需要的。你不再需要看"足"两小时电影(除非对象是要用来消遣的东西,经常就是这样)。这种东西与电影的性质无关(虽然与预映的性质相关,比较好的预展是这样安排的,它们讲的故事似乎与"真实电影"中的"真实故事"不一样)。这种新发展更与了解情节或故事没有什么关系,因为,无论如何,在当代动作片中,故事不过是展开没完没了的强烈刺激和爆炸的借口而已。而这样的镜头和精彩场面经过简单选辑就成了预展。预展是完全自足的,无需刻意安排故事线索和与正版电影情节的关系。预展作为一个有质量的结构和作品,承担了与其设想的最终产品即一部小说化的电影关系相同的某些东西,它制作于电影摄制完成之后,作为一种用静电印刷术复制的原作提示品发行,在这个意义上,它是对原版电影的复制。区别在于,就艺术片(故事片)及其图书版来说,我们在论述一个完成了相似类型的叙述结构,一个同样被这些新发展所抛弃的结构。不论预展有怎样的新形式,是怎样的新最低纲领派,它带来的快乐与旧的不同。因此罗素的预言似乎是有缺陷的,他预言的事情不是发生在 21 世纪,而是已经发生在这个世纪;电影不是十五分钟,而只有两三分钟!

……

在现代,布努艾尔和布兰克奇的自治化碎片的作品仍然是无意义的。布努艾尔征兆无疑是有意义的,但离我们稍远而且不是为我们的,有意义无疑是我们从未见过的地毯的另一面。布兰克奇的沉溺于形象的零散状态也是无意义的,虽然以不同的方式。但是嘉尔曼的总体的流畅很有意义,因为对他来说,碎片已经被重新赋予一种文化媒介的意义;在此我想我们需要一个把这些碎片重新叙述的概念,以补足巴特对较早阶段大众文化的内涵判断。这里发生的是,每一较早的叙述碎片,如果没有一个叙述的上下文整体,就是不可理解的,而现在的变化,能够使一个完整的叙述段落空无意义。叙述成为自治的,在非正式的意义上我把这种现象的出现归因于现代主义过程,因为它新获得了吸收内容并以直接的反映予以显现的能力;而这种能力在后现代消失了。偶然性和无意义的情况,疏离的情况,被这种形象世界的碎片的文化复叙化所取代。

所有这些都与金融资本有关吗?我相信,现代主义的抽象,与资本积累情况下货币本身的抽象相比,缺少一种资本积累的功能。货币在这里既抽象(使一切均等)又空洞无趣。因此它像我已论及的现代主义形象一样,是不完全的;它关注一切,除了它自身,指向被期望完成(也取消)它的东西。它是一种半自治,当然,不是一种凭其自身资格就能构成一种语言或维度的完全自治。但准确地说,金融资本产生的是:一种既不需要生产(如资本那样)也不需要消费(如货币那样)的货币实体的游戏,它最多能像电脑空间一样,靠其自身内在的新陈代谢和流通存在而无需参照任何旧式内容。但陈词滥调的后现代语言的叙事化形象碎片也是如此;它们表明一种新的文化领域或方向,那就是从先前的现实世界中独立出来,这不是因为像在现代(甚至在浪漫主义)阶段那样,文化要撤离现实世界从而获得一种自主的艺术空间,而是因为现实世界已经充满文化并被它殖民化了,但正因为如此,文化的匮乏也无所不在。关于文化匮乏的陈词滥调从不缺少,但对金融投机的总体流向却无人关注,而这两者都在不知不觉地导向崩溃,对此我留待另文过论。

[原典英文节选]　What also militates against the concept of recoding is that it is not a local but a general process; the languages of postmodernity are universal, in the sense in which they are media languages. They are thus very different from the solitary obsessions and private thematic hobbies of the great moderns, which achieved their universalization, indeed their very socialization. only through a process of collective commentary and canonization. Unless entertainment and visual consumption are to be thought of as essentially religious practices, then, the notion of recoding seems to lose its force here. Put another (more existential) way, it can be said that the scandal of the death of God and the end of religion and metaphysics placed the moderns in a situation of anxiety and crisis, which now seems to have been fully absorbed by a more fully humanized and socialized, "culturalized" society. Its voids have been saturated and neutralized, not by new values, but by the visual culture of consumerism as such. So the anxieties of the absurd, to take only one example, are themselves recaptured and recontained by a new and postmodern cultural logic, which offers them for consumption fully as much as its other seemingly more anodyne exhibits.

It is thus to this new break that we must turn our attention, and it is in its theorization that Arrighi's analysis of finance capitalism makes a signal contribution, which I first propose to examine in terms of the category of abstraction itself and in particular of the peculiar form of abstraction that is money. Worringer's pathbreaking essay on abstraction linked it to distinct cultural impulses and concluded that it finally drew its force from the intensifying assimilation of more ancient and nonfigurative visual materials into the West's "imaginary museum," which he associates with a kind of death drive. But the crucial intervention for our purposes is Simmel's "The Metropolis and Mental Life," in which the processes of the new industrial city, very much including the abstract flows of money determine a whole new and more abstract way of thinking and perceiving, radically different from the object world of the older merchant cities and countryside. What is at stake here is a dialectical transformation of the effects of exchange value and monetary equivalence; if the latter had once announced and provoked a new interest in the properties of objects, now in this new stage equivalence has as its result a withdrawal from older notions of stable substances and their unifying identifications. Thus, if all these objects have become equivalent as commodities, if money has leveled their intrinsic differences as individual things. one may now purchase as it were their various, henceforth semiautonomous qualities or perceptual features; and both color and shape free themselves from their former vehicles and come to live independent existences as fields of perception and as artistic raw materials. This is then a first stage, but only a first one, in the onset of an abstraction that becomes identified as aesthetic modernism but that in hindsight should be limited to the historical period of the second stage of capitalist industrialization—that of oil and electricity, the combustion engine and the new velocities and technologies of the motorcar, the steamship and the flying machine—in the decades immediately preceding and following the turn of the century.

延伸阅读

1. 中文版《晚期资本主义的文化逻辑》（生活·读书·新知三联书店，1997）由张旭东编，该书收集了詹姆逊一些重要的论文，如《文本的意识形态》、《后现代主义与消费社会》等。

2. 要深入全面地研究詹姆逊的文艺理论思想，最权威的中文版本是中国社会科学院王逢振主编的四卷本《詹姆逊文集》（中国人民大学出版社，2004），从批评伦理、叙事阐释、文化研究、政治意识等方面进行归类，翻译也较为准确。

II 现象学/存在主义/阐释学

　　这部分把现象学和存在主义、阐释学放在一起介绍,是考虑到存在主义、阐释学均是在现象学基础上发展起来的,三者具有内在的逻辑联系。当然,这三种文艺理论各自有着不同的旨趣和着力点。

　　现象学在现代形成了一场声势浩大的哲学运动,它以德国哲学家胡塞尔为奠基人。胡塞尔在 1900 年出版了影响深远的现象学经典之作《逻辑研究》,对 19 世纪的心理主义进行了彻底地批评,提出了现象学研究的基本方法和原则。虽然胡塞尔的主要贡献是现象学哲学的建构,但是也直接涉及文艺美学问题,如《艺术直觉与现象学直观》《纯粹现象学通论》等。胡塞尔涉及美学问题的重要理论有这样几个方面。

　　他进一步完善了意向性理论。这是胡塞尔从老师布伦塔诺那里借来的概念,但是他对之进行了现象学的发展和重新阐释。意向性概念涵盖了现象学的全部问题和最核心的关键词,它不仅是指人的意识,而且涉及行为问题,准确地说就是意识行为与其所意指的对象之间的关系。意向性的基本结构由意向行为和意向对象构成,意向行为决定意向对象的存在,没有前者就没有后者,一定的意向行为必然伴随着相应对象的呈现,同时意向对象的存在总有意向行为的参与,两者相互关联。文艺作品的审美经验的幻觉性的、臆想性的客体,是创造性想象的构成物,是现象地和意向地存在的,审美对象既不是存在的又不是非存在的,而是意向性的意向行为和意向对象的交互的产物,是主客体融合的对象。"悬搁"是现象学的基本方法,是现象学还原的重要部分。这就是把实在置于括号之中,把外部世界悬搁起来,排除对存在和历史的信仰,也就是把关于世界的荒谬解释悬置起来,世界仍然在那里,依然如其所是地存在着,抛弃对世界的自然态度和理论态度,中止对世界的判断,存而不论。这种现象学态度事实上与审美态度是一致的,文艺审美就是不具有现实判断的特征,是一种伪陈述,不带有任何"认之为真",而是审美的虚构。现象学在还原法基础上进行本质直观,和传统的具有个别性而无普遍性的直观不同,它是直接地看,不只是感性地、经验地看,而是作为任何一种原初给予的意识的一般地看,是一切合理论断的最终合法根源。胡塞尔区别了感性直观和本质直观两种形式,感性直观涉及对个别具体事物的直观,具有个体性;而本质直观涉及普遍性和本质性,但是要以感性直观为基础。这恰是与审美问题相关。

尽管胡塞尔没有过多地探讨文艺理论、美学问题,但是他开创的现象学哲学对 20 世纪的美学产生了重要影响,甚至直接就进入美学领域的问题。早在 1908 年,康拉德就把胡塞尔的现象学应用于音乐、诗歌等艺术对象的分析,著有《审美对象》一文。盖格尔的《艺术的意味》也是 20 世纪初期重要的现象学文艺美学文献。英伽登跟随胡塞尔学习而成为现象学美学的重要代表,1931 年他以德语发表了《文学的艺术作品》这一现象学美学的经典之作。20 世纪四五十年代在瑞士活跃的日内瓦学派也是深入践行胡塞尔现象学的文学批评学派,一些理论家如米勒至今仍然活跃在西方文坛。

胡塞尔的现象学在他的学生海德格尔那里找到了继承者,但是海德格尔进行了存在主义现象学的转换,对存在本体论、阐释学以及语言的核心地位倍感兴趣,其所谓的"语言是存在之家"的观点,学界耳熟能详。海德格尔认为,艺术作品是具有物质性的,但是艺术的真理是对物性的超越,走向存在的敞亮。希特勒上台后,现象学运动转移到法国。法国 40 年代形成了以萨特、庞蒂等为代表的存在主义现象学潮流,50 年代的法国还催生出杜夫海纳这样一位出色的现象学美学家。萨特提出了文学就是"介入"这一重要的观点,关注文学对现实的影响力,而杜夫海纳则关注艺术作品的审美经验,这不是创造者的审美经验,而是欣赏者的审美经验。既然审美经验就是欣赏者的经验,那它就主要是通过审美对象来界定。因为在他看来,艺术作品固然是一种实在,但只有在接受中才能成为作品,实现其作为艺术品的存在,尽管创作行为赋予了艺术作品以实在性,但那是模糊不清的,只有成为审美对象,它才能被观众接受,达到完全的存在。因此,艺术作品和审美对象只有在互相参照、互相依赖的关系中才能被理解。

现象学经由英伽登、海德格尔的发展为 60 年代德国的阐释学、接受美学的兴起培育了肥沃的土壤。作为海德格尔的学生,加达默尔于 1960 年出版了哲学阐释学的代表作品《真理与方法》,标志着哲学阐释学的形成,也包含了文学艺术阐释学思想。接受美学也就在这样的语境中酝酿了出来,形成了西方文艺理论从作品为中心向读者为中心的转移,姚斯和伊瑟尔是其中最重要的领军人物。姚斯受海德格尔和加达默尔的影响,在 1967 年发表了自己的宣言《文学史作为对文学理论的挑战》,肯定了文学阅读、文学历史在文学活动中的重要地位。而伊瑟尔在英伽登的现象学美学的基础上提出了阅读现象学这一命题。在现象学美学和阐释学、接受美学的影响下,美国也掀起了读者反应批评的热潮。它汇聚了一些来自日内瓦学派的重要批评家,并在后结构主义和精神分析影响下,带来了美国文学研究的新高峰,实现了文学理论从集中于文本细读的新批评向读者反应批评的转型,米勒、普莱、卡勒、德曼、霍兰德、布鲁姆、费什等是重要的代表。

这部分我们通过英伽登、海德格尔、萨特、加达默尔、姚斯五位代表来大致把握现象学、存在主义、阐释学、接受美学的文艺理论思想,下面再补充几位很出色的文论家的观点。

普莱(Georges Poulet,1902—1991),是一位日内瓦学派的比利时文学批评家。他把胡塞尔的现象学理论应用于文学批评中,出版了《人类时间研究》、《批评意识》等代表性著作。他并不认同俄国形式主义的客观性的研究,认为文学不是客观的意义结构,文学作品也不是一种客观的词语的构成,而是联系着主体的心灵意识。他提出的"阅读现象学"就是要文学批评去思考文学作品透视出来的作者的心灵结构,阅读就是重新创造作者的心灵状态,重新思考作者自己的意识表达。

伊瑟尔(Wolfgang Iser,1926—2007),是与姚斯并列的德国接受美学的奠基者,康斯坦茨学派成员之一,曾担任康斯坦茨大学比较文学教授。他深受德国阐释学和英伽登现象美学的影响。根据英伽登的观点,文学作品是一个充满空白和不定点的框架,这是一个图式化的视野,这就要求文学阅读将之具体化,获得文学作品的实现,这种实现体现了阅读的创造性。在伊瑟尔看来,文学作品有两极,艺术家的一极与审美的一极。艺术家一极涉及作者创造的文本,审美一极则指由读者所完成的实现。文学作品事实上必定处在这两极之间,所以,只有文本与读者的结合才能产生文学作品。作品要多于文本,因为文本只不过在它被实现时才具有生命,而且这种实现是不能独立于读者的个人气质的。

费什(Stanley Fish,1938—   ),当代美国文学理论家,是一位具有后现代主义色彩和反基础主义的读者反应论者。他著有《为罪恶所震惊:〈失乐园〉中的读者》(1967)、《这门课里有没有文本? 介绍团体的权威》(1980)、《弥尔顿如何工作》(2001)等著作,近年仍然在发表著述,如2008年出版了《你自己拯救这个世界》一书。他的读者反应批评理论一定程度上纠正了阐释学中存在的仁者见仁、智者见智的主观主义,认为其失去了文学批评的规范性。他为此提出了一个新概念"解释共同体",认为是由专家组成的共同体决定了文学的价值与意义,判定了一首诗歌的意义。

英伽登

罗曼·英伽登(Roman Ingarden,1893—1970)是波兰著名的现象学哲学家和美学家，是胡塞尔最优秀的学生之一，也是第一个系统深入地建立现象学美学的文艺理论家。

1893年1月5日英伽登出生于波兰克拉科夫市。早年在里沃夫学习数学和哲学，1912年到德国哥廷根跟随胡塞尔学习哲学。在胡塞尔指导下，他1917年递交了关于伯格森的直觉和理智理论的博士论文，第二年获得了博士学位。回到波兰后，他在中学担任数学、心理学和哲学课教师。1925年他写的《实在的法则》引起哲学界的极大关注，他因此被聘任为里沃夫大学的教授。1931年他用德语发表了他一生中最著名的作品《文学的艺术作品》，深入探讨了文学的艺术作品的结构以及现象学意义。1936年他以波兰语出版了《对文学的艺术作品的认识》，从文学作品的结构研究转向对文学作品的认识的思考。1941年后，由于第二次世界大战的严重影响，他任教的里沃夫大学被迫关闭，他失去大学教职，只好秘密地传授哲学，甚至给孤儿讲哲学和数学，但这没有影响他积极写作《关于世界存在的争议》这本重要著作。1945年他迁到另一个城市托伦，在尼古拉斯·哥白尼大学担任教授，但是他的教学工作被官方禁止。之后，他到了克拉科夫，在雅盖隆大学获得教授讲席。1949年因他的哲学被认为是唯心主义的而被禁止教学，他又不得不走下讲台，直到1957年他才恢复学者和教师的声誉，继续在雅盖隆大学任教，进行哲学和美学研究。1963年他退休后，仍然发表了一些重要著述，对现象学美学的发展产生了巨大的影响。1970年他因脑溢血而离开人世。

英伽登的美学思想是在胡塞尔的现象学基础上进行的，同时又对胡塞尔的超验唯心主义进行了批判。在《文学的艺术作品》、《论对文学的艺术作品的认识》、《艺术本体论研究》、《经验、艺术作品与价值》等重要的美学著述中，英伽登立足于文艺审美经验对现象学美学进行系统建构，重视对文学的艺术作品的现象学分析，对20世纪的文学研究影响很大。

他认为，文学作品是一个纯粹意向性构成。它存在的根源是作家意识的创造活动，它存在的物理基础是书面形式记录的文本，或其他可能的物理复制痕迹。由于它的语言具有双重层次，它既是主体间际可接近的又是可以复制的，所以作品成为具有主体间性的意向客体。

在英伽登看来,文学作品是一个多层次的构成,主要有四个层次,一是语词声音和语音构成的语言声音结构现象的层次;二是意群层次,即句子意义和全部句群意义的层次;三是图式化外观层次,即作品描绘的各种对象通过这些外观呈现出来的层次;四是在句子投射的意向事态中描绘的客体层次。文学艺术作品形成自己的自律性,其语言陈述不是真实的判断,而是虚假的判断,在其自身系统之内是真实的,但不具有外在世界的客观真实性,文学作品的"真实"是通过隐喻的方式曲折地确立的。文学作品的每一个层次都具有自己不同的意向性和审美特征,同时又与其他层次相互联系,共同构成一个具有复调性的和谐的有机整体。

在艺术作品的结构研究基础上,英伽登进一步研究对文学的艺术作品的认识,尤其谈及了审美具体化理论。他认为,读者的审美经验是立足于艺术作品的客观结构的。文学作品的某些层次,尤其是再现客体层次,由于名词性表达的存在,包含着若干"不定点"或者空白点,为意义的多种可能性留下空间。在纯粹意向性对象中,这些不定点原则上是不可能完全消除的。"不定点"既有本体论的层次,任何叙述都必然会留下"不定点";同时也具有读者接受的层次,它可以激发读者从自己的角度构造意义。文学作品的阅读过程是把文学作品的艺术价值转变成为审美价值,使文学作品成为一个审美对象,接受文学作品的这个过程就是具体化。由于作品结构的不确定和空白,文学的阅读就是读者对作品的充实和填补,审美接受就是一种基于作品的创造。英伽登这种认识,对新批评和接受美学产生了重要影响。

原典选读

现象学美学:其范围的界定(节选)

Phenomenological Aesthetics:An Attempt at Defining Its Range　单正平、刘方炜,译

选文《现象学美学:其范围的界定》是英伽登1975年发表在美国《美学和艺术批评杂志》春季号的论文,他在文中清晰地梳理了现象学美学的范围,可以说是对他以往著述的概括性总结。他首先从美学史上关注创作经验和艺术作品两个极端开始,清理了现象学美学早期探索的思路以及主观唯心主义的局限性,从而提出自1928年以来他自己关于现象学美学的研究,重点把审美经验与艺术作品联系起来,一方面强调作品是意向性的产物,另一方面认为作品需要读者的参与才能完成审美具体化的过程,需要读者才能实现审美价值。该论文详细地论述了作者创作过程与接受欣赏过程的现象学问题,既是以往现象学美学的概括,也是在文学艺术的创作与欣赏方面研究的进一步深化。

......

所以,1956 年在威尼斯召开的第三届国际美学会议上。我提出,我们应该把艺术家或观赏者在某一对象(特别是艺术作品)之间的接触或交流这一基本事实,作为我们探求美学定义的出发点:这是一种相当特殊的接触,一方面,在某些情况下,它导致作为审美对象的艺术作品的出现,另一方面,它导致创造性的艺术家或获得审美体验的观赏者(或批评家)的产生。如所预料的,会议领导人——小组主席托马斯·门罗(Thomas Munro),大会主席埃蒂内·苏里奥(Etienne Souriau)——以某种程度的蔑视,忽略了这个建议,尤其是,由于我在讲演中提出,应该把这个接触视为决定性,而门罗就显然赞同把实验心理学作为解决美学问题的方法。那时在西方,只有我的《文学艺术作品》为人所知,因此,我当时提出不同的美学方向或定义,现在证明是早产了。我希望现在的情形有利于我将在下文试图阐述的观点。

首先,必须强调指出,我们不应把艺术作品所由产生的体验和行为看作是主动性的,而把只对艺术作品作审美鉴赏或认识的体验和行为看作是被动性的。因为在这两种情况下,都有被动和接受(理解和接受)层面和主动(超越已给定物,由艺术家或观赏者创造的、前所未有的新东西)层面。在第一种情况下,这个过程并不因艺术家创造体验的结束而终结:它在某种主动的身体行为中释放自己,在释放过程中艺术作品的物质本体基础被赋予形式。这种赋形受创作体验的支配,也受艺术作品支配——作品开始勾勒出自己的轮廓并通过创作体验显现出来,而体验就似乎体现在作品中。这导致了一些由艺术家控制的结果,而且,如果艺术家要成功地实现他的意图,那么这些结果就必须受艺术家的控制。由此引出了下述几点结论。

第一,在物质基础塑造成形过程中有几个特殊阶段,这在任何场合中都会发生。第二,艺术家在构建物质基础的过程中,会领悟到作品逐渐发展的结构,虽然作品最初正处在混沌的原生阶段。最后,在物质基础的塑造成形过程中,其效果也随之产生——这种效果瞬即完成了体现、呈现艺术家心目中之作品的作用。艺术家控制并检验这些效果,这种控制发生在理解对象(艺术作品)性质的接受性体验过程中。例如,画家一定要看到他活动的特殊层面的结果,看到已经画在画布上的东西和它所具有的艺术效果。作曲家在把他的作品组合起来时,可能要记录成乐谱,他也要听到各个部分的声音,因此,他常常要用乐器,以便能听到个别的片断。正是这种看和听,使得艺术家能继续工作以构成作品的物质基础,引导他修改甚或全部重改。只有在诗歌创作中,偶尔有一挥而就、无须重读更改的特殊例子。在这种创作过程中,创造性过程和接受活动、审美理解活动紧密地交织在一起。我们可以说,在这种情况下,艺术家变成了他自己正在形成的作品的观赏者,但即使如此,它也不是完全被动的理解,而是主动的接受行为。另一方面,观赏者也不是以完全被动或接受的方式作出反应,而是暂时处于对作品本身的接受和再创造这样一个状态;他也不仅仅是主动的,至少在某种意义上也是创造性的。已被理解和重新结构的艺术作品,刺激观赏者从质的层面转到审美体验层面,在审美体验层面,理解主体超越略图式的艺术作品本身,并以一种创造的方式完成作品。他用作品暗示的有审美含义的特性把作品封闭(swathes)起来,然后构成作品的审美价值的结构。(情况未必总是如此。有时,不需任何暗示,或不需作品本身的大量暗示,观赏者即可加上这些特性。那么,这些创造出的审美对象的价值在作品本身中就没有充分的基础。正是在这种种不同的情况中,我们发现了在每一个别情况下解决价值客观性问题的基础)这是创造性行为,它不仅受到作品中已被理解的东西的刺激和引导,也需要观赏者的创造性主动精神,以使他不仅可以猜想在艺术作品某一不确定区域内应当补充进哪些有审美意义的特质,而且使他想象具有审美意义的和谐一致将如何显现。(那些在作品中尚未被具体化的新因素的显现,使得作品成为具体化的作品,而有审美意义的和谐一致,就显现在这样的作品中)要把具体化作品引入弥漫着具有审美意义之性质的直接观照(perception),常常有赖于观赏者方面大量活动的帮助,如没有这种活动,一切都将变得索然寡味,毫无生气。审美成形和审美价值活的显现层面又导致对已构成的有价值的审美对象之本质的理解层面,在这理解中,对象(作品)逐渐展开形成的形式,激发读者对已被理解的价值作出主动反应,并对此价值给以评估。

这个过程,无论是(a)主动—被动或接受的,还是(b)主动—创造的,都不是人纯粹意识行为的产物。它是具有特定的精神和肉体力量的完整的人(的产物),在这个过程中,精神和肉体这两种力量经历某些特殊的变化,这种变化根据接触如何发生、艺术作品(或正在创造的相应的审美对象)有怎样的形式因而有所不同。如果这个过程导致创造出一个真实纯正的艺术作品,那么这个过程和作品清晰的面貌就在艺术家心灵中留下一个永久的痕迹。在某种程度上,当观赏者偶然遇见一件伟大的艺术作品,并在与作品的交流中构成一个具有极高价值的审美对象时,这种情形同样也会发生。他也经历了一个永恒而有意义的变化。

与艺术家或观赏者的各种过程和变化相适应,审美对象本身也发生变化。在艺术作品的创作过程中,这一点非常明显:艺术作品是逐渐形成的。在这个形成过程中——这过程也许被延长——与其出现的种种特殊层面相适应,逐渐显现的作品的形式、特质也会发生一些变化。正像艺术作品被创造的方式可能变化一样,它经历的变化同样也有所不同。总而言之,很难说,是否或在什么范围内存在制约作品产生的某些规范。在特定情况下,尤其当我们看到完成状态的作品、而且它并没有显示出其产生的过程的痕迹时,我们很难发现这些变化并证明其存在。然而,毫无疑问,一件作品当其产生时,所经历的这些变化是存在的,而且与作品产生的过程相一致。

当观赏者理解一个已完成的作品时,有类似上面所描述的变化,要证明这一点并不容易。只有在观赏者步入歧途,误解作品时,这个过程似乎才可能而且也可以被我们所理解。但我们通常的确要求并期望理解作品的过程中不应有不足之处,而且理解的方式要恰当,要将它忠实地重新结构,并使之呈现于观赏者面前。在这种情况下,我们只能把对作品的个别部分、作品特征以及它们在直接接受中显现的发现过程归于理解作品的特殊层面。这样,我们就会有两个交织在一起的对应过程:一方面是理解过程,另一方面是直接接受作品时的显现和表现过程。这两方面的结合,就产生了观赏者和作品接触(共鸣?)的现象。然而这种接触很少采取仅仅产生一个艺术作品纯粹重构的方式,而且,就个别艺术作品而言,如果总是采取这种方式,那就意味着作为艺术作品,它已经丧失了生命力,丧失了审美活力,因此并不能真正发挥其作用。只有(在作品纯粹的重构之外)形成一个赋予艺术作品简单框架以充分审美性质和审美价值的审美具体化时,符合作品特征的理解过程才能显现出来。这个过程笼罩着审美对象,直到观赏者得到使其心灵复归平静的某种最后的完成和结构。

他现在感到已获得完成的审美对象,也完成了构造对象的任务。现在能只需对已结构好的审美对象的价值作出适当的反应,以便判断它。与对价值的反应相一致,对已在审美上具体化了的艺术作品给予评价的任务就可能出现,而且必须用这种方式来解决:在已经具体化了的对象中,任何东西都不会改变或受影响。这样,评价的过程就不会在对象中产生任何更进一步的变化。为了力求公正并保持被评价对象的本来面目不被触及,这个评价必须不是积极主动的。人们当然可怀疑这是否可能,但它的确是评价的基本意义和作用。

我必须再次强调,就同一作品而言,具体化过程和有价值的审美对象的构成,可能会以完全不同的方式进行,因为实际的结构体验和体验产生的环境可能不同。这种不同由于如下事实而增强:艺术作品的个性各不相同,各种艺术的基础也不相同。所以当观赏者理解作品时,它们能以其艺术活力给他各种影响,并偶尔能激发他完全不同的审美体验。因此,描述这些变化就有相当大的困难。暂时我们只能说,体验中的主体,和自身显现给观赏者同时又通过这种显现才能产生的客体,这两个平行过程之间有一种"相互关系"和依赖。这两个过程不能分割,也不能从一个过程中完全分离出另一个过程单独加以研究。人与一个不同于自身、并在此刻独立于他的外在对象相接触,这是美学的基本前提,而且这种美学认识到,研究应当从对这种接触的解释开始。

这个对象、东西、过程或事件,可能是某种纯物质的东西,或是生活中的某种事实、观赏者的经验,或音乐主题、一段旋律,或乐音和声、色彩对比,或一种特殊的形上性质。所有这些都来自外界,并以极其罕见的直觉显现给艺术家增加一种特殊的压力,即使它仅仅是一种想象的直觉。这个"对象"的作用是以一种特殊的方式打动艺术家:迫使他超出自然平常的态度,进入一个全新的境界。

这个"对象"可能是某种东西引人注目的一种性质,比如,一种颜料的色彩饱满、鲜艳夺目,或一种独特的造型。无论如何,它总是能引起我们注意的一种性质,因为它以其独特性和迷人的鲜明特征唤起我们丰富多彩的情感体验和惊奇的气氛。德文 reizend(惊喜迷人)正描述了这种性质。它也许是这样一种性质,对它的注意,可能会变成对它特殊性的"品味",它也可能通过自身的表现满足观众或听众想与之交流的愿望。如果这性质能完全满足这一点,那么它就创造了某种初始、简单的审美对象。体验中的观赏者一接触到这种性质,就会产生某种惊奇、兴趣、愉悦,后来甚至是在与那种特殊性质共鸣时产生的快乐。

然而,这种性质在其素质上显得不完整,受外界影响,没有自主性。因此它可能需要实现其完整性,并通过它初绽始放式的显现,使观赏者意识到某种不足,这种不足有时变得令人极不愉快。这种不足令诱导、说服观赏者去探寻其他性质,使那最初的性质得以完全实现并使整个现象达到饱和或最后的完成(vollendung),由此而消除那令人不愉快的不足。因此,观赏者可能发现自己正在经历一个漫长的过程,这个过程一直持续到他发现那种完整的性质,这个性质不仅会与最初的性质建立联系,而且也具有一种发挥"形象"作用的综合性暗示,这种形象包容了整个现象。这个探索构成了创造过程的最初阶段,创造过程不仅依赖于发现这种暗示,而且也创造性质的实体,在这实现中形象发现它的本体基础,并在此基础上具体地显现自身。

这个实体(如某些声音的组合、三维空间的结构、由句子组成的语言整体)必须加以适当地塑造成形,以便在其基础上(或在其中)使那个综合性形象能在直接观照中显现自己。我们把这个形象称为艺术作品。它看起来似乎是由艺术家在那个尚未完全显现的具有审美意义的综合性暗示之上创造的。自然,艺术作品有其质的规定。如果这个在审美上具有活力的形象要显现自己,只能通过形象和作品性质规定之间的"融合"协调才能做到,这样,以这种方式产生的整体就是充满自足的,并使有审美活力的综合性形象完全显现出来。已经构成的整体,也可能导致一两种艺术家始料不及(虽然对它们并非漠不关心)的全新的具有审美活力的性质在直接接受中显现。因此,塑造艺术作品的过程又更进了一步。如果新创造的整体能满足艺术家的渴望和要求:在最终出现于过程的自我显现的整体中得到直接交流和快感;就能给他带来满足与宁静。不停的探索创造转而成为完全平静的观赏沉思。这种带来满足和平静的东西,具有某种有价值事物的特征;但并不因为它是我们想要得到的某种东西,而是因为它自身就是圆满而完美的。

这个有意识创造的新对象,此时可能仅仅"画"在想象中。因此它不能达到完全的自我显现,也不能产生愿望上的真正满足或平静。相反,它激起要"看到"它实现的欲望。而且,在想象中出现的纯意向的对象很快就和想象一起消失了,所以也应该在与同一作品重新交流之前,完成一个新的想象活动,即使是在想象中完成。不过,不可能常常顺利地重复这种创造性想象而不使对象经历一些有意义的变化。由此产生了这样的想法:创造出的作品无论如何一定要在某种比较持久的物质上固定下来。因此艺术家总在设法在周围的物质世界中引起一些变化(不管是在某一物中,还是为了开始表现某一过程),从而使作品几乎可感的面貌和以此面貌为基础的某种显现(例如以一块适当雕刻出的石头为基础的显现)以及在此基础上显现具有审美含义的一些特质的自我呈现成为可能。因此,艺术家试图用某种方式塑造自己的创作体验,以使它在某种心灵或身体的活动行为中释放其自身,而这种活动或行为使一物或一个过程得以成形,从而作为艺术作品存在的物质基础。

……

[原典英文节选]   First of all, it has to be stressed that it is in appropriate to regard all the experiences and behavior out of which a work of art flows as being active, while regarding those experiences and actions which terminate in aesthetic apprehension or cognition of a work of art as passive and purely receptive. In both situations there are phases of passivity and receptivity—of apprehension and acceptance—and phases of activity, of movement beyond what is already given, and to the production of something new which has not existed before and which is an honest product of the artist or of the observer. In the first instance the process does not exhaust itself in the productive experiencing by the artist: it discharges itself in a certain active bodily behavior during which the physical ontological foundation of the work of art is shaped. This shaping is directed by the creative experience and by the work of art which begins to outline itself and to shine through that experience, which is to be seemingly embodied in the work. This leads to results which are controlled by the artist and which must be subjected to such control if the artist is successfully to realize his intentions. From this several consequences follow.

Firstly, there are the specific phases in the shaping of the physical foundation, and this occurs on each occasion. Secondly, there is the developing structure of the work of art which dawns upon the artist in the course of this structuring of the foundation, the work being initially swathed in a protoplasmic state. And finally, the effectiveness coming into being during the shaping of the physical foundation, an effectiveness in performing the function of embodying and presenting the intended work of art in its immediacy. The artist controls and checks these results, this control taking place during the receptive experience which apprehends the properties of the object (the work of art). The painter, for instance, must see the products of the particular phases of his activity, of what is already painted on the canvas, and what artistic effectiveness it possesses. The composer in putting his work together, possibly noting it down in a score, has to hear how the particular parts sound, and for this purpose he often uses an instrument in order to be able to hear the particular fragments. It is this seeing or hearing that enables the artist to continue the work and shaping its physical foundation, leading the artist to make revisions or even to a complete recasting of the work. Only occasionally, in the case of poetry, do we get the poet composing "at one go" without having to read through his draft, and without any revisions or alterations. This is closely interwoven with the creative process and yet is itself an act of receptivity, of aesthetic apprehension. We may say that in this case the artist becomes an observer of his own emerging work, but even then it is not completely passive apprehension but an active, receptive behavior. On the other side, the observer too does not behave in a completely passive or receptive way, but being temporarily disposed to the reception and recreation of the work itself, is also not only activity, but in a certain sense at least creative. From the initially receptive phases of his experience there emerge creative phases at the moment when the already apprehended and reconstructed work of art stimulates the consumer to pass from looking to that phase of aesthetic experience in which the apprehending subject moves beyond the schematic work of art itself and in a creative way completes it. He swathes the work in aesthetically signify cant qualities suggested by the work and then brings about the constitution of the work's aesthetic value. (This need not always be the case. Sometimes these qualities are imposed by the observer without any suggestion, or without sufficient suggestion from the work itself. Then the value of the constituted aesthetic object also does not have a sufficient basis in the work of art itself. It is in these various different situations that we find a basis for resolving the problem of the objectivity of value in each particular case.) This is creative behavior, which is not only stimulated and guided by what has already been apprehended in a work of art, but also demands the observer's creative initiative, in order for him not only to guess with what aesthetically significant qualities a certain area of indeterminatedness in the work of art is to be filled, but also to imagine in immediate perception how the aesthetically significant congruence which has arisen in the work concretized by that completion by those new elements as yet unembodied in the work itself will sound. Frequently this achievement of bringing the concretized work into immediate perception, saturated with aesthetically significant qualities, comes about with the aid of considerable activity on the observer's part, without which everything would be savorless and lifeless. This phase of aesthetic shaping and live manifestation of the aesthetic value leads in turn to the phase of the apprehension of the essence of the constituted valuable aesthetic object, while the shape of the object blossoming in this apprehension stimulates the observer into an active response towards the already apprehended value, and to an assessment of this value.

This process, be it (a) active-passive or receptive, or (b) active-creative, is not the product of man's purely conscious behavior. It is the whole man endowed with defined mental and bodily powers, which during the process undergo certain characteristic changes which will differ, depending upon how the encounter is taking place and upon the shape of the work of art, or the relevant aesthetic object, that is being created. If this process leads to the creation of a true and honest work of art, then both this process and the manifest face of the work leaves a permanent mark in the artist's soul. To some extent, the same happens when the observer encounters a great work of art, an encounter which produces the constitution of a highly valuable aesthetic object. He, too, then undergoes a permanent and significant change.

延伸阅读

1.《对文学的艺术作品的认识》(陈燕谷、晓禾译,中国文联出版公司,1988)是英伽登的代表作品之一,是深入了解其文艺理论思想的重要作品,书前附有英译者介绍英伽登的现象学美学的长篇序言,可以帮助读者理解该著作。

2.复旦大学张旭署的博士论文《英伽登现象学美学》(黄山书社,2004),是进入英伽登的文艺理论的入门书籍。

萨　特

　　让-保罗·萨特(Jean-Paul Sartre, 1905—1980)是 20 世纪法国最著名的哲学家、文学家之一,法国存在主义最主要的代表,也是出色的小说家、电影编剧和演说家。

　　1905 年 6 月 21 日,萨特出生于巴黎的一个海军军官之家。不幸的是,他刚满一岁父亲就因病逝世,他只好随没有职业没有收入来源的母亲到外祖父家生活,受到作为语言学教授的外祖父的文化熏陶。萨特 3 岁时视力出现了问题,5 岁戴上眼镜,但是到 7 岁时就阅读了法国莫泊桑、雨果等众多著名文学家的作品。18 岁写作了文学作品《病态的安琪儿》。1924 年,他和雷蒙·阿隆一起考入巴黎高等师范学校,学习哲学,并结识了后来的法国结构人类学的代表人物列维-斯特劳斯。1928 年大学毕业后,他梦想当老师,但参加中学教师学衔会考失败,不过第二年考试通过了,而且获得了第一名,还幸运地同第二名的波伏娃首次相遇,后来两人成为一生的思想和生活伴侣,白头偕老。

　　1933 年萨特到德国法兰西学院进修哲学一年,研究胡塞尔和海德格尔哲学,初步形成了存在主义哲学思想。他回国后一边任教一边写作,1936 年发表了第一部具有现象学色彩的理论著作《想象》,1938 年发表长篇小说《恶心》,1939 年发表短篇小说集《墙》,写作本身成为萨特自己的一种英雄行为。第二次世界大战爆发初期,萨特对政治并不感兴趣,但是不久积极参与现实政治活动,1940 年 6 月 21 日在战争前线被德国军队俘虏。第二年因视力不好被释放后,他积极投入反法西斯主义斗争中,和左派知识分子组成社会主义和自由团体,介入政治同时介入文学,创办《现代》杂志作为存在主义的阵地。1942—1946 年间,法国兴起了"萨特现象",尤其是 1943 年他的存在主义代表作《存在与虚无》的发表引起极大的社会反响。

　　之后萨特积极加入政治斗争,1948 年参加无产阶级革命同盟,第一次投身于群众政治运动;1950 年和梅洛·庞蒂一起反对苏联的集中营,积极参与营救共产党人马丁的斗争;1952 年发表《共产党人与和平》;1955 年他和妻子波伏娃访问中国,表现出高度的国际主义精神;1962 年 6 月访问波兰、苏联,会见赫鲁晓夫。1964 年,萨特被授予诺贝尔文学奖,但是他当晚就发表声明拒绝了这项世界级的文学大奖。1968 年 5 月,法国五月风暴兴起,萨特毫不犹豫地支持学生运动,成为法国学生运动的左派精神领袖,并谴责苏军入侵捷克斯洛伐克。70 岁之后,萨特身体健康出现严重问题,视力恶化,腿走上一公里路就疼,但他仍然坚持工作。1980 年 4 月 15 日萨特因肺气肿在巴黎逝世。

萨特一生发表了 50 多部著述,全部作品达 15 000 页,涉及哲学、文学理论、小说、戏剧、评论等方面,在现象学、存在主义哲学方面的代表作品有《存在与虚无》、《辩证理性批判》。在文学理论与文学批评方面,萨特发表了《什么是文学》、《波德莱尔》、《热奈》、《福楼拜》等重要著作,提出了存在主义文学理论思想。同时他试图给马克思主义哲学注入人性要素,对马克思主义文艺理论的发展做出了重要贡献。萨特的文学理论可以总结成以下几点。

萨特主张文学是一种介入。他认为,诗人和散文家(主要是小说家)不同,诗人是不介入的,他关注于词语本身的情感性融合;而小说家在本质上是功利的,他说话就是行动。任何东西一旦被人叫出名字,就不再是原来的东西了。如果你对一个人道破他的行为,你就对他显示了他的行为,于是他看到自己。由于你同时也向所有其他人道破了他的行为,他知道自己在看到自己的同时也被人看到。因而说话就是对世界的介入,散文作家就是通过揭露而行动。萨特说,不管你是以什么方式来到文学界的,不管你曾经宣扬过什么观点,文学把你投入战斗;写作,这是要求某种自由的方式;一旦你开始写作,不管你愿意不愿意,你已经介入了。不同的作家带着自己的政治立场和意识形态介入世界。萨特本人以自由的观念介入现实,试图建立文学的民主政治制度。不过他认为,行动中的文学只有在无阶级的社会里才能与自身的本质完全等同。萨特对散文(小说)作为文学本质的思考,忽视了诗歌的文学本质,这是他文学介入理论的矛盾之处。

萨特认为,写作和阅读是同一历史事实的两个方面,所有精神产品本身都包含了自己预设的读者形象。作为"生产者"的艺术家是无法知觉他的艺术品的,因为他对它太熟悉了,在它的每一个细节上都能看到自己的意图,所以他并不能揭示他的艺术品的存在。而要完成这个揭示,则需要另一双眼睛才可能做到。只有读者才能真正地阅读,因为阅读过程是一个预测和期待的过程,而作家到处遇到的只有他的知识,他的意志,他的谋划,总而言之他只遇到自己。因此作家向读者的自由发出召唤,让他来协同产生作品。在阶级社会,不同阶级的作家预示了不同等级的读者群。由于文学的主题始终是处于世界中的人,所以只有在无阶级的社会里,作家才能发现他的主题和他的读者群没有任何区别。

在文学研究中,萨特还提出了存在的精神分析方法。这是萨特在《存在与虚无》中提出来的把弗洛伊德主义和存在主义结合起来的一种独特批评方法,是存在先于本质观的具体体现。以往的精神分析方法属于"经验的精神分析学",其基点是性欲或权力意志,而萨特的方法旨在阐明每个个人用以自我造就为个人的主观选择,也就是说个人用以向自身显示他所是之存在的主观选择的方法。它强调从哲学观、世界观的层面探究文学作品的风格、语言要素、思想意义,分析句子、段落的结构,名词、动词等的使用,位置、段落的构成和叙述的特点。萨特用这种方法深入地分析了波德莱尔、福楼拜、福克纳、多斯·帕索斯、加缪、萨洛特等作家的文学创作。尤其是对福楼拜的研究影响深远。萨特试图不脱离作品的文学意义而思考以下诸多问题:福楼拜在《包法利夫人》的创作活动之中为什么能够"变为女人",这种变形具有什么意义,在 19 世纪中叶用艺术把男子变成女子究竟意味着什么,福楼拜所转变的女人可能是谁呢?

原典选读

为何写作?(节选)

Why Write 薛诗琦,译

> 选文《为何写作》选自萨特的《文学是什么》一书的第二部分。此书最初是萨特 1947 年在《现代》杂志上发表的"介入"文学宣言《什么是文学》。选段认为,文学是作者与读者互动交流的结果,交往是文学的本质,作者的创作离不开读者,而读者的阅读是一种再创造,也是对作者的评价,因此文学的理想社会基础是民主社会。

……

因此,阅读是作者与读者之间的一个慷慨大度的契约。每个人相信他的对方;每个人依靠他的对方,对自己有多少要求,也向对方提多少要求。因为这个信任本身也就是慷慨大度。没有任何力量可以使得作者相信读者会利用他的信任;也没有任何力量可以使得读者相信作者已经利用了他的信任。他们双方都可以自由地作出抉择。于是建立了一种辩证的交往关系;当我阅读时,我提出要求;如果我的要求得到满足,我继续往下念,这引起我对作者提出了更多的要求,那就是说要求作者对我提出创作者是没份的,它在他创作的范围内与观者的艺术意识合而为一,在我们讨论的问题中,也就是与读者的艺术意识合而为一。这是一种复杂的感觉,但又是一种结构方式与存在状态紧密结合的感觉。这个感觉一开始就等于承认了一个超验的绝对目的,这个目的使得那种按照功利主义观点混淆目的与手段的做法暂时中止了,也就是说,这个感觉承认了一种吁求,或者——那也是同样的意思——一种价值。由于一种超验的紧迫需要使我的自由向自身显示出来,我对这个价值的地位意识必然伴随着一种我对自己的自由的非地位意识。认识自由,本身就是一种欢乐,但这个不确定的意识中包含着另一层意思:既然阅读实际上也是创作,那么我的自由在自己看来不仅是一种纯粹的意志自由,而且是一种创作活动,也就是说,它不仅限于给自己以法则,而且还看到自己是客体的构成要素。正是在这样的情况下,这个现象显示得特别明显,那就是,在创作中,被创作出来的客体,成了创作者的客体。这是创作者从自己创作的客体中得到享受的唯一的例子。享受这个词被应用于对所读作品的地位意识,它充分表明我们面临着一种艺术欢乐的本质结构。这种地位的享受伴随着一种非地位意识,即意识到在与一个被视作本质的客体相关时,自己就是本质的。我要把这种艺术意识状态称为安全感;正是这种安全感,使那些最强烈的艺术感情带上了从容不迫的气度。它起源于对某些和谐的确认,那是一种严格保持于主观和客观之间的和谐。另一方面,由于艺术客体就是通过想象而要求达到的这个世界,因而艺术欢乐伴随着认为世界是一种价值的那个地位意识一同出现,这正是向人类自由提出的一项任务。我把这叫做人类规划的艺术修改,因为,像通常一样,世界是作为我们处境的地平线,作为把我们与我们自己分隔开的无限距离,作为假设事物的综合整体,作为障碍和工具的统一体而出现的——可是世界决不会作为向我们的自由提出的要求而出现。因此,艺术欢乐进而发展为一种我对复原和内化的意识,成了无与伦比的非我①,因为我把假设转变为一种责任,把事实转变为一种价值,世界是我的任务,那就是说,我的自由所具有的本质的和得到公认的作用,乃是使那独一无二的绝对客体(即宇宙),在一个无条件的运动中产生出来。再者,前面的结构包含着一个人类自由之间的契约。因为,一方面,阅读正是对作家自由的一种既充满信心又提出很高要求的认可,另一方面,艺术乐趣在作为一种价值被人感知时,包含着一种关系到他人的绝对的紧迫需要;每一个人,只要他是一种自由,在读同一本书时会得到相同的乐趣。因此,全体人类都以自身最高自由的面目出现;它支持着世界的存在,这个世界既是它的世界,同时也是"外部的"世界。在艺术欢乐中,地位意识是一种使整个世界形象化的意识,这个作为整体的世界既是存在的,又是必须如此的;既是完全属于我们的,又是与我们不相干的;它越属于我们,也就越与我们不相干。非地位意识确实包含了人类自由的和谐的总体,因为它产生了普遍信任和紧迫需要这个客体。

因而写作既展示世界,又把世界作为一项工作奉献给读者的慷慨大度。它求助于别人的意识,使自己被认为对整个存在来说是本质的;它希望通过介入中间的人物来表现这种本质;但是,另一方面,由于真实的世界只在行动中才能展现,又由于人们只在为了改变这个世界而超过它时才感到自己置身于这个世界,因此小说家的领域如果不是在一种超越这个世界的运动中展示出来,那么就会显得十分浅薄了。常有人这么说,故事中描述对象的生活气息是否浓厚,并不取决于描述文字的数量和长度,而是取决于它与其他各种人物之间的复杂联系。书中人物越是经常地触及这个对象,一会儿拿起它一会儿放下它,简而言之,越是超过这个对象而前往各自的目标,那么这个对象也越是显得真实。因此,关于小说的世界,即人物和事物的总体,我们可以这样说,为了使它能具有最大限度的紧凑,读者用以发现这个世界的那种揭示性创造,也必须是一种想象中的对行动的介入;换句话说,人们越是想改变它,它也就越活跃。现实主义的错误在于它相信通过沉思就可以揭示真实,人们就可以对它描画出一幅不偏不倚的图画来。那怎么可能呢?因为观念这个东西就是不公正的,而且当你一给事物起名字,那对客体就已经是一种改动了。作家希望自己对这个领域来说是本质的,他又怎么能够要求自己对这个领域所包含的不公正来说也

———————————

① "非我"原为德国哲学家费希特用语,指由人的意识创造和建立起来的客观存在。

是本质的呢？尽管这样,他仍然必须是本质的;可是如果他承认自己是不公正的创造者,那就处于一个超越不公正并趋向于消灭不公正的运动之中了。至于作为读者的我,如果我创造出一个不公正的世界并使之保持活跃,我就不得不让自己对此承担责任了。作者的全部艺术在于迫使我创造出他所揭示的东西,从而使我自己处于尴尬境地。所以我们双方都得对这个领域负责。正因为支持这个领域的是我们双方的自由所作的共同努力,也正因为作者以我为媒介试图把它与人类合而为一,因此这个领域必须真正以其本来面目出现,有如被一种以人类自由为最终目的的自由所彻底渗透;如果那还不是真正的目的之城——本来应该是的——那么它至少得是通往目的之城的大路旁的一个驿站;一句话,它必定是变化的一个形成过程,它决不能作为一种压倒我们的冲击力量来加以考虑和表现,而总是从它将要超越而走向那个目的之城的观点被考虑和表现。不管它描绘的人类是多么坏,多么不可救药,作品必须具有慷慨大度的气派。当然,这不是说这种慷慨大度将通过开导性的谈话和有德行的人物表达出来;它甚至不能是预先计划好的。确实,美好的感情并不一定能使作品也美好。但这种慷慨大度必须是构成作品的经纬,是人和事物的原材料;不管是什么主题,作品中必须随处都能见到一种本质的光辉,它提醒我们这部作品决不是自然的一份资料,而是一种紧迫的需要和一种授予。要是把这个世界连同它的不公正一起授给我,我不会对这些不公正漠然置之,而会用我的愤怒使之变活,我会揭露它们,将它们照其本来面目创作出来,也就是,把它们作为有待克服的弊端创作出来。因此,作家的领域只对读者的观察、赞赏、愤怒展现其深度;慷慨的爱表示愿予支持,慷慨的愤怒表示要加变革,而赞赏则表示将作模仿;尽管文学和道德是截然不同的两码事,但在艺术责任的核心中,我们看到了道德责任。因为写作的人不惜劳驾动笔去写,这个事实就说明他承认了他的读者们的自由;又因为读书的人仅凭他翻开书本这个事实,就说明他承认了作家的自由,因此艺术创作,不管你从哪个方面探讨它,都是一种对人们自由寄予信任的行为。由于读者们同作者一样,承认这个自由只不过是为了要求它显示自己,因此,就要求人类自由这一点看,创作可以被解释为是通过想象表现世界。结果就使得所谓"阴暗的文学"不复存在,因为不管人们描绘世界时使用多么阴暗的色彩,他的描绘仍然得使自由的人在面对他们的自由时能够感知它。因此,只存在好的或坏的小说。坏小说致力于用讨好来取悦于人,而好小说则是一种紧迫需要和一种信任行为。但是,最主要的,作者把世界交给他所希望实现的自由时所依据的那个独一无二的观点,正是认为世界永远充满着更多的自由的观点。令人难以置信的是,这种由作者激发起的慷慨,却可以被用来认可一件不公正的事,读者在阅读一部同意、接受或干脆避而不问人压迫人现象的作品时,仍然可以享有他的自由。人们可以想象一位美国黑人撰写了一本优秀小说,尽管书中充满了对白人的仇恨,因为他通过这种仇恨,要求得到自己种族的自由。由于他邀请我采取慷慨大度的态度,一当我感到自己是一种纯粹的自由时,我就不能容忍把自己放在压迫者的种族一起了。因此,我需要一切的自由都要求有色人种得到解放,反对白人种族,如果我是白人之一,那么也反对我自己,但谁也不可能设想可以写出一部歌颂反犹太主义的好小说来①。因为，当我一感觉到自己的自由与其他所有人的自由紧密相联不可分割时，就不可能再要求我用自己的自由来同意对这些人中的某部分人进行奴役了。因此，不管他是散文家、小册子作者、讽刺作家或小说家，不管他是否只是谈个人的感情，或者是否是在对社会秩序进行抨击，作家——作为一个对自由的人们讲话的自由人——只有一个题材，那就是自由。

因此，任何奴役读者的企图，都会危及作家自己的艺术。一个铁匠在作为一个人而生活时，可能受到法西斯主义的影响，但他作为铁匠所拥有的技艺却不一定会受影响；而一个作家则两者都会受到影响，后者所受的影响甚至比前者更大。我看到过这样的作家，他们在战前衷心欢迎法西斯主义，当纳粹分子把种种荣誉加在他们头上时，他们的创作立即变得苍白无力了。我特别想到罗歇②；他走错了路，可他是真诚的。他证明了这一点。他同意领导一个纳粹赞助的评论杂志。在头几个月里，他责备、指摘、教训他的同胞。没有人给他回答，因为没有人有回答他的自由。他恼火起来；他不再能感知他的读者了。他变得更加咄咄逼人了，可是仍然没有迹象说明人家了解他。既没有仇恨的迹象，也没有愤怒的迹象；什么也没有。他似乎晕头转向了，成了日益增长的烦恼的牺牲品。他向德国人大发牢骚。他的文章本来写得极好，现在变得如同哀诉。他搥胸顿足的时刻终于来到了；可是除了几个他所鄙视的被收买的新闻记者外，没有任何反响。他递上辞呈，又撤回了，再度讲话，可是还是如同置身沙漠，最后，他不再有所动作，被别人的沉默封住嘴了。他要求奴役别人，可是在他那个疯狂的头脑里，他一定认为这是别人自愿的，这仍然是自由。这一天终于来到：他作为人感到十分庆幸，可是作为作家却不能忍受了。当这一切正在进行时，其他人——幸而是大多数——认识到写作的自由包含在政治的自由之中。没人去为奴隶写作。散文艺术只能存在于一个使散文获得意义的领域中，那就是民主的领域。当民主受到威胁时，散文艺术也同样受到威胁。仅仅用笔来保卫它们是不够的。被迫放下笔来的一天会到来，作家于是必须拿起武器。因此，不管你是怎样接近文学的，也不管你有什么样的见解，文学把你投进了战斗。写作是某种要求自由的方式；一旦你开始了，你就给卷入了，不管你愿意不愿意。

卷入了什么呢？保卫自由么？说说是容易的。那是一个做理想价值保卫者的问题呢（像班达的伙计在背叛者面前所作的那样③），还是一个具体的日常自由的问题（这个自由必须由我们在政治和社会斗争中加以捍卫）？这个问题与另一个问题紧密相连，那是一个看来简单却没有人问过自己的问题："你是为谁写作？"

---

① 最后这句话可能会惹恼某些读者。如果真这样的话，我希望知道是否有哪一本优秀的小说，它的目的是明确无误地为压迫事业服务的，或者是写来反对犹太人、黑人、工人或殖民地人民的。"可是如果说一时找不到的话，也没有理由说一定不会有哪一个人在哪一天写出这样一本书来啊。"不过你说这样的话，你就是承认自己是一个空谈家了。空谈家是你，而不是我。因为你是用你关于艺术的抽象概念来断言有可能出现那么一个从未存在过的事实，而我则限于只对既成事实作出解释。——原注

② Pierre Drieula Rochelle，在德国人占领法国时是《新法兰西评论》的编辑，一九四五年自杀。——原注

③ 见班达所著《知识分子的背叛》。

［原典英文节选］ To write is thus both to disclose the world and to offer it as a task to the generosity of the reader. It is to have recourse to the consciousness of others in order to make one's self be recognized as *essential* to the totality of being; it is to wish to live this essentiality by means of interposed persons; but, on the other hand, as the real world is revealed only by action, as one can feel himself in it only by exceeding it in order to change it, the novelist's universe would lack thickness if it were not discovered in a movement to transcend it. It has often been observed that an object in a story does not derive its density of existence from the number and length of the descriptions devoted to it, but from the complexity of its connections with the different characters. The more often the characters handle it, take it up, and put it down, in short, go beyond it toward their own ends, the more real will it appear. Thus, of the world of the novel, that is, the totality of men and things, we may say that in order for it to offer its maximum density the disclosure-creation by which the reader discovers it must also be an imaginary engagement in the action; in other words, the more disposed one is to change it, the more alive it will. be. The error of realism has been to believe that the real reveals itself to contemplation, and that consequently one could draw an impartial picture of it. How could that be possible, since the very perception is partial, since by itself the naming is already a modification of the object? And how could the writer, who wants himself to be essential to this universe, want to be essential to the injustice which this universe comprehends? Yet, he must be; but if he accepts being the creator of injustices, it is in a movement which goes beyond them toward their abolition. As for me who read, if I create and keep alive an unjust world, I can not help making myself responsible for it. And the author's whole art is bent on obliging me to *create* what he *discloses*, therefore to compromise myself. So both of us bear the responsibility for the universe. And precisely because this universe is supported by the joint effort of our two freedoms, and because the author, with me as medium, has attempted to integrate it into the human, it must appear truly *in itself*, in its very marrow, as being shot through and through with a freedom which has taken human freedom as its end, and if it is not really the city of ends that it ought to be, it must at least be a stage along the way; in a word, it must be a becoming and it must always be considered and presented not as a crushing mass which weighs us down, but from the point of view of its going beyond toward that city of ends. However bad and hopeless the humanity which it paints may be, the work must have an air of generosity. Not, of course, that this generosity is to be expressed by means of edifying discourses and virtuous characters; it must not even be premeditated, and it is quite true that fine sentiments do not make fine books. But it must be the very warp and woof of the book, the stuff out of which the people and things are cut; whatever the subject, a sort of essential lightness must appear everywhere and remind us that the work is never a natural datum, but an *exigence* and a *gift*. And if I am given this world with its injustices, it is not so that I might contemplate them coldly, but that I might animate them with my indignation, that I might disclose them and create them with their nature as injustices, that is, as abuses to be suppressed. Thus, the writer's universe will only reveal itself in all its depth to the examination, the admiration, and the indignation of the reader; and the generous love is a promise to maintain, and the generous indignation is a promise to change, and the admiration a promise to imitate; although literature is one thing and morality a quite different one, at the heart of the aesthetic imperative we discern the moral imperative. For, since the one who writes recognizes, by the very fact that he takes the trouble to write, the freedom of his readers, and since the one who reads, by the mere fact of his opening the book, recognizes the freedom of the writer, the work of art, from whichever side you approach it, is an act of confidence in the freedom of men. And since readers, like the author, recognize this freedom only to demand that it manifest itself, the work can be defined as an imaginary presentation of the world insofar as it demands human freedom. The result of which is that there is no "gloomy literature", since, however dark may be the colors in which one paints the world, he paints it only so that free men may feel their freedom as they face it. Thus, there are only good and bad novels.

延伸阅读

1. 国内关于萨特研究的重要资料是柳鸣九编选的《萨特研究》(中国社会科学出版社,1981),该书较为全面地呈现了萨特的文学理论思想、生平传记、文学创作代表作品以及法国著名学者莫洛亚、加洛蒂等研究萨特的重要文章。

2. 施康强等翻译的《萨特文学论文集》(安徽文艺出版社,1999)也是接近萨特文学理论和批评的较好和较全面的著作。

3. 有兴趣的读者,还可以阅读萨特1943年的存在主义代表作《存在与虚无》(陈宣良等译,生活·读书·新知三联书店,2007)。

海德格尔

马丁·海德格尔(Martin Heidegger,1889—1976)是德国著名的现象学和存在主义哲学家,对当代解构主义、诠释学、后现代主义、神学起了重要的影响。

他于 1889 年 9 月 26 日出生于德国巴登州梅斯基尔希一个田园牧歌式的小镇,其父母笃信天主教。父亲是当地小镇上天主教教堂的一个杂役,负责敲钟、看守教堂、挖掘墓地等工作,职位与待遇都很低,母亲也出生农民之家。海德格尔的名字是他的父亲根据镇上最大的教堂圣马丁教堂而取的。1903 年海德格尔以优异成绩从镇上小学毕业,但是由于家境贫穷无法读中学,只好跟随私人教师学习拉丁文,梦想得到神学职位,进入教会,献身于上帝。在教会的资助下,他有幸进入 30 公里以外的康斯坦茨中学,1906 年转入弗莱堡贝绍尔德文科中学后,学习更为勤奋。1907 年,海德格尔在回家过暑假期间,一个神父见其学习勤奋,向他推荐了布伦坦诺的博士论文《存在观念在亚里士多德学说中的多重意义》,他读后对存在意义的问题产生浓厚兴趣,于是志趣从数学、物理学、生物学转移到柏拉图哲学。

1909 年高中毕业后到弗莱堡大学学习神学,两年后转入哲学,还同时攻读人文科学、自然科学和数学。1913 年他在施奈德、李凯尔特指导下以《心理主义的判断理论》的论文获得哲学博士学位,并开始在《逻辑研究》和《纯粹现象学观念》的影响下走进胡塞尔哲学之门。第一次世界大战爆发后,海德格尔应征参军,两个月后因为身体欠佳而退伍。1916 年信仰天主教的海德格尔与信仰路德新教的佩特蒂相爱,并很快私定终身,这导致了他宗教信仰的焦虑,1919 年他就彻底退出了耶稣会,从神学走向了哲学。

1915 年海德格尔获得弗莱堡大学讲师资格成为编外讲师,1918 年与胡塞尔首次见面后,他重新点燃了胡塞尔失去爱子后的绝望之心,自己的学识也得到胡塞尔的肯定,两人结成了亲密的关系。1920 年海德格尔成为胡塞尔的正式助手。受胡塞尔推荐,海德格尔 1923 年 8 月到马堡大学任教,在弗莱堡附近的特托瑙山自己修建的舒适而宁静的小木屋里,开始潜心写作《存在与时间》。1924 年,35 岁的海德格尔与年轻而充满活力的 18 岁学生汉娜·阿伦特一见钟情,之后两人秘密幽会,谱成一支 20 世纪有名的大师恋情曲。

1928 年海德格尔辞去马堡大学的哲学席位,回到母校弗莱堡大学接任胡塞尔的哲学讲座教授一职。1933 年希特勒上台,他当选为弗莱堡大学校长,很快加入了纳粹党,但是第二年他辞去了大学校长职务。他开始关注真理、艺术和技术的问题,尤其注重对荷尔德林诗歌的理解,研究《庄子》、《道德经》等东亚思想。"二战"之后,海德格尔脱离了纳粹党组织,不再参与任何政治组织,虽然在教学上受到政府的限制,但是他仍然做了大量演讲,写作了重要的哲学与艺术哲学著述,并到日本等国家访问。1976 年 5 月 26 日,这位哲学家与世长辞。

海德格尔把现象学与存在主义结合起来,成为继克尔凯郭尔之后的存在主义哲学的最重要代表。他的文艺美学思想也是在现象学和存在主义哲学的基础上展开的,主要代表作品有《存在与时间》、《林中路》、《荷尔德林诗的阐释》等。主要观点可以总结如下:

海德格尔很重视对艺术作品的真理的思考。艺术家是作品的本源,作品是艺术家的本源。两者相辅相成,彼此不可或缺。在这阐释学的循环中,海德格尔认为决定艺术家和艺术作品的是最初的第三者,即艺术。现实的艺术作品首先具有一种物的因素,即使享誉甚高的审美体验也摆脱不了艺术作品之物的因素,物性的根基是作品最直接的现实。但是,艺术作品之所以成为艺术,不是仅仅因为它具有物性,还因为它呈现了基于物性的大地与世界,揭示了真理。艺术作品使人们懂得了真正的事物是什么,使存在者进入它的存在之无蔽之中。艺术的本质就是真理之生发,是对存在的显现、澄明、去蔽。

艺术真理乃是通过语言的诗意创造而发生的。既然凡是艺术都是让存在者本身之真理到达而发生,那么一切艺术本质上都是诗。诗不是一种虚构,也不是对非现实领域的单纯表象和幻想的悠荡飘浮,而是让无蔽发生的敞开领域。这样,建筑艺术、绘画艺术、诗歌艺术都获得了本质的同一性,都是在于诗意创造,都处于语言之中:唯语言才使存在者作为存在者进入敞开领域之中。所以诗乃是存在者之无蔽的言说,语言本身就是根本意义上的诗。

海德格尔认为,理解是具有偏见的,也是具有成见的。人们对任何事物的理解,都不是用空白的头脑去被动地接受,而是以头脑里预先准备好的思想内容为基础,积极主动地进行的。这些思想为艺术阐释学奠定了扎实的基础,对加达默尔的阐释学产生了重要影响。

原典选读

艺术作品的本源(节选)

The Origin of the Work of Art   孙周兴,译

《艺术作品的本源》是海德格尔在艺术哲学方面的代表论文,这是他
1935 年 11 月 13 日在弗莱堡艺术科学学会所作的演讲,标志着他开始从形
而上学传统的批判转向后期诗学时期。这篇论文从艺术作品的本源出发思
考艺术的本质或者真理,认为艺术是艺术作品的物性的体现,但是这种物性
不同于日常事物,因为它是真理的大门的通道。艺术是存在之真理的澄明。

本源这里意味着:从何和由何,某物是其所是和为其所是。某物是其所是和为其所
是,我们称为其本质或本性。某物的来源即其本性的来源。对艺术作品来源的追问,即追
问艺术作品本性的来源。一般以为,艺术品产生于和依赖于艺术家的活动;但是艺术家之
为艺术家又靠何和从何而来呢? 靠作品。因为我们说作品给作者带来荣誉,这也就是说,
作品才使作者第一次以艺术主人的身份出现。艺术家是作品的本源,作品是艺术家的本
源。二者相辅相成,缺一不可。但是,任何一方也不是另一方的全部根据。不论是就它们
自身,还是就它们两者的关系而言,艺术家和艺术品依赖于一个先于它们的第三者的存
在。这第三者给予艺术家和艺术品命名。此即艺术。

……

真理意味着真实的本性。我们通过追忆古希腊的词语 aletheia(即存在物的显露)来
思考这种本性。

……

如果此处和它处,我们认为真理是显露,我们并非仅仅是在古希腊语词更准确的翻译
中寻找避难所。我们在思索真理本质的基础是何,这种真理的本质对我们是如此流行以
致其意义已经耗尽,它作为一种正确性是无法把握和思考的。

……

但是,并非我们把存在物的显露作为前提,而是存在物的显露(存在)使我们进入了存
在的这种状态,即在我们的表象之中,我们总是追踪显露的,不仅知识自身所取决于的某
物必须是已经以任何一种方式显露的,而且整个取决活动的领域和命题与事物相符的要
求本身,都必须作为整体已经发生于显露之中。随着我们正确的描述,我们将成为无,并
且我们将不再假设这一前提,即已经存在我们自身所决定的显明之物。除非存在物的显
露已经向我们展示,将我们置于一光照领域,那里,每一存在物站立起来并退离。

……

敞开发生于存在物之中。它展示了我们已提到的基本特性。世界和大地属于敞开。

但是世界并非只是简单的澄明的敞开,大地也并非只是简单的遮蔽的归闭。不如说,世界是基本指导方向和所有决定依照的道路的澄明。任何一种决定都将自己建基于没有掌握的遮蔽的混乱的事物。否则,它将不再是决定。大地,并非只是归闭,不如说,它们为自我归闭而敞开。世界和大地总是内在地和基本地处于冲突之中,本性上是好战的。唯有如此,它们才进入了澄明和遮蔽的斗争之中。

大地通过世界凸现,世界将以大地为基础。只要真理作为澄明和遮蔽的基本斗争而发生。但是,真理如何发生?我们答道,它以几种基本的方式发生。真理的发生的一种方式便是作品的作品存在。建立世界和显现大地,作品是那种斗争的承担者,在斗争中存在者整体的显露,真理产生了。

真理发生于在神殿站立于其所是的地方。这并非意味着某物被正确地描述和提供于此处,而是作为整体的所是,带到了敞开之中和抓住此处。抓住(halten)最初意味着管理、保持、照顾(hüten)。真理发生于凡高的绘画之中。这并非意味着某物正确地描绘,而是在鞋子的器具存在的展示之中,作为整体的所是(在其冲突中的世界和大地)达到其敞开。

因此,作品中的真理,并非只是某物的真实,它是在活动之中。显示了农鞋的绘画,言说罗马喷泉的诗歌,并非只是这种个别的存在物的显示——严格地说,它根本不显示这种个别的存在物。不如说,它形成的显露是作为关涉到整体所是的如此发生。鞋子越纯然越本真地贯注于其本性,喷泉越明显越纯粹地贯注于其本性,伴随它们的所有存在便更直接和更有力地达到存在的更大深度。这便是自我遮蔽的存在物如何被照亮的情形。这种光照将自己射入作品,这种进入作品的照射正是美。美是作为敞开发生的真理的一种方式。

我们现在的确在一定方面更清楚地把握了真理的本性。在作品中发生作用的东西将相应变得更加清晰。

……

真理与艺术

艺术是艺术品和艺术家的本源。本源即存在者的存在现身于其中的本性来源。什么是艺术?我们在现实的作品中寻找其本性。艺术的现实性的规定根据那在作品中发挥作用所是,根据真理的发生。这种发生,我们认为是世界和大地之间冲突的抗争。宁静发生于抗争中所集中的激动不安。作品的独立或者自我镇静此处得到奠基。

……

然而,作品的被创造性,唯有根据创作过程才能被我们清楚地把握。因此在这一事实的强迫下,我们必须深入领会艺术家的活动,以便达到艺术品的本源。试图纯粹根据作品自身规定作品的作品存在,已证明是完全不可能的。

如果我们现在离开作品而跟踪创作过程的本性,我们将毫无疑问地记住早先农鞋之画和后来希腊神殿所说的。我们认为创造即显示。但是,器具的制作也是一种显示。手工(一值得注意的语言游戏)当然并非创造作品。甚至当我们将手工制作与工厂制品相比较时,它也并非创造作品。但是,什么区别创造的显示和制作的显示呢?按照字句来区别作品创造和器具制作是这样轻易,而探究显现的两种方式各自的基本特征却这样困难。

伴随着第一种现象,我们在陶工和雕刻家、细木工人和画家的活动中发现了相同的步骤。一作品的创造需要技艺。伟大的艺术家给予技艺以极高的评价。基于其彻底的掌握,他们首先要求其辛勤的磨练,在所有其他之先他们始终力图教育他们自身获得新的技艺。

器具的备用状态和作品的被创造状态有一点相同之处,即它们都含有生产出的东西。但与其他一切生产不同的是,由于艺术作品是被创造的,所以,被创造状态也成了被创造品的一部分。但是,难道其他的制成品和其他任何一种制成品就不是这样吗?任何制成品,只是它是被制成的,就肯定会被赋予某些被制作的存在。但是,在艺术品中,被创作的存在本身就被特意寓于创作品之中,这样,被创造的存在也就以一种独特的方式从创作品中,从创造它的方式中突现出来。如果的确如此,那么,我们也就必然能够发现和体验到作品中被创造的存在。

从作品中浮现出来的被创造的存在,并不意味着在作品中引人注目的是大艺术家的创造,被创造物不应该被作为一位能手成功的证明,并因此使成就者为众目所望。它应公之于众的不是无名作者的署名。不如说,这一单纯的“确凿成就”应由作品将它带进敞开之中,也就是说,存在的显露此处发生了,并且作为这种已经发生才发生。换言之,这样的作品存在了,的的确确地存在了。作品所为这种作品存在所造成的冲击,以及这种不显现的冲击的连续性,便形成了作品自我存在的稳固性。正是在艺术家和这作品问世的过程、条件都尚无人知晓的时候,这一冲力,“此一”被创造的存在就已从作品中最纯粹地出现了。

当然,“此一”被创造也属于那每一备用的、置身于使用中的器具。但这“此一”在器具上并未出现,它消失于有用性中了。一件器具越是顺手,就越发不引人注目,器具就越封闭在其器具存在中,比如一把锤子就是如此。一般说来,在手边的东西上我们都可以发现这一点;但是即便注意到这一点,人们也很快就忘掉,因为这太寻常了。不过,还有什么比存在者存在这事更为寻常吗?在艺术品中就不同了。它作为作品而存在正是不同寻常的。它的被创造的存在这一事件并非简单地在作品中得到反映,不如说,作品在自身之前投射出一重大事实,此事实即作品作为此作品,而且此作品永远具有关于自身的这种事实。作品自己敞开得越根本,即唯一性,即作品存在,的确存在的唯一性也就愈明朗,归入敞开的冲力愈根本,作品也就愈令人感到意外,也就愈孤独。它存在这一馈赠在于作品的制作之中。

……

作品越是孤立地牢系形象立于自身,它越纯粹地显得解脱了与人类的关系,冲击将越纯然地进入这一作品所是的敞开之中,超常将越本质地被打开,而迄今显得正常的东西将更加本质地被推翻。但是,这种多重的冲击没有丝毫的强暴,因为作品自身越是纯粹地进入存在物的敞开之中(自我敞开的敞开性),那么,它将越是纯然地将我们移入这种开放性,并在同时移出日常的领域。服从于这种转移意味着,改变我们日常的与世界和大地的联系,因此抑制我们的一般所为和评价,认识和观看,以停留于作品中所发生的真理。唯有这种停留的抑制,才使所创造的成为所是的作品。这种让作品成为作品,我们称为作品的守护。唯有这种守护,作品在其被创造性的自我产生才是现实的,即现在,显现为一作品的形态。

正如作品没有被创造便无法存在而本质上需要创造者一样,这种被创造如果没有人守护,它自身也将不能进入存在。

……

要确定物的物性,无论是特性的载体的考察,还是对其感觉的复合的分析都无济于事,至于考虑到那观念为自己设立的,由器具因素带来的质料——形式结构就更不用说了。为了求得一种对物的物因素正确而有分量的认识,我们必须看到物对大地的归属性。大地的天性就是它那无所迫促的承受和自我归闭,但是,大地仅仅嵌入一个世界中,在它与世界的相互作用中才将自己揭示出来。大地与世界的冲突在作品的形象中确定下来,并通过这一形象得以展现。我们只有通过作品本身才可能认识器具的器具因素,这一点不仅适用于器具,同时也适用于物的物的因素。我们绝对无法直接认识物的因素,即使有也是不确定的,这就需要作品的帮助。这一事实本身间接证明了,在作品的作品存在中,真理出现,它就是所是在作品中的敞开。

真理的产生在作品中发生作用,当然,按照作品的形态发生作用。相应地,艺术本性的一开始规定为真理的设入作品,但这一规定是有意地制造歧义。它一方面说,艺术在形象中固定于真理自我建立之地。它在创造中作为所是的敞开的显现而发生。然而,设入作品也意味着,作品存在进入运动和发生。这一发生作为保存。因而艺术是:真理的创造性保存于作品之中。艺术因而是真理的生成和发生。那么,真理难道是源于无之中?如果无仅仅是所是的没有,如果我们此处认为所是是以日常形式出现的对象,它因此进入光照和受到那设想为真理存在的作品生存的挑战时,那么这的确如此。真理从来不是现存和一般对象的聚集。不如说,它是敞开的敞开,是所是的澄明,是作为投射描划出的敞开的发生。这使它在投射中出现。

……

艺术是真理的设入作品。据此命题,隐藏了一个基本的悖论。在此之中,真理马上设立了主体和客体。但是此处主体和客体的命名是不适宜的。它阻止我们正好思考这种悖论的天性。这是不再属于这种思考的工作。艺术是历史的,作为历史,它是在作品中真理的创造性保存。艺术作为诗发生。诗作为发现有三种意义:赠予、基础、开端。艺术作为发现,本质上是历史的。此不仅意味着,艺术在外在意义上拥有历史,在历史进程中,艺术伴随着其它事物出现,并且在此进程中,艺术改变和终止以及为历史学提供变化的形象。艺术作为历史在根本意义上是奠定历史。

艺术让真理起源。作为发现的守护,艺术是作品中所是的真理跃出的源泉。凭借跃出而诞生某物,通过一发现的跃出使某物源于其本性的源泉而进入存在——此即语词起源(德语 Ursprung,字义即最初的跃出)的意义。

艺术作品的本源——这包括了创造者和守护者两者的起源,此即说,民众历史性的此在的本源是艺术。如此这般在于艺术的天性是一起源:它是真理进入存在的独特的方式,此即成为历史性。

我们探询艺术的本性。我们为何这样探询？我们这般探询，是为了更真实地询问，在我们历史性的生存中，艺术是否是本源，是否和在什么条件下，它能够和必须成为本源。

这种反思不能支配艺术及其进入存在。但是这一反思的知识是预备性的，因此是艺术生存必不可少的准备。唯有这种知识为艺术准备了空间，为创造者准备了道路，为保存者准备了地盘。

在这种只能很慢地增长的知识中，问题取决于艺术是否能成为起源并且然后必须成为领先，或者它是否仅仅保持为一附庸，然后作为例行的文化现象。

我们在我们存在的历史性之中处于本源的近处吗？我们是否知道即注意到起源的本性？或者，在我们对艺术的态度中，我们仍然仅仅援引过去的教养和知识。

对于这种或此或彼及其决定，这里有一确实可靠的指示牌。诗人荷尔多林（他的作品仍然被作为验检标准而面对德国）用言语指出：

Schwer Verlässt

Was nahe dem Ursprung Wohnet, den ort

那邻近其本源居住者

不愿意地离去。

——《旅行》18—19 行

[原典英文节选]　Art is the origin of the art work and of the artist. Origin is the source of the nature in which the being of an entity is present. What is art? We seek its nature in the actual work. The actual reality of the work has been defined by that which is at work in the work, by the happening of truth. This happening we think of as the fighting of the conflict between world and earth. Repose occurs in the concentrated agitation of this conflict. The independence or self-composure of the work is grounded here. [...]

The work's createdness, however, can obviously be grasped only in terms of the process of creation. Thus, constrained by the facts, we must consent after all to go into the activity of the artist in order to arrive at the origin of the work of art. The attempt to define the work-being of the work purely in terms of the work itself proves to be unfeasible.

In turning away now from the work to examine the nature of the creative process, we should like nevertheless to keep in mind what was said first of the picture of the peasant shoes and later of the Greek temple. We think of creation as a bringing forth. But the making of equipment, too, is a bringing forth. Handicraft—a remarkable play of language—does not, to be sure, create works, not even when we contrast, as we must, the handmade with the factory product. But what is it that distinguishes bringing forth as creation from bringing forth in the mode of making? It is as difficult to track down the essential features of the creation of works and the making of equipment as it is easy to distinguish verbally between the two modes of bringing forth. Going along with first appearances we find the same procedure in the activity of potter and sculptor, of joiner and painter. The creation of a work requires craftsmanship. Great artists prize craftsmanship most highly. They are the first to call for its painstaking cultivation, based on complete mastery. They above all others constantly strive to educate themselves ever anew in thorough craftsmanship.

The readiness of equipment and the createdness of the work agree in this, that in each case something is produced. But in contrast to all other modes of production, the work is distinguished by being created so that its createdness is part of the created work. But does not this hold true for everything brought forth, indeed for anything that has in any way come to be? Everything brought forth surely has this endowment of having been brought forth, if it has any endowment at all. Certainly. But in the work, createdness is expressly created into the created being, so that it stands out from it. from the being thus brought forth, in an expressly particular way. If this is how matters stand, then we must also be able to discover and experience the createdness explicitly in the work.

The emergence of createdness from the work does not mean that the work is to give the impression of having been made by a great artist. The point is not that the created being be certified as the performance of a capable person, so that the producer is thereby brought to public notice. It is not the "N. N. fecit" that is to be made known. Rather, the simple "factum est" is to be held forth into the Open by the work: namely this, that unconcealedness of what is has happened here, and that as this happening it happens here for the first time; or, that such a work *is* at all rather than is not. The thrust that the work as this work is, and the uninterruptedness of this plain thrust, constitute the steadfastness of the work's selfsubsistence. Precisely where the artist and the process and the circumstances of the genesis of the work remain unknown, this thrust, this "*that* it is" of createdness. emerges into view most purely from the work.

To be sure, "that" it is made is a property also of all equipment that is available and in use. But this "that" does not become prominent in the equipment; it disappears in usefulness. The more handy a piece of equipment is, the more inconspicuous it remains that, for example, such a hammer is and the more exclusively does the equipment keep itself in its equipmentality, In general, of everything present to us, we can note that it *is*; but this also, if it is noted at all, is noted only soon to fall into oblivion, as is the wont of everything commonplace. And what is more commonplace than this, that a being is? In a work, by contrast, this fact, that it *is* as a work, is just what is unusual. The event of its being created does not simply reverberate through the work; rather, the work casts before itself the eventful fact that the work is as this work, and it has constantly this fact about itself. The more essentially the work opens itself the more luminous becomes the uniqueness of the fact that it is rather than is not. The more essentially this thrust comes into the Open, the stronger and more solitary the work becomes. In the bringing forth of the work there lies this offering "that it be."

延伸阅读

海德格尔的《林中路》(上海译文出版社,1997)是他三四十年代诗学转向的重要论文集,不仅包括《艺术作品的本源》,还有《诗人何为?》等论文,汇集了后期成熟思想的各个方面,主要是对艺术和诗的沉思,代表了他作为存在主义哲学家的文艺理论的主要观点。此书由著名海德格尔研究专家和翻译专家孙周兴翻译。

加达默尔

汉斯-格奥尔格·加达默尔（Hans-Georg Gadamer, 1900—2002）是当代德国哲学阐释学最重要的代表。

1900 年 2 月 11 日，加达默尔出生于德国法兰克福北面的中心城市马堡，这个城市现在属于波兰。虽然加达默尔从小受到作为药剂学大学教授的父亲的影响，但是他对人文学科情有独钟。中学毕业后，他进入了布雷斯劳大学，并跟随那托普（Paul Natorp）学习哲学。1922 年，22 岁的加达默尔以论文《论柏拉图对话中欲望的本质》获得博士学位。第二年，他前往弗莱堡，师从存在主义哲学家海德格尔，虽然他在海德格尔身边仅仅呆了几个月的时间，但之后几年两人关系密切，他俩还一起在海德格尔的小屋外锯过木材。加达默尔在一段时间里做过海德格尔的助手，并在弗里德兰德尔和海德格尔的指导下完成了论文《柏拉图的辩证伦理学》，所以他的哲学阐释学深受海德格尔的影响。

1929 年，加达默尔获得马堡大学教授资格，给学生讲授伦理学和美学。1933 年希特勒上台后，加达默尔既没有反对希特勒也没有积极支持他，以非政治的中庸立场在 30 年代的德国继续他的哲学研究工作。1937 年，他获得了申请了 10 年之久的哲学教授头衔，两年后在莱比锡大学获得了一个大学教授的职位，1945 年任哲学系主任，之后还担任了该大学的校长。1947 年，加达默尔受聘为法兰克福大学哲学系首席教授，两年后受聘于海德堡大学，并接替存在主义哲学家雅斯贝尔斯的位置，直到退休。

1960 年加达默尔出版了哲学阐释学的代表作品《真理与方法》，他也因此成为当代哲学思想界的公众人物，引起了以后数十年的争论，尤其是与哈贝马斯、德里达等展开了激烈的论辩。1968 年，他从海德堡大学退休后，仍然担任名誉教授，1971 年荣获德国最高荣誉"德性秩序"爵士奖。退休后，他花了很多时间到各地旅游，继续研究，尤其在北美学术界产生了深厚的学术影响，获美国波士顿艺术和科学研究院荣誉院士。2002 年 3 月 13 日加达默尔在海德堡逝世，享年 102 岁。

加达默尔发表了《真理与方法》、《美的现实性》、《柏拉图与诗人》、《歌德与哲学》、《诗学》等哲学阐释学与美学、文艺理论的代表著作，最为著名的是《真理与方法》。他从艺术经验的分析出发提出了现代哲学阐释学的重要思想，其中包含了富有价值的文艺理论观点,为文学艺术阐释学奠定了坚实的基础。

他认为,文艺的本质或者真理在于游戏。游戏的真正主体不是游戏者,而是游戏本身,游戏本身使游戏者卷入游戏之中,游戏者在游戏过程中得到自我表现或者自我表演。但是游戏要自我表现,就需要观赏者,因为游戏是为观赏者而表现的,这样游戏本身是游戏者和观赏者组成的统一整体。如此看来,文艺的本质就如宗教仪式一样在于戏剧展示性。戏剧展示性成为文学作品本身进入此在的活动,文学作品的存在是被展现的过程。也就是说,文学艺术作品只有被展现、被理解、被阐释时才能具有价值和意义。不论是阅读诗歌还是演奏音乐,它们都是对艺术作品的理解和阐释,是艺术作品的继续存在方式,"阅读正如朗诵或者演出一样,乃是文学艺术作品的本质的一部分","艺术作品的存在就是那种需要被观赏者接受才能完成的游戏。所以对文本来说,只有在理解过程中才能实现由无生气的意义痕迹向有生气的意义转换"。艺术的真理也就在于接受者和作者的对话,是现在与过去的理解性对话。

阐释学的视阈融合是哲学阐释学的重要概念。加达默尔在海德格尔的存在主义阐释学的基础上提出了阐释学的重要问题,认为所有的理解都依赖于理解者的前理解,依赖于解释者的传统影响和文化惯例,理解是一种置身于传统过程中的行动,这是一切阐释学中最首要的条件,为阐释者提供了特殊的视阈。但是阐释者的任务不是孤芳自赏,而是扩大自己的视阈,与其他视阈相交融,这就是视阈融合。在视阈融合中,历史与现在、主体与客体、自我与他在进行对话,形成一个统一整体。理解本身乃是一种效果历史事件,是现在与过去的交流的具体应用。所有的文学阐释也就是读者与文本的对话,是对文学作品的一种理解与再创造。

语言问题在加达默尔看来具有本体论的意义。他认为,语言不是一种手段或者装备,而是本体性的,因为人类只有凭借语言才能拥有世界。世界是存在于那里的世界,但是世界的这种存在是通过语言被把握的,"世界在语言中得到表述"。这是他对海德格尔提出的"语言是存在之家"这种观点的接受,同时也受到洪堡提出的"语言就是世界观"命题的影响。在他看来,理解过程也就是语言过程,两者在根本上是相联系的。对人文学科,尤其对文学艺术而言,理解乃是语言的游戏,这种游戏经验就是一种美的游戏的经验,因为理解和美的东西都是自我呈现的照耀,这是文艺作品中的真理的闪耀。诗歌语言不同于日常话语,它具有模糊性,但是这种模糊性表达了对世界的存在关系,一种自明的存在关系,与美的自明存在一样。这种语言给阐释学带来了无限的生机,因为伟大的文学作品具有无限阐释的可能性,永远处于悬而未决之中。

原典选读

艺术作品的本体论及其诠释学的意义（节选）

The Ontology of the Work of Art and Its Hermeneutical Significance　洪汉鼎,译

选文出自于《真理与方法》上册第一部分,从本体论角度分析了游戏这个美学概念的本质,认为游戏的本质是表演或者展现,游戏是游戏者和观赏者共同参与的活动整体,这形成了艺术阐释学的审美经验基础,也是对文学本质的一种理解。

由此出发,对于游戏的本质如何反映在游戏着的行为中,就给出了一个一般的特征:一切游戏活动都是一种被游戏过程(alles Spielen ist ein Gespieltwerden)。游戏的魅力,游戏所表现的迷惑力,正在于游戏超越游戏者而成为主宰。即使就人们试图实现自己提出的任务的那种游戏而言,也是一种冒险,即施以游戏魅力的东西是否"对",是否"成功",是否"再一次成功"。谁试图这样做,谁实际上就是被试图者(der Versuchte)。游戏的真正主体(这最明显地表现在那些只有单个游戏者的经验中)并不是游戏者,而是游戏本身。游戏就是具有魅力吸引游戏者的东西,就是使游戏者卷入到游戏中的东西,就是束缚游戏者于游戏中的东西。

……

柏拉图曾在其灵魂轮回说里把再回忆的神秘观念与其辩证法的途径联在一起思考,这种辩证法是在 Logoi 中,即在语言的理想性中探寻存在的真理。实际上,这样一种本质唯心论已存在于再认识的现象中。"被认识的东西"只有通过对它的再认识才来到它的真实存在中,并表现为它现在所是的东西。作为再认识的东西,它就是在其本质中所把握的东西,也就是脱离其现象偶然性的东西。这也完全适用于游戏中那样一种相对于表现而出现的再认识。这样一种表现舍弃了所有那些纯属偶然的非本质的东西,例如表演者自身的个别存在。表演者完全消失在对他所表现的东西的认识中。但是被表现的东西,著名的神话传说事件,通过表现仿佛被提升到其有效的真理中。因为是对真实事物的认识,所以表现的存在就比所表现的素材的存在要多得多,荷马的阿希里斯的意义要比其原型的意义多得多。

我们所探讨的原始的模仿关系,因而不仅包含所表现的东西存在于那里,而且也包含它更真实地出现在那里。模仿和表现不单单是描摹性的复现(Wiederholung),而且也是对本质的认识。因为模仿和表现不只是复现,而且也是"展现"(Hervorholung),所以在它们两者中同时涉及了观赏者。模仿和表现在其自身中就包含对它们为之表现的每一个人的本质关联。

的确,我们还可以更多地指出:本质的表现很少是单纯的模仿,以致这种表现必然是

展示的(zeigend)。谁要模仿,谁就必须删去一些东西和突出一些东西。因为他在展示,他就必须夸张,而不管他愿意或不愿意[所以在柏拉图理念说里 aphhairein(删去)和 synhoran(突出)是联系在一起的]。就此而言,在"如此相像"的东西和它所想相像的东西之间就存在一种不可取消的存在间距。众所周知,柏拉图就曾经坚持这种本体论的间距,即坚持摹本(Abbild)对原型(Urbild)的或多或少的落后性,并从这里出发,把艺术游戏里的模仿和表现作为模仿的模仿列入第三等级。不过,在艺术的表现中,对作品的再认识仍是起作用的,因为这种再认识具有真正的本质认识的特征,并且正是由于柏拉图把一切本质认识理解为再认识,亚里士多德才能有理由认为诗比历史更具有哲学性。

因此,模仿作为表现就具有一种卓越的认识功能。由于这种理由,只要艺术的认识意义无可争议地被承认,模仿概念在艺术理论里就能一直奏效。但这一点只有在我们确定了对真实事物的认识就是对本质的认识的时候才有效,因为艺术是以一种令人信服的方式服务于这种认识。反之,对于现代科学的唯名论以及它的实在概念——康德曾根据这一概念在美学上得出了不可知论的结论——来说,模仿概念却失去了其审美的职责。

美学的这种主体性转变的困境对我们来说成为明显的事实之后,我们看到自己又被迫退回到古代的传统上去了。如果艺术不是一簇不断更换着的体验——其对象有如某个空洞形式一样时时主观地被注入意义——"表现"就必须被承认为艺术作品本身的存在方式。这一点应由表现概念是从游戏概念中推导出的这一事实所准备,因为自我表现是游戏的真正本质——因此也就是艺术作品的真正本质。所进行的游戏就是通过其表现与观赏者对话,并且因此,观赏者不管其与游戏者的一切间距而成为游戏的组成部分。

这一点在宗教膜拜行为这样一种表现活动方式上最为明显。在宗教膜拜行为这里,与教徒团体的关联是显然易见的,以致某个依然那样思考的审美意识不再能够主张,只有那种给予审美对象自为存在的审美区分才能发现膜拜偶像或宗教游戏的真正意义。没有任何人能够认为,执行膜拜行为对于宗教真理来说乃是非本质的东西。

同样的情况也以同样的方式适合于一般的戏剧(Schauspiel)和那些属于文学创作的活动。戏剧的表演同样也不是简单地与戏剧相脱离的,戏剧的表演并非那种不属于戏剧本质存在、反而像经验戏剧的审美体验那样主观的和流动的东西。其实,在表演中而且只有在表演中——最明显的情况是音乐——我们所遇见的东西才是作品本身,就像在宗教膜拜行为中所遇见的是神性的东西一样。这里游戏概念的出发点所带来的方法论上的益处是显而易见的。艺术作品并不是与它得以展现自身的机缘条件的"偶然性"完全隔绝的,凡有这种隔绝的地方,结果就是一种降低作品真正存在的抽象。作品本身是属于它为之表现的世界。戏剧只有在它被表演的地方才是真正存在的,尤其是音乐必须鸣响。

所以我的论点是,艺术的存在不能被规定为某种审美意识的对象,因为正相反,审美行为远比审美意识自身的了解要多。审美行为乃是表现活动的存在过程的一部分,而且本质上属于作为游戏的游戏。

这将得出哪些本体论上的结论呢?如果我们这样地从游戏的游戏特质出发,对于审美存在的存在方式的更接近的规定来说有什么结果呢？显然，戏剧（观赏游戏）以及由此被理解的艺术作品决非一种游戏藉以自由实现自身的单纯规则图式或行为法规。戏剧的游戏活动不要理解为对某种游戏要求的满足，而要理解为文学作品本身进入此在的活动（das Ins-Dasein-Treten der Dichtung selbst）。所以，对于这样的问题，即这种文学作品的真正存在是什么，我们可以回答说，这种真正存在只在于被展现的过程（Gespieltwerden）中，只在于作为戏剧的表现活动中，虽然在其中得以表现的东西乃是它自身的存在。

让我们回忆一下前面所使用的"向构成物的转化"这一术语。游戏就是构成物——这一命题是说：尽管游戏依赖于被游戏过程（Gespieltwerden，或译被展现过程），但它是一种意义整体，游戏作为这种意义整体就能够反复地被表现，并能反复地在其意义中被理解。但反过来说，构成物也就是游戏，因为构成物——尽管它有其思想上的统一——只在每次被展现过程中才达到它的完全存在。我们针对审美区分的抽象所曾经想强调的东西，正是这两方面的相互联系。

我们现在可以对这种强调给以这样的形式，即我们以"审美无区分"（die ästhetische Nichtunterscheidung）反对审美区分，反对审美意识的真正组成要素。我们已看到，在模仿中被模仿的东西，被创作者所塑造的东西，被表演者所表现的东西，被观赏者所认识的东西，显然就是被意指的东西——表现的意义就包含于这种被意指的东西中——以致那种文学作品的塑造或表现的活动根本不能与这种被意指的东西相区别。而在人们作出这种区分的地方，创作的素材将与创作相区别，文学创作将与"观点"相区别。但是这种区分只具有次要性质。表演者所表现的东西，观赏者所认识的东西，乃是如同创作者所意指的那样一种塑造活动和行为本身。这里我们具有一种双重的模仿：创作者的表现和表演者的表现。但是这双重模仿却是一种东西：在它们两者中来到存在的乃是同一的东西。

我们可以更确切地说：表演的模仿性表现把文学创作所真正要求的东西带到了具体存在（Da-Sein）。某种作为人们在艺术游戏中所认识的真理统一体的双重无区别，是和文学创作与其素材、文学创作与表演之间的双重区别相符合的。如果我们从起源上去考察一下作为一部文学创作基础的情节，那么，这种区别是脱离文学创作的实际经验的，同样，如果观赏者思考一下表演背后所蕴涵的观点或作为这种表演的表现者的成就，那么这种区别也是脱离戏剧表演的实际经验的。而且，这样一种思考就已经包含了作品本身与它的表现之间的审美区分。但是，在某人面前所表演的悲剧的或喜剧的场面究竟是在舞台上还是在生活中出现——如果我们只是观赏者，那么正如我们所看到的，这一问题对于这种经验内容来说，甚至是无关紧要的。我们称之为构成物的东西，只是这样一种表现为意义整体的东西。这种东西既不是自在存在的，也不是在一种对它来说是偶然的中介中所能经验到的，这种东西是在此中介中获得了其真正的存在。

尽管这样一种构成物的多种多样的表演或实现还是要返回到游戏者的观点上去——

但就连游戏者的观点也不总是封闭于其自认为的意见的主观性中,而是实实在在地存在于这多种多样的表演或实现之中。所以这根本不是一个关于观点的单纯主观的多样性的问题,而是一个关于作品自身存在可能性的问题,作品似乎把其自身陈列于它的多种多样的方面之中。

……

[原典英文节选]　Having seen the difficulties of this subjective development in aesthetics, we are forced to return to the older tradition. If art is not the variety of changing experiences whose object is each time filled subjectively with meaning like an empty mould, representation must be recognised as the mode of being of the work of art. This was prepared for by the idea of representation being derived from the idea of play, in that selfrepresentation is the true nature of play—and hence of the work of art also. The playing of the play is what speaks to the spectator, through its representation, and this in such a way that the spectator, despite the distance between it and himself, still belongs to it.

This is seen most clearly in the type of representation that is a religious rite. Here the relation to the community is obvious. An aesthetic consciousness, however reflective, can no longer consider that only the aesthetic differentiation, which sees the aesthetic object in its own right, discovers the true meaning of the religious picture or the religious rite. No one will be able to hold that the performance of the ritual act is unessential to religious truth.

This is equally true for drama, and what it is as a piece of literature. The performance of a play, likewise, cannot be simply detached from the play itself, as if it were something that is not part of its essential being, but is as subjective and fluid as the aesthetic experiences in which it is experienced. Rather, in the performance, and only in it—as we see most clearly in the case of music—do we encounter the work itself, as the divine is encountered in the religious rite. Here the methodological advantage of starting from the idea of play becomes clear. The work of art cannot be simply isolated from the 'contingency' of the chance conditions in which it appears, and where there is this kind of isolation, the result is an abstraction which reduces the actual being of the work. It itself belongs to the world to which it represents itself. A drama exists really only when it is played, and certainly music must resound.

My thesis, then, is that the being of art cannot be determined as an object of an aesthetic awareness because, on the contrary, the aesthetic attitude is more than it knows of itself. It is a part of the essential process of representation and is an essential part of play as play.

What are the ontological consequences of this? If we start in this way from the play character of play, what emerges for the closer definition of the nature of aesthetic being? This much is clear: drama and the work of art understood in its own terms is not a mere schema of rules or prescriptions of attitudes, within which play can freely realise itself. The playing of the drama does not ask to be understood as the satisfying of a need to play, but as the coming into existence of the work of literature itself. And so there arises the question of the being proper to a poetic work that comes to be only in performance and in theatrical representation, although it is still its own proper being that is there represented.

延伸阅读

1. 要比较深入地理解加达默尔的哲学阐释学和文学阐释学思想,洪汉鼎先生翻译的《真理与方法》(上下册)(上海译文出版社,2004)是较好的选本,不仅翻译者比较准确地理解了加达默尔的思想和著作,而且译文通畅,很好理解,此书前面有译者的序言,清晰地介绍了加达默尔的艺术经验的真理、阐释学的理论、语言理解等核心问题。

姚　斯

汉斯·罗伯特·姚斯(Hans Robert Jauss,1921—1997)是德国接受美学的重要代表,和伊瑟尔并称德国康斯坦茨学派的双子星座,他是法国文学研究专家,自俄国形式主义实现从作家向作品的第一次转向后,他倡导的接受美学实现了从作品向读者的第二次转向。

1921年12月21日,姚斯出生于德国的一个教师之家。"二战"爆发后,他作为一名士兵被派往前线。1944年他在布拉格开始学术研究工作。战后他被监禁,直到1948年才得以在海德堡自由地研究浪漫主义哲学、德国历史与文化,并深受海德格尔和加达默尔的影响。1952年,他完成了关于法国小说家普鲁斯特的博士论文,5年之后获得海德堡大学罗曼斯语文学讲席,1959年升为德国明斯特大学副教授,担任罗曼斯语文论坛主任,两年后作为全职教授受聘德国吉森大学,深入研究中世纪文学,并建立了一个包括伊瑟尔在内的"诗学和阐释学"研究群体。这个群体试图把哲学、诗歌实践和阐释学结合起来,在近20年里出版了《诗学与阐释学丛书》12卷,影响很大。

1966年,德国的康斯坦茨大学按照洪堡的大学原则重新建立起来,姚斯应校长黑斯之邀积极地加入这所新型体制的大学,并逐步形成了包括伊瑟尔在内的五位教授构成的康斯坦茨学派。姚斯在1967年该学派的发起仪式上发表的宣言,就是著名的论文《文学史作为对文学理论的挑战》,该文掀起了德国文艺学从形式主义向接受美学的转变。虽然姚斯、伊瑟尔等人的接受美学范式引来了文学研究界的诸多争议,但是依然由于适应消费社会的时代需求而改写了文学研究的面貌,成为60年代后期德国文学研究的主要模式。姚斯后来在美国的哥伦比亚大学、巴黎大学等多个大学工作。1997年3月1日,姚斯逝世。

姚斯的代表著作有《走向接受美学》、《文学史作为对文学理论的挑战》、《艺术史和实用主义史》、《风格理论和中世纪文学》、《审美经验与文学解释学》、《在阅读视界变化中的诗歌文本》等,原初性地展开了文学接受美学研究。他的成果和伊瑟尔的现象学接受美学代表了德国康斯坦茨学派接受美学的主要成就。

《文学史作为对文学理论的挑战》是姚斯的文学接受理论的代表论文。在文中,姚斯试图通过英伽登的现象学和加达默尔的解释学来避免文学研究的两种极端倾向

（一是俄国形式主义只注重文学形式问题，二是庸俗马克思主义只关注作品的思想内容与历史问题），从而把形式与内容、文学与历史、美学方法与历史方法整合起来提出文学研究的新范式，通过期待视野把作者、作品与读者联系起来，实现文学效果历史决定文学的作用性，形成新的文学观念。姚斯也就是主张，文学是在读者阅读文本的双向交流关系中形成的，而不是作者的私人性的经验的独立呈现："一部文学作品并不是独立自在的、对每个时代每一位读者都提供同样图景的客体。它并不是一座独白式地宣告其超时代性质的纪念碑，而更像是一本管弦乐谱不断在它的读者中激起新的回响，并将作品文本从语词材料中解放出来，赋予其以现实的存在：'语词，在这些语词向他诉说的同时，必须创造能够理解它们的对话者。'"在他看来，每一部文学作品都有它自己独有的、历史上的和社会学方面可确定的读者，每一位作家依赖于他的读者的社会背景、见解和思想，文学的成就以一本表达读者群所期待的东西的书、一本呈献给具有自己想象的读者群的书为前提。读者成就了文本的阐释与再创造，是文学作品价值的决定因素之一。

文艺审美经验研究是姚斯接受美学的进一步发展。作为一位文学史家，姚斯关注现代文学审美经验的特征及其历史性生成。他深入研究了中世纪文学的现代性，并且注重对自波德莱尔以来的审美现代性的经验的理解。他认为，审美经验与宗教相对立，也与日常生活不同，具有"特有的暂时性"，它"给我们的现实以满足的快乐"。这种从文艺复兴时期萌发的审美经验与柏拉图的回忆说相反，"绝对美的永恒本质不再先于作品而存在。审美活动在回忆中创造了旨在使不完美的世界和瞬间的经验臻于完美和永恒的最终目标"。事实上这正是对波德莱尔的美学思想的经验维度进行分析。在他看来，波德莱尔的审美现代性思想与审美经验是内在相关的，"波德莱尔的审美经验理论显示了与后来弗洛伊德和普鲁斯特的美学之间的共同点：对新鲜事物具有敏感性或者以令人惊讶的方法再现另一世界是不够的；需要另外加上一个并存的因素，这就是打开通向重新发现被湮没的经验的大门，追回失去的时光。唯有这样，才能构成审美经验的全部深度"。

姚斯通过文学史和读者阅读之审美经验的研究走向了文学解释学。文学作品的意义可以进行多样性解释，接受不是独立而固定的，而是在历史性社会语境中发生变化的。歌德的《浮士德》和瓦莱里的《浮士德》就是经典例子，歌德笔下的浮士德是一个清醒、冷静、科学的追求者，而瓦莱里创造的浮士德成为"反浮士德"的形象。文学的阅读阐释可以分为初级的审美感觉阅读视野、二级的反思性阐释阅读视野和三级的历史阅读视野三个阶段。初级阅读是基础，而文学作品的意义是通过反复再阅读而展示出来的，三级阅读则是在哲学阐释学层面的意义探求。像加达默尔一样，这是一种从艺术的审美经验走向哲学阐释学的路径。

原典选读

文学史作为向文学理论的挑战（节选）

Literary History as a Challenge to Literary Theory　　伍晓明，译

选文《文学史作为对文学理论的挑战》初次发表于1967年，此文一发表就引起了强烈的反响，一方面在德国形成了接受美学的文学研究的热潮，提出了读者在文学活动中的决定性作用，另一方面这篇代表性文章也遭来不少的批评。

……

我发现了文学研究面临的挑战：重新探讨文学史问题。因为这一问题在马克思主义与形式主义学派的辩论中尚未解决。我的沟通文学与历史、历史方法与美学方法的尝试始于两派的停止处。它们的方法在封闭的创造美学圈内和封闭的表现美学圈内设想文学事实。这样做，它们就使文学丧失了一个密不可分地属于它的审美特性以及它的社会功能的层面：它的接受和影响这一层面。读者、听者和观者——总之，即接受者这一因素——在这两种文学理论中的作用是极其有限的。正统马克思主义美学如果研究读者的话，它对待读者的方式与对待作者的方式并无分别：它研究读者的社会地位或试图在被表现的社会结构中认识他。形式主义学派需要的读者仅仅是一个感受主体，它遵循本文中的指导，从而区别〔文学〕形式或发现〔文学〕方法。它假定读者具有语文学家的理论理解力，可以思考艺术手段，因为他已经知道这些手段；相反，马克思主义学派则坦率地把读者的自发经验等同于历史唯物主义的学术兴趣，它会发现文学作品中上层建筑与经济基础之间的关系。然而，就像瓦尔特·布尔斯特已经说过的，"从来没有一部作品是专为语文学家语文学地阅读和解释而写的"，而且，我也许可以补充一句，也不是为历史学家历史地阅读和解释而写的。两种方法都缺少一个有真正作用的读者，这种作用对于美学的和历史的知识都是不可改变的，即：读者作为文学作品的最初的接受者。

因为，无论是评判新作品的批评家，根据先前对作品的肯定或否定标准来构思其作品的作家，还是依作品的传统来分类作品和历史地解释作品的文学史家，在他们与文学的反思性关系表现出创造性之前，都首先只是读者。在作者、作品和读者的三角形中，读者绝不是被动部分，绝不仅仅是反应连锁，而是一个形成历史的力量。没有作品的接受者的积极参与，一部文学作品的历史生命是不可想象的。因为，仅仅是通过他的中介，作品才进入一个连续的变化的经验视野之内，在这里面发生着从简单接受到批判性的理解，从消极的到积极的接受，从公认的审美规范到超越这些规范的新创造的永恒转变。文学的历史性以及它的交流性以作品、读者和新作品之间的对话性的同时也是过程式的关系为先决条件，我们可以从信息与接受者之间的关系以及提问与回答、问题与解决之间的关系的角

度来设想这一关系。如果想为这一问题——把文学作品的历史序列作为文学史的连贯性加以把握——发现一个新解决的话,那么封闭的创造圈和封闭的表现圈——文学研究方法就在它们之内主要在过去中活动——就必须向接受和影响美学开放。

这个接受美学的角度在被动的接受与主动的理解之间、在形成标准的经验与新的创造之间进行调解。如果我们在作品与读者的对话——它们形成一个连续——这一视野内从上述方面来观察文学史,那么文学史的美学方面与它的历史方面的对立也得到不断地调和。这样,过去出现的文学与现在的文学经验之间的线索——历史主义曾经切断了它——就被重新连在一起了。

文学与读者的关系既有美学含义也有历史含义。其美学含义在于这样一个事实,即读者初次接受一部作品时会对照已读作品来检验它的美学价值。① 其明显的历史含义在于,第一个读者的理解将在一代一代的接受链条中被维持和丰富。一部作品的历史意义将这样被确定,它的美学价值也将这样被阐明。在这一接受的历史过程中——文学史家只有付出下述代价才能逃离这一过程,听任那些指导他的理解和判断的前提不经探究——对于过去作品的重新占有是与过去艺术和现在艺术、传统评价与现行文学尝试之间的永不间歇的调和同时发生的。基于接受美学的文学史,其价值将取决于它能在多大程度上积极参与通过美学经验来不断整合过去的活动。这一方面要求——与实证主义的文学史的客观主义相对立—— 一个形成标准的自觉尝试,而这一尝试又——与传统研究的古典主义相对立——必然包括对于既成文学标准的批判性的修正(如果不是摧毁的话)。接受美学已经明确建立了为这样一个标准的形成和对文学史的永远必须的重述所需要的标准。从个别作品的接受史迈向文学史必然会导致观察和表现作品的历史连续,因为它们决定和阐明文学的连贯性,直到它作为它的目前经验的史前史对于我们具有意义。②

……

一

文学史的更新要求清除历史客观主义的偏见,并以接受和影响美学作为传统的创造和表现美学的基础。文学的历史性不是基于对于事后确立的"文学事实"的组织,而是基于读者有关文学作品的先前经验。

R.G.科林伍德在其对于流行的历史客观性思想的批判中提出的基本原理——"历史仅仅是过去的思想在历史学家头脑中的重演"③——对于文学史甚至是更有效的。因为把历史视为对于孤立的过去中的一系列事件的"客观"描述的实证主义观点既忽视了文学的特殊的历史性也忽视了它的美学特性。一部文学作品并不是一个独立存在的并为每一

---

① 这是 G.皮肯《文学美学导论》(法文版,巴黎,1953)的一个主要论点,尤见第90页以下。
② 参见瓦尔特·本杰明《新天使》第456页。
③ 《历史观念》(纽约与牛津,1956)第228页。

时代的每一读者都提供同一视域的容体。① 它不是一座自言自语地揭示它的永恒本质的纪念碑。它倒非常像一部管弦乐,总是在它的读者中间引出新的反响,并且把本文从文字材料中解放出来,使之成为当代的存在:"一些话语,它们在向他说话的同时必须创造一个能够理解它们的对谈者。"②文学作品的这种对话性质也确证了为什么语文的理解只能永远相对于本文而存在,而不能允许被压缩为关于事实的知识。③ 语文的理解始终与解释连在一起,解释的目标必然是——随着对于对象的了解——把这一知识的完成作为一个新的理解时刻来思考和描述。

文学史是一个审美的接受和创造的过程,它发生在由进行接受的读者、反思的批评家和不断创造的作者所完成的文学本文的实现中。从这一过程中被排除的仅仅是传统文学史中不曾增加的文学"事实"总和:因为这只是被汇集和被分类了的过去,因而根本不是历史,而是伪历史。无论是谁,只要他认为这样一系列文学事实就是一段文学史,他就混淆了艺术作品的事件特性和历史事实的事件特性。例如,克雷蒂安·德·特洛阿④的《珀西瓦尔》作为一个文学事件并不是与之大约同时发生的第三次十字军东征意义上的"历史"事件。⑤ 它不是一个可以被解释为由一系列情境上的先决条件和动机、可以重构出来的历史行动意图,以及这一行动的必然的和偶然的后果所造成的"事实"。一部文学作品出现于其中的历史背景并不是独立存在于观察者之外的一系列实在的、独立的事件。《珀西瓦尔》仅仅对于其读者才成为一个文学事件,读者阅读克雷蒂安最后这部作品时也记得他以前的作品,读者对照这些作品和自己已经了解的其他作品来认识这部作品的个性,这样他又获得了一个新标准去评价将来的作品。与政治事件相比,文学事件并不具有依赖自身而存在的、任何继起的世代都无法逃避的必然后果。仅当时在一个文学事件之后的人仍然或重新对它发生反应——仅当还有重新占有过去作品的读者,或想要模仿、超越或否定它的作者存在的时候,一个文学事件才能继续具有效力。作为事件的文学的连贯性主要是在当时和以后的读者、批评家和作者的文学经验的期待视野之内被完成的。文学史的独特的历史性能否被把握和表现就取决于这一期待视野能否被具体化。

……

三

以这样的方式重构以后,一部作品的期待视野就使人能够根据作品对于特定读者的影响的性质和程度来确定它的艺术特性。如果人们把既定的期待视野与新作品的出现——对于新作品的接受可以通过熟悉经验的被否定或通过提高新表达的经验至意识层次而导致"视野的改变"——之间的差距描述为审美距离,那么这一审美距离就可以根据

---

① 这里我追随着 A. 尼森(A. Nisin)对于语文学方法中潜在的柏拉图主义的批判,见《文学与读者》(法文版,巴黎,1959)第 57 页。
② 《文学美学导论》第 34 页。
③ 见彼得·森狄(Peter Szondi)《荷尔德林研究》(德文版,法兰克福,1967)第 11 页。
④ 克雷蒂安·德·特洛阿(约 1135—约 1183),法国行吟诗人,骑士文学的主要代表之一,《珀西瓦尔》是其未完成的最后作品。——译者注
⑤ 注意斯托罗斯特(J. Storost),他把历史事件与文学事件简单等同起来。

读者的反应和批评家的判断(自然而然的成功、拒绝或震惊、零碎的称赞、逐渐的或来迟的理解)的范围而被历史地具体化。

一部文学作品在其出现的历史时刻满足、超越、反对、或使其第一批接受者失望的方式显然为确定该作品的美学价值提供了一个标准。根据接受美学,期待视野与作品之间的距离,先前的审美经验的熟悉性与接受新作品时所需要的"视野改变"①之间的距离,决定了一部文学作品的艺术特性:这一距离越小,接受意识越是无需转向未知的经验的视野,作品就越接近于"烹调的"或娱乐性的艺术。这种艺术的特点可以被接受美学描述为:无须任何视野的改变,却恰恰实现由一种占统治地位的趣味标准制定的那些期待,也就是说,它满足那种想复制令人熟悉的美的欲望,肯定熟悉的感情,认可想入非非的念头,把不寻常的经验变成有趣的"轰动事件";它也可能提出道德问题,但仅仅是将其作为已经预先解决的问题而以一种说教的方式加以"解决"。② 相反,如果一部作品的艺术特性要以它与它的第一批接受者的期待之间的审美距离来衡量的话,那么这一距离——起初被体验为一个令人愉快的或陌生的新透视角度——对于以后的读者来说是可以消失的,直至该作品的原始的否定性最终成为自明的,并且本身也进入未来美学经验的视野之内,从此成为一个熟悉的期待。所谓杰作的经典性质尤其是属于这种二次视野改变的;③它们的已经自明的美学形式以及它们的似乎无可怀疑的"永恒意义"在接受美学看来正在使它们危险地靠近说教的和享乐的"烹调"艺术,因此需要一种特殊的努力来"逆着"习惯经验的"纹理"进行阅读,以便重新发现它们的艺术特性。

……

因此,一部文学作品可以以其陌生的美学形式打破其读者的期待,并同时使他们面对一个问题,但问题的解决方法在宗教地和官方地认可的道德中却告阙如。不用再多举例,人们只要想一想,早在布莱希特之前,启蒙运动就已宣布了文学与既成道德之间的对抗性关系,当席勒有力地为资产阶级戏剧提出"舞台的法律始于世界法律范围终止之处"这一主张时,他也证明了这一点。④ 但是文学作品也可以——在文学史中,这一可能性是我们现代的特点——翻转问题与回答的关系,并且通过艺术的媒介使读者面对一个新的、"不透明的"现实,这一现实已经不让自己在一个先定的期待视野中被理解了。例如,最近的一个小说种类、议论纷纭的新小说,就是作为一种现代艺术出现的。按照埃德加·温德的说法,这种现代艺术表现的是这样一种矛盾情况:"答案给出了,但是问题却被放弃了,于是这一答案就可以被理解为一个问题。"⑤这里,读者从直接接受者的处境中被排挤出来,而被放在不谙门径的第三方的立场之上。他,面对一个尚无意义可寻的现实,必须自己找到那些问题,它们将为他破译感知世界和人间的问题,文学的回答正是针对它的。

---

① 《学习与经验》第 64 页以下。
② 见姚斯编《已非艺术——美学的极限现象》(慕尼黑,1968)。
③ 参见托马舍夫斯基文章,收入托多洛夫编《文学理论,俄国形式主义著作》(巴黎,1965)。
④ 《席勒全集》第 11 卷第 99 页。
⑤ 见《美学年鉴》(1925)第 440 页。

由上述一切而来的结论是,文学在社会存在中的特殊成就只能在文学没有被同化为**表现**艺术的功能的地方去找。如果人们考察这样的历史时刻——这时文学作品推翻了占统治地位的道德禁忌,或者为读者提供了解决他的生活实践中的疑难的新方法,这些方法此后可被社会上所有读者一致认可——那么一个基本尚未被研究的领域就展现在文学史家面前。如果文学史并不单单描述作品所反映的一般历史过程的话,而且,当它在"文学演进"的过程中发现了真正属于文学的社会造型功能——因为文学与其他艺术和社会力量在把人类从自然的、宗教的和社会的束缚解放出来的活动中进行竞赛——的时候,文学与历史之间的鸿沟和美学知识与历史知识之间的鸿沟就可以被沟通了。

如果研究文学的学者值得为了上述任务的缘故而跳出自己的非历史的阴影的话,那么下述问题可能也就得到了答案:今天人们为了什么目的并凭借什么权利才能继续——或重新——研究文学史?

[原典英文节选]   The formalist school needs the reader only as a perceiving subject who follows the directions in the text in order to perceive its form or discover its techniques of procedure. It assumes that the reader has the theoretical knowledge of a philologist sufficiently versed in the tools of literature to be able to reflect on them. The Marxist school, on the other hand, actually equates the spontaneous experience of the reader with the scholarly interest of historical materialism, which seeks to discover relationships between the economic basis of production and the literary work as part of the intellectual superstructure. However, as Walther Bulst has stated. "no text was ever written to be read and interpreted philologically by philologists,"[1] nor, may I add, historically by historians. Neither approach recognizes the true role of the reader to whom the literary work is primarily addressed a role as unalterable for aesthetic as for historical appreciation.

For the critic who judges a new work, the writer who conceives of his work in light of positive or negative norms of an earlier work and the literary historian who classifies a work in his tradition and explains it historically are also readers before their reflex relationship to literature can become productive again. In the triangle of author, work and reading public the latter is no passive part, no chain of mere reactions, but even history-making energy. The historical life of a literary work is unthinkable without the active participation of its audience. For it is only through the process of its communication that the work reaches the changing horizon of experience in a continuity in which the continual change occurs from simple reception to critical understanding, from passive to active reception, from recognized aesthetic norms to a new production which surpasses them. The historicity of literature as well as its communicative character presupposes a relation of work, audience and new work which takes the form of a dialogue as well as a process, and which can be understood in the

---

[1]   "Bedenken eines Philologen," *Sturdium générale*, Ⅶ (1954), 321-23. The new approach to literary tradition which R. Guiette has sought in a series of pioneering essays (partly in *Questions de littérature* [Gent, 1960]), using his own original methods of combining aesthetic criticism with understanding of history, follows his (unpublished) axiom, "The greatest error of philologists is to believe that literature has been written for philologists." See also his "Eloge de la lecture," *Revue générale belge* (January, 1966), pp.3-14.

relationship of message and receiver as well as in the relationship of question and answer, problem and solution. The circular system of production and of representation within which the methodology of literary criticism has mainly moved in the past must therefore be widened to include an aesthetics of reception and impact if the problem of understanding the historical sequence of literary works as a continuity of literary history is to find a new solution.

The perspective of the aesthetics of reception mediates between passive reception and active understanding, norm-setting experience and new production. If the history of literature is viewed in this wav as a dialogue between work and public, the contrast between its aesthetic and its historical aspects is also continually mediated. Thus the thread, from the past appearance to the present experience of a work, which historicism had cut, is tied together.

延伸阅读

1. 金元浦著的《接受反应理论》（山东教育出版社，1998）是比较全面地研究国外接受美学的一本专著，不仅从思想起源方面分析接受美学的兴起，还详细地研究了以姚斯和伊瑟尔为代表的康斯坦茨学派，以及在美国兴起的"读者反应批评"。

2. 周宁、金元浦翻译出版的《接受美学与接受理论》（辽宁人民出版社，1987）也是了解接受美学的较好的文献资料。

Ⅲ 精神分析

　　精神分析(Psychoanalysis)成为现代批评不可忽视的重要支柱,是一个比较难以理解的现象。没有一个学派受到过像精神分析那么多的批评、指责,其中有的是误解,有的出于道德偏见,但是也有批评不无道理。尽管不断处于争议之中,但精神分析至今无可阻挡地发展,其理论越来越复杂、精细。与其他批评理论学派相比,精神分析在中国的影响比较小,这是应当弥补的。

　　有不少人认为,精神分析是心理学的应用,这可能有所误会。心理学的文学批评历史久远,孔子在《论语》中提出诗可以"兴观群怨";柏拉图在《裴德罗篇》认为诗歌创作出于"迷狂"(mania);亚里士多德在《诗学》中认为文学能"净化心灵"(catharsis),都可以被认为是心理学式的文学批评。

　　的确,精神分析的主要理论家几乎都是正宗心理医生出身,甚至都有多年临床医疗经验,但是精神分析作为严格科学的心理学是有争议的,其理论作为医学心理学不一定得到医学界普遍赞同。自20世纪初以来,精神分析虽然也一直是临床心理治疗的一个重要科目,例如安娜·弗洛伊德(弗洛伊德的小女儿)对儿童精神分析做出的重大贡献。但是作为心理科学的精神分析,与作为现代批评理论的精神分析,尽管似乎同出一源,却必须用完全不同的标准来衡量。例如弗洛伊德的关于梦的解读,就得不到心理学界的认同,大部分心理学家认为梦的成因复杂而凌乱,不一定是被压抑欲望的表现。

　　本书略去了对精神分析家关于医学问题的讨论,作为批评理论的精神分析,为文学批评、艺术批评、文化批评、社会批评等提供了一个全新的角度,即从人的潜意识中寻找人的文化活动规律。从这个观点看,人的社会文化活动,就只是主体表面上自觉的行为,实际上受不自觉的深层意识中原因的驱动,因此人的主体是分裂的。心理分析讨论的是人的个别性与人的社会性之间的联系,而个别性的无穷差异,服从社会性的共同规律:精神分析处理的不是实在状态的人,而是人在各种活动中的人格(personality)。精神分析学派穿透人格表面,寻找精神底蕴的努力,给现代批判思想提供了一个强有力的分析方式。

在文学、文化、社会活动中,"人格"可以处在非常不同的位置上:他可以是艺术或其他表意文本的创作者和发送者,他可以是文本描述出来的一个人物,他也可以是文本的接收者和解读者;他可以以个人身份出现于社会活动中,他也可以作为社群的一份子出现。而且,他作为人格还有其他制约的身份,例如性别、年龄(不同成长阶段)、种族、信仰等。精神分析使用于情况很不相同的个人,就会千变万化:重点不同,角度不同,造成了精神分析各家的差异,也给予这个学说宝贵的丰富性。

精神分析学派的奠基者是奥地利医生西格蒙德·弗洛伊德(Sigmund Freud)。弗洛伊德对精神分析运动的贡献是如此重要,以至于精神分析长期被称为弗洛伊德主义(Freudianism),虽然精神分析后来的发展,远远超出了弗洛伊德的论说范围,有许多对精神分析做出重大贡献的学者,例如荣格(Karl Gustav Jung)、阿德勒(Alfred Adler)、赖希(Welhelm Reich)等,声称自己超越或抛弃了弗洛伊德的观点。从现在回顾,应当说弗洛伊德对精神分析的贡献,不只是开创者,而是整个学派的塑形者;这个学派近年发展的某些重要推动者,例如拉康(Jacques Lacan),更以"回归弗洛伊德"为口号。

一个多世纪的精神分析运动,产生了弗洛伊德、荣格、拉康等大师,本书将介绍他们的成就,选读他们著作的英文原典。而在这个运动中也诞生了另外一些重要的思想家,尤其是把精神分析创造性地应用于文学和文化分析的学者。本书不可能一一介绍他们的思想,选读他们的原作,只能在此做简略的介绍,希望感兴趣的读者注意他们的贡献。

恩奈斯特·琼斯(Ernest Jones,1897—1957)英国威尔士学者,对精神分析在英语世界的广泛传播起了决定性的贡献。琼斯在1905年读到弗洛伊德的德文论文,从此成为弗洛伊德的信徒,1919年创立英国精神分析学会。在荣格与弗洛伊德分道扬镳后,他担任国际精神分析学会主席几乎有三十年之久。他在欧洲经历两次世界大战浩劫的动乱年代,坚持传播精神分析理论。50 年代出版三大卷《弗洛伊德传》,成为精神分析学派早期发展的总结性著作。琼斯最为文学界所知的是他在 1910 年发表的论文《用俄狄浦斯情结解释哈姆雷特之谜》(*The Oedipus-Complex as an Explanation of Hamlet's Mystery*),1949 年他又把此文的观点扩展成《哈姆雷特与俄狄浦斯》(*Hamlet and Oedipus*)一书。琼斯认为哈姆雷特有弑父恋母情结,他的叔叔犯的罪,是他潜意识中原先就有而自己并没有意识到的愿望,这才是他对报杀父之仇犹豫延宕的原因。琼斯的观点虽然不一定让每个人信服,对莎士比亚研究却是一个巨大的冲击,也给精神分析原理找到了文学经典的根据。

奥托·兰克(Otto Rank, 1884—1939)奥地利心理学家,对精神分析的神话研究做出了开拓性的贡献,1909 年写出《英雄诞生神话》(*The Myth of the Birth of the Hero*);1911 年写出《洛痕格林神话》(*The Myth of Lohengrin*);1912 年写出《文学与传说中的乱伦主题》(*The Incest Theme in Literature and Legend*)。兰克本人后来与弗洛伊德产生学术意见分歧,专心从事心理治疗,但是他用精神分析研究神话的热情,影响了很多后继者。

埃里克·弗洛姆(Erich Fromm,1900—1980),德国精神病医生,他努力把精神分析推进到哲学和社会学。弗洛姆出生于法兰克福,二次大战时期流亡美国。1941 年他的著作《恐惧自由》(*Fear of Freedom*)被认为是"社会精神分析"(Social Psychoanalysis)的奠基之作。他坚持这条路线,1950 年写出《精神分析与宗教》(*Psychoanalysis and Religion*),1960 年出版《精神分析与禅宗佛教》(*Psychoanalysis and Zen Buddhism*)。弗洛姆 1955 年的著作《清醒的社会》(*The Sane Society*),以及 1962 年的著作《超越幻觉之链:我如何遇到马克思与弗洛伊德》(*Beyond Chains of Illusion:My Encounter with Marx and Freud*),试图把马克思主义关于异化的理论与精神分析结合起来。弗洛姆与"法兰克福学派"关系很深,经常被视为这个学派中的一员,但他可能是马克思主义的法兰克福学派中最信奉精神分析的人。在六十年代的学生运动中,他的著作,与另一个接受了精神分析影响的法兰克福学派学者马库塞(Herbert Marcuse)的著作一起,对欧美社会生活的演变产生了重大影响。

斯拉沃热·齐泽克(Slavoj Zizek,1949—)斯洛文尼亚学者,当代著名的精神分析学者。他对后现代大众文化的分析,尤其是对影视、时尚等消费文化现象的剖析,使他获得了国际名声。他的文化研究生动而犀利,例如他与其他一些理论家合著的《不敢问希区柯克的,就问拉康吧》(*Everything You Always Wanted to Know about Lacan* [*but Were Afraid to Ask Hitchcock*])一书,把艰深的拉康理论,讲述得妙趣横生。但他的主要工作领域是政治哲学,他力图把黑格尔主义、马克思主义,结合到精神分析理论中。他的研究工作,证明精神分析不仅活着,而且成为当代社会文化研究的重要工具。

弗洛伊德

　　精神分析的创始人西格蒙德·弗洛伊德(Sigmund Freud 1856—1939),是奥地利神经科医生。他出生于弗莱堡一个犹太商人家庭,1881 年他在维也纳大学获得医学学位。在随后的十年中,他在精神病诊所治疗神经病。1885 年到巴黎学习,写出他的第一部论著《歇斯底里研究》,此书中已经出现对潜意识研究的雏形。

　　五年后,弗洛伊德的《梦的解析》问世,这是心理分析的奠基之作,弗洛伊德由此而一举成名。但是开始时这名声并不是好名声:医学界认为是邪说,朋友离他而去,但是新的同道与追随者又会集到精神分析旗帜下。1902 年他在维也纳成立了一个心理学研究小组,1908 年成立了国际精神分析学会。早期的会员中有阿德勒、荣格这样的著名心理学者。终弗洛伊德的一生,甚至一直到今天,认为弗洛伊德主义站不住脚的大有人在。在他生前,甚至他最忠诚的朋友,也因为学术意见不同而分道扬镳,弗洛伊德却我行我素地发展自己的观点和立场。1938 年纳粹入侵奥地利,由于弗洛伊德是犹太人,以 82 岁高龄逃往伦敦,次年在英国去世。

　　在现代学术史上,没有任何人像弗洛伊德这样倍受吹捧而又惨遭诋毁,被一部分人看做万世宗师,被另一部分人斥责为伪科学骗子。弗洛伊德学说的"科学正确性"至今很受争议,从未赢得过医学界的普遍承认,今日大多数心理学家认为受抑制的性欲所起的作用没有弗洛伊德声称的那么重大,但是心理学界也承认:虽然弗洛伊德不是第一个发现无意识的人,至少无意识在弗洛伊德之前被大大低估。

　　弗洛伊德虽然是从医学出发讨论问题,他最大的贡献却是在人的社会文化关系的研究方面,对文学艺术观念的贡献更是革命性的。弗洛伊德使我们对人类本性的看法发生了彻底的革命:他认为,性爱和性欲始于早期孩提时期,从而深刻地影响一个人的成长;他认为受抑制的性爱,会引起各种精神压力与病态,但是也可能成为文学艺术创作的动力,因为艺术可能让这种压力得到宣泄。

　　弗洛伊德认为:人的心理活动有些是能够被自己觉察到的,能够被自己意识到的心理活动叫做意识。而一些本能冲动、被压抑的欲望或生命力,却在潜意识里发生,因不符合社会道德和本人的理智,无法进入意识。由此,弗洛伊德认为人格结构由本我(Id),自我(Ego),超我(Super-Ego)结合组成。本我即原始的人格,包含生存所需的基本欲望和冲动。它是心理能量之源,按快乐原则行事,不理会社会道德等外在的行为规范,其目标乃是求得个体的生存及繁殖,它是无意识的,不被个体所觉察。自我是自己可意识到的执行思考、感觉、判断或记忆的部分,自我的机能是寻求"本我"冲动得以满足,而同时保护自己不受伤害,它遵循的是"现实原则"。超我,是人格结构中代表理想的部分,它是个体在成长过程中通过内化道德规范,内化社会及文化环境的价值观念而形成,其机能主要在监督、批判及管束自己的行为,以追求按社会标准眼中的完美。超我遵循的是"道德原则"。弗洛伊德认为:一个人在社会化过程中要想保持心理健康,三个部分必须关系和谐。

弗洛伊德认为人有两类最基本的本能:一类是生的本能,另一类是死亡本能或攻击本能。生的本能包括性欲本能与个体生存本能,其中性本能冲动是人一切心理活动的基础,弗洛伊德称之为里比多(libido,或译"性力")。儿童到 3 岁以后懂得了两性的区别,开始对异性父母眷恋,对同性父母嫉恨,就会体验到恋母的俄狄浦斯情结(Oedipus Complex),或恋父的厄勒克特拉情结(Electra Complex)。弗洛伊德认为儿童的早年环境、早期经历对其成年后的人格形成起着重要的作用,许多成人的变态心理、心理冲突都可追溯到早年期创伤性经历和压抑。

弗洛伊德后来又提出第二种本能,即死亡本能(thanatos),它是促使人类返回生命前非生命状态的力量。所有生命的最终目标是死亡,死后才不会有焦虑和抑郁。死亡本能派生出攻击、破坏、战争等毁灭行为。当它转向机体内部时,导致个体的自责,甚至自残自杀;当它转向外部世界时,导致对他人的攻击、仇恨、谋杀等。

弗洛伊德认为人类的心理活动有着严格的因果关系,梦不是偶然形成的联想,而是愿望的达成,在睡眠时,或做白日梦时,"超我"对"本我"的监查松懈,潜意识中的欲望绕过压制而泄露出来。因此,梦是对清醒时被压抑的潜意识中的欲望的一种委婉表达:对梦的分析可以窥见人的内部心理,探究其潜意识中的欲望和冲突。

文学艺术,在"虚构"的烟幕下,放纵幻想,进入类似梦境或白日梦的境界:借助于曲折情节,某些在"正常"语言表意中无法通过"超我监督"的潜意识浮现出来。因此弗洛伊德经常用文学作品为例子来说明潜意识的机制。例如他对易卜生和莎士比亚的剧本,米开朗基罗的雕塑的讨论,这些可以读成异常精彩的文学批评。正由于这种互相说明,弗洛伊德学说给 20 世纪文学极大的刺激,最明显的例如意识流小说,超现实主义诗歌美术,荒诞派戏剧等。正由于此,弗洛伊德主义在文学艺术界得到最热烈的呼应,起到了重大的影响,虽然这不一定是医学家弗洛伊德的初衷。

弗洛伊德对自己学说的信心一直没有动摇,他把自己的学说比作哥白尼的日心说,达尔文的生物进化论。从弗洛伊德学说对后世思想界的冲击来看,应当说他的自信并非盲目。

原典选读

创作家与白日梦（节选）（1908 年）

Creative Writers and Daydreaming　　　林骧华，译　　丰华瞻，校

> 本书所选的这篇文章，是弗洛伊德最直接探讨文学创作论的一篇文字，他指出作家和诗人的创作实际上来自不便直接说出的幻想，而幻想受潜意识的驱动。只是作家有一种不同于一般人的技巧，能把可能令人厌恶的白日梦境变成诱人的艺术，给人美的愉悦。

我们这些外行一直怀着强烈的好奇心——就像那位对阿里奥斯托提出了相同问题的主教①一样——想知道那种怪人的（即创作家的）素材是从哪里来的，他又是怎样利用这些材料来使我们产生了如此深刻的印象，而且激发起我们的情感。——也许我们还从来没想到自己竟能够产生这种情感呢！假如我们以此诘问作家，作家自己不会向我们作解释，或者不会给我们满意的解释；正是这一事实更引起了我们的兴趣。而且即使我们很清楚地了解他选择素材的决定因素，明瞭这种创造虚构形象的艺术的性质是什么，也还是不能帮助我们成为创作家；我们明白了这一点，兴趣也不会丝毫减弱。

如果我们至少能在我们自己或与我们相同的人们身上发现一种多少有些类似创作的活动，那该有多好！检视这种活动，就能使我们有希望对作家的作品开始作出解说。对于这种可能性，我们是抱一些希望的。说得彻底些，创作家们自己喜欢否定他们这种人和普通人之间的差距；他们一再要我们相信：每一个人在内心都是一个诗人，直到最后一个人死去，最后一个诗人才死去。

难道我们不应当追溯到童年时代去寻找想象活动的最初踪迹么？孩子最喜爱、最热心的事情是他的玩耍或游戏。难道我们不能说，在游戏时每一个孩子的举止都像个创作家？因为在游戏时他创造了一个属于他自己的世界，或者说，他用一种新的方法重新安排他那个世界的事物，来使自己得到满足。如果认为他对待他那个世界的态度并不认真，那就错了；相反地，他做游戏时非常认真，他在游戏上面倾注了极大的热情。与游戏相反的，并不是"认真的事情"，而是"真实的事情"。尽管孩子聚精会神地将他的全部热情付给他的游戏世界，但他很清楚地将它和现实区别开来；他喜欢将他的假想的事物和情景与现实生活中可触摸到、可看到的东西联系起来。这种联系就是孩子的"游戏"和"幻想"之间的区别。

创作家所做的，就像游戏中的孩子一样。他以非常认真的态度——也就是说，怀着很大的热情——来创造一个幻想的世界，同时又明显地把它与现实世界分割开来。在语言

---

① 卢多维可·阿里奥斯托（Ludovico Ariosto，1474—1533）：意大利作家、诗人。伊波里托·德埃斯特（Ippolito d'Este）主教是阿里奥斯托的第一个保护人，阿里奥斯托的《疯狂的奥兰多》就是献给他的。诗人得到的唯一报酬是主教提出的问题："卢多维可，你从哪里找来这么多故事？"

中保留了儿童游戏和诗歌创作之间的这种关系。语言给那些充满想象力的创作形式起了个德文名字叫"Spiel"（"游戏"），这种创作要求与可触摸到的物体产生联系,要能表现它们。语言中讲到"Lustspiel"（"喜剧"）和"Trauerspiel"（"悲剧"）,把从事这种表现的人称为"Schauspieler"（"演员"）。然而,作家那个充满想象的世界的虚构性,对于他的艺术技巧产生了十分重要的效果,因为有许多事物,假如是真实的,就不会产生乐趣,但在虚构的戏剧中却能给人乐趣;而有许多令人激动的事,本身在事实上是苦痛的,但是在一个作家的作品上演时,却成为听众和观众乐趣的来源。

由于考虑到另一个问题,我们将多花一些时间来讨论现实和游戏之间的这种对比。当一个孩子长大成人,不再做游戏了,他以相当严肃的态度面对生活现实,做了几十年工作之后,有一天他可能会发现自己处于一种重新消除了游戏和现实之间差别的精神状态之中。作为一个成年人,他可以回顾他在儿童时代做游戏时曾经怀有的那种热切认真的态度;他可以将今日外表上严肃认真的工作和他小时候做的游戏等同起来,丢掉生活强加在他身上的过分沉重的负担,而取得由幽默产生的高度的愉快。

那么,人们长大以后,停止了游戏,似乎他们要放弃那种从游戏中获得的快乐。但是,凡懂得人类心理的人都知道,要一个人放弃自己曾经经历过的快乐,比什么事情都更困难。事实上,我们从来不可能丢弃任何一件事情,只不过是把一件事转换成另一件事罢了。表面上看来抛弃了,其实是形成了一种替换物或代用品。对于长大的孩子也是同样情况,当他停止游戏时,他抛弃了的不是别的东西,而只是与真实事物之间的连结;他现在做的不是"游戏"了,而是"幻想"。他在虚渺的空中建造城堡,创造出那种我们叫做"白日梦"的东西来。我相信大多数人在他们的一生中时时会创造幻想,这是一个长期以来被忽略了的事实,因此人们也就没有充分地认识到它的重要性。

人们的幻想活动不如孩子的游戏那么容易观察。的确,一个孩子独自做游戏,或者和其他孩子一起为游戏的目的而组成了一个精神上的集体;但是虽然他可能不在成年人面前做游戏,从另一方面看,他并不在成年人面前掩饰他的游戏。相反,成年人却为自己的幻想感到害臊而把它们藏匿起来,不让人知道。他把自己的幻想当作个人内心最深处的所有物;一般说来,他宁愿坦白自己的过失行为,也不愿把他的幻想告诉任何人。于是可能产生这种情况:由于上述原因,他相信自己是唯一创造这种幻想的人,他并不知道这种创造其实是人类非常普遍的现象。游戏者和幻想者行为上的不同,在于这两种活动的动机,然而这两种动机却是互相附属的。

一个孩子的游戏是由他的愿望决定的:事实上是一种单一的愿望,希望自己是一个大人、一个成年人,这种愿望在他被养育成长的过程中很起作用。他总是以做"成年人"来作为自己的游戏,在游戏中他尽自己所知来模仿比他年长的人们的生活。他没有理由要掩饰这种愿望。但对于成年人来说,情况就不同了。一方面,他知道他不应该继续做游戏或幻想,而应该在现实世界中行动;另一方面,某些引起他幻想的愿望是应该藏匿起来的。这样,他会因为自己产生孩子气的或不能容许的幻想而感到害臊。

但是你也许会问,如果人们把自己的幻想掩饰得如此神秘,那么我们对这种事情又怎么会知道得这么多呢？那么听我说。有这样一部分人，他们不是由一位神，而是由一位女神——"必然"——分配给他们任务，要他们讲述他们遭受了什么苦难，是哪些东西给他们带来了幸福。① 这些都是精神病的受害者，他们必须把自己的幻想和其他事情一起告诉医生，期望医生用精神治疗法把他们的病医好。这是我们知识的最好的来源，我们由此找到了很好的理由来假设：病人所告诉我们的，我们从健康人那里也完全可以听到。

现在让我们来介绍一下幻想活动的几种特征。我们可以断言一个幸福的人绝不会幻想，只有一个愿望未满足的人才会。幻想的动力是未得到满足的愿望，每一次幻想就是一个愿望的履行，它与使人不能感到满足的现实有关联。这些激发幻想的愿望，根据幻想者的性别、性格和环境而各不相同；但是它们很自然地分成两大类。或者是野心的欲望，患者要想出人头地；或者是性欲的愿望。在年轻的女人身上，性欲的愿望占极大优势，几乎排除其他一切愿望，因为她们的野心一般都被性欲的倾向所压倒。在年轻的男人身上，利己的和野心的愿望十分明显地与性欲的愿望并行时，是很惹人注意的。但是我们并不打算强调这两种倾向之间的对立，我们要强调的是这一事实：它们常常结合在一起。正如在许多作祭坛屏风的绘画上，总可以从画面的一个角落找到施主的画像一样，在大多数野心的幻想中，我们总可以在这个或那个角落发现一个女子，幻想的创造者为她表演了全部英雄事迹，并且把他的全部胜利成果都堆放在她的脚下。在这里，你们可以看到有各种强烈的动机来进行掩饰：一个有良好教养的年轻女子只允许怀有最起码的性的欲望；年轻的男人必须学会抑制自己在孩提时代被娇养的日子里所养成的过分注重自己利益的习惯，以使他能够在一个充满着提出了同样强烈要求的人们的社会中，明确自己的位置。

我们不能假设这种想象活动的产物——各式各样的幻想、空中楼阁和白日梦——是固定而不可改变的。相反，它们根据人对生活的印象的改变而作相应的更换，根据他的情况的每一变化而变化，并且从每一新鲜活泼的印象中接受那种可以叫做"日戳"的东西。幻想同时间的关系，一般说来是很重要的。我们可以说，它仿佛在三种时间——和我们的想象有关的三个时间点——之间徘徊。精神活动是与当时的印象与当时的某种足以产生一种重大愿望的诱发性的场合相关连的。从那里回溯到早年经历的事情（通常是儿时的事情），从中实现这一愿望；这种精神活动现在创造了一种未来的情景，代表着愿望的实现。它这样创造出来的就是一种白日梦，或称作幻想，这种白日梦或幻想带着诱发它的场合和往事的原来踪迹。这样，过去、现在和未来就联系在一起了，好象愿望作为一条线，把它们三者联系起来。

有一个非常普通的例子可以用来清楚地阐明我所要说的问题。让我们假设有一个贫穷的孤儿，你给了他某个雇主的地址，他在那儿或许可以找到一份工作。他一路上可能沉溺于适合当时情况而产生的白日梦中。他幻想的内容也许会是这样的：他找到了一份工

---

① 这里指的是歌德的剧本《塔索》最后一幕中诗人（主角）所讲的著名诗行：
　　当人类因磨难而沉默时，
　　有一个神允许我讲述自己的苦痛。

作,得到了新雇主的欢心,使自己成了企业中不可缺少的人物,为雇主的家庭所接纳,与这家人家的年轻漂亮的女儿结了婚,然后他自己成了这企业的董事,首先作为雇主的合伙人,然后做他的继承人。在这一幻想中,幻想者重新得到了他在愉快的童年所有的东西——保护他的家庭,爱他的双亲,以及他最初寄予深情的种种对象。从这个例子你可以看到,愿望是如何利用目前的一个场合,按照过去的格式,来设计出一幅将来的画面。

关于幻想还可以讲许多多,但我将尽可能简明扼要地说明某些要点。如果幻想变得过于丰富,过分强烈,神经官能症和精神病发作的条件就成熟了。此外,幻想是我们的病人所称诉的苦恼症状在精神上的直接预兆。在这里,有一条宽阔的叉道,引入了病理学的领域。

幻想和梦的关系,我不能略去不谈。我们晚上所做的梦也就是幻想,我们可以从解释梦境来加以证实。语言早就以它无比的智慧对梦的实质问题作了定论,它给幻想的虚无缥缈的创造起了个名字,叫"白日梦"。如果我们不顺这一指示,觉得我们所做的梦的意思对我们来说通常是模糊不清的,那是因为有这种情况:在夜晚,我们也产生了一些我们羞于表达的愿望;我们自己要隐瞒这些愿望,于是它们受到了抑制,被推进无意识之中。这种受抑制的愿望和它们的衍生物,只被容许以一种很歪曲的形式表现出来。当科学研究成功地阐明了歪曲的梦境的这种因素时,我们不难认清,夜间的梦正和白日梦——我们都已十分了解的那种幻想——一样,是愿望的实现。

关于幻想,我就说这些。现在来谈谈创作家。我们是否真的可以试图将富于想象力的作家与"光天化日之下的梦幻者"相比较,将作家的作品与白日梦相比较?这里我们必须从二者的最初区别开始谈起。我们必须把以下两种作家区分开来:一种作家像写英雄史诗和悲剧的古代作家一样,接收现成的材料;另一种作家似乎创造他们自己的材料。我们要分析的是后一种,而且为了进行比较起见,我们也不选择那些在批评界享有很高声誉的作家,而选那些比较地不那么自负的写小说、传奇和短篇故事的作家,他们虽然声誉不那么高,却拥有最广泛、最热忱的男女读者。这些作家的作品中一个重要的特点不能不打动我们:每一部作品都有一个作为兴趣中心的主角,作家试图运用一切可能的手段来赢得我们对这主角的同情,他似乎还把这主角置于一个特殊的神的保护之下。如果在我的故事的某一章末尾,我让主角失去知觉,而且严重受伤,血流不止,我可以肯定在下一章开始时他得到了仔细的护理,正在渐渐复原。如果在第一卷结束时他所乘的船在海上的暴风雨中沉没,我可以肯定,在第二卷开始时会读到他奇迹般地遇救;没有这一遇救情节,故事就无法再讲下去。我带着一种安全感,跟随主角经历他那可怕的冒险;这种安全感,就像现实生活中一个英雄跳进水里去救一个快淹死的人,或在敌人的炮火下为了进行一次猛袭而挺身出来时的感觉一样。这是一种真正的英雄气概,这种英雄气概由一个出色的作家用一句无与伦比的话表达了出来:"我不会出事情的!"①然而在我看来,通过这种启示性的特征或不会受伤害的性质,我们立即可以认出"自我陛下",他是每一场白日梦和每一

---

① 这是维也纳戏剧家安森格鲁伯的一句话,弗洛依德很喜爱这句话。

篇故事的主角。

这些自我中心的故事的其他典型特征显示出类似的性质。小说中所有的女人总是都爱上了主角,这种事情很难看作是对现实的描写,但是它是白日梦的一个必要成分,这是很容易理解的。同样地,故事中的其他人物很明显地分为好人和坏人,根本无视现实生活中所观察到的人类性格多样性的事实。"好人"都是帮助已成为故事主角的"自我"的,而"坏人"则是这个"自我"的敌人或对手之类。

我们很明白,许许多多虚构的作品与天真幼稚的白日梦的模特儿相距甚远;但是我仍然很难消除这种怀疑:即使与那个模特儿相比是偏离最最远的作品,也还是能通过一系列不间断的过渡的事例与它联系起来。我注意到,在许多以"心理小说"闻名的作品中,只有一个人物——仍然是主角——是从内部来描写的。作者仿佛是坐在主人公的大脑里,而对其余人物都是从外部来观察的。总的来说,心理小说的特殊性质无疑由现代作家的一种倾向所造成:作家用自我观察的方法将他的"自我"分裂成许多"部分的自我",结果就使他自己精神生活中冲突的思想在几个主角身上得到体现。有一些小说——我们可以称之谓"古怪"小说——看来同白日梦的类型形成很特殊的对比。在这些小说中,被当作主角介绍给读者的人物只起着很小的积极作用;他像一个旁观者一样,看着眼前经过的人们所进行的活动和遭受的痛苦。左拉的许多后期作品属于这一类。但是我们必须指出,我们对那些既非创作家、又在某些方面逸出所谓"规范"的个人作了精神分析,发现了同白日梦相似的变体:在这些作品中,自我以扮演旁观者的角色来满足自己。

如果我们将小说家和白日梦者、将诗歌创作和白日梦进行比较而要显出有什么价值的话,那么它首先必须用这种或那种方式表明自己是富有成效的。比如说,让我们试图把我们先前立下的论点——有关幻想和时间三个阶段之间的关系,和贯穿在这三个阶段中的愿望——运用到这些作家的作品上;并且让我们借助这种论点试行研究作家的生活和他的作品之间存在着的联系。一般说来,谁也不知道在研究这个问题时该抱什么期望;而人们又常常过于简单地来考察这种联系。我们本着从研究幻想而取得的见识,应该预期以下述情况。目前的强烈经验,唤起了创作家对早先经验的回忆(通常是孩提时代的经验),这种回忆在现在产生了一种愿望,这愿望在作品中得到了实现。作品本身包含两种成分:最近的诱发性的事件和旧事的回忆。

不要为这一公式的复杂而大惊小怪。我怀疑事实会证明这是一种非常罕见的格式。然而,它可能包含着研究真实状况的入门道路;根据我做过的一些实验,我倾向于认为这种看待作品的方法也许不会是没有结果的。你将不会忘记,强调作家生活中对幼年时的回忆——这种强调看来也许会使人感到迷惑——最终是由这样一种假设引出来的:一篇作品就像一场白日梦一样,是幼年时曾做过的游戏的继续,也是它的替代物。

然而,我们不能忘记回到上文去谈另一种作品:我们必须认清,这种作品不是作家自己的创作,而是现成的和熟悉的素材的再创造。即使在这种情况下,作家还保持着一定程度的独立性,这种独立性表现在素材的选择和改变上——这种改变往往是很广泛的。不过,就素材早已具备这点而言,它是从人民大众的神话、传说和民间故事宝库中取来的。

对这一类民间心理结构的研究,还很不完全,但是像神话这样的东西,很可能是所有民族寄托愿望的幻想和人类年轻时代的长期梦想被歪典之后所遗留的迹象。

你会说,虽然我在这篇论文的题目里把创作家放在前面,但是我对你论述到创作家比论述到幻想要少得多。我意识到这一点,但我必须指出,这是由于我们目前这方面所掌握的知识还很有限。至今我所能做的,只是抛出一些鼓励和建议;从研究幻想开始,谈到作家选择他的文学素材的问题。至于另一个问题——作家如何用他的作品来达到唤起我们的感情的效果——我们现在根本还没有触及到。但是我至少想向你指出一条路径,可以从我们对幻想的讨论通向诗的效果问题。

你会记得我叙述过,白日梦者小心地在别人面前掩藏起自己的幻想,因为他觉得他有理由为这些幻想感到害羞。现在我还想补充说一点:即使他把幻想告诉了我们,他这种泄露也不会给我们带来愉快。当我们知道这种幻想时,我们感到讨厌,或至少感到没意思。但是当一个作家把他创作的剧本摆在我们面前,或者把我们所认为是他个人的白日梦告诉我们时,我们感到很大的愉快,这种愉快也许是许多因素汇集起来而产生的。作家怎样会做到这一点,这属于他内心最深处的秘密;最根本的诗歌艺术就是用一种技艺来克服我们心中的厌恶感。这种厌恶感无疑与每一单个自我和许多其他自我之间的屏障相关联。我们可以猜测到这一技巧所运用的两种方法。作家通过改变和伪装来减弱他利己主义的白日梦的性质,并且在表达他的幻想时提供我们以纯粹形式的、也就是美的享受或乐趣,从而把我们收买了。我们给这样一种乐趣起了个名字叫"刺激品",或者叫"预感快感";向我们提供这种乐趣,是为了有可能得到那种来自更深的精神源泉的更大乐趣。我认为,一个创作家提供给我们的所有美的快感都具有这种"预感快感"的性质,实际上一种虚构的作品给予我们的享受,就是由于我们的精神紧张得到解除。甚至于这种效果有不小的一部分是由于作家使我们能从作品中享受我们自己的白日梦,而用不着自我责备或害羞。这就把我们带到了一系列新的、有趣的、复杂的探索研究的开端;但是至少在目前,它也把我们带到了我们的讨论的终结。

［原典英文节选］　……May we really attempt to compare the imaginative writer with the "dreamer in broad daylight", and his creations with daydreams? Here we must begin by making an initial distinction, We must separate writers who, like the ancient authors of epics and tragedies, take over their material ready-made, from writers who seem to originate their own material. We will keep to the latter kind, and, for the purposes of our comparison, we will choose not the writers most highly esteemed by the critics, but the less pretentious authors of novels, romances and short stories, who nevertheless have the widest and most eager circle of readers of both sexes. One feature above all cannot fail to strike us about the creations of these story-writers: each of them has a hero who is the center of interest, for whom the writer tries to win our sympathy by every possible means and whom he seems to place under the protection of a special providence. If, at the end of one chapter of my story, I leave the hero unconscious and bleeding from severe wounds, I am sure to find him at the beginning of the next being carefully nursed and on the way to recovery; and if the first volume closes with the ship he is in going down in a storm at sea, I am certain, at the opening of the second volume, to read of his miraculous rescue—a rescue without which the story could not proceed. the feeling of security with which I follow the hero through his perilous adventures is the same as the feeling with which a hero in real life throws himself to the water to save a drowning man or exposes himself to the enemy's fire in order to storm a battery. It is the true heroic feeling, which one of our best writers has expressed in an inimitable phrase: "Nothing can happen to *me*!" It seems to me, however, that through this revealing characteristic of invulnerability we can immediately recognize His Majesty the Ego, the hero alike of every daydream and of every story.

Other typical features of these egocentric stories point to the same kinship. The fact that all the women in the novel invariably fall in love with the hero can hardly be looked on as a portrayal of reality, but it is easily understood as a necessary constituent of a daydream. The same is true of the fact that the other characters in the story are sharply divided into good and bad, in defiance of the variety of human characters that are to be observed in real life. The "good" ones are the helpers, while the "bad" ones are the enemies and rivals, of the ego which has become the hero of the story.

We are perfectly aware that very many imaginative writings are far removed from the model of the naive daydream; and yet I cannot suppress the suspicion that even the most extreme deviations from that model could be linked with it through an uninterrupted series of transitional cases. It has struck me that in many of what are known as "psychological" novels only one person—once again the hero—is described from within. The author sits inside his mind, as it were, and looks at the other characters from outside. The psychological novel in general no doubt owes its special nature to the inclination of the modern writer to split up his ego, by self-observation, into many part-egos, and, in consequence, to personify the conflicting currents of his own mental life in several heroes. Certain novels, which might be described as "eccentric", seem to stand in quite special contrast to the types of the daydream. In these, the person who is introduced as the hero plays only a very small active part; he sees the actions and sufferings of other people pass before him like a spectator. Many of Zola's later works belong to this category. But I must point out that the psychological analysis of individuals who are not creative writers, and who diverge in some respects from the so-called norm, has shown us analogous variations of the daydream, in which the ego contents itself with the role of spectator.

延伸阅读

1.《弗洛伊德文集》八卷本,车文博主编(长春出版社,2004)。注意第七卷,为弗洛伊德的讨论中涉及文艺学较多的著作,包括《戏剧中的变态人物》、《达·芬奇对童年的回忆》、《詹森的〈格拉迪沃〉中的幻觉与梦》、《米开朗基罗的摩西》、《陀思妥耶夫斯基与弑父者》、《非专业者的分析问题》。还可以注意第八卷,该卷是弗洛伊德涉及人类学、社会学、文化学、历史学和哲学等方面的代表性著作,包括《图腾与禁忌》、《一个幻觉的未来》、《文明及其缺憾》等。

2. 鲁迅翻译日本厨川白村《苦闷的象征》一书,讨论文学创作的动因,受弗洛伊德影响颇深,虽然不是直接讲解弗洛伊德,依然有参考价值。

3. 关于弗洛伊德的研究数量极大,霍欣彤编著的《弗洛伊德的精神分析》(南海出版社,2008)比较易懂。

4. 弗洛伊德的传记可以看欧文·斯通的《心灵的激情》(上、下),朱安、姚渝生等译(中国文联出版公司,1986)。

荣　格

在精神分析运动史上,卡尔·古斯塔夫·荣格(Carl Gustav Jung,1875—1961)虽然不像弗洛伊德那样尽人皆知,他的思想却开辟了与弗洛伊德完全不同的路径。荣格出身于瑞士一个乡村牧师家庭。1900 年在巴塞尔大学就学时,读到弗洛伊德的《梦的解析》,钦佩备至,两人开始通信。1902 年荣格获得苏黎世大学医学博士学位,1905 年任该校精神病学讲师。几年后荣格赶往维也纳拜会弗洛伊德,二人一见如故。荣格参加了弗洛伊德的精神分析运动,共同创立了第一个国际精神分析学会,并任第一届主席,他们的不平凡友谊维持了七年。

1912 年荣格发表了《里比多的变化与象征》,与弗洛伊德产生了分歧,主要分歧在于对里比多的解释。弗洛伊德认为里比多完全是性的潜力,荣格则认为它是一种普遍的生命力,表现于生长和生殖,也表现于其他活动。由此,荣格全盘推翻了弗洛伊德的理论。1914 年前后两人分手,并且从此中断了一切学术往来。荣格把自己另外创立的学说称为"分析心理学"(Analytical Psychology)。此后荣格曾任联邦技术大学及母校巴塞尔大学教授,获牛津大学及哈佛大学等荣誉博士学位。

荣格与弗洛伊德两人分手,对现代批评理论不能说是坏事:由此我们有了两种相当不同的精神分析理论。荣格不同意弗洛伊德把一切心理动因都归诸性欲的做法。在他看来,集体无意识和原型,能更适当地解释人类精神世界。弗洛伊德坚持"里比多"主要应理解为性爱,而荣格坚持认为里比多是一种普遍的生命力,性爱只是其中一部分。如果把潜意识比作一座沸腾的火山,弗洛伊德看到的是饱受压抑的性欲冲动,而荣格看到的则是超越个人层次之上的人类的集体"精神遗留"。

因此,荣格的理论实际上是一种人类学式的精神分析,荣格声称他的理论,除了一部分来自"临床心理学经验"之外,另一部分则是来自心理学的"外部渠道与途径",他很重视各民族的神话和宗教,对印度瑜伽、中国道学和易学、日本的禅学、藏传佛教,都有过深入的思考。他在中国炼金术著作《太乙金华宗旨》及西方炼金术中找到与他的观念相同之处,即有意识的自我与无意识的心性之协调努力。《心理学与宗教:西方与东方》一书,则是他对佛学最集中的思考。

荣格的"原型(Archetype)"、"集体无意识(Collective Unconscious)"等学说对 20

世纪思想史产生了重大影响。

荣格的贡献主要是把精神分析扩展到社会心理，他在个体的潜意识之外发现了一种社会或集体的无意识，以此来解释个体以及集体的行为。在他看来，人格由意识、个人无意识、集体无意识三个部分构成。他用海岛作比：露出水面的部分是人能感知到的意识；由于潮来潮去而显露出来的地面部分，是个人无意识；而岛的最底层，作为基础的海床，是我们的集体无意识。他认为个人潜意识曾经一度是意识的，但被遗忘或压抑，从意识中消逝了；而集体无意识是每个人心灵的一部分，它有别于个体潜意识，因为它并不来自个人的经验，不是个人习得的东西。

荣格认为个体无意识的内容大部分是情结，而集体无意识的内容则主要是原型。原型是人心理经验的先在的决定因素。它促使个体按照他的本族祖先所遗传的方式去行动。人们的集体行为，在很大程度上也是由这无意识的原型所决定的。我们不能直接意识到这些原型，我们可能从未目睹过神话中的象征符号，但是它们影响着我们的行为，尤其是我们的情感活动。而且，在梦、幻想、宗教、神话、传说中，这些原型会显现出来。

原型是由于人类文化历代沉积而遗传下来的，荣格认为原型有许多表现形式，但以其中四种最为突出，即人格面具（personality）、阿尼玛（anima）、阿尼姆斯（animus）和阴影（shadow）。人格面具是一个人个性的最外层，它掩饰着真正的自我，与社会学上"角色扮演"这一概念有些类似，意指一个人的行为目的在于迎合别人对他的期望；阿尼玛和阿尼姆斯是女性与男性的两种灵气。对一个人的心理成长来说，阿尼玛和阿尼姆斯的平衡是至关重要的；而阴影接近于弗洛伊德的"本我"，指一种低级的、动物性的种族遗传，具有许多不道德的欲望和冲动。当一种与特定原型相对应的情境出现时，这种原型就被激发，像本能的冲动一样表现出来，具有象征意味的原始意象，经常出现在我们梦境中，也出现在文学艺术中。

荣格认为，"自我"也是一种重要的原型，它综合了潜意识的所有方面，具有整合人格并使之稳定的作用。与集体无意识和原型有关的另外一个概念是从印度教和佛教借来的概念曼陀罗（Mandala），指在不同文化中再三出现的回旋整合的象征努力，是人类力求整体统一的精神努力。

荣格的集体无意识理论，不仅对精神分析做出了伟大的贡献，而且直接进入宗教、历史和文化领域。弗洛伊德的学说是悲观的，他看到的是阴暗的里比多力量无可阻挡，总是找机会冲出来，人只能在"清醒"时做些几乎是敷衍塞责的对抗；荣格的精神分析说却比较乐观，他把集体无意识看成一种人类试图与神圣或神秘接触的努力，是人乐意从世代前辈接受的鼓励。从这一观点来看，荣格是一位通往挑战性的超越世界的向导，通过集体无意识，人类有希望与世界协调一致。

原典选读

集体无意识的概念（节选）（1936 年）

The Concept of the Collective Unconscious　　冯川，译

> 这篇《集体无意识的概念》是荣格解释集体无意识的最著名的文章。由于集体无意识能解释许多似乎神秘的社会行为，荣格的学说对于 20 世纪的艺术思想影响深远。

也许我的任何经验主义的概念都没有像集体无意识概念那样遇到过那么多的误解。下面我将试图（一）给这个概念下一个定义，（二）描述它在心理学上的意义，（三）解释用以证明它的方法，（四）举出一个例子。

一、定　义

集体无意识是精神的一部分，它与个人无意识截然不同，因为它的存在不像后者那样可以归结为个人的经验，因此不能为个人所获得。构成个人无意识的主要是一些我们曾经意识到，但以后由于遗忘或压抑而从意识中消失了的内容；集体无意识的内容从来就没有出现在意识之中，因此也就从未为个人所获得过，它们的存在完全得自于遗传。个人无意识主要是由各种情结构成的，集体无意识的内容则主要是"原型"。

原型概念对集体无意识观点是不可缺少的，它指出了精神中各种确定形式的存在，这些形式无论在何时何地都普遍地存在着。在神话研究中它们被称为"母题"；在原始人类心理学中，它们与列维——布留尔的"集体表现"概念相契合；在比较宗教学的领域里，休伯特与毛斯又将它们称为"想象范畴"；阿道夫·巴斯蒂安在很早以前则称它们为"原素"或"原始思维"。这些都清楚地表明，我的原型观点并不是孤立的和毫无凭据的，其他学科已经认识了它，并给它起了名称。

因此我的论点就是：除了我们的直接意识——这一意识不仅具有完全个人的性质，而且我们相信它是我们唯一的经验精神，尽管我们也将个人无意识作为对它的补充而加以研究——还有第二个精神系统存在于所有的个人之中，它是集体的、普通的、非个人的。它不是从个人那里发展而来，而是通过继承与遗传而来，是由原型这种先存的形式所构成的。原型只有通过后天的途径才有可能为意识所知，它赋予一定的精神内容以明确的形式。

二、集体无意识在心理学上的意义

从职业实践中发展起来的医学心理学着重强调精神的"个人"性质，这里我指的是弗洛伊德和阿德勒的理论。这是一种"个人的心理学"，其病源因素几个完全被看作是个人性质的。然而，即使这样一种心理学也是以某些一般生物学因素为基础的，比如性本能或者自我表现冲动就远不止是个人所具有的特征。由于这种理论自诩为一门解释性的科

学,所以也就必须得这样做。无论是弗洛伊德还是阿德勒的观点都不可否认在人和动物身上同样存在着某些先天性的本能,也不否认这些本能对个心理有着重大的影响。然而本能只是一些具有某种动力或刺激力性质的遗传因素,它们遍布各处,有着非个人的特征,并有经常不能完全升达意识之中,因此,现代的精神疗法的任务就是要使病人意识到它们。就其性质来说,它们并不是模糊而不明确的;相反,它们是有着具体形式的动力,不管是早在意识产生以前,还是在意识发展到无论什么样的程度以后,它们都一直在追求着其内在固有的目标。结果,它们形成了与原型极其相似的形态,相似得使我们有充分的理由认为原型实际上就是本能的无意识形象,如果换句话说,也就是"本能行为的模式"。

因此,集体无意识并不是一个大胆得不得了的设想,如果真要说这一设想是大胆的,那么其大胆的程度也不过就相当于认为有本能存在这种观点一样。人们都承认,人类活动在很大的程度上受着本能的影响,而不管意识中的理性动机如何。所以,如果有一种观点认为我们的想象、知觉和思维都被一些先天的、普遍存在的形式因素所影响,那么在我看来,智识功能正常的人士如果能在这种观点中多多少少发现一些神秘主义的倾向,他们便也能在关于本能的理论中发现同样多的神秘主义倾向。尽管如此,我所提出的这一概念还是因其所谓的神秘色彩而倍受非难,但我在此必须再一次强调,集体无意识概念既不是思辩的,也不是哲学的,它是一种经验质料。但问题的根本之点就在这里:究竟有没有这类无意识的、普遍的形式? 如果它们是存在的,那么在精神之中就有一个我们可以称之为集体无意识的领域。要诊断出集体无意识的存在确实不是一件容易的事情,仅仅指出无意识产物的原型性质是不够的,因为这些性质通常是明显易见的,并且还可以通过语言和教育的手段而获得。除些之外,还须排除掉密码记忆(cryptomnesia),但这在有些时候几乎是不可能办到的。不过,尽管存在着这许多困难,仍然还是有足够的个体例证显示了神话母题在土著中的复活,从而使得这个问题免受了理性怀疑的攻击。但是,如果这样一种无意识确实是存在的,那么我们就必须把它们纳入心理学的解释之中,并对所谓的个人病因论予以更尖锐的批评。

我的意思或许可以用一个具体的例子清楚地表达出来。你们可能读过弗洛伊德对列奥纳多·达·芬奇的一幅画所作的评论,也就是那幅圣·安妮和圣母玛丽亚与儿童基督的画。弗洛伊德在解释这幅卓越的画时,引用了列奥纳多有两个母亲这一事实。这里的因果关系是个人的。这幅画的题材远不是绝无仅有的,而且,弗洛伊德的解释还有一个小小的不准确之处,即圣·安妮是基督的祖母,而不是像弗洛伊德所解释的那样,是基督的母亲。但在这些细节上兜圈子毫无必要,我们只需指出,与明显的个人心理交织在一起的还有一个非个人的母题。在其他领域中这个母题是我们非常熟悉的,这就是"双重母亲"的母题,它是神话和比较宗教领域中以各种变体出现的一个原型,它构成了无数"集体表现"的基础。我还可以提出"双重血统"的母题为例;所谓"双重血统"是指同时从人的和神的父母那儿获得的血统,就像赫拉克勒斯一样,因受天后赫拉的抚养而获得了神性。在希腊作为神话的东西在埃及却成为了一种仪式:埃及法老的本质就是人神合一的。在埃及神庙的出生室的墙上就描绘着法老的第二次的、神圣的孕育和诞生,他经历过"两次诞生"。这一观念隐伏在所有的再生神话之中，基督教也同样包括在内。基督自己就有过"两次诞生"：约旦河中的洗礼赋予他以新的生命，使他从水与精神之中再生了。因此，在罗马的礼拜仪式中，洗礼盘被称作"教会之腹"。你还可以在罗马祈祷书中读到，直到今天，每逢复活节前的圣星期六，在"洗礼盘的祝福"之中，人们还这样称呼它。再举一例，根据一个早期的基督教——诺斯替教观念，以鸽子的形象出现的精神被解释作索菲亚—莎皮恩替亚—智慧和基督之母。多亏了这一双重诞生的母题，今天的孩子们才有了一个"教父"和一个"教母"作保护人，而不再让仙女或者妖精在他们刚出生时就给予祝福或加以诅咒，把他们魔术般地"收养"为自己的孩子。

第二次诞生的观念在任何时候和地方都可以找得到。医学刚开始诞生之时，它是一种治病的魔法；在许多宗教中，它是首要的神秘经验；在中世纪的神秘哲学中，它是关键性的观念；最后，——但决非最不重要——它是一种童年幻想，出现在无数儿童的头脑之中，这些儿童无论大小都相信他们的父母并不是他们的亲生父母，而只是收养他们的养父养母罢了。本弗莱脱·塞利尼也怀有这样一种幻想，他在自传中曾对此有过叙述。

如果说所有相信双重血统的人在现实中都有两个母亲，这未免令人难以相信；如果说是列奥纳多及其他几个与他命运相同的人用他们的情结传染了其余的人，则更是不可能。我们倒不如作这样一种设想：双重诞生的母题与两个母亲的幻想无处不在的联系是应合了人类中一种普遍存在的需要，这种需要恰好正反映在这些母题之中。如果列奥纳多·达·芬奇的确是在圣·安妮和玛丽亚的形象中描绘他的两个母亲——虽然对此我表示怀疑——那么他也只是表现了他以前和以后的无数人都相信的某种事物。秃鹫的象征（弗洛伊德在上面提到过的著作中也对此给予过讨论）使这一观点更加可信。弗洛伊德不无道理地把荷拉波罗的《象形文字》一书作为这一象征的来源。在列奥纳多的时代，这是一本被广泛运用的书。在书中你可以读到秃鹫全是雌性的，象征着母亲，它们受风（灵气）而孕。灵气一词主要是在基督教的影响下才获得了"精神"的意义。甚至在对彭特科斯的奇迹的记述中，灵气一词仍然还具有风与精神的双重意义。在我看来，这个事实无疑是针对玛丽亚而言的，她作为一个处女，受圣灵而怀孕，就像一头受风而孕的秃鹫一样。据荷拉波罗说，秃鹫还进一步象征着雅典娜；我们知道雅典娜不是分娩而生，而是直接从宙斯的头中跳出来的，她是一个处女，只知道精神上的母性。这一切都实是暗指玛丽亚和再生母题。没有任何一点证据证明列奥纳多还想用他的画来表现其他的思想。但弗洛伊德却认为列奥纳多是把自己当作了儿童基督。不过，即使这一观点是正确的，列奥纳多在其一切的可能性中都是在表现双重母亲的神话母题，而绝不是在表现他自己的个性的前史。如果他真是在表现他自己的个性的前史的话，那么又怎样解释画这同一题材的其他画家呢？他们并不是都有两个母亲吧？

现在我们把列奥纳多的例子移至神经病的领域中。让我们假设一个有母亲情结的病人，他受一种幻觉的支配，以为他的神经病的原因在于他确实有两个母亲这一事实之中。如果从个人方面作解释，就必须承认他是对的——然而实际上却是大错特错。事实上，他的神经病的原因在于双重母亲原型的复活，这与他是否有两个母亲毫无关系。如我们所见,原型是单独地和历史性地起作用的,它绝不牵涉到有两个母亲这种异常稀少的情况。

自然,在这样一个例子中,人们很容易倾向于预先推断出一个如此简单、如此具有个人性质的原因,然而这种推断不但是不准确的,而且是完全错误的。对于只受过医学训练的医生来说,双重母亲的母题是完全陌生的,但这样一个完全陌生的母题何以会具有如此大的决定力,以致竟能产生出一种创伤性的效果呢? 要想了解这一点,其困难的程度是众所公认的。但如果我们考虑一下隐藏在人的神话和宗教领域内的巨大力量,原型作为病源的重要性就显得不那么荒唐突兀了。在无数的神经病病例中,骚乱的原因都起于这样一种事实:病人的精神生活缺乏这些动力的配合。然而,一个纯粹以个人为中心的心理学却竭尽全力地把一切都减缩为个人的原因,以此来否认原型母题的存在,甚至还极力以对个人的分析来摧毁消除它们。我认为这种方法是危险的,它在医学上也得不到认可。今天我们对有关的动力的性质可以作出比20年前更好的判断了,难道我们就看不出整个国家是如何在恢复一个古老的象征,甚至在恢复一种古老的宗教形式吗? 难道我们就看不出这种群体感情是怎样在灾难性地影响和改变着个人的生活吗? 过去时代的人今天仍然还在我们身上活着,而且这种阴魂不散的程度是我们在战前连做梦也没有梦到过的。一言以蔽之,伟大民族的命运如果不是个人精神变化的总和,又能是别的什么东西呢?

只要神经病仅仅是一桩私人的事,其根源只在个人的经历中,那么原型就绝不在其中担当任何角色。但如果问题在于存在着一种普遍的不适应,或者存在着一种相对大量地产生神经病的有害条件,那么我们就必须承认有聚集的原型在其中起作用了。既然神经病在大多数情况下都不只是个人的事情,而是"社会的"现象,因而我们应该认为在这些病例中都聚集着原型。与这种情景相应的原型被激活了,结果,藏在原型中的那些爆炸性的危险力量就被释放出来,它们的活动常常带着难以预料的后果。受控于原型的人绝不会不成为精神错乱的牺牲者。如果30年前有任何人竟敢预言,我们的心理发展会朝着复活中世纪犹太人迫害的方向行进,会使人们再一次像两千年前一样行罗马似的军礼,以一个古老的卐字代替基督教的十字,召引数百万的战士前驱赴死——如果有这么一个人的话,那么他一定会被大家呵斥为带有神秘色彩的傻子。然而今天怎么样了呢? 说起来简直令人吃惊,这一切荒谬悖常的事情竟都成了可怕的现实。在今天的世界里,什么私人的生活,私人的病源,私人的神经病,差不多都变成了一种虚构的事物。生活在过去时代中的人,生活在一个古老的"集体表现"世界中的人,今天又重新获得了异常明显而真实得令人痛苦的生命,这种现象并不只是出现在几个不平衡的个人之中,而是出现在成百上千万的人之中。

生活中有多少种典型环境,就有多少个原型。无穷无尽的重复已经把这些经验刻进了我们的精神构造中,它们在我们的精神中并不是以充满着意义的形式出现的,而首先是"没有意义的形式",仅仅代表着某种类型的知觉和行动的可能性。当符合某种特定原型的情景出现时,那个原型就复活过来,产生出一种强制性,并像一种本能驱力一样,与一切理性和意志相对抗,或者制造出一种病理性的冲突,也就是说,制造出一种神经病。

[原典英文节选]　　What I mean can perhaps best be made clear by a concrete example. You have probably read Freud's discussion of a certain picture by Leonardo da Vinci: St. Anne with the Virgin Mary and the Christchild. Freud interprets this remarkable picture in terms of the fact that Leonardo himself had two mothers. This causality is personal. We shall not linger over the fact that this picture is far from unique, nor over the minor Inaccuracy that St. Anne happens to be the grandmother of Christ and not, as required by Freud's interpretation. the mother, but shall simply point out that interwoven with the apparently personal psychology there is an impersonal motif well known to us from other fields. This is the motif of the *dual mother*, an archetype to be found in many variants in the field of mythology and comparative religion and forming the basis of numerous "représentations collectives. " I might mention, for instance, the motif of the dual descent, that is, descent from human and divine parents, as in the case of Heracles, who received immortality through being unwittingly adopted by Hera. What was a myth in Greece was actually a ritual in Egypt: Pharaoh was both human and divine by nature. In the birth chambers of the Egyptian temples Pharaoh's second, divine conception and birth is depicted on the walls: he is "twice-born. " It is an idea that underlies all rebirth mysteries. Christianity included. Christ himself is "twice-Born": through his baptism in the Jordan he was regenerated and reborn from water and spirit. Consequently, in the Roman liturgy the font is designated the "uterus ecclesiae," and, as you can read in the Roman missal, it is called this even today, in the "benediction of the font" on Holy Saturday before Easter. Further, according to an early Christian-Gnostic idea. the spirit which appeared in the form of a dove was interpreted as Sophia-Sapientia—Wisdom and the Mother of Christ. Thanks to this motif of the dual birth, children today. instead of having good and evil fairies who magically "adopt" them at birth with blessings or curses, are given sponsors—a "godfather" and a "godmother. "

The idea of a second birth is found at all times and in all places. In the earliest beginnings of medicine it was a magical means of healing; in many religions it is the central mystical experience; it is the key idea in medieval, occult philosophy, and, last but not least, it is an infantile fantasy occurring in numberless children, large and small, who believe that their parents are not their real parents but merely foster-parents to whom they were handed over. Benvenuto Cellini also had this idea, as he himself relates in his autobiography.

Now it is absolutely out of the question that all the individuals who believe in a dual descent have in reality always had two mothers, or conversely that those few who shared Leonardo's fate have infected the rest of humanity with their complex. Rather, one cannot avoid the assumption that the universal occurrence of the dual-birth motif together with the fantasy of the two mothers answers an omnipresent human need which is reflected in these motifs. If Leonardo da Vinci did in fact portray his two mothers in St. Anne and Mary— which I doubt—he nonetheless was only expressing something which countless millions of people before and after him have believed.

延伸阅读

1.《荣格文集》(冯川编译,改革出版社,1997)。这本书汇集了荣格的主要论文,并附有编者冯川所著荣格传记《让我们重返精神的家园》。

2.荣格著作极丰,普林斯顿大学出版社陆续出版了 *The Collected Works of C. G. Jung*(Bollingen Series)达二十卷之多。Robert Hopcke 为此作了一本导读 *A Guided Tour of the Collected Works of C. G. Jung*。著名比较宗教学家 Joseph Campbell 编了一本精选本 *The Portable Jung*(New York:Penguin,1976)

3.原型学说在文学理论中最著名的运用,是加拿大理论家弗赖的《批评的解剖》(Northrop Frye *The Anatomy of Criticism*),可用的中文本有陈慧译本(百花文艺出版社,2006)。

拉　康

　　雅克·拉康（Jacques Lacan，1901—1981）是法国心理学家、哲学家，心理分析学派主要代表人物之一。拉康的著作神秘、独特、深奥，富于想象力和洞察力，对当代批评理论影响极大。拉康少年时代对哲学与文学有浓厚兴趣，从巴黎大学医学院毕业后成为精神病医生，开始用语言学方法分析精神病，主要研究妄想型病症。在研究中，拉康开始关注病人对某种外部力量的无意识臣服，由此拉康走向弗洛伊德理论，认为这种无意识控制，正类似超现实主义诗人推崇的"自动写作"。1933 年，拉康与达利等超现实主义艺术家的交往日益密切，连续在文学理论家巴塔耶（Georges Bataille）的杂志上著文，讨论精神病与艺术风格的关系。

　　1946 年以后，拉康参加了巴黎精神分析协会的活动。1953 年 7 月，拉康在《象征，真实和想象》一文中，首次提出"回到弗洛伊德"的口号，作了著名演讲《言语与语言在精神分析中的作用和范围》。拉康于 1966 年创立"巴黎弗洛伊德学派"，从而使法国成为当代精神分析的一个中心。他连续 30 年主持一个著名的心理分析讲习所，几乎每周或者隔周作一次报告，吸引了很多哲学家、学者与作家，也有各专业的大学生。他的许多观点新颖的演讲，使他被称为"弗洛伊德之后最有影响和争议的精神分析学者"。

　　拉康主张回到弗洛伊德，但是他提出了一系列与弗洛伊德很不相同的观点。首先是镜像阶段（mirror stage）理论。1936 年拉康第一次明确提出镜像理论，他认为，儿童在半岁至一岁半之间，在俄狄浦斯情结阶段之前，此时自我与母体在想象中同一。直到镜像阶段，才从意识上形成自我：当大人抱着孩子站在镜子前时，会渐渐发生这样一种情况：孩子会在镜子中认出自己，不像动物那样把镜子中的映像认成另一个动物。儿童则会发现镜像与自己的动作有相应之处，从而从镜子中的映像确认自己：这是主体与本人认同归一的过程。

　　儿童照镜子时，看到旁边有伴随的大人，有身外之物，他看到自己与他人不同，在确立自我的同时，也就确立了他人。他人一方面与自我对立，带来心理上的压力、焦虑和敌对意识；在另一种意义上，他人代表了社会的环境。儿童感受到自己是人类的一员，他必须与他们友好相处，服从社会给予他的命令。尽管这种关系尚是虚幻的，但它开始约束指导自我,使自我与环境调整关系:在人的一生中,与他人和环境形成一种互相承认和认同的关系。

拉康试图修正弗洛伊德关于自我构成的理论,他不赞同人格的"本我、自我、超我"三层次构造。他从镜像阶段的理论引出了关于个性或人格的"想象、象征、现实三界"理论。想象界(imaginary order),就是通过镜像阶段,开始把有意识的、无意识的、知道的、想象到的记录下来,形成世界的图像;而象征界(symbolic order)形成意义系统,其中的各种因素只有联系起来才有意义。想象界与象征界结合起来就是人经验中的现实,因而现实并非客观,客观事物只是一种"未知数"。在镜像阶段,幼儿进入想象界,幼儿的幻想就是想象物(imaginary),最初的想象物来自母体,"正是那些填充物,它们充塞主体自身,以与客体认同"。在与客体作用中,在场的外部世界,成人世界的经验和幻想,补充了想象界。幻想不是飘荡无根的,它像飞在高空的风筝,受到一根线的牵动,这牵线即自我(self 或 ego)结构,自我一直与想象界互相牵制,处理不好会形成侵略性和自恋。

在心理发展的下一阶段,人的精神进入象征界,转化或象征物(symbolic,或译为符号体),在拉康看来就是语言。拉康认为语言的功能是与"父之名"(name of the father)联系在一起的,使儿童意识到他将成为成人,将要继承父亲的位置,成为符号级的存在物。"父之名"在这里实际上是各种社会关系,各种社会文化因素的综合,因而具有压迫性。它与弗洛伊德的超我不同,在于拉康把"父之名"置于语言的框架之中。象征物有一种根本特性,就是它可被置换。在置换的过程中,事物被符号化,并且借助符号之间的联系获得"真实的"意义。

最后,符号进入第三级:即现实界(real order)。拉康说:"现实之物,或是被这样感觉到的东西——是完全不被符号化的东西。"现实之物就是历史的真实。人们所从事的研究包括历史和理论,都不过是一种把握和描绘历史现实的愿望,但拉康认为,现实之物是不能用符号代的,任何描述无法再现历史与社会的现实。

由此出现拉康对无意识的独特见解:"无意识有语言的结构":因此它能以移位和压缩的形式表现出来,人们可以通过符号表现考察其内在结构。而且"无意识是他者的话语":无意识靠自我与他人、他物之间的关系来结构自身。

拉康理论的影响远远越出了心理分析的范围,对西方当代文学和文化的研究意义重大,许多其他学派的理论家,例如马克思主义者阿尔都赛、詹姆逊等,都从拉康的理论中获益。

原典选读

助成"我"的功能形成的镜子阶段（节选）
——精神分析经验所揭示的一个阶段

The Mirror Stage as Formative of the Function of the I,
as Revealed in Psychoanalytical Experience　褚孝泉，译

　　本书所选《助成"我"的功能形成的镜子阶段——精神分析经验所揭示的一个阶段》是拉康关于镜像理论的著名演说，首次演讲作于 1936 年，在 1945 年又有所修正重新发表，本书选文是他于 1949 年 7 月在第 16 届国际精神分析学会上作的报告。镜像理论是拉康的学说的起点，"镜子阶段"既是一种虚幻的迷恋，也是想象性思维的起点。注意此文一再提到安娜·弗洛伊德，安娜是弗洛伊德的女儿，也是他的学说的主要继承者，当时国际心理分析学会的主席。安娜·弗洛伊德提出自我的"心理防卫机制"，拉康认为这走向了"自我中心论"。拉康要求"回到弗洛伊德"，也就是回到自我与世界的互动构成，这是精神分析历史上著名的争论。

　　13 年前我在上届学会上提出的镜子阶段的概念，现在已或多或少地为法国会员们付之应用了。但我觉得它还值得在这儿重新引起大家的注意。特别是考虑到目前在我们的精神分析工作经验中这个概念能令人洞明"**我**"的功用。当然必须指出我们的经验使我们与所有直接从我思（cogito）①而来的哲学截然相对。

　　在座诸位中大概有人还记得，这个概念起源于人行为中的那个为比较心理学的一个事实所揭明的特征。在一个短短的时期内，小孩子虽然在工具智慧上还比不上黑猩猩，但已能在镜子中辨认出自己的模样。颇能说明问题的学样"啊哈，真奇妙（Aha-Erlebnis）"表明了此辨认的存在。在科勒看来，这种学样表示了情境认识，是智力行为的关键一步。

　　对于一个猴子，一旦明了了镜子形象的空洞无用，这个行为也就到头了。而在孩子身上则大不同，立即会由此生发出一连串的动作，他要在玩耍中证明镜中形象的种种动作与反映的环境的关系以及这复杂潜象与它重现的现实的关系，也就是说与他的身体，与其他人，甚至与周围物件的关系。

　　自鲍德温以来我们已知道，这样的事在 6 个月以后就会发生。它的重复发生常常引起我的沉思。镜子前的婴儿这样的场面是够吸引人的了。还不会走路甚至还不会站稳的婴儿，虽然被人的扶持或被椅车（在法国这叫做"娃娃走椅"）所牵制，会在一阵快活的挣

---

① 这儿指的是法国哲学家笛卡尔（Déscartes）的著名论题"我思故我在"。从 cogito 来的哲学指的是理性主义哲学传统。——译者注

扎中摆脱支撑的羁绊而保持一种多少有点倾斜的姿态,以便在镜中获得的瞬间的形象中将这姿态保持下来。

在我们看来,一直到18个月,婴儿的这个行为都含有着我们所赋予的那种意义。它揭示了一种迄今还有争议的利比多活力,也体现了一种人类世界的本体论结构。这种本体论结构与我们对妄想症认识的思考是吻合的。

为此,我们只需将镜子阶段理解成分析所给予以完全意义的那种**认同过程**即可,也就是说主体在认定一个影像之后自身所起的变化。理论中使用的一个古老术语"**意象**"足以提示了他注定要受到这种阶段效果的天性。

一个尚处于**婴儿阶段**的孩子,举步趔趄,仰倚母怀,却兴奋地将镜中影像归属于己,这在我们看来是在一种典型的情境中表现了象征性模式。在这个模式中,**我**突进成一种首要的形式。以后,在与他人的认同过程的辩证关系中,**我**才客观化;以后,语言才给**我**重建起在普遍性中的主体功能。

如果我们想要把这个形式归入一个已知的类别,则可将它称之为**理想我**①。在这个意义上它是所有次生认同过程的根源。在这个术语里我们也辨认出利比多正常化的诸功用。但是,重要的是这个形式将**自我**的动因于社会规定之前就置在一条虚构的途径上,而这条途径再也不会为单个的个人而退缩,或者至多是渐近而不能达到结合到主体的形成中,而不管在解决**我**和其现实的不谐和时的辩证合题的成功程度如何。

这是因为主体借以超越其能力的成熟度的幻象中的躯体的完整形式是以格式塔方式获得的。也就是说是在一种外在性中获得的。在这种外在性里,形式是用以组成的而不是被组成的,并且形式是在一种凝定主体的立体的塑像和颠倒主体的对称中显示出来的,这与主体感到的自身的紊乱动作完全相反。这个格式塔的完满倾向必得视为与种属有关,虽然它的动力式样目前还不甚明了。这个格式塔通过它体现出来时的两个特征,象征了**我**在思想上的永恒性,同时也预示了它异化的结局。并且这个形式还孕含着种种转换,这些转换将我与人自己树立的塑像,与支配人的魔影,以及与那个自动机制联结起来,在这种机制中人造的世界行将在某种多义关系中完成。

这确是为了**意象**——我们有幸在我们的日常经验中和在象征的效用②的阴影中看到**意象**的被遮掩的面影的出现。镜中形象显然是可见世界的门槛,如果我们信从**自身躯体的意象**在幻觉和在梦境中表现的镜面形态的话,不管这是关系到自己的特征甚至缺陷或者客观反映也好,还是假如我们注意到镜子在**替身**再现中的作用的话也好。而在这样的重现中异质的心理现实就呈现了出来。

一个格式塔会对机体具有成形作用这样的事实,也为一个生物学的实验所证实。这个实验与心理因果性的思想如此的格格不入以致它不是以这样说法来表述出来的。但它还是显示了雌性鸽子的性腺的成熟是以看见一个同类为必要条件的,且不管这个同类的

---

① 我们在这儿采用了弗洛伊德的 Ideal Ich 的一个独特的译名,以后我们并没有继续用它。——原注
② 请参阅列维-斯特劳斯(Lévi-Strauss)的《象征的效用》,载于1949年1~3月号的《宗教史杂志》上。——原注

性别为何。这个条件是如此的充分，以至只要将鸽子置于一面镜子的映照范围里，效果也就会产生出来。同样的，要在同一代里将迁徙蝗虫从独居性转变成群居性，只需在某个阶段给个体蝗虫看一个同类的视觉形象，当然这个形象必须以一种与其种属相似的方式活动着。这些事实都属于同形确认过程的范围，而这个范围又属于更大的作为成形作用的和作为情欲生成的美感的问题。

但是，被看作是异形确认过程的模仿的事实也很有意义，因为它提出了对于活体的空间的意义的问题。比较起那些试图将这些事实归结为所谓至上的适应法则的可笑努力，心理学概念未必不能更说明问题。只要想想罗杰·加宛对这个问题所作的洞幽烛微的阐明（他那时还很年轻，刚刚与培养了他的社会学派决裂）。用"**传说的精神衰弱**"这个术语，他将形体模仿归于处在其假想效果下的对空间的执念。

我们自己也在将人的认识以妄想方式组织起来的社会辩证关系中指出了为什么有关欲望力量的范围的人的知识比动物的知识更独立自足，为什么人的知识是在这"点滴的事实"中决定的。不满的超现实主义者们对此还颇多责难。这些思考使我们在镜子阶段表现出的对空间的窃取中看到先于这种辩证关系而体现在人身上的那种自然实在的机体的不足的效果，如果我们还能给自然这个词以一个意义的话。

在我们看来，镜子阶段的功能就是**意象**功能的一个殊例。这个功能在于建立起机体与它的实在之间的关系，或者如人们所说的，建立内在世界（Innenwelt）与外在世界（Umwelt）之间的关系。

但在人身上，这种与自然的关系由于机体内在的某种开裂，由于新生儿最初几月内的不适和行动不协的症状所表露的原生不和而有所变质。金字塔形体系在构造上的不完全的客观观念以及母体体液残存的客观观念肯定了我们提出的作为人出生的**特定早熟**的证据的这样一个观点。

顺便要指出，这个证据以**胎儿化**的名称而为胚胎学家们所确认，他们这样做是要确定中枢神经中的所谓高等系统的优势，特别是确定心理外科手术导致我们将其视为机体内镜子的皮质的优势。

这个发展是作为时间上的辩证过程而度过的。它将个体的形式决定性地映现成历史：**镜子阶段**是场悲剧，它的内在冲动从不足匮缺奔向预见先定——对于受空间确认诱惑的主体来说，它策动了从身体的残缺形象到我们称之为整体的矫形形式的种种狂想——一直达到建立起异化着的个体的强固框架，这个框架以其僵硬的结构将影响整个精神发展。由此，从内在世界（Innenwelt）到外在世界（Umwelt）的循环的打破，导致了对**自我**的验证的无穷化解。

我已使残缺的身体这个名称加入到我们的理论系统里去了。当分析的动力达到了强制分解个体的某个水平时，残缺的身体就经常地出现在梦中。那时它是以断裂的肢体和外观形态学中的器官形式出现的，它们在内部倾轧中长出翅膀生出胳膊。这些形象在 15

世纪通过想象超人的杰洛姆·鲍希①的画笔已永远地确定在现代人想象的巅峰上。然而,残缺的身体的这个形式还在机体本身具体地出现,出现的途径是那种决定了谵妄的构造的脆弱化过程,表现在精神分裂,痉挛和歇斯底里的症状上。

与此相关,在梦中**我**的形成是以一个营垒甚至一个竞技场来象征的。从内场到边墙及外缘的碎石地和沼泽,这个竞技场划分成争斗的两个阵营,主体在那儿陷入争夺遥远而高耸的内心城堡的斗争中。这城堡的形式(有时也平行出现在同样的故事中)以惊人的方式象征了原始本能。同样地,在精神方面我们在这儿也可看到加固了的建作结构得到了实现。这些结构的借喻自然而然地产生出来,就像是来自主体的症状本身,目的是为了指明倒错、孤独、重复、否定、移位等固念精神症的机制。

但是,如果我们只依仗主观的证据,如果我们将这些证据稍微地从经验条件中解脱出来,而这条件会使我们将证据视为语言技术的一部分,那么我们的理论尝试就会被指责为陷入不可思议的绝对主体中去。这就是为什么在我们由客观证据帮助下建立起的假设中,我们努力寻找出**象征还原方法**的指导性纲要。

这个纲要在**自我卫护**中建立起一个基因次序。这就回答了安娜·弗洛伊德小姐在她大作的第一部分中表达的愿望。与经常能听到的偏见不同,这个次序将歇斯底里的压抑及其回复置于比固念倒错及其隔绝性过程更早的阶段。而后者则又比产生于从自映的**我**到社会的**我**的转换时的妄想异化更早。

通过将相似者确认在**意象**上,通过原生嫉妒的悲剧(夏洛特·布勒学派在儿童的相及性事实中很好地揭示了这一点),镜子阶段完成的这个转换时期开创了一个辩证过程,在这个过程中**我**就与社会上展开的情景相联系上了。

就是这个时期将人的所有知识决定性地转向到通过对他者的欲望的中介中去;还将它的对象物建成在通过他者竞争造成的抽象同值中;并使**我**成为这样一个机构,对它来说所有的本能冲动都是种危险,即使这冲动满足了自然的成熟。对于人,这种成熟的正常化从此决定于文化的帮助。就像俄狄浦斯情结对于性欲对象那样。

我们的学说以原始自恋这个名称来指称这个时期特有的利比多的倾注。我们的这个概念揭示了在那些创始者心里有一种非常深刻的对语义潜力的感觉。同时这个概念还阐明了从这个利比多到情欲利比多的动态对立。早期的分析者在提到毁坏本能或死亡本能时就曾试图界定这种对立,目的是为了解释自恋利比多与**我**的异化功能之间,以及与我和他人的一切关系中甚至在最善意慷慨的帮助中必然产生的侵凌性之间的明显关系。

事实上,他们在这儿触及到了存在的否定性。这种存在的否定性的事实已为当代的存在与虚无的哲学有力地申明了。

但是,可惜的是这种哲学仅仅在意识的自足的范围内来掌握这个存在的否定性。作为其前提之一的意识的自足将它所依托的自立的假象与组成**自我**的漠视相连结。这种智力游戏,虽然从分析的经验里颇多获益,却最终声言能维持起一个存在的精神分析。

---

① 杰洛姆·鲍希(Jérôme Bosch,1450—1516),佛兰芒画家,以画奇特形象著称。——译者注

在经过社会作出的只承认功利性功能为其本身功能的历史性努力之后，在个人面对集中营式的社会关系而产生的恐慌前（这种关系的产生似乎报答了他的努力），存在主义要由它为因此产生的主体绝境所作的辩解而得到评价：一种只有在监狱高墙内才得到肯定的自由，一种表达了纯粹良知无法超越任何形势的参与要求，一种两性关系的窥淫一虐淫的理想化，一个只有在自杀中得到实现的个性，一种只有在黑格尔式谋杀中才得到满足的对他人的意识。

我们的经验与以上各点正好相反，因为我们的经验促使我们不把**自我**看作居于**感知—知觉体系**的中心，也不看作是由"现实原则"组织而成的。在这个原则中表达出了与知识的辩证法水火不相容的科学主义偏见。我们的经验向我们指明要从**漠视**的**功能**出发。这个功能规定了所有那些安娜·弗洛伊德非常明晰地描述的结构。因为，如果否定（Verneinung）表示了这个功能的显性形式，那么，只要在呈现原始本能的命定层次上它的效用没有被阐明，这些效用就大部分仍处于潜形状态。

由此我们便可理解**我**的形成中的惰性。在这个形成过程中我们可以获知神经官能症的最广泛的定义，就如形势对主体的囚禁是疯狂的最普遍的格式；既包括疯人院围墙内的疯狂，也包括了震耳欲聋的世上的嚣啸的疯狂。

要懂得灵魂的情绪，研究神经官能症和精神病的苦痛为绝好途径，这就如精神分析天平上的横梁。如果我们要测算出这个威胁对整个社会的影响，它会指示出社会上的情绪的缓解程度。

在这个现代人类学执著地研究的文化与自然的联结点上，只有精神分析学承认这个爱必须永远拆解或斩断的想象的奴役之结。

对于这样一项工作，我们并不相信利他的情操。我们揭示出了隐伏在慈善家，理想主义者，教育家，以至改革家的行动后面的侵凌性。

在我们维持的主体对主体的救助中，精神分析可以陪伴病人达到**"你即如此"**这样的狂喜的限度，在这个限度上他的命运的奥秘就显示了给他，但是我们作为临床医师并无力量把他引导到真正的旅途开始的时刻。

[原典英文节选]　　The child, at an age when he is for a time, however short, outdone by the chimpanzee in instrumental intelligence, can nevertheless already recognize as such his own image in a mirror. This recognition is indicated in the illuminative mimicry of the *Aha- Erlebnis*, which Köhler[①] sees as the expression of situational apperception, an essential stage of the act of intelligence.

This act, far from exhausting itself, as in the case of the monkey, once the image has been mastered and found empty, immediately rebounds in the case of the child in a series of gestures in which he experiences in play the relation between the movements assumed in the image and the reflected environment, and between this virtual complex and the reality it

---

① Wolfgang Köhler (1887—1967), American psychologist.

reduplicates—the child's own body, and the persons and things, around him.

This event can take place, as we have known since Baldwin,①from the age of six months, and its repetition has often made me reflect upon the startling spectacle of the infant in front of the mirror. Unable as yet to walk, or even to stand up, and held tightly as he is by some support, human or artificial (what, in France, we call a ' rtorre-bébé'), he nevertheless overcomes, in a flutter of jubilant activity, the obstructions of his support and, fixing his attitude in a slightly leaning-forward position, in order to hold it in his gaze, brings back an instantaneous aspect of the image.

For me, this activity retains the meaning I have given it up to the age of eighteen months. This meaning discloses a libidinal dynamism, which has hitherto remained problematic, as well as an ontological structure of the human world that accords with my reflections on paranoiac knowledge.

We have only to understand the mirror stage *as an identification*, in the full sense that analysis gives to the term: namely, the transformation that takes place in the subject when he assumes an image—whose predestination to this phase-effect is sufficiently indicated by the use, in analytic theory, of the ancient term *imago*.

This jubilant assumption of his specular image by the child at the *infans* stage, still sunk in his motor incapacity and nursling dependence, would seem to exhibit in an exemplary situation the symbolic matrix in which the *I* is precipitated in a primordial form, before it is objectified in the dialectic of identification with the other, and before language restores to it, in the universal, its function as subject.

This form would have to be called the Ideal-I,②if we wished to incorporate it into our usual register, in the sense that it will also be the source of secondary identifications, under which term I would place the functions of libidinal normalization. But the important point is that this form situates the agency of the ego, before its social determination, in a fictional direction, which will always remain irreducible for the individual alone, or rather, which will only rejoin the coming-into-being (*le devenir*) of the subject asymptotically, whatever the success of the dialectical syntheses by which he must resolve as *I* his discordance with his own reality.

延伸阅读

1. 拉康几乎从来没有写过成本的著作,文章相当散乱,集合在多卷本的 *Écrits* （写作集）之中。有英文全译本 *Écrits：The First Complete Edition in English*, tr. Bruce Fink (New York：Norton, 2006)；还有中译选本《拉康选集》(褚孝泉译,上海三联书店,2001)。

2. 拉康在他延续几乎三十年的讲习班上作了几百次演讲,他的女婿米勒(Jacques-

---

① Jams Baldwin (1861—1934), American psychologist.

② [Lacean] Throughout this article I leave in its peculiarity the translation I have adopted for Freud's *Ideal-Ich* [i. e. ' *je-idéal*'], without further comment, other than to say that I have not maintained it since.

Alain Miller)从他生前就陆续整理分专题成书出版。至 20 世纪末已经出版了 20 卷。其中最著名的一本,即第 11 讲《心理分析的四个基本概念》(*The Four Fundamental Concepts of Psychoanalysis*, *The Seminar of Jacques Lacan*, Book XI, New York：Norton, 1977) 有单印本,影响极大。

3. 斯洛文尼亚学者齐泽克(Slavoj Zizek),是拉康理论的继承者。他把拉康理论与马克思主义结合,在一系列著作中作了生动的发挥。《不敢问希区柯克的,就问拉康吧》(穆青译,世纪出版集团,上海人民出版社,2007),这本书用拉康理论解释希区柯克的电影,生动而又深刻。

4. 方汉文所著《后现代主义文化心理：拉康研究》(上海三联书店,2000),是中国学者第一部全面研究拉康的专著。

Ⅳ 形式论

　　形式分析历史久远,自从有文学起,就有关于形式的讨论:《毛诗序》论"赋比兴";《文心雕龙》主张"风骨"与辞采的完美统一;《文赋》要求"绮靡";亚里士多德的《诗学》中对悲剧情节构成的仔细讨论。但是传统的形式分析,是把形式看成内容的装饰,是增加作品可读性的手段。现代形式论不同,现代形式论认为文学艺术与其他文体相区别的地方,是其形式,而不是内容,是形式构成了俄国形式主义的所谓"文学性"(literariness),或是英美新批评比喻性地称为"本体论"(ontology)的文学本质。应当说,形式论的这个看法是对的:一篇小说与一篇社会调查,主题或内容可以相同,形式才能区分二者。

　　形式论是20世纪在欧美许多国家不约而同出现的潮流:俄国"形式主义派"(Russian Formalism)及其后继者"布拉格学派"(The Prague School);英美"新批评派"(Anglo-American New Criticism);欧陆的索绪尔语言符号学(semiology);受索绪尔影响而兴起的结构主义(structuralism);美国的皮尔斯开创的符号学(semiotics)。在长期探索中建立的叙述学(narratology),及其新的发展"后经典叙述学"(post-classical narratology),都是形式论的分支。这些流派此起彼伏,在文学理论中形成一个强大的形式批评潮流。到当代,形式论与其他学派的结合更是普遍。

　　形式文论进入中国,是有阻隔的。先秦墨家名家的分析传统失落了,唐初传进中国的佛教唯识宗和因明学逻辑,也没有能持久发展。中国传统批评注重直觉,"尚象"思维重感悟,"境界"之说重体验;在叙述文学的研究中,评点家的文字重在敏悟,而非现代叙述学那种周密细致的分析。形式论的成果,在中国的传统中显得隔膜,难以融入中国学术主流。而从20世纪50到70年代,形式文论甚至被认为极端反动,受到严格排斥:文本如果被视为语言和符号的构筑,就不可能具有"反映现实"的品格,或"表现真理"的特权。

批评理论应当试图超越形式分析层次,进入对文化和意识形态的探究,但是这不等于说可以跳过形式分析。解构主义理论家哈特曼有名言:"有很多路子超越形式论,最无用的路子是不学形式论。"可以说,排除形式论,现代批评理论的整个体系都不可能运作。

形式论流派众多,虽然都关注形式,但他们处理问题的角度非常不同。除了本节将选读其原作的几位大师外,我们不应当不知道以下重要学者和他们的观点。

瑞恰慈(I. A. Richards)是英美形式论的奠基者,他的美学与文艺哲学著作,成为新批评派乃至整个形式论的理论基础。1922年,他的第一本著作,即与奥各登等合著的《美学原理》(*The Foundations of Aesthetics*),着意使用儒家中庸哲学,来解决西方思想的传统命题。20年代瑞恰慈出版《文学批评原理》(*Principles of Literary Criticism*)等批评方法论著作,影响极大。瑞恰慈在剑桥大学的文学研究班做了一个著名的实验,把一些诗略去作者姓名,发给学生评论,结果证明许多学生离开作者名字提示的各种传记资料和社会评价背景,完全无法做批评。瑞恰慈仔细分析这些案卷,写成《实用批评》(*Practical Criticism*)一书,这是至今有巨大影响的"细读(close reading)批评"的肇始。1929年瑞恰慈夫妇二度来北京,在清华大学授课,写成了西方孟子研究的开拓性著作《孟子论心》(*Mencius on Mind*)。

燕卜森(William Empson,1906—1984)是形式论的怪才。他19岁进入剑桥,主修数学,两年后改攻文学,1929年写出他的成名作《复义七型》(*Seven Types of Ambiguity*),那时他才23岁。燕卜森整个30和40年代都在远东,先执教于日本,后长期执教于西南联大和北京大学。30年代他写出《几种田园诗》(*Some Versions of Pastoral*),40年代完成了《复杂词的结构》(*Structure of Complex Words*),对形式论与社会分析的结合,做出了开拓性的贡献。

兰色姆(John Crowe Ransom,1888—1974)是新批评派作为一个集团的正式领袖。他的几个同事和学生,退特(Allen Tate)、布鲁克斯(Cleanth Brooks)、沃伦(Robert Penn Warren)组成了一个志同道合的集团,以几个大学和刊物为基地,由此,新批评派成为美国学院一个声势浩大的运动。"新批评"这个名称来自兰色姆 1941 年出版的同名书,在此书中他批判了艾略特、瑞恰慈等"新批评家",认为他们的理论没有解决问题,结果这个有点自夸味道的名称反弹到他自己身上。

维姆赛特(William K. Wimsatt,1907—1975),40 年代维姆萨特执教于耶鲁大学,是新批评派的主要辩护士,耶鲁大学也因此成为新批评派的后期中心。维姆赛特在批评理论史上被人记住,主要是他与美学家比尔兹莱(Monroe C. Beardsley)合写的两篇文章《意图谬见》(Intentional Fallacy)与《感受谬见》(Affective Fallacy),两文把文本中心绝对化,前者试图切断文本与创作之源的关系,后者试图切断文本与其效果的关系,结果这两者成为现代批评理论中受指责最多的两个术语。

新批评派与中国现代文学关系相当特殊:新批评派的创始人之一瑞恰慈(I. A. Richards),这一派的重要批评家燕卜森,多次来中国,长期执教于清华和北大,在抗战最艰难的时期燕卜森与西南联大中国师生一起辗转于西南山区。新批评派的理论,在 30 年代就开始被译成中文出版,对中国现代文学理论起了重大影响,也是 80 年代"文化热"中最受中国学界重视的理论之一。

格雷马斯(A. J. Greimas, 1917—1992)是立陶宛出身的学者,巴黎符号学派的领袖人物。格雷马斯虽然被很多人视为结构主义者,他的成就却远远超出了结构主义的封闭体系。1966 年他的《结构语义学》(Structural Semantics)一书提出了符号的生成理论,尤其是对符号文本表达真相或撒谎的机制,作了细致的讨论,提出所谓"述真理论"(valedictory theory)。格雷马斯在叙述分析问题上提出"情节素理论"(actantial theory),进一步发展了叙述的情节模式理论;他改造佛教中观学派的"四句破"(Tetrallemma),提出著名的"格雷马斯方阵"(Greimasian Square),很多人认为方阵的连续否定架构可以解答形式论的许多难题。

洛特曼(Juri Lotman,1922—1993)是前苏联符号学家。20 世纪 60 年代,以洛特曼为首的爱沙尼亚塔尔图大学一批学者,与以伊凡诺夫(V. V. Ivanov)为首的一批莫斯科大学学者,组成了符号学的"塔尔图-莫斯科学派",其中洛特曼的贡献最大。苏联符号学派受科学中的"三论"(系统论、控制论、信息论)影响较大,但是他们的眼光始终放在文化研究上。1984 年洛特曼提出"符号域"(Semiosphere)理论,这个理论以热力学中的普利高津"耗散结构理论"(Dissipative System)为参考模式,发展了文化演变,文化之间交流的动态模式。

艾柯(Umberto Eco,1932—　)是意大利符号学家。艾柯的学说,一方面继承了从罗马古典时代欧洲哲学积累的丰富成果,另一方面发展了皮尔斯的符号学理论。1976年他出版了《符号学理论》(*A Theory of Semiotics*),此书对当代符号学做了最系统的阐述,虽然也有不少有争议的地方。艾柯才气横溢,至今已经发表五部长篇小说,大部分以中世纪为背景,把符号学的学识贯穿其中,却没有写成无味的博学小说。这些小说中最成功的是1980年出版的《玫瑰之名》(*The Name of the Rose*)。

美国哲学家罗蒂(Richard Rorty)1962年出版著名文选《语言转折》(The Linguistic Turn),提出西方现代思想出现重大研究范式转折"语言转向"(The Linguistic Turn),他是在大半个世纪过去之后,总结20世纪的局面,其中收集的文字,主要是总结20世纪强大的分析哲学与语言哲学潮流。传统哲学认为语言表达思想,而现代的哲学家与批评理论家认为语言不是透明的,学界讨论的许多哲学问题,实际上是语言和概念的使用问题。批评理论中形式论,就是在这个深远宽广的思想背景上发展出来的。

回顾20世纪中国文艺思想的变迁,形式论只是在最近三十年才开始在中国学界产生一些影响,其中某些分支,例如符号学与叙述学,开始有了繁荣景象。但是与其他学派相比,影响还是比较小。从形式论在中国的命运可以看出,中国思想不重视分析的弱点,至今没有克服,今日的大学生,有必要重视现代西方形式论批评的成果。

什克洛夫斯基

20 世纪上半期形式论的两个主要"派别",即俄国形式主义和英美新批评,几乎同时出现,他们互相全然不知对方的存在,甚至与创始符号学的索绪尔与皮尔斯也无学术交流,形式论的多源兴起,是自发的,他们的汇合与相互影响,是后来的事。

俄国形式主义的两个主要分支——以雅克布森(Roman Jakobson)、托马舍夫斯基(Boris Tomoshevsky)等为首的"莫斯科语言小组"(Moscow Linguistic Circle),和以什克洛夫斯基(Victor Shklovsky,1893—1984)、艾亨鲍姆(Boris Eikhenbaum)、日尔蒙斯基(Victor Zhirmunsky)、特尼亚诺夫(Jury Tynianov)等为首的"彼得堡语言研究会"(Society for the Study of Poetic Language,即 Opoyaz)——都成立于 1915—1916 年,成员都是当时莫斯科大学与圣彼得堡大学的学生。那是在第一次世界大战战况最激烈的时候,俄军在东欧前线大败,革命正风雨欲来。也可能正因为政治革命的气氛,文学革命(马雅可夫斯基等人的未来主义),艺术革命(表现主义、构造主义等),才与批评理论革命一道勃兴。

俄国形式主义这两个学会,认为彼此之间分歧很大。但是与俄国先前的文学批评(传记式,考证式,重点在内容),以及后来苏联的文学批评(主题式批评,以及所谓社会主义现实主义)相比,俄国形式主义的特点就非常明确,作为一个派别,现在看起来似乎态度相当一致:他们把批评的中心放在作品的形式上,认为作品的形式是文学的本质特征。与新批评相类似,他们认为形式批评是"科学的"批评方式,他们把理论探索的重点放在寻找文学作为文学的特点,即所谓"文学性(literariness)"上。什克洛夫斯基有一句名言"艺术的旗帜永远是独立于生活的,它的颜色从不反映飘扬在城堡上空的旗帜的颜色",把俄国形式主义的思想倾向点得一清二楚。

俄国形式主义的发展,经过三个阶段。第一个阶段是以什克洛夫斯基为代表的"技巧论"阶段,把文学性看做各种技巧的综合效果,本书选文是这个阶段最广为人知的一篇论文;第二个阶段被称为有机论阶段,即把文学作品看作是各种要素构成的统一体,日尔蒙斯基等为这个阶段的代表;在第三个阶段这一派开始走向系统论形式主义,把整个文学看做一个大系统,看到形式是其演变的动力,特尼亚诺夫和雅克布森已经开始在文学系统的发展方向探索。这最后立场已经接近索绪尔的系统观,因此当雅克布森等人移居到捷克,就出现了与索绪尔的符号学理论相结合的"布拉格学派"(Prague School),成为后来声势浩大的结构主义之先声。雅克布森也为符号学发展做出巨大贡献,而布拉格学派的韦勒克(Rene Wellek)则成为新批评派后期的挂帅人物。

20世纪20年代中期后,俄国形式主义在苏联受到激烈批判,托洛茨基的《文学与革命》一书,点名批判了形式主义派的理论。1930年什克洛夫斯基发表检讨文章,宣布形式主义作为流派结束,大部分形式主义批评家转向主流或传统批评方式,什克洛夫斯基本人也转向文学史和文学传记写作。但是形式主义播下的种子,在想不到的地方结出了丰硕成果,除了上面说到的布拉格学派,在苏联国内,普洛普(Vladimir Propp)在1928年研究民间文学形态而建立的情节功能理论,成为后来叙述学情节研究的基础;巴赫金(Mikhail Bakhtin)则长期坚持独立的形式研究,在60年代后期被"重新发现",成为当代文化符号学的大师,而原属苏联的爱沙尼亚出现"塔尔图学派",发展出独特的符号学派。这些都是俄国形式主义留下的重要遗产,证明这个学派是20世纪文学理论无法不谈的重要环节。

本书所选什克洛夫斯基于1917年的名文"作为技巧的艺术"(又译"作为手法的艺术"),被认为是俄国形式主义这一派的宣言之作,至今也是这一派最有名的论文。这篇论文实际上分成两半,上半部分是当时俄国学术界内部的争论,即"形象思维"问题。主张艺术的最重要特点是形象思维的人,主要是当时在文学创作中(尤其是诗歌中)占主导地位的象征主义诗派。从现在看,这个问题已经比较清楚,正如什克洛夫斯基所说:形象在诗歌发展史上"几乎停滞不变",不是诗歌发展的主导因素。什克洛夫斯基进一步强调:"艺术是一种体验事物之创造的方式,而被创造之物在艺术中已无足轻重。"也就是说,内容(包括形象)并非艺术之本质,表现方式才是最本质的。

究竟为什么艺术要使用形式技巧呢?什克洛夫斯基认为其原因是:语言经过日常习惯性使用,得到了"知觉的机械性"。而艺术的目的在于改变语言的惯性,重新"使人感受到事物,使石头成其为石头"(to make a stone stony)。他给这个过程创造了一个特殊的俄文词 ostranenie,英文原先译为 making it strange,现在通常译为 defamiliarization;中文以前译为"反常化",现在通译为"陌生化"。

陌生化成为俄国形式主义对现代文学理论的标志性贡献,因为它暗中符合了符号学艺术研究的基本原则:符号表达意义,是约定俗成的,但是艺术符号不得不破坏这种约定俗成的关系。因此,在艺术中使符号的形式因素占主导地位。进一步说,陌生化的背景,是符号惯用后失去表现力,文学则用异常的角度,异常的技巧,恢复这种"陌生感"。因此,符号作为一个系统本身的钝化(habitualization),是艺术形式陌生化功能的先决条件。什克洛夫斯基的这个观点影响极大。此后布拉格学派穆卡洛夫斯基提出的"前推论"(foregrounding),雅克布森在五十年代末提出的"诗性即信息指向自身"论,都是这个观念的发展。

原典选读

作为技巧的艺术（节选）

Art as Technique　　方珊，译

> 本教材因为篇幅有限，只能选用此篇作为对俄国形式主义的介绍，但是陌生化是俄国形式主义的中心观念，什克洛夫斯基20多岁时写的这篇文章，已经成为现代文论史上不可不读之文。这里选用的中译文原译自俄文，与原文相较有所节略，常见的英译文是全本。

"艺术就是用形象来思维"，这句话就是从一个中学生嘴里也可以听到，它同时也是开始在文学领域中创建某种体系的语言学家的出发点。这个思想已深入许多人的意识中；必须把波捷勃尼亚（Потебня）也算作是这一思想的创立者之一，他说："没有形象就没有艺术，包括诗歌。"①他在另外一个地方写道："诗歌和散文一样，首先并且主要是思维和认识的一定方式。"②

诗歌是思维的一种特殊方式。亦即用形象来思维的方式，这种方式能在一定程度上节省智力，使你"感到过程相对而言是轻松的"，审美感就是这种节省的反射效果。奥夫相尼科-库里科夫斯基院士就是这样理解和归纳的，而且他的理解想必是正确的，他无疑仔细阅读过自己导师的著作。波捷勃尼亚和他的人数众多的整个学派都认为，诗歌是一种特殊的思维方式，即藉助于形象的思维，而形象的任务即藉助于它们可以把各种各样的对象和活动归组分类，并通过已知来说明未知。或用波捷勃尼亚的话来说："形象对被说明者的关系是：a)形象是可变主语的固定谓语，也就是吸引可变统觉的固定手段……。b)形象是某种比被说明者更简单更清晰的东西……。"③也就是说："既然形象化的目的在于使形象的意义接近于我们的理解，又因为离开这一目的则形象化就失去了意义，所以，形象应当比它所说明的东西更为我们所了解。"④

应用这个规律来看丘特切夫把闪电譬作聋哑的魔鬼，或果戈理把天空譬作上帝的衣饰，是饶有趣味的。

"没有形象就没有艺术""艺术就是用形象来思维"，为了杜撰这些定义，人们不惜生拉硬拽、牵强附会；有些人还力图把音乐、建筑、抒情诗都理解为用形象来思维。经过了四分之一世纪的努力，奥夫相尼科-库里科夫斯基院士终于不得不把抒情诗、建筑和音乐划

---

① A. A. 波捷勃尼亚：《语言学理论札记》，哈尔科夫，1905年，第83页。
② A. A. 波捷勃尼亚书中的这一地方是这样写的："如果把诗歌首先并且主要看作是一定的思维方式的话，那么，对散文也应该这样来看待。"《语言学理论札记》，第97页。
③ 波捷勃尼亚：《语言学理论札记》，第314页。
④ 同上书，第294页。

为无形象艺术的特殊种类,并把它们定义为直接诉诸于情感的抒情艺术。如此看来,有些具有广阔领域的艺术,并不是一种思维方式;然而属于这一领域的艺术之一抒情诗(就这词的狭义而言)却又与"形象"艺术完全相象:它们都要运用语言,尤为重要的是形象艺术向无形象艺术的转变完全是不知不觉的,而我们对它们的感受也颇有类似。

然而,"艺术就是用形象来思维"这一定义,意味着(我省去了众所周知的这一等式的中间环节)艺术首先是象征的创造者,这一定义站住了脚跟,即使在它引以为基础的理论破产之后它也保存了下来。这一定义首先在象征主义流派中,特别是在象征主义理论家那里活跃异常。

所以,许多人依旧认为,用形象来思维,"道路和阴影","陇沟和田界",是诗歌的主要特点。因此,这些人本应期待的是,这一(用他们的话来说)"形象"艺术的历史将由形象的变化史构成。但实际上,形象几乎是停滞不变的;它从一个世纪向另一个世纪、从一个地方向另一个地方、从一个诗人向另一个诗人流传,毫不变化。形象"不属于任何人","只属于上帝"。你们对时代的认识越清楚,就越会相信,你们以为是某个诗人所创造的形象,不过是他几乎原封不动地从其他诗人那里拿来运用罢了。诗歌流派的全部工作在于,积累和阐明语言材料,包括与其说是形象的创造,不如说是形象的配置、加工的新手法。形象是现成的,而在诗歌中,对形象的回忆要多于用形象来思维。

形象思维无论如何也不能概括艺术的所有种类,甚至不能概括语言艺术的所有种类。形象也并非凭借其改变便构成诗歌发展的本质的那种东西。

我们知道,有些表达方式在创造时无意寻求诗意,却常常被感受为有诗意的、为艺术欣赏而创造的东西,例如,安年斯基关于斯拉夫语言具有特殊诗意的意见;再如,安德烈·别雷对十八世纪俄罗斯诗人把形容词置于名词之后这种手法的赞美也是如此。别雷把这种手法作为一种具有艺术性的手法而赞美,或者确切些说,认为这才是艺术,是有意为之,而实际上,这是该语言的一般特点(是教会斯拉夫语言的一种影响)。因此,作品可能有下述情形:一、作为散文被创造,而被感受为诗;二、作为诗被创造,而被感受为散文。这表明,赋予某物以诗意的艺术性,乃是我们感受方式所产生的结果;而我们所指的有艺术性的作品,就其狭义而言,乃是指那些用特殊手法创造出来的作品,而这些手法的目的就是要使作品尽可能被感受为艺术作品。

波捷勃尼亚的结论可以表述为:诗歌=形象性。这一结论创造了关于"形象性=象征性",关于形象能够成为任何主语的不变谓语的全部理论(由于思想相近,这个结论使象征主义者们——安德烈·别雷、梅列日科夫斯基及其"忠实的伙伴们"——如痴如醉,并成为象征主义理论的基础)。产生这个结论的部分原因在于波捷勃尼亚没有分辨出诗歌语言与散文语言的区别。由于这个原因,他没有注意到有两种类型的形象之存在:一是作为思维实践手段,和把事物联结成为类的手段的形象,二是作为加强印象的手段之一的诗意形象。试举例说明。我走在街上看见我前面走着一个戴帽子的人的包裹掉了,我喊道:"喂!带帽子的,包裹丢了。"这是纯粹散文式的形象比喻的例子。再举一例。几个兵在站队,排长看见其中一个站得不好,站没个站相,便对他说:"喂,帽子! 你是怎么站的。"这是一个诗意的形象比喻。(在一种场合下,"帽子"一词用于借喻,而在另一场合下,则用于隐喻。但我在此注意的不是这个)诗意性形象是造成最强烈印象的手段之一。作为一种手段,它所承担的任务与其它诗语手段相等,与普通的否定的排偶法相等,也与比较、重复、对称、夸张法相等,总之与一切被称作修辞格的手段相等,与所有夸大对事物的感受的手段相等(这里所说的事物可以是指作品的语言甚或作品的音响本身)。但诗意形象与寓言形象及思维形象仅有外表上的相似,例如(奥夫相尼科-库里科夫斯基《语言与艺术》),小姑娘把圆球称为西瓜就是这样。诗意形象是诗歌语言的手段之一。散文式形象则是一种抽象的手段:用小西瓜来代称灯罩,或代称脑袋,这仅仅是对其中一种事物属性的一种抽象,这与用脑袋代称圆球,或用西瓜代称圆球毫无区别。这是思维,它同诗歌毫无共同之处。

节约创造力规则也属于大家公认的一类公理。斯宾塞写道:"决定选词和用词的一切规则的基础,我们认为是这样的一个主要的要求,即珍惜你的注意力……用最灵巧的方式使智力达于你所希望的概念,是你在许多场合下唯一的和在一切方面都要遵循的主要目的……"(《风格的原理》)。"如果你的心灵拥有用之不竭的力量,那么对于它来说,即使从这一眼泉水中耗费了多少水,当然它也会无所谓。也许,重要的仅仅是必然要消耗掉的时间。但既然心灵的力量是有限的,所以理所当然,心灵要力求尽可能更合乎目的性,亦即用最小的力量消耗,而达到比较而言以最大的效果来完成统觉过程。"(P. 阿芬那留斯)彼特拉日茨基只是引用了一下节约心灵力量的一般原则,便把有碍自己思路的詹姆斯(джемс)关于激情的肉体原则理论排斥了。就连亚历山大·维谢洛夫斯基在谈到斯宾塞的思想时,也承认节约创造力的原则是诱人的,尤其是在考察节奏时:"风格的优点恰恰在于,它能以尽可能最少的词来表达尽可能最多的思想。"安德烈·别雷在其最优秀的篇章中,提出了那么多难以上口的、不妨说磕磕绊绊的节奏的例子(多引巴拉丁斯基的诗句为例),并指明诗歌用语的难处所在。他同样也认为,有必要在自己的书中谈论节约原则。他的这本书乃是根据从关于诗歌创作手法的大量旧书中和克拉耶维奇按古典中学大纲编写的物理教科书中搜罗来的未经检验的事实而创立艺术理论的英勇尝试。

关于力量节约即创作规则和目的的思想,在语言的个别场合中或许是正确的,也就是说在语言的"实际应用"方面是正确的,由于人们不懂得实用语言与诗歌语言规则的区别,因而使得这一思想对后者也有影响。有人指出日本诗歌语言中有一些音是日本实用语音中所没有的,这几乎是第一次指明了两种语言的差别。Л. П. 雅库宾斯基关于诗歌语言中没有平稳语音的异读(расподобление плавных звуков)规则,及诗歌语言中允许有难发的音的组合的类似现象,就是最初的一种经得起科学批评[1]并在事实上指明了诗歌语言规律与实用语言相对立的观点(尽管我们暂且仅就这一种情况而言)。[2]

因此,有必要不是在与散文语言的相似性上,而是在诗歌语言自身的规律上来谈谈诗

---

[1] 《诗学》(诗歌语言理论集刊),第一册,彼得格勒,1919 年,第 38 页。

[2] 《诗学》(诗歌语言理论集刊),第二册,第 13-21 页。

歌语言中的浪费与节约规则。

如果我们对感受的一般规律作一分析,那么,我们就可以看到,动作一旦成为习惯性的便变得带有机械性了。例如,我们所有熟习的动作都进入了无意识的、机械的领域。如果有谁回忆起他第一次手握钢笔或第一次讲外语时的感觉,并把这种感觉同他经上千次重复后所体验的感觉作比较,他便会赞同我们的意见。我们的散文式语言,散文式语言所特有的建构不完整的句子,话说一半即止的规则,其原因就在于机械化的过程。这一过程的最理想的表现方式是代数,因为代数中的一切事物均被符号所取代了。在语速很快的实用言语中,话并不说出口,在意识中出现的只是名词的头几个音节。

<……>那种被称为艺术的东西的存在,正是为了唤回人对生活的感受,使人感受到事物,使石头更成其为石头。艺术的目的是使你对事物的感觉如同你所见的视象那样,而不是如同你所认知的那样;艺术的手法是事物的"陌生化"(остранение)手法,是复杂化形式的手法,它增加了感受的难度和时延,既然艺术中的领悟过程是以自身为目的的,它就理应延长;艺术是一种体验事物之创造的方式,而被创造物在艺术中已无足轻重。

诗歌(艺术)作品的生命即从视象到认知,从诗歌到散文,从具体到一般,从有意无意在公爵宫廷里忍受侮辱的经院哲学家和贫穷贵族的堂吉诃德到屠格涅夫笔下的广泛却又空洞的堂吉诃德,从查理大帝到"国王"这一名称;作品和艺术随着自身的消亡而扩展,寓言比长诗更富于象征性,而谚语比寓言更富于象征性。因此,波捷勃尼亚在分析寓言时,他的理论更少一些自相矛盾,波捷勃尼亚从自己的观点出发对寓言彻底地作了分析。但波氏并未运用他的理论去分析艺术上"有分量"的作品,所以波捷勃尼亚的书并没有写完。众所周知,《语言学理论札记》出版于一九〇五年,是在作者逝世十三年以后了。

波捷勃尼亚对这本书作了充分修改的,也仅仅是其中关于寓言的部分。①

经过数次感受过的事物,人们便开始用认知来接受:事物摆在我们面前,我们知道它,但对它却视而不见。② 因此,关于它,我们说不出什么来。使事物摆脱知觉的机械性,在艺术中是通过各种方法实现的。在这篇文章中,我想指出列夫·托尔斯泰几乎总爱使用的一种方法,就连梅列日科夫斯基也认为列夫·托尔斯泰只写其所见,洞察秋毫,于写作中从不改变什么的。

列夫·托尔斯泰的反常化手法在于,他不用事物的名称来指称事物,而是像描述第一次看到的事物那样去加以描述,就像是初次发生的事情,同时,他在描述事物时所使用的名称,不是该事物中已通用的那部分的名称,而是像称呼其它事物中相应部分那样来称呼。

<……>反常化手法不是托尔斯泰所独有的。我之所以引用托尔斯泰的素材描述这一手法是出于这样一种纯粹实际的考虑,即这些材料是人所共知的。

现在,在阐明这一手法的特性之后,我们来力求大致地确定它使用的范围。我个人认

① A. A. 波捷勃尼亚:《语言学理论讲授纲要。寓言·谚语·俗语》,哈尔科夫,1914 年。
② B. 什克洛夫斯基:《词的再生》,圣彼得堡,1914 年。

为,凡是有形象的地方,几乎都存在反常化手法。

也就是说我们的观点与波捷勃尼亚的观点的区别,可以表述为以下一点:由于谓语总在变动,所以形象并不是恒定的主语。形象的目的不是使其意义接近于我们的理解,而是造成一种对客体的特殊感受,创造对客体的"视象",而不是对它的认知。

<……>研究诗歌言语,在语音和词汇构成、在措词和由词组成的表义结构的特性方面考察诗歌言语,无论在哪个方面,我们都可发现艺术的特征,即它是专为使感受摆脱机械性而创造的,艺术中的视象是创造者有意为之的,它的"艺术的"创造,目的就是为了使感受在其身上延长,以尽可能地达到高度的力量和长度,同时一部作品不是在其空间性上,而是在其连续性被感受的。"诗歌语言"就是为了满足这些条件。按照亚里士多德的说法,诗歌语言应具有异国的和可惊的性格;而实际上诗语也常常是陌生的。<……>对于普希金的同时代人来说,杰尔查尔的情绪激昂的风格是习惯了的诗歌语言。而普希金的风格按(当时的)风尚,却是出乎意外的难以接受。让我们回忆一下普希金的同时代人因诗人的表达法如此通俗而吃惊不已,就足以说明问题了。普希金使用俗语并把它用作吸引注意力的一种特殊程序,正如同他的同时代人在自己日常所说的法语中,使用一般的俄语单词一样(参见托尔斯泰《战争与和平》中的例子)。

目前,有一种现象更有代表性。规范俄语按其起源对于俄国来说是一种异邦语言,可是它在人民大众中达到了如此广泛深入的地步,以致它和大量民间语言中的许多成分混同为一,而后来居然连文学也开始表现出对方言(列米佐夫、克柳耶夫、叶赛宁等人,按才能来说是如此悬殊,而按他们所熟稔的方言来说又是如此接近)和不纯正语言(这是谢维里亚宁流派产生的一个条件)的迷恋。现在,就连马克西姆·高尔基也开始从标准语转向文学中的"列斯科夫式"语言方面来。这样一来,俗语和文学语言互换了各自的位置(维亚切斯拉夫·伊万诺夫和其他许多人)。最后出现了一种想要创立新的专门的诗歌语言的强大流派;这一流派的领袖人物众所周知是维列米尔·赫列勃尼科夫。所以,我们便得出诗的这样一个定义,即诗就是受阻的、扭曲的言语。诗歌语即言语—结构(Речь-построение),而散文即普通言语:节约的、轻快的、正确的(dea prosae①——规范的、平易语言类型的仙女)。关于阻挠和延缓即艺术的一般规律这一点,我在论述情节分布结构的文章中还要详细地论述。

但那些把节约力量的概念,作为诗歌语言中某种实质性的东西,甚至是起决定性作用的东西而提出的人们的观点,初看起来,似乎在节奏问题上更有说服力。斯宾塞对节奏作用的解释,看来是无可辩驳的:"我们的承受力所无法忍受的打击迫使我们让自己的肌肉处于一种过分的、有时甚至是不必要的紧张状态,我们无法预见到打击的重复何时中断;在周期性的打击之下我们则节省自己的力量。"看来,似乎是令人信服的这一说法却也无法避免通常的缺陷,即把诗歌语言的规则和散文语言的规则混为一谈。斯宾塞在其《风格的原理》一书中,对这两种规则根本没有加以区分。其实,完全有可能存在着两种类型的

---

① 拉丁语:散文仙女。——译者注

节奏。散文式节奏即劝力歌的节奏。一方面由于必要,口令代替了棍棒,"划哟,划哟!";另一方面,它也可减轻劳动,使劳动带有机械性。确实,踏着音乐的节拍走路比没有音乐伴奏要轻松,但边热烈交谈边走路,也使我们感到轻松,那是因为行走的动作从我们的意识中消失了。由此可见,散文式节奏作为机械化的一种因素是十分重要的。但诗歌的节奏却不是这样的。艺术中有"圆柱",然而,希腊庙宇中的任何圆柱,都不是准确地按"圆柱式"建成的,而艺术节奏就是被违反的散文式节奏,已经有人试图把所有这些对节奏的违反加以系统化。这是摆在当今节奏理论面前的一个任务。可以设想,这一系统化的工作是不会成功的,因为,事实上问题原本不在于复杂化的节奏,而在于节奏的违反,并且这种违反是不可预料的,如果这一违反变为规范,那么,它便会失去其作为困难化手法的作用。但我现在不准备更为详细地讨论节奏问题,我将写专文来探讨这个问题。

[原典英文节选一]　And art exists that one may recover the sensation of life; it exists to make one feel things, to make the stone stony. The purpose of art is to impart the sensation of things as they are perceived and not as they are known. The technique of art is to make objects "unfamiliar", to make forms difficult, to increase the difficulty and length of perception because the process of perception is an aesthetic end in itself and must be prolonged. *Art is a way of experiencing the artfulness of an object; the object is not important.*

[原典英文节选二]　After we see an object several times, we begin to recognize it. The object is in front of us and we know about it, but we do not see it—hence we cannot say anything significant about it. Art removes objects from the automatism of perception in several ways. Here I want to illustrate a way used repeatedly by Leo Tolstoy, that writer, who, for Merezhkovsky at least, seems to present things as if he himself saw them, saw them in their entirety, and did not alter them.

Tolstoy makes the familiar seem strange by not naming the familiar object. He describes an object as if he were seeing it for the first time, an event as if it were happening for the first time. In describing something he avoids the accepted names of its parts and instead names corresponding parts of other objects. For example, in *Shame* Tolstoy "defamiliarizes" the idea of flogging in this way: "to strip people who have broken the law, to hurl them to the floor, and to rap on their bottoms with switches", and, after a few lines, "to lash about on the naked buttocks".

The technique of defamiliarization is not Tolstoy's alone. I cited Tolstoy because his work is generally known.

Now, having explained the nature of this technique, let us try to determine the approximate limits of its application. I personally feel that defamiliarization is found almost everywhere form is found. In other words, the difference between Potebnya's point of view and ours is this: An image is not a permanent referent for those mutable complexities of life which are revealed through it; its purpose is not to make us perceive meaning, but to create a special perception of the object — *it creates a "vision" of the object instead of serving as a means for knowing it.*

In studying poetic speech in its phonetic and lexical structure as well as in its characteristic distribution of words and in the characteristic thought structures compounded from the words. we find everywhere the artistic trademark — that is, we find material obviously created to remove the automatism of perception; the author's purpose is to create the vision which results from that deautomatized perception. A work is created "artistically" so that its perception is impeded and the greatest possible effect is produced through the slowness of the perception. As a result of this lingering, the object is perceived not in its extension in space, but, so to speak, in its continuity. Thus "poetic language" gives satisfaction. According to Aristotle. poetic language must appear strange and wonderful; and, in fact, it is often actually foreign: the Sumerian used by the Assyrians, the Latin of Europe during the Middle Ages, the Arabisms of the Persians, the Old Bulgarian of Russian literature, or the elevated, almost literary language of folk songs. . . . We should remember the consternation of Pushkin's contemporaries over the vulgarity of his expressions. He used the popular language as a special device for prolonging attention, just as his contemporaries generally used Russian words in their usually French speech (see Tolstoy's examples in *War and Peace*).

延伸阅读

1.《俄国形式主义文论选》,什克洛夫斯基等著,方珊等译(北京三联书店,1989)。此书收集俄国形式主义的论文 14 篇,至今是这个学派著作最全面的中文翻译。附录的中译文选自这本文集,但是中译文不全。为统一术语,本书编者改动了几个词。

2. Victor Erlich, *Russian Formalism*: *History*, *Doctrine*(The Hague: Mouton Publishers, 1980)。此书初版于 1955 年,后来重版过许多次,是第一本系统介绍俄国形式主义的英语书籍,为当代文学理论界"重新发现"俄国形式主义起了很大作用,至今读来仍不过时。

3. J. M. 布洛克曼:《结构主义:莫斯科-布拉格-巴黎》(商务印书馆,1980)。此书把俄国形式主义放在 20 世纪理论的主潮中,对理解其意义很有帮助。

艾略特

新批评(The New Criticism)是 20 世纪上半期最重要的文学批评学派之一,这一派二三十年代起源于英国,在四五十年代成为美国文学学术界的主导学派,此后英语文学界多元化,但是新批评在文学史上留下了浓重的痕迹。新批评派应当说是文学史上第一个"成功"的形式论,它迫使一个大国所有的文学教学和研究转入崭新的模式。

新批评派对文学持文本中心主义立场,他们主张对文本进行细致的阅读分析,因为他们认为:文学作品的意义都在文本之中,而不是在其外,不在作者的个人创作意图中,也不在文化施加与创作的文化意图之中。他们的论辩是:如果意图没有体现在文本中,那么这些意图与作品无关,不管作者自己如何申说都与文学本身无关;如果意图成功地渗透到作品中,就必然在作品的语言结构中得到充分体现,那么作品本身就是意图的最重要依据。这样的说法,不能说没有道理。由此而产生新批评提倡的"细读法"(close reading),成为新批评派对文学批评实践留下的最重要方法。

新批评派对文学语言的重视,使他们对文学区别于其他文体的"特殊性"提出一系列重要标准,例如英国文学理论家燕卜森(William Empson)提出"复义"(ambiguity)是文学语言的重要特点;美国批评家布鲁克斯(Cleanth Brooks)提出"反讽"(irony)与"悖论"(paradox)是文学语言的特点;美国作家兼批评家沃伦(Robert Penn Warren)则提出"不纯"(impurity)应当是现代文学的原则;而退特(Allan Tate)则提出"张力论"(tension),认为诗歌语言应当在各种对立中获得一种紧张关系,尤其是在内涵与外延之间。

T. S. 艾略特(T. S. Eliot,1888—1965),是新批评派的创始人之一,也是 20 世纪上半期西方影响最大的诗人,同时又是一位在关键时刻起了关键作用的批评家。艾略特出生于美国一个著名的文化家族,从哈佛大学毕业后,留学欧洲,先后就读于法国巴黎大学和英国牛津大学。1918 年毕业后在伦敦做银行职员。1921 年发表现代文学史上划时代的作品长诗《荒原》(The Waste Land),1922 年开始担任文学理论刊物《标准》(The Criterion)主编,1925 年起主持费柏出版社(Faber & Faber),1927 年艾略特加入英国籍,因此现代英国文学史和美国文学史都要讨论艾略特。1943 年发表长诗《四个四重奏》,以此获得 1948 年诺贝尔文学奖。艾略特从 30 年代后期,一直到 50 年代初期,在相当长时期内被公认为是英语文坛领袖。

艾略特的批评生涯分成截然不同的两段:他的第一本论文集《圣林》(Sacred Wood)出版于1920年,其中的一系列理论名篇使他成为新批评派的奠基者,虽然新批评派要到30年代中后期才正式形成。本书选的"传统与个人才能",是艾略特早期理论中影响最大的篇章,艾略特在此文中提出了现代文学的一个重要命题"非个性论"(impersonal):"诗不是放纵感情,而是逃避感情,不是表现个性,而是逃避个性。"这句似乎故意夸张惊世骇俗的名言,实际上有的放矢:它直接反驳表现论。表现论是主导整个19世纪欧洲文学浪漫主义的诗学基础。此文认为:既然作家的个性并不重要,作品的创作意图也就不重要,最重要的就是作品的表现形式。这就是整个形式论的出发点,也是20世纪文学中"新古典主义"浪潮的出发点。

表现感情几乎是艺术家的自然冲动,现代文学理论中,坚持表现论的论者还是经常可以见到,例如克罗齐的表现轮,柏格森的直觉论,朗格的情感形式论。坚持个性表达的文学流派也经常出现,例如60年代美国诗坛著名的"自白派"(confessionalist)。但是无可讳言,20世纪文学基调是反个性的,克制陈述与反讽修辞,成为艺术风格主流。尤其是与19世纪之放纵感情相比,更是如此,以至于现代批评家常常把浪漫情调蔑称为"滥情主义"(sentimentalism)。

艾略特的文学生涯漫长而多产,《圣林》是他不到三十岁时的文集。他中后期的批评改变了路子,倾向于从宗教正统作道德批评,因此在新批评正式形成后,他从来就"不属于"新批评派。实际上他的早期论述也有与新批评立场不合之处,例如选文中强烈的历史感,就不太可能被新批评派主流人物认同。

原典选读

传统与个人才能(节选)(1917)

Tradition and Individual Talent　卞之琳,译

　　艾略特的理论与创作,对20世纪上半期中国现代文学产生了重大影响。三十年代起,赵萝蕤、叶公超、温源宁、卞之琳、曹葆华等许多名家翻译过《荒原》。这篇论文最早由我国著名诗人和理论家卞之琳先生翻译,刊于1934年北京《学文》月刊创刊号。本书附录中采用的译文是卞之琳先生为1964年《现代资产阶级文艺理论选》重做的译文,虽然由于时代偏见,是当做反面教材出版的,却是再无人能取代的定译,本书附印艾略特的原文与卞之琳先生的译文,可以当做最佳学术英文与最佳学术翻译双璧范例。

一

在英文著述中我们不常说起传统,虽然有时候也用它的名字来惋惜它的缺乏。我们无从讲到"这种传统"或"一种传统";至多不过用形容词来说某人的诗是"传统的",或甚至于"太传统化了"。这种字眼恐怕根本就不常见,除非在贬责一类的语句中。不然的话,也是用来表示一种浮泛的称许,而言外对于所称许的作品不过认作一种有趣的古物复制品而已。你几乎无法用这种字眼叫英国人听来觉得顺耳,若非如此舒舒服服的联系到令人放心的考古学。

当然在我们对于以往或现在作家的鉴赏中,这个名词不会出现。每个国家,每个民族,不但各有创作的也各有批评的气质;但对于自己批评习惯的短处与局限性甚至于比自己创作天才的短处与局限性更容易忘掉。从许多法文论著中我们知道了,或自以为知道了,法国人的批评方法或习惯;我们便断定(我们是这样不自觉的民族)说我们比法国人"更长于批评",有时候甚至于因此自鸣得意,仿佛法国人比不上我们来得自然。也许他们是这样;但我们自己该想到批评是像呼吸一样重要的,该想到当我们读一本书而觉得有所感的时候,我们不妨明白表示我们心里想到的种种,也不妨批评我们在批评工作中的心理。在这种过程中有一点事实可以看出来:我们称赞一个诗人的时候,我们的倾向往往偏注于他在作品中和别人最不相同的地方。我们自以为在他作品中的这些地方或这些部分看出了什么是他个人的,什么是他的物质。我们很满意地谈论诗人和他前辈的异点,尤其是和他前一辈的异点;我们竭力想挑出可以独立的地方来欣赏。实在呢,假如我们研究一个诗人,撇开了他的偏见,我们却常常会看出:他的作品中,不仅最好的部分,就是最个人的部分也就是他前辈诗人最足以使他们永垂不朽的地方。我并非指年轻易感的时期,乃指完全成熟的时期。

然而,如果传统的方式仅限于追随前一代,或仅限于盲目地或胆怯地墨守前一代成功的地方,"传统"自然是不足称道了。我们见过许多这样单纯的作品,潮流一来便在沙里消失了;新颖却比重复好。传统的意义实在要广大得多。它不是承继得到的,你如要得到它,就必须用很大的劳力。第一,它含有历史的意识,我们可以说这种意识对于任何想在二十五岁以上还要继续作诗人的差不多是不可缺少的;历史的意识又含有一种领悟,不但要理解过去的过去性,而且还要理解过去的现存性;历史的意识不但使人写作时有他自己那一代的背景,而且还要感到从荷马以来欧洲整个的文学及其本国整个的文学有一个同时的存在,组成一个同时的局面。这个历史的意识是对于永久的意识,也是对于暂时的意识,也是对于永久和暂时的合起来的意识。就是这个意识使一个作家成为传统的。同时也就是这个意识使一个作家最锐敏地意识到自己在时间中的地位,自己和当代的关系。

诗人,任何艺术的艺术家,谁也不能单独地具有他完全的意义。他的重要性以及我们对他的鉴赏就是鉴赏他和以往诗人以及艺术家的关系。你不能把他单独地评价;你得把他放在前人之间来对照,来比较。我认为这是一个批评的原理,美学的,不仅是历史的。他之必须适应,必须符合,并不是单方面的;产生一项新艺术作品,成为一个事件,以前的全部艺术作品就同时遭逢了一个新事件。现存的艺术经典本身就构成一个理想的秩序,这个秩序由于新的(真正新的)作品被介绍进来而发生变化。这个已成的秩序在新作品出现以前本是完整的,加入新花样以后要继续保持完整,整个的秩序就必须改变一下,即使改变得很小;因此每件艺术作品对于整体的关系、比例和价值就重新调整了;这就是新与旧的适应。谁要是同意这个关于秩序的看法,同意欧洲文学和英国文学自有其格局的,谁听到说过去因现在而改变正如现在为过去所指引,就不至于认为荒谬。诗人若知道这一点,他就会知道重大的艰难和责任了。

在一个特殊的意义中,他也会知道他是不可避免地要受过去的标准所裁判。我说被裁判,不是被制裁;不是被裁判为比从前的坏些,好些,或是一样好;当然也不是用从前许多批评家的规律来裁判。这是把两种东西互相权衡的一种裁判,一种比较。仅求适应,在新作品方面,实在就不是适应;这种作品就不会是新的,因此就算不得是一件艺术作品。我们也不是说,因为它适合,新的就更有价值;但是它之能适合,总是对于它的价值的一种测验——这种测验呢,的确,只能慢慢地谨慎地应用,因为我们谁也不是决不会错误的适应裁判员。我们说:它看来是适应的,也许倒是个人的,或是,它看来是个人的,也许可以是适应的;但我们总不至于断定它只是这个而不是那个。

现在进一步来更明白地解释诗人对于过去的关系:他不能把过去当作乱七八糟的一团,也不能完全靠私自崇拜的一二作家来训练自己,也不能完全靠特别喜欢的某一时期来训练自己。第一条路是走不通的,第二条是年轻人的一种重要经验,第三条是愉快而可取的一种弥补。诗人必须深刻地感觉主要的潮流,而主要的潮流却未必都经过那些声名最著的作家。他必须深知这个明显的事实:艺术从不会进步,可是艺术的题材也从不会完全一样。他必须明了欧洲的心灵,本国的心灵——他到时候自会知道这比他自己私人的心灵更重要几倍的——是一种会变化的心灵,而这种变化呢,是一种发展,而这种发展决不会在路上抛弃什么东西,也不会把莎士比亚、荷马或“马格达林宁”时期①的石画家,都变成老朽。这种发展,也许是精炼化,当然是复杂化,在艺术家看来却不是什么进步。也许在心理学家看来也不是进步,或不如我们所想象的进步之大;也许最后发现这不过是根据经济与机器的影响而已。但是现在与过去的不同就是,我们所意识到的现在是对于过去的一种觉识,而过去对于本身的觉识就不能表示出这种觉识的样子,不能表现到这种觉识的程度。

有人说:“死去的作家和我们离开很远,因为我们比他们知道的多这么多。”确是这样,他们便是我们所知道的。

我很知道往往会有人反对我显然为诗艺所拟的程序的一部分。反对的理由是:我这种教条苛求博学(简直是玄学),竟达到可笑的地步了,这种要求只要上诉到任何众神殿里的诗人传记即可加以拒绝。我们甚至于断然说学识丰富会使得诗的敏感变成麻木或者别扭。可是,我们虽然坚信诗人应该知道得愈多愈好,只要不妨害他必需的容受性和必需的懒散性,若认为知识仅限于用来应付考试,客室酬对,当众炫耀的种种,那可要不得。有些

---

① 欧洲旧石器时代的最后期。——译者注

人能吸收知识,较为迟钝的非流汗不能得。莎士比亚从普鲁塔克①所得到的真实历史知识比大多数人由整个大英博物馆所能得到的还要多。我们所应坚持的,是诗人必须获得或发展对于过去的意识,也必须在他的毕生事业中继续发展这个意识。

于是他就得随时不断地放弃当前的自己,归附更有价值的东西。一个艺术家的前进是不断地牺牲自己,不断地消灭自己的个性。

现在应当要说明的,是这个消灭个性的过程及其对于传统意识的关系。要做到消灭个性这一点,艺术才可以说达到科学的地步了。因此,请你们当作一种发人深省的比喻来注意一条白金丝放到一个贮有氧气和二氧化硫的瓶里去所发生的作用。

二

诚实的批评和敏感的鉴赏,并不注意诗人,而注意诗。如果我们留意到报纸批评家的乱叫和一般人应声而起的人云亦云,我们会听到很多诗人的名字;如果我们并不想得到蓝皮书的知识,想欣赏诗,就不容易找到一首诗。我在前面已经试图指出一首诗对于别人的许多诗的关系如何重要,表示诗应当认作自古以来一切诗的有机的整体。这个"非个人"诗论的另一方面就是诗对于作者的关系。我用一个比喻来暗示成熟诗人的心灵与未成熟诗人的心灵所不同之处并非就在"个性"的价值上,也不一定指哪个更有趣呀"更有话可说",而是指哪个是更完美的工具,可以让特殊的、或颇多变化的各种情感能在其中自由组成新的结合。

我用的比喻是化学上的接触作用。当前面所说的两种气体混合在一起,加上一条白金丝,它们就化合成硫酸。这个化合作用只有在加上白金的时候才会发生;然而新化合物中却并不含有一点儿白金质。白金呢,显然未受影响,还是不动,还是中立,毫无变化。诗人的心灵就是一条白金丝。它可以部分的或专门的在诗人本身的经验上起作用;但艺术家愈是完美,他本身中,感受的人与创造的心灵愈是完全地分开;心灵愈能完善地消化和点化种种为它充材料的激情。

这些经验,你会注意到,这些受接触变化的元素,是有两种:情绪与感觉。一件艺术作品对于欣赏者的效力是一种特殊的经验,和任何非艺术的经验根本不同。它可以由一种感情所造成,或是几种感情的结合;因作者特别的词汇、语句或意象而产生的各种感觉,也可以加上去造成最后的结果。还有伟大的诗是可以无须直接用任何感情作成的:尽可以纯用感觉。《神曲》中《地狱》第十五章显然使那种情景里的感情逐渐紧张起来;但是它的效力,虽然像任何艺术作品的效力一样单纯,却是从许多细节的错综里得来的。最后四行给我们一个意象,一种依附在意象上的感觉,这是自己来的,不是仅从前节发展出来的,大概是先悬搁在诗人的心灵中,直等到相当的结合来促使它加入了进去。诗人的心灵实在是一种贮藏器,搜藏着无数种感觉、词句、意象,搁在那儿,直等到能组成新化合物的各分子到齐了。

假如你从最伟大的诗中挑出几段可以作代表的来比较,你会看出各种类型的结合是

---

① 普鲁塔克(Plutarch, 46？—120？),希腊史学家。

多么不同,也会看出主张"崇高"的任何半伦理批评标准是怎样的全然不中肯。因为诗之所以有价值,并不在感情即成分的"伟大"与强烈,而在艺术过程的强烈,也可以说是结合时所加压力的强烈。保罗与佛朗契丝卡的一段穿插是用出了一种确定的感情的,但是诗的强烈性与它在假想的经验中所能给予的任何强烈印象颇为不同。而且它并不比第二十六章写尤利西斯的漂流更为强烈,那一章却并不直接依靠着一种情感。在点化感情的过程里有种种变化是可能的:阿伽门农的被刺,奥赛罗的苦恼,都给予一种艺术的效力,比起但丁作品里的情景来,显然是更形象逼真。在《阿伽门农》里,艺术的感情仿佛已接近目睹真相者的情绪;在《奥赛罗》里,艺术的情绪仿佛已接近剧中真主角的情绪了。但是艺术与事件的差别总是绝对的:阿伽门农被刺的结合和尤利西斯漂流的结合大概是一样的复杂。在二者中任何一种的情景里都有各种元素的结合。济慈的《夜莺歌》包含着许多与夜莺没有什么特别关系的感觉,但是这些感觉,也许一半是因为它那个可爱的名字,一半是因为它的名声,就被夜莺凑合起来了。

　　有一种我竭力要击破的观点,就是关于认为灵魂有真实统一性的形而上学的说法:因为我的意思是,诗人没有什么个性可以表现,只有一个特殊的工具,只是工具,不是个性,使种种印象和经验就在这个工具里用种种特别的意想不到的方式来相互结合。许多对于诗人本身是很重要的印象和经验,在他的诗里尽可以不发生作用,而在他的诗里是很重要的呢,对于他本身和他的个性也尽可以没有多大关系。

　　我要引一段诗,因为是不太熟悉,正可以在以上这些见解的光亮——或黑影——之中,用新鲜的注意力来观察一下:

　　　　如今我想甚至于要怪自己

　　　　为什么痴恋着她的美;虽然为她的死

　　　　一定要报复,作一番不平常的举动。

　　　　难道蚕耗费它金黄的劳动

　　　　为的是你?为的是你她才毁了自己?

　　　　是不是男子的尊严要出卖来保持女子的高贵

　　　　为的是可怜的一点儿好处,一刹那的迷乱?

　　　　为什么那边这家伙拦路打劫,

　　　　把他的生命放在法官的嘴里,

　　　　来美化这么一回事——打发人马

　　　　为她显一显他们的英勇?……①

　　这一段诗里(从上下文看来是很显然的)有正反两种感情的结合:一方面对于美,有一种非常强烈的吸引,另一方面对于丑,也有一种同样强烈的迷惑,后者对照前者并加以抵消。两种感情的平衡是在这段戏词所属的剧情上,但仅恃剧情,则不足使之平衡。这不妨说是结构的感情,由戏剧造成的。但是整个的效果,主要的音调,是由于许多浮泛的感觉,

---

① 见西里尔·特纳(Cyril Tourneur)的《复仇者的悲剧》,第3幕第5场,译文按行按句意译,不拘原诗格律。

对于这种感情有一种化合力,表面上虽无从明显,和它化合了就给了我们一种新的艺术感情。

诗人所以能引人注意,能令人感到兴趣,并不是为了他个人的感情,为了他生活中特殊事件所激发的感情。他特有的感情尽可以是单纯的,粗疏的,或是平板的。他诗里的感情却必须是一种极复杂的东西,但并不是像生活中感情离奇古怪的一种人所有的那种感情的复杂性。事实上,诗界中有一种炫奇立异的错误,想找新的人情来表现:这样在错误的地方找新奇,结果发现了古怪。诗人的职务不是寻求新的感情,只是运用寻常的感情来化炼成诗,来表现实际感情中根本就没有的感觉。诗人所从未经验过的感情与他所熟悉的同样可供他使用。因此我们得相信说诗等于"宁静中回忆出来的感情"是一个不精确的公式。因为诗不是感情,也不是回忆,也不是宁静(如不曲解字义)。诗是许多经验的集中,集中后所发生的新东西,而这些经验在讲实际、爱活动的一种人看来就不会是什么经验。这种集中的发生,既非出于自觉,亦非由于思考。这些经验不是"回忆出来的",他们最终不过是结合在某种境界中,这种境界虽是"宁静",但仅指诗人被动地伺候它们变化而已。自然,写诗不完全就是这么一回事。有许多地方是要自觉的,要思考的。实际上,下乘的诗人往往在应当自觉的地方不自觉,在不应当自觉的地方反而自觉。两重错误倾向于使他成为"个人的"。诗不是放纵感情,而逃避感情,不是表现个性,而是逃避个性。自然,只有有个性和感情的人才会知道要逃避这种东西是什么意义。

三

灵魂乃天赐,圣洁不动情。①

这篇论文打算就停止在玄学或神秘主义的边界上,仅限于得到一点实际的结论,有裨于一般对于诗有兴趣能感应的人。将兴趣由诗人身上转移到诗上是一件值得称赞的企图:因为这样一来,批评真正的诗,不论好坏,可以得到一个较为公正的评价。大多数人只在诗里鉴赏真挚的感情的表现,一部分人能鉴赏技巧的卓越。但很少有人知道什么时候有意义重大的感情的表现,这种感情的生命是在诗中,不是在诗人的历史中。艺术的感情是非个人的。诗人若不整个地把自己交付给他所从事的工作,就不能达到非个人的地步。他也不会知道应当做什么工作,除非他所生活于其中的不但是现在而且是过去的现刻,除非他所意识到的不是死的,而是早已活着的东西。

[原典英文节选] To proceed to a more intelligible exposition of the relation of the poet to the past: he can neither take the past as a lump, an indiscriminate bolus, nor can he form himself wholly on one or two private admirations, nor can he form himself wholly upon one preferred period. The first course is inadmissible, the second is an important experience of youth, and the third is a pleasant and highly desirable supplement. The poet must be very conscious of the main current, which does not at all flow invariably through the most distinguished reputations. He must be quite aware of the obvious fact that art never

---

① 亚里士多德:《灵魂篇》。

improves, but that the material of art is never quite the same. He must be aware that the mind of Europe—the mind of his own country—a mind which he learns in time to be much more important than his own private mind—is a mind which changes, and that this change is a development which abandons nothing enroute, which does not superannuate either Shakespeare, or Homer, or the rock drawing of the magdalenian draughtsmen. That this development, refinement perhaps, complication certainly, is not, from the point of view of the artist, any improvement. Perhaps not even an improvement from the point of view of the psychologist or not to the extent which we imagine; perhaps only in the end based upon a complication in economics and machinery. But the difference between the present and the past is that the conscious present is an awareness of the past in a way and to an extent which the past's awareness of itself cannot show.

Someone said: "The dead writers are remote from us because we know so much more than they did." Precisely, and they are that which we know.

I am alive to a usual objection to what is clearly part of my programme for the métier of poetry. The objection is that the doctrine requires a ridiculous amount of erudition (pedantry), a claim which can be rejected by appeal to the lives of poets in any pantheon. It will even be affirmed that much learning deadens or perverts poetic sensibility. While, however, we persist in believing that a poet ought to know as much as will not encroach upon his necessary receptivity and necessary laziness, it is not desirable to confine knowledge to whatever can be put into a useful shape for examinations, drawing-rooms, or the still more pretentious modes of publicity. Some can absorb knowledge, the more tardy must sweat for it. Shakespeare acquired more essential history from Plutarch than most men could from the whole British Museum. What is to be insisted upon is that the poet must develop or procure the consciousness of the past and that he should continue to develop this consciousness throughout his career.

What happens is a continual surrender of himself as he is at the moment to something which is more valuable. The progress of an artist is a continual self sacrifice, a continual extinction of personality.

There remains to define this process of depersonalization and its relation to the sense of tradition. It is in this depersonalization that art may be said to approach the condition of science. I therefore invite you to consider, as a suggestive analogy, the action which take place when a bit of finely filiated platinum is introduced into a chamber containing oxygen and sulphur dioxide.

延伸阅读

1. T. S. 艾略特:"玄学派诗人"(见《新批评文集》,赵毅衡编,天津百花文艺出版社,2001),艾略特对英国 16 世纪玄学派诗歌的分析,具体应用"非个性化"原则。艾略特此文帮助人们"发现"久被低估的玄学派,此后玄学派被批评家奉为英语诗歌史的顶峰。

2.《艾略特文学论文集》(李赋宁译,百花洲文艺出版社,1994)。这个集子几乎翻译了《圣林》的全部文章。其中请特别注意"哈姆雷特与他的问题"一文,在此文中艾略特大胆指责莎士比亚最著名的剧本《哈姆雷特》是失败之作,因为莎士比亚没有为哈姆雷特的感情找到表现形式上的"客观对应物",也就是说,哈姆雷特的感情没有足够的形式支撑。请读者在阅读时自己思考艾略特的这个说法有没有道理。

3. 兰色姆:《新批评》(江苏教育出版社,2006)。此书作于 1941 年,是新批评派的得名之作。其中却花了整整一章批评艾略特,而其中的第三节专门谈艾略特《传统与个人才能》一文,严厉地批评说此文是"一个批评家所能发表的最混乱的理论之一",因为此文没有严格地在形式和语言范围内讨论问题。从此书可以看到新批评派后起人物对其奠基者思想的发展。

索绪尔

　　符号学是 20 世纪形式论思潮之集大成者,从 60 年代之后,所有的形式论归结到符号学一个名称之下,叙述学和传播学可以被视为符号学的分科研究。

　　符号是用来表达意义的,不用符号表达不了任何意义,任何意义也必须用符号表达。符号学研究的对象是各种意义:意义的产生,传送,解释。符号学理论具有简约和通用的特点,它的任务是寻找文化中所有的意义活动的规律,而规律一旦能找出,就必须能适合所有各种意义活动。

　　因此,符号学成为所有人文社科学科的"公分母",有人把它比拟为"文科的数学",应当说是很有道理的。人类文化就是与社会相关意义活动的总集合,因此符号学的主要研究领域是文化,符号学几乎就等于文化符号学:语言学、文学、艺术学、心理学、教育学,都使用符号学,尤其当人类文化进入媒体时代,传媒、影视、广告、新闻,成为当代文化的主要组成部分,符号学成为通用于这些学科的原理与方法。

　　符号学作为学科是 20 世纪初出现的,但是人类一直关心意义问题,在哲学认识论、逻辑学、修辞学、风格学、阐释学等许多学科中,讨论的问题都与符号学相关,而中国先秦名学、文字学,佛教因明学与唯识宗,也做出了与符号有关的重要探索。

　　现代符号学的创始人是索绪尔与皮尔斯,他们在 20 世纪初年分别提出了自己的符号学基础系统,但是符号学本身一直处于学界边缘,要等到 60 年代,索绪尔的符号学才以结构主义的名义突然起飞,在那时符号学与结构主义几乎是一物二名。七八十年代结构主义被突破,成为后结构主义,其中符号学起了极大作用,此后皮尔斯理论代替了索绪尔模式,成为当代符号学的基础。

　　当代教育事业发达的国家中,符号学成为大学广泛开设的课程。当代符号学在两个方向发展迅猛,一是在与其他学派结合方面,出现了马克思主义符号学、心理分析符号学、符号现象学等新领域。二是门类应用:几乎所有的人文社会学科,都出现了应用符号学的热潮。这反过来迫使符号学理论研究新的问题。

　　费尔迪南·德·索绪尔(Ferdinand de Saussure,1857—1913)是一位瑞士语言学家,在日内瓦大学任教。他一生除了在他的"专业"梵语及印欧历史语言学领域内发表过几篇文章之外,几乎没有发表过任何理论文字。他于 1907—1911 年在日内瓦大学讲授《普通语言学》课程，这门课一共讲了三次，每次内容都有所不同，但是他生性沉默而孤独，述而不作，甚至从来没有写下讲稿，也可能没有把自己的思想太当一回事。他去世后，他的学生把听课笔记整理成《普通语言学教程》，于 1916 年初版，此书提出一系列突破性观念，对 20 世纪批评理论起了决定性的重大影响。

首先，索绪尔提出，语言学应当归属于一门范围更大的学科符号学（他用法语词称为 semiologie，注意与当今通用词 semiotics 不同）。语言是人类最大的符号体系，因此他认为语言学为整个符号学提供了基本模式。这个观念在符号学的发展过程中起了重大作用，但也导致很多局限，当代符号学已经越出了语言学模式。

索绪尔认为对语言（或其他任何符号系统），可以有两种不同的研究方向：一是历时的（diachronic），着重于发展；一是共时的（synchronic），展现为一个共存的结构。这个观点给学术界震动很大，因为在这之前的语言学一直是语言或语系历时演变的研究，从索绪尔开始，出现了共时结构研究的新方向，但共时观点最后也导致了结构主义对历史的忽视。

索绪尔提出，语言（或其他任何符号系统）有两个不同层次：一是"言语"（法语parole），二是"语言结构"（法语 langue），两者合起来才成为语言（法语 langage）。言语是每次使用语言的表现，是个人的表达；而"语言结构"是控制言语的解释规则语法等的集合，它是社会性的，是存在于我们每个人的头脑中的对语言这个系统的理解。正因为我们共有一个语言结构，我们才可能理解使用同一种语言的人。可以把言语看成表现方式，把"语言结构"看成深层结构，表现方式受深层结构的控制，这是索绪尔影响最大的观念，对 20 世纪所有的学术派别都产生了重大冲击。

索绪尔又提出，词语或任何符号，由可以感知的能指（signifier）与所指（signified）两个部分构成。两者不可分，好像"一个钱币的两面"。索绪尔又提出，这两者的结合是"任意的"（arbitrary，又译"武断的"），是约定俗成没有理由可言的。任意武断的符号要表达意义，就只有依靠它与系统整体中其他符号的区别，这样整个结构可以共同起到表意作用。因此，语言符号不是给已存在的概念命名，而是靠互相区分创造出概念范畴，符号单元只有依靠系统相应才能获得意义。这是索绪尔整个体系的核心观念，但当代符号学已经突破了系统观。

索绪尔提出的第四对两元对立，是组合（syntagmatic）与聚合（paradigmatic），任何意义表达行为，都必须在这个双轴关系上展开。双轴关系理论在符号学发展中却始终保持强大的生命力，俄国符号学家雅克布森在这个问题上的贡献尤为突出。

索绪尔本人从来不会想到他的思想会在半个世纪后引出轩然大波，影响整个世界。

原典选读

语言符号的性质（节选）

Nature of the Linguistic Signs　高名凯　译

> 本书选文是索绪尔《普通语言学教程》选段（高名凯译，岑麒祥、叶蜚声校注，商务印书馆，1980），对中国 80 年代语言学研究发展起了重大影响。以上说到的索绪尔学说的基本点，在本书所选的这个片断中均有提及。索绪尔的思想虽然已经被后人陆续超越或修正，但是这本《教程》还是现在符号学以及一般学术理论无法避开的出发点。任何学习者与研究者，不可能不了解索绪尔。

§1. 符号、所指、能指

在有些人看来，语言，归结到它的基本原则，不外是一种分类命名集，即一份跟同样多的事物相当的名词术语表。例如：

这种观念有好些方面要受到批评。它假定有现成的、先于词而存在的概念。它没有告诉我们名称按本质来说是声音的还是心理的，因为 arbor "树"可以从这一方面考虑，也可以从那一方面考虑。最后，它会使人想到名称和事物的联系是一种非常简单的作业，而事实上决不是这样。但是这种天真的看法却可以使我们接近真理，它向我们表明语言单位是一种由两项要素联合构成的双重的东西。

我们在前面谈论言语循环时已经看到，语言符号所包含的两项要素都是心理的，而且由联想的纽带连接在我们的脑子里。我们要强调这一点。语言符号连结的不是事物和名称，而是概念和音响形象。后者不是物质的声音，纯粹物理的东西，而是这声音的心理印迹，我们的感觉给我们证明的声音表象。它是属于感觉的，我们有时把它叫做"物质的"，那只是在这个意义上说的，而且是跟联想的另一个要素，一般更抽象的概念相对立而言的。

我们试观察一下自己的言语活动，就可以清楚地看到音响形象的心理性质：我们不动咀唇，也不动舌头，就能自言自语，或在心时默念一首诗。那是因为语言中的词对我们来说都是一些音响形象，我们必须避免说到构成词的"音位"。"音位"这个术语含有声音动作的观念，只适用于口说的词，适用于内部形象在话语中的实现。我们说到一个词的声音和音节的时侯，只要记住那是指的音响形象，就可以避免这种误会。

因此语言符号是一种两面的心理实体，我们可以用图表示如下：

这两个要素是紧密相连而且彼此呼应的。很明显,我们无论是要找出拉丁语 arbor 这个词的意义,还是拉丁语用来表示"树"这个概念的词,都会觉得只有那语言所认定的联接才是符合实际的,并把我们所能想象的其他任何联接都抛在一边。

这个定义提出了一个有关术语的重要问题。我们把概念和音响形象的结合叫做符号,但是在日常使用上,这个术语一般只指音响形象,例如指词(arbor 等等)。人们容易忘记,arbor 之所以被称为符号,只是因为它带有"树"的概念,结果让感觉部分的观念包含了整体观念。如果我们用一些彼此呼应同时又互相对立的名称来表示这三个概念,那么歧义就可以消除。我们建议保留用符号这个词表示整体,用所指和能指分别代替概念和音响形象。后两个术语的好处是既能表明它们彼此间的对立,又能表明它们和它们所从属的整体间的对立。至于符号,如果我们认为可以满意,那是因为我们不知道该用什么去代替,日常用语没有提出任何别的术语。

这样确定的语言符号有两个头等重要的特征。我们在陈述这些特征的时候同时提出整个这类研究的基本原则。

§2. 第一个原则:符号的任意性

能指和所指的联系是任意的,或者,因为我们所说的符号是指能指和所指相联结所产生的整体,我们可以更简单地说:语言符号是任意的。

例如"姊妹"的观念在法语里同用来做它的能指的(soeur)这串声音没有任何内在的关系;它也可以用任何别的声音来表示。语言间的差别和不同语言的存在就是证明:"牛"这个所指的能指在国界的一边是(boeuf),另一边却是 o-k-s(Ochs)。

符号的任意原则没有人反对。但是发现真理往往比为这真理派定一个适当的地位来得容易。上面所说的这个原则支配着整个语言的语言学,它的后果是不胜枚举的。诚然,这些后果不是一下子就能看得同样清楚的;人们经过许多周折才发现它们,同时也发现了这个原则是头等重要的。顺便指出:等到符号学将来建立起来的时候,它将会提出这样一个问题:那些以完全自然的符号为基础的表达方式——例如哑剧——是否属于它管辖范围。假定它接纳这些自然的符号,它的主要对象仍然是以符号任意性为基础的全体系统。事实上,一个社会所接受的任何表达手段,原则上都是以集体习惯,或者同样可以说,以约定俗成为基础的。例如那些往往带有某种自然表情的礼节符号(试想一想汉人从前用三跪九叩拜见他们的皇帝)也仍然是依照一种规矩给定下来的。强制使用礼节符号的正是这种规矩,而不是符号的内在价值。所以我们可以说,完全任意的符号比其他符号更能实现符号方式的理想;这就是为什么语言这种最复杂、最广泛的表达系统,同时也是最富有特点的表达系统。正是在这个意义上,语言学可以成为整个符号学中的典范,尽管语言也不过是一种特殊的系统。

曾有人用象征一词来指语言符号,或者更确切地说,来指我们叫做能指的东西。我们不便接受这个词,恰恰就是由于我们的第一个原则。象征的特点是:它永远不是完全任意的;它不是空洞的;它在能指和所指之间有一点自然联系的根基。象征法律的天平就不能随便用什么东西,例如一辆车,来代替。

任意性这个词还要加上一个注解。它不应该使人想起能指完全取决于说话者的自由选择(我们在下面将可以看到,一个符号在语言集体中确立后,个人是不能对它有任何改变的)。我们的意思是说,它是不可论证的,即对现实中跟它没有任何自然联系的所指来说是任意的。最后,我们想指出,对这第一个原则的建立可有两种反对意见:

(1)人们可能以拟声词为依据认为能指的选择并不都是任意的。但拟声词从来不是语言系统的有机成分,而且它们的数量比人们所设想的少得多。有些词,例如法语的 fouet "鞭子"或 glas "丧钟"可能以一种富有暗示的音响刺激某些人的耳朵;但是如果我们追溯到它们的拉丁语形式(fouet 来自 fāgus "山毛榉",glas 来自 classicum "一种喇叭的声音"),就足以看出它们原来并没有这种特征。它们当前的声音性质,或者无宁说,人们赋予它们的性质,其实是语音演变的一种偶然的结果。

至于真正的拟声词(像 glou—glou "火鸡的叫声或液体由瓶口流出的声音",tic—tac "嘀嗒"等),不仅为数甚少,而且它们的选择在某种程度上已经就是任意的,因为它们只是某些声音的近似的、而且有一半已经是约定俗成的模仿(试比较法语的 ouaoua 和德语的 wauwau "汪汪"(狗犬声)。此外,它们一旦被引进语言,就或多或少要卷入其他的词所经受的语音演变,形态演变等的漩涡(试比较 pigeon "鸽子",来自民间拉丁语的 pipiō,后者是由一个拟声词派生的):这显然可以证明,它们已经丧失了它们原有的某些特性,披上了一般语言符号的不可论证的特征。

(2)感叹词很接近于拟声词,也会引起同样的反对意见,但是对于我们的论断并不更为危险。有人想把感叹词看作据说是出乎自然的对现实的自发表达。但是对其中的大多数来说,我们可以否认在所指和能指之间有必然的联系。在这一方面,我们试把两种语言比较一下,就足以看到这些表达是多么彼此不同(例如德语的 au! "唉!"和法语的相当)。此外,我们知道,有许多感叹词起初都是一些有确定意义的词(试比较法语的 diable! (鬼 =)"见鬼!"mordieu! "天哪"! = mort Dieu "上帝的死",等等)。总而言之,拟声词和感叹词都是次要的,认为它们源出于象征,有一部分是可以争论的。

§3. 第二个原则:能指的线条特征

能指属听觉性质,只在时间上展开,而且具有借自时间的特征:(a)它体现一个长度,(b)这长度只能在一个向度上测定:它是一条线。

这个原则是显而易见的,但似乎常为人所忽略,无疑是因为大家觉得太简单了。然而这是一个基本原则,它的后果是数之不尽的;它的重要性与第一条规律不相上下。语言的整个机构都取决于它。它跟视觉的能指(航海信号等)相反:视觉的能指可以在几个向度上同时并发,而听觉的能指却只有时间上的一条线;它的要素相继出现,构成一个链条。我们只要用文字把它们表示出来,用书写符号的空间线条代替时间上的前后相继,这个特征就马上可以看到。

在某些情况下,这表现得不很清楚。例如我用重音发出一个音节,那似乎是把不止一个有意义的要素结集在同一点上。但这只是一种错觉。音节和它的重音只构成一个发音行为,在这行为内部并没有什么二重性,而只有和相邻要素的各种对立。

［原典英文节选］　The bond between the signifier and the signified is arbitrary. Since I mean by sign the whole that results from the associating of the signifier with the signified, I can simply say; *the linguistic sign is arbitrary.*

The idea of "sister" is not linked by any inner relationship to the succession of sounds *s-ö-r* which serves as its signifier in French; that it could be represented equally by just any other sequence is proved by differences among languages and by the very existence of different languages: the signified "ox" has as its signifier *b-ö-f* on one side of the border and *o-k-s* (*Ochs*) on the other.

No one disputes the principle of the arbitrary nature of the sign, but it is often easier to discover a truth than to assign to it its proper place. Principle I dominates all the linguistics of language; its consequences are numberless. It is true that not all of them are equally obvious at first glance; only after many detours does one discover them, and with them the primordial importance of the principle.

One remark in passing: when semiology becomes organized as a science, the question will arise whether or not it properly includes modes of expression based on completely natural signs, such as pantomime. Supposing that the new science welcomes them, its main concern will still be the whole group of systems grounded on the arbitrariness of the sign. In fact, every means of expression used in society is based, in principle, on collective behavior or—what amounts to the same thing—on convention. Polite formulas, for instance, though often imbued with a certain natural expressiveness (as in the case of a Chinese who greets his emperor by bowing down to the ground nine times), are nonetheless fixed by rule; it is this rule and not the intrinsic value of the gestures that obliges one to use them. Signs that are wholly arbitrary realize better than the others the ideal of the semiological process; that is why language, the most complex and universal of all systems of expression, is also the most characteristic; in this sense linguistics can become the master-pattern for all branches of semiology although language is only one particular semiological system.

The word *symbol* has been used to designate the linguistic sign, or more specifically, what is here called the signifier. Principle I in particular weighs against the use of this term. One characteristic of the symbol is that it is never wholly arbitrary; it is not empty, for there is the rudiment of a natural bond between the signifier and the signified. The symbol of justice, a pair of scales, could not be replaced by just any other symbol, such as a chariot.

The word *arbitrary* also calls for comment. The term should not imply that the choice of the signifier is left entirely to the speaker (we shall see below that the imdividual does not have the power to change a sign in any way once it has become established in the linguistic community); I mean that it is unmotivated, i. e. arbitrary in that it actually has no natural connection with the signified.

延伸阅读

1. 索绪尔的另一位学生根据他的第三次讲课(1910—1911)的笔记为依据,于1967 年出版了《教程》的另一种版本。我国也出版了《教程》的几种译本:《普通语言学教程》,张绍杰译注(湖南教育出版社,2001);屠友祥译《索绪尔第三次普通语言学教程》(世纪出版集团,2005)等。这几个版本在内容与表述方式上有一些不同。

2.卡勒所著的《索绪尔》,张景智译,刘润清校(中国社会科学出版社,1989)。索绪尔思想的巨大影响,只有"时过境迁"才能看得清。美国著名符号学家卡勒(Jonathan Culler)的这本总结性著作,异常清晰,值得一读。

3.赵毅衡编《符号学文学论文集》(百花文艺出版社,2004)。索绪尔的符号学思想,被20世纪许多学派发展开去,其中在文学理论上最有成就的是20世纪30年代的布拉格学派,60年代的结构主义,80年代后的后结构主义,以及俄国的塔尔图学派。许多大师级人物作了新的开拓。这本文集介绍了索绪尔后继者们的重要贡献。

皮尔斯

　　符号学的两个创始人互相不知道对方的研究,皮尔斯的符号学发表比索绪尔早,但是索绪尔的理论首先发挥影响。在当代,皮尔斯的理论在索绪尔之后打开了符号学的新天地,就这个意义上说,把皮尔斯放在索绪尔之后读比较合适。

　　查尔斯·S.皮尔斯(Charles S. Peirce, 1839—1914)(按:英文原文读音应当译成佩尔斯,但是"皮尔斯"已成中文定译),符号学的创始人之一,被称为美国历史上最博学的学者,是一位怪才:他是数学家、数理逻辑学家、统计学家、地理学家等等。作为哲学家,他是实用主义的创始人;作为逻辑学家,他第一个把逻辑学发展成比较完备的符号学体系。今天他在思想史上的地位,主要来自他对哲学和符号学的贡献。

　　皮尔斯的父亲是哈佛大学天文学和数学教授,他自己在哈佛读了各种科目,取得化学硕士学位。他一生苦于面部神经痛这种罕有疾病,孤独而高傲,为谋生曾在地理测量部门作科学工作。除了曾经在 Johns Hopkins 大学短期担任过讲师(学生中有著名哲学家杜威),他申请大学教职均被拒,一生长期在宾夕法尼亚州一个农场上过着离群索居的生活。除了在刊物上的某些单篇文章,他的著作大部分生前没有发表。

　　皮尔斯去世后十年,他的个别文章第一次合成一本薄薄的小书出版。哈佛大学设法收集了他的全部遗稿,据说有 1700 篇文章,十万页之多。1931 年开始出版《皮尔斯文集》,到 1958 年出版 8 卷。此后依然有大量手稿被发现,他与英国女哲学家威尔比(Victoria Welby)关于符号学的大量通信,到 1977 年才出版。皮尔斯的特点是思想非常缜密周到,但是因为不考虑出版,写作颇为散乱。例如本书所收的关于符号学基本原理的短文,竟然是《皮尔斯哲学著作》一书的编者从六种手稿中摘出来的。如此按课题摘录合篇,不免有歪曲原意的可能,因此 1981 年起哈佛大学开始出版严格按年代排列的皮尔斯全集,至今尚未出全。

　　因此,研究皮尔斯是有难度的,至今读皮尔斯研究的人,超过读皮尔斯原作的人。但是我们还是应当读读皮尔斯本人的说法。为了帮助各位同学,我们在这里稍微做一点解释。

　　皮尔斯理论的特点,是三分式(而索绪尔热衷于两分式),这与他的逻辑观念有关系。皮尔斯认为所有的思想范畴(categories)都出现第一性(firstness)、第二性

(secondness)和第三性(thirdness)。符号的最基本构造就是三性:符号被感知的部分称作"表现体"(representatum),因为能感觉到的符号就是"再现体",因此我们经常把再现体直接称为符号。符号指向的是"对象"(object,旧译"客体"),而其意义为"解释项"(interpretant)。这样就把索绪尔的符号基本构造"所指"变成具体所指的对象,与解释所得的意义。这是个非常关键的理解,当代符号学最难处理的问题就是"所指",一旦按照皮尔斯的观点拆开,问题就清晰了。皮尔斯认为解释项可以成为新的符号,因此符号可以无限衍义(unlimited semiosis),这个观念保证了皮尔斯模式的开放性。

第二种三分法,是根据符号与"对象"的关系进行分类:像似符号(icon),与对象在某个方面相似,最典型的是图像;指示符号(index),"通过某个对象的影响而只是那个对象",最明显的是箭头标记;规约符号(symbol,注意这个词西语中极端多义),与对象则是约定俗成的关系。索绪尔认为能指与所指之间的关系是"任意武断"的,也就是"无根据"(unmotivated),而皮尔斯则认为至少有两种符号是有根据的。这样,符号表意就摆脱了任意性,同时也就摆脱了任意性所要求的系统结构,使符号学走向开放。皮尔斯的这个三分法意义深远,成为当今文化"图像时代"的基本研究工具。

应当说,皮尔斯的研究法有其缺点:其论点有些散乱繁琐,而且他过分热衷于分类,不如索绪尔那么体系清晰。但是皮尔斯"三分"模式挣脱系统的封闭性,通向开放,因此成为当今符号学发展最重要的基础。

原典选读

像似、指示、规约(节选)

Icon，*Index*，*and Symbol*　　涂纪亮、周兆平,译

皮尔斯的理论散见于各种写作,各种皮尔斯文选不得不从各种途径把有关论点集合起来。本篇选自社会科学文献出版社 2006 年出版的《皮尔斯文选》第四部分,本教科书作了删节。符号学术语的中文翻译相当混乱,选文所有的术语都按照本教科书所附的"中西文学理论术语"统一。

1. 概要

符号或者是像似符,或者是指示符,或者是规约符。像似符是这样一种符号,它具有一种赋予意义的特性,即使对象不存在。比如铅笔画出的线条代表几何学上的线条。指示符是这样一种符号。如果其对象被移走,符号会一下子失去使它成为符号的那种特性,但如果没有解释项,它却不会失去那种特性。比如,这里有一个带有弹孔的模子,它是射击过的符号,如果没有遭到过射击,就不会有弹孔。现在这里有弹孔,不论人们感觉到它受过射击与否。规约符是一种符号,如果没有解释项,规约符会失去那种使它成为符号的特性。任何一种语言的表达,只有借助于被理解为具有的那种意义时才能表示它做了

什么。

2. 像似符

……尽管表象在事实上决定一个解释项之前不会在实际上起表象作用,不过,只要它能完全做到这一点,那它就成为表象。表象的质并非必然地依赖于它实际上决定解释项,也不依赖于事实上它有一个对象。

像似符是这样一种表象,它的质是它作为第一项的第一性(firstness)。即是说,它作为物所具有的那种质使它适合于成为表象,因而任何东西都适于成为与它相似的东西的替代物(替代物的概念包含目的概念,因而是真正的第三性[thirdness])。我们将会看到是否存在其他种类的替代物。就其单独的第一性而论,表象只能有一个相似的对象。从对比的观点看,符号只有借两种质之间的对比或第二性,才能指称它的对象。就其第一性而论,符号就是它的对象的形象,更严格地讲,只能是一个观念。它必须产生解释项的观念。一个外部的对象只能借助脑的作用才能激起观念。严格地说,甚至一个观念,除了在可能性的意义上或第一性的意义上,不可能成为一个像似符。只有借助可能性的质,才能单独地成为一个像似符,它的对象只能是第一性的。但符号也许是像似符的,即主要是借助其相似性而代表它的对象,而不管其存在方式是什么。如果需要一个实存的东西,那么,像似符的表象就被称为亚像似符(hypoicon)。作为一张画的任何物质形象在其表象的模式中主要是约定的。就其自身而言,因为不存在图例或称号,所以可称之为亚像似符。

根据亚像似符参与第一性的方式,可以粗略地对亚像似符进行划分。那些参与单一质的东西或第一项的第一性的亚像似符是形象;那些通过自己的各个部分之间的类似关系,来代表一个事物的各部分之间的关系(主要是二元关系,或者被看成这样的关系)的亚像似符是图解(diagram);通过代表其他事物中的并行关系来代表表象特征的那些亚像似符是隐喻(metaphor)。

直接传达观念的唯一方式是借助像似符,传者观念的每一间接方法为了它自身的成立有赖于这个像似符的应用。因而每个断定必然包含一个像似符或一组像似符,或者必然包含其意义只能借像似符说明的符号。被包含在一个断定中的一组像似符或这一组像似符的同等物所表示的那个观念,被称为那个断定的谓语。

现在我们转向修辞的证据。有一个熟悉的事实是存在着作为像似符的表象。每一张画(不论其方法是怎么约定的)在本质上都是种类的表象。每个图解也是如此,即使它与它的对象之间不存在可以感受到的类似,但在每个图解的组成部分的关系之间也有一种类似。特别要注意的是那样一些像似符,在那里,约定的规则支持了相似性的那些像似符。例如,一个代式是一个像似符,它由规约符的分配规则、联想规则和接换规则所提供。乍看起来,把代数表达称为像似符,这似乎是随意的分类;也许把它看成一个混合的约定符号更合适些。但事实上并非如此。因为那个像似符的最显著的性质是对它的直接观察,发现关于它的对象的另一些真理,除了那些决定其结构的真理之外,通过这两张照片就可以画出一个草图等。如果一个对象的约定或其一般符号,要演绎出一个与它明确指示符的真理不同的真理,那么在一般情况下,就必须用那个像似符置换那个符号。这种揭示非预期真理的能力恰恰是代数公式的效用之处,所以像似符的性质是一个占优势的性质。

代数类的像似符虽然常常极其简单,存在于一切普通的语法命题中,但它们是哲学真理之一,这是布尔逻辑的发现。在一切原始的文献中,比如古埃及的象形文字中,也有非逻辑类的,即表意的像似符。在语言的早期形式中,也许存在大量的模仿成分。但在一切已知的语言中,这些表象一直被约定的听觉符号所代替,它们只能用像似符来解释。不过,在每一种语言的句法中都存在着这种逻辑的像似符,它们受到约定规则的支持。

照片,特别是瞬间的照片是极具教育意义的,因为我们知道它们在某些方面极像它们代表的对象。但是,这种相似是由于照片的产生条件所致,即它们被迫与自然的每个点相对应。在这种情况下,它们属于符号的第二类,即借自然联系的那一类。如果我推测斑马可能是一种倔强的、不同于别的动物的动物,那么情况就不同了,因为斑马似乎与驴子很相像;而驴子是任性的和固执的动物。在这里,驴子充当了与斑马大致相似的东西。诚然,我们可以设想这种相似有遗传的自然原因,不过这种遗传的类似只能是一个推论,它来自这两种动物的相似,我们并不直接认识这两种动物繁殖的条件,像在照片的事例中那样。运用这种相似性的另一个例子是艺术家设计一个雕像。绘画构思、构造设计、建筑的立视图、装饰活动,借助对这些活动的思考,他就可以弄清他所创造的那个作品是否是美的、令人满意的。对这样的问题几乎可以肯定回答,因为它与艺术家本人如何受到影响有关。数学的推理则主要依赖于相似性的运用,相似性是其科学大门的链条。相似性对数学家的效用在于,数学家可以用一个非常严格的方式提出假设事态的一些新方面。

也许有人要问,所有像似符是相似的呢还是不相似的? 例如,一个醉鬼通过对比表明戒酒的美德,这当然是一个像似符,但它是否相像是令人怀疑的。这个问题有点繁锁。

3. 指示符

指示符是一种这样的符号或表象,它指示它的对象主要不是因为与对象相似或类似,也不是因为它与那个对象偶尔拥有的一般特性相联系,而是因为它在物力论方面(包括空间方面)与个别的对象相联系,这是一个方面;另一方面,它和它作为符号为之服务的那个人的感觉、记忆有联系……。正如我们通常所做的那样,指示词和人称代词是"真正的指示符",而关联代词是"退化的指示符";因为虽然它们可能是间接地、偶然地指示存在的事物,但它们是直接地指示被先前的词创造出来的那个心中的形象。

借助三个有特色的记号,指示符可以和别的符号或再现体分开:第一,它们与其对象没有明显的相似性;第二,它们指示个别物、单元或单元的单个集合,或单个的连续统;第三,通过盲目的强制,它们注意自己的对象。但是,要举出一个绝对纯粹指示符的事例是非常困难的,如果不是不可能的话。要找到任何一个绝对没有指示符性质的符号也是极其困难的。从心理学上看,指示符的作用依赖于空间和时间上接近的联想,而不依赖于相似的联想或者智力活动。

指示符(index 或 serne)是这样一种表象,它的表象特征在于它是个别的第二者。如果第二性是一种实在的关系,那么指示符就是真实的。如果第二性是词与其所指对象之间的相互关系,那么这个指示符就是退化的。真实的指示符和它的对象必定是实存的个别物(不管是事还是物),它直接的解释项必然有同要的特征。但是,因为第一个别物均有许多特征,所以真正的指示符也许包含了第一性,作为它的组成部分的像似符也是如此。任何个别的东西都是它自己特征退化的指示符。

亚指示符(subindices 或 hyposemes)主要是借助与其对象的实在联系而成为这样的一种符号。例如,一个专名、人称指示词或关系代词,或附加于图解之上的字母,都是由于与其对象的现实联系而指示它所指示的事物,但它们均不是指示符,因为它们不是个别物。

让我们考察一下指示符的某些例子。我看见一个用摇摆步态走路的人,这表明他是一个水手的大致指示符。我看见一个弓形腿的人,他穿着灯芯绒裤子、绑腿和夹克上衣。这表明那个人是一个职业赛马骑师或这一类的什么人的大致指示符。一个通过太阳来辨别时间的日规或钟表指示着一天的时间。几何学家在他们的图解的不同部分上标上字母,然后用这些字母指示那些部分。律师和另一些人也这样使用字母。例如,我们可以说,如果 A 和 B 结了婚,C 是他们的孩子,D 是 A 的兄弟,那么 D 就是 C 的叔叔。在这里,A、B、C 和 D 实现了关系代词的职能,不过,这更为方便,因为它们不要求词的特别搭配。叩门是一个指示符,被人们注意的任何东西都是指示符。就它指示两种经验之间的连接而言,使我们吃惊的任何东西都是指示符。一个惊人的突发意外事件指示发生了值得注意的事情,虽然我们还不确切知道已发生的那件事是什么,但可以希望它自身与另外的经验有关系。

由于空气潮湿而使气压表度数降低,这是将要下雨的指示符。这就是说,我们假定了自然力由于潮湿而使气压表度数降低和将下雨这两者之间建立了或然的联系。风信标是风向的指示符。因为,首先,它自身的方向与风的方向相同,这就证明它的方向与风之间有一种真实的联系。其次,我们的身体构成使我们看到风向标指着某个方向时,就注意那个方向。当我们看见风向标随风转动时,精神的法则迫使我们思考方向一定与风有关系。北极星是一个指示符。一个正在指方向的手指告诉我们哪里是北方。气流水准仪或铅垂是垂直方向的指标符。乍看起来,码尺似乎是码的像似符,也许是吧,如果它仅仅是标明一码长的距离的话。但码尺的真正目的是表明一码比表面看起来的长度要短些的距离,这可以与放在伦敦的那个由精确机械制成的尺子相对比。所以,这是一种真实的联系,它赋予码尺以价值而成为表象。它是一个指示符,而不仅仅是像似符。

当一个马车夫为了引起一个步行者的注意,他想让步行者搭车,于是喊道:"喂",这是一个有意义的词,它不仅是一个指示符,正如下面将看到的那样。就它作用于听者的神经系统和唤起他让道而言,它是一个指示符,因为这意味着使他与其对象建立真实联系,这个对象就是马正在向他走来这种形势。设想两个人在乡下的路上相遇,其中一个对另一个说,"那房子的烟囱着火了"。那个人看了看,找到了一座有绿色百叶窗和阳台的有烟囱的房子。他走了几英里,遇到第二个旅行者。他像傻瓜一样说,"那间房子的烟囱着火了"。"哪座房子?"另一个人问道。"就是那座有绿色百叶窗和阳台的房子",傻瓜回答说。"那房子在哪儿?"那个陌生人问道。他试图找到某个指示符,把自己的理解与那所房子联系起来。词(本身)不能做到这一点。指示代词"这"和"那"是指示符。因为它们提醒听者运用自己的观察能力,于是在他的精神与其对象之间就建立起联系。如果指示代词做到这一点——否则,其意思就不能被理解——那么它就建立了这种联系,因而是一个指示符。关系代词"谁"、"哪一个"要求以相同的方式进行观察。只有与它们一起,观察才不得不指向先前已提出过的词。律师使用 A、B、C,从实践上看,它们是非常有效的关系代词。

4. 规约符

规约符是这样一种再现体,它代表的特性恰恰在于它是对它的解释项做出决定的规则。所有的词、句子、书本和别的一些约定符号,都是规约符。我们写出和念出"人"这个词,但这仅仅是这个被说出或写出的词的复制品或体现。这个字本身并不存在,尽管它有一种真实的存在,即它存在于存在物与它的一致这个事实之中。它是三种声音的一般连续方式,或者是这些声音的表象,它只是在一种习惯或习得的法则使它的复制品被解释为意指一个人或一些人时,才成为一个符号。这个词与它的意义均为一般规则,但是,在这两者中只有这个词规定了其复制品自身的质。否则,这个词和它的"意义"就没有区别了,除非某些特别的感觉被附加于"意义"之上。

规约符是无限未来的法则或规律法。它的解释项必是同一个描述,完全直接的对象或意义也必定如此。法则必然支配或体现个别物,并规定它们的某些性质。结果是,规约符的一个构成成分也许是指示符,也许是像似符。一个带着孩子的行人把他的手指向天空说:"那儿有一个气球"。指向天空的手就是这个规约符的最本质部分,没有它,规约符就无法传递信息。如果孩子问道:"什么是气球?"那个人回答说,"它像一个很大的肥皂泡"。他使这个形象成为那个规约符的一部分。因而当规约符的完整对象,即它的意义具有法则的本质时,就必然指称个别物,必然表示一种性质。真的规约符是具有一般意义的规约符。存在两类退化的规约符,即单个的规约符,它的对象是存在的个体,它只表示这些特征是个体可能实现的东西;抽象的规约符的唯一对象是一种特质。

虽然指示符的直接解释者必须是指示符,但是,由于其对象也许是个别规约符的对象,所以,那个指示符可能把一个规约符作为它的间接的解释项。甚至一个真正的规约符也可能是它的一个不完美的解释项。所以,一个像似符也许有一个退化的指示符,或一个抽象的规约符,作为它的间接的解释项,把一个真正的指示符或规约符作为一个不完美的解释项。

规约符是一样的符号,它自然地适合于宣布,不论一套什么样的指示符所指称的对象,以什么方式附着于它们,都被与它联系在一起的像似符表达。为了说明这个复杂的定义意味着什么,让我们拿"爱"(love)这个字作为规约符的例子来说明吧。与这个字有关的是这样的观念,即一个正在爱另一个人的人的精神像似符。现在我们来理解爱存在于一个句子中的情况。如果它意味某种事物,它自身可能意味着什么,就不是问题了。现在让我们来看这个句子:"埃泽克尔爱哈尔达",这两个人必然是指示符,或必然包含指示符。因为如果没有指示符,就不可能指明一个人说的是什么事。任何单纯的描述都会使它成为不肯定的东西,不管它们在情歌中是否有那些特性。不过,无论它们是还是否,指示符均能指明它们。"爱"这个字的效果是被这一对指示符(埃泽克尔爱哈尔达)所指示的这一对对象在我们心中那个施爱者和被爱者的像似符或形象来代表的。

[原典英文节选] Let us examine some examples of indices. I see a man with a rolling gait. This is a probable indication that he is a sailor. I see a bowlegged man in corduroys, gaiters, and a jacket. These are probable indications that he is a jockey or something of the sort. A sundial or a clock *indicates* the time of day. Geometricians mark letters against the different parts of their diagrams and then use these letters to indicate those parts. Letters are similarly used by lawyers and others. Thus, we may say: If A and B are married to one another and C is their child while D is brother of A, then D is uncle of C. Here A, B, C, and D fulfill the office of relative pronouns, but are more convenient since they require no special collocation of words. A rap on the door is an index. Anything which focuses the attention is an index. Anything which startles us is an index, in so far as it marks the junction between two portions of experience. Thus a tremendous thunderbolt indicates that *something* considerable happened, though we may not know precisely what the event was. But it may be expected to connect itself with some other experience.

…A low barometer with a moist air is an index of rain; that is we suppose that the forces of nature establish a probable connection between the low barometer with moist air and coming rain. A weathercock is an index of the direction of the wind; because in the first place it really takes the self-same direction as the wind, so that there is a real connection between them, and in the second place we are so constituted that when we see a weathercock pointing in a certain direction it draws our attention to that direction, and when we see the weathercock veering with the wind, we are forced by the law of mind to think that direction is connected with the wind. The pole star is an index, or pointing finger, to show us which way is north. A spirit-level, or a plumb bob, is an index of the vertical direction. A yard-stick might seem, at first sight, to be an icon of a yard; and so it would be, if it were merely intended to show a yard as near as it can be seen and estimated to be a yard. But the very purpose of a yard-stick is to show a yard nearer than it can be estimated by its appearance. This it does in consequence of an accurate mechanical comparison made with the bar in London called the yard. Thus it is a real connection which gives the yardstick its value as a representamen; and thus it is an *index*, not a mere *icon*.

When a driver to attract the attention of a foot passenger and cause him to save himself, calls out "Hi!" so far as this is a significant word, it is, as will be seen below, something more than an index; but so far as it is simply intended to act upon the hearer's nervous system and to rouse him to get out of the way, it is an index, because it is meant to put him in real connection with the object, which is his situation relative to the approaching horse. Suppose two men meet upon a country road and one of them says to the other, "The chimney of that house is on fire." The other looks about him and descries a house with green blinds and a verandah having a smoking chimney. He walks on a few miles and meets a second traveller. Like a Simple Simon he says, "The chimney of that house is on fire." "What house?" asks the other. "Oh, a house with green blinds and a verandah," replies the simpleton. "Where is the house?" asks the stranger. He desires some *index* which shall connect his apprehension with the house meant. Words alone cannot do this. The demonstrative pronouns, "this" and "that", are indices. For they call upon the hearer to use his powers of observation, and so establish a real connection between his mind and the object; and if the demonstrative pronoun does that— without which its meaning is not understood—it goes to establish such a connection; and so is an index. The relative pronouns, *who* and *which*, demand observational activity in much the same way, only with them the observation has to be directed to the words that have gone before.

延伸阅读

1.《皮尔斯文选》涂纪亮编,涂纪亮、周兆平译(社会科学文献出版社,2005)。本书是皮尔斯哲学论文选粹,集中于实用主义。

2. 科尼利斯·瓦尔《皮尔士》(中华书局,2003),这本小册子深入浅出地介绍了皮尔斯的重要思想。"皮尔士"是皮尔斯名字的另一种中译法。

雅柯布森

罗曼·雅柯布森(Roman Jakobson,1896—1982)是现代形式论发展历史上一个纽带式的人物。他在战火纷飞的年代穿越欧美许多国家,与各种学者交往,使符号学思想延伸到学界各个领域。他自己的专业是东欧斯拉夫语言与文学,却对理论问题极端敏感,在半个世纪中对符号学理论的发展做出了一系列关键性贡献。

雅柯布森 1915 年在莫斯科大学就读时,创建了俄国形式主义两大团体之一的"莫斯科语言小组"(Moscow Linguistic Circle),并且积极参加莫斯科先锋诗人集团的活动。

1920 年雅柯布森作为苏联外交使团的成员任职于捷克,却对布拉格当时活跃的文化生活极感兴趣,1925 年留在捷克任大学教师,与当地的俄国和捷克学者特鲁别茨柯伊(Nikolai Trubetskoi)、穆卡洛夫斯基(Jan Mukarovsky)、韦勒克(Rene Wellek)等人组成"布拉格学派"(The Prague School),这个学派活跃了十多年,是第一个熟悉并且积极发展索绪尔理论的语言学—文学理论派别。雅柯布森与特鲁别茨柯伊等人合作,他们提出的"音位学"(phonology),是索绪尔理论的第一个切实有效的应用,为语言学做出了革命性的突破。

二次大战前纳粹入侵捷克,雅柯布森是犹太人,只能逃难,他大胆地借道柏林逃亡丹麦,在那里与"哥本哈根"学派的领袖如叶尔姆斯列夫(Louis Hjelmslev)等合作推进符号语言学;纳粹攻入丹麦,他又逃亡挪威;德军入侵挪威后,挪威反法西斯地下组织把雅柯布森藏在棺材里偷运到瑞典,从瑞典他与著名新康德主义符号学家卡西尔(Ernst Cassirer)一起搭船航过大西洋到达纽约。

在纽约,他鉴于纳粹德国煽动的极端民族主义之祸害,发明并积极推广"国际语"(interlingua)。他与一批法国学者建立了一所流亡的法国"学术自由大学",此时他向新结识的朋友列维-斯特劳斯介绍索绪尔理论,使这位人类学家豁然明悟应当如何融会贯通他在南美亚马逊长期做田野调查所得,由此列维-斯特劳斯开创了索绪尔理论第一个越出语言学边界的应用,即结构人类学,符号学从此变成了一个文科的总方法论。

1943 年雅柯布森到哥伦比亚大学任教,1949 年转往哈佛大学,60 年代到麻省理工大学(MIT)任教,此时他已经成为北美语言学界的主要学者。雅柯布森的智慧洞见,使他能用看来似乎轻易写成的短文打开符号学的全新领域。他的"共项"(universals)理论就是一例,他认为凡是语言,不管是什么语言,都不可能没有某些最基本的特点。其中之一"标出性"(markedness)理论,是他在与特鲁别茨柯伊的通信中提出的:在任何两项对立中,必定有一项"非标出",从而显得更加"自然"(more natural)。此后语言学界关于这问题讨论近八十年,应用的领域越来越大。

1958 年在美国印第安纳大学的一次语言学会议,他与另外几位语言学权威被邀请做最后发言,他提出了著名的总结发言"语言学与诗学"(Linguistics and Poetics),提出了符号信息的"六相位"论,用他早年发展出来的"主导论"(The Dominant),指出符号的复杂构成,可以使文本倾向各种不同的功能,这些功能决定了语用的方向。尤其是其中关于"诗性"的讨论,成为文艺学的重要课题。

原典选读

隐喻和转喻的两极(节选)

The Metaphoric and Metonymic Poles　周宪,译

本书所选短文是另一个"雅柯布森思维"的好例子。索绪尔提出过符号行为中有个双轴关系,雅柯布森认为组合(sytagmatic)的各个组分之间的关系是"邻接性"(contiguity),因此与转喻(metonymy)的机制相仿;而聚合(paradigmatic)的各组分之间的关系是"相似性"(similarity),因此与隐喻(metaphor)的机制相仿。这样,雅柯布森就把索绪尔提出的符号问题拉到语言修辞的实际操作平面上,而不是索绪尔所说的那样是退入背景的"联想关系"。

但是雅柯布森接着提出惊人的"科学证据",他指出医学上的"失语症"(aphasia,尤其是左脑语言机制部分受伤的伤员)可以分成两大类:一类病人看来失去了横组合功能,他们说出或写出的语句失去了正常的句法组合,词序混乱,缺少连接词和介词;另一类病人似乎失去了聚合功能:能说多种方言或语言的,依然能说,却不会"翻译"了,甚至看不出一行手写的语句,一行印刷的语句,一句口说的语句,这两种失语症是相通的。

因此,结论就是:正常的人类思考能力要依靠这两种能力的结合。用这样创造性的展开方式,雅柯布森把索绪尔提出的符号双轴关系,变成了人类最基本的思维方式。而且,雅柯布森进一步把两者的对比演化成不同体裁(诗歌与散文),不同风格(浪漫主义与现实主义),甚至不同电影导演手法(蒙太奇与远近镜头)等的对比。雅柯布森所展示的典范研究,正是符号学之所长:从简约的原则出发,推论出各种文化表意行为的共同规律。

  各种失语症形形色色,然而,所有的失语症都在刚才所描述的两极类型间摆动。失语症障碍的任何形式都在于下列能力多少受到了严重损害,不是选择与替代的能力,便是结合与组织的能力。前两种能力的损害含有无语言(metalinguistic)操作的退化,而后两种能力的损害则毁坏了保持语言单元层次的能力。相似性关系在前一类失语症中被抑制住了,而接近性关系则在后一类失语症里被禁锢。隐喻与相似性的混乱相悖,转喻与接近性的混乱相左。

  对话的延伸是沿着两个不同的语义学途径进行的:或是通过话题的相似性,或是通过接近性,一个话题可以引出另一个话题。对于第一种情况,隐喻方式可谓是最切合的术语,而转喻方式则是最适合第二种情况的术语,因为它们各自在隐喻和转喻中找到了自己最凝炼的表达。失语症中,这两种方式总有一个被遏止或完全阻塞了——一种语言学家特别要阐明的失语症研究结果。在一般的语言行为中,这两种方式总是持续地起作用的。然而,仔细的观察表明,在文化模式、个性和词语风格的影响下,对于这两种方式的某一个的偏爱会超过另一个。

  在一个著名的心理实验中,向儿童出示某个名词,并要他说出头脑中最初的词语反应。在这个实验里,两种对立的语言偏好总是表现出来:这一反应不是作为刺激的替代,便是作为刺激的补充。在后一种情况中,刺激和反应一起形成了一个合适的句法结构,一个很有用的句子。这两类反应称之为替代的和论断性的。

  对于 hut(小屋)一词的反应,一个人的反应是 burnt out(烧尽),另一个人的反应则是 a poor little house(简陋的小屋)。这两个反应都是论断性的。但是第一个反应创造了一个纯粹叙述性的语境,而在第二个反应中,有一个与主司 hut 的双重关系:一方面是位置的(亦即句法的)接近,另一方面是语义的相似。

  同一刺激产生了随后的替代反应:同义的 hut,同义词 cabin(简陋的小屋)和 havel(陋屋),反义词 palace(宫殿),以及隐喻的 den(兽穴)和 burrow(洞穴)。两个词互相取代的这种能力是位置相似的一个实例;更进一步,所有这些反应都与语义相似或相反的刺激相关,对于同一刺激转喻的反应,诸如 thatch(茅屋顶),litter(稻草)和 poverty(贫穷),构成了位置相似与语义接近两者的结合与对比。

  在这两方面(位置的和语义的)对两种关系(相似与接近)的运用——选择、组合与排列它们——个体也就呈现出自己的个人风格、对词语的偏爱和癖好。

  在语言艺术中,这两个因素的相互作用尤其需要说明。这一关系研究的丰富材料,可在上下诗行需要强制对应的诗歌类型中找到,如圣经诗和芬兰西部的口头传说,以及某种程度上的俄国口头传说。这就提供了某种言语社会中什么才能作为一致性的客观标准。因为不论在什么词语水平上——词素的、词汇的、句法的和表达方式上的——这两种关系(相似和邻近)都会出现——而在这两方面的任何一方中——都会创造出给人印象深刻的一系列可能的结构(configuration)。这引力的两极中任何一极都是很普通的,比如,在俄国抒情歌谣里,隐喻的结构居支配地位;而在英雄史诗里,转喻方式则占有优势。

  诗歌中存在着决定在这些交替因素间选择的多种动机。在浪漫主义和象征主义的文学流派中,隐喻方式的首要地位已一再为人们所承认,但是,人们尚未充分认识到,构成所谓的现实主义倾向和事实上预先就决定了这一倾向的,是居支配地位的转喻,现实主义处在浪漫主义和衰落和象征主义兴起的中间阶段,并与这两个流派相对。沿着接近关系的途径,现实主义的作家转喻地离开情节而导向环境,离开人物而导向时空背景。他喜欢提喻式的细节。《安娜·卡列尼娜》安娜自杀的场景中,托尔斯泰的艺术注意力集中在安娜的手提包上;在《战争与和平》里,"嘴唇上面的胡子"或"裸露的双肩",这些提喻习惯于被作者用来代表具有这些特征的男性人物。

这两种方式总有一个居支配地位,这并不只限于语言艺术。同样的摆动也发生在非语言的符号系统里。绘画史中的一个突出的例子是立体派明显的转喻趋向。在立体派中,对象变形成一系列提喻;超现实主义画家则以公开的隐喻态度来回答。甚至从格里菲斯(D. W. Griffith)的作品问世以来,一般说来,电影艺术由于运用了改变角度、透视和"拍摄"焦点技巧的高度发展,已抛弃了戏剧传统,使一系列提喻式的"特写"和转喻式的"拍摄位置"系统化了。在这样的画面中,诸如卓别林的某些电影画面,这些手法随后为具有"叠人"的新颖的隐喻"蒙太奇"所取代——亦即电影的明喻。

语言(或其他符号系统)的两极结构,以及失语症中固着于两极的某一极而排斥另一极,这些都需要系统地比较研究。在两种失语症中,保持二者必居其一的选择,必然会面临某些个人风格、个人习惯、流行风气等中间的同一极的优势。对于具有相应类型失语症整个综合症状的这些现象的细致分析与比较,是精神病理学、心理学、语言学、诗学、符号学和普通符号学专家共同研究的紧迫课题。这里所讨论的两分法,已显出了对一切词语行为和一般人类行为的基本意义和结果。

为了说明这种能显示各自特点的比较研究的可能性,我们从俄国民间故事中选择了一个例子,这个民间故事采用对应作为喜剧手法:"托马斯是个光棍;杰瑞米是个未婚的人"。这里,两个平行分句中的谓词由于相似而结合起来:它们实际上是同义的。两个分句的主词都是男子特有的名字,因而语法上相似;而另一方面,它们都表示同一故事的两个接近的主人公,形成了展示完全相同的情节,从而证明一对同义谓词的运用是合理的。同一句法结构稍有变化的说法也出现在相似的婚礼歌中。在这些歌中,每个出席婚礼的宾客都被依次提到他们的名和姓:"格莱伯是个单身汉;伊万诺维奇是个未婚的人"。这里的两个谓词又是同义的,两个主词之间的关系却变了:两者都表示同一个人特有的名和姓,通常被接近地用作高雅的谈吐方式。

在这个民间故事的引文里,两个平行分句是指两个分别的事实,亦即托马斯的婚姻情况和杰瑞米相同的境况。可在婚礼曲中,两个分句是同义的:它们极力重复的是被分割为两个词语本质的同一主人公的独身状况。

俄国小说家格莱伯·伊万诺维奇·乌斯宾斯基(1840—1902)在他一生的最后一些年中,深受言谈混乱的精神病的折磨。他的名和姓格莱伯·伊万诺维奇,在彬彬有礼的交往中传统上是连用的,然而,对他来说,这两个有别的名和姓则被分裂为两个分离的人:格莱伯赋予他一切美德,而伊万诺维奇,这个承袭其父的姓,却成了乌斯宾斯基所有邪恶的化身。这一分裂的人格,其语言学方面也就是病人对同一件事不能使用两种符号,所以是相似性的混乱,由于相似性混乱和转喻的偏爱密切相关,所以,考察一下作为青年作家的乌斯宾斯基所运用的文学手法是很有趣的。艾·卡梅古洛夫曾分析了乌斯宾斯基的风格,他的研究证实了我们理论上的预见。他指出,乌斯宾斯基有一种对转喻特殊的偏爱,尤其是对提喻;就此而言,他认为,"读者在一个有限的词语篇幅里,被他无法承担的复杂细节所压倒,因而确实无法把握这个整体,以致于生动的描写丧失了"。

确实,乌斯宾斯基的转喻风格,显然是由他所处的时代的文学原则,即十九世纪后期流行的"现实主义"所导致的;但是,格莱伯·伊万诺维奇的个性特征却使他的笔适合于极端表现形式中的这种艺术倾向,最终使之在其精神疾病的词语方面留下痕迹。

隐喻和转喻这两种方式彼此竞争,表现在任何象征方式中,或是个人内心,或是社会的。因此,探讨梦的结构,关键的问题是象征及其暂时连续运用,是建立在接近基础上(弗洛依德转喻的"转移"和提喻的"凝缩"),还是建立在相似基础上(弗洛依德的"自居作用和象征主义")。这一构成巫术仪式基础的原理,已被弗雷泽(Frazer)分解为两种类型:建立在相似律基础上的符咒和建立在接近联想基础上的诅咒。在交感巫术的这两个主要分支中,前者被称为顺势疗法的(homeopathic)或模仿的,后者被称为交感巫术。这一二元性实际上是有启发性的。然而,两极问题很大程度上仍为人们所忽略,尽管它对任何符号行为,尤其是对词语行为及其缺损的研究,具有广阔的范围和重要性。这种忽略的原因何在?

意义中的相似,把元语言的象征和语言所涉及的符号联系起来。相似把隐喻的词语同它所替代的词语联系起来。所以,当构造解释转义的元语言时,研究者掌握了更多的相似手段来处理隐喻;与此相反,建立在不同原理基础之上的转喻却多半不能解释。因此,对于转喻理论来说,除了引证依凭隐喻的丰富多彩的文学,别无他物。基于同样的原因,人们一般都认识到,浪漫主义史密切地与隐喻相关联,相反,现实主义与转喻同样密切的联系通常未注意到。造成学术中隐喻优于转喻的原因,不但是观察者的手段,而且也是观察的对象,由于诗集中在符号上,而实用的文本则集中在词语所指涉的对象,所以,比喻和形象主要被当作诗的手法来研究。相似的原理构成了诗的基础,诗行的韵律对应式有节奏的词语声音的对等引出了语义相似或相对的问题,比如,有语法节奏和反语法节奏,但从没有非语法(agrammatical)节奏。与此相反,散文基本上是由接近性所促进的。因此,对诗来说隐喻是捷径,对散文来说转喻是捷径,所以说,诗的比喻研究主要趋向隐喻。然而,在这些研究中,事实上的两极性已被人为割裂的、单极的框架所取代,显然,这种框架只符合两种失语症中的一种,亦即接近性的混乱。

[原典英文节选] The Russian novelist Gleb Ivanovič Uspenskij (1840—1902) in the last years of his life suffered from a mental illness involving a speech disorder. His first name and patronymic, *Gleb Ivanovič*, traditionally combined in polite intercourse, for him split into two distinct names designating two separate beings: Gleb was endowed with all his virtues, while Ivanovič, the name relating the son to the father, became the incarnation of all Uspenskij's vices. The linguistic aspect of this split personality is the patient's inability to use two symbols for the same thing, and it is thus a similarity disorder. Since the similarity disorder is bound up with the metonymical bent, an examination of the literary manner Uspenskij had employed as a young writer takes on particular interest. And the study of Anatolij Kamegulov, who analyzed Uspenskij's style, bears out our theoretical expectations. He shows that Uspenskij had a particular penchant for metonymy, and especially for synecdoche, and that he carried it so far that "the reader is crushed by the multiplicity of detail unloaded on him in a limited verbal space, and is physically unable to grasp the whole, so that the portrait is often lost."

To be sure, the metonymical style in Uspenskij is obviously prompted by the prevailing literary canon of his time. late nineteenth-Century "realism"; but the personal stamp of Gled Ivanovič made his pen particularly suitable for this artistic trend in its extreme manifestations and finally left its mark upon the verbal aspect of his mental illness.

A competition between both devices, metonymic and metaphoric, is manifest in any symbolic process, either intrapersonal or social. Thus in an inquiry into the structure of dreams, the decisive question is whether the symbols and the temporal sequences used are based on contiguity (Freud's metonymic "displacement" and synecdoche "condensation") or on similarity (Freud's "identification and symbolism"). The principles underlying magic rites have been resolved by Frazer into two types: charms based on the law of similarity and those founded on association by contiguity. The first of these two great branches of sympathetic magic has been called homeopathic or imitative, and the second, contagious magic. This bipartition is indeed illuminating. Nonetheless, for the most part, the question of the two poles is still neglected, despite its wide scope and importance for the study of any symbolic behavior, especially verbal, and of its impairments. What is the main reason for this neglect?

Similarity in meaning connects the symbols of a meta language with the symbols of the language referred to. Similarity connects a metaphorical term with the term for which it is substituted. Consequently, when constructing a metalanguage to interpret tropes, the researcher possesses more homogeneous means to handle metaphor, whereas metonymy, based on a different principle, easily defies interpretation. Therefore nothing comparable to the rich literature on metaphor can be cited for the theory of metonymy. For the same reason, it is generally realized that Romanticism is closely linked with metaphor, whereas the equally intimate ties of realism with metonymy usually remain unnoticed. Not only the tool of the observer but also the object of observation is responsible for the preponderance of metaphor over metonymy in scholarship. Since poetry is focused upon sign, and pragmatical prose primarily upon referent, tropes and figures were studied mainly as poetical devices. The principle of similarity underlies poetry; the metrical parallelism of lines or the phonic equivalence of rhyming words prompts the question of semantic similarity and contrast; there exist, for instance, grammatical and antigrammatical but never agrammatical rhymes. Prose, on the contrary, is forwarded essentially by contiguity. Thus, for poetry, metaphor, and for prose, metonymy is the line of least resistance and, consequently, the study of poetical tropes is directed chiefly toward metaphor. The actual bipolarity has been artificially replaced in these studies by an amputated, unipolar scheme which, strikingly enough, coincides with one of the two aphasic patterns, namely with the contiguity disorder.

延伸阅读

1. *Roman Jakobson Selected Writings*, Stephen Rudy, The Hague and Paris：Mouton。雅克布森的论文以俄语、法语、英语等不同文字写成。而且显然雅柯布森认为他用俄语讨论俄国文学的文字不必译成西欧文字。他的《论文选》从 1971 年开始编,到去世后的 1985 年才出全。其第三卷 The Poetry of Grammar and the Grammar of Poetry,与文学关系较大。

2. 雅柯布森的论文,没有中文合集,但是在某些文集中可以找到:在《符号学文集》(赵毅衡编,百花文艺出版社,2004)中收有三篇重要文字,其中有上面提到过的"主导",与"语言学与诗学"两文。

3. 关于雅柯布森"标出性"理论的讨论,语言学界有不少讨论,可以参见沈家煊《不对称与标出性》(江西教育出版社,1999)。在文化与文学中的延伸讨论,可以参见赵毅衡"文化符号学中的标出性"一文,文见赵毅衡《意不尽言:文学的形式—文化论》(南京大学出版社,2009,46-65 页)。

巴尔特

罗兰·巴尔特(Roland Barthes,1915—1980)是法国符号学文化与文学研究最著名的大师。这位才华洋溢的理论家,不仅论述缜密,而且把文学批评与理论探索本身变成了写作艺术。无怪乎他的学术生涯以探讨写作理论始,以实践写作理论终。他的理论眼光不仅局限于文学,而是很自然地把文学理论转化为文化理论。

很难想象没有巴尔特的当代符号学理论:他是个奠基者,也是个开拓者;他是理论家,却也是个文体家。在所谓的60年代结构主义五大师(另外四位是人类学家列维-斯特劳斯,社会批评家阿尔都塞,心理分析家拉康,历史哲学家福柯)中,巴尔特的作品显然最为多姿多色,最具有个人色彩。在群星灿烂的"巴黎符号学派"诸大家(格雷马斯、托多洛夫、索莱尔、克里斯台娃、热奈特等)中,也是数巴尔特的论著最富于创新精神,最为才华横溢。

巴尔特是个大器晚成者。他早年苦于体弱,肺结核使他长期羸弱不堪。虽然学过很多科目,但他没有得到过名牌大学学位。到50年代之前,他常年疗养,似乎注定一生一事无成。1953年近四十岁,他才出版了第一本书《写作的零度》(*Writing Degree Zero*),这本书讨论文学语言的风格学,是对萨特存在主义"介入文学"观念的回应,而且将萨特的对手加缪奉为"零度风格"的最佳作家。从那以后,结构主义与存在主义成为对立的两个派别。

几乎整个50年代,巴尔特都在写专栏分析批判资产阶级文化,1957年结集成《神话学》(*Mythologies*)一书,从此书起巴尔特就采用了符号学理论来解剖文化现象,他认为资产阶级把所指变成了现代意识形态神话。这本书以及他接着写的(虽然到十年后1967年才出版)《流行体系:符号学与服饰符码》成为符号学文化批判的开拓性作品,后来批判当代商品社会的名家如博德利亚等人,无不从这些著作中得到启示。

60年代巴尔特成为符号学理论的阐述者,他发表于1964年的《符号学原理》(*Elements of Semiology*),与发表于1966年的《叙述结构分析导论》(*Introduction to the Structural Analysis of the Narratives*),成为当今研究符号学与叙述学的基础读物。

但是不久,巴尔特就成为结构主义冲破自身茧壳的先锋,1970年出版的《S/Z》,标题让人不知所云,读完才知是个多义符号,整本书是对巴尔扎克一部短中篇小说《萨拉辛》(*Sarrazine*)的叙述符号学式细读。在书中,巴尔特提出了他的一对基本的阅读方式概念"读者式"与"作者式",这是巴尔特一场让人瞠目结舌的"理论艺术"表演。1975 年他的另一本书《文之悦》(*The Pleasure of the Text*)用尼采式格言体建立一种新的"色情、享乐主义"的阅读理论,此书反对一切"常见"(doxa),认为只有让自我迷失在文本的"沉醉"(jouissance)中才是真正的阅读。

在建立了阅读理论之后,巴尔特又回到了写作理论,1977 年他出版了另一本奇书《恋人絮语》(*A Lover's Discourse: Fragments*),恋人的情话成了写作最好的比喻:恋人在对方的语言给予的确认中确认自己,而无需在现实中寻找确切的意义。

巴尔特幼年丧父,1977 年陪伴并照顾巴尔特一生的母亲去世。看着母亲的照片,巴尔特回到了他一生热衷的另一个课题——摄影,1980 年写出了小册子《明室》(*Camera Lucida*),提出了刺点/展面(Punctum/Studium)这一对符号风格学概念。就在这年二月,他在街上被一辆货车撞倒,伤势不至于致命,但是在医院治疗一个月后去世,似乎他有意随母亲而去。

巴尔特写作生命并不长,但是著作极为丰富,上面说到的只是部分作品,但是已经让人叹为观止。要学习当代文学文化理论,不能不多读巴尔特的著作。

原典选读

作者之死(节选)

The Death of the Author　　林泰,译

如果要举出巴尔特最有名的一篇论文,就非"作者之死"莫属了。这篇形式论最雄辩的辩护之作,发表于 1968 年。此文已经开始越出结构主义的边界,结论貌似哗众取宠,理论上却步步为营,讨论周密。否定作者的重要性似乎是形式论诸派的共同倾向,因为作者把大量社会的、文化的、个人心理的因素带入作品,文学批评不得不走向作者的生活与时代。巴尔特认为,只有坚决把作者排除在外,文本的意义才不会被固定化。批评的任务是"解开"而不是"解释"作品。用这样的方法,意义就成为阅读与批评的产物,文本的同一性不在其起源而在其终点。由此巴尔特说出他的名言"作者死而后读者生"。

巴尔特指出:从历史上看,作者成为写作的主宰人物(他称为"上帝作者"Author-God)只是近代发生的事,是"资本主义意识形态的集中体现"。巴尔特指出作者不可能是主体性的唯一源头:叙述作品中许多语句,实际上不能当作是作者说的。因此作者不可能限于作品而存在,只能与作品同时出现。作品不是作者思想的表现或记录,而是语言的一个"表演形式"。当代文学理论的总趋势,是把重点从作者转向读者,巴尔特的这篇文章是对这个趋势的有力辩护。

　　巴尔扎克在小说《萨拉辛》中描写一个男扮女装的阉人，他写了以下句子："忽然的恐惧，怪诞的想法，爱焦急的本能，性急莽撞，唠唠叨叨，多愁善感，这活脱脱是个女人。"这是谁在说话？是一直不知道此人男扮女装的小说主人公吗？是由于本人经历而对女人性格的思想活动有深刻了解的巴尔扎克这个人吗？是"在文学上表示女性思想"的巴尔扎克这个作者吗？还是普通适用的慧言？是浪漫式的心理学？我们永远也不知道，原因是可靠的：写作就是声音的毁灭，就是始创点的毁灭。写作是中性、混合、倾斜的空间，我们的主体溜开的空间；写作是一种否定，在这种否定中，从写作的躯体的同一性开始，所有的同一性都丧失殆尽。

　　毫无疑问，情况从来都是如此。一旦一个事实得到叙述，从间接作用于现实的观点出发，也就是说，最后除了符号本身一再起作用的功能以外，再也没有任何功能，这种脱节现象就出现了：声音失去其源头，作者死亡，写作开始。然而这种现象的意义各不相同；在部族社会中，担任叙述工作的人从来都不是一般的人，而是中间人，萨满教巫师，或叙事者。人们可能欣赏他的"表演"——掌握叙述信码的能力——但从不欣赏他们个人的"天才"。作者是现代人物，我们社会中的产物，它的出现有一个历史过程：它带着英国的经验主义、法国的理性主义，到基督教改革运动的个人信仰，从中世纪社会产生出来。它发现了个人的尊严，把人尊称为"万物之灵长"。因此，在文学中应有这种实证主义——资本主义意识形态的集中体现和顶点，它赋予作者"个人"以最大的重要性，这是合乎逻辑的。作者在文学史、作家传记、访问记和杂志中仍处于支配地位，因为文人渴望通过日记和回忆录把个人跟作品连在一起。一般文化中可见到的文学形象，都一概集中于暴君般的作者，作者的人性、生平、情趣和感情；批评的大部分内容依然是在说波德莱尔的作品是由于做人失败，凡·高的作品是由于疯狂，柴可夫斯基的作品是由于罪孽感。批评家总是从产生一部作品的男人或女人身上寻找作品的解释，好像事情从来都是通过小说的或多或少透明的譬喻，作者个人的声音，最终把秘密吐露给"我们"。

　　虽然作者仍处于强有力的支配地位（新批评的所为，反而加强了这种倾向），但不用说，某些作家长期以来就一直试图削弱这种支配地位。法国的马拉美，毫无疑问是首先充分看到、预见到有必要用语言取代作者的人，而直到那时，一般批评家还认为作者是语言的主人。马拉美认为（我们也持有相同观点）：是语言而不是作者在说话；写作是通过作为先决条件的非个人化（绝对不要跟现实主义小说家的阉割观混为一谈），达到只有语言而不是"我"在起作用、在"表演"。他的全部诗学就在抑作者而扬写作（正像我们以后将看到的，这是恢复读者的地位）。瓦莱里为自我的心理学所累，在相当大的程度上稀释了马拉美的理论。但他对古典主义的鉴赏力使他转向修辞的剖示，他对作者的作用的怀疑从未停止过。他嘲弄作者，强调作家活动的语言方面，似乎作家的活动都有偶然性；他的全部散文作品，说明文学的语言方面是重要的。在这一点面前，一切诉诸于作家内心活动的尝试，在他看来都是纯粹的迷信。尽管普鲁斯特的分析带有心理学的性质，但可以看到，他所关注的工作，是通过精雕细刻，无情地把作家及其人物之间的关系弄得模糊不清。普鲁斯特的叙述者不是那个看见了、感受到了的人，甚至也不是那个在写作的人，而是将要写作的人(小说中的年轻人——我们不知道他的年龄,他是谁——想写作但写不出来,直到小说结束之时,写作终于可能开始),普鲁斯特把史诗献给现代写作。事情要从根本上颠倒过来:不是像人们常常认为的那样,作家的生命倾注于小说中,而是作品是他的生命,他自己的书是生命的模型;这样,对我们说来事情很清楚,夏尔吕并不模仿孟德斯鸠,孟德斯鸠——在其轶事式的、历史的现实中——只不过是从夏尔吕派生而来的次要的碎片而已。最后,只说一说现代性的史前现象:超现实主义。虽然它不能给语言至高无上的地位(因为语言是系统,这个运动的目的——信码的直接毁灭——本身是虚幻的:信码无法摧毁),只能"暴露其弱点",都不断使期望中的意义忽然脱节(即超现实主义有名的"颠簸"),使手尽可能快地把头脑自身没有意识到的东西写出来(自动写作),接受几个人一起写作的原则和经验,等等。超现实主义的做法,所有这些手法都有助于使作者的形象非神圣化。姑且不论文学本身(因为这些区别的确变得无效),语言学最近表明:整个说明过程都是空空洞洞,无需对话者这个人来填充,功能照样完整无缺。语言学就这样提供了有价值的分析手段,使作者归于毁灭。从语言学上说,作者只是写作这行为,就像"我"不是别的,仅是说起"我"而已。语言只知道"主体",不知"个人"为何物;这个主体,在确定它的说明之外是空洞的,但它却足以使语言"结而不散",也就是说,足以耗尽语言。

作者的消灭(这里可以套用布莱希特的"疏离说",作者像文学舞台远端的人物,越来越小),不仅仅是历史事实或写作行动;它还完全改变着现代文本(或者也可以说,从今以后用这样一种方式构成文本或阅读本文,使作者在其过程的所有层次上都不存在)。时间性是不同的。在相信作者的时代,人们总是设想他是他的书的过去,书和作者自动站在分开从前和今后的一条线上。人们设想作者养育了书,也就是说,作者在书之前存在,为书而构思,心力交瘁,为书而活着。作者先于其作品,其关系犹如父与子。现代的见解恰好相反。现在的撰稿人跟文本同时诞生,没有资格说先于或超于写作;他不是书这个谓语的主语。除了解说以外,再也没有时间;任何文本此时此地都可撰写,文本的永恒性就在于此。事实是(或者就此可得出结论)写作再也不能像古典主义者所说的那样,叫做记录、标示、表达、"描写"的操作,而恰恰像语言学家说到牛津哲学时说的"一个表演性的罕见的语言形式"。它永远使用第一人称和现在时,在这里解说除了言语行为本身之外,别无其他内容(不包含其他命题)——这有点像国王说的"我宣布",古代诗人所说的"我赞美"。按照现代撰稿人的先辈悲哀的观点:对表达思想感情来说,手太慢,因而出于必要的法则,必须强调这种延宕,对形式无限期地"加工润色"。现代撰稿人则不同,他们埋葬了作者。不再相信先人的说法。对他们来说,手跟声音相脱离,手势是铭刻性的,不是表达性的。手在一个没有起源的领域中探索,或者说,这个领域中除了语言本身以外,至少没有其他起源。语言不停地使一切起源受到怀疑。

我们现在知道文本不是一行释放单一的"神学"意义(从作者——上帝那里来的信息)的词,而是一个多维的空间,各种各样的写作(没有一种是起源性的)在其中交织着、冲突着。文本是来自文化的无数中心的引语构成的交织物。那些永恒的抄写员像布瓦尔和佩居榭①一样,又庄严又诙谐,他们含义深刻的荒谬可笑恰恰表示了写作的真谛,手势总是在先,作家只是模仿手势而已,永远也不是起源性的。作者唯一的力量是以某种方式混合各种写作,用一些写作对抗另一些写作,以致完全不依靠哪一种写作。如果他确实是想表达自己,至少他必须懂得,他想“翻译”的内部“事物”本身只是现成的词典,词典的词只通过别的词才能解释,等等,以至无限。年轻的托马斯·德·昆西在这方面的工作是个范例。他精通希腊语。为了把非常现代的思想和形象译成那种死语言,正像波德莱尔在《虚构的天堂》中告诉我们的,他“为自己创造了可靠的词典,比耐心的纯文人所编纂的要详尽而复杂得多的词典”。现代撰稿人在作品之后,不再有激情、幽默、感情和印象,只有这部巨大的词典。从词典中他得出写作,不停止的写作。生命只不过是对书的模仿,书本身只是符号的交织物,只是对丢失的、无限延期的事物的模仿。

　　作者一旦除去,解释文本的主张就变得毫无益处。给文本一个作者,是对文本横加限制,是给文本以最后的所指,是封闭了写作。这样一个概念对于批评很合适,批评接着把从作品下面发现作者(或其本质:社会,历史,精神,自由)作为己任。找出作者之时,文本便得到“解释”——批评家就胜利了。因而从历史的角度看,作者占有支配地位,也就是批评家占有支配地位;另外,尽管批评是新出的,今天它的地位和作者的地位一样受到损害;这些都毫不足怪。在写作这个复杂体中,每个成分都要解开,但什么都不要解释。结构可以在每一点、每一层次上被跟踪,被抽出(像长统袜的丝线那样),但下面没有任何东西。写作这个空间应当被扫描而不是扯碎。写作不停地安放意义,又不停地使意义蒸发,对意义实行系统的免除。文学(最好以后叫做写作)拒绝对文本(对作为文本的世界)指派“秘密”的最终意义,这样恰恰是解放了可以称为反神学的活动性,这其实是革命的活动性,因为拒绝把意义固定化,最终是拒绝上帝及其本质——理性、科学、法律。

　　让我们回到文章开头所提到的巴尔扎克的句子。没有人“说出”这个句子。句子的源头,说话的声音,实际上不是写作的真正地点,写作就是阅读。另一个恰当的例子有助于说明这一点,约翰-皮埃尔·维尔南最近的研究表明希腊悲剧构成上的歧义性:其文本由带有双重意义的词交织而成,剧中人都是单方面各执一义(这种永恒的误解恰恰是悲剧之所在)。但是,有人懂得每个有歧义的词,此外,还懂得在他面前说话的角色的弦外之音,这人不是别人,而是读者(这里是听者)。写作的全部存在就这样揭露出来了:文本由多重写作构成,来自许多文化,进入会话、模仿、争执等相互关系。这种多重性集中于一个地方,这个地方就是读者,而不是像迄今所说的,是作者。读者是构成写作的所有引文刻在其上而未失去任何引文的空间;文本的统一性不在于起源而在于其终点。然而这种终点再也不能是个人的,读者没有历史、传记、心理,只不过是把在一个单一领域中书面的文本赖以构成的所有痕迹执在一起的那个人。这就是为什么说以维护读者权利的斗士的人道

---

① 这两个人物是福楼拜最后一部未完成的小说《布瓦尔和佩居榭》中的人物。他们隐居期间很自负,想依次掌握人类所有领域的知识和能力;他们违反常例,由着每个阶段的兴趣收集了相互无关联的许多东西,接着又丢掉。——译者注

主义的名义谴责新写作,那是幼稚可笑的。古典的批评从来不管读者,对它来说,作家是文学中唯一的人。对良好社会的反法,赞成良好社会弃置不顾、压抑或摧毁的事物,这些做法现在开始再也愚弄不了我们。我们懂得,要给写作以未来,就必须推翻这个神话:读者的诞生必须以作者的死亡为代价。

〔原典英文节选一〕 The removal of the Author (one could talk here with Brecht of a veritable "distancing", the Author diminishing like a figurine at the far end of the literary stage) is not merely an historical fact or an act of writing; it utterly transforms the modern text (or—which is the same thing—the text is henceforth made and read in such a way that at all its levels the author is absent). The temporality is different. The Author, when believed in, is always conceived of as the past of his own book: book and author stand automatically on a single line divided into a *before and an after*. The Author is thought to *nourish* the book, which is to say that he exists before it, thinks, suffers, lives for it, is in the same relation of antecedence to his work as a father to his child. In complete contrast, the modern scriptor is born simultaneously with the text, is in no way equipped with a being preceding or exceeding the writing, is not the subject with the book as predicate; there is no other time than that of the enunciation and every text is eternally written *here and now*.

〔原典英文节选二〕 Once the Author is removed, the claim to decipher a text becomes quite futile. To give a text an Author is to impose a limit on that text, to furnish it with a final signified, to close the writing. Such a conception suits criticism very well, the latter then allotting itself the important task of discovering the Author (or its hypostases: society, history, psyche, liberty) beneath the work: when the Author has been found, the text is "explained" — victory to the critic. Hence there is no surprise in the fact that, historically, the reign of the Author has also been that of the Critic, nor again in the fact that criticism (be it new) is today undermined along with the Author. In the multiplicity of writing, everything is to be *disentangled*, nothing *deciphered*; the structure can be followed, "run" (like the thread of a stocking) at every point and at every level, but there is nothing beneath: the space on writing is to be ranged over, not pierced; writing ceaselessly posits meaning ceaselessly to evaporate it, carrying out a systematic exemption of meaning. In precisely this way literature (it would be better from now on to say *writing*), by refusing to assign a "secret", an ultimate meaning, to the text (and to the world as text), liberates what may be called an antitheological activity, an activity that is truly revolutionary since to refuse to fix meaning is, in the end, to refuse God and his hypostases—reason, science, law.

Let us come back to the Balzac sentence. No one, no "person", say it; its source, its voice, is not the true place of the writing, which is reading. Another — very precise — example will help to make this clear: recent research (J. P. Vernant) has demonstrated the constitutively ambiguous nature of Greek tragedy, its texts being woven from words with double meanings that each character understands unilaterally (this perpetual misunderstanding is exactly the "tragic"); there is, however, someone who understands each word in its duplicity and who, in addition, hears the very deafness of the characters speaking in front of him — this someone being precisely the readercor here, the listener). Thus is revealed the total existence of writing: a text is made of multiple writings, drawn from many cultures and entering into mutual relations of dialogue, parody, contestation, but there is one place where this multiplicity is focused and that place is the reader, not, as was hitherto said, the author. The reader is the space on which all the quotations that make up a writing are inscribed without any of them being lost; a text's unity lies not in its origin but in its destination. Yet this destination cannot any longer be personal: the reader is without history, biography, psychology; he is simply that someone who holds together in a single field all the traces by which the written text is constituted. Which is why it is derisory to condemn the new writing in the name of a humanism hypocritically turned champion of the reader's rights. Classic criticism has never paid any attention to the reader; for it, the writer is the only person in literature. We are now beginning to let ourselves be fooled no longer by the arrogant antiphrastical recriminations of good society in favour of the very thing it sets aside, ignores, smothers, or destroys; we know that to give writing its future, it is necessary to overthrow the myth: the birth of the reader must be at the cost of the death of the Author.

延伸阅读

1.《罗兰·巴尔特文集》(中国人民大学出版社,2008)。此文集由符号学家李幼蒸主持,共有10卷。由于巴尔特多部著作的版权,分别被国内其他出版社购取在先,这套文集并不完整。巴尔特一生著作的法文全集有七千页之多,许多巴尔特的著作还要另找单印本。不过幸运的是,巴尔特的绝大部分著作已经有中译本。

2.张祖建译的《罗兰·巴尔特传》(中国人民大学出版社,2008)是上面这套文集的附卷。

3. Susan Sontag(ed),*A Barthes Reader* (New York:Hill & Wang,1982)。美国著名女批评家桑塔格是巴尔特作品长期的翻译者和阐释者。巴尔特不幸去世后,桑塔格编辑出版了这本文集并作长序。这是巴尔特作品至今为止最好的英语选本。

V 后结构主义

　　法国后结构主义思潮与 1968 年学生运动的政治幻灭相关,学生运动在现实政治的失败将解放的激情驱赶到话语或知识层面,而且,后结构主义还试图在认识论和方法论上给予现代性知识——有着总体性诉求、确定的基础结构和超验所指的话语一次彻底的揭露,曝露它对确定意义、神圣真理的贪婪欲望。国家权力机构是学生运动的敌人,而总体性话语则是后结构主义的靶子。

　　后结构主义和结构主义一样,都源于索绪尔的《语言学教程》带来的语言学转向,对共时性语言结构的关注,使得他们脱离"主体"范畴来面对世界和语言——不是人说语言,而是语言建构人和世界。此外,他们还抛弃历史追寻结构,否定流动的历史性,肯定共时性的永恒原理。索绪尔的语言学模式启示他们从关系的角度认知世界,同时语言结构代替了传统哲学所聚焦的"人"、"主体"等人本主义内容。但后结构主义者很快从结构主义阵营中觉醒并分离出来,他们意识到索绪尔和结构主义思想对一个否定差异的基础结构的依赖,这不啻于一种专制的中心主义。事实上,在德里达的剑锋指向"语音中心论"或"在场形而上学"之前,罗兰·巴尔特、雅克·拉康、米歇尔·福柯等结构主义明星,都先后在自己的研究领域开始了后结构主义反叛。这几位思想家被人们追封为后结构主义者,只是他们常常反对"结构主义"或"后结构主义"这类标签。他们自己的批评实践,跨越并领导了 20 世纪中叶之后的这两个重要的批评思潮。

　　这样一来,结构主义与后结构主义之间的界限就不是以思想家为划分,而是以思想的方式和具体主旨为划分。1966 年,德里达在美国霍普金斯大学召开的研讨会上发表《人文科学话语中的结构、符号和游戏》一文，成为后结构主义的里程碑。而巴尔特于1968年发表《作者之死》标志着他进入后结构主义阶段。宣言的发表处于学生运动的背景中，"结构主义不上街"，但巴尔特以思想宣言的形式，提出一种革命性的思想。巴尔特认为"作者"长期以来居于批评理论的中心，"作者"其实是从文艺复兴、宗教改革运动、英国经验主义、法国理性主义以来不断塑造的资产阶级主体，深深地打上启蒙神话和实证主义的烙印。关于"作者之死"，此前在马拉美和瓦莱里的诗论中已有论述，也可以说，巴尔特是重谈这一论题，并提出"作者之死"即读者的诞生。巴尔特试图以审美愉悦的方式看待文本意义的滑动和嬉戏，而这种态度引起很多"严肃"的批评家的愤慨。一年后，写作了《词与物》和《知识考古学》的福柯，发表《什么是作者》一文呼应巴尔特，认为"作者"并非创造意义的优越主体，"作者"只是对话语实践实行分类功能的话语符号。

关于德里达和福柯的思想我们将在后面进一步阐述，尽管他们二人被人们视为同属于后结构主义阵营，但德里达曾对福柯的话语理论提出严厉的批评，而福柯也于多年后，对此做出深思熟虑的回应。拉康作为一位精神分析学家，也经历了从结构主义到后结构主义的范式突围，成为后结构主义思潮影响北美学术界的关键人物之一。后结构主义内部尽管有着诸多思想分歧，但他们显然受到尼采思想的深刻影响，有人不怀好意地说他们是德国思想在20世纪的法国翻版。在尼采的"上帝死了"的预言和"重估一切价值"的谱系学论述的启示下，后结构主义者先后对结构主义思想乃至西方理性主义传统进行反思。

此外，德里达的后结构主义思想迅速影响到美国的一批学者，其中成就最为突出的是"耶鲁四子"：保罗·德·曼（Paul de Man，1919—1983），希利斯·米勒（J. Hillis Miller，1928—　），哈罗德·布鲁姆（Harold Bloom，1930—　）和杰弗里·哈特曼（Geoffery Hartman，1929—　）。德·曼认为文学阅读由于语言的修辞性而成为阅读寓言，他的主要著作有《盲视与洞见》（1971）、《阅读的寓言》（1979）等；米勒从早期的现象学意识批评转向解构主义批评，他以《小说与重复：七部英国长篇小说》（1982）、《阅读伦理学》（1987）中的解构批评闻名；布鲁姆在《影响的焦虑：一种诗歌理论》（1973）中提出"影响即误读"，并在《误读图式》（1975）里进一步阐述阅读的叛逆、颠覆。哈特曼在《荒野的批评：当代文学研究》（1980）、《批评的旅途:文学反思》(1999)等作品中强调文学语言的隐喻本质,隐喻是不确定的,因而寻找意义如同穿行于难以穿越的迷宫。

耶鲁四子的文学批评将语言符号和意义的不确定性发挥到极致,在意义的瓦砾和碎片上恣意嬉戏的批评最终也导致文学阅读和批评危机的出现,并受到诸多的质疑和批评。譬如,文学批评家艾布拉姆斯在《解构的安琪儿》里针对解构批评对于文学批评标准的摧毁和平面化"文本误读"而提出的直指要害的反批评。后结构主义思想作为一种形而上学的反叛和突破,它能否为文学批评提供一种有效的策略和范式,这又是另外一回事。

后结构主义及其影响下的解构主义文学批评、新历史主义,虽然一意孤行、玄奥晦涩,但曾经在批评理论和实践中掀起狂澜,如今随着岁月流逝,他们已不再是理论舞台的主角。然而,直到今天,我们常常从女性主义、后殖民主义、文化研究等日益变得多样化的批评声音和批评立场中,感受到由他们所开辟的丰富的理论空间的价值和魅力。

福　柯

米歇尔·福柯(Michel Foucault，1926—1984)从权力/知识/主体、谱系/身体/性的角度给予现代性的启蒙思想以深刻的质疑,他的思想促使人们走出优越的主体视角、超验的观念视角或连贯统一的思想史视角,重新审定那些仿佛自明的概念与知识,譬如"人"、"作者"、"启蒙"等等,由于他那充满反思性并富于生机的思想,福柯被他的追随者同时也是朋友的德勒兹称为"当代最伟大的哲学家之一"。

福柯的生平经历并不复杂,无非读书、教书、写书,他先后获得哲学学士、心理病理学博士。自1955年,他先后去瑞典、波兰、西德游历讲学,1966年他的成名作《词与物》出版,1969年《知识考古学》付梓,此后他担任巴黎大学万森分校的哲学教授,1970年成为法兰西学院的思想系统史教授。他好独处,起居简朴,对朋友不乏挑剔。当被问及身世时,他总是三缄其口,自称毫无故事性。他钟爱那些语言出位的作者或"界外"的思想者,如布朗肖、巴塔耶、克罗索夫斯基、尼采、马拉美、萨德、波德莱尔,等等。他喜欢日本文化,甚至一段时期准备移居日本。1984年福柯因艾滋病辞世。后来人们发现他的那些旁逸斜出、离经叛道的著作,以及他的诸多不同寻常的个人趣味、文化爱好,他的文字话语和身体实践一道都成为他不顾一切加以实践的"自我塑造"艺术的见证。

福柯对"权力"的关注渗透在他对"疯癫"、"规训"、"知识考古"、"话语谱系"等现代性知识的探讨中,他给予权力一种微观、非意识形态或马克思主义传统的分析。福柯思想展开的历史和学术背景首先有尼采的"权力意志"观的影响,在《尼采·谱系学·历史》中福柯直言不讳地表达了他对尼采的敬意和思想传承。其次,福柯受惠于老师法国马克思主义者阿尔都塞对于马克思主义传统的批判性重建,后者在拉康的镜像理论启发下将主体(Subject)视为幻象,即受意识形态询唤的受动者(小写的subject)。主体是被建构的,而非固有的实体,这一思路给予福柯无限的理论想象,此后福柯进一步借助知识考古学和谱系学的细致入微的档案考古、症候分析来丰富他对权力与主体、身体的思考。第三,1968年的法国学生运动的政治关怀、抵抗激情,结构主义理论带来的语言学范式转换等一并被福柯结合到权力思考中。

福柯不懈地将思想、观念进行历史性还原,进而探视这些被本质化或神圣化的事物生成的历史语境。在《事物的秩序》和《知识考古学》里,他提出要建立一种考察知识——陈述话语得以孕育的历史地层的考古学。考古学不关心知识的真伪、知识是否正确或有意义,而是关心知识如何被说出或组织出来。考古学是反解释学的,反对预设线性的、连续的历史观,并且总是试图在许多被压抑、遮蔽的历史话语材料中发现差异性的历史。

《事物的秩序》便是以知识考古学发现从 16 世纪到 19 世纪建立起的三种知识型,即一个时代的不同学科、思想和话语共同体现的知识形式。首先是文艺复兴时期的知识型,符号与其指称的事物以相类和相似原则被聚集起来,莎士比亚的戏剧、塞万提斯的《堂·吉诃德》、文艺复兴时期的绘画等艺术都遵循这一原则。其次是古典时代以分类原则或表征为主导的知识型。这个时代产生的植物学、普通语法和财富分析都是以分类和秩序原则建立起来的。法国作家萨德正是古典知识型向现代知识型的过渡,他的作品表达了语言、生命和需求的解放,同时也宣布了表征知识型的衰落。第三,19 世纪以来的现代知识型,即"人的科学",如现代的生物学、经济学和历史语言学对"人是什么"作出回答、书写和编码。而关于人的知识由康德所开创的"人类学"为代表,它们总是以人作为其对象,因此人文科学本身就是权力规训身体的重要场所。

作为尼采哲学的当代法国传承者,福柯一再宣布"人的终结",算是对尼采的"上帝之死"的回应。这一声明是深思熟虑的结果,通过知识考古学和谱系学分析,福柯发现既然"人"是由现代知识型建构,这个作为信念或知识形态的人,将随着现代知识型倾覆而消亡。在《词与物》中,福柯曾分析委拉斯开兹的《宫娥》所昭示的古典主义的表达空间或陈述原则,画面将画家、凝视、画布、镜子与观众都布置得井然有序,但唯独被表征者——国王和皇后不在场。福柯认为这一缺席恰恰显示了作为表征对象的人的缺席或虚空。

福柯还曾借边沁的环形监狱来揭示现代规训社会就是一个放大了的全景敞视监狱,通过凝视和监视等微观权力技术来规训主体。环形监狱是以凝视为中心发展出来的统治技术,监狱是一座环形建筑,囚犯被分别关押在彼此隔开的单人小囚室里,囚室的两面有两个小窗户,一个朝内,一个朝外,监狱中央耸立着瞭望塔。监视者通过瞭望塔对小囚室一览无余,而从小囚室却看不见监视者。因此这种隐秘的凝视成为权力规训个体的最佳象征,权力在此是非人格化的,监视依赖于监狱的建制或权力机制得以发挥。工厂、学校、军队和社团都纷纷仿效监狱通过凝视发挥规训权力,从而将原子式的个体生产成有效的、服务于社会的个体。通过空间划分和文化凝视的规训权力,现代社会避免了暴力的身体控制,而是以微观权力生产着它所期待的"人"或"主体"。

在福柯看来,主体就是虚构的知识,主体意味着虚空,福柯从启蒙思想的"主体"、"我思"概念转向了身体,即与权力和知识相关连的身体。权力是微观的、匿名的,也是主动的和充满争斗的,权力在此并非是消极和贬义的,它同时也是尼采意义上的富有抵抗和自我塑造冲动的。这样的权力观决定了福柯与主张在主体间建立理想的交往理性的哈贝马斯站在不同的立场上,二者因为对于理性和主体的不同看法加入到一场意义深远的德法思想之争。

原典选读

人文科学(节选)

The Human Sciences　马海良,译

> 这篇文章选自福柯的《词与物:人文科学的考古学》第十章《人文科学》。福柯认为人和人性并不是一个本质性的既定概念,而是学科和知识编织的对象,也是权力控制、规训和生产的对象。我们关于人和人道主义的观念,"一直酣睡在它不存在的危险乱石上。如同海滩上的印迹,没准下一个浪头,就会卷它而去。"从这个意义上,福柯说"人会像海边沙滩上的一张脸,被轻轻抹掉。"

知识三面观

现代思想认为,人的存在方式使自身能够扮演两个角色:他既是所有实证知识的基础,又毫无例外地加入经验客体之列。这与人的一般本质无关,而是自19世纪以来几乎不证自明地充当我们思想基础的那种历史先验性所使然。这一事实对于确定"人文科学"(human sciences)亦即以经验客体的人为对象的一套知识("话语"一词具有很强烈的意味,不可能比"知识"更中性)的地位而言,无疑具有决定性的作用。

首先应该看到,人文科学并没有继承一块已经划出、也许经过全面丈量但允许休耕、允许它们用实证的方法和最终变得科学的概念精耕细作的属地。18世纪并没有以人类的名义或人文的名义给人文科学传下来一个让它们去涵盖和分析的外围明确、内部空着的空间。人文科学穿越的这个认识论领域不是事先划定的,无论17世纪或18世纪,哲学、政治或道德选择,所有的经验科学,所有对人体的观察以及对感觉、想象或激情的分析,都未曾与人遭遇,因为人并不存在(不存在生命或语言或劳动)。由于某种理性主义的压力、某个未解决的科学问题、某些实践事宜,人们决定把人(不管是否情愿,但总算成功地)包括在科学的对象当中——也许还没有证明绝对可以把人归入这类对象当中——这时便出现了人文科学。当人在西方文化中构成有待构想和有待认识的对象时,人文科学出现了。毋庸置疑,每一门人文科学的历史出现都是由某个问题、某种需要、某些理论或实践序列的障碍所引发的:在心理学于19世纪逐渐形成一门科学之前,工业社会强加于个体的新规范无疑是必然的;在出现一种社会学思考之前,社会平衡乃至资产阶级建立的均衡格局自法国大革命以来受到的严重威胁无疑也是必然的。这些情况诚然可以解释为什么在如此这般的环境下、在针对如此这般的问题时,人文科学被阐发出来。自从人类开始存在并一起在社会中生活以来,无论孤立的人还是集团的人,竟然第一次成了科学的对象;但是

不能把人文科学的这种可能性或简单的事实看做或当做一种舆论现象：它是知识序列中的一个事件。

这一事件是由**知识**的重新布置所产生的：生物抛弃了再现空间之后，在生命深处占据了特定的位置，在新的生产形式的突起中获得财富，在语言的发展中得到词语。在这些条件之下，的确应该出现关于人的知识，它应该有科学的目的，与生物学、经济学和语文学同时同源，因此它自然被看做欧洲文化史上经验理性迈出的决定性的一步。然而由于一般再现理论正在消失，把人的存在看做所有实证知识之基础而加以质询的必要性日益突出，所以必然会发生不平衡的问题：人成了所有知识据以构成确凿的直接证据的基础，更不用说成了对所有人的知识加以质疑的正当理由。于是不可避免地出现了双重冲突：人文科学与科学本身争执不休，前者毫不动摇地声称是后者的基础，科学本身只得不停地反过来寻找自身的基础，证明自己的方法，清洗自己的历史，全力抵抗"心理学主义"、"社会学主义"和"历史主义"；人文科学也与哲学没完没了地争吵，哲学反对人文科学幼稚地为自身提供基础，而那些人文科学则声称以前构成哲学领域的对象本应该是它们的当然对象。

对上述方面必须有清醒的认识，但这并不一定意味着它们是在纯粹矛盾的情况下发展的；它们百多年来的存在和不知疲倦的重复并不表明面对的问题总是不确定的，它们实际上可以上溯到历史上一种极其确定的认识论排列。在古典时期，从对再现的分析工程到宇宙物质主题，知识领域是完全同质的：所有类型的知识无不通过确立差异来建立物质秩序，通过建立秩序来明确差异；数学如此，（广义上的）**分类学**如此，自然科学亦复如此；所有那些概算的、不完全的、基本自发的知识类型其实也是如此，它们在建构比较完整的话语或在日常交往中发挥着作用。同样的情况是，哲学家们以及"空想家们"为了开辟一条最概括的真理的必然之路，以不同于笛卡儿或斯宾诺莎的方式制造了那些长长的秩序链。可是从 19 世纪起，认识论领域变得破碎零散，甚至四分五裂。孔德式的线性分类和等级说盛极一时，这似乎是很难避免的事情，但是如果想把现代知识的所有分支都整整齐齐地码在数学基础之上，那就是仅仅让知识客观性观点支配所有的知识分支及其存在方式的实证性问题，支配在历史上曾经给予知识分支以对象和形式的可能性条件。

如果在这种考古学的层面上看问题，现代**知识**领域的秩序并不符合完美的数学化理想，也没有以形式纯洁性为基础展现一个渐次向经验性下移的长长的知识序列。应该把现代知识领地表现为一个三维空间：其中一维是数学和物理科学，这个序列总是与证据或真命题的演绎关联和线性关联。第二维是科学进一步把断裂但类似的成分联系起来，使它们能够确立相互之间的因果关系和结构恒量（如那些关于语言、生命、财富生产和分配的科学）。这两维构成一个共同平面，在不同的方向部位呈现出将数学应用于这些经验科学的领域或语言学、生物学和经济学等可以数学化的领地。第三维是哲学思考，它是作为**同一性**思想发展起来的。这个领域与语言学、生物学和经济学形成一个共同平面，我们正是在该平面上可以遇到且真的遇到过关于生命、异化的人和象征形式的各种哲学（首先出现于不同经验领域的概念和问题，后来被移置到哲学领域）；但是如果从某个非常哲学化的观点对这些经验的东西提出质疑，也会遇到那些试图以自身的存在来说明生命、劳动和语言之定义的局部本体论。最后,哲学领域和数学化的学科领域构成另一共同平面,即思想的形式化平面。

这个认识论三面体排除了人文科学,至少可以说,任何一维或任何一面都找不到它们的踪影。但是也不妨说,三维之中包括了人文科学,因为在这些知识分支的裂缝或三维空间里,它们占有一席之地。这种境况(从某种意义上说是微不足道的,从另一种意义上说是特殊的)使人文科学与所有其他的知识形式联系起来,它们的目的是在一定层面上实现或利用数学形式化,这一目的也许受到某些拖延,但是始终没有放弃。它们进一步与借自生物学、经济学和语言科学的范式或概念取得一致。它们直接针对人的存在方式;哲学只在有限性层面上构想人的存在方式,而人文科学则以穿越人的存在方式的所有经验显现为目的。也许正是三维空间内的这种云翳不清的分布使人文科学殊难定位,使它们在认识论领域里的位置一直飘摇不定,使它们显得危机四伏且危及四邻。说危及四邻,是因为它们好像永远威胁着其他知识分支。的确,无论演绎科学还是经验科学抑或哲学思考,只要仍然停留在自身的领地里,就不会招致人文科学的"反戈一击",就不会遭到人文科学的污染。但是我们知道,在建立将认识论空间的三个维度连接起来的中介平面时,经常会遇到什么样的困难;这三个严格界定的平面哪怕稍有偏差,都可能使思想跌入人文科学占据的领地,亦即陷入"心理学主义"和"社会学主义"或一言以蔽之的"人类学主义"的危险;倘若不能正确地看待思想与形式化的关系,例如不能正确地分析生命、劳动和语言的存在方式,这样的威胁就会立刻降临。在我们这个时代,"人类学化"是对知识的重大威胁。我们往往以为,人一旦发现自己并非创造活动的中心,并非空间的中心,甚至可能并非生命的顶峰和极致,就能得到自我解放。诚然,人不再独尊于世界王国之上,不再独霸存在的中心,但"人文科学"仍然是知识空间里的危险的中介。其实,这种状态注定是危机四伏的。正如经常声明的那样,细密厚实的对象客体并不能解释"人文科学"的困难性、飘摇性、不确定的科学性、类似哲学的危险性、对其他知识领域的模糊依赖性、永久的次要性和派生性以及自称的普遍性。人文科学谈论的不是这个人的形而上地位或抹不去的超验性,而是它们置身的认识论配置的复杂性,它们与那个三维空间的持久关系。

人文科学的形式

……

因此,人文科学并不是对人的天性的分析,而是将分析从实证的人(有生命的、言说的和劳动的存在)扩展到使这个存在者得以认识(或努力认识)生命的意义、劳动及其规律的本质以及他的言说方式的层面。可见,人文科学处于生物学、经济学和语文学之间的分界处(也是关联处)。不能错误地把人文科学看做人类物种及其复杂的有机性、行为和意识以及生物机制的一种内部扩展。也不能错误地把经济科学或语言科学(它们力图构成纯经济学和纯语言学,所以是不可能简约为人文科学的)置于人文科学当中。事实上,人文科学既不在这些科学的范围之内,也不使它们成为转向人的主体性的内部的东西。如果说人文科学在再现维度上重新使用它们,那也只是在外部斜面上重新把握它们,不管它们是否晦暗不明,把它们分隔的机制和功能看做事物,根据再现空间被打开时的样子而不是根据定义对那些功能和机制提出质疑。人文科学在此基础上展示关于它们的属性的再现是如何产生和被征用的;它们把生命、劳动和语言的科学暗中交还给那种有限分析法,揭示人在其存在中如何关注他所认识的事物和如何认识实证地决定他的存在方式的事物。但是人这种存在形式仅仅把有限性归诸自身,上述分析法所要求的人身上或至少与人十分贴近的东西通过人文科学而被确立为外面的知识。所以说人文科学并不直接针对某种内容(那个独特的对象,人类),它们具有纯形式的特点:很简单,与那些以人类为对象的科学(经济学和语文学完全与人类有关,生物学是部分有关)联系起来看,人文科学处于一种复制的位置,这个位置当然是有利于人文科学的。

这个位置体现在两个层面:人文科学并不认为人的生命、劳动和语言处于可以进行科学推断的最透明的状态,而是认为它们处于已有的表现、行为、态度、姿态、已经说出或写下的语句等层次间,它们属于那些行动、表现、交换、工作和言说的人们。在另一层面上(也是同样的形式属性,但是被推到极致和少有的程度),总是可以通过人文科学(心理学、社会学以及文化、观念或科学史)来处理这一事实:有些个体和社会具有某种关于生命、生产和语言的思辨知识,这些知识在大部分情况下是生物学、经济学和语文学。这可能表明,很难甚或不可能在经验层面上产生较大的价值;但这里可能是一种距离,是人文科学离开它们的发源之地后退入的一个空间,这一行动也可以用于它们自身(总是可以从人文科学中形成人文科学,例如从心理学产生心理学,从社会学产生社会学,等等),这样的事实足以表明它们的特殊配置。因此与生物学、经济学和语言科学联系起来看,人文科学并不缺乏确切性和严格性;它们就像复制科学,处于"元认识论"(meta-epistemological)的位置。也许这个"元"字用得不当,因为只有在说明一种初级语言的阐释规则时,才说元—语言。当人文科学复制语言、劳动和生命的科学时,当它们毫发不爽地复制自身时,其直接目的并不是为了建立一种形式化的话语;相反,它们把人看做有限性、相对性和透视性领域里的对象,把人推下没有终结的时间侵蚀的领域里。鉴于此,不如把人文科学说成"次认识论"(hypoepistemological)。如果去掉"次"的贬义,无疑就是对事实的很好说明:它将表明几乎所有的人文科学都留下了不可磨灭的模糊、不确切和不准确的印象,这完全是以实证性界定它们的做法所产生的表面效果。

[原典英文节选一] Man's mode of being as constituted in modern thought enables him to play two roles: he is at the same time at the foundation of all positivities and present, in a way that cannot even be termed privileged, in the element of empirical things. This fact — it is not a matter here of man's essence in general, but simply of that historical *a priori* which, since the nineteenth century, has served as an almost self-evident ground for our thought — this fact is no doubt decisive in the matter of the status to be accorded to the 'human sciences', to the body of knowledge (though even that word is perhaps a little too strong: let us say, to be more neutral still, to the body of discourse) that takes as its object man as an empirical entity.

The first thing to be observed is that the human sciences did not inherit a certain domain, already outlined, perhaps surveyed as a whole, but allowed to lie fallow, which it was then their task to elaborate with positive methods and with concepts that had at last become scientific; the eighteenth century did not hand down to them, in the name of man or human nature, a space, circumscribed on the outside but still empty, which it was then their role to cover and analyse. The epistemological field traversed by the human sciences was not laid down in advance: no philosophy, no political or moral option, no empirical science of any kind, no observation of the human body, no analysis of sensation, imagination, or the passions, had ever encountered, in the seventeenth or eighteenth century, anything like man; for man did not exist (any more than life, or language, or labour); and the human sciences did not appear when, as a result of some pressing rationalism, some unresolved scientific problem, some practical concern, it was decided to include man (willy-nilly, and with a greater or lesser degree of success) among the objects of science—among which it has perhaps not been proved even yet that it is absolutely possible to class him; they appeared when man constituted himself in Western culture as both that which must be conceived of and that which is to be known. There can be no doubt, certainly, that the historical emergence of each one of the human sciences was occasioned by a problem, a requirement, an obstacle of a theoretical or practical order: the new norms imposed by industrial society upon individuals were certainly necessary before psychology, slowly, in the course of the nineteenth century, could constitute itself as a science; and the threats that, since the French Revolution, have weighed so heavily on the social balances, and even on the equilibrium established by the bourgeoisie, were no doubt also necessary before a reflection of the sociological type could appear. But though these references may well explain why it was in fact in such and such a determined set of circumstances and in answer to such and such a precise question that these sciences were articulated, nevertheless, their intrinsic possibility, the simple fact that man, whether in isolation or as a group, and for the first time since human beings have existed and have lived together in societies, should have become the object of science — that cannot be considered or treated as a phenomenon of opinion: it is an event in the order of knowledge.

[原典英文节选二] This position is made perceptible on two levels: the human sciences do not treat man's life, labour, and language in the most transparent state in which they could be posited, but in that stratum of conduct, behaviour, attitudes, gestures already made, sentences already pronounced or written, within which they have already been given once to those who act, behave, exchange, work, and speak; at another level (it is still the same formal property, but carried to its furthest, rarest point), it is always possible to treat in the style of the human sciences (of psychology, sociology, and the history of culture, ideas, or science) the fact that for certain individuals or certain societies there is something like a speculative knowledge of life, production, and language—at most, a biology, an economics, and a philology. This is probably no more than the indication of a possibility which is rarely realized and is perhaps not capable, at the level of the empiricities, of yielding much of value; but the fact that it exists as a possible distance, as a space given to the human sciences to withdraw into, away from what they spring from, and the fact, too, that this action can be applied to themselves (it is always possible to make human sciences of human sciences — the psychology of psychology, the sociology of sociology, etc.) suffice to demonstrate their peculiar configuration. In relation to biology, to economics, to the sciences of language, they are not, therefore, lacking in exactitude and rigour; they are rather like sciences of duplication, in a 'meta-epistemological' position. Though even that prefix is perhaps not very well chosen: for one can speak of meta-language only when defining the rules of interpretation of a primary language. Here, the human sciences, when they duplicate the sciences of language, labour, and life, when at their finest point they duplicate themselves, are directed not at the establishment of a formalized discourse: on the contrary, they thrust man, whom they take as their object in the area of finitude, relativity, and perspective, down into the area of the endless erosion of time. It would perhaps be better to speak in their case of an 'ana-' or 'hypoepistemological' position; if the pejorative connotations of this last prefix were removed, it would no doubt provide a good account of the facts: it would suggest how the invincible impression of haziness, inexactitude, and imprecision left by almost all the human sciences is merely a surface effect of what makes it possible to define them in their positivity.

延伸阅读

1. 福柯,《疯癫与文明》(刘北成等译,三联书店,1992)。这部为疯癫而写的著作恰恰采取历史研究的形式反传统历史研究,德里达曾经质疑福柯能否用疯癫的语言为它作传,历史学家也质疑书中引用史料的确切性,如"愚人船"现象。不过这部著作无疑成为福柯的代表性著作之一,呈现着他关于人文主义的"主体"、"人"、"知识"、"理性"等概念的深刻反思。

2. 汪民安等编,《福柯的面孔》(文化艺术出版社,2001)。这是一本关于福柯思想的批评性读本,作者所讨论的问题涉及福柯思想的诸多方面,读本的编者、译者都以对于福柯的敬意参与其中。在这个意义上,该书为读者进一步了解福柯的思想提供了可资参照的背景。

3. 米勒,《福柯的生死爱欲》(高毅译,上海人民出版社,2003)。这本颇有争议的著作既非单纯的福柯传记,也非福柯著作的简单综述,"毋宁是在叙述一个奋斗的人生,这种奋斗旨在实践尼采的箴言'成为自己'"。作者试图追寻福柯的生命轨迹,探索福柯不惜一切所成就的"哲学的生活方式"。我们可以通过这本书更好地了解福柯的思想。

德里达

　　雅克·德里达(Jacques Derrida,1930—2004)出生于法国殖民地阿尔及利亚的法籍犹太裔家庭,毕业于法国知识分子的摇篮——巴黎高师,曾任巴黎高师哲学教授、社会科学研究所研究室主任。主要著作有:《论文字学》、《播撒》、《友谊的政治》、《另一只耳朵》、《马克思的幽灵》等。德里达的后结构主义实践一般被称为"解构主义",这来源于他对海德格尔的哲学概念"destruktion"的挪用,解构意味着拆解、分裂和颠覆,这个词语显示出他与海德格尔以及尼采哲学的内在关联。

　　1966年,德里达发表《人类科学话语中的结构、符号和游戏》后,次年又相继出版《论文字学》等三部著作,为解构主义登上思想舞台拉开序幕。向索绪尔的结构语言学致敬之后,德里达很快转入了他所擅长的本文拆解或解构颠覆。他认为索绪尔既然赞成语言结构中能指与所指的联系是任意的、差异性的,那么语言结构就是个开放系统,意义随着能指与所指关系的变化而不断发生变化,但是索绪尔没有彻底贯彻"语言即差异性"的观点,索绪尔坚持语言是个内在统一的整体,一个确定的、非历史的结构系统,由此规定着千变万化的话语实践。

　　德里达认为索绪尔从语言结构的方法批判西方形而上学,但最终当索绪尔为语言结构预设了一个先验的所指时,他仍然坠入形而上学不可自拔。德里达把西方形而上学传统视为"逻各斯中心主义"或"在场形而上学",即思想总是追求或设定一系列恒定的、同一性基础的传统,譬如柏拉图的"理念"、犹太-基督教的"上帝"、笛卡尔的"我思"、近代哲学的"主体"等。在《论文字学》中,德里达系统分析了言语/书写的二元对立关系,西方文化由于对书写的歧义和含混的恐惧,从而肯定言语,压抑书写。德里达认为,书写对意义的延宕和含混、多义性生产本身就是语言的内在特质,语言意义的生产就是从能指到所指的不断推延的过程。肯定声音而抵制书写的西方文化正是通过确立各式各样的二元等级对立,设定一系列"在场"的基础性的绝对真理来获得权威与合法性。

　　颠覆言语/书写的等级关系,不仅意味着使语言走向多义,更意味着像推倒多米诺骨牌一样,推倒各种在场的真理对于不在场或缺席的价值的压抑与统治,这些二元等级对立有理性/感性、真理/谬误、自然/文化等。因此解构主义实践从语言的解构走向了认识论的颠覆,它撕开形而上学的裂缝,暴露总体性中心主义的暴力。

解构主义也是一种抵抗和解构的阐释学。德里达创造了一系列解构策略进入形而上学的文本,他善于从文本的小注解、多次使用的词语或意象入手,暴露形而上学的内在矛盾之处,使其自行解构。"延异"(différance)是其中最为重要的解构策略。德里达生造"延异"一词,它来源于法语的"差异"一词 difference。"差异"只能表达空间上的差异,无法呈现时间上的延宕,因此"延异"既是对"差异"的增补,也是通过拼写上的干扰强调意义的多义性。"a"在法语中不发音,用它替换"e",就像置入一个引爆装置,因为 différance 和 difference 虽然在声音上没有区别,但是意义却产生了不小的差异。这两个词语就它们的相互关联而言,它们是意义的延异或延宕,就它们的区别而言则体现了差异。由此,德里达认为延异是语言所固有的力量,它不是本源、基础或在场,而是一种变动不息的推延力量,它是"无"——无声音、沉默、缺席,但是它却制造着新的意义,它是"有"的前提和替补,它消解着固化的"有",时时刻刻催生别样的"有"。

德里达否定有中心的结构的根本存在,符号的意义仅仅是"踪迹",它需要通过与其他符号的差异和区别来呈现。在这个意义上,文本的意义生成于"互文性"(intertextuality)中。解构主义眼中的互文性实际上消解了文本的界限,文本不再是那个有确定作者,具有题目和篇幅的传统文本。一部作品没有边界,它不断播撒到其他作品中。集合了符号的文本并不传达任何固定、权威的意义,意义总是通过播撒不断再生。由于"延异"既是符号的固有特征,也是意义的生产方式,因而文本永远处于意义延异、增补、擦抹的过程之中,而文本的界限不断瓦解。

德里达的解构主义思想其实是借用形而上学话语对形而上学传统的突围。正如斯皮瓦克在《论文字学》的前言里说:即便在我们有意消解形而上学的时候,我们仍处于形而上学的"围墙"(cloture)之内。如若把形而上学的这种"终结"(closure)仅仅设想为形而上学在时间上的完结点,我们就会犯历史循环论的错误。

原典选读

外与内(节选自《论文字学》)

Of Grammatology Linguistics and Grammatology　　汪堂家,译

《论文字学》是德里达的解构主义思想的奠基之作。德里达系统分析了言语/书写的二元对立关系,西方文化由于对书写的歧义和含混的恐惧,从而肯定言语,压抑书写。德里达认为,书写对意义的延宕和含混,以及多义性产生本身就是语言的内在特质,语言意义的产生就是从能指到所指的不断推延的过程。肯定声音而抵制书写的西方文化正是通过确立各式各样的二元等级对立,设定一系列"在场"的绝对真理来获得权威与合法性。

一方面,根据不仅在理论上而且在实践上(按照实践的原则)支配着言语与文字的关系的西方传统,索绪尔仅仅从文字上看到了一种狭隘的派生功能。之所以说狭隘,是因为它不过是语言突然遇到的事件的形式。事实证明,语言的本质始终与文字无关。"语言有一种独立于文字的口述传统"(《普通语言学教程》,学院版,第46页*)。之所以说它是派生的,是因为它具有指代性:它是第一能指的能指,是自我呈现的言语的再现,是对意义(所指,概念、理想对象或诸如此类的东西)的迅速、自然而直接的表达的再现。索绪尔重新采纳了文字的传统定义,在柏拉图和亚里士多德那里,这种定义仅限于表音文字模式以及词句性的语言。我们不妨回忆一下亚里士多德的定义:"言语是心境的符号,文字是言语的符号"。索绪尔说:"言语与文字是两种不同的符号系统;再现前者是后者存在的唯一理由"(学院版,第45页,着重号系引者所加)。这种指代性规定除了在本质上与符号概念相通之外,并不表示一种选择或评价,也不违背索绪尔所特有的心理学或形而上学前提,它描述或者毋宁说反映了某种文字的结构,这种文字就是我们所说的表音文字,一般的认识(科学与哲学)和特殊的语言学都以其基本原理为基础。而且,我们应该说模式而不是说结构:它并不是指构造出来的功能完好的系统,而是指明确引导某种功能的理想,这种功能实际上并不完全具有表音性质。事实上,这也是出于我们常常提到的本质性的原因。

的确,关于表音文字可谓聚讼纷纭②,它支配着我们的全部文化和全部科学,这无疑不是一个普通的事实。它丝毫不符合一种绝对的和普遍的本质必然性。索绪尔由此出发,确定了普通语言学的计划和目的:"语言学的对象不是由文字组合和言语组合决定的,只有后者才构成语言学的对象。"(第45页,着重号系引者所加)

他要回答的问题的形式已经决定了问题的答案。这意味着了解何种语词是语言学的对象以及那些微小的单元(即写出的字和说出的词)之间存在何种关系。语词(vox)已经是意义和声音的统一体,是概念和声音的统一体,或用索绪尔的更为严格的语言说,是所指与能指的统一体。而且,最后这个术语一开始只出现在口语领域,出现在狭义的语言学的范围内,而不是出现在符号学的范围内("我们建议保留符号这个词以表示整体,并分别别用所指与能指代替概念和声音印象。"第99页)。因此,语词已经是一种构造出来的统一体,是"'思想—声音'暗含着分裂这一神秘事实"的结果(第156页)。即使念出这个词,即使它暗含其他分裂,只要我们在考虑"思想—声音"的不可见的统一性时提出言语与文字的关系问题,答案就完全是现成的。文字就具有"表音性",它就会成为外壳,成为语言或"思想—声音"的外在表现。它必然运用既有的意指单元以及它尚未介入的结构。

……

事实上,索绪尔认为只有两种文字系统,这两种系统被确定为口语再现系统,它要么以综合的完整的形式表示语词,要么以表音方式表示构成语词的声音要素:

　＊　索绪尔引言所注页码指其原著页码,下同。——本书编者注

②　原文为 Ce factum de l' écriture phonétique est massif. "factum"系古拉丁文,初指"遗嘱",后引申为"陈情书","事实陈述","争论性文章"等,德里达用词好取古义,或为体现"意义如种子般撒播"的思想而将古义今义并用。——译者注

只有两种文字系统:1.表意文字系统。在这种文字系统中,语词用单一的外在于它的声音要素的符号来表示。这种符号与整个语词相关,并间接地与语词所表达的观念相关。汉字是这种系统的典型例子。2.通常所说的"表音"文字系统。这种系统试图再现语词的一系列声音。表音文字有时用音节,有时用字母,也就是说,它以不可还原的言语要素为基础。而且,表意文字可以自由组合:有些表意文字在丧失原有价值后最终只用来表示孤零零的声音。(第47页)

在索绪尔眼里,这种限制归根到底由符号的任意性概念来保证。由于文字被确定为"符号系统",就不存在"表意"文字(在索绪尔的意义上),也不存在"图画式"文字:只要书写符号与未被指称而是被描述、描画的事物保持自然的表形关系和相似关系,就不存在文字。因此,在索绪尔看来,象形文字或自然文字的概念是矛盾的。如果我们考虑一下象形字、表意字等概念的广为人知的弱点,考虑一下所谓的象形字、表意字与表音字之间的界限的不确定性,我们不仅可以注意到索绪尔的界定不够慎重,而且会意识到普通语言学有必要抛弃从形而上学中继承的一整套概念(常常借助心理学),而这些概念以任意性概念为中心。所有这些完全超载了自然/文化的对立,而涉及 physis(自然)和 nomos(法则或秩序)之间,physis(自然)和 technè(技艺)之间的偶然对立,它的最终作用也许是派生历史性;矛盾的是,它只有以任意的形式并且在自然主义的基础上才会承认历史、生产、制度,等等的权利。让我们暂且撇开这个问题:也许这种事实上支配形而上学机制的举动也已载入历史概念,甚至载入了时间概念。

此外,索绪尔作了另一个严格的限定:

我们的研究仅限于表音系统,特别是今天使用的、源于希腊字母的表音系统。(第48页)

由于这两种限定最终满足了最正当的要求,它们使人更加信服:语言学的科学性事实上取决于语言学领域的许多严格限制,取决于它是由内在必然性支配的系统,取决于它以某种方式封闭着的结构。表现主义的(représentativiste)文字概念将问题简单化。如果文字不过是言语的"形象表达"(第44页),人们就有权将它从系统的内在性中排除出去(因为我们必须相信语言有内在方面),正如我们可以将印象从现实性的系统中完好无损地排除一样。索绪尔在将"文字对语言的再现"作为他的主题时主张,"文字本质上外在于语言的内在系统"(第44页)。外在/内在,印象/现实,再现/在场,这都是人们在勾画一门科学的范围时依靠的陈旧框架。这是一门什么样的科学呢?这是一门不再符合传统认识概念的科学,因为它的领域的创造性——由它开创的创造性——在于,"印象"的开端是"现实性"的条件:这是一种不再着眼于"印象"与"现实"、"外在"与"内在"、"现象"与"本质"这种简单区别和不可调和的外在性的关系,它包含与这种外在性必然相连贯的整个对立系统。柏拉图对文字、言语与存在(或理念)的关系也发表过基本相同的看法,他提出了关于印象、描画和模仿的理论,这种理论比索绪尔的语言学的诞生所依据的理论更为精致、更为关键、更令人不安。

对表音文字的专门考察能适应"内部系统"的要求,这决不是偶然的。表音文字发挥作用的基本原则恰恰是尊重和保护语言的"内部系统"的完整性,即使它事实上无法做到这一点。索绪尔的限定不能随意适应"内部系统"的科学要求。表音文字的可能性本身以及"记号"与内在逻辑的外在关系,将这种要求本身变成了一般的认识论要求。

但是不要把事情简单化:在这一点上索绪尔也表示不安。否则,他为何如此重视这种表面现象、这种散漫的形象化、这种外壳、这种双关性呢? 他为何断定"不能撇开"涉及语言的内在性的抽象观念本身呢?

尽管文字本质上外在于内部系统,但是不能撇开人们不断对语言进行形象化描述的方式;我们必须了解它的功用、缺点和危险。(第44页)

因此,文字具有我们归之于器具、归之于不完善的工具、归之于危险及至邪恶的技巧的那种外在性。我们更加明白,为何索绪尔几乎在《普通语言学教程》的开头就花了如此晦涩的一章去讨论这种外在的形象描述,而不是将它作为附录或旁注。这并非描述而是保护乃至恢复语言的内部系统在概念上的纯洁性,以防止它受到最严重、最不顾信义、最持久的污染,这种污染不断威胁着语言的内部系统,甚至败坏这一系统,它发生在这样一种东西的进程中:索绪尔竭力把它视为外在历史,视为在有"记号"之时就从外部影响语言的一系列突发事件(第45页),仿佛文字随"记号"的开始而开始,随记号的终结而终结。《斐德若篇》(275a)已经提到,文字的弊端是外来的(ἔξωθεν)。而从日内瓦来的那位语言学家却以道学家或传道士的口吻宣布文字的污染,宣布这一事实或它造成的威胁。这种口吻值得注意:在现代逻各斯科学走向自律并获得其科学性时,仿佛仍有必要谴责异端邪说。这种口吻很早就出现了,那时,认识和逻各斯已经面临共同的可能性,《斐德若篇》曾宣布文字是诡诈技巧的入侵,是完全原始的破墙入盗(effraction),是典型的暴力:是外在性从内在性中喷发出来,是对灵魂深处的破坏,是灵魂在真正的逻各斯之内的活生生的自我呈现,是言语的自助。在如此激愤的情况下,索绪尔那带有强烈感情色彩的论证所针对的就不仅仅是一种理论错误,不仅仅是一种道德过失:是一种污行并且首先是一种原罪。马勒伯朗士(Malebranche)和康德等人常将原罪定义为灵魂与肉体的关系因情感而发生错位。索绪尔也指责言语与文字的自然关系的错位。这并非简单的类比:文字、字母、可感知的铭文始终被西方传统视为外在于精神、呼吸、言语和逻各斯的形体与物质材料。灵魂与肉体问题无疑源于文字问题,反过来,文字问题又似乎从灵魂与肉体问题中借用其比喻。

文字,可感知的物质和人为的外在性:一种"外衣"。我们有时争辩说,语言是思想的外衣。胡塞尔、索绪尔和拉韦尔(Lavelle)都怀疑这一点。但是,人们曾经怀疑过文字是言语的外衣吗? 对索绪尔来说,这是堕落和迷茫的外衣,是腐化和伪装的礼服,是必须驱除其魔力,即用经文祛邪的节日面具:"文字掩盖了语言的外观,它不是一种外衣,而是一种伪装。"(第51页)这真是一幅奇怪的"画面"。有人怀疑,如果文字是一种"图画"和外在的"摹写",这种"描绘"就不是单纯的描述。外与内的关系通常不过是一种简单的外在关系。"外"的意义始终处于"内"中,禁锢在"外"之外。反之亦然。

因此,语言科学必须恢复言语与文字即内与外之间的自然关系——简单的和原始的关系。它必须恢复它的全部青春以及起源的纯洁性,这种起源没有历史,也没有一种本可能歪曲内外关系的衰落过程。所以,语言符号和书写符号之间的关系有一种自然关系,研究符号任意性的理论家也要求我们注意这一点。按照以前提到的历史—形而上学前提,首先,意义与感官之间有一种自然纽带,并且正是这种纽带将意义传递给声音:"这种自然纽带",索绪尔说,是"唯一真正的自然纽带,声音的纽带"。(第46页)所指(概念或意义)与语音能指的这种自然纽带决定了文字(可见的图画)对言语的自然从属关系。这种自然关系本来会被文字的原罪所颠倒:"文字图画通过牺牲声音而最终将自身强加给它们……自然关系被颠倒过来。"(第47页)马勒伯朗士将原罪解释为疏忽、贪图方便和懒惰,解释为成了亚当的"消遣"的那种虚无。但这种"消遣"只有在纯洁的圣言之前才是有罪的:既然什么也没有发生,圣言就没有发挥威力和作用。

……

我们发现,在此有助于思考言语与文字的相互关系的那些概念如稳固性、持久性和延续性概念,过于松散和空洞,不利于进行各种非批判性的使用。对这些概念需要进行更仔细更精微的分析。这同样可以说明为何在"大部分人看来,视觉印象比听觉印象更清晰更持久"(第49页)。对"僭越"的这种说明不仅在形式上是经验的,在内容上是不可靠的,而且涉及一种形而上学,涉及一种关于感知能力的旧生理学,而这种生理学既不断被科学所否证,也不断被语言经验以及作为语言的形体本身所否证。它轻率地从可见物中获取有形的、简单的和本质的文字因素。尤为重要的是,在将可以听到的声音看作自然媒介时,语言必须借助这种媒介对其人工符号自然地进行分解与组合,从而运用其任意性。这种说明一面肯定了言语与文字的某种自然关系的所有可能性,一面又排除了这种可能性。它将它不断使用的自然概念和人工产品概念混为一谈,而没有故意摒弃这些概念。从一开始人们就应该从事这一工作。最后,并且最重要的是,它与一个基本论断相矛盾,按照这种论断,"语言的要素与语言符号的表音特点无关"(第21页)。这一论断很快会被我们所接受,它显示了索绪尔的主张的另一面,正是这一方面揭示了"文字的错觉"。

这些限制和前提意味着什么呢?首先,它意味着,只要语言学按照特定的模式确定它的外在性与内在性,只要它不按各自的普遍性程度严格区分本质与事实,这门语言学就不是普通语言学。普通文字系统并不外在于普通语言系统,除非我们承认外在与内在的划分转向内在的内在或外在的外在,以致语言的内在性本质上受到了明显外在于其系统的各种力量的干扰。基于同样的原因,一般文字并非一般语言的"图画"或"形象描述",除非人们重新考虑在与之无关的系统中图画的性质、逻辑和功能。文字并非符号的符号,除非说它是所有符号的符号(从更深刻的意义上讲,这恰恰是正确的)。如果所有符号都表示一种符号,如果"符号的符号"表示文字,就不可避免要得出我们以后将要考察的某些结论。索绪尔看到但未领会、知道而未能深解的东西伴随整个形而上学传统。这就意味着,人们曾经必须而短暂地将某种文字模式视为描述言语系统的工具与手段(除不精确的原则、不充分的事实和持续的僭越之外)。这种独一无二的作法如此深刻,以致我们可以通过语言思考符号、技术、指代、语言这类概念。与表音—拼音文字相联系的语言系统是产生逻各斯中心主义的形而上学的系统,而这种形而上学将存在的意义确定为在场。这种逻各斯中心主义,这个充分言说的时代,始终给对文字的起源与地位的所有自由思考,给整个文字学加上括号,对它们存而不论,并因为一些根本原因对它们进行抑制,但文字学并非本身有赖于神话学和自然文字的隐喻的技术和技术史。正是逻各斯中心主义在通过糟糕的抽象去限制一般语言的内在系统时,妨碍索绪尔和他的大多数后继者①充分而明确地确定人们所说的"语言学的完整的具体对象"。(第23页)

相反,如上所述,当索绪尔不再明确地考察文字时,当他以为这一问题已被完全悬置起来时,他也开辟了普通文字学领域。这样,文字不仅不再从普通语言学中被排除出去,而且支配它并把它纳入自身之内。于是,人们意识到,那个被逐出界外的东西,语言学那个四处飘零的流浪者,不断涉足语言的领域,把它作为自己最重要、最贴近的可能性。于是,那个没有道出的东西被铭记在索绪尔的话语中,它不过是作为语言起源的文字本身。于是,对第六章所指责的僭越和圈套,我们开始作出深刻而间接的说明,这种说明会推翻那个被过早回答的问题的形式。

[原典英文节选一]

The Outside and the Inside ②

On the one hand, true to the western tradition that controls not only in theory but in practice (*in the principle of its practice*) the relationships between speech and writing, Saussure does not recognize in the latter more than a *narrow* and *derivative* function. Narrow because it is nothing but one modality among others, a modality of the events which can befall a language whose essence, as the facts seem to show, can remain forever uncontaminated by writing. "Language does have an... oral tradition that is independent of

---

① "语言的能指方面只能由一些规则组成,言语的语音方面必须遵守这些规则。"参见特鲁贝茨科伊(Troubetzkoy)《音位学原理》法译本,第2页。正是在雅各布森和哈勒的《音位学与语音学》(《语言的基本原理》的第一部分被翻译并被收入《普通语言学论文》,第103页)中,索绪尔计划中的音位学部分似乎得到了非常系统和非常严格的捍卫;耶尔姆斯莱夫(Hjelmslev)的"代数学"观点显然无损于这个部分。

② The introductory portion of this chapter sketches Derrida's notion of grammatology as "a science of writing," on the principle that "The concept of writing should define the field of a science" (P. 27). Derrida distinguishes between linguistics and grammatology by asserting that the "scientific" status for linguistics is grounded on phonology, leading to a conception of the primary task to be demonstrating the "unity" of sound and meaning. Under this view, which we specifically note is *not* a proposition that would have been viewed so complacently after Chomsky's *Syntactic Structures* (1957) and would very likely have been rejected outright after his *Aspects of the Theory of Syntax*, it is Derrida's view that the problem of wirting would remain "outside" the field of linguistics, as "the sign of a sign" while the essential task has been taken to be demonstrating the "unity" of sound and meaning, which therefore appears to place writing "outside" the field of linguistics proper, as "the sign of a sign." It is, we think, of more than slight importance to note that this disparity of conception is fundamaental, no doubt implicated in some controversies in the reception of Derrida's work, despite the fact that Derrida's point *could* be recast relative to the distinction between "deep" and "surface" structure, or in the difficulty of detemining the precise nature of the semantic relation between the base component and explicit expressions.

[Spivak] The title of the next section is "The Outside the Inside." In French, "is" (*est*) and "and" (*et*) "sound the same." For Derrida's discussion of the complicity between supplementation (and) and the copula (is), see, particularly, "Le supplément de copule: la philosophie devant la linguistique," in *Margins of Philosophy*.

writing" (*Cours de linguistique générale*, p. 46). Derivative because *representative*: signifier of the first signifier, representation of the self-present voice, of the immediate, natural, and direct signification of the meaning (of the signified, of the concept, of the ideal object or what have you). Saussure takes up the traditional definition of writing which, already in Plato and Aristotle, was restricted to the model of phonetic script and the language of words. Let us recall the Aristotelian definition: "Spoken words are the symbols of mental experience and written words are the symbols of spoken words. " Saussure: "Language and writing are two distinct systems of signs; the *second exists for the sole purpose of representing* the first" (P. 45; italics added) [p. 23]. ① This representative determination, beside communicating without a doubt essentially with the idea of the sign, does not translate a choice or an evaluation, does not betray a psychological or metaphysical presupposition peculiar to Saussure; it describes or rather reflects the structure of a certain type of writing: phonetic writing, which we use and within whose element the *epistémè* in general (science and philosophy), and linguistics in particular, could be founded. One should, moreover, say *model* rather than *structure*; it is not a question of a system constructed and functioning perfectly, but of an ideal explicitly directing a functioning which *in fact* is never completely phonetic. In fact, but also for reasons of essence to which I shall frequently return.

To be sure this factum of phonetic writing is massive; it commands our entire culture and our entire science, and it is certainly not just one fact among others. Nevertheless it does not respond to any necessity of an absolute and universal essence. Using this as a point of departure, Saussure defines the project and object of general linguistics: "The linguistic object is not defined by the combination of the written word and the spoken word: *the spoken form alone constitutes the object*" (p. 45; italics added) [pp. 23-24].

[原典英文节选二] It is not by chance that the exclusive consideration of phonetic writing permits a response to the exigencies of the "internal system. " The basic functional principle of phonetic writing is precisely to respect and protect the integrity of the "internal system" of the language, even if in fact it does not succeed in doing so. *The Saussurian limitation does not respond, by a mere happy convenience, to the scientific exigency of the "internal system. " That exigency is itself constituted, as the epistemological exigency in general, by the very possibility of phonetic writing and by the exteriority of the "notation" to internal logic.*

[原典英文节选三] What do these limits and presuppositions signify? First that a linguistics is not *general* as long as it defines its outside and inside in terms of *determined* linguistic models; as long as it does not rigorously distinguish essence from fact in their respective degrees of generality. The system of writing in general is not exterior to the system of language in general, unless it is granted that the division between exterior and interior passes through the interior of the interior or the exterior of the exterior, to the point where the immanence of language is essentially exposed to the intervention of forces that are apparently alien to its system. For the same reason, writing in general is not "image" or "figuration" of

---

① [Spivak] Hereafter, page numbers in parentheses refer to the original work and those in brackets to the English translation.

language in general, except if the nature, the logic, and the functioning of the image within the system from which one wishes to exclude it be reconsidered. Writing is not a sign of a sign, except if one says it of all signs, which would be more profoundly true. If every sign refers to a sign, and if "sign of a sign" signifies writing, certain conclusions—which I shall consider at the appropriate moment—will become inevitable. What Saussure saw without seeing, knew without being *able* to take into account, following in that the entire metaphysical tradition, is that a certain model of writing was necessarily but provisionally imposed (but for the inaccuracy in principle, insufficiency of fact, and the permanent usurpation) as instrument and technique of representation of a system of language. And that this movement, unique in style, was so profound that it permitted the thinking, *within language*, of concepts like those of the sign, technique, representation, language. The system of language associated with phonetic-alphabetic writing is that within which logocentric metaphysics, determining the sense of being as presence, has been produced. This logocentrism, this *epoch* of the full speech, has always placed in parenthesis, *suspended*, and suppressed for essential reasons, all free reflection on the origin and status of writing, all science of writing which was not *technology* and the *history of a technique*, itself leaning upon a mythology and a metaphor of a natural writing. ① It is this logocentrism which, limiting the internal system of language in general by a bad abstraction, prevents Saussure and the majority of his successors② from determining fully and explicitly that which is called "the integral and concrete object of linguistics" (p. 23) [p. 7].

But conversely, as I announced above, it is when he is not expressly dealing with writing, when he feels he has closed the parentheses on that subject, that Saussure opens the field of a general grammatology. Which would not only no longer be excluded from general linguistics, but would dominate it and contain it within itself. Then one realizes that what was chased off limits, the wandering outcast of linguistics, has indeed never ceased to haunt language as its primary and most intimate possibility. Then something which was never spoken and which is nothing other than writing itself as the origin of language writes itself within Saussure's discourse.

---

① [Spivak] A play on "époque" (epoch) and "epoche," the Husserlian term for "bracketting" or "putting out of play" that constitutes phenomenological reduction.

② [Derrida / Spivak] "The signifier aspect of the system of language can consist only of rules according to which the phonic aspect of the act of speech is ordered," [N. S.] Troubetzkoy, *Principes de phonologie*, tr. fr. [J. Cantineau (Paris, 1949); *Principles of Phonology*, tr. Christiane A. M. Baltaxe (Berkeley and Los Angeles, 1969)], p. 2. It is in the "Phonologie et phonétique" of Jakobson and Halle (the first part *of Fundamentals of Language*, collected and translated in Essais de linguistique générale [tr. Nicolas Ruwet (Paris, 1963)], p. 103) that the phonologistic strand of the Saussurian project seems to be most systematically and most rigorously defended, notably against Hjelmslev's "algebraic" point of view.

延伸阅读

1. 德里达,《人文科学语言中的结构、符号及游戏》(见戴维·洛奇编《20世纪文学评论》下编,上海译文出版社,1993)。这篇文章也被视为德里达对解构主义思想的首次公开陈述。文中,德里达对索绪尔语言学和结构主义的"以唯心主义的和不彻底的假设为前提"提出质疑,通过对索绪尔、列维-斯特劳斯、卢梭的文本的解构式阅读,德里达认为符号不是概念意义和声音现象的单纯结合,符号与意义之间是一种延宕关系。

2. 德里达,《延异》(见汪民安编《后现代话语:从德里达到萨义德》,浙江人民出版社,2000)。此文选自德里达的《哲学的边缘》。"延异"作为德里达的解构思想的重要策略或范畴,它指向了有着安全的中心、基础和本质的形而上学。通过意义在书写文字间不断延异、消泯和替换,封闭的语言结构网络被击破,形而上学的二元等级区分被消解。

3. 乔纳森·卡勒,《论解构》(陆扬译,中国社会科学出版社,1998)。卡勒曾在《结构主义诗学》一书中为美国读者介绍欧洲理论,此书出版后在美国学界引起巨大反响。卡勒的《论解构》一书从"同情"的理解角度评述了解构主义思想和文学批评。

VI 后现代主义

　　后现代主义思潮与西方战后的后工业社会的语境紧密相连。后现代思想深刻而彻底地质疑启蒙理性的总体性、本质主义前提。在工业时代，启蒙理性所代表的总体性、基础性的神圣价值在后工业时代的后现代思想的审视下，被还原为历史偶然性、断裂的意义或不断延宕的符号游戏；与工具理性相连的那个崇高"主体"被瓦解或"不在场"。在思想的影响关系上，后现代思想是对尼采的权力意志思想和海德格尔的存在论思想的"接着说"，它们还经历了索绪尔语言学影响下的"语言学转向"的范式转换。

　　后现代主义绝不是一个思想风格相对统一的流派，相反，关于"后现代"和"后现代主义"的界说历来众说纷纭，这也许是因为这个思潮正是当代社会生活在文化和批评理论中的投射，生活于其中的思想家、批评者，面对激烈的历史变迁和结构性冲突，拒绝继续以一个先验自明的主体身份，对世界做出对象化的、貌似客观的科学概括。"后现代主义"被冠以"后"（post），那么如何理解后现代主义和现代主义的关系呢？有人认为后现代主义是现代主义的终结，或者说后现代主义带有强烈的审美倾向，与极盛现代主义的价值发生断裂。如哈桑（Ihab Hassan, 1925—　）在他的《后现代转折》中概括了文学艺术领域中的后现代主义特征。哈桑发现1960年之后，西方社会出现后现代主义的文化转向，后现代主义艺术在各个方面都成为现代主义的反动。在文化特征上，由于否定启蒙现代性创建的基础和秩序，后现代主义呈现出不确定性和内在性，推而广之，还有无深度性、卑琐性、不可表现性等。

　　另一种态度则关注二者之间的复杂关联。福柯注意到现代正是与传统相对和断裂,而后现代显然不是对现代的直接传承。但是,他拒绝以时间分期的方式来思考,在《什么是启蒙》这篇文章中他回到康德提出的这一问题,并重新加以考量:"我自问,人们能否把现代性看作一种态度而不是历史的一个时期。我说的态度是指对于现代性的一种关系方式:一些人所作的自愿选择,一种思考和感觉方式,一种行动、行为的方式。它既标志着属性也表现为一种使命。当然,它也有一点像古希腊人叫做气质(ethos)的东西。"福柯提醒我们,我们何尝不可以从更宽泛的视角理解后现代主义,以及它与现代主义的关联呢。而利奥塔则以一种悖论的方式对此表达了他的洞见:"一部作品只有先成为后现代的,它才能成为现代的。照此理解,后现代主义并不是行将灭亡的现代主义,而是处于初期状态的现代主义,这种状态是持之以恒的。"

后现代主义推崇多元性、异质性,强调与他者对话甚于将他者视为知识性的客体,他们内在的理论多样性并不能掩盖他们所共享的基本立场,即对于启蒙理性传统的反思。面对现代性的启蒙传统,一些后现代主义者充满怀疑和忧思,启蒙理性所致力于寻找的永恒真理、终极价值在侧身于科技统治时代的他们看来不啻于话语神话,而启蒙政治孜孜以求的永恒正义或普遍性的自由国度,被20世纪历史现实的残垣断壁证明为乌托邦幻象。我们在"后结构主义"一篇里已经提到福柯、德里达的理论贡献,这两位法国学者开拓了一条走向后现代话语的道路,不仅他们彼此有深刻的批评,同时他们和利奥塔一起,卷入了与哈贝马斯的一场关于如何对待启蒙传统的德法之争。因此他们无疑也属于后现代理论的阵营,此外还有我们在本篇中将要介绍的波德里亚、布迪厄、德鲁兹等,他们都对处于激变中的当代社会(晚期资本主义、消费社会、后工业社会)给出了各自的深刻批评。

在西方关于后现代工业社会、文化的汗牛充栋的社会学研究中,还有其他一些学者及其理论比较有代表性。譬如,丹尼尔·贝尔(Daniel Bell, 1919—)以非意识形态立场继承和反思古典马克思主义,他提出后工业社会理论已超越马克思对于人类社会的划分,贝尔认为科技进步和中产阶级的壮大标志着工业化国家向后工业化国家转变。在他的名著《资本主义社会的文化矛盾》(*The Cultural Contradictions of Capitalism*, 1978)中,贝尔分析了资本主义社会中政治、经济和文化领域的脱节与对立,资本家和艺术家这对资本主义的双生子,在共同将历史从封闭的传统社会导入资本主义社会之后,变得势不两立。这种结构性的文化矛盾来源于世俗社会对超验性价值的放逐与追忆,因而后工业社会必将产生其根本的信仰和文化危机。

齐格蒙·鲍曼(Zygmunt Bauman, 1926—)作为当代最有影响的社会学家之一,他的思想触角延伸到了现代性命运、知识分子角色、工业社会等令人困惑和迫切的问题中。他 1987 年出版的《立法者与阐释者:现代性、后现代性与知识分子》(*Legislations Interpreters: On Modernity, Postmodernity and Intellectuals*)一书中,首次将现代性和后现代性社会中,知识分子的社会境遇与角色并立研究,并分析其身份的根本变迁的复杂因素。1997 年的《后现代性及其缺憾》(*Postmodernity and Its Discontents*)一书,是一本内容涉及道德、宗教、艺术、性等多个领域的文集,其中鲍曼富有创见地指出观光者和流浪者是当代社会的隐喻,我们都处于"完美的观光者"和"不可救药的流浪者"两极之间,即生存的"无家"和漂泊状态。

伴随战后社会的急遽变迁,由英国左翼学者组成的伯明翰学派,开始了较早的文化研究(cultural study),我们曾在"马克思主义篇导论"中有所提及。这一越出经典学术藩篱,研究大众文化、消费和媒体文化等新兴的社会文化现象的批评范式逐渐星火燎原,形成影响 20 世纪后半叶至今的批评领域。文化研究正面回应了后现代文化对于精英主义的质疑,并且系统研究被传统学术视为边缘或"俗文化"的领域,反思后现代社会的根本问题。后现代主义的诸多批评理论都成为文化研究不断援引的理论资源。其中,费瑟斯通(Mike Featherstone, 1945—)关于后现代社会中的大众文化和消费文化的研究引人注目。在《消费主义与后现代主义》(*Consumerism and Post-culturalism*)中,费瑟斯通明确地指出文化和消费已经成为后现代社会的结构性特征,这区别于此前以生产为核心的传统社会,消费不仅只是物质欲望的宣泄,同时还凝结和呈现出社会关系。

后现代思想内部充满多元性、差异性的声音,同时在这种思想范式的冲击和辐射下,古典马克思主义意义上的"阶级"和曾经处于边缘的"性别"、"种族"、"民族"等范畴被重新探讨或赋予新的意义。我们还将在下面的章节里继续介绍后现代批评理论的影响。

格林布拉特

　　20 世纪 70 年代之后,西方文学理论出现了对于重新观照历史的回流,"主体"、"语境"、"历史"、"权力"等曾经被形式主义批评逐出文学理论的诸范畴,以新的方式回到文学研究中。这就是新历史主义在文学的形式批评式微之时,在福柯的话语理论、阿尔都塞的意识形态理论和克利福德·吉尔兹(Clifford Geertz)的人类学"深描"(thick description)说的影响下重振旗鼓,他们将文学重新置于历史和社会文化的语境中,穿越文学与非文学的界限,将文学视为人类学意义上的文化样式,他们也深受当代阐释学的惠泽,放弃对历史原义的追踪,而是从当下的语境对历史事件的投射进行大胆的主观取舍和历史阐释。

　　新历史主义(New Historism)萌生于 70 年代,1982 年美国加州大学柏克莱分校教授斯蒂芬·格林布拉特(Stephen Greenblatt,1943—　　)为《文类》(Genre)杂志文艺复兴研究专号编选一组文章,格林布拉特为此撰写导言,称这些文章体现了新历史主义倾向。此后这一名称不胫而走,人们普遍接受并以此称呼这一新的理论和批评流派。新历史主义的代表人物还有海登·怀特(Hayden White)、多利莫尔(Jonathan Dollimore)、路易·蒙托斯(Louis Montrose)、维勒(Don E. Wayne)等。事实上,在新历史主义批评之前,美国的文化符号学、英国的文化唯物论、德国的法兰克福学派、法意的新历史学派等先后提出"历史意识"、"历史批判",由此透视文化和阐释意义。新历史主义在大西洋两岸的理论和批评实践的铺垫下应运而生,它适时地承担起人们被放逐已久的历史焦虑,在形式主义、结构主义、后结构主义等以语言和形式为批评重心的理论与实践之后,使文学批评和理论回到文本-读者和社会文化语境的交互网络。

　　然而,新历史主义眼中的社会文化"语境"不同于它所规避的旧历史主义的社会文化"背景",这就是新历史主义宣称的"新历史"观之所在。新历史主义认为,旧历史主义代表一种总体、同一化的宏观历史观,它寻找历史的真实本义(最终所指),以历史思辨的眼光发现整体连贯的社会历史发展的客观规律,并试图做出科学的批判性预测。而新历史主义是理论和批评经历了语言学转向、文本批评、结构-后构主义质疑、颠覆整体连贯历史观之后的产物,新历史主义所唤回的"历史"是与后结构主义视角相关的复数的"小历史",非旧历史主义心目中一元化、压抑边缘声音、同化他者意识的"大历史"。新历史主义更关注福柯意义上作为话语的历史,震开、破坏大历史光鲜平整的表面,在断裂、罅隙处发现作为大历史异端被压抑的多元、歧义的历史话语。

格林布拉特作为新历史主义的发起者之一,曾经是新左派和后结构主义的追随者,之后独标"新历史"、"文化诗学"而完成他的"认识论断裂",突破理论重围成一家之言。这一理论的"史前史",也构成了新历史主义与马克思主义和后结构主义理论的潜在关联。格林布拉特的代表作有以其博士论文为基础的《文艺复兴人物瓦尔特·罗利爵士及其作用》(1972)、新历史主义的里程碑式著作《文艺复兴时期的自我塑造:从莫尔到莎士比亚》(1980)、《莎士比亚的协商》(1988)、《学会诅咒》(1990)等。尽管后人认为路易·蒙托斯和多利莫尔对于新历史主义批评的贡献更为显著,但是限于篇幅我们在这里主要介绍格林布拉特作为这一批评流派的先驱者的成就。

在《文艺复兴时期在自我塑造》一书中,格林布拉特分析了莫尔、廷德尔、韦阿特、斯宾塞、马洛、莎士比亚六位作家及其作品,他阐释了几位作者和作品中"自我"的形成。格林布拉特认为文艺复兴时期关于自我塑造(self-fashioning)的意识开始萌芽,而文学作品与非文学文本一道参与了自我塑造话语的流通(circulation),卷入自我塑造与消亡自我之间多股力量的紧张的抵抗关系,同谋创造了那个时代的个人,因此"没有独立于文化系统的所谓人性"。新的文学史研究对于文艺复兴时期的自我塑造过程的呈现,无疑不是从旁观者的安全视角出发,面对历史材料做客观的总结,而是以跨越历史的主体性阐释状态,进入历史甚而参与历史话语的权力关系,使不被注视的内容浮出地表。这种打上福柯知识考古学和谱系学烙印的研究态度显然不是钻历史的故纸堆,而是带有深刻的意识形态视角。文学作品中,人物与历史文化语境交汇处,特定时期的权力话语、文化意义在此呈现,作者的异端思想、反叛意志或不得已的屈从都进入意义流通,文学成为正统权力和边缘力量之间博弈的场所,微观权力穿行于作品的字里行间。

在分析托马斯·莫尔时,格林布拉特借用大英博物馆珍藏的一幅霍尔拜因(Holbein)题名《大使》的油画,以此证明莫尔作品中的悖论意涵。霍尔拜因的作品作于1533年,即莫尔上断头台的前两年。格林布拉特并非想指出油画和文学作品之间的直接影响关系,而是想借油画的思维方式来唤起对当时的文化语境的理解。《大使》的画面再现了具有文艺复兴时期特征的人物形象和室内陈设,它的独具匠心之处还在于,在并排站立的大使和大使朋友的前下方,画家画出一片模糊光影。行家指出这是以另一种透视视角和比例画出的骷髅,象征死亡。同一幅画中出现两个相互矛盾和相互抵消的视角,要看清一个就必须放弃另一个所谓正常的视角。格林布拉特由此引出对莫尔的《乌托邦》作品的判断,《乌托邦》分为上下两部,展示了乌托邦和英格兰两个相互对立又相互抵消的世界,作品中充满着反语、曲折表意,莫尔其实与霍尔拜因一样都精于制造裂隙,借此来质疑作品与世界的再现关系的自明性,否定对作品意义的一元性读解。

新历史主义将历史视为文本,这样历史经验和事件被还原为修撰或叙述,这仍然是一种后结构主义意义上的历史文本研究。此外新历史主义的历史阐释作为主观阐释方法,带有强烈的意识形态色彩和政治指向,文学的审美价值被极大地忽视,作品成为政治或权力关系的证明。如今新历史主义理论和批评都已经成为历史,但是新历史主义所带来的方法和视角的变更仍然影响着今天的人文社会科学领域。

原典选读

通向一种文化诗学(节选)

Towards a Poetics of Culture　盛宁,译

选文出自《文艺学和新历史主义》(中国社会科学院外文所《世界文论》编辑部编,1993),这是国内较早译介新历史主义的选本。格林布拉特将文学看作特定历史时期的文化系统的一部分,文学只是征用意义象征系统的某些内容,文学意义同样进入社会文化语境中的意义流通过程。传统文学史将文学/历史设为前景/背景的关系,新历史主义研究突破这种画地为牢式的区隔,综合人类学、社会学、哲学、历史、宗教、心理学等多学科资源,进入文学文本所从属的特定历史时期的文化档案、札记、菜谱、绘画、游记等往往被正统文学史忽视的边角材料,继而分析审美文学与历史文化语境的交互关系。

文学研究中"新历史主义"的特点之一,恰恰是它(也是我自己)与文学理论的关系上的无法定论,从某种意义上说,它是说不清道不明的。一方面,我觉得,新历史主义与20世纪初实证论历史研究的区别,正在于它对过去几年的理论热持一种开放的态度。当然,米歇尔·福柯生前最后五六年始终待在伯克利的校园里,说得更宽泛一点,还有欧洲(尤其是法国)人类学和社会理论家们在美国的影响,都对我自己的文学批评实践的形成发生过作用。而另一方面,总的说来,历史主义的批评家一般又都不愿意加入这个或那个居主导地位的理论营垒。

……

如果资本主义不是一种一元化的恶魔式原则,而是发生在一个既无天堂式起源、也无千年至福式企盼的世界上、一种复杂的历史运动,那么,探讨资本主义文化中艺术与社会的关系,就必须同时注意到詹姆逊所谈论的功能性区别的构成和利奥塔所谈论的一统化的冲动。就其自身特点而言,资本主义既不会产生那种一切话语都能共处其中、也不会产生那种一切话语都截然孤立或断断续续的政治制度,而只会产生一些趋于区分的冲动与趋于独白话语组织的冲动在其中同时发生作用,或至少是急速振摆,使人以为在同时作用的政治制度。

政治学家和历史学家迈克尔·罗金发表了一篇出色的文章,引起了异乎寻常的注意——不但引起一名白宫的发言撰稿人的反应,而且最近在哥伦比亚广播公司的"六十分钟"电视专题中也占了一席之地。最近,他观察到里根总统在其政治生涯的紧要关头援引他本人或其他通俗影片中道白的次数。罗金说,总统是这样一种人,"他的最富有自发性的时刻——(说到"二战"中盟军总攻日美军阵亡将士时,'我们在哪里才能找到这些将士呢?'在一九八〇年新罕布什尔首场竞选辩论会上,'格林先生,我使用这只麦克风是付钱的')。——不但被录载保存、并摄成电影,而且,人们最终会发现,它们都是昔日影片中的道白。"罗纳德·里根一九六四年拍摄了他在好莱坞的最后一部电影《杀手门》,但他现在在很大程度上仍继续生活在影片中,他不能或不愿把影片和外界现实区分开来。事实上,他的政治生涯一直依靠了这样一种能力:把他自己和他的观念投射进一个摹仿与现实无差别的境地。

白宫发言撰稿人安东尼·道伦受命对罗金的文章发表评论,他的反应很能说明问题。道伦指出,"他真正想说的是,我们大家都深深地受到一种纯美国式艺术的影响,这就是电影。"罗金其实已经论证,总统的性格"是在两个相互替代过程的汇合中产生的,一种引发出四十年代冷战时期的反颠覆,并且支撑了它在八十年代的新的抬头趋势,其政治矛头由针对纳粹主义变成了针对共产主义,由此而有了国家安全的局面;另一种则是由具体的自我向它的银幕幻像的心理转变。"上述政治的心理的两种替代过程都与里根的从影生涯密切相关。但是道伦在评论中把罗金的主题改写为推崇"一种纯美国式艺术"对"我们大家"的塑造力。道伦对《纽约时报》的记者说,电影"能拔高现实而不是削弱它"。

这番陈述似乎肯定了审美与真实之间功能性区别的消解;审美不再是供我们选择的另一个领域,而是一种强调我们生活在单一的领域的手段。但是发言人接着又断言,总统"通常很相信他援引其中道白的影片。"这就是说,总统援引道白时,是承认借助于审美的,这也就承认了功能性区别的存在。当他这样做的时候,他就顾及到、甚至于要人们注意他用的总统话语与他过去所参与的虚构之间是有区别的;他从演员到政客的过渡在一定程度上就依靠了这些区别,它们是他所代表的那个法律和经济体系的代码。资本主义的艺术审美是要求给予承认的——因此才有闪烁于银幕之上或印刷在文本之上的形形色色的产权所有的标记,然而政治舞台则断然否定自己是虚构。总统发表由安东尼·道伦或其他人代笔的演说时只字未提这个事实,这一现象却似乎没有引起任何人的注意;长期以来这已成为美国政客们的惯例。可是,如果总统从昔日影片中援引道白却不打一声招呼,那么,这就与民众有关了。他会让人觉得连想象与现实的区别也不懂,这就太令人惊讶了。

按照詹姆逊的思路,我们可以争辩说,确立区别是主要效果,为的是通过把幻想局限在一个私人的、非政治的领域,把我们与我们的想象分开。或者,按照利奥塔的思路,我们则可以争辩说,取消区别是主要效果,目的在于通过确立一种单一的、独白话语式的意识形态结构,而把各种差异抹煞或回避。然而,如果真要我们从中选择,那我们就会不由自主地偏离对于资本主义与审美生产之间关系的分析。从十六世纪股份公司组织对艺术开始产生影响直到现在,资本主义已经在确立不同话语领域与消解这些话语领域之间成功而有效地振摆。正是这种一刻不停的振摆,而不是固定在某一位置上,这才形成资本主义所独有的力量。独立的话语成分————系列间断性的话语,或者是兼容一切话语的独白性话语——在其他社会经济体系中都可能得到充分的表述;唯独资本主义总是在两极之间令人头昏目眩地、仿佛没完没了似地流通(circulation)。

我这里使用"流通"这一术语,是受雅各·德里达著作的影响。但是,我对于商谈交易实用策略的敏感,与其说有赖于后结构主义的理论,不如说受到美国政治的流通节奏的启发。问题的关键在于不仅仅是政治、而是生产和消费的整个结构——对普通生活和意识的系统组织,产生了我刚才勾画的图式,疆域的确定和消解,在各具明确界限的事物与独白话语的一统天下这两极之间摆动。如果我们把目光局限于政治体制区域,我们就很容易陷入幻想,以为一切都仰仗罗纳德·里根的独特才能——如果这个字眼可行的话,以为他独白一人就产生了在包罗万象的空想和他的无中心的政府之间极为有效的穿梭摆动。这种幻想又会导致约翰·卡洛斯·罗伊所谓"人对权力的轻视",具体表现在政治方面,就是相信关于现行美国政治的一切重述均由一人所致,而随着他的过去,一切都会过去。实际情况正好相反,罗纳德·里根正是一个更为庞大持久的美国结构的产物——不仅是一个权力、意识形态的极端和军事黩武主义的结构,而且是包括我们为自己构建的快感、娱乐、兴趣空间在内的结构,诸如我们如何提供"新闻",我们每天从电视或电影中消受各种虚构幻想,以及我们自己创造并享用的各种娱乐活动。

文学批评论及艺术作品与所反映历史事件之间的关系有一套熟悉的术语:我们称之为隐指、象征、寓言、再现,而最常用的是摹仿。这些术语各有其丰富的历史,都是绝对必要的,可是,不知怎么的,如果用它们来说明梅勒的书、爱波特的书、电视系列报道、剧本等构成的那种文化现象,它们总让人觉得又不那么合适。不仅对于当代文化现象不合适,对于过去的文化也一样。这样,我们就需要有一些新的术语,用以描述诸如官方文件、私人文件、报章剪辑之类的材料如何由一种话语领域转移到另一种话语领域而成为审美财产。我认为,若把这一过程视为单向的——从社会话语转为审美话语是一个错误,这不仅仅因为这里的审美话语已经完全和资本主义的经济活动捆绑在一起,而且因为这里的社会话语已经载荷着审美的能量。吉尔摩不仅明确表示,《飞越疯人院》的电影使他深受感动,而且,他的整个行为规范似乎都是由美国通俗小说、包括梅勒本人的小说所再现的种种特点铸造的。

迈克尔·巴克森多尔最近指出,"艺术和社会是从两种不同的对人类经验的分类中引出的分析性观念……是外加在相互渗透的内容之上、互不对应的体系结构。"因此,他认为,若要把两者联系起来,就必须"首先对一方进行调整以适应另一方,而且,要始终留心究竟什么样的调整才是所需要的,因为这一点正是人们所要获得知识的必要组成部分。"我们必须承认这种调整,并找到一种测量其调整幅度的办法,只有找到所调整的幅度,我们才有希望勾划出艺术与社会的关系。这一劝告至关重要,新历史主义的文化研究与建立在笃信符号和阐释过程的透明性基础之上的历史主义,其区别标志之一就是前者在方法论上的自觉意识,但这里应该作一点补充说明,这就是艺术作品本身并不是位于我们所猜想的源头的纯清火焰。相反,艺术作品本身是一系列人为操纵的产物,其中有一些是我们自己的操纵(最突出的就是有些本来根本不被看作是"艺术"的作品,只是别的什么东西——作为谢恩的赠答文字,宣传,祈祷文,等等),许多则是原作形成过程中受到的操纵。这就是说,艺术作品是一番商谈(negoliation)以后的产物,商谈的一方是一个或一群创作者,他们掌握了一套复杂的、人所公认的创作成规,另一方则是社会机制和实践。为使商谈达成协议,艺术像需要创造出一种在有意义的、互利的交易中得到承认的通货。有必要强调,这里不仅包含了占为己有的过程,也包含着交易的过程。艺术的存在总是隐含着一种回报,通常这各回报以快感和兴趣来衡量。我应该补充说,这里总要涉及社会的主宰通货——金钱和声誉。我这里用的"通货"是一个比喻,意指使一种交易成为可能的系统调节、象征过程和信贷网络。"通货"和"商谈"这两个术语就是我们的操纵和对相关系统所作调节的代码。

我觉得,晚近的理论研究在很大程度上必须置于这样一个背景上去理解:即希望寻找一套新的术语去理解我已设法描述的文化现象。由于这一缘故,沃尔夫冈·伊塞尔通过两种话语间的"能动的振荡"来描述审美向度是如何创造的,而东德的马克思主义者罗伯特·威曼则提出:

> 把某些东西占为己有的过程与把其他东西(和人)当作异己是不可分割的,因此,占为己有的行为必须被看作不仅总是已经包含了自我表现和汲取,而且也包含了通过具体化和剥夺所有权而造成的异化……

安东尼·吉登斯则提出用文本间离性的概念取代文本的自律性,这样就可以有效地把握社会生活和语言的"循环往复性"。以上种种说法,相互之间固然有重要的差别,但每一种都要避开稳定的艺术摹仿论,试图重建一种能够更多地说明物质与话语间不稳定的阐释范式,而这种交流,我已经论证,正是现代审美实践的核心。为了对这种实践做出回答,当代理论必须重新选位:不是在阐释之外,而是在商谈和交易的隐密处。

[原典英文节选一] We could argue, following Jameson, that the establishment of the distinction is the principal effect, with a view towards alienating us from our own imaginations by isolating fantasies in a private, apolitical realm. Or we could argue, following Lyotard, that the abrogation of the distinction is the principal effect, with a view towards effacing or evading differences by establishing a single, monolithic ideological structure. But if we are asked to choose between these alternatives, we will be drawn away from an analysis of the relation between capitalism and aesthetic production. For from the sixteenth century, when the effects for art of joint-stock company organization first began to be felt, to the present, capitalism has produced a powerful and effective oscillation between the establishment of distinct discursive domains and the collapse of those domains into one another. It is this restless oscillation rather than the securing of a particular fixed position that constitutes the distinct power of capitalism. The individual elements—a range of discontinuous discourses on the one hand, the monological unification of all discourses on the other—may be found fully articulated in other economic and social systems; only capitalism has managed to generate a dizzying, seemingly inexhaustible circulation between the two.

My use of the term circulation here is influenced by the work of Derrida, but sensitivity to the practical strategies of negotiation and exchange depends less upon poststructuralist theory than upon the circulatory rhythms of American politics. And the crucial point is that it is not politics alone but the whole structure of production and consumption—the systematic organization of ordinary life and consciousness—that generates the pattern of boundary making and breaking, the oscillation between demarcated objects and monological totality, that I have sketched. If we restrict our focus to the zone of political institutions, we can easily fall into the illusion that everything depends upon the unique talents—if that is the word—of Ronald Reagan, that he alone has managed to generate the enormously effective shuttling between massive, universalizing fantasies and centerlessness that characterizes his administration. This illusion leads in turn to what John Carlos Rowe has called the humanist trivialization of power, a trivialization that finds its local political expression in the belief that the fantasmatics of current American politics are the product of a single man and will pass with him. On the contrary, Ronald Reagan is manifestly the product of a larger and more durable American structure — not only a structure of power, ideological extremism and militarism, but of pleasure, recreation, and interest, a structure that shapes the spaces we construct for ourselves, the way we present "the news," the fantasies we daily consume on television or in the movies, the entertainments that we characteristically make and take.

[原典英文节选二]　Literary criticism has a familiar set of terms for the relationship between a work of art and the historical events to which it refers: we speak of allusion, symbolization, allegorization, representation, and above all mimesis. Each of these terms has a rich history and is virtually indispensable, and yet they all seem curiously inadequate to the cultural phenomenon which Mailer's book and Abbot's and the television series and the play constitute. And their inadequacy extends to aspects not only of contemporary culture but of the culture of the past. We need to develop terms to describe the ways in which material—here official documents, private Papers, newspaper clippings, and so forth— is transferred from one discursive sphere to another and become aesthetic property. It would, I think, be a mistake to regard this process as unidirectional—from social discourse to aesthetic discourse—not only because the aesthetic discourse in this case is so entirely bound up with capitalist venture but because the social discourse is already charged with aesthetic energies. Not only was Gilmore explicitly and powerfully moved by the film version of *One Flew Over the Cuckoo's Nest*, but his entire pattern of behavior seems to have been shaped by the characteristic representations of American popular fiction, including Mailer's own.

[原典英文节选三]　Such an admonition is important — methodological self-consciousness is one of the distinguishing marks of the new historicism in cultural studies as opposed to a historicism based upon faith in the transparency of signs and interpretive procedures—but it must be supplemented by an understanding that the work of art is not itself a pure flame that lies at the source of our speculations. Rather the work of art is itself the product of a set of manipulations, some of them our own (most striking in the case of works that were not originally conceived as "art" at all but rather as something else—votive objects, propaganda, prayer, and so on), many others undertaken in the construction of the original work. That is, the work of art is the product of a negotiation between a creator or class of creators, equipped with a complex, communally shared repertoire of conventions, and the institutions and practices of society. In order to achieve the negotiation, artists need to create a currency that is valid for a meaningful, mutually profitable exchange. It is important to emphasize that the process involves not simply appropriation but exchange, since the existence of art always implies a return, a return normally measured in pleasure and interest. I should add that the society's dominant currencies, money, and prestige, are invariably involved, but I am here using the term "currency" metaphorically to designate the systematic adjustments, symbolizations and lines of credit necessary to enable an exchange to take place. The terms "currency" and "negotiation" are the signs of our manipulation and adjustment of the relative systems.

延伸阅读

1. 海登·怀特著,《评新历史主义》(见张京媛编《新历史主义与文学批评》,北京大学出版社,1993)。怀特作为新历史主义重要的辩护人,他多次为新历史主义批评作出有力的评述。该文指出新历史主义提出了"文化诗学"主张,继而又指向"历史诗学",这种消除文学和历史边界的诗学,尤其青睐"零散散曲、逸闻趣事、偶然事件、异乎寻常的外来事物"等等,它总是力图在这些"创造性"内容中发现多样的历史。

2. 多利·莫尔,《莎士比亚、文化物质主义和新历史主义》(中国社会科学院外国文学研究所《世界文论》编辑委员会编,社会科学出版社,1993)。作者引入英国马克思主义者雷蒙·威廉斯的文化唯物主义(cultural materialism)方法研究文艺复兴时期戏剧的政治空间。和广受关注的蒂利亚德的《伊丽莎白世界的图景》不同,多利·莫尔反对后者所描画出的一个稳定、合法的宇宙秩序,他认为意识形态的文化唯物论恰恰看到一个充满权力争斗的、中心和边缘不断更替的矛盾的世界。多利莫尔在文中提出的"巩固、颠覆、遏制"的观念,也是新历史主义政治性历史阐释的代表思想。

德勒兹

    吉尔·德勒兹(Gilles Deleuze,1925—1995)出生于资本主义危机年代,中学时代的他一度沉迷于萨特的《存在与虚无》,并以此支撑自己度过纳粹占领法国的艰难岁月。1944 年进入巴黎索邦大学哲学系后,他深受伊波利特(Jean Hyppolite)、康吉翰(Georges Canguiham)、巴什拉(Gaston Bachelard)哲学的影响。尽管受到严格的理性训练,但德勒兹显然更倾心于那些反理性主义者,总之他在青年时代的求学经历已经埋下了后来蔓延滋长的"游牧思想"的种子。德勒兹的主要著述有《差异与重复》(1969)、《感受的逻辑》(1969),此后他与加塔利合作出版《反俄狄浦斯:资本主义的精神分裂症》(1972)、《千高原:资本主义和精神分裂症》(1980),他在电影方面还留下了重要的理论作品《电影1——行动画面》(1983)、《电影2——时间画面》(1985)。

    德勒兹思想的异质性、碎片式或游牧风格决定了要系统简要地阐述他的思想的不可能。他的思想或哲学实践始终致力于从总体化、等级制的西方形而上学体系中遁逸而出。早年的德勒兹像个"思想的孤儿",远离当时的法国结构主义风潮而四处漫游,通过重读卢克莱修、斯宾诺莎、莱布尼兹、休谟、柏格森的著述,他试图颠倒同一和差异在哲学史中的关系,揭示未被哲学家说出的潜意识或暗示。而遭遇尼采的思想,成为德勒兹走出哲学史影响焦虑,建构独立思想的转折点。尼采从权力意志颠覆西方哲学,他对于生命和身体的肯定,成为德勒兹建立自己的后结构主义游牧王国的重要支持。同时,通过德勒兹对尼采的解读,尼采真正进入法国思想界的视野。德勒兹在尼采的哲学观中得到了回应,他们都认为哲学不是回答"是什么","什么是真",而是肯定差异、流动、变换,不是寻求稳定的认同,而是生产或创造价值和意义。

    20 世纪 60 年代,德勒兹结识福柯,并成为研究尼采的重要伙伴,此后他们开始了漫长而不无波折的友谊历程。福柯曾经满怀敬意地评价"20 世纪将是吉尔·德勒兹的世纪",而德勒兹也在他的哲学著述和生前最后的课堂教学里讲述福柯思想,并以此作为回答。与福柯之间这段富有深意的友谊给德勒兹的思想带来了更多的丰富性。

    德勒兹和精神分析学家加塔利(Flex Guattari,1930—)合作,共同推出《反俄狄浦斯》以及《千高原》等产生世界性影响的著作,福柯称此为"世纪性合作"。

    在《反俄狄浦斯》中,德勒兹和加塔利认为整部西方形而上学就是一部编码史,弗洛伊德以俄狄浦斯情结对人类的欲望进行编码或辖域化(territorilisation)。他们认为任何编码都是一种曲解,以去语境化的概念使流动的现象静止、抽象、固定化。他们批评弗洛伊德心理学将性欲(俄狄浦斯情结)视为生命、社会、历史的动力之源,父-母-子构成的家庭关系被编码为人类文明的核心。弗洛伊德的欲望观是否定、欠缺和被动的,他认为文明建立在对欲望进行压抑的基础上,这是对欲望的狭义化。相反,德勒兹和加塔利的欲望观与尼采的权力意志、德里达的播撒、拉康的不稳定里比多相应,欲望是给予、充盈和主动的。创造性的欲望观认为欲望消解了主观与客观、唯物与唯心、物质与灵魂的二元对立,欲望也是混沌和流动的,欲望难以被编码。

两位作者将马克思的政治经济学(生产)与精神分析(欲望)进行了革命性的改造、融合,他们创造了"欲望机器"(desiring-machines)的概念来表达新的生产的欲望观念。他们认为原始社会、专制社会和资本主义社会分别对应于不同的欲望机器来控制和保存物质、心理存在,这三种社会机器即原始辖域机器、专制机器和资本主义机器,与此对应的是三种社会体形式,即大地(the earth)、专制君主(the despot)和资本(the capital)。资本主义社会通过解放欲望,打破限制经济发展的阻碍,从而对前现代社会进行解辖域化(deterritorilisation),此后金钱关系渗透到社会体系和日常关系的每个层面,抽象的交换价值对事物进行再编码或再辖域化(reterritorilisation),从而将个体挤压为抽象的市场逻辑中的单面人。

他们指出资本主义的解辖域化就是精神分裂,然而资本主义社会的精神分裂具有革命性意义,因为这种分裂欲望反对精神的内敛、中心化、等级化,精神分裂成为逃逸资本主义社会的法律、官僚和道德体系,摆脱弗洛伊德的本我-自我-超我的主体陷阱的可能之路。作为1968年政治风暴后的反思成果,德勒兹和加塔利将《反俄狄浦斯》等著作指向微观的欲望政治,他们认为真正的政治批判不只是针对希特勒和墨索里尼,而必须深入每个人内心的法西斯主义,在日常生活、文化和欲望领域揭示资本主义社会造就的畸形的欲望状态。

《千高原》(A Thousand Plateaus)一书继续延展德勒兹和加塔利的生成(becomings)观念,他们提出以块茎意象来反对树的隐喻,以开放的文本对抗封闭文本,以游牧政治对应阵地化战争,以战争机器(the war machine)抵制国家形式(the state-form)。他们自由地援引文学、自然科学、艺术领域的词汇,不断重构和创造新的概念和隐喻。"千座高原"隐喻思想的骏马可以恣意游牧在变换万千的高原或原野。这部著作以"原"为单位而非普通的章节,总共分15个原,作者根据具体状态应机地进入不同主题的创作,虽然每个原都标明写作时间,但没有编年史顺序可循,读者可以打破原有顺序任意选读。

在这部著作中,德勒兹从社会类型学角度,以国家思维和游牧思维的对立展开他的游牧政治思想。所谓国家思维,即把国家视为一种捕获装置,它通过监狱、法律、制度、规范、道德捕获所有解辖域化的内容,将其收编到统治秩序和主权管辖范围内。国家形式除了捕获商品、货币、土地、资源外,还控制游牧人口,阻止他们流动,因而激起游牧群体的抵抗。游牧者发明的战争机器是对抗国家形式的武器,它隐喻着反抗总体、结构、同质、等级的抵抗力量,也暗示着保卫流动、逃逸、多样的力量。相应的,国家生存的空间是条纹空间(striated space),而游牧者的战争机器则漫游在平滑空间(smooth space)。

德勒兹激进的后现代游牧政治成为他对抗现代性的宏大叙事的基本策略,他提出的诸多概念如"生成女人"、"无器官身体"、"块茎"等等都极大地影响到后现代人文社会领域。与此同时如此激进的思想从诞生那一天起就不断受到批评,批评者质疑德勒兹的永不停息的自我革命或"精神分裂"的现实意义,不稳定的游牧欲望与歇斯底里的疯癫的界限更成为问题。

原典选读

块茎(节选)

Introduction:Rhizome　陈永国,译

德勒兹提出三种类型的书。第一种是树根之书,树作为隐喻主宰西方思想,这是一种基础和分支、经典与边缘、主体与客体对立的结构性、线性思维的产物。第二种则是胚根系统或簇根之书,它作为现代社会的写照,其根状结构是树状结构被破坏后的形式,看起来倾向于多元、异质,然而还潜伏着对中心、统一性的依赖。第三种则是块茎之书,块茎葡匐在地面斜逸旁出,同时根蔓滋生伸展到地下,比如马铃薯。块茎没有中轴,没有源点,呈现出无序、多产、非线性的特点。德勒兹以"块茎"隐喻,再次回应了他的"千高原"、"解辖域化"、"游牧"、"逃逸线"等独特的反现代性人本主义、本质主义的思想隐喻。

我们两人合作写了《反俄狄普斯》。因为我们每一个都是几个,所以就已经有了一大群。在此,我们使用了可供使用的一切,包括离我们最近的和离我们最远的。我们巧妙地用了假名,为的是不让人认出来。为什么隐藏自己的名字呢?出于习惯,纯粹出于习惯。让别人无法认出我们来。使人难以察觉,不是让我们自己使人难以察觉,而是让使我们行动、感觉和思想的东西难以察觉。也因为像别人那样谈话是好事,也说太阳升起来了,而每一个人都知道这只不过是一种说话方式罢了。所要到达的不是人们不再说我的地方,而是人们是否说我已经不再有什么意义了的地方。我们不再是我们自己。每一个人都懂得他自己。我们一直被帮助、被激励、被繁殖。

一本书既没有客体,也没有主体;它由以不同方式形成的物质所构成,并在不同的日期、以不同的速度构成。给这本书赋予主体的属性就等于忽视了这些物质的作用,及其关

系的外在性。解释地质运动就等于建构一个有益的上帝。在一本书中,如在所有事物中一样,有许多表达或分隔的路线,有地层和区域;但也有逃亡路线,解域和抵制分层的运动。这些路线上可比较的流速产生相对缓慢和黏性的现象,或相反,产生速度和断裂。所有这些路线和可测量的速度,构成了一个组合。一本书就是这样一个组合,而作为这种组合它没有归属。它是一种多元性(multiplicity)——但我们还不知道当多(the multiple)不再有所归属的时候这种多元性会导致什么后果,即是说,它已经被提升到独立存在的地位。机器组合一方面面对地层,这无疑使它成为一个有机体,或意指的总体性,或可归属于一个主体的确定性;它还有另一面,面对一个无器官的身体,这个身体不停地拆解那个有机体,让非意指性粒子或纯密度在那里经过或循环,赋予自身以众多的主体,而给这些主体留下的仅仅是作为密度踪迹的一个名称。一本书的无器官的身体是什么呢? 根据所论路线的性质,有几种身体,它们的特殊等级和密度,它们在一个"黏性平面"上的可能聚敛保证了它们的选择。在此,如在别处一样,测量单位是最重要的:把写作量化。一本书谈论什么与一本书如何制作,二者间没有什么不同。因此一本书也没有客体。作为一个组合,一本书只有它自身,与其他组合相联系,与其他无器官的身体相关。我们将永远不问一本书有什么意义,是所指还是能指;我们将不会在书中寻找要理解的东西。我们将询问它的功能是什么,与它输送或不输送密度的哪些其他物体有关,使得它拥有的其他多元性被插入和变形,它又是与哪些无器官的身体相聚敛的。一本书只能通过外部、位于外部才能存在。一本书本身是一台小机器;这台文学机器与战争机器、爱情机器、革命机器等——以及横扫所有这些机器的抽象机器——是什么(也是可测量的)关系? 我们由于过多地引用文学家而受到批评。但当写作时,唯一的问题是文学机器应该与哪一台机器相连接? 为了工作而必须连接。克莱斯特和一台疯狂的战争机器。卡夫卡和一台最不寻常的官僚机器。……(通过文学,人若变成了动物或植物那该怎么办? 这当然不是文学上的意思。难道人不是首先通过声音而变成动物的吗?)文学是一个组合。它与意识形态没有丝毫关系。意识形态并不存在,从来就不存在。

我们所谈论的一切都是多元性,路线,地层和分隔,逃亡路线和密度,机器组合和机器的不同种类,无器官的身体和它们的建构和选择,黏性平面,而在每一种情况下都有测量单位。地层测量仪,涂抹仪,密度单位回波振荡器,聚敛单位回波振荡器:所有这些不仅构成了写作的量化,而且把写作定义为总是对其他事物的测量。写作与意指无关。它与测量、绘图、甚至与尚未出现的领域相关。

第一种书是根—书(root-book)。树已经成了世界的形象,或者说,根成了世界之树的形象。这是古典之书,高尚的、指意的、主观的有机内在性(书的地层)。书模仿世界,正如艺术模仿自然一样:以它特有的程序完成自然所不能或不再能完成的事。书的法则是反映的法则,变成了二的一。当书的法则主宰世界与书、自然与艺术之间的分化时,它何以寓于自然之中? 一变成了二:无论何时,当我们遇到这个公式时,甚至当毛泽东将其当作策略而言说时,或以最"辩证"的方式加以理解时,我们面前展现的就是最古典的、最古老的、反映最透彻的、最令人讨厌的那种思想。自然并不以那种方式运作:在自然中,根是主根,有一个更多繁殖的、边缘的和循环的分支系统,而不是一分为二的系统。思想落后于自然。甚至作为自然现实的书也是一个主根,有中枢脊椎和周围的叶子。但作为精神现实的书,作为形象的树或根,无尽地发展变成二的一的法则,然后就是变成四的二的法则……二元逻辑是根—树的精神现实。甚至像语言学这样"先进的"学科也保留着根—树,作为其基本形象,并因此与古典反映联姻(比如,乔姆斯基和他的语法之树,以 S 为起点,按二分法进行)。这就等于说,这个思想系统从未达到对繁殖的理解:为了按精神方法推算出二,它必须假定一个牢固的主要整体。在客体的方面,无疑可以按自然的方法直接从一走向三、四或五,但只能是在有一个牢固的主要整体的前提下,这个整体就是支持次根的主根。这并未使我们走出多远。二分法的二元逻辑只不过由连续的环之间的双单义关系所取代。作为枢纽的主根并不比二分的主根提供对繁殖的更好理解。一个在客体中运作,另一个在主体中运作。二元逻辑和双单义关系仍然是精神分析学(弗洛伊德对施莱伯尔病历的阐释中的幻觉之根)、语言学、结构主义、甚至信息科学的主导。

胚根系统,或束状根,是书的第二个比喻,我们的现代性愿意为它效忠。这一次主根败育,或顶尖受到破坏;次根的一种直接的、不明确的繁殖移植到它上面来,经历了一次繁荣的发展。这一次,自然现实使主根败育,但根的整体仍在,作为可能的过去或尚未到来的未来。我们必须追问反映性的精神现实能否通过要求一个更加综合的秘密整体,或一个更宽泛的总体,来弥补这种事物状态。且举威廉·巴罗斯的切割方法为例:把一个文本叠在另一个文本之上,构成了繁殖的、甚至是偶生的根(如切下的枝条),这是对所论文本的根的一个补充。在这个折叠的补充维度里,整体继续从事精神的劳作。大多数绝对的断简残篇之所以能代表总体或全部著作,其原因就在于此。促进系列多产或增进繁殖的大多数现代方法在某一特定方向是极为有效的,如线性的方向,而一个总体化的整体却断言坚定地朝向另一个循环或周期的维度。每当一种繁殖被置于一种结构之中时,它的发展便被抵消,它的所有法则被综合起来而加以简约。整体的败育者的确是天使的创造者,doctores angelici,因为他们证实了一个的的确确是天使般的、至高无上的整体。乔伊斯的话,准确地说是具有"无数的根",打碎了词语、甚至语言的线性整体,只不过设定了句子、文本或知识的周期性整体。尼采的格言打碎了知识的线性整体,只不过唤起了永久回归的循环整体,作为思想中的未知呈现出来。这等于说,束状根系统并没有真的打破二元论,只在主体与客体之间,在自然现实与精神现实之间,建立了一种互补性:整体始终在客体中受挫败和挫折,而一种新型整体却在主体中大获全胜。世界失去了中枢;主体甚至不再使用二分法了,但却登上了更高的整体,总是对客体起补充作用的多价的或多元决定的整体。世界变成了一片混沌,但是书仍然是世界的形象;胚根的混沌宇宙而不是根的宇宙。一种奇怪的神秘化:一本书的全部总体就是它的破碎存在。无论如何,不管这想法多么乏味,书都是世界的形象。事实上,说"多元万岁"还不足够,还很难提高那声呼喊。任何印刷的、词汇的甚或句法的智巧都不足以使人听到它的声音。多必须被制造出来,不总是靠附加一个更高的维度,而是以最简单的方式。凭借清醒的头脑,运用已经到手的一些维度——总是 n-1(一属于多的惟一方式;总是被减去)。建构从多中减一的减法;在 n-

1 的维度上写作。这个系统可以称作一个块茎。作为地下支干的一个块茎绝对不同于根和胚根。球茎和根茎是块茎。有根或有胚根的植物在其他方面也许究全是块茎形态的：问题是，特定的植物生命是否完全是块茎性质的。甚至一些成群的动物也是如此。鼠是块茎。而就藏身、食物供应、运动、躲避和逃亡等功能来说，狐兔亦然。块茎本身呈现多种形式，从表面上向各个方向的分支延伸，到结核成球茎和块茎。如同老鼠成堆的情形。块茎中有最好的和最糟的：马铃薯和偃麦草，或野草。动物和植物，偃麦草是马唐。我们有一种独特的感觉，如果我们不罗列出块茎的一些特性，我们就不能说服任何人。

……

4 无意指断裂的原则：与分隔不同结构或把单一结构切割开来的多意指断裂相对立。一个块茎可能断裂，在特定的地点粉碎，但却可以在旧的路线或新的路线上重新开始。你永远摆脱不掉蚂蚁，因为它们构成了一个动物块茎，在大部分被毁灭之后可以不断返回。每一个块茎都包含着分隔路线，块茎就是据这些分隔路线而被分层、分域、组织、指代或归属的。每一个块茎也包含着解域的路线，它就是不断沿着这些解域路线逃亡的。每当分隔路线爆裂成一条逃亡路线时，块茎就发生一次断裂，但逃亡路线却是块茎的一部分。这些路线总是相互联系着的。所以，永远不能设置一种二元论或二分法，即便是最基本的好坏之分也行不通。你可以制造一次断裂，画一条逃亡路线，然而你仍然会再次遇到对一切加以重新分层的组织，给能指恢复权力的构型，重构主体的属性——你所愿意重构的一切，从俄狄浦斯的复活到法西斯主义的具体化。团体和个体都包含着等待具体化的微观法西斯主义。是的，绊根草也是一种块茎。好与坏只是一种积极的临时选择的产物，必须加以更新。

解域的运动和重新分域的过程怎么能不相关、相联、相互纠缠呢？兰花通过构成一个形象来解域，一只寻踪索迹的黄蜂；但黄蜂又依据那个形象重新分域。然而，黄蜂还是被解域了，成了兰花繁殖机器的一件产品。但黄蜂通过传递花粉而对兰花进行了重新分域。黄蜂和兰花作为相异的因素而构成了一个块茎。可以说，兰花模仿黄蜂，以意指的方式（模仿，模拟，吸引等）再造黄蜂的形象。但这只在地层的层面上是真实的——两个地层之间的平行，使一个层面上的植物组织模仿另一个层面上的动物组织。同时，一种完全不同的东西在进行着：根本不是模仿，而是捕捉符码，符码的剩余价值，增殖，可验证的变化，正在变成兰花的黄蜂，和正在变成黄蜂的兰花。每一种变化都把一方的解域变成另一方的重新分域。这两种变化相互关联，在密度的循环中形成驿站，进一步推进解域。没有模仿，也没有相似性，有的只是两个相异系列在逃亡路线上的爆炸，它们是由一个共同的块茎构成的，它已不再被任何意指所归属或征服。勒米·肖文说得好：这是"相互间绝对没有任何关系的两个存在者的不平行进化。"[1]更普遍地说，进化图式可能被迫放弃树及其繁衍的旧模式。在一定条件下，一个病毒可能与生殖细胞建立联系，作为一个复杂的细胞

---

[1]　Remy Chauvin in Entretiens sur la sexualite, ed. Max Aron, Robert Courrier, and Etienne Wolff（Paris：Plon, 1969）, p.205.

基因传播开来;此外,它可以逃亡,进入完全不同种类的细胞之中,但同时也携带着来自前一个寄主的"遗传信息"(如本文尼斯特和托达罗目前对 C 病毒的研究,即其与狒狒的 DNA 和与几种家猫的 DNA 的双重联系)。

进化图式将不再遵循树的遗传模式,即从最小差异到最大差异的发展,相反,一个块茎直接在异质因素中运作,从一条已经区别开来的路线向另一条跳跃。[①] 再者,也存在着狒狒和猫的非平行进化;它们显然不是相互模仿或摩制而来(变成狒狒的猫并不意味着猫"扮演"狒狒)。我们用病毒构成一个块茎,甚或说,我们的病毒诱使我们与其他动物构成一个块茎。如弗朗索瓦·雅各布所说,由病毒或通过其他方法转移遗传物质,产生于不同种属的细胞的融合,其结果都与"古代和中世纪可怕的婚配"的结果没什么两样。[②] 不同路线之间的横向交流搅乱了树的谱系。总是寻找分子,甚至亚分子,即我们与之相联系的粒子。我们的生死与其说由遗传疾病所决定,毋宁说取决于我们多形态的、块状的流感,即有其自身遗传路线的疾病。块茎是反谱系的。

这一原则也适用于书和世界:与一种根深蒂固的信念相反,书并不是世界的形象。书与世界构成一个块茎,书与世界之间是一种非平行的进化。书保证世界的解域,而世界导致书的重新分域,书反过来又在世界中给自身解域(如果可能,如果它有这个能力的话)。模仿是一个非常糟糕的概念,因为它依赖二元逻辑描写性质完全不同的现象。鳄鱼并不繁殖树干,正如蜥蜴不能繁殖其周围环境的色彩一样。粉色的豹什么都不模仿,什么都不繁殖,它把它的颜色涂在世界上,粉色涂上粉色;这是它正在变成的世界,以如此的方式致使它自身变得无从察觉,无意指,产生断裂,即其自身的逃亡路线,始终遵循其"非平行的进化"。植物的智慧:甚至当植物有根时,也总是有一个外部,在这里,它们与别的物体构成块茎——与风,与动物,与人类(而且还有一个方面,即动物和人一样自身构成块茎)。"醉酒是植物在我们体内的一次胜利爆发。"总是借助断裂追随块茎;加长、延长、接续逃亡路线;使它多样化,直到你产生出 n 维度和断续方向的最抽象、最曲折的路线。连接解域了的流动。追随植物:你从限定第一条路线开始,这条路线包括围绕连续独体的无数趋同的圆;然后,你看到在那条路线内是否自动形成了新的趋同的圆,在界限之外和其他方向是否出现了新的点。写作,构成块茎,通过解域扩大你的地域,延长逃亡路线,直到它变成一部抽象机器,覆盖着整个黏性的平面。"先去看你的老植物,仔细观察雨水冲刷出来的河道。现在,雨水可能已把种子冲到很远很远的地方了。观察溢流造成的裂缝,由此确定

---

① On the work of R. E. Benveniste and G. J. Todaro, see Yves Christen, "Le role des virus dans l'evolutlon," La Recherche, no. 54 (March, 1975):"在经过细胞内的整合和提取之后,由于删除过程中出了错误,所以,病毒携带着寄主的 DNA 碎片,把它们传播到新的细胞中去:实际上,这是我们所说的'遗传工程'的基础。结果,一个有机体的遗传信息可以通过病毒传到另一个有机体。我们甚至可以想象一个极端的例子,其中,这种信息转移将是从较高级进化的种属向一个不太发达的种属的转移,或者是比较进化的种属的祖先。因此,这个机制就将按与古典进化相反的方向发展。如果这种信息转移证明起到了重要作用,那么,在某些情况下,我们就将用网状图式(用被区别之后的枝条之间的交流)取代目前使用的丛林或树的图式来表示进化"(p. 271)。

② Francois Jacob, The Logic of Life, trans. Betty E. Spillmann (New York: Pantheon, 1973), pp. 291-292, 311 (quote).

水流的方向。然后,找到在距你的植物最远点生长的植物。在二者之间生长的所有棘手的野草都是你的。以后,……你可以沿着这条路上的每一点顺着河道扩大你的疆域。"①音乐总能播放出逃亡的路线,如同许多"变化性繁殖"一样,甚至推翻给音乐以结构并使其块茎化的那些符码;音乐形式,乃至其断裂和多产之所以可以比作一棵野草、一个块茎,其原因就在于此。②

5 和 6。绘图和贴花原则:一个块茎对任何结构或生成模式都不负有义务。它更是任何关于生成轴或深层结构的思想所陌生的。一个生成轴就像是一个客观的中枢统一,连续的阶段就是依据这个统一组织起来的;一个深层结构更像是一个基本序列,可以分解成一些直接的构成因素,而产品的统一则要转换到另一个变化和主观的维度。这并不构成从树或根——中枢主根或簇生叶——的代表模式的起点(如,乔姆斯基的"树"与一个基本序列相关,代表其自身据二元逻辑的生成过程)。最古老的思想形式的一个变体。我们认为,生成轴和深层结构归根结底是无限的繁殖的踪迹的原则。全部的树逻辑就是踪迹和繁殖的逻辑。在语言学中如同在精神分析学中一样,其客体是一个无意识,它本身就是代表性的,就已具体化作被编码的综合体,沿着一个生成轴排开,分布在一个句法结构内。它的目标是描写一个实际状态,保持主体间关系的平衡,或探讨从一开始就已经在记忆和语言漆黑的隐蔽处潜伏着的一个无意识。它包括在多元符码结构或支撑轴的基础上寻找现成的东西。树展示踪迹,把踪迹分成等级;踪迹就好比一棵树的叶子。

[原典英文节选] A first type of book is the root-book. The tree is already the image of the world, or the root the image of the world-tree. This is the classical book, as noble, signifying, and subjective organic interiority (the strata of the book). The book imitates the world, as art imitates nature: by procedures specific to it that accomplish what nature cannot or can no longer do. The law of the book is the law of reflection, the One that becomes two. How could the law of the book reside in nature, when it is what presides over the very division between world and book, nature and art? One becomes two: whenever we encounter this formula, even stated strategically by Mao③ or understood in the most "dialectical" way possible, what we have before us is the most classical and well reflected, oldest, and weariest kind of thought. Nature doesn't work that way: in nature, roots are taproots with a more multiple, lateral, and circular system of ramification, rather than a dichotomous one. Thought lags behind nature. Even the book as a natural reality is a taproot, with its pivotal spine and surrounding leaves. But the book as a spiritual reality, the Tree or Root as an image, endlessly develops the law of the One that becomes two, then of the two that become four… Binary logic is the spiritual reality of the root-tree. Even a discipline as "advanced" as linguistics retains the root-tree as its fundamental image, and thus remains wedded to

---

① Carlos Castaneda, The Teachings of Don Juan (Berkeley: University of California Press, 1971), p.88.

② Pierre Boulez, Conversation with Celestin Deliege (London: Eulenberg Books, 1976): "你把一粒种子播在堆肥里,然后它突然像野草一样生长起来"(p.15);关于音乐生产:"一种流动的音乐,其中,写作本身使表演者不可能与脉冲的时间相一致"(p.69)。

③ Mao Zedong (1893—1976), The Principal Founder of the People's Republic of China.

classical reflection (for example, Chomsky[1] and his grammatical trees, which begin at a point S and proceed by dichotomy). This is as much as to say that this system of thought has never reached an understanding of multiplicity: in order to arrive at two following a spiritual method it must assume a strong principal unity. On the side of the object, it is no doubt possible, following the natural method, to go directly from One to three, four, or five, but only if there is a strong principal unity available, that of the pivotal taproot supporting the secondary roots. That doesn't get us very far. The binary logic of dichotomy has simply been replaced by biunivocal relationships between successive circles. The pivotal taproot provides no better understanding of multiplicity than the dichotomous root. One operates in the object, the other in the subject. Binary logic and biunivocal relationships still dominate psychoanalysis (the tree of delusion in the Freudian interpretation of Schreber's case), linguistics, structuralism, and even information science.

The radicle-system, or fascicular root, is the second figure of the book, to which our modernity pays willing allegiance. This time, the principal root has aborted, or its tip has been destroyed; an immediate, indefinite multiplicity of secondary roots grafts onto it and undergoes a flourishing development. This time, natural reality is what aborts the principal root, but the root's unity subsists, as past or yet to come, as possible. We must ask if reflexive, spiritual reality does not compensate for this state of things by demanding an even more comprehensive secret unity, or a more extensive totality. Take William Burroughs's[2] cut-up method: the folding of one text onto another, which constitutes multiple and even adventitious roots (like a cutting), implies a supplementary dimension to that of the texts under consideration. In this supplementary dimension of folding, unity continues its spiritual labor. That is why the most resolutely fragmented work can also be presented as the Total Work or Magnum Opus. Most modern methods for making series proliferate or a multiplicity grow are perfectly valid in one direction, for example, a linear direction, whereas a unity of totalization asserts itself even more firmly in another, circular or cyclic, dimension. Whenever a multiplicity is taken up in a structure, its growth is offset by a reduction in its laws of combination. The abortionists of unity are indeed angel makers, *doctores angelici*, because they affirm a properly angelic and superior unity. Joyce's[3] words, accurately described as having "multiple roots," shatter the linear unity of the word, even of language, only to posit a cyclic unity of the sentence, text, or knowledge. Nietzsche's[4] aphorisms shatter the linear unity of knowledge, only to invoke the cyclic unity of the eternal return, present as the nonknown in thought. This is as much as to say that the fascicular system does not really break with dualism, with the complementarity between a subject and an object, a natural reality and a spiritual reality: unity is consistently thwarted and obstructed in the object, while a new type of unity triumphs in the subject. The world has lost its pivot; the subject can no longer even dichotomize, but accedes to a higher unity, of ambivalence or over determination, in an always supplementary dimension to that of its object. The world has become chaos, but the book remains the image of the world: radiclechaosmos rather than

---

① Chomsky (above, page 1166).

② William Burroughs (1914—1997), American novelist.

③ James Joyce(1882—1941), Irish novelist; the reference is to *Finnegans Wake*(1939).

④ Nietzsche (above, page 686); see *Thus Spoke Zarathustra*(1883 to 1885) and *The Gay Science*(1882).

root-cosmos. A strange mystification: a book all the more total for being fragmented. At any rate, what a vapid idea, the book as the image of the world. In truth, it is not enough to say, "Long live the multiple", difficult as it is to raise that cry. No typographical, lexical, or even syntactical cleverness is enough to make it heard. The multiple *must be made*, not by always adding a higher dimension, but rather in the simplest of ways, by dint of sobriety, with the number of dimensions one already has available—always $n-1$ (the only way the one belongs to the multiple: always subtracted). Subtract the unique from the multiplicity to be constituted; write at $n-1$ dimensions. A system of this kind could be called a rhizome. A rhizome as subterranean stem is absolutely different from roots and radicles. Bulbs and tubers are rhizomes. Plants with roots or radicles may be rhizomorphic in other respects altogether: the question is whether plant life in its specificity is not entirely rhizomatic. Even some animals are, in their pack form. Rats are rhizomes. Burrows are too, in all of their functions of shelter, supply, movement, evasion, and breakout. The rhizome itself assumes very diverse forms, from ramified surface extension in all directions to concretion into bulbs and tubers. When rats swarm over each other. The rhizome includes the best and the worst: potato and couchgrass, or the weed. Animal and plant, couchgrass is crabgrass. We get the distinct feeling that we will convince no one unless we enumerate certain approximate characteristics of the rhizome.

延伸阅读

1. 德勒兹,《福柯·褶子》(于其智、杨洁译,湖南文艺出版社,2001)。《福柯》与《褶子》的法文版是独立成书的,中文将其合为一体,相互映照。福柯与德勒兹的思想彼此影响与渗透,通过德勒兹解读的《福柯》,我们可以进一步理解发生在他们思想中的共振。《褶子》讨论了莱布尼兹的哲学与巴洛克风格的联系,德勒兹认为思想内部的主体化过程犹如折起-打开-折起的褶子,这本书体现了德勒兹奇异而神妙的哲学思考。

2. 德勒兹与加塔利,《游牧思想》(陈永国编译,吉林人民出版社,2003)。这是国内目前德勒兹选译本中较全的一本,其中包括德勒兹的重要论文如《柏格森的差异观念》、《哲学的意义与任务》、《块茎》、《论游牧学——战争机器》等文章。

3. 凯尔纳与贝斯特,《后现代理论》,(张志斌译,中央编译出版社,1999)。该书以一章的篇幅讨论德勒兹和加塔利的"分裂、游牧者、块茎"思想,作者肯定了两位后现代思想者的洞见,即以游牧式思维冲击和消解国家式思维,此外作者也指出激进的微观欲望政治的危险的审美主义倾向,指出他们缺乏对主体间性和一些社会公共问题的关注。

利奥塔

让-弗朗索瓦·利奥塔（Jean-Fransois Lyotard,1924—1998）是当代法国著名哲学家，也是战后西方后现代辩论的关键人物。大学毕业后，由于家境原因，他曾在东阿尔及利亚一所公立中学任教。在此期间，1954 年阿尔及利亚爆发摆脱法国殖民统治的战争，利奥塔写了多篇文章支持阿尔及利亚争取独立的斗争，这段特殊的政治实践和个人经历也影响到他的思想和写作。20 世纪 60 年代他回到巴黎继续深造，1971 年获巴黎大学哲学博士学位。他的主要著作有：《从马克思和弗洛伊德开始偏航》（1973）、《话语与图像》（1974）、《后现代状态：关于知识的报告》（1979）、《里比多经济学》（1984）、《给后人的后现代解释》（1986）、《非人》（1991）等。

1950 年代以来，西方社会进入知识技术的膨胀阶段，电脑网络、信息技术的高速发展使西方进入后工业时代。理论和思想家们尝试解释和研究他们侧身其中的战后资本主义社会的变迁，如丹尼尔·贝尔从社会系统论角度阐释工业资本主义与现代性文化艺术的文化矛盾，哈贝马斯则试图建立交往行为理论，清理启蒙理性的遗产，重新建立公共领域的规范性。与此不同的是，利奥塔极为鲜明地表明自己的后现代立场，并且不懈地攻击和瓦解以"元叙事"（metanarrative）为核心的总体、普遍的现代性启蒙话语。

在《后现代状态：关于知识的报告》一书中，利奥塔分析了与科学发展同时到来的后现代知识形态的变化。在信息社会和消费社会中，计算机的广泛应用使知识更为信息化，进而导致知识进入流通、消费。新的知识形态将挑战作为立法者和管理者的国家，由此知识与合法性的问题进入学者的视野。

在利奥塔眼里，"后现代"的标志正是对正统合法的"元叙事"或"宏大话语"（"解放"、"启蒙"等）的质疑。利奥塔受维特根斯坦的"语言游戏说"的影响，将科学和叙事这两种话语模式置于一个平面之上。他认为在西方思想史中，科学和叙事之间长期纠缠与冲突，科学话语自视追求真理而将叙事话语贬为较低级的寓言。此外，科学话语不甘于仅仅阐述实用规律，竭力使自身合法化。科学话语的合法化必须依赖伦理政治和审美价值等叙事话语，这样科学依托叙事，知识牵连政治，科学话语和叙事话语都不过是一种承担自身语用价值的话语方式，无所谓高低贵贱。

利奥塔所谓的"元叙事"或"宏大叙事",也是贯穿西方自柏拉图以来的思想和知识体系中的核心话语。首先,它总是力图揭示历史的整体意义,其次它为了使某些知识获得合法性,而压抑另一些知识或话语。西方现代性启蒙话语曾经以"元叙事"的名义呈现出两种"宏大叙事":倾向于政治的"法国式启蒙型叙事",相信理性将带来自由、正义、进步的人类社会;以综合性哲学见长的"德国式思辨叙事",视探索真理为首要目标。两种叙事都无法表明自身叙事活动的合法性,它们以普遍化的名义排挤和压制其他话语与声音,企图把原本异质性的世界整合进一个井然有序的叙事王国。"元叙事"以共识方式违背语言游戏的异质化原则,建构起虚假的普遍性。"元叙事"的消解继而摧毁了现代性的知识分子神话。利奥塔指出,现代性知识分子以揭示总体性"元叙事"为己任,他们把自己置于人类、人性、民族、人民、无产阶级、创造物等超越性地位,自视为禀赋普遍性价值的主体。后现代知识将击碎现代性知识营造的神话般知识分子主体。

在利奥塔思想的前期和后期,他还分别从里比多经济学、美学等角度阐述他的后现代观念。其中,他提出的后现代的"崇高美学",即"表现不可表现之物"的美学思想产生了极大的反响。利奥塔受到康德和柏克关于"崇高"美学思想的影响,但他的崇高美学已超出或突破了康德美学的框架,深深打上了"后现代"思想解构同质性的烙印。利奥塔认为在审美中,时空是一种"绽出"的表现模式而非先在的共时性范畴,在康德美学中能够改造、溶解对象的可通约性的时空形式在利奥塔这里遭遇困难,崇高的对象以他的直接到来对表象说不。利奥塔把崇高定义为"某物将要发生的感情",将要发生而未发生,因此是不确定的,是"不可表现之物"。崇高就是在"不可表现"与"表现"之间的鸿沟中产生,在这个意义上崇高意味着固有形式的破碎。在崇高美学观指导下,利奥塔认为现代先锋艺术正是进入了崇高美学所敞开的领域。既然真实是难以表现的,那么对真实的表现就只能是消极的、否定的,先锋艺术以禁止人们看的方式来使人们看。

利奥塔的后现代思想一直以来受到广泛的批评和关注。哈贝马斯从建立交往共识的现代性理性立场,对利奥塔所代表的法国后现代思想阵营进行激烈的批评。他指责利奥塔是"青年保守主义"、"后现代非理性主义",批评他所复兴的差异政治不啻于良莠不分的多神教。而利奥塔也针锋相对痛斥对方是理论的"恐怖主义",以共识的名义压抑差异。他们的争论尽管很少达成共识,但这场思想的"德法之争"为我们揭示出现代-后现代状况的复杂性和内在的建构性。

原典选读

知识合法化的叙事(节选自《后现代状态:关于知识的报告》)

The Postmodern Condition:A Report on Knowledge 车槿山(译自法文版)

> 《后现代状态:关于知识的报告》是利奥塔的后现代思想的代表作。利
> 奥塔指出后现代思想的根本任务是瓦解现代性"元叙事"的合法性,拒绝
> "元叙事"搭建的虚假"真实",因此后现代就是对"宏大叙事"、总体性、共
> 识的拒绝,促成对小叙事、异质性、不可通约性的根本理解。

我们将考察合法化叙事的两大版本,一个偏重于政治,另一个偏重于哲学,两者在现代历史中,尤其在知识和知识机构的历史中都非常重要。

一个合法化叙事的主体是人类,人类是自由的英雄。全体民众都有科学权。现在社会主体之所以还不是科学知识的主体,是因为受到神甫和暴君的阻碍。科学权应该重新夺回来。这一叙事主要指导初等教育政策,而不是有关大学和学院的政策,这一点很容易理解。第三共和国的学校政策清楚地表明了这些先设。

至于高等教育,这个叙事似乎限制了它的范围。人们一般认为,拿破仑在这方面采取的措施是为了提高行政工作能力和职业能力,这对国家的稳定来说是必不可少的。这里忽略了一点:在自由的叙事中,国家的合法性不是来自国家本身,而是来自人民。帝国政治之所以要让高等教育机构成为培养国家干部(附带地也培养市民社会干部)的苗圃,是因为人们认为,通过这些人将来所从事的行政工作和职业,通过在民众中传播新知识,民族本身可以获得自由。同样的推理对建立真正的科学机构来说就更合适了。每当国家直接负责培养"人民"并使其走上进步之路时,我们都能看到国家求助于自由的叙事。

在另一个合法化叙事中,科学、民族和国家之间的关系引出一种完全不同的构思。这正是1807至1810年间柏林大学成立时发生的事情,它在19世纪和20世纪极大地影响了那些新兴国家的高等教育组织。

创建这所大学时,普鲁士内阁收到费希特(J. Fichte)的计划和施莱尔马赫(F. Schleiermacher)提出的观点相对的计划。洪堡(W. von Humboldt)必须作出取舍,他选择了后者那种更为"自由"的意见。

读洪堡的论文时,我们可能会把他全部有关科学机构的政策简化为一条著名的原则:"把科学当作科学来研究"。如果真是这样,我们就误解了这一政策的目的,他的政策与施莱尔马赫更全面阐述的政策十分相似,而在施莱尔马赫的政策中占主导地位的是与我们有关的合法化原则。

洪堡坚定地宣称,科学服从自己特有的规则,科学机构"自我生存并且不断自我更新,没有任何束缚,也没有任何确定的目的"。但他还补充说,大学应该把自己的材料,即科

学,用于"民族精神和道德的培养"。这样的教育作用怎么可能来自一种对知识的非功利性研究呢？国家、民族乃至全人类不是对知识本身漠不关心吗？因为按照洪堡的证明,国家、民族以及全人类感兴趣的并不是知识,而是"特性和行动"。

因此教育大臣洪堡面临重大的冲突,它让人联想到康德的批判在认识和愿望之间造成的断裂。这是两种语言游戏的冲突:一种游戏是由仅属于真理标准范畴的指示性陈述构成的;另一种游戏则支配着伦理、社会和政治的实践,它必然包含一些决定和义务,即包含一些不必真实、但必须公正的陈述,这样的陈述归根结底不属于科学知识。

然而,对洪堡的计划所追求的教育来说,这两类话语的统一是必需的,这种教育不仅要让个人获得知识,而且还要为知识和社会建构充分合法的主体。因此洪堡乞灵于一个"精神"(费希特称之为"生命"),它由三重愿望构成,或者说由统一的三重愿望构成:"一切都来自一个本原"——与它相对应的是科学活动;"一切都归于一个理想"——它支配伦理和社会的实践;"这个本原和这个理想合为一个观念"——它保证科学中对真实原因的研究必然符合道德和政治生活中对公正目标的追求。合法的主体在最后这种综合中建立起来了。

洪堡还顺便补充说,这三个愿望天然地属于"德意志民族的智力特性"。这是谨慎地承认另一个叙事,即承认知识的主体是人民这种思想。其实,这种思想根本不符合德国唯心主义提出的知识合法化的叙事。施莱尔马赫、洪堡、甚至黑格尔对国家的怀疑便表明了这点。施莱尔马赫之所以惧怕狭隘的民族主义、保护主义、功利主义以及在科学问题上指导当局的实证主义,是因为科学的本原并不存在于这些思潮中,甚至不是间接地存在于这些思潮中。知识的主体不是人民,而是思辨精神。它不像在大革命后的法国那样体现在一个国家中,而是体现在一个系统中。合法化语言游戏不是政治国家性质的,而是哲学性质的。

大学需要履行的伟大职责是"展现全部知识,既展现原理,也展现基础",因为"没有思辨精神,就不存在科学创造力"。在这里,思辨是关于科学话语合法化的话语所具有的名称。学院是功能性质的,大学是思辨性质的,即哲学性质的。这种哲学应该重建知识的统一性,因为知识在实验室中,在大学前的教育中已经分散为各种特殊的科学。哲学只有在一种语言游戏中才能做到这一点,这种语言游戏通过一个叙事,或更准确地说通过一个理性的元叙事,像连接精神生成中的各个时刻一样把分散的知识相互连接起来。以后黑格尔的《哲学全书》(1817—1827)将力求满足这种整合设想,但它已经在费希特和谢林(F. Schelling)的著作中作为系统观念出现了。

人们正是在这里,在一个"生命"(它同时也是"主体")的发展机制中注意到了叙述知识的回归。精神有一个普遍的"历史",精神是"生命",这个"生命"自我展现,自我表达,它采用的方法是把自己在经验科学中的所有形式排列成有序的知识。德国唯心主义的哲学全书讲述的就是这个主体—生命的"历史"。但它制造出来的其实是一个元叙事,因为这个叙事的讲述者不可能是局限在自己的传统知识所特有的实证性中的人民,也不可能是局限在与自己的专业知识相对应的职业性中的全体学者。

这只可能是一个正在建立经验科学话语的合法性和民间文化机构的合法性的元主体。它通过阐述这两种合法性的共同基础,实现它们没有明确说出的目标。这个元主体的居住地是思辨的大学。实证科学和人民只是它的雏形。民族国家本身只有通过思辨知识的中介才能有效地表现人民。

这里有必要清理一下这种使柏林大学的创建合法化的哲学,它既是这所大学的发展动力,也是当代知识的发展动力。我们说过,在19世纪和20世纪,许多国家曾把这种大学组织作为建立或改革高等教育的模式,这是从美国开始的。但更重要的是这种哲学对知识合法化问题的解决作出了特别生动的描述,它远没有消失,尤其是没有在大学界消失。

这种哲学不以实用原则解释知识的研究和传播。它根本不认为科学应该为国家和/或市民社会的利益服务。它不关心人文主义原则,即人类通过知识达到尊严和自由这种原则。德国唯心主义依靠的是一种元原则,这种元原则把知识、社会和国家的发展建立在实现“主体的生命”(费希特称之为“神圣的生命”,黑格尔称之为“精神的生命”)这一基础上。从这个角度看,知识首先是在自身找到了合法性,正是它自己才能说出什么是国家,什么是社会。但它为了充当这一角色,必须改变自己所处的层面,即不再是关于自己的指谓(自然、社会、国家,等等)的实证知识,而成为关于这些知识的知识,即成为思辨的知识。知识用“生命”、“精神”等名称命名的正是它自己。

思辨机制带来了一个值得注意的结果:在这种机制中,关于所有可能存在的指谓的所有知识话语都没有直接的真理价值,它们的价值取决于它们在“精神”或“生命”的进程中占据的位置,或者说取决于它们在思辨话语所讲述的哲学全书中占据的位置。思辨话语在引述这些知识话语时,也在为自己阐述自己知道的东西,就是说也在自我阐述。从这个角度看,真实的知识永远是一种由转引的陈述构成的间接知识,这些转引的陈述被并入某个主体的元叙事,这个元叙事保证了知识的合法性。

一切话语都是如此,即使它们不是知识话语,比如它们是法律话语或国家话语。当代的解释学话语就来自这种先设,这种先设最终保证了存在着需要认识的意义,这样它就使历史,尤其是知识的历史具有了合法性。各种陈述成为自身的自义语,它们被放入一种相互生成的运动中:这就是思辨语言游戏的规则。大学就像它的名称所提示的那样,是这种游戏的专门机构。

但我们说过,合法性问题可以通过另一种程序解决。我们应该指出它们的差异:今天,当知识的地位失去平衡、它的思辨统一遭到破坏时,合法性的第一个版本却再次获得了新的活力。

在这个版本中,知识不能在自身找到有效性,它的有效性不在一个通过实现自己的认识可能性来获得发展的主体中,而在一个实践主体中,这个实践主体就是人类。激励人民的运动本原不是自我合法化的知识,而是自我建立或自我管理的自由。这个主体是一个具体的主体,或者说它被假定是一个具体的主体,它的史诗是自我解放的史诗,这是相对于一切阻碍它自治的事物而言的。人们假设它为自己制定的法律是公正的,这不是因为法律符合某种外在的性质,而是因为根据宪法,立法者只不过是服从法律的公民,所以法律带来正义这种公民意志与正义带来法律这种立法者意志是一致的。

我们可以看出,这种通过意志自律达到合法化的方式使一种完全不同的语言游戏有了特权,即康德称之为"命令"而当代哲学家则称之为"规定"的语言游戏。重要的不是,或者说不仅仅是让那些属于真理范畴的指示性陈述(例如"地球围绕太阳旋转")合法化,而是让那些属于正义范畴的规定性陈述(例如"必须摧毁迦太基"或"应该把最低工资定在 X 法郎上")合法化。从这个角度看,实证知识的作用只是让实践主体了解执行规定时所处的现实。它限定"可执行"——人们可以做的事情,但它不管"应执行"——人们应该做的事情。一个行动是否可能,这是一回事;它是否公正则是另一回事。知识不再是主体,它服务于主体,它唯一的合法性(但这个唯一的合法性很重要)就是让道德有可能成为现实。

这样就导致了知识与社会以及国家之间一种基本上从方法到目的的关系。科学家只有认为国家的政治(即国家的全部规定)是公正的,他们才可能服从国家。如果他们认为国家没有很好地体现那个他们作为成员的市民社会,他们就可能以后者的名义拒绝前者的规定。这种类型的合法化承认他们作为实践者有权拒绝以学者的身份帮助一个他们认为不公正的政权,即一个不是以严格意义上的自律为基础的政权。他们甚至可能用他们的科学来说明为什么这种自律其实并没有在社会和国家中实现。这样我们就又见到了知识的批判功能。不过知识的终极合法性毕竟只是为实践主体(即自律集体)所追求的目标服务。

在我们看来,合法化操作中的这种角色分配是很有意思的,因为它与系统—主体的理论截然相反,意味着不可能在元话语中统一或整合各种语言游戏。实践主体说出的规定性陈述在这里享有特权,这种特权使规定性陈述在原则上独立于科学陈述,对实践主体而言,科学陈述从此只具有信息功能。

两点评注:

1. 马克思主义曾摇摆于我们刚才描绘的这两种叙述合法化方式之间,证明这点是很容易的。"政党"可以占据"大学"的位置,无产阶级占据人民或人类的位置,辩证唯物主义占据思辨唯心主义的位置,等等。由此可以产生斯大林主义以及它与科学的特殊关系,科学只存在于元叙事的引述中,这个元叙事就是走向社会主义——精神生命的等价物。但与此相反,马克思主义也可以按照第二个版本发展成为批判的知识。认为社会主义只不过是建立自律主体,对科学的一切辩护都是为了给予经验主体(无产阶级)各种相对于异化和压迫而言的解放手段:这大致就是法兰克福学派的立场。

2. 我们可以把海德格尔(M. Heidegger)1933 年 5 月 27 日就任弗赖堡大学校长时发表的《演讲》当作合法化的一段不幸插曲来阅读。思辨科学在他那里变成了对存在的质疑。存在是德意志人民的"命运",德意志人民被称为"历史精神的人民"。这一主体应该提供三种服务:劳动、防御和知识。大学则保证提供这些服务的元知识,即科学。因此合法化就像在唯心主义中一样,是通过一个被称为科学的元话语来完成的,这个元话语具有本体论意图,但它是提问性质的,不是整合性质的。另外,它的安身之地是大学,但这种科学来

源于人民,人民的"历史使命"是通过劳动、战斗以及获取知识来实现这种科学。这个人民
—主体的天职不是解放人类,而是创造自己"真正的精神世界",即"保存自己的土地力量
和鲜血力量的最深沉的潜能"。为了使知识和知识机构合法化而把种族和劳动的叙事放
入精神的叙事中,这种做法是双重不幸的:它在理论上不一致,但足以在政治语境中找到
灾难性的反响。

[原典英文节选一]　Narratives of the Legitimation of Knowledge

We shall examine two major versions of the narrative of legitimation. One is more
political, the other more philosophical; both are of great importance in modern history, in
particular in the history of knowledge and its institutions.

The subject of the first of these versions is humanity as the hero of liberty. All peoples
have a right to science. If the social subject is not already the subject of scientific
knowledge, it is because that has been forbidden by priests and tyrants. The right to
science must be reconquered. It is understandable that this narrative would be directed
more toward a politics of primary education, rather than of universities and high schools.
The educational policy of the French Third Republic powerfully illustrates these
presuppositions.

It seems that this narrative finds it necessary to de-emphasize higher education.
Accordingly, the measures adopted by Napoleon regarding higher education are generally
considered to have been motivated by the desire to produce the administrative and
professional skills necessary for the stability of the State. This overlooks the fact that in the
context of the narrative of freedom, the State receives its legitimacy not from itself but from
the people. So even if imperial politics designated the institutions of higher education as a
breeding ground for the officers of the State and secondarily, for the managers of civil
society, it did so because the nation as a whole was supposed to win its freedom through the
spread of new domains of knowledge to the population, a process to be effected through
agencies and professions within which those cadres would fulfill their functions. The same
reasoning is a fortiori valid for the foundation of properly scientific institutions. The State
resorts to the narrative of freedom every time it assumes direct control over the training of
the "people," under the name of the "nation," in order to point them down the path of
progress.

With the second narrative of legitimation, the relation between science, the nation,
and the State develops quite differently. It first appears with the founding, between 1807
and 1810, of the University of Berlin, whose influence on the organization of higher
education in the young countries of the world was to be considerable in the nineteenth and
twentieth centuries.

[原典英文节选二]　According to this version, knowledge finds its validity not
within itself, not in a subject that develops by actualizing its learning possibilities, but in a
practical subject-humanity. The principle of the movement animating the people is not the
self-legitimation of knowledge, but the self-grounding of freedom or, if preferred, its self-
management. The subject is concrete, or supposedly so, and its epic is the story of its
emancipation from everything that prevents it from governing itself. It is assumed that the

laws it makes for itself are just, not because they conform to some outside nature, but because the legislators are, constitutionally, the very citizens who are subject to the laws. As a result, the legislator's will — the desire that the laws be just — will always coincide with the will of the citizen, who desires the law and will therefore obey it.

Clearly, this mode of legitimating through the autonomy of the will gives priority to a totally different language game, which Kant called imperative and is known today as prescriptive. The important thing is not, or not only, to legitimate denotative utterances pertaining to the truth, such as "The earth revolves around the sun," but rather to legitimate prescriptive utterances pertaining to justice, such as "Carthage must be destroyed" or "The minimum wage must be set at x dollars." In this context, the only role positive knowledge can play is to inform the practical subject about the reality within which the execution of the prescription is to be inscribed. It allows the subject to circumscribe the executable, or what it is possible to do. But the executory, what should be done, is not within the purview of positive knowledge. It is one thing for an undertaking to be possible and another for it to be just. Knowledge is no longer the subject, but in the service of the subject: its only legitimacy (though it is formidable) is the fact that it allows morality to become reality.

This introduces a relation of knowledge to society and the State which is in principle a relation of the means to the end. But scientists must cooperate only if they judge that the politics of the State, in other words the sum of its prescriptions, is just. If they feel that the civil society of which they are members is badly represented by the State, they may reject its prescriptions. This type of legitimation grants them the authority, as practical human beings, to refuse their scholarly support to a political power they judge to be unjust, in other words, not grounded in a real autonomy. They can even go so far as to use their expertise to demonstrate that such autonomy is not in fact realized in society and the State. This reintroduces the critical function of knowledge. But the fact remains that knowledge has no final legitimacy outside of serving the goals envisioned by the practical subject, the autonomous collectivity.

This distribution of roles in the enterprise of legitimation is interesting from our point of view because it assumes, as against the system-subject theory, that there is no possibility that language games can be unified or totalized in any metadiscourse. Quite to the contrary, here the priority accorded prescriptive statements — uttered by the practical subject — renders them independent in principle from the statements of science, whose only remaining function is to supply this subject with information.

延伸阅读

1. 利奥塔,《对不可表现之物的表现》(见《后现代主义》,赵一凡等译,社会科学文献出版社,1999)。

2. 利奥塔,《非人——时间漫谈》(罗国祥译,商务印书馆,2000)。这是利奥塔阐发其后现代美学的重要著作。利奥塔指出后工业社会和后现代文化的新技术带来机械的、非人体的思想。新技术建立的都市生活是没有田园诗、悲剧,遗忘写作、童年,甚至痛苦的生活,即"一种时间的技术学"。为飞越服从于资本的形而上学的非人的生活,利奥塔设计了一条审美救赎之路——崇高美学,类似于阿多诺的否定美学,以此抗拒被市场和技术征用的平庸艺术和无价值非人生活。然而这种高蹈的崇高救赎却面临着拒绝世界的危险。

3. 道格拉斯·凯尔纳、斯蒂文·贝斯特,《兄弟之争:哈贝马斯与利奥塔之争》(见《后现代理论:批判性的质疑》,张志斌译,中央编译出版社,1999)。作者相对公允地将二者的争论视为一家人内部的兄弟之争,二人都受到语用学和语言游戏说的影响,强调言语而非语言;都主张不同话语有着自身特殊的规范和标准。在此基础上,哈贝马斯倾向于通过主体间性建立交往理性和达成共识,而利奥塔则强调不同语法或情境之间的差异性。作者不仅在争论的表象下发现二者对僵化的现代性、工具理性的不遗余力的拒斥,同时还从批判理论的视角指出二者的共同局限。

布迪厄

皮埃尔·布迪厄(Pierre Bourdieu, 1930—2002)是法国继涂尔干之后最重要的社会学家,经过以他为代表的一代社会学家的修整,社会学得到自涂尔干以来的全面复兴,并且穿越学科藩篱和禁忌,进入社会学未曾涉猎的审美趣味、文化教育等领域,颠覆以本质主义态度看待社会文化现象的传统。2002年元月的日历还未翻过,在与癌症做了顽强搏斗后,布迪厄停止了他的思想历程匆匆辞世。

布迪厄属于经历过20世纪60年代反本质主义思潮洗礼的一代,作为德里达、福柯在巴黎高师的师弟,布迪厄同样是法国高等教育体制培养的异类,既受惠于体制,又异军突起从内部颠覆高等教育的神话,反叛社会和文化的权威。布迪厄同法国后现代主义同行共享某些问题意识,如质疑资产阶级主体的整一性、文化的纯粹和神圣幻象,揭示文化符号与资本和权力"扯不清,理还乱"的关系。此外他并不同意后现代主义对于启蒙理性的全盘否定和对文本符号的过分推崇,相反他愿意和哈贝马斯站在一起承认现代性是未竟的工程,理性遗产还有待清理和继承。

布迪厄认为个体和社会、主观和客观、身体和精神、理论建构和经验研究的对立,其实不过是哲学传统中人为的、虚幻的设定。从实践的角度来看,人类行为并非被动执行清晰可辨的规则条例,也不是以个人意志随意选择,而是受到习性的影响和塑造。习性既是被建构的结构(structured structure),即社会空间的主导规则内在化和具体化为性情结构或身体性情,也是建构中的结构(structuring structure),能够生成具体实践行为。习性在客观上是被规定的和有规律的,它们会自发地激活与之相适应的实践,就像一个没有指挥的乐队,仍然可以集体地、和谐地演奏。

在布迪厄眼里,文化是由社会—历史形塑的特定符号体系,通过文化"象征性位置空间"(space of symbolic stances)与"社会位置空间"(space of social stances)的关联得以建立,换句话说,即象征符号和社会等级联系在一起。广阔的研究视野使布迪厄将文化的定义从文本的范畴带入日常生活——文化不只是对社会的记录、再现,而且还是动态地、生成性地形塑社会生活。文化符号、语言结构塑造着人们对现实的理解和赖以交流、实践的社会空间。

布迪厄在韦伯的象征经济学和马克思的社会批判之间建立了一种奇妙的结合,他从文化资本和象征资本的角度揭示了文化与权力的隐秘结盟。布迪厄透过对教育制度、文化机构、审美趣味的微观分析，耐心而细致地呈现出文化的非中立性功能。由此，我们也看到他对阿尔杜塞的意识形态国家机器论的接受和突破性革新。布迪厄发现文化扮演着区分差异、标示等级的关键角色，与此同时又不易察觉地掩饰着自身的表演。而分工细密、体系庞大的现代、后现代社会正日益地依赖符号系统的象征暴力，来巩固和维持它的支配秩序。

在布迪厄看来，高度分化的资本主义社会由一些相对独立同时在结构上同源的空间"场域"（field）构成，每个场域自有相对独立的运作法则，场域间的关系盘根错节，但最终由它们与支配权力（经济基础）之间的关系决定。每个场域都是携带相关资本的行动者在其中博弈，争夺稀有资本或话语权、命名权的场所。他认为19世纪末逐渐形成的相对自主的文化生产场域，在结构上与社会空间的等级结构同源，通过文化资本和象征资本的积累和转换实现场域内部的等级化。享有相对自主性的文化生产场，以"无功利"的反经济逻辑运作，即"输者为赢"的规则，来规定场域的内在等级。越是蔑视外部经济、政治利益，坚持文化的独立价值的行动者越是在场域中获得尊重，得到更多的象征和文化资本，这些行动者如波德莱尔、马拉美等成为诗坛领袖，最终取得对诗歌的定义权。

布迪厄的社会学恢复了文学和审美研究应有的历史感，将此前被形式主义和实证主义放逐的社会和历史语境召回，同时又能够尊重文学艺术的符号和形式价值，因此这一建构场域研究文学艺术的方法确实为文学和艺术带来全新的视野，从20世纪末至今仍然极大地影响着这些领域的研究。

布迪厄对于审美趣味和大众文化的态度存在着前后冲突的矛盾，这一矛盾态度显然与审美现代性的悖论有关。在《区分》等著作中，他指出文化素养、趣味倾向乃至教育背景都是身体性的文化能力，关涉身体的习性是社会成员随身携带的身份标志。康德曾经为审美鉴赏设定的自律法则在此被宣判为高雅文化规定的隐性界限或社会群体彼此区分的归属感。20世纪80年代后，布迪厄不甘全球化时代对于象牙塔知识分子的边缘化，他主动介入社会，捍卫被压迫者的利益和知识分子的文化自律。在他批评电视和新闻媒体的他律性时，他强调一种类似于康德赋予审美价值的无功利的自律性，他的反现代性审美自律的历史还原态度转换为对文化自主的捍卫。其实，无论是前期进行反本质主义的思想批判，还是后期介入现实坚持文化的反思和批判价值，这些看似矛盾的思想和行为，都被布迪厄结合为一种应对晚期资本主义复杂现实的知识分子的批评实践。

原典选读

合法语言的生产与再生产（节选）

The Production and The Reproduction of Legitimate Language　　褚思真、刘晖，译

　　本篇选自《言语意味着什么》第一章。中译本根据法文原著 *Ce Que Parler Veut Dire* 翻译，与此对应的英文译本名为 *Language and Symbolic Power*。布迪厄在书中提出了"语言交换的经济"的观念。这种观念显然不同于索绪尔对于语言的中性化和共时性理解，而是坚持语言的合法区分源于权力；也不同于奥斯丁的"以言行事"论，布迪厄认为语言行事的权力来自语言的外部而不仅是语言内部。比如没有命名权的人，面对一条船说"我命名你为……"这显然是行不通的。这本书在符号语言学之外提出了另一种结合了结构分析和历史考量的新范式。

　　"语言构成了一种财产，所有人都可以同时使用，而不会使其储备有任何减少，因此，这种财产容许为一个完整的共同体所共享；对所有人来说，自由地参与到对这种共有财富的利用中来，这在无意中促进了它的保存。奥古斯特·孔德①把象征性的占有描述为一种神秘的参与，可以被普遍、一贯地获取，从而排除了任何形式的剥夺的可能性。通过这种方式，孔德提出了一种关于语言共产主义错觉的示范性表述，这种错觉困扰着所有的语言理论。这样一来，索绪尔无需提出关于语言占有的社会与经济条件的问题，便对此做出了解决。与孔德相同，索绪尔是借助于有关财富的隐喻来做到这一点的，他把这一隐喻不加区分地运用到"共同体"和"个体"上：他谈到了"内心财富"、"被语言实践积存于那些属于同一个共同体的主体中的财富"、"个体语言财富的总和"以及"积存于每个大脑中的印记的总和"。

　　乔姆斯基的功绩就在于，他明确地认为，在其普遍性的意义上，正在言说的主体具有索绪尔传统所心照不宣地赋予他的完美能力："语言理论所首要关注的是一个完全同质的言语共同体中的理想的说者—听者，他们对其语言有着完美的了解，而且，在他把这种语言知识运用于实际的操作时，他们并不受诸如记忆限度、分心、注意力或兴趣转移以及误差（偶然的或特征性的）这类语法上不相关的条件的影响。在我看来，这就是现代普通语言学的创立者们所持的观点，而且，还没有人提出令人信服的理由来对之加以校正。"简而言之，从这一观点来看，乔姆斯基学派所谓的"能力"，只不过是索绪尔所谓的语言（*langue*）的另外一种名称。语言是一种"普遍性的财富"，是整个群体的集体财产。与此相对应，存在着语言能力，它或者是语言这种"财富"在每一个个体身上的"积存"，或者表

①　奥古斯特·孔德（Auguste Comte, 1798—1857），法国哲学家、社会学家、实证主义的创始人。——译者注

现为"语言共同体"的每一个成员对这种公共利益的分享。这种词汇上的转换掩盖了一种虚设权（*fictio juris*），通过这种权力，乔姆斯基把合法话语的内在规律转化成了恰当语言实践的普遍规范，避开了关于合法能力之获得及市场之建立的经济与社会条件的问题，而关于合法与非法的界定，正是在这种市场中得以确立并且得以强加的。

……

文学场域与为了获得语言学权威的斗争

这样，通过语言学场域的结构——这种结构，在设想当中，是基于语言资本（或者换一种说法，吸收客体化的语言资源的机会）的不平均分布之上的，是关于特定的语言权力关系的系统——这一媒介，表达风格的空间结构按照其自己的方式再生产了差异的结构，而正是这种差异的结构客观地分割了存在的状况。为了充分理解这一场域的结构，尤其是在语言生产的场域之中那些其生产被限制了的亚场域的存在（这种亚场域的根本属性源自这一事实，即其中的生产者，首先并且最重要的是为了其他生产者而进行生产的），有必要在以下两点之间作出区分：一方面是或多或少合法的普通言语的简单再生产所必需的资本；另一方面是生产值得出版发行，即值得出版正式化的书面话语所需的表达工具（以对图书馆中的以客体化形式积存的资源，例如书籍，尤其是"经典著作"、语法书和词典的挪用为先决条件）的资本。这种生产工具的生产，例如修辞手段、流派、合法的风格方式，以及更为通常地，所有注定为"权威性的"并且被作为"妙用"的范例而被引用的格式，把一种凌驾于语言之上，并且由此而凌驾于语言的一般使用者及其资本之上的权力，授予那些致力于此的人们。

合法语言自身并不包括那种能够确保其在时间中之永恒性的权力，就如它不具有那种界定它在空间中的扩展的权力一样。只有发生在不同权威之间的永无休止的斗争之中的连续不断的创造过程（这些权威，在专门的生产场域内，为了获得对强加合法表达方式的垄断权而彼此竞争），才能确保合法语言及其价值（也就是赋予它的认可）的永久性。这是场域的一般属性之一，即为了特定的赌注而进行的斗争掩盖了对游戏潜在规则的客观共谋。更为准确地说，斗争趋向于通过再生产——首要的是在那些直接卷入其中的人们当中，但又并非仅仅是在他们当中——对游戏及其赌注的价值的实践性信奉，不断地生产和再生产游戏及其赌注，因为正是这种实践性的信奉界定了对合法性的认可。如果我们开始争论的不再是这位或者那位作者的风格的价值，而是这种关于风格的争论的价值时，文学世界会是什么样的景象？当人们开始怀疑蛋糕是否值得为其配上蜡烛时，游戏就结束了。作家们之间关于写作的合法艺术的斗争，正是通过这种斗争的存在本身，既促进了合法语言——按照其与"通用的"语言之间的距离来界定的——的生产，又促进了对其合法性的信仰的生产。

作家、语言学家和教师们，以其个人能力，有可能施加于语言之上的权力，并非是象征性权力的问题；而且毫无疑问，这种权力将比他能够施加于文化之上的权力（例如，通过强加一种可能改变"市场状况"的合法文学的新定义）有限得多。其实，这是他们独立于任何对区分的有意追求，而对一种独特的语言的生产、神圣化和强加所做贡献的问题。在集体劳动之中,也就是在那种通过斗争——为了贺拉斯①所谓的仲裁、公正与规范的语言而进行的斗争——而追寻的集体劳动之中,作家,也就是具有或多或少权威的作者,不得不认真考虑语法学家的意见,因为后者拥有对合法的作家与合法的作品予以神圣化和法则化的垄断权。语法学家们,通过从所提供的产品中选择那些在他们看来是值得神圣化,值得通过教育灌输汇总入合法能力之中的东西,并且为了这一目的,使它们承受正规化和规则化的过程——这种过程的目的是有意识地使它们成为可吸收的,并且因此是易于再生产的——而在建构合法语言的工作中发挥了自己的作用。至于语法学家自己,他们有可能在已有建树的作家和学术界当中找到联盟,而且他们还具有建立规范和强行施加规范的权力,倾向于通过将语言的某种特定用法合理化,并且"给予其合理的理由",从而使这种用法得以神圣化和典范化。在这样做的过程中,通过为可以授受的发音、词汇或者表达的场域划定界限,以及确定一种已经审查和清理了所有通俗用法的语言,尤其是最新近的那些,语言学家们帮助确定了不同语言使用者的语言产品在不同市场上将会得到的价值。

与权威之间不同权力关系的构造相对应的各种变化——这些权威由于赞赏大相迥异的合法准则,而在文学生产场域中不断地彼此冲突——不能够掩盖结构的恒定性,这种恒定性在最为多样的历史情况中,迫使倡议者(这些倡议者的目的是宣称并且使自己具有对语言的立法权并且使这种权力合法化,同时还要驳斥对手的要求)退至同样的策略和同样的争论。这样,在反对高等社会的"优雅风格"和作家自称拥有良好天赋的艺术声明时,语法学家总是援引"合理的用法",即来自对构成语法的"理性"和"品位"的原则知识的"对语言的感觉"。相反,作家——其主张在浪漫主义时期最为自信地表达了出来——则乞灵于天赋而非规则,并且嘲笑那些被雨果蔑视地称为"语法主义者"的清规戒律。

任何一个致力于文学斗争的行动者可能永远都不会去考虑被支配阶级的客观剥夺(当然,总会有一些作家,例如雨果,宣称要"改革词典",或者寻求模仿通俗言语)。但是这一事实仍然存在,即,这种剥夺是与职业人员群体的存在不可分割的。这些职业人员客观上具有对合法语言的合法使用的垄断权,他们为自己的使用创造了一种特殊的语言,这种特殊的语言在阶级之间的关系中,以及在他们对语言王国所发动的斗争中,预先倾向于完成——作为副产品——一种区分的社会功能。更进一步,它并非是与教育系统的存在毫无关联的;而教育系统则肩负着以语法的名义审核异端产品和灌输阻碍进化法则之影响的特定标准的责任,仅仅通过灌输,它便使支配用法作为惟一合法的用法而得以神圣化,从而在把语言的被支配性用法建构为如此的方面发挥着举足轻重的作用。但是如果我们把艺术家或者教师的行为直接与它客观上形成的影响——即由文人语言的存在所导致的普通语言的贬值——联系起来,很显然就会漏掉最根本的一点:那些在文学场域里发挥作用的人们,之所以有助于象征性支配,仅仅是因为这一事实,即他们在场域里的位置以及与这种位置相关的利益,驱使他们去追逐一些外在的效应,这些效应不应他们自己和

---

① 贺拉斯(Horace Mann,1769—1859),美国教育活动家。1843 年赴欧洲考察教育,把裴斯泰洛齐的教学法介绍到美国。推广公共学校制度,有"美国公共教育之父"之称。——译者注

其他人所识,它们是这一误识的副产品。

标志着语言之优秀特征的属性,可以归纳为两个词语:区分与正确。文学场域所做的工作,通过诉诸一系列的派生做法——其基本准则从最常用的即"共通的"、"普通的"、"粗俗的"用法中进行派生——创造出一种初始语言的表面现象。价值总是来自派生,无论是否是有意的,是相对于那些最广泛的用法——"普通之外"、"平常感觉"、"琐屑的"短语、"粗俗的"表达"流畅的"文体——的派生。在语言的使用中,就如在生活方式中一样,所有定义都是相对的。"讲究的"、"精选的"、"雕琢的"、"缥缈的"、"华丽的"或者是"卓然不同的"语言,包含着对另外一些如"平常"、"日常"、"普通"、"口头"、"会话"、"随便的语言"以及此外如"通俗的"、"原始的"、"粗野的"、"粗俗的"、"无条理的"、"松散的"、"微不足道的"、"笨拙的"语言(更不用说那些无法言喻的"唧唧咕咕"、"混杂语"或者"俚语"了)的否定性指涉(用来称呼它的词语本身就证明了这一点)。产生了上述一系列词组的那些对立,由于来自合法语言,因而是按照处于支配地位的使用者的观点来组织的,它们可以简化为两组对立:"独特的"与"庸俗的"(或"稀有的"与"平常的")之间的对立,以及"紧张的"(或"持续的")与"放松的"(或"松弛的")之间的对立;它们无疑代表了那种最初的、非常普遍的对立的特定的语言学版本。看来,隐藏于阶级语言等级之后的准则,无非就是它们所展示的控制的程度,以及它们所假设的正确性的强度。

依此类推,合法语言是一种半人工化的语言,它必须由持久的校正努力来维持,而这一任务就同时落在言说者个人,以及专门为此而设计的制度身上了。通过语法学家不断地确定和规范合法的用法,通过教师以无数的校正行为推行和灌输它,教育系统趋向于——在这一场域中如在其他地方一样——生产出对它自己的服务和产品的需求,也就是对校正劳动和校正工具的需求。合法语言在时间上(或空间上)的(相对)连贯性来自这一事实,即它不断地得到延长的灌输劳动的保护,这种保护是针对着对努力和紧张的节省倾向的,而这种节省则导致了,比如说,类推的简单化(analogical simplication)(例如法语中的不规则动词——用"*vous faisez*"和"*vous disez*"代替"*vous faites*"和"*vous dites*")。更有甚者,正确的也即校正过的表达,其社会属性的根本部分来自这一事实,即它只能由对学术规则拥有实践性的掌握能力的言说者所生产;而这种学术规则是通过一系列的规范化程序精确地建构起来的,并且是通过教师的工作而被生动地灌输的。事实上,所有制度化的教学法的两难处境就在于,其目标是把那些原则,即由语法学家们通过回顾性的系统化和规范化劳动从专业人员书面表达(过去的)的实践中抽象出来的那些原则,牢固地树立为在实践状态中发挥作用的图式。"正确的用法"乃是一种能力的产物,这种能力是一种合成的语法——这里的"语法"一词是精确地(但并非如语言学家对这一词语的使用一样严谨)以其学术规则系统的真实含义而使用的——从已表述过的话语中追溯既往,并且为即将表达的话语确立了必须遵守的规范。因此,除非我们不仅考虑到文人语言及其语法生产的社会条件,而且还把这种学术规范作为言语生产和评估的准则得以强加和灌输的社会条件纳入考虑,否则我们就不能充分解释合法语言的属性和社会影响。

［原典英文节选］

The Literary Field and the Struggle for Linguistic Authority

Thus, through the medium of the structure of the linguistic field, conceived as a system of specifically linguistic relations of power based on the unequal distribution of linguistic capital (or, to put it another way, of the chances of assimilating the objectified linguistic resources), the structure of the space of expressive styles reproduces in its own terms the structure of the differences which objectively separate conditions of existence. In order fully to understand the structure of this field and, in particular, the existence, within the field of linguistic production, of a sub-field of restricted production which derives its fundamental properties from the fact that the producers within it produce first and foremost for other producers, it is necessary to distinguish between the capital necessary for the simple production of more or less legitimate ordinary speech, on the one hand, and the capital of instruments of expression (presupposing appropriation of the resources deposited in objectified form in libraries —books, and in particular in the 'classics,' grammars and dictionaries) which is needed to produce a written discourse worthy of being published, that is to say, made official, on the other. This production of instruments of production, such as rhetorical devices, genres, legitimate styles and manners and, more generally, all the formulations destined to be 'authoritative' and to be cited as examples of 'good usage,' confers on those who engage in it a power over language and thereby over the ordinary users of language, as well as over their capital.

The legitimate language no more contains within itself the power to ensure its own perpetuation in time than it has the power to define its extension in space. Only the process of continuous creation, which occurs through the unceasing struggles between the different authorities who compete within the field of specialized production for the monopolistic power to impose the legitimate mode of expression, can ensure the permanence of the legitimate language and of its value, that is, of the recognition accorded to it. It is one of the generic properties of fields that the struggle for specific stakes masks the objective collusion concerning the principles underlying the game. More precisely, the struggle tends constantly to produce and reproduce the game and its stakes by reproducing, primarily in those who are directly involved, but not in them alone, the practical commitment to the value of the game and its stakes which defines the recognition of legitimacy. What would become of the literary world if one began to argue, not about the value of this or that author's style, but about the value of arguments about style? The game is over when people start wondering if the cake is worth the candle. The struggles among writers over the legitimate art of writing contribute, through their very existence, to producing both the legitimate language, defined by its distance from the 'common' language, and belief in its legitimacy.

It is not a question of the symbolic power which writers, grammarians or teachers may exert over the language in their personal capacity, and which is no doubt much more limited than the power they can exert over culture (for example, by imposing a new definition of legitimate literature which may transform the 'market situation'). Rather, it is a question of the contribution they make, independently of any intentional pursuit of distinction, to the production, consecration and imposition of a distinct and distinctive language. In the collective labour which is pursued through the struggles for what Horace called *arbitrium et just et norma loquendi*, writers—more or less authorized authors—have to reckon with the grammarians, who hold the monopoly of the consecration and canonization of legitimate writers and writing. They play their part in constructing the legitimate language by selecting, from among the products on offer, those which seem to them worthy of being consecrated and incorporated into the legitimate competence through educational inculcation, subjecting them, for this purpose, to a process of normalization and codification intended to render them consciously assimilable and therefore easily reproducible. The grammarians, who, for their part, may find allies among establishment writers and in the academies, and who take upon themselves the power to set up and impose norms, tend to consecrate and codify a particular use of language by rationalizing it and 'giving reason' to it. In so doing they help to determine the value which the linguistic products of the different users of the language will receive in the different markets— particularly those most directly subject to their control, such as the educational market—by delimiting the universe of acceptable pronunciations, words or expressions, and fixing a language censored and purged of all popular usages, particularly the most recent ones.

The variations corresponding to the different configurations of the relation of power between the authorities, who constantly clash in the field of literary production by appealing to very different principles of legitimation, cannot disguise the structural invariants which, in the most diverse historical situations, impel the protagonists to resort to the same strategies and the same arguments in order to assert and legitimate their right to legislate on language and in order to denounce the claims of their rivals. Thus, against the 'fine style' of high society and the writers' claim to possess an instinctive art of good usage, the grammarians always invoke 'reasoned usage, ' the 'feel for the language' which comes from knowledge of the principles of 'reason' and 'taste' which constitute grammar. Conversely, the writers, whose pretensions were most confidently expressed during the Romantic period, invoke genius against the rule, flouting the injunctions of those whom Hugo disdainfully called 'grammatists'.

延伸阅读

1. 布迪厄，《艺术的法则》(刘晖译，中央编译出版社，2001)。此书是布迪厄应用文化社会学进行文化艺术个案研究的典范之作，和他的《文化生产场》一起成为影响当代人文学科研究范式的重要作品。布迪厄在此书中对艺术场域的自主法则的形成以及艺术场的各种冲突进行了精彩分析，这种分析方法超越从观念到观念，从主义到主义的传统研究，通过文献档案、报刊杂志和数据图表等微观资料还原作为纸上建筑的"文学场"。布迪厄认为研究文学现象必须语境化、历史化。譬如，需要分析文学艺术生产场与权力场之间的关系；勾画行动者或场域位置之间的客观关系结构，即行动者为了获得场域位置，控制场域的合法逻辑，而相互竞争形成的关系空间；还需要分析行动者的习性或性情系统、社会轨迹等。

2. 布迪厄，《自由交流》(桂裕芳译，北京三联书店，1997)。这本书是布迪厄与美国当代艺术家汉斯·哈克之间的对话录,虽然是一本小册子,但其中呈现了二人对于维护艺术独立的共识,以及从不同角度揭示资本、权力对当代艺术的干预和利用的"犯禁"的智慧。

3.斯沃茨,《文化与权力:布迪厄的社会学》(陶东风译,上海译文出版社,2006)。在这本概述性的研究专著里,作者以清晰通畅的文字梳理了布迪厄思想的诸多层面,为读者绘出一张了解布迪厄的全景地图,不过此书更多是从同情的理解角度介绍布迪厄,相对缺乏透彻的批评性反思。

波德里亚

让·波德里亚(Jean Baudrillard，1929—2007)在当代群星璀璨的思想和文化领域里占有重要席位，尤其在后现代思想理论场域中，他的知识影响和话语权力不容小觑。英国《卫报》1988年9月21日在对他的整版报道中称他为"社会学教授，大灾变的预言家，大恐慌的狂热抒情诗人，没有中心的后现代荒原的痴迷描述者，纽约文人圈最热门的人物"。因为他异常激进的理论策略和一以贯之的反本质主义姿态，人们给他一个令他尴尬的称号——"后现代大祭司"。尽管他从"媒体恐惧论"的视角指责大众传媒，然而他也是借助电视等大众媒体宣传他的批评思想的当代知识分子之一。

让·波德里亚出身于法国东北部一个平民家庭，他是家族中上大学的第一人，在巴黎获得社会学博士学位。波德里亚著述颇丰，其中最重要的著作有《物的体系》(1968)、《消费社会》(1970)、《生产之镜》(1973)、《象征交换与死亡》(1976)、《仿真与拟象》(1981)、《完美罪行》(1995)等。

波德里亚早年受惠于业师罗兰·巴尔特及其挚友列菲伏尔，他的第一部著作《物的体系》便是对巴尔特的《时尚的体系》以及列菲伏尔关于日常生活的批判的回应。两位恩师影响他开始从符号关系的角度表达文化和社会关怀，此后对于"物"的思考与分析贯穿他一生的著述。

波德里亚发现围绕物而建立的现代生活演化为物的符号体系，物的体系成为联系社会、日常生活的组织结构。在《消费社会》中，他继续从社会符号学深入地考察客体如何编码并成为消费社会的符号与意义体系。他认为消费不仅仅是一种物质实践，也不单纯是富裕的外溢，"有意义的消费乃是一种系统化的符号操作行为"。当他完成《符号的政治经济学批判》一书后，波德里亚实现了对政治经济学和结构主义符号学方法的双重批判。他提出一种将符号形式和商品分析结合在一起的符号政治经济学，从而拒绝单纯分析商品形式的政治经济学。

凯尔纳认为波德里亚的前期著作还可以放在新马克思主义的框架下阅读，但自《生产之镜》出版，他开始对古典马克思主义展开系统攻击(参见延伸阅读书目3)。波德里亚批评马克思主义从生产力和生产关系的角度解释人类社会的思想，他认为马克思主义用"生产"替代西方思想史中的"理念"、"本质"等概念，马克思的"生产之镜"既是资本主义"生产逻辑"的镜像,也是西方形而上学基础主义的直接反映。波德里亚从法国思想家巴塔耶的耗费观念和社会学家涂尔干的"礼物交换"那里得到灵感,他认为,后现代社会正以符号生产和仿真逻辑替换现代社会的商品生产和功用逻辑。此后波德里亚的理论益发激进甚至过于极端。

波德里亚认为跨国资本的流通使得资本成为一个超越阶级、性别、暴力对抗的绝对符号,它取消了古典政治经济学规定的阶级对抗、索绪尔符号学规定的能指-所指的对立,弗洛伊德心理学预设的意识与无意识的对立。进而,波德里亚从符号学批判的角度断然宣称"符号"的古典时代终结了,生产的时代终结了。

在《象征交换与死亡》和《仿真与拟象》等书中,波德里亚宣布以"生产"为中心的时代已经转向复制"符码"的时代。符码与真实之间不再有指称关系,真实在摹本不断被批量复制的过程中被彻底挥发和遗忘。世界变得拟像化了,从而进入仿真(simulation)和类像(simulacra)的时代。"仿真"不同于"模仿","模仿"是对真正有价值的原作或实在的模仿,因而得到摹本,而"仿真"则根本取消了原作的首要价值,因而是符码对符码、类像对类像的复制。波德里亚眼中的后现代或"仿真"时代是一个埋葬社会阶级、性别、政治差异的社会,是一个形象、景观和符号代替生产和阶级冲突的社会,一个所有差异都分解而发生"内爆"的迷幻世界。

既然所有真实都被代码和仿真所替换,仿真成为唯一的原则,它预示着意义的终结或死亡。波德里亚勾勒出文艺复兴之后资本主义的变迁历程所经历的三个仿真阶段。①从文艺复兴到工业革命的"古典"时期的"仿造",即符号与物之间有清晰的指涉关系,遵循自然价值规律。②工业时代的"生产"方式,符号与物的捆绑关系被解散、被压抑的欲望和意义得以释放,工业拟象遵循商品价值规律。③被代码主宰的后工业时代的"仿真"。交换价值独立于使用价值而存在,作为交换等价物的中介也不复存在,交换仅仅是无限延宕的符号序列中的符码。

1980年代后,波德里亚更是不遗余力地为我们描绘"仿真"时代的经验领域与大众媒体。在后现代世界的"超真实"(hyperreality)中,大众媒体制造它的受众,并使他们的经验更空洞和同质化。媒体通过娱乐的狂欢化复制大众的趣味,从而使媒体传播的资讯娱乐化,最终取消现实事件的意义。依据"仿真逻辑",波德里亚在1991年海湾战争爆发前曾预言《海湾战争不会发生》,当战争爆发之后,他仍然不改先前判断,出版文集《海湾战争不曾发生》。在他看来,海湾战争是被媒体用复杂的技术"实现"的,大众传媒对于战争事件的过度曝光,使人们记忆的胶片感光不足,也就是说,传媒取消了意义和现实,制造出被动而冷漠接受信息的受众,在这个意义上,战争没有发生。

波德里亚以"内爆"的风格书写了他的"荒诞玄学",客体或"物"以神秘的方式统治着人。现代哲学的宠儿"主体"被波德里亚斥于后场。

原典选读

仿真与拟象①（节选）

Simulation and Simulacra　马海良,译

　　波德里亚认为,当仿真的逻辑威胁着真/假,真实/想象的差异关系时,仿真或拟象这种属于晚期资本主义时代的符号逻辑逐渐地接近"现实比虚构更陌生"的老话。仿真取消了所指物,仿真的时代就是文化符号发生内爆的时代,现实被各种叙事、符号、拟象所取代或遮蔽。波德里亚说"在沙漠里的不是帝国的遗墟,而是我们自己的遗墟。真实自身的沙漠"。无独有偶,作为波德里亚学说的崇拜者的沃卓斯基兄弟在电影《黑客帝国》里,正是让墨菲斯带着尼奥来到芝加哥废墟,并告诉他说"欢迎来到真实的荒漠"。这大概是波德里亚的理论在大众文化领域的盗版吧。

　　拟象从不掩盖真理,倒是真理掩盖没有真理的地方。拟象是真。

——《圣经·传道书》

　　博尔赫斯讲过一个故事,说帝国的绘图员绘制了一幅非常详尽的地图,竟然能覆盖全部国土。(帝国败落之后,这张地图也磨损了,最后毁坏了,只是在沙漠上还能辨别出一些残片。这个被毁了的抽象之物具有一种形而上的美,它目睹了一个帝国的荣耀,像一具死尸一样腐烂了,回归土壤物质,很像一种最后与真实之物混合的逐步老化的副本。)如果能把这个故事看做最优秀的关于仿真的寓言,那么它正好转了一圈,现在只有第二序列拟象的分离的魅力。

　　今天的抽象之物不再是地图、副本、镜子或概念了。仿真的对象也不再是国土、指涉物或某种物质。现在是用模型生成一种没有本源或现实的真实:超真实。国土不再先于地图,已经没有国土,所以是地图先于国土,亦即**拟象在先**,地图生成国土。如果今天重述那个寓言,就是国土的碎片在地图上慢慢腐烂了。遗迹斑斑的是国土,而不是地图,在沙漠里的不是帝国的遗墟,而是我们自己的遗墟。**真实自身的沙漠**。

　　其实即使颠倒过来看,那个寓言也毫无用处。也许只有帝国的寓言,因为当今的仿真者们都是通过帝国主义竭力使真实、所有真实与仿真模型相吻合,但已经不是地图或国土的问题。某种东西消失了:那就是它们之间的绝对差异消失了,抽象之物的魅力消失了。正是这种差异形成了地图的诗意和国土的魅力、概念的魔法和真实之物的动人。绘图员按照理想狂热地绘制同步延展的地图和国土,无以复加地表现和吞没了再现式想象。但

---

① 本文选自《让-波德里亚:文选》。《仿真与拟象》是波德里亚的重要论文。在波德里亚看来,拟象和仿真的东西因为大规模地类型化而取代了真实和原初的东西,世界因而变得拟象化了。——编者注

是这种再现式想象随着仿真消失了,因为仿真操作不再是反映的和话语的,而是核子的和遗传的。所有的形而上问题都已经随之而去了。已经没有反映存在和表象、真实和概念的镜子;已经没有想象中的共同延展性,发生过程微缩化便是仿真的内容。微缩了的单位制造出真实,母体产生出真实,记忆库和指令模型产生出真实,这些东西可以无数次地制造真实。真实已经与理性无关,因为不再根据某种理想的或否定的事例来衡量真实。它只是一种操作的东西。事实上,由于真实不再包裹在想象之中,它就根本不再是真实了。它是一种超真实,是撮合模型在一个没有大气层的超空间进行放射综合的产物。

在通向一个不再以真实和真理为经纬的空间时,所有的指涉物被清除了,于是仿真时代开始了。更严重的是,人工指涉物在符号系统中复活了;符号是一种比意义具有更大延展性的物质,因为它们适应所有的对等系统、所有的二元对立和所有的组合代数。这已经不是模仿或重复的问题,甚至也不是戏仿的问题,而是用关于真实的符号代替真实本身的问题,就是说,用双重操作延宕所有的真实过程。这是一个超稳定的、程序化的、完美的描述机器,提供关于真实的所有符号,割断真实的所有变故。永远不再需要产生真实了,这是模型在死亡系统或提前复活系统里的关键功能,但是复活不会留下任何机会,即使死亡事件中的复活,亦复如此。超真实离开了想象的庇护,离开了真实与想象的差别,它只为模型的轨道重现和仿真的差异生成留出空间。

神圣的形象非指涉性

佯装是假装没有,而仿真是假装有。一个暗示在场,另一个暗示缺场。但问题比这更复杂,因为仿真不仅仅是:"装病的人只需躺在床上,谎称他病了,而仿拟病人则自己身上就会出现某些症状。"(利托尔)。因此假装或佯装触及了现实原则,真实被遮盖起来,而仿真却威胁着"真"与"假"、"真实"与"想象"之间的差异。既然仿真者产生"真"症状,那么他是否生病了?不能客观地按照有病或无病对待仿真者。心理学和医学在此停步不前,因为无法弄清是否真的病了。如果任何症状都能"被产生"出来并因此不能被看做自然事实,那么所有病都可以仿真且就是仿真的,医学也就失去了它的意义,因为它只知道如何通过客观病因对付"真"病。心身医学就是在病痛原则的边缘模模糊糊地发展起来的。至于精神分析学,它把症状从有机体转移到无意识序列,于是无意识被看做真实的东西,比有机体更真实。但是为什么仿真在无意识的门槛上止步不前了呢?为什么无意识的"作用"不能像传统医学中的其他症状一样"被产生"出来呢?梦就是"被产生"出来的。当然,精神病医生声称,"每一种精神异化形式都有一组特殊的连续症状,仿真者意识不到这些症状,但是即使看不到这些症状,精神病医生也不会被蒙蔽"。这(从1865年算起)是为了全力挽救真理原则,避开仿真的拟象:即没有真理、指涉和客观原因的拟象。对漂浮在病痛两侧和健康两侧的某种东西,医学能做什么呢?或者说,对已经不存在真假问题的话语中的病痛副本,医学能做什么呢?

军队如何对付仿真者呢?传统上,军队根据直接鉴定原则,揭露并惩罚仿真者。今天,它可以改造一个出色的仿真者,好像他就是"真实的"同性恋、心脏病或精神病。甚至军事心理学也已经从笛卡儿式的清晰确切性里退了出来,不知道如何区别真与假、"被产生的"症状与真症状。"如果他的行为是疯狂的,他就是疯子。"同样也可以正确地说,所有的精神病人都是仿真者,缺乏区别是最严重的颠覆形式。古典理性用全部范畴把自己武装起来,但是那些范畴今天遭到了包抄,真理原则被淹没了。

在医学界和军队之外,常见的仿真领域应该是宗教界和神的拟象:"我严禁寺庙里出现拟象,因为给自然以生命的神性是不能再现的。"实际上可以。但是当神性通过偶像显示自身,当神性分身为许多拟象时,会怎么样?化身为形象的看得见的神学之后,神性仍然是最高的权威吗?或者说只有挥发为拟象的神性才能唤发出壮丽以及迷人的力量吗?看得见的偶像装置代替了纯粹思想的上帝的**理念**?这恰恰是反对偶像崇拜者担心的问题,他们的千年争吵今天仍然没有结束。他们之所以强烈地想毁灭偶像,恰恰是因为他们感觉到了拟象的全能力量。这些拟象秉有从人们的意识里抹除上帝的能力,它们表明某种压倒一切的毁灭性的真理:从来就没有什么上帝,只有拟象。的确,上帝一贯只是他自身的拟象。如果反对偶像崇拜者们能够相信形象仅仅遮掩柏拉图的上帝理念,那就没有理由摧毁它们了。人们能够以一种扭曲的真理观生活着,但是当他们感到形象没有掩盖任何东西,当他们知道自己不是形象,而是制造形象的某种原初模型,知道完美的拟象永远是他们自己的辐射,他们就会对形而上的东西感到失望。但是必须不惜一切代价驱除这种关于所指涉的神已经死亡的思想。

可以看到,经常被指控蔑视和否定形象的反对偶像崇拜者们实际上给了形象以应有的价值,而偶像崇拜者们却把形象里的影子当做上帝本身来崇拜。也可以反过来说,偶像崇拜者们具有非常现代的冒险精神,因为他们在形象之镜里看到了上帝的影子,在上帝的突然显现中看到了上帝的死亡和消失。(他们也许知道那种再现实际上没有再现任何东西,再现也许只是一场游戏,当然是最伟大的游戏;可见他们也知道揭开形象是危险的,因为形象后面什么也没有。)这就是耶稣会会员采取的方法,他们把上帝的真正消失和大范围操纵世俗事务视为自己的政治基础。上帝在突显力量时消失了,已经没有超验的东西,它们不再是一种完全不受影响、完全脱离符号的策略托辞。在巴罗克形象的后面,隐现着灰色政治。

关键问题也许一直是形象的谋杀禀性,它们杀害真实,把自身的模型当做拜占庭偶像杀害了,因此也杀害了神的同一性。与这种谋杀禀性相对立的是辩证的再现能力,再现是一种清晰的对真实的中介。所有西方信仰和好的信仰都十分看重再现:符号可以指深刻的意义,符号可以**交换**意义,某种东西可以保证这种交换,那当然是上帝。但是如果上帝本身是仿真的,就是说也被还原为证明上帝存在的符号,那会怎么样呢?那么整个系统就失去了分量,完全成了一个巨大的拟象,不是不真实,而是拟象,它将永远不能与真实之物交换,只能自我交换,在一个不间断的没有任何指涉或周边的回路里进行自我交换。只要仿真与再现对立,也是这种情形。再现的起点是符号与真实对等的原则。(哪怕这种对等是乌托邦式的,它也是一个根本的公理。)而仿真则始于这一对等原则的乌托邦形式,**始于坚决否认符号是价值**,始于作为所有指涉的逆反和死亡的符号。再现竭力吸收仿真,把仿真阐释为虚假的再现,而仿真则把整个再现大厦包裹起来,成为一个拟象。

形象的承递阶段如下：

1．它是对某种基本真实的反映。

2．它掩盖和篡改某种基本真实。

3．它掩盖某种基本真实的**缺场**。

4．它与任何真实都没有联系，它纯粹是自身的拟象。

就第一种情况而言，形象有一个**善的**外表，再现属于圣事序列。第二种情况显示出恶，属于恶行序列。第三种情况是**玩弄**某种外表，属于巫术序列。第四种已经超出外表序列，进入了仿真序列。

从佯装有的符号到佯装没有的符号的过渡是一个决定性的转折点。前者隐含着一种真理和隐秘的神学（意识形态观念仍然属于这种符号）。后者开始了一个拟象和仿真的时代，这里已经没有认识自我的上帝，也没有区分真与假、真实与它的人为复活的最后审判，因为所有一切都已经死亡并提前复活。真实不再是以前的样子，于是怀旧便展现出充分的意义。关于现实的起源和符号的神话以及关于二手真理、客观性和确切性的神话大量繁殖。真理得到了攀升，生活体验得到了攀升，客体和实质已经消失的形象语言得到了复活。出现了恐慌的真实生产和指涉生产，与疯狂的物质生产并行或高于物质生产。仿真阶段就是这样出现的，这是一种关于真实的策略，是新的真实和超真实，它的普遍重复是一种延宕策略。

超真实与想象

迪斯尼乐园是仿真序列中最完美的样板。它一开始就是一种幻象和幽灵游戏：海盗、边界、未来世界，等等。这个想象的世界被认为是经营最成功的地方。但是吸引人们前往观看的无疑主要是社会的微观宇宙：在现实美国及其欢乐和挫折中显现的微缩了的宗教启示。你在外面把车存好，在里面排队，在出口处被彻底抛弃。在这个想象的世界里，唯一的幻觉效应是人群固有的温情，因为有数量惊人的小装置专门用来维持繁杂的假象效果。与此相对照，停车场却冷冷清清，就像一个集中营。或者说，里面是磁石般吸引人流的机关装置，外面只有孤孤单单的一种小机械：汽车。由于一次非常偶然的巧合（那次巧合无疑属于这个宇宙特有的一个谜），这个冰冷而幼稚的世界碰巧被一个人想到了，认识了，而这个人自己现在也已经被冷冻了。这个人就是瓦尔特·迪斯尼，他在零下180度等待着复活。

因此，可以通过迪斯尼乐园追溯美国的客观侧影，乃至深入个体和人群的形态。这里以微缩的宇宙带的形式赞美了美国的所有价值观：安乐和平。可以对迪斯尼乐园进行意识形态分析（L.马丁在《乌托邦：精神游戏》一书中进行了出色的分析）：说它概括了美国生活方式，颂扬了美国的价值观，置换和美化了矛盾的现实。这一切都是毋庸置疑的，但是这样做也掩盖了另外的东西，"意识形态"的毯子确实可以覆盖第三序列的仿真，迪斯尼乐园掩盖了一个"真实"国家的事实，全部"真实的"美国**就是**迪斯尼乐园（就像监狱掩盖了它具有社会性亦即禁闭性的事实；监狱无所不包，君临一切）。迪斯尼乐园被表现为一种想象之物，是为了让我们相信其余一切都是真实的。事实上，它周围的洛杉矶和美国已经不再是真实的,而是属于超真实和仿真序列。这不再是一个对现实的虚假加以再现的问题(意识形态),而是掩盖现实已经不真因此挽救现实原则的问题。

想象的迪斯尼乐园不是真假问题,它一个延宕机器,试图以逆反的形式恢复虚构现实的活力。于是便有了这个退化到童稚时代的想象之物。它要成为一个儿童世界,使我们相信这里不是成年人的地方,他们生活在"真实的"世界里,这就掩盖了孩子气无处不在的事实;有些成年人尤其想到迪斯尼乐园当一回孩子,放纵自己去幻想真正的童心。而且,迪斯尼乐园不只一个。迷幻村、魔山、海洋世界等,这些"想象的车站"环绕着洛杉矶,为一个其神秘性无非是永无休止地流通非真实之物的城市添注真实或现实的能量。这是一个虚无飘缈的城市,没有空间或维度。这个城市有许多电站和核电站,有许多电影厂,但它只是一个巨大的剧本和一部永久的电影,它需要由儿童信号和虚假的幽灵组成的这种老式想象来怜悯自己的神经系统。

……

超真实和仿真是对所有原则和所有目标的延宕;通过延宕来反对权力,这是早已有之的手段。最终而言,所有指涉物和人类目标的毁灭为资本提供了养料,真与假、善与恶之间所有的理想差别都坍塌了,在此基础上确立起极端对等和交换法则、资本力量的铁的法则。资本首先实行延宕、抽象、分离、非地域化,等等。如果说资本培育了真实、现实原则,那么首先清除现实原则的也是资本,它清除了所有的使用价值、所有真正的对等和财富,我们非常震惊地看到了筹码的非真实性和全能的操纵。今天更加强硬地**反对**资本的正是这一逻辑。资本想抵抗这种灾难性的螺旋形式,散发出最后的真实性曙光并以此确立最后的权力希望,但这只会增加**符号**,加速仿真游戏。

由于权力历史地受到真实性的威胁,它面对着延宕和仿真的风险,于是通过制造对等符号瓦解所有矛盾。今天权力受到了仿真的威胁(可能在符号游戏中消失),面对着真实性的危机,于是它押上了重新制造人工的社会、政治和经济赌注。对权力而言,这是一个存亡问题。但是为时晚矣。

于是便出现了我们这个时代的歇斯底里症:生产和再生产真实。另一种生产,即货物和商品生产、政治经济学黄金时代的生产,已经没有任何意义,而且这种状况为时已久。社会通过生产和过度生产试图恢复它逃避的真实。所以说当代的"物质"生产本身也是超真实的。它保留了生产的所有特征、整个传统生产话语,但它只是一种减损的折射(超真实主义者把惊人的相似性看做真实性,其中毫无再现所具有的那种意义和魅力、深刻性和力量)。到处都用超真实仿真来表达惊人相似性的那种真实。

很长一段时间以来,权力也只生产类似自身的符号。与此同时,另一种权力形象进入游戏,那就是对权力**符号**的集体需求,这是随着权力消失而形成的一个神圣同盟。每个人都属于这个同盟,以备政治坍塌之不测。最后,权力游戏竟然成了对权力无法释怀的**批判**:忧虑权力的死亡;权力越是消亡,越是挂念它的存活。当权力最终消失之后,我们顺理成章地完全处于权力的阴魂之下,这种挥之不去的记忆早已提前在所有方面显现出来,既对摆脱权力感到满意(谁也不想再要权力,人人都卸下权力,放在他人肩上),也因失去权力而懊恼。为没有权力的社会而伤悲：于是出现了法西斯主义，这种强力指涉物是治疗一个不能节哀顺变的社会的超强药方。

"真正的"权力向来只是一种结构，一种策略，一种力量关系，一种筹码。**政治**领域已经把权力彻底清除出来，权力现在像所有商品一样，依赖生产和大众消费。

工作的情形也如此。已经没有生产的火花，没有它的筹码的暴力。人人还在生产，而且生产越来越多，但是工作已经微妙地变成了某种别的东西，成了一种需要（但不是马克思展望的那种理想的需要），成了社会"需求"的东西，如休闲，它在普遍范围内相当于生活的选择。一种需求必定会引起工作过程中的筹码的损失。财富问题上也发生了像权力问题上那样的变化：工作的**脚本**是为了掩盖工作的真实性和生产的真实性已经消失的事实。罢工的真实性亦复如此，它不再是中断工作，而是对社会日历进行仪式扫描中的另一极。宣布罢工之后，好像人人都"占据"着他们的工作场所或工作岗位；恢复生产时，就像习惯地做一份"自我管理的"工作，和以前完全一样。

这不是科幻小说里的梦想，完全是工作过程双重化的问题。这是罢工过程双重化或临时代理的问题，罢工和生产危机都已成了时过境迁的事情。已经不存在罢工或工作问题，两者都成了另外一种东西，即工作的巫术，生产的场面戏（不是通俗闹剧），空荡的社会舞台上的集体表演。

工作意识形态也已经不再是问题，传统的工作伦理混淆了"真正的"劳动过程与"客观的"剥削过程；工作脚本也不是权力意识形态的问题，而是权力脚本的问题。意识形态牵涉符号与真实的对应关系，而仿真牵涉的是真实的短路及其符号的副本。意识形态分析的目的总是为了恢复客观过程；而试图恢复拟象下面的真理则总是一个伪问题。

这就是为什么权力最终与意识形态话语和关于意识形态的话语相吻合的原因所在，因为它们都是真理话语，总是能正确地反击仿真的致命打击；当这些真理话语是革命的话语时，更是如此。

[原典英文节选]　*The simulacrum is never that which conceals the truth — it is the truth which conceals that there is none.*

The simulacrum is true.

Ecclesiastes

If we were able to take as the finest allegory of simulation the Borges tale where the cartographers of the Empire draw up a map so detailed that it ends up exactly covering the territory (but where, with the decline of the Empire this map becomes frayed and finally ruined, a few shreds still discernible in the deserts—the metaphysical beauty of this ruined abstraction, bearing witness to an imperial pride and rotting like a carcass, returning to the substance of the soil, rather as an aging double ends up being confused with the real thing), this fable would then have come full circle for us, and now has nothing but the discrete charm of second-order simulacra.

Abstraction today is no longer that of the map, the double, the mirror or the concept. Simulation is no longer that of a territory, a referential being or a substance. It is the generation by models of a real without origin or reality: a hyperreal. The territory no longer precedes the map, nor survives it. Henceforth, it is the map that precedes the territory— *precession of simulacra*—it is the map that engenders the territory and if we were to revive the fable today, it would be the territory whose shreds are slowly rotting across the map. It is the real, and not the map, whose vestiges subsist here and there, in the deserts which are no longer those of the Empire, but our own. *The desert of the real itself.*

In fact, even inverted, the fable is useless. Perhaps only the allegory of the Empire remains. For it is with the same imperialism that present-day simulators try to make the real, all the real, coincide with their simulation models. But it is no longer a question of either maps or territory. Something has disappeared: the sovereign difference between them that was the abstraction's charm. For it is the difference which forms the poetry of the map and the charm of the territory, the magic of the concept and the charm of the real. This representational imaginary, which both culminates in and is engulfed by the cartographer's mad project of an ideal coextensivity between the map and the territory, disappears with simulation, whose operation is nuclear and genetic, and no longer specular and discursive. With it goes all of metaphysics, No more mirror of being and appearances, of the real and its concept; no more imaginary coextensivity: rather, genetic miniaturization is the dimension of simulation. The real is produced from miniaturized units, from matrices, memory banks and command models—and with these it can be reproduced an indefinite number of times. It no longer has to be rational, since it is no longer measured against some ideal or negative instance. It is nothing more than operational. In fact, since it is no longer enveloped by an imaginary, it is no longer real at all. It is a hyperreal: the product of an irradiating synthesis of combinatory models in a hyperspace without atmosphere.

In this passage to a space whose curvature is no longer that of the real, nor of truth, the age of simulation thus begins with a liquidation of all referentials-worse: by their artificial resurrection in systems of signs, which are a more ductile material than meaning, in that they lend themselves to all systems of equivalence, all binary oppositions and all combinatory algebra. It is no longer a question of imitation, nor of reduplication, nor even of parody. It is rather a question of substituting signs of the real for the real itself; that is, an operation to deter every real process by its operational double, a metastable, programmatic, perfect descriptive machine which provides all the signs of the real and short-circuits all its vicissitudes. Never again will the real have to be produced: this is the vital function of the model in a system of death, or rather of anticipated resurrection which no longer leaves any chance even in the event of death. A hyperreal henceforth sheltered from the imaginary, and from any distinction between the real and the imaginary, leaving room only for the orbital recurrence of models and the simulated generation of difference.

The Divine Irreference of Images

To dissimulate is to feign not to have what one has. To simulate is to feign to have what one hasn't. One implies a presence, the other an absence. But the matter is more complicated. since to simulate is not simply to feign: "Someone who feigns an illness can simply go to bed and pretend he is ill. Someone who simulates an illness produces in himself some of the symptoms" (Littré). Thus, feigning or dissimulating leaves the reality principle intact: the difference, is always clear, it is only masked; whereas simulation threatens the difference between "true" and "false", between "real" and "imaginary".

延伸阅读

1. 波德里亚,《消费社会》(刘成富、全志钢译,南京大学出版社,2006)。这是一本波德里亚分析后现代社会及其特征的重要著作,相对于其他更注重理论辩驳和阐发的著作,这本书的文字比较清晰、通畅、平易。波德里亚认为后现代的消费社会逻辑是以符号的生产替代了物的生产,物质繁荣和丰富的表象实际上源于物的象征体系对于人的编码。符号消费通过它的一整套技术,如大众媒体、设计艺术、现代科技来施行消费化意识形态的控制。在这种符号暴力的支配下,人的精神被平庸化、文化被削平深度。波德里亚在不动声色地揭示出消费社会的巨大危机和风险的同时,也将他的批评暗置于书中的文字。

2. 波德里亚,《象征交换与死亡》(车槿山译,译林出版社,2006)。书中作者提出极端推崇"象征交换"观念,他试图终结现代社会对生产和意义的需求。在波德里亚的激进观点中我们可以看到巴塔耶关于过剩、耗费的思想,莫斯的礼物逻辑,雅里消除意义的玄学观念的影响。

3. 道格拉斯·凯尔纳,《波德里亚:批判性读本》(陈维振等译,江苏人民出版社,2005)。我们可以通过这本批评性读本了解波德里亚的思想引起的相关争议和讨论。在绪论里,凯尔纳肯定了波德里亚的符号经济学的价值:对于马克思主义政治经济学和符号学之间的富有创见的粘合,并且对资本主义的技术统治做了想象力充沛的描述和预见。同时,凯尔纳也指出了波德里亚激进理论的盲点,他过度地沉溺于对仿真逻辑的玄学式描述,以至于将他所批判的对象神秘化。

VII 性别研究

  20世纪六七十年代兴起的女性主义批评（也译女权主义批评），至今方兴未艾，它是女权主义社会运动在文学和文化领域的延伸。而作为思潮的女性主义则可以追溯到文艺复兴时期以来的一系列历史事件或文学作品。16和17世纪印刷技术的普及、新教改革和18世纪启蒙运动的展开，使越来越多的女性加入到阅读的传统中来，识文断字的能力使得女性有机会认识世界、建构自我，质疑积淀在文学传统中的男性权威和价值规范。

  通过漫长的性别革命，欧美女性在20世纪上半叶基本赢得和男子平等的选举、教育、工作、财产等社会和政治领域的权利，而20世纪六七十年代掀起的第二波女性解放运动将性别政治推向更深入的政治、社会和文化层面，例如，反思父性文化所定义的"女性气质"（被动、无知、非理性等气质）对于女性的制约，认为性别属性并非天然固有，而是由社会文化建构的。在这一背景下展开的女性主义批评在重新反思"性别"的名义下，裹挟其政治诉求，与当时发生在思想文化领域的结构性转换相呼应，成为反思本质主义和总体论，肯定差异和多元化的后现代思潮诸多流派中的一支。

  20世纪，思想经历了以索绪尔语言学为基础的语言学转向，语言不再被视为工具，世界经由语言才得以建构和再现。"语言学转向"触发的认识论和方法论革命带来了结构主义和解构主义方法，乃至更宽泛意义上的后现代思潮的革命。拉康的后弗洛伊德精神分析吸收了语言学方法，认为无意识即语言编织的世界，主体不过是语言的构造物；福柯则从话语、知识与权力之间的交互滋生关系质疑统一、总体的历史观念；德里达从结构差异、能指延异的角度动摇和颠覆西方思想文化的逻各斯中心主义；新马克思主义则从更为宽泛的视角发起社会批判。女性主义批评者从理论和实践诸多层面，以"性别"为基点穿行并吸纳以上诸家的认识与方法论成果，继而动摇菲勒斯中心主义对于文化经典、传统的扭曲和压抑，质疑权威话语中的男性霸权，瓦解传统主体的本质论述，将性别和阶级、种族等范畴相结合，呈现那些无法再现自己的女性"贱民"的生存与经验，改写父性文化影响下的文学传统、教育传统，肯定女性经验，建构抗拒和反思式的女性阅读，倡导以飞翔和自由的姿态参与不断进行自我定义和自我理解的女性写作。

　　除了本部分将要介绍的 20 世纪早期的女性主义者、英国作家弗吉尼亚·伍尔夫，以及 80 年代后，以性别理论进入批评舞台中心的朱迪斯·巴特勒，下面我们还需提到一些在 20 世纪后半叶产生重要影响的女性主义批评家。

　　凯特·米列特（Kate Millet，1934—　　）的博士论文《性政治》是第二波女权主义浪潮的直接产物。在书中，她延伸了波伏娃的话题，即男权制文化如何塑造女性并支配女性。米列特认为性是我们文化中最根本的权力概念，因而性是不对等的。她阐释了"性别政治"的理论、意识形态等背景以及在文学上的表征，例如劳伦斯、亨利·米勒、诺曼·梅勒等男性作家笔下的女性形象、性别观念，从而分析文化在塑造性别差异中的关键作用。她犀利地指出，当性别统治以"内部殖民"的方式维护父权秩序时，它是最为持久和隐蔽的权力形式。而肖·瓦尔特（Elaine Showalter，1941—　　）从妇女经验的视角，审视自勃朗特姐妹以来的英国妇女小说家，试图建立属于女性自己的文学传统和批评传统，这就是她写作《她们自己的文学——从勃朗特到莱辛的英国女性小说家》（1977）的主旨。此后她又以《走向女性主义诗学》（1979）和《荒野中的女性主义批评》（1981）等篇章留下了她作为拓荒者，在女性主义批评领域艰辛跋涉的足迹。

　　法国女性主义批评明显受后现代批评理论的影响，她们摆脱波伏娃的提问方式，反对问"什么是女人"，她们意识到这样的问题和答案，都必然深深嵌在父权制社会的语言和结构中。相反，她们更倾向于从语言符号结构的角度探讨女性欲望和创造力。在新小说、新浪潮电影背景中开始写作的西苏（Helena Cixous，1937—　　），受到德里达的启发，认为写作可以僭越父权制的性别二元对立秩序。在《美杜萨的笑声》（1975）里，西苏提出"女性写作",将女性的身体经验带入到写作和语言中,女性写作将破坏和突破菲勒斯-逻各斯的铁屋子般的禁锢和对女性的压制,因此女性写作即是"飞翔"。

露丝·伊利格瑞(Luce Irigaray, 1932——　)以《窥镜,作为他者的女人》、《尼采的海上情人》、《海德格尔的遗忘空气》等确立了她的女性主义批评者的地位。在这些著作中她深入到西方哲学传统内部讨论为什么女性被以男性价值为主导的逻各斯传统所排斥。此外伊利格瑞聚焦于性别差异,她发现弗洛伊德的精神分析学基于男性同一性逻辑来理解女性及其欲望,事实上,女性的快感不是一,不是单一或总体化的,而是二,是差异的、流动的和非中心的。

与前面两位不同的是,朱莉亚·克里斯台娃(Julia Kristeva,1941——　)作为巴黎泰凯尔(Tel Quel)集团的中坚成员,深受罗兰·巴尔特、拉康的影响。她来自保加利亚的索菲亚,从巴赫金研究进入学术领域,继而从结构主义转向后结构主义、女性研究等广阔的批评空间。她绕过身体差异直接取道拉康精神分析学的主体三阶段论:想象—象征—真实阶段,她用"符号域"替换了拉康的"想象域"和"真实域",符号域先于语言统一体和二元结构。由此克里斯台娃为80年代以来的性别/性属研究奠定了符号学和心理学基础。此外,她在诗学领域中以"文本间性"理论开拓了新的意义阐释空间,即把文本分析从封闭的单一文本内部转向文本间或文本与非文本之间的广阔原野。克里斯台娃以令人惊叹的创造力写作了《符号分析论》(1969)、《起初是爱:论精神分析与信仰》(1985)、《敏感时刻:普鲁斯特与文学经验》(1994)、《才女三系列》(1999—2002)等作品,其论述涉及人文、社会、哲学等广泛的领域,成为当代最有影响的女性批评家之一。

以女性视角进入后殖民批评的学者还有斯皮瓦克、莫汉蒂等,我们将在"后殖民主义"编中加以介绍。而劳拉·穆尔维(Laura Mulvey,1941——　)在《视觉快感与叙事电影》(1975)中通过分析好莱坞电影的魅惑,提出"男性凝视/女性被凝视"的理论,对于后来者阐释性别机制在视觉文化和大众文化中的投射不无启示。当然还有不少女性主义批评在文化研究中取得难以忽略的成绩,如安吉拉·麦克罗比(Angela McRobbie,1951——　)的《后现代主义和大众文化》(1994)、《文化研究的用途》(2005)等。的确,在文化研究的跨学科、跨艺术门类的多样性研究中,性别已经成为一个不可忽视的问题意识。

伍尔夫

弗吉尼亚·伍尔夫(Virginia Woolf ,1882—1941)的《一间自己的房间》(*A Room of One's Own*)、《三个基尼》(*Three Guineas*)和西蒙娜·波伏娃的《第二性》成为无论是女性主义者还是传统批评家,都纷纷致以敬意的先驱性作品,她们的文字给予后来者丰富的灵感和深刻的观念影响。然而,伍尔夫生前拒不承认自己是"女性主义者",而且对这一称谓颇有反感,甚至嘲弄和讥讽女权主义者形象。尽管对自己的性别有充分的自觉和反思,伍尔夫与当时的女权主义者更多诉求社会和政治平等不同,她更强调性别之间的差异,两性应该在更深入的心理和文化层面寻求新的和解。

伍尔夫的性别观、艺术观与她的中产阶级出身和精英文化修养不无关系。伍尔夫原名弗吉尼亚·斯蒂芬,伍尔夫是她的夫姓。她出生于维多利亚时代的一个知识贵族家庭,自小便浸淫在一个热衷写作、喜欢游览、擅长语言表达的环境里。尽管伍尔夫成长于家道殷实的书香名家,然而她的个人心理却受到维多利亚时代压抑的性别观念的影响,家族传统和生活环境既给予她学识的滋养,使她具有富于洞见的眼光,同时也影响到她的个人气质和心理人格。

父亲过世后,弗吉尼亚和姐姐范奈莎在伦敦布鲁姆斯伯里的戈登广场 46 号寓所住下,此后结识一批颇有影响的剑桥才子、自由知识分子。他们从 1905 年开始断断续续地聚会,一个与当时的社会风气和文化氛围形成对抗的知识精英沙龙逐渐形成。伍尔夫姊妹是布鲁姆斯伯里团体的灵魂人物,经常出入这个团体的有诗人、文化评论家 T. S. 艾略特,剑桥艺术教授罗杰·弗莱,小说家摩根·福斯特等文化名流。弗吉尼亚在此结识后来的丈夫社会学家伦纳德·伍尔夫,这个团体自 1941 年伍尔夫投河自尽后名存实亡。伍尔夫传奇性的一生和她的艺术探索已经成为一个被不断回溯和再创作的艺术主题,她对性别界限的穿越体验和丰富的思考反复出现在电影、小说中。

伍尔夫的创作集中在 20 世纪二三十年代,重要的作品有《墙上的斑点》《达洛卫夫人》《海浪》《到灯塔去》和《一间自己的房间》等。伍尔夫的文学观念非常大胆和自由,她尝试意识流写作,反对刻板地摹写外部世界,主张文学应该呈现和记录存在的无数瞬间,而这些瞬间之间的关系是非逻辑的、流动的和经验的。伍尔夫的文学创作已经被奉为欧洲现代派艺术的典范,影响波及后现代写作。

作为一位眼光犀利而成熟的女性读者,伍尔夫不仅呈现了自己对于文化传统中男性偏见的拒绝和清理,而且鲜明地提出有别于男性主流观念的女性写作要求。女性作家要利用象征、隐喻、虚构等方式改造现有的语言和文化中过于抽象和空洞的部分,使得女性身体、女性意识能够发言,女性要不顾一切地"成为你自己"。

伍尔夫还提出"雌雄同体"的观念来解决两性困境,无论男人女人都应该有意识发展另一种性别气质,因此"最正常,最适意的境况就是在这两个力量一起和谐地生活、精神合作的时候"。富有决断、敢于冒险、坚强刚毅的男性气质和善于倾听、流动柔韧、敏锐感性的女性气质都是激活文学经验,探索新的阅读和写作世界的重要资源。

原典选读

一间自己的房间(第四章)(节选)

A Room of One's Own, Chapter 4   贾辉丰,译

《一间自己的房间》是伍尔夫于 1928 年 10 月在剑桥大学吉尔登学院所做的两次演讲的文本合集。本文选自该书第四章。在文中,伍尔夫提出的独立的经济来源和一定的自由空间是女性成为作家的必要条件。该书通过对女性文学传统和女性自觉意识的追溯使得伍尔夫回到了玛丽·沃尔夫斯科拉福特所开创的争取女性独立的传统。

这里,有一个想法,其实很耐人寻味,如果夏洛蒂·勃郎特拥有三百英镑的年金——但她傻得以一千五百英镑售出了她的几本小说的版权;如果她对那个繁忙的世界,那些充满了生活的欢乐的城镇和郡县有更多的了解,有比现在更多的人生经验,与和她一样的人有更多交往,结识更多的禀性不同的人,结果又会如何呢? 她的这些话,不仅指出了她自己作为小说家的欠缺,还指出了那个时代的女性的欠缺。她比任何人都更清楚地知道,她的天赋,如果不仅仅耗费在寂寞地眺望远方的田野上,将会有多么大的收获,只要让她有机会去体验、交往和旅行。然而她没有这些机会,这些机会受到限制;我们必须接受这样一个事实,即所有这些出色的小说,《维莱特》、《爱玛》、《呼啸山庄》、《米德尔马契》,都是足不出户的女子写出的,她们的生活经验,仅限于一位体面的牧师家庭日常发生的那些;而且,这些小说,还都是在这个体面家庭的共用的起居室里写出的,写书的女子,身无分文,一次只能买上几叠纸,书写《呼啸山庄》或《简·爱》。当然,其中的一人——乔治·爱略特,历经磨难,摆脱了这种境况,却不过是隐居在圣约翰森林的乡宅里。那里仍然笼罩着世人鄙夷不屑的阴影。"我希望人们知道,"她写道,"我决不会邀请任何未提出请求者来此见我";因为她不是与一位有妇之夫生活在罪恶中,而与她会面没准会有损史密斯夫人或随便哪位不速之客的名誉吗? 她必须得屈从于世道人心,"自绝于所谓的尘世"。与

此同时,在欧洲的另一端,有一位年轻人,要么自由自在地与吉卜赛女子或贵夫人厮混,要么投身战场,记下点点滴滴的生活经验,从来也无拘无束,这些经验,到他后来写书时,派上了很大的用场。倘若托尔斯泰携一位"自绝于尘世的"有夫之妇,托身隐修院中,那么,无论道德上的启迪来得何等可观,我想,他是很难写出《战争与和平》的。

但关于小说写作问题以及性别对小说家的影响,我们不妨想得更深一些。闭上眼睛,把小说作为一个整体来考虑,可以看到,小说虽属创造,却在某种程度上影写了生活,虽然有它无数的简化和扭曲之处。无论如何,它是一种结构,在人们的头脑中自成其格局,有时是方形的,有时是塔状的,有时四下里伸展,有时坚实紧凑,有时又像穹顶状的君士坦丁堡圣索菲亚大教堂。回顾一些有名的小说,我想,这一格局源出与之相应的某种情感。但这种情感随即就同别样的情感混合起来,因为所谓"格局",不是一砖一石垒起的,而是人与人的关系造就的。因此,小说在我们心中引出了各种矛盾的、对立的情感。生活与某种背离生活的东西在那里冲突。如此一来,就很难形成对小说的一致意见,而我们也在很大程度上受个人好恶的左右。一方面,我们希望你——主人公约翰——活下来,不然,我会悲痛欲绝。另一方面,我们觉得,算了吧,约翰,你必须得死,因为小说的格局要求如此。生活与某种背离生活的东西在那里冲突。既然它部分地体现了生活,我们就按照生活的真实去做判断。有人说,詹姆斯是我顶讨厌的一类人了。或者,这是一大堆胡言乱语。我从来没见过这类事情。回想任何一部有名的小说,显然,整个结构,建立在无限的复杂性上,它是由许多不同的判断,许多不同的情感拼成的。奇就奇在,如此这般成就的一本书,竟然处处契合,维持下来,或者英国读者,乃至俄国或中国读者对它都能有同样的理解。而这种契合,偶尔也确实不同凡响。在少数传世之作中(我想到的是《战争与和平》),令不同判断和情感相互契合的原因,应当是人们所说的诚实,但这与平日不赖账,危难时行事磊落等等没有关系。就小说家而言,所谓诚实,是他让人相信,这就是真。人们会感觉,对啦,我可从来想不到事情会是这样,我从来不知道人们会这样行事。可你让我相信,事情就是这样,一切就是如此发生了。人们在阅读时,将每一句话,每一个场景呈在亮光下——大自然似乎非常奇妙地在我们内心燃起亮光,让我们能够烛照出小说家的诚实与否。要么,就是大自然一阵心血来潮,用隐显墨汁在我们的脑际写下提示,单等小说家作出证实;这些提示,只须经天才们的火焰炙烤,就能显示明白。人们将它展露出来,看个真真切切,不禁惊呼,这岂不正是我一向感觉、知晓和神往的吗!你不禁心潮激荡,甚至带些崇敬地合上书页,仿佛它是一件很珍贵的物品,一件终生受用、常温常新的东西,你把它放回书架上,我说着,拿起《战争与和平》,摆回原处。然而,人们捧读和检验的那些蹩脚语句,如果起初以它亮丽的色彩、奔放的姿态引起你急切的反应,却戛然而止:好像有什么事情遏制了它的展开,或者只领你隐约看到角落里的涂鸦,一些污渍,没有任何完整和充实的东西,那么,你只能失望地叹息一声,又一部失败的作品。这部小说竟是在哪里出了问题。

当然,多数情况下,小说总会在什么地方出问题。想象力过度活跃,衰竭了。洞察力陷入混乱;它再也无法区分真伪;它已经没有力量继续承担沉重的劳作,因为这时时刻刻都需要调动种种不同的天赋。然而,我瞧瞧《简·爱》和其它书,琢磨起小说家的性别如何会影响所有这一切。性别是否对女性小说家的诚实有某种损害，而我认为，诚实乃是小说家的脊梁？那么，在我引述的《简·爱》的几处文字中，很显然，愤怒干扰了作为小说家的夏洛蒂·勃朗特应当具备的诚实。她脱离了本该全身心投入的故事，转而去宣泄一些个人的怨愤。她记起她给人剥夺了获取适当经验的机会，不得不因在牧师寓所里缝补袜子，而她本想自由自在地周游世界。她的想象力因为愤怒突然偏离了方向，我们都能感受这一点。不过，还有更多的因素牵动她的想象力，将它引入歧途。例如，无知。罗切斯特①的形象就是向壁虚构。我们觉得出其中的恐惧因素；正如我们能不时感觉到压迫引发的某种尖刻，感觉到激情的表象下郁积的痛苦，感觉到作品中的仇怨，这些作品，尽管都很出色，但仇怨带来的阵痛却迫得它们不能舒卷自如。

由于小说与现实生活有此关联，小说的价值观在某种程度上体现了现实生活中的价值观。但显然，女性的价值观同男性鼓吹的价值观往往很不相同；这也并不奇怪。然而，却是男性的价值观占据支配地位。简单说来，足球和体育是"重要的"；追逐时尚，买衣服是"琐碎的"。这类价值观必不可免地由生活移入小说。批评家会说，此书很重要，因为它描述战争。此书不足挂齿，它讲的不过是女人在客厅中的情感。战场上的场景要比商店中的场景更有震撼力——价值观的微妙差异触目皆是。因此，十九世纪初的小说，倘出于女性之手，难免偏离直道，不得不修正自己的明确见解，迁就外在的权威。只须浏览一下已经给人忘却的旧日的小说，听听其中的语气，就能觉出作家是在迎合批评；她或者用强，或者示弱。要么承认自己"不过是个女人"，要么争辩她"与男人不相上下"。面对批评，她或者温顺、羞怯，或者气恼、强蛮，全看她的性情而定。无论怎样一种态度，她关注的已不是事情本身。她的书遂有强加于人的味道。这些书在根子上存在欠缺。我想起星散在伦敦各处旧书店中的女性小说，它们像瘢痕累累的小苹果散在果园里。是根子上的欠缺让它们霉烂了。她修正了自己的价值观，迁就他人。

然而，她们又如何有可能不左右摇摆。在一个纯粹的父权制社会中，面对所有这些讥弹，需要怎样的天才，怎样的诚实，才能毫不畏缩地坚持自己的主见。只有简·奥斯丁做到了这一点，还有埃米莉·勃朗特。这是她们的标志，或许是她们最光荣的标志。她们像女性一样写作，而不是像男性一样写作。在成百上千写小说的妇女中，只有她们，完全无视那些老学究的反复训诫——你得这样写啊，你得那样想啊。只有她们，对这些喋喋不休的声音充耳不闻，抱怨也罢，俯就也罢，倨傲也罢，悲悯也罢，震惊也罢，愤怒也罢，仁慈也罢，须知它们只不肯给妇女一点安宁，像一本正经的家庭女教师，盯着她们，像埃杰顿·布里奇斯爵士②，吩咐她们，必得要她们净化自己；甚至在诗歌批评中硬扯进性别批评；③而且，倘她们乖乖的，赢一个大彩也未可知，为此，她们得按照某位绅士的告诫，安守本分：

---

① 罗切斯特，夏洛蒂·勃朗特小说《简·爱》中男主人公。
② 埃杰顿·布里奇斯爵士(1762—1837)，英国诗人、小说家、传记作家，但所写诗歌、戏剧和小说俱不很成功。
③ "〔她〕沉迷于一种形而上的目的，这是很危险的，对女性来说，尤其如此，因为女性对修辞的喜好，很少具有男性的健康态度。这一欠缺很奇怪，毕竟，女性在其它种事情上，更为简单，更为实际。"《新标准》，1928 年 6 月。——作者注

"……女小说家要想成功,须有勇气承认女性的局限。"①这真可谓一语道破,而我如果告诉大家,必让大家吃惊的是,写下这话的时间不是一八二八年八月,而是一九二八年八月,那么,大家一定同意,不管我们现在有多么欢快,舆论的主流依然如此——我并不想翻动陈年旧账,不过是碰巧看到这些——而一个世纪之前,这类舆论当然更为激烈,更为热闹。换作一八二八年,青年女子必须非常坚强,才能承受所有这些冷落、责难和引诱。她必须像个狂热分子一般鼓动自己,好吧,可他们不能连文学也买断。文学对所有人开放。我不会让你,哪怕你是校役,把我赶出这块草坪。你想锁住图书馆,请便好了,但你无法为思想的自由设置门禁、门锁、门闩。

然而,这些阻挠和批评,不论对她们的写作产生了什么影响——我相信影响是很大的——面对她们将思想化为文字时(我想的仍然是十九世纪初的小说家)遇到的其它困难,却又相形见绌。所谓困难,指的是她们身后缺乏一个传统,或者这个传统历时很短,又不完整,对她们帮助不大。因为我们作为女性,是通过母亲来回溯历史的。求助伟大的男性作家其实于事无补,不管我们能从他们那里得到多少乐趣。兰姆、布朗②、萨克雷、纽曼③、斯特恩④、狄更斯、德·昆西⑤——随便是谁——对妇女从来没有帮助,虽然她可能从他们那里学得一些手法,派上用场。男人的思想,说到沉重、敏捷,高视阔步,都与她有很大不同,断难从中抄出什么有用的东西。你不可能依样画葫芦。或许下笔之时,她发现的第一件事就是,没有日常的句式供她拿来使用。所有的小说巨匠,像萨克雷、狄更斯和巴尔扎克,都写得一手本色文章,敏捷但不轻率,刻意描摹但不造作,是个人的又是大众的。他们的小说,使用的是当下流行的句式。十九世纪初流行的句式兴许是这样的:"其作品的壮观向他们表明,不可半途而废,必须再接再厉。再没有比展示艺术、层层发掘真与美,更让他们兴奋和满足的了。成功催人发奋;习惯有助于成功。"这是男人的句式;在它背后,可以看到约翰逊、吉朋⑥和其他人。这类句式,不适合女性使用。夏洛蒂·勃朗特,尽管有出色的散文天赋,手中的武器仍不免沉重,令她左支右绌。乔治·爱略特用它生出种种难以描述的事端。简·奥斯丁审视它,嘲笑它,发明出合乎自己需要的句式,一生不离不弃。因此,她的文字天赋虽然弱于夏洛蒂·勃朗特,却道出了更多东西。实际上,表达的自由和充分是艺术的真谛,既然如此,谈到女性写作,传统的缺失,工具的贫乏和不充分,显然说明了许多问题。此外,一本书并非一句接一句,从头到尾搭接而成,如果形象些说,它像是由句子构筑的拱廊和穹顶。而这一形状也是男性出于自己的需要建造,留给自己使用。没有理由认为,史诗或诗剧的形式比这种句式更适合女性。无论如何,当

① "如果,像记者一样,你认为女小说家要想成功,须有勇气承认女性的局限(简·奥斯丁"已经"表明,如何体面地作出这一姿态)……"《生平与书信》,1928 年 8 月。——作者注
② 托马斯·布朗(1605—1682),英国医生、作家,主要作品为《一个医生的宗教信仰》。
③ 约翰·亨利·纽曼(1802—1890),英国圣公会内部牛津运动领袖,后改奉天主教,著有《论教会的先知责任》、《大学宣道集》等。
④ 劳伦斯·斯特恩(1713—1769),英国小说家,主要作品为《项狄传》,被认为开意识流手法之先河。
⑤ 托马斯·德·昆西(1785—1859),英国散文作家,主要作品为《瘾君子自白》。
⑥ 奥兰多·吉朋(1583—1625),英国历史学家,著有《罗马帝国衰亡史》六卷。

女性开始写作时,原有的各种文学形式都已经固定下来。小说却发轫不久,在她手中有足够的灵活性——或许,这是女性写小说的另一个原因。然而,谁又能说即使到现在,"小说"(我给它加上引号,表明我认为这个字眼儿是不恰当的),谁又能说这一极其灵活的文学形式已经中规中矩,方便女性来使用呢?毫无疑问,如果她能够自由运用她的肢体,我们就会看到她将小说打造成形;提供一些新的手段,不一定是诗歌,用来表达心中的诗意。因为她心中的诗意仍然没有宣泄的途径。我又想,今天,女人会如何来写一出充满诗意的五幕悲剧呢——是用韵文,抑或是用白话文?

但这都是些难以解答的问题,掩在朦胧的未定之天。我得丢开它们,即使只是因为它们诱惑我偏离正道,走入一片人迹罕至的森林,我没准会迷路,很可能让野兽吞食。我并不想、我相信你们也不想听我拉扯这个非常沉闷的话题——小说的未来,所以,我只在这里停留片刻,提请大家注意,就女性而言,物质条件将会在未来发挥巨大作用。书籍毕竟需要适应肉体,甚至不妨冒昧地说,女性写的书应当比男性短些,紧凑些,无须长时间聚精会神地劳作,又不容人打扰。须知打扰是没完没了的。同时,男人与女人,为大脑输送营养的神经,似乎构造不同,要想让它们工作得卓有成效,必须找到正确的方式——例如,僧侣们许是在几百年前发明的这种花费几个小时开讲座的方式,是否适合它们——它们需要怎样地交替工作和休息,所谓休息,也不是无所事事,而是做某种事,某种性质不同的事;二者之间的区别何在?所有这些,都有待讨论和探究;所有这些,都是女性与小说的一部分。然而,我回到书架前又想,我到哪里去发现一位女性对女性心理的深入研究呢?如果因为女子不能踢足球,进而就不允许她们行医——

幸运的是,我的思路现在来到了另一处转折点。

[原典英文节选]　One could not but play for a moment with the thought of what might have happened if Charlotte Brontë had possessed say three hundred a year—but the foolish woman sold the copyright of her novels outright for fifteen hundred pounds; had somehow possessed more knowledge of the busy world, and towns and regions full of life; more practical experience, and intercourse with her kind and acquaintance with a variety of character. In those words she puts her finger exactly not only upon her own defects as a novelist but upon those of her sex at that time. She knew, no one better, how enormously her genius would have profited if it had not spent itself in solitary visions over distant fields; if experience and intercourse and travel had been granted her. But they were not granted; they were withheld; and we must accept the fact that all those good novels, *Villette*, *Emma*, *Wuthering Heights*, *Middlemarch*, were written by women without more experience of life than could enter the house of a respectable clergyman; written too in the common sitting-room of that respectable house and by women so poor that they could not afford to buy more than a few quires of paper at a time upon which to write *Wuthering Heights* or *Jane Eyre*. One of them, it is true, George Eliot, escaped after much tribulation, but only to a secluded villa in St. John's Wood. And there she settled down in the shadow of the world's disapproval. "I wish it to be understood", she wrote, "that I should never invite any one to come and see me who did not ask for the invitation"; for was she not riving in sin with a married man and might not the sight of her damage the chastity of Mrs. Smith or whoever it might be that chanced to call? One must submit to the social convention, and be "cut off from what is called the world." At the same time, on the other side of Europe, there was a young man living freely with this gipsy or with that great lady; going to the wars; picking up unhindered and uncensored all that varied experience of human life which served him so splendidly later when he came to write his books. Had Tolstoi lived at the Priory in seclusion with a married lady "cut off from what is called the world," however edifying the moral lesson, he could scarcely, I thought, have written *War and Peace.*

But one could perhaps go a little deeper into the question of novel-writing and the effect of sex upon the novelist. If one shuts one's eyes and thinks of the novel as a whole, it would seem to be a creation owning a certain looking-glass likeness to life, though of course with simplifications and distortions innumerable. At any rate, it is a structure leaving a shape on the mind's eye, built now in squares, now pagoda shaped, now throwing out wings and arcades, now solidly compact and domed like the Cathedral of Saint Sofia at Constantinople. This shape, I thought, thinking back over certain famous novels, starts in one the kind of emotion that is appropriate to it. But that emotion at once blends itself with others, for the "shape" is not made by the relation of stone to stone, but by the relation of human being to human being. Thus a novel starts in us all sorts of antagonistic and opposed emotions. Life conflicts with something that is not life. Hence the difficulty of coming to any agreement about novels, and the immense sway that our private prejudices have upon us. On the one hand, we feel You—John the hero—must live, or I shall be in the depths of despair. On the other, we feel, Alas, John, you must die. because the shape of the book requires it. Life conflicts with something that is not life. Then since life it is in part, we judge it as life. James is the sort of man I most detest, one says. Or, This is a farrago of absurdity. I could never feel anything of the sort myself. The whole structure, it is obvious, thinking back on any famous novel, is one of infinite complexity, because it is thus made up of so many different judgments, of so many different kinds of emotion. The wonder is that any book so composed holds together for more than a year or two, or can possibly mean to the English reader what it means for the Russian or the Chinese. But they do hold together occasionally very remarkably. And what holds them together in these rare instances of survival (I was thinking of *War and Peace*) is something that one calls integrity, though it has nothing to do with paying one's bills or behaving honourably in an emergency. What one means by integrity, in the case of the novelist, is the conviction that he gives one that this is the truth. Yes, one feels, I should never have thought that this could be so; I have never known people behaving like that. But you have convinced me that so it is, so it happens. One holds every phrase, every scene to the light as one reads— for Nature seems, very oddly, to have provided us with an inner light by which to judge of the novelist's integrity or disintegrity. Or perhaps it is rather that Nature, in her most irrational mood, has traced in invisible ink on the walls of the mind a premonition which these great artists confirm; a sketch which only needs to be held to the fire of genius to become visible. When one so exposes it and sees it come to life one exclaims in rapture, But this is what I have always felt and known and desired! And one boils over with excitement, and, shutting the book even with a kind of reverence as if it were something very precious, a stand-by to return to as long as one lives, one puts it back on the shelf, I said, taking *War and Peace* and putting it back in its place. If, on the other hand, these poor sentences that one takes and tests rouse first a quick and eager response with their bright colouring and their dashing gestures but there they stop: something seems to check them in their development: or if they bring to light only a faint scribble in that corner and a blot over there, and nothing appears whole and entire, then one heaves a sigh of disappointment and says, Another failure. This novel has come to grief somewhere.

And for the most part, of course, novels do come to grief somewhere. The imagination falters under the enormous strain. The insight is confused; it can no longer distinguish between the true and the false; it has no longer the strength to go on with me vast labour that calls at every moment for the use of so many different faculties. But how would all this be affected by the sex of the novelist, I wondered. looking at *Jane Eyre* and the others. Would the fact of her sex in any way interfere with the integrity of a woman novelist—that integrity which I take to be the backbone of the writer? Now, in the passages I have quoted from *Jane Eyre*, it is clear that anger was tampering with the integrity of Charlotte Brontë the novelist. She left her story, to which her entire devotion was due, to attend to some personal grievance. She remembered that she had been starved of her proper due of experience—she had been made to stagnate in a parsonage mending stockings when she wanted to wander free over the world. Her imagination swerved from indignation and we feel it swerve. But there were many more influences than anger tugging at her imagination and deflecting it from its path. Ignorance, for instance. The portrait of Rochester is drawn in the dark. We feel the influence of fear in it; just as we constantly feel an acidity which is the result of oppression, a buried suffering smouldering beneath her passion, a rancour which contracts those books, splendid as they are, with a spasm of pain.

延伸阅读

1. 桑德拉·M.吉尔伯特、苏珊·格巴,《莎士比亚的姐妹们》(见玛丽·伊格尔顿编《女权主义理论》,湖南文艺出版社,1989)。伍尔夫曾经在《一间自己的房间》里虚构了莎士比亚的妹妹朱迪斯·莎士比亚。在哥哥莎士比亚继承了一笔财产后,她却一无所有,更没有足以发展她的思想和性格的生活阅历,她最终被她生活的窘迫"逮住和纠缠"、"否定",禀承诗歌天赋的她在文学史上毫无作为,无声无息地消失了。文中,两位作者呼应伍尔夫的虚构故事,追溯男性文学观对于女作家和诗人的压制,她们还反思伍尔夫的抒情诗等观念中的传统文学观的残余,提出女性应该以肯定的姿态,吟唱和表达独特的存在经验。

2. 乔纳森·卡勒,《作为女人来阅读》(见《论解构》,中国社会科学出版社,1998)。卡勒从女性读者的视角,质疑了作者和文本的权威,肯定女性读者以自己的性别经验为基础的阅读的合法性,阅读对意义的生产不再是顺从和回溯式的,而是抗拒的、否定性的。女性阅读也是对男女二元对立的等级模式的颠覆,也是女性主义批评深入到互文的层面清理男性权力的有机策略。

3. 西蒙·德·波伏娃,《妇女与创造力》(见张京媛编,《当代女性主义批评》,北京大学出版社,1992)。这篇文章同样追溯伍尔夫的《一间自己的房间》以及伍尔夫的创作经历,波伏娃试图从更广泛的心理、社会、文化的视角观照女性的创造力为什么受到阻碍,以至于在文化史上留名的女性画家、雕塑家、诗人寥若晨星。波伏娃在文中也提出了她的重要观点,即性别乃至个人天赋都不是天然生成的,而是后天的社会建构和个人努力获致的。

巴特勒

朱迪斯·巴特勒(Judith Butler, 1956—   )是当代性别理论家,提出"酷儿理论"(queer theory),同时在政治哲学、伦理学等方面都有建树,被学术界誉为90年代以来的"学术新星"。巴特勒对固定的身份不太感兴趣,同时喜好冒险做出位之思。她任职美国加州州立大学柏克莱分校的修辞学和比较文学教授,但她的学术研究早已越出这两个学科领域,甚至跨越学院象牙塔的藩篱,产生深远的社会影响。

巴特勒深受法国后现代哲学的影响,在某种意义上,她的性别反思可以被视为法国后结构主义思想在性别领域的"接着说","变着说"。尽管巴特勒不太满意她的博士论文《欲望主体:20世纪法国黑格尔学派的反思》,称其中很少提到她后来念念在兹的"身体"、"性别"等范畴,但是我们仍然可以从中看到她的思想踪迹。黑格尔哲学认为欲望总是对他者承认的欲求,欲望、主体与他者的承认、社会规范的权力联系在一起,这些无疑在巴特勒的思想中留下或隐或显的划痕。

巴特勒追溯了黑格尔关于欲望主体的思想在法国当代哲学,如存在主义、后现代主义思想中的嬗变和发展。一个黑格尔式的,不断追求他者承认和扬弃差异的主体,一个追求总体化和崇高的欲望的主体逐渐在法国当代哲学家那里演变为分裂的、受挫的、非自律的主体。在拉康那里是由"象征界"的语言所标识,烙印着创伤记忆的主体;在福柯那里则是被话语所规训、限制和建构的主体;在克里斯台娃那里,是没有父权文化强制性建构的性别身份,即男/女二元对立身份的主体。总之,"主体"不再是一个本体论的实体,它不再是话语、制度、实践的创建者,而是这一切的结果,也就是说,因果关系被颠倒或动摇了。

受思想、文化的"语言学转向"的根本影响,女性主义在20世纪70年代后逐渐走向了"性别理论"。跨学科、跨边界的的思想反思(如文化研究、同性恋研究或酷儿研究、族群研究等)促发人们重新考察诸多既定观念和"自明"前提。在这一复杂的语境中,关于性别的常识同样遭到质疑。人文社会学科普遍借用来自语法学的"gender"来表征社会性别,以此与自然性的生物学性别"sex"相区别。性别理论家盖尔·鲁宾(Gale Rubin)曾启示巴特勒重新思考性别制度,她提出"一个社会的性/社会性别制度是该社会将生物的性转化为人类活动的产品的一整套组织安排,这些转变的性需求在这套组织中得到满足"(《妇女交易:"性政治经济学"初探》)。性别制度、话语演化出一整套以生物性别为基础的男女性别划分和分工的规范,分工的目的是避免男女混淆,建立男尊女卑的等级结构,从而导致社会性别规范将强制性的异性恋、性别压迫、规训性别气质等话语树立为正统与合法。通过对社会性别的考察,性别理论不再像传统女性主义那样一味针对男性权威,相反,男/女性别作为社会性别区分成为一体两面的事物,常识和传统分配给两性的男性/女性气质都是值得怀疑和需要重新理解的。

朱迪斯·巴特勒的性别思考无疑融合并改写了上述诸多思想话语。她先后出版《性别麻烦:女性主义和身份颠覆》(*Gender Trouble*:*Feminism and the Subversion of Identity*,1990)与《至关重要的身体:"性"的推论性限制》(*Bodies That Matter*:*On the Discursive Limits of "Sex"*,1993)两本书,在学术界引起轩然大波。巴特勒将克里斯台娃借拉康心理分析方法对性别身份的怀疑推向极致,她认为不仅男女的性别区分,甚至生理性别/社会性别(sex/gender)的区分都是虚妄和不真实的。巴特勒指出性别是表演性的,没有先于社会表征的生物性身体。她左右援引,首先她接受福柯对于性/身体是社会建构的观念启发,其次她借用阿尔都塞的意识形态"询唤"(interpellation)来说明性别(身体)是被询唤的。阿尔都塞曾举例,当警察在大街上对某人喊"喂,你别动"时,通过呼喊,警察把那人询唤为一个主体,而通过转身,那人接受了警察的询唤。和主体被询唤的道理一样,身体同样通过询唤被赋予了"男/女"的标志。当婴儿的身体被医生询唤为"她"或"他"时,身体被赋予性别,进入象征系统,即语言和亲属关系的领域。性别只有在语言象征系统中,在以异性恋和父权制的性别等级中才有意义,在这个意义上生理性别和社会性别之间是没有区分的。

巴特勒的论辩开始于对福柯、德里达、阿尔都塞等法国思想的重读。她发现,这些后现代思想都与奥斯丁的"以言行事"论有关。奥斯丁(J. L. Austin)认为语言具有"表演性"与"行事性",比如为人或物命名,法官宣判、司仪主婚;布迪厄在他的语言经济学里推进这一语言学反思,他认为语言行事的能力并不来自言谈(utterance)内部,而是依赖言谈之外的社会权力,比如法庭和国家机器的暴力。用话语来行事的人必须具有相应的权力,否则话语仅是儿戏。巴特勒援引德里达的"引用"(citation),重新读解布迪厄的思想。她认为,既然语言行事的能力并非出自言谈自身而是源自言谈之外的权威,那么以言行事就是具体言谈对先在的语言象征系统的引用。法官宣判是法官在具体语境中进行的,是法官对于国家权力的引用,由于这种引用必须依赖法警、枪支所代表的暴力,"引用"并非是稳定和安全的。德里达认为"引用"注定是失败的。因此,语言行事或语言引用关系是多义的,在断裂处蕴含着丰富的可能性。巴特勒从她的后现代思想立场反对先在的主体,她认同主体、性别是由言谈、话语建构的,不是言谈者言说语言,而是语言言说言谈者。

巴特勒认为波伏娃仍然认同生理性别与社会性别的区分,她承认一个行动者、一个"我思"选择以某种方式成为一种社会性别。巴特勒的"性别表演性"否定这个本质的行动者或"我思",她反复强调"表演性"(performativity)不同于"表演"(performance)。表演隐含着一个表演者、主体,而性别只是在强制性的性别规范的不断重复、歪曲、再重复的过程中被建构出来的,因此表演性先于表演者,表演性使表演者成为表演者。在巴特勒看来,异性恋的性别规范反复引用、表演自身,并制造出幻象:生理性别基础上的社会性别差异、异性恋取向等规范。

近年来,对于巴特勒的批评不绝于耳,巴特勒始终在论战中发展她的思想。如托莉·莫伊(Torii Moi)等批评巴特勒的后现代主义立场斩断了言与物的关系,一味沉溺于语言内部关系。许多学者还对巴特勒艰涩的文风提出批评,批评她语言深奥、言不及义。对此巴特勒也进行了有力地回击,她认为"常识不具有革命性",犀利的思想是对常识的颠覆,而超越常识的思想拒绝清通透明的文风,它只能作为"可读性文本"在不断被重读的过程中获得意义再生。

原典选读

模仿与性别反抗(节选)

Imitation and Gender Insubordination 赵英男,译

这篇文章是巴特勒1989年在耶鲁大学所做报告的一部分,此后被选入狄安娜·弗斯编的《内/外:女同性恋理论,男同性恋理论》。这是巴特勒一系列激进、富有冲击力的文章中的一篇。其中巴特勒对于性别、身份的传统含义进行了后现代式的解读,她指出暗含在"男/女同性恋"称呼之下的性别偏见和权力关系。

女同性恋者的理论化

起初,我考虑写一篇不同的文章,一篇带有哲学意味的文章:成为同性恋的"存在者"。要**成为**什么的前景,哪怕是为了报酬,也总是在我内心产生一种焦虑,因为要"成为"男同性恋,"成为"女同性恋,似乎不仅是一种简单的需要,即要成为我已经是的人或职业。而要说这就是我所是的"一部分",也决不会清除我的焦虑。**作为一位女同性恋者**,写作或说话都似乎是这个"我"的一个自相矛盾的表象,给"我"一种非真非假的感觉。因为以某种身份的名义、往往是为满足某种要求的产出或写作,是一种生产,而一旦生产出来,有时就成了政治上有效的幻影。我对"女同性恋理论,男同性恋理论"的说法感到不舒服。如我在别处所说,身份范畴往往是统治政权的工具,无论是作为压抑结构的规范化范畴,还是作为要解放那种压抑的论争的同盟军。这不是说我不会以女同性恋的身份在政治场合露面,而是说我宁愿让女同性恋的符号的确切指意永远含混下去。所以,我不清楚我怎么能为此书撰稿,在它的标题下露面,因为它宣布的一系列条件正是我想要辩驳的。我冒的一个风险就是再度被我所书写的那个符号殖民化,所以,我希望论证的也正是这次冒险。要

说诉诸于身份总是一种冒险,并不意味着抵制身份总是或仅仅表示一种强加于自身的对同性恋的憎恶。事实上,用一种福柯式的视角可以说明,证实"同性恋"的正当性本身就是憎恶同性恋话语的一种引申。而"话语",他在同一页上写道:"既可以是权力的工具,又可以是权力的效果,但也是一个异装癖,一块绊脚石,一个抵制要点,和制定对抗策略的起点。"

所以我怀疑当这个"我"在女同性恋的符号下运作时是如何被确定的,我对其憎恶同性恋的判断感到不舒服,对"男女同性恋群体"的其他成员提供的规范定义也同样感到不舒服。我始终为身份范畴感到不安,视其为搬不走的绊脚石,将其作为必要的麻烦的场所来理解,甚至推崇。事实上,如果这个范畴不造成任何麻烦的话,那它对于我就不再具有意趣了;支持各种性爱实践的那些范畴的不稳定性产生快感,恰恰是这种**快感**使我成为这个范畴的支持者。把自身置于一种身份范畴的条件之下就等于抵制那个范畴旨在描述的性征;而这对于任何身份范畴来说都是事实,身份范畴的目的就是要控制它声称要描述、认可而非全然"解放"的那种性爱。

更糟糕的是,我不明白"理论"这一观念,几乎无心去扮演理论的卫道士,更不想被指称为男女同性恋核心理论群体的组成部分,试图在学术界确立男女同性恋研究的合法性和普及这种研究。理论、政治、文化、传媒之间存有一种事先给定的区别吗?这些分化是怎样满足一种能够产生完全不同的认识图式的互文性写作的?可我现在就在这里写作:是否为时过晚?这种写作,任何写作,能够拒绝这种写作借以被利用的那些条件吗?在某种程度上,它甚至被用作殖民化话语,促成或生产这块绊脚石,即这种抵制。我怎样才能把这种依赖性与这种拒绝的自相矛盾的情境联系起来呢?

如果这项政治任务就是要表明,在不受约束的思辨意义上,理论并非纯粹是**理论**,而坚持认为理论完全是政治的(是**实践智慧**,甚或是**实践**),那么,为什么不简单称这种运作为**政治**或对政治的某种置换呢?

我在本文开头承认我感到焦虑,并进行了一系列否定,但是,也许将要清楚的是,否定并非是简单的活动,而将成为我提出的对憎恶同性恋的某种规范性操作进行肯定性抵制的一种形式。"出头露面"的话语显然已经达到了目的,但都有哪些风险呢?这里,我说的并不是失业或舆论攻击或暴力,这些对那些不管是否出于自己的打算而"出头露面"的人来说显然越来越不利。"出头露面"的"主体"是否摆脱了征服、最终清白无辜了呢?在某些方面使男女同性恋"主体"臣服的那种征服,在提出"露面"的要求之后,是否还继续压制或最阴险地压制呢?"出头露面"的究竟是什么或是谁?如果我以女同性恋的身份出现,那么,这时显见的、充分暴露的究竟是谁呢?已经众所周知的是什么呢?语言行为提供了清楚揭示性征的前景,还有什么能被这种语言行为所永久掩盖呢?当性征屈从于透明和暴露的标准时,性征还能依然保持为性征吗?抑或恰恰是在达到彻底清晰的假象时性征便不再是性征了呢?甚至在没有无意识指称的那种不透明的情况下性征也仍然是可能的呢?这是否意味着,暴露性征的意识的"我"也许是最后一个懂得它所说的意义的人。

……

但**在政治上**,我们可以说,恰恰因为女同性恋与男同性恋的身份有被从憎恶同性恋的领域涂抹或抹除的危险,坚持他们的身份才是至关重要的。上述理论不是与可能会抹除男女同性恋身份的那些政治力量相**共谋**的吗? 这种关于身份的理论争论在这样一种政治氛围内产生,这难道是**偶然**的吗? 这种政治氛围不正是通过法律和政治手段对同性恋身份进行的一系列类似的涂抹吗?

作为反击,我想要提出的问题是:这些涂抹的威胁是否应该规定对它们加以抵制的条件? 如果应该,那么,已达到如此程度的对同性恋的憎恶是否从一开始就打赢了这场战斗呢? 毫无疑问,男女同性恋者正在受到公开涂抹的暴力威胁,但是抵制那种暴力的决策必须认真作出,谨防以另一种暴力取代之。男女同性恋的哪些方面应该公诸于世? 这种公诸于世将导致哪些内部排除? 作为政治策略,把身份公诸于世就**足够**了吗? 这能否仅仅是要求改变政策的一个策略介入的开端? 当身份成为其自身的政策、导致很多人从不同方面对其加以"维护"时,这难道不表明对公共政治的绝望吗? 而这不是号召回归沉默或隐蔽,恰恰相反,是要利用可被质疑、被迫说明它所排除的东西的一个范畴。身份的巩固要求进行区别与排除的配合,这似乎显而易见。但是,哪些区别和排除应该受到重视? 我现在所用的身份符号自有其目的,这似乎没有错,但是,没有任何办法控制这个符号在未来的政治使用。抛弃其危险不谈,这也许是一种开放性,应该出于政治的目的加以保护。如果男女同性恋身份在现在的公开以一系列排除为先决条件,那么,有必要排除的一部分就是**这个符号在未来的使用**。现在,出于政治的目的有必要使用符号,但是,如何才能在不封闭其未来意味的情况下使用符号呢? 如何在使用符号的同时又断言其时间的偶然性呢?

断言符号在策略上的临时性(而非其策略的本质主义),即是说,身份可以成为争论和修订的场所,这具有一整套未来的意味,对此,我们现在使用符号的这些人是无法预测的。正是在维护政治能指的未来——把能指作为重新表述的场所保留起来这方面,拉克劳和穆菲才看到了符号的民主前景。

在当代美国政治中,有许许多多恰恰被认为不可能或不敢于**是**的方面,其中尤以女同性恋为突出。在某种意义上,杰斯·海尔姆斯攻击全国教育协会准许再现"同性爱",把焦点集中在罗伯特·马普尔索普的作品上,讨论了关于男同性恋的身份和职业等憎恶同性恋的幻想。在一种意义上,在海尔姆斯看来,男同性恋者是作为被禁止的对象而存在的;在其扭曲的幻想中,他们是利用儿童的施虐受虐狂,是"淫猥"的典型例子;在一种意义上,女同性恋者在作为被禁止对象的这种话语中甚至没有被生产出来。这里,重要的是要认识到,压迫并不仅仅通过公开的禁止行为动作,而且隐蔽地进行,通过有生存能力的主体的合法性,通过没有生存能力的(非)主体的一个领域的必然合法性进行。我们可以称这些主体为**被遗弃者**,在法律的经济中他们既没有被命名,也没有受到禁止。这里,压迫通过生产不可想象性和不可命名性的一个领域进行。女同性恋并未公开受到禁止,这部分因为它还没有进入可思议的、可想象的、规矩真实界和命名界的文化知性之中。那么,在女同性恋并不存在的一个语境中,即是说,在部分通过暴力抵制并从自身驱除女同性恋的一种政治话语中,如何"成为"一个女同性恋者呢?被公开禁止就等于占据一个话语场所,可以在这个场所发表反面话语;被含蓄地禁止就等于甚至不够充当被禁止对象的资格。在当下各种同性恋被抹除、被削弱、(然后)被重构为激进的憎恶同性恋幻想的场所的氛围里,重要的是追溯借以反复构成同性恋的不可想象性的不同途径。

被从话语中抹除是一回事,而被作为一成不变的谬误呈现在话语中则是另一回事。因此,把女同性恋公诸于世是一种政治需要,但如何才能通过现存的管理体制或在这个体制之外做这一点呢?从本体的排除能够成为抵制的联合点吗?

这似乎是仅仅要对忏悔的不可能性进行讨论的一种忏悔:作为青年人,我长期忍痛被明确或含蓄地告知我之所"是"只是一个拷贝,一个模制品,一个派生的例子,现实的一个影子。强制性的异性恋自行确立为原始的、真实的、原本的;确定真假的标准意味着,"作为"女同性恋者总是一种模仿,是参加大量不可思议的、被归化了的异性恋者行列的徒劳努力,其结果总是而且只能是失败。然而,我非常清楚地记得,当我第一次在埃斯特·牛顿的《母亲的营房:美国的女性扮演者》中读到男性同性恋的异装癖并非是一种模仿,或是某一先在的和真正的性别拷贝时,我明白了异装癖展现了**任何性别**都可以承担的表演结构。异装癖不是扮演通常属于另一团体的一种性别角色,即一种挪用或占用行为,认为性别是性的正当属性,"男性"属于"男性性别","女性"属于"女性性别"。其实没有什么"正当的"性别,一种性而非另一种性所特有的性别在某种意义上是那种性的文化属性。在"正当"这一概念发生作用的地方,它总是只能作为强制性制度的结果而被置于不正当的位置。异装癖是性别被占用、被表演、被使用和被模仿的一种世俗方式;它意味着每一种性别化都是一种表演和近似表达。如果当真,那么,似乎并不存在异装癖所能模仿的原始的或本源的性别,但是,**性别就是一种没有本源的模仿**;事实上,这是把本源的概念作为模仿本身的**效果**和结果的一种模仿。换言之,异性化了的性别的自然结果是通过模仿策略生产出来的;它们所模仿的是对异性恋身份的一种虚幻理想,是由作为效果的模仿生产的。在这个意义上,异性恋身份的"现实"在表现上就是通过模仿构成的,这种模仿自行确立为一切模仿的本源和原因。换言之,异性恋始终处于模仿和占用其对自身的虚幻理性化的模仿和近似表达过程之中——**而且总是失败**。恰恰因为异性恋注定要失败,然而又努力要获得成功,异性恋身份才被抛入无休止的重复之中。事实上,在将自身归化为本源的努力中,异性恋必须被解作强制性的和必要的重复,这种重复只能产生其自身原创的**效果**;换言之,必要的异性恋身份,本体上牢固的"男人"和"女人"的幻想,是生产的戏剧效果,故意摆出原因和本源的姿态,即用来衡量现实的规范标准。

……

认识到异性恋标准是以何种方式重新在男同性恋身份中出现的,证明男女同性恋身份不仅仅是由主导的异性恋框架所部分建构的,因此也**不受**异性恋框架的**制约**,这非常重要。这些标准也是对那些已经归化了的位置的现行评论,恰好是对那些把男同性恋的生活归于非现实和不可想象的话语领域的异性恋结构的重新戏仿和重新定义。但是,不妨赘言,部分用压迫男同性恋的异性恋标准构成或建构,并不等于受到这些结构的决定或制约。没有必要把这些异性恋结构看做是对"正确精神"的有害侵入,而必须连根拔除。在某种意义上,异性恋结构和定位无论以何种形式在男女同性恋身份中的出现都事先决定了男女同性恋是在自身范围内对正确性的重复,对正确性的重新利用——这本身就是对其自身空想性的重复和重新利用,是可能进行各种重新定义和戏仿重复的场所。在非异性恋框架内对异性恋结构进行戏仿式复制和重新定义,缓解了所谓本源被极端建构的状况,但是,这表明异性恋仅仅通过令人信服的重复行为而把自身建构成本源。那个行为越是被占用,就越能揭示异性恋所声称的原创的虚假性。

尽管上述集中讨论了性别实践、表演、重复和模仿的现实效果,但我本意并不是要说明异装癖是可以随意上装或卸装的一个"角色"。在模仿背后并没有一个意志主体,仿佛决定它今天将扮演什么性别一样。相反,成为有生存能力的主体的可能性要求某种性别模仿已在进行之中。"成为"主体无异于"成为"某种性别。事实上,通过明显的对同一事物的重复而获得的前后连贯的性别,**结果**产生了存在着某一先在的和意志主体的幻觉。在这个意义上,性别并不是一个先在的主体有选择地进行的表演,而是**表现**的,作为结果它构成了它似乎要表现的那个主体。这是一种**强制性**的表演,因为从异性恋标准的叛离导致了驱逐、惩罚和暴力,自不必说由这些禁止导致的僭越的快感。

说在表演者之前没有表演者,说表演是表现的,并说表演构成了作为其结果的"主体"的表象,这些说法都难以让人接受。这是由于性征和性别以某种直接或间接的方式预先"表达"了先在于性征的某种心理现实而造成的结果。然而,否认主体的**先在性**,并不是否认主体;事实上,拒绝把主体与心理相混淆,标志着这样一种心理已经超越了意识主体的领域。这种心理超越恰恰是被意志"主体"所系统否定的东西,这个"主体"随意在特写时间和场合选择性别和/或性征。正是这种超越在构成显然千篇一律的异性恋位置的重复姿态和行为内部爆发出来,正是这种超越迫使这种重复在进行,并保证它永远失败。在这个意义上,正是这种超越在异性恋经济内部含蓄地包括了同性恋,即被强化的重复压制的一种永远存在的颠覆性威胁。然而,如果权力就是用重复的方式努力建构一个天衣无缝的异性恋身份之幻觉的话,如果异性恋为了确立自身的一致和身份之幻觉而被迫重复自身的话,那么,这就是永远受到威胁的一种身份。如果它没有能力重复,如果重复的实践是出于不同的表演目的的话,那又该如何呢?如果总是有一股重复的强制力,那么,重复就永远不能完整地实现身份。人们毕竟需要重复,这表明身份并非是自我认同的。它要求反复不断地确立,这就等于说它在每一间隙都冒着被解体的危险。

那么,这种心理超越是什么呢?是什么构成了一种颠覆的或解构的重复呢?首先,有必要考虑性征总是超越任何特定的表演、表现或叙事,之所以不可能从特定的性别表现中派生或读出某种性征来,其原因就在于此。可以说,性征超越任何明确的叙事化。性征永远不能在表演或实践中得到"完整"表达。将有被动的粗壮的充作男人的女同性恋者,将有主动的柔弱的充作女人的男同性恋者,也将有两者兼顾的同性恋者,以及其他同性恋者,结果都或多或少分解式地描述了稳定的"女性"和"男性"。在性、性别、性别表现、性实践、幻想和性征之间并没有直接的表现性或因果的路线。这些术语中的任何一个都不能决定或控制其余的术语。构成性征的部分因素恰恰是没有出现的、在某种程度上永远不出现的因素。在某种程度上,尤其是对可能通过自我暴露的行为揭示性征的人来说,性征之所以始终被掩蔽的最根本原因也许就在于此。某种特定的性别表现若要"成功"就必须排除一些因素,而这些被排除的因素又恰恰是表现出来的性欲,即是说,这仿佛是性别与性别表现、性别表现与性征之间的一种被颠倒了的关系。另一方面,性别表现和性实践必然要产生这样的结果,即前者似乎"表达"了后者,而两者又都由它们所排除的可能的性行为所共同构成的。

　　这种颠倒的逻辑有趣地在脸谱式的充作女人的男同性恋者和充作男人的女同性恋者当中表现出来。充作男人的女同性恋者可以表现为有能力,健壮,能满足一切需要,体健如牛的充作男人的女同性恋者完全可以把她的情人建构成性注意和性快感的唯一场所。然而,这种"能满足需要的"充作男人的女同性恋者初**看起来**似乎在复制丈夫的角色,不知不觉地陷入了颠倒的逻辑。根据这种逻辑,那种"满足需要"的能力便变成了一种自我牺牲,使她陷入了最古老的女性自我否定的陷阱。她完全可能感到自己成了急需的对象,而这恰恰是她需要在其女性情人身上寻找、发现和实现的愿望。事实上,充作男人的女同性恋者转变成了充作女人的男同性恋者,或深陷那种颠倒的幻影中不得自拔。另一方面,如安伯尔·霍利鲍夫所论证的,充作女人的男同性恋者"精心设计"性交流,把某一附庸作为性爱对象,只是为了了解精心设计那个附庸所需要的能力能否证明她自己毋庸置疑的权力,此时,她变成了充作男人的女同性恋者,或陷入那种颠倒的幻影中不得自拔,或许从中获得快感。

[原典英文节选一]　To Theorize as a Lesbian?

At first I considered writing a different sort of essay, one with a philosophical tone: the "being" of being homosexual. The prospect of *being* anything, even for pay, has always produced in me a certain anxiety, for "to be" gay, "to be" lesbian seems to be more than a simple injunction to become who or what I already am. And in no way does it settle the anxiety for me to say that this is "part" of what I am. To write or speak *as a lesbian* appears a paradoxical appearance of this "I," one which feels neither true nor false. For it is a production, usually in response to a request, to come out or write in the name of an identity which, once produced, sometimes functions as a politically efficacious phantasm. I'm not at ease with "lesbian theories, gay theories," for as I've argued elsewhere,① identity categories tend to be instruments of regulatory regimes, whether as the normalizing categories of oppressive structures or as the rallying points for a liberatory contestation of that very oppression. This is not to say that I will not appear at political occasions under the sign of lesbian, but that I would like to have it permanently unclear what precisely that sign signifies. So it is unclear how it is that I can contribute to this book and appear under its title, for it announces a set of terms that I propose to contest. One risk I take is to be recolonized by the sign under which I write, and so it is this risk that I seek to thematize.

---

① [Butler] *Gender Trouble: Feminism and the Subversion of Identity* (New York and London: Routledge, 1990).

To propose that the invocation of identity is always a risk does not imply that resistance to it is always or only symptomatic of a self-inflicted homophobia. Indeed, a Foucaultian perspective might argue that the affirmation of "homosexuality" is itself an extension of a homophobic discourse. And yet "discourse," he writes on the same page, "can be both an instrument and an effect of power, but also a hindrance, a stumbling-block, a point of resistance and a starting point for an opposing strategy."①

[原典英文节选二]　It is important to recognize the ways in which heterosexual norms reappear within gay identities, to affirm that gay and lesbian identities are not only structured in part by dominant heterosexual frames, but that they are *not* for that reason *determined* by them. They are running commentaries on those naturalized positions as well, parodic replays and resignifications of precisely those heterosexual structures that would consign gay life to discursive domains of unreality and unthinkability. But to be constituted or structured in part by the very heterosexual norms by which gay people are oppressed is not, I repeat, to be claimed or determined by those structures. And it is not necessary to think of such heterosexual constructs as the pernicious intrusion of "the straight mind," one that must be rooted out in its entirety. In a way, the presence of heterosexual constructs and positionalities in whatever form in gay and lesbian identities presupposes that there is a gay and lesbian repetition of straightness, a recapitulation of straightness—which is itself a repetition and recapitulation of its own ideality—within its own terms, a site in which all sorts of resignifying and parodic repetitions become possible. The parodic replication and resignification of heterosexual constructs within nonheterosexual frames brings into relief the utterly constructed status of the so-called original, but it shows that heterosexuality only constitutes itself as the original through a convincing act of repetition. The more that "act" is expropriated, the more the heterosexual claim to originality is exposed as illusory.

Although I have concentrated in the above on the reality-effects of gender practices, performances, repetitions, and mimes, I do not mean to suggest that drag is a "role" that can be taken on or taken off at will. There is no volitional subject behind the mime who decides, as it were, which gender it will be today. On the contrary, the very possibility of becoming a viable subject requires that a certain gender mime be already underway. The "being" of the subject is no more self-identical than the "being" of any gender; in fact, coherent gender, achieved through an apparent repetition of the same, produces as its *effect* the illusion of a prior and volitional subject. In this sense, gender is not a performance that a prior subject elects to do, but gender is performative in the sense that it constitutes as an effect the very subject it appears to express. It is a *compulsory* performance in the sense that acting out of line with heterosexual norms brings with it ostracism, punishment, and violence, not to mention the transgressive pleasures produced by those very prohibitions.

To claim that there is no performer prior to the performed, that the performance is performative, that the performance constitutes the appearance of a "subject" as its effect is difficult to accept. This difficulty is the result of a predisposition to think of sexuality and gender as "expressing" in some indirect or direct way a psychic reality that precedes it. The

---

① ［Butler］Michel Foucault, *The History of Sexuality*, Vol. I, tr. John Hurley (New York: Random House, 1980), 101. ［Foucault(above, page 1259)］.

denial of the *priority* of the subject, however, is not the denial of the subject; in fact, the refusal to conflate, the subject with the psyche marks the psychic as that which exceeds the domain of the conscious subject. This psychic excess is precisely what is being systematically denied by the notion of a volitional "subject" who elects at will which gender and/or sexuality to be at any given time and place. It is this excess which erupts within the intervals of those repeated gestures and acts that construct the apparent uniformity of heterosexual positionalities, indeed which compels the repetition itself, and which guarantees its perpetual failure. In this sense, it is this excess which, within the heterosexual economy, implicitly includes homosexuality, that perpetual threat of a disruption which is quelled through a reenforced repetition of the same. And yet, if repetition is the way in which power works to construct the illusion of a seamless heterosexual identity, if heterosexuality is compelled to *repeat itself* in order to establish the illusion of its own uniformity and identity, then this is an identity permanently at risk, for what if it fails to repeat, or if the very exercise of repetition is redeployed for a very different performative purpose? If there is, as it were, always a compulsion to repeat, repetition never fully accomplishes identity. That there is a need for a repetition at all is a sign that identity is not selfidentical. It requires to be instituted again and again, which is to say that it runs the risk of becoming *de*instituted at every interval.

延伸阅读

1. 巴特勒,《性别麻烦》(宋素凤译,上海三联书店,2009)。这是巴特勒探讨性别界限和特征的重要著作,她拓展了法国女性主义从拉康、德里达等后现代理论启发下进行的性别/性属研究,这一理论成就奠定了她在该领域的重要地位。

2. 巴特勒,《消解性别》(郭劼译,上海三联书店,2009)。与《性别麻烦》、《身体之重》等较为理论化、行文晦涩的著作相比,这本书则体现了巴特勒对于理论和真实生活关系的关注,更像是巴特勒送给普通读者的礼物。强烈的现实关怀,使她不断面对并试图回答"可行的生活"等问题。她希望通过严肃而有力的反思,帮助那些被困扰的、逾越规范的身体如何免受暴力的侵害。

3. 葛尔·罗宾等,《酷儿理论》(李银河译,文化艺术出版社,2003)。这本由李银河翻译的文集汇集了一些在性别研究领域的特异之声,他们自称酷儿(queer)。这些文章可以成为阅读巴特勒的背景,成为巴特勒激进观念的参照,同时也是我们进一步思考的前提。

VIII 后殖民主义

　　20 世纪下半叶,后殖民主义思潮在西方学术传统内部兴起,它试图超越西方文化中心主义的视角,对西方殖民主义帝国与非西方国家的政治、经济、文化、宗教等关系进行深入反思。在理论方法上,后殖民主义无疑与各种"后"字前缀(post-)的思想、理论,有千丝万缕的联系,在解构主义、福柯理论、葛兰西的文化霸权观和拉康心理学、女性主义和马克思主义等方法的启发下,后殖民主义把它的批评矛头指向西方帝国主义对东方的文化再现、权力对历史叙事的暴力关系、后殖民地的民族身份认同等一系列与民族、种族和阶级、性别有关的问题。换句话说,后殖民主义批评是对"基于欧洲殖民主义的事实以及这一现象所造成的各种后果"进行深入地清理和反思的文化政治批评。

　　人们往往将后殖民主义批评的历史追溯到 20 世纪上半叶的黑人思想家赛萨尔(Aimie Cesaire)、詹姆斯(C. L. R. James)、法侬(Frantz Fannon)和阿契贝(Chinua Achebe)那里。其中诗人法侬以他那本影响极大的著作《黑皮肤,白面具》,深入黑人切身体验的种族歧视和压制中,揭示欧洲文明与殖民主义的关系,他反对二元对立的思维方式,强调民族特征的建构性,试图唤醒被殖民民族的反抗主体。在后殖民主义的溯源中,法侬和甘地对民族国家理念的诉求和建构,成为后殖民主义清理殖民帝国的认知暴力的最初典范。在这一篇中,我们还将介绍本尼迪克特《想象的共同体》,他为我们提供了审视"民族"观念的后现代思路。

　　第二波后殖民主义批评主要指,70 年代以后,一批有着相似问题意识,出生于第三世界但在第一世界的一流大学中获得学术地位的批评家相继崛起,尽管他们的方法、论题甚至立场都存在巨大的差异,但人们仍然将他们归到后殖民主义批评的麾下。一般而言,萨义德(Edward Said)、斯皮瓦克(Gayatri C. Spivak)和霍米·巴巴(Homi k. Bhabha)受惠于后结构主义理论较多,在后殖民批评中影响最大,被人们称为"后殖民批评的三剑客"。萨义德于1978年出版《东方主义》,这部著作被视为后殖民主义批评的里程碑,在西方学术传统中为跨越学科和文化边界的后殖民批评开创了一块空地。对此,我们会专门加以讨论。

霍米·巴巴出生于印度一个商人家庭,他的祖上有波斯人。在印度完成基础教育后,他负笈前往英国,师从马克思主义理论家特里·伊格尔顿,并获得牛津大学的博士学位。从自己的切身体验出发,巴巴创造性地结合拉康的心理分析理论和马克思主义思想,深入剖析了文化身份、文化差异,提出"混杂性"(hybridity)概念,并运用到批评实践中。巴巴为后殖民主义如何从边缘走向中心提出了清晰的理论策略,他认为殖民者和被殖民者的关系并非是单向、一元的统治与被统治关系,当被殖民者带有差异地重复或游戏性地模拟殖民者话语时,就瓦解了后者的纯粹性,从而颠覆了后者绝对优越的权力。巴巴的思想还给予后现代的文化翻译理论和实践极大的启迪,为翻译领域从语言中心转向文化翻译起到不可忽视的推动作用。他的重要专著有《民族与叙述》(*Nation and Narration*, 1990)、《文化的定位》(*The Location of Culture*, 1994)。

印度裔的女学者斯皮瓦克,作为德里达的解构理论在美国的翻译和阐释者,逐渐进入美国大学的学术主流。在《属下能说话吗》(*Can the Subaltern Speak*, 1987)中,她注意到第三世界妇女在种族和性别身份中的双重或多重边缘境遇,她指出这些"他者中的他者"因为无法再现自身而处于"失语"状态。斯皮瓦克的解构主义理论背景使她对本质主义始终保持警惕。斯皮瓦克将后殖民主义、女性主义和后结构主义立场融于一身,在《另外的世界:文化政治文集》(1987)中,建立"语言、世界、第三世界"的三维关系,她不断思考霸权意识对于第三世界声音和意识的压制和歪曲。在论及文学经典(cannon)的形成时,她犀利地指出主导意识形态、文化生产机制和传统接受心理等的投射。她的晚近作品还包括《想象的地图:德维的三部小说》(*Imaginary Maps*: *Three Stories by Mahasweta*, 1995)、《审视后殖民的动因:对当前消亡历史的关注》(*A Critique of Postcolonial Reason*: *Toward a History of the Vanishing Present*, 1999)等。

以莫汉蒂(Chandra Mohanty)为代表的女性主义后殖民流派,更多关注第三世界女性的境遇和身份,批评西方女性主义的本质主义和白人中心主义。她通过《第三世界的妇女和女权主义政治》(*Third World Women and the Politics of Feminism*,1991),讨论第三世界妇女被"无边地殖民化",呈现出在西方凝视的权力关系中,她们的生存体验和声音处于被漠视和边缘化的真实处境。

第三代后殖民批评产生了对后殖民主义的自主反思,其中有以阿赫默德(Abdul JanMohamed)、阿里夫·德里克(Arif Dirlik)等为代表的马克思主义流派,他们从马克思主义角度抨击"三剑客"的观念和方法,同时也批评西方马克思主义者对第三世界问题的隔膜,呈现出有力的理论建构能力和深厚的文化关怀,他们深刻地揭示出,后殖民主义已成为西方历史上曾经想要主宰世界的权力欲望在当今时代的一种新的表达。

后殖民主义批评理论从西方高等学府经过理论旅行到达中国,自90年代以来对中国的文学、文化研究产生深远影响。由于后殖民批评提出了西方与其殖民地"他者"的关系,通过揭示这种支配和暴力关系在文化中的投射,将全球性眼光引入到批评视域,促使走在现代化历程中的中国知识分子不仅将西方视为典范的现代性价值,还能反思自身和西方之间的权力关系。不过,后殖民批评仍然是西方学术内部的自我反思,它与后结构主义理论一样源于西方现代性的自我反思和重构的冲动。它将丰富的政治、经济的社会冲突化约为文化矛盾,因而更重视语言和文化的表征。人们在接受后殖民批评理论的启迪的同时,脱离语境的简单挪用也将阻碍思想和批评的拓展。

安德森

　　20 世纪下半叶,第三世界的反殖民主义和民族独立运动不断冲击并改写世界历史的格局,一批坚持学术关怀与社会关怀相结合的知识分子日益关注"民族"、"民族主义"和"国家"等问题。譬如埃里·凯杜里(Elie Kedourie)在《民族主义》(1960)里将民族主义与法国大革命和启蒙思想相联系,而厄内斯特·盖尔纳(Ernest Gellner)通过《民族与民族主义》(1983)考察了民族主义的起源与西欧工业资本主义的关系,与这些讨论"民族"和"民族主义"的经典著作齐名的还有本尼迪克特·安德森(Benedict Anderson, 1936—　)的《想象的共同体:民族主义的起源与散布》(1983)。

　　与此前众多探讨"民族主义"的社会科学著作相区别的是,安德森反对欧洲中心主义把"民族"视为欧洲工业化的产物的观点。《想象的共同体》在田野研究基础上融汇历史社会学、文化人类学和比较历史学等多重视野,自出版以来,一直受到人文学科的知识分子和学生的极大青睐。究其原因,除了该书具有宽广的比较文化视野、游牧式的观察和爬梳历史的方法、精到而富有韧性的叙述能力以外,最为重要的大概是《想象的共同体》从文化和民族意识的视角追溯"民族主义"的起源。作者充分地肯定了人类作为社会的动物,对物种的存在和生命偶然性的关心,这份与存在相关的归属感促使他们在宗教式微后寻找新的文化和心理认同。

　　从历史、文化和心理意识的视角观照"民族主义",这是马克思主义的政治经济学分析所忽略的,马克思主义的意识形态批评更集中于阶级范畴的对象,尽管也提出了民族独立和革命的要求,但未及展开;而诸多实证主义社会学研究也轻视或难以触及"民族"问题的文化与心理内容。本尼迪克特·安德森却认为民族作为一种特殊类型的"文化人造物","它是一种想象的共同体——并且,它是被想象为本质上有限的、同时也享有主权的共同体"。换句话说,民族是集体想象、文化积淀和社会历史过程等多元因素合力创造的心理认同,它不是本质的,不像皮肤、血缘等关系属于生来如此的事实。

　　爱尔兰裔的本尼迪克特·安德森是更早为中国人知晓的《新左派评论》的主编、评论家佩里·安德森(Perry Anderson)的兄长,他们的父亲出生于英属马来西亚殖民地,热爱中国文化,曾经在中国居住近三十年。本尼迪克特·安德森出生在云南省昆明市,在充满中国南方风味的家庭氛围中长大。为躲避中日战争,他们举家迁往美国,战后回到英国,本尼迪克特在剑桥主修西方古典研究与英法文学。他的祖国爱尔兰为争取独立,长期与英帝国处于剑拔弩张的状态,他幼年的"流亡"和漂泊经历以及青年时代在欧洲知名学府奠定的坚实学养,都深深地影响了他日后观察世界和表述世界的方式。他对殖民地国家的同情和好奇促使他负笈美利坚,并投到康奈尔大学的乔治·卡欣(George Kahin)教授门下专攻印尼研究。

业师对公共问题的学术和政治介入同样激励着安德森,他于 20 世纪 60 年代多次前往印度尼西亚做田野调查。1966 年苏哈托经政变成立军政府,并屠杀左翼人士。安德森和几位同仁撰写了一篇后来成为印尼研究经典报告的《康奈尔文件》(Cornell Paper),此文质疑了苏哈托政权的合法性,致使安德森被印尼政府驱逐达 27 年之久。由于不能继续研究印尼,他转向泰国和菲律宾群岛的研究,并学习当地语言继续进行实地考察。《想象的共同体》不是一本通过沉思冥想可以写出的作品,它的全球化比较视野和政治文化关怀源于这位"同情弱小民族的入戏的旁观者"自身不断流亡的切身经验和深入的思考、写作。

安德森认为民族想象(认同)是近代的衍生物,它的形成源于文化和民族意识这两重背景。民族认同的认识论条件,也是其产生的文化根源。由神圣拉丁文整合起来的宗教共同体分裂,宗教的慰藉、救赎等伦理和价值维系功能突然落空,坠入世俗社会的人群需要新的共同体想象来庇护偶然的生存。从神圣秩序获得合法性的君主王朝在 17 世纪日益衰落。随着宗教共同体和王朝逐渐式微,人们理解世界的方式发生了根本的改变。受宗教经验规定的"弥赛亚时间观",即充满救赎意味的时间观日渐被新的"同质的、空洞的"时间观(本雅明对现代性时间观的洞见)替代,后者受到世俗科学和印刷技术的推动,是一种可以被钟表和日历度量的、非预言性、世俗的时间观念。

在社会结构层面,民族意识的兴起与印刷资本主义(print-capitalism)有直接关系(见选文)。安德森分析了四波民族主义浪潮的发生。安德森认为美洲殖民地独立运动是民族主义的真正策源地。脱离欧洲母国的欧裔海外移民及其后代受到殖民帝国的制度性歧视,成为二等公民,他们的政治或社会流动被限制在殖民地范围,这种向着殖民母国的"被阻断的朝圣之旅"成为他们在海外彼此认同的根源。第二波民族主义是欧洲的群众性语言民族主义,依靠印刷技术、词典编撰、方言和文法整理等知识分子的自觉形塑。安德森认为这一民粹式的民族主义受到美洲独立和法国革命的启发,地理大发现促成的文化多元论在美洲的兴起,拉丁文等古老神圣语言的衰亡,印刷资本主义造就的印刷语言、阅读大众等诸多因素的共同作用。最终识文断字的资产阶级"邀请"民众加入到民族的想象共同体中。

第三波是官方民族主义或帝国主义,也是欧洲王室对第二波群众性民族主义运动的反应。面对不断高涨的群众性民族主义的挑战,英、俄、日等帝国不得不采取自上而下的观念同化,甚至违背旧王朝的原则宣称自己是民族的代表,从而掌握民族主义的话语权,使群众效忠帝国。最后一波民族主义是亚非地区的殖民地民族主义,也是对第三波官方民族主义的回应和模仿。以印尼为例,殖民地政府对殖民地采取殖民地教育,有统一的教科书并颁发标准的教育文凭,系统培养出通晓双语的精英阶层,这些双语精英在殖民地民族主义中起到有机组织和动员作用。标准化的教育体系促成殖民地人民形成从村庄到城镇,再到中心城市的朝圣想象,他们把殖民政府设定的中心城市想象为首府,他们所来自的地区想象为"家乡"。此外殖民地政府还通过人口调查、地图绘制和博物馆,来建立他们对殖民地属地的想象。

原典选读

民族意识的起源(节选)

The Origins of National Consciousness　　吴叡人,译

> 本文选自《想象的共同体》第三章。安德森认为印刷资本主义对民族意识的形成起关键作用。印刷品成为全新的世俗时间观念的载体,此时报纸的发行和阅读成为共同体想象的见证。报纸上印有日期,这样在不同地点、从未谋面但阅读着同一天报纸的人们,可以想象他的同胞也正在阅读着这份报纸。新教改革运动和印刷资本主义联合起来,通过批量生产廉价的印刷复制品,使得大众阅读成为可能,也使得知识和新观念得以普及。印刷资本主义使语言固定化,说不同方言的人们可以通过印刷品的中介相互理解和认同,因而印刷语言成为民族意识产生的基础,从此民族获得一种现代意义的整合力量。

即使已经清楚了作为商品的印刷品(print-as-commodity)是孕育全新的同时性观念的关键,我们也还只是停留在让"水平—世俗的,时间—横向的"这类共同体成为可能的这一点上。为什么在这个类型当中,民族会变得这么受欢迎呢?这明显地涉及复杂而多样的因素,然而我们可以坚定地主张资本主义是其中重要的因素。

一如前述,到1500年至少已经印行了2000万本书——这正标志了本雅明所谓的"机械再生时代"的发轫。用手稿传递的知识是稀少而神秘的学问,但印刷出来的知识却依存在可复制性以及传播之上。如果依费柏赫与马丁所言,到1600年已经生产了多达2亿册的书籍,那么难怪弗朗西斯·培根(Francis Bacon)会相信印刷术已经"改变了这个世界的面貌和状态"。

作为一种早期资本主义企业的形态,书籍出版业充分地感受到资本主义对于市场那永不止息的追求。早期的印刷商在全欧各地建立分店,"以此方式,一个无视于(原文如此)国界的、名副其实的出版商'国际'被创造出来了。"而且由于1500年到1550年之间欧洲正好经历了一个特别繁荣的时期,出版业的景气也跟着水涨船高。这段时期的出版业

"相较任何其他时代"更像是"在富有的资本家控制下的伟大产业"。

自然地,"书商主要关心的是获利和卖出他们的产品,所以他们最想要的是那些能够尽可能地引起多数当代人兴趣的作品。"

最初的市场是欧洲的识字圈,一个涵盖面广阔但纵深单薄的拉丁文读者阶层。让这个市场达到饱和大约花了 150 年的时间。除了神圣性之外,有关拉丁文的另一个决定性的事实是,它是通晓双语者使用的语言。只有相对较少数的人是生在拉丁文的环境中,而我们可以想象用拉丁文做梦的人更是少之又少。16 世纪时,有双语能力的人只占全欧洲总人口的一小部分;很可能不超过今天,以及——尽管无产阶级的国际主义已经出现了——未来的几个世纪的双语人口占全世界总人口的比例。在当时和现在,大部分人都只懂一种语言。资本主义的逻辑因此意味着精英的拉丁文市场一旦饱和,由只懂单一语言的大众所代表的广大潜在市场就在招手了。确实,反宗教改革运动促成了拉丁文出版业的短暂复兴,然而这个运动到了 17 世纪中叶就已经在衰落了,而那些天主教"修道院"的拉丁文藏书也已极度饱和。这个时候,发生在全欧各地的资金短缺也让印刷商越来越想贩卖用方言写作的廉价本了。

资本主义的这种朝向方言化的革命性冲刺还受到了三个外部因素的进一步推动,而这其中的两个因素更直接导致了民族意识的兴起。第一个,也是最不重要的因素,是拉丁文自身的改变。由于人文主义者不辞辛劳地复兴了涵盖范围甚广的前基督教时期的古代文学作品,并且通过出版市场加以传播,一种对古代人繁复的文体成就的新理解在全欧洲的知识阶层当中已经明显可见。如今他们所热衷于写作的拉丁文已经变得越来越带有西赛罗式雄辩的古典风格,而其内容也逐渐远离了教会和日常的生活。这个方式产生了某种和中世纪的教会拉丁文颇为不同的奇妙特质。因为较古老的拉丁文之所以神秘,并不是因为它的题材或者风格,而根本就只是因为它是书写的,亦即因为它作为文本(text)的地位。现在拉丁文则因被书写的内容,因语言自身(language-in-itself)而变得神秘。

第二个因素,是其本身之成功同样受惠于印刷资本主义的宗教改革的影响。在印刷术出现以前,罗马教廷因为拥有远较其挑战者更发达的内部传播渠道,因此总是能够在西欧轻易地赢得对异端的论战。然而当马丁·路德在 1517 年把他的宗教论文钉在威登堡(Wittenburg)教堂的门上时,这些论文被用德文印刷出来,并"在 15 天之内'就已经'传遍全国"。从 1520 年到 1540 年的 20 年间,德文书出版的数量是 1500 年到 1520 年这段时期所出版的三倍之多。这是由路德扮演绝对核心角色的一个惊人转型。他的作品占了所有在 1518 年到 1525 年之间售出的德文书籍的不下三分之一。从 1522 年到 1546 年,总共出现了 430 种(全部或局部的)路德圣经译本的版本。"在此,我们首次有了一个真正的广大读者群和一本人人随手可得的通俗文学。"事实上,路德成为第一位以畅销书作者而闻名的畅销书作者。或者,换一种说法,他成了第一个能够用自己的名字来"卖"自己的新书的作家。

路德领路,众人紧随,由此一场在下个世纪蔓延全欧的巨大的宗教宣传战初露端倪。在这场巨大的"争夺人心战"中,新教正因其深谙运用资本主义所创造的日益扩张的方言出版市场之道,而基本上始终采取攻势,而反宗教改革一方则立于守势,捍卫拉丁文的堡垒。标志着这场战争的是梵蒂冈出版的一本只因颠覆性书籍印行数量惊人而不得不编纂的新目录:《禁书索引》(Index Librorum Prohibitorum)——新教方面并未出版与此相对应的目录。最能让人体会到这种受困的心态的是,弗朗索瓦一世(Francois I)在1535年恐慌地下诏禁止在其领地印行任何书籍——违反者处以绞刑!导致这一禁令的颁布以及使这个禁令无法执行的是同一个理由,也就是教皇领地的东界被生产大量可走私进口的印刷品的新教国家和新教城市所包围。以喀尔文的日内瓦为例:1533年至1540年当地只出版了42本书,但是到了1550年至1564年,书籍出版数量已经增加到527本之多,而到1564年时日内瓦已经有至少40家印刷厂在加班赶工了。

新教和印刷资本主义的结盟,通过廉价的普及书籍,迅速地创造出为数众多的新的阅读群众——不仅只限于一般只懂得一点点、或完全不懂拉丁文的商人和妇女——并且同时对他们进行政治或宗教目的的动员。不可避免地,除了教会之外还有其他受到如此强烈冲击而摇摇欲坠者。相同的震撼创造了欧洲第一个重要的,既非王朝也非城邦国家的荷兰共和国(the Dutch Republic)和清教徒共和国(the Commonwealth of the Puritans)。(弗朗索瓦一世的恐慌不但是宗教的,也是政治的。)

第三个因素是,被若干居于有利地位并有志成为专制君王的统治者用作行政集权工具的特定方言缓慢地,地理上分布不均地扩散。在此我们必须记得,在中世纪的西欧,拉丁文的普遍性从未与一个普遍的政治体系相重合。这点和帝制时期的中国那种文人官僚系统与汉字圈的延伸范围大致吻合的情形形成对比,而这个对比则颇富教育意义。事实上,西欧在西罗马帝国瓦解后政治上的四分五裂意味着没有一个君主有能力垄断拉丁文,并使之成为"专属于他的国家语言"。因此,拉丁文在宗教上的权威从未拥有过足以与之相对应的真正的政治权威。

……

这些印刷语言以三种不同的方式奠定了民族意识的基础。首先,并且是最重要的,它们在拉丁文之下,口语方言之上创造了统一的交流与传播的领域。那些口操种类繁多的各式法语、英语或者西班牙语,原本可能难以或根本无法彼此交谈的人们,通过印刷字体和纸张的中介,变得能够相互理解了。在这个过程中,他们逐渐感觉到那些在他们的特殊语言领域里数以十万计,甚至百万计的人的存在,而与此同时,他们也逐渐感觉到只有那些数以十万计或百万计的人们属于这个特殊的语言领域。这些被印刷品所联结的"读者同胞们",在其世俗的、特殊的和"可见之不可见"当中,形成了民族的想象的共同体的胚胎。

第二,印刷资本主义赋予了语言一种新的固定性(fixity),这种固定性在经过长时间之后,为语言塑造出对"主观的民族理念"而言是极为关键的古老形象。诚如费柏赫和马丁所提醒我们的,印刷的书籍保有一种永恒的形态,几乎可以不拘时空地被无限复制。它不再受制于经院手抄本那种个人化和"不自觉地(把典籍)现代化"的习惯了。因此,纵使12

世纪的法文和 15 世纪维永（Villon）*所写的法文相去甚远，进入 16 世纪之后法文变化的速度也决定性地减缓了。"到了 17 世纪时，欧洲的语言大致上已经具备其现代的形式了。"换句话说，经过了三个世纪之后，现在这些印刷语言之上已经积了一层发暗的色泽。因此，今天我们还读得懂 17 世纪先人的话语，然而维永却无法理解他 12 世纪的祖先的遗泽。

第三，印刷资本主义创造了和旧的行政方言不同的权力语言。不可避免的是，某些方言和印刷语言"比较接近"，而且决定了它们最终的形态。那些还能被吸收到正在出现的印刷语言中的比较不幸的表亲们，终因不能成功地（或是只能局部地）坚持属于它们自己的印刷语言形式而失势。波希米亚的口语捷克话不能被印刷德语所吸收，所以还能保持其独立地位，但所谓"西北德语"（Northwestern German）却因为可以被吸收到印刷德语中，而沦为低级德语（Platt Deutsch）——一种大致上只使用于口头的，不够标准的德语。高级德语（High German）、国王的英语（the King's English）以及后来的中部泰语（Central Thai）都被提升到彼此相当的一种新的政治文化的崇高地位。（这说明了为什么 20 世纪末欧洲的一些"次"民族集团要借由打入出版界和广播界来从事企图改变其附庸地位的斗争。）

我们只需再强调一点：从起源观之，各个印刷语言的固定化以及它们之间地位的分化主要是从资本主义、科技和人类语言的多样性这三者间爆炸性的互动中所产生的不自觉的过程。然而，就像许多其他在民族主义历史中出现的事物一样，一旦"出现在那里了"，它们就可能成为正式的模式被加以模仿，并且，在方便之时，被以一种马基亚维利式的精神加以利用。在今天，泰国政府积极地阻挠外国传教士为境内山地少数民族提供自己的书写系统和发展自己语言的出版品。然而，这同一个政府却对这些少数民族到底讲什么话漠不关心。居住在被纳入今天的土耳其、伊朗、伊拉克以及苏联版图内的说土耳其语的族群所遭遇的命运，尤其是一典型例证。原本是由多个口语语言所组成，在一个阿拉伯式的拼音系统内到处皆可聚合在一起并且相互沟通的家族，却因有意识的操纵而变得四分五裂。为了要强化说土耳其语的土耳其的民族意识，阿塔土克（Ataturk）"凯末尔"不惜以一个更广泛的同教认同为代价，强制实施了强迫式的罗马字拼音。苏联当局依样画葫芦，首先实施了一种反伊斯兰教、反波斯的强迫性罗马拼音法，然后，在斯大林当权的 20 世纪 30 年代，又施行另一种俄化（Russifying）的强迫性斯拉夫式拼音法（Cyrillicization）。

我们可以从截至目前为止的论证中扼要地总结说，资本主义、印刷科技与人类语言宿命的多样性这三者的重合，使得一个新形式的想象的共同体成为可能，而自其基本形态观之，这种新的共同体实已为现代民族的登场预先搭好了舞台。这些共同体可能的延伸范围在本质上是有限的，并且这一可能的延伸范围和既有的政治疆界（大体上标志了王朝对外扩张的最高峰）之间的关系完全是偶然的。

然而，一个显而易见的事实是，尽管今天几乎所有自认的（selfconceived）民族——与

※ 维永（Francois Villon, 1431—1463?），法国诗人，擅写讽刺性作品，著有《证言》（Testament）（1461）等书。——译者注

民族国家——都拥有"民族的印刷语言",但是却有很多民族使用同一种语言,并且,在其他的一些民族中只有一小部分人在会话或书面上"使用"民族的语言。西班牙裔美洲或者"盎格鲁—撒克逊家族"的民族国家是第一种结果的明显例证;而许多前殖民地,特别是在非洲的国家,则是后者的例证。换言之,当代民族国家的具体形态(formation)与特定印刷语言所涵盖的确定范围绝不相符。要解释印刷语言、民族意识以及民族国家之间不连续的相关性(discontinuity-in-connectedness),我们必须探究在 1776 年到 1838 年之间出现在西半球的一大群新的政治实体。这些政治实体全都自觉地将自己界定为民族,而且,除了巴西这个有趣的例子之外,也全都把自己界定为(非王朝的)共和国。因为它们不仅是历史上最早出现在世界舞台上的这类国家,因而不可避免地提供了这类国家应该"是怎样"的最早的真正模式,它们的数量之多以及诞生在同一时代的事实,也给了我们一个进行比较研究的丰饶土壤。

[原典英文节选]　These print-languages laid the bases for national consciousnesses in three distinct ways. First and foremost, they created unified fields of exchange and communication below Latin and above the spoken vernaculars. Speakers of the huge variety of Frenches, Englishes, or Spanishes, who might find it difficult or even impossible to understand one another in conversation, became capable of comprehending one another via print and paper. In the process, they gradually became aware of the hundreds of thousands, even millions, of people in their particular language-field, and at the same time that *only those* hundreds of thousands, or millions, so belonged. These fellow-readers, to whom they were connected through print, formed, in their secular, particular, visible invisibility, the embryo of the nationally imagined community.

Second, print-capitalism gave a new fixity to language, which in the long run helped to build that image of antiquity so central to the subjective idea of the nation. As Febvre and Martin remind us, the printed book kept a permanent form, capable of virtually infinite reproduction, temporally and spatially. It was no longer subject to the individualizing and 'unconsciously modernizing' habits of monastic scribes. Thus, while twelfth-century French differed markedly from that written by Villon in the fifteenth, the rate of change slowed decisively in the sixteenth. 'By the 17th century languages in Europe had generally assumed their modern forms.'[①] To put it another way, for three centuries now these stabilized print-languages have been gatering a darkening varnish; the words of our seventeenth-century forebears are accessible to us in a way that to Villon his twelfth-century ancestors were not.

Third, print-capitalism created languages-of-power of a kind different from the older administrative vernaculars. Certain dialects inevitably were 'closer' to each print-language and dominated their final forms. Their disadvantaged cousins, still assimilable to the emerging print-language, lost caste, above all because they were unsuccessful (or only relatively successful) in insisting on their own print-form. 'Northwestern German' became

---

① [Anderson] *The Coming of the Book*, p. 319 Cf. *L'Apparition*, p, 477; 'AuXVIIe siècle, les langues nationals apparaissent un peu partout cristallisées.'

Platt Deutsch, a largely spoken, thus sub-standard, German, because it was assimilable to print-German in a way that Bohemian spoken-Czech was not. High German, the King's English, and, later, Central Thai, were correspondingly elevated to a new politico-cultural eminence. (Hence the struggles in latetwentieth-century Europe by certain 'sub-' nationalities to change their subordinate status by breaking firmly into print—and radio.)

It remains only to emphasize that in their origins, the fixing of print-languages and the differentiation of status between them were largely unselfconscious processes resulting from the explosive interaction between capitalism, technology and human linguistic diversity. But as with so much else in the history of nationalism, once 'there,' they could become formal models to be imitated, and, where expedient, consciously exploited in a Machiavellian spirit. Today, the Thai government actively discourages attempts by foreign missionaries to provide its hill-tribe minorities with their own transcription-systems and to develop publications in their own languages:the same government is largely indifferent to what these minorities *speak*. The fate of the Turkic-speaking peoples in the zones incorporated into today's Turkey, Iran, Iraq, and the USSR is especially exemplary. A family of spoken languages, once everywhere assemblable, thus comprehensible, within an Arabic orthography, has lost that unity as a result of conscious manipulations. To heighten Turkish-Turkey's national consciousness at the expense of any wider Islamic identification, Atatürk imposed compulsory romanization. ① The Soviet authorities followed suit, first with an anti-Islamic, anti-Persian compulsory romanization, then, in Stalin's 1930s, with a Russifying compulsory Cyrillicization. ②

We can summarize the conclusions to be drawn from the argument thus far by saying that the convergence of capitalism and print technology on the fatal diversity of human language created the possibility of a new form of imagined community, which in its basic morphology set the stage for the modern nation. The potential stretch of these communities was inherently limited, and, at the same time, bore none but the most fortuitous relationship to existing political boundaries(which were, on the whole, the highwater marks of dynastic expansionisms).

Yet it is obvious that while today almost all modern self-conceived nations—and also nation-states—have 'national print-languages', many of them have these languages in common, and in others only a tiny fraction of the population 'uses' the national language in conversation or on paper. The nation-states of Spanish America or those of the 'Anglo-Saxon family' are conspicuous examples of the first outcome; many ex-colonial states, particularly in Africa, of the second. In other words, the concrete formation of contemporary nation-states is by no means isomorphic with the determinate reach of particular print-languages. To account for the discontinuity-in-connectedness between print-languages, national consciousness, and nation-states, it is necessary to turn to the large cluster of new political entities that sprang up in the Western hemisphere between 1776 and 1838, all of which self-consciously defined themselves as nations, and, with the interesting exception of Brazil, as (non-dynastic) republics. For not only were they historically the

---

① [Anderson] Hans Kohn, *The Age of Nationalism*, p. 108. It is probably only fair to add that Kemal also hoped thereby to align Turkish nationalism with the modern, romanized civilization of Western Europe.

② [Anderson] Seton-Watson, *Nations and States*, P. 317.

first such states to emerge on the world stage, and therefore inevitably provided the first real models of what such states should 'look like,' but their numbers and contemporary births offer fruitful ground for comparative enquiry.

延伸阅读

1. 吴叡人,《认同的重量:〈想象的共同体〉导读》(见《想象的共同体》,上海人民出版社,2005)。《想象的共同体》在论述民族主义的浪潮时一直包含着群众民族主义和官方民族主义的张力,在许多对于此书的挪用个案中,人们正有意无意地遗忘该书所隐含的政治关怀而更为侧重它的文化关怀,吴叡人的导读有助于我们重新理解这两重关怀之间的紧张关系。但吴叡人有意将 nation 译为"民族",而不是后现代流行的"国族",这一翻译策略也提示我们安德森对于国家-民族-国族等概念没有给出清晰的区分和更富有深意的阐释。

2. 杜赞齐,《从民族国家拯救历史:民族主义话语与中国现代史研究》(王宪明等译,江苏人民出版社,2009)。《想象的共同体》并没有对中国的民族主义兴起给出充分解释,中国作为半殖民地不同于安德森所研究的东南亚国家,中国纷繁复杂的近现代历史显示,其民族主义兴起的驱动力既来自外部帝国主义的侵蚀和压迫,也源于帝国内部的转换。这部著作就相关问题的深入思考可以为我们提供富有启发性的讨论。

萨义德

后殖民批评最重要的开拓者之一——巴勒斯坦裔的美国学者萨义德（Edward W. Said，1935—2003）的批评文字抑或他关于殖民地文化认同等问题的介入性政治实践，都为 20 世纪知识分子，尤其是第三世界的知识分子留下了一笔独特的精神遗产。

如他的一本著作《格格不入》的题目所言，他的言行无不与他作为"边缘者"或"局外人"的创伤记忆有关。萨义德出生于耶路撒冷，他的童年辗转于埃及、黎巴嫩等地，他的父亲信奉基督教，他们一家始终被当地居民视为局外人。而他的名字由爱德华这个英国名和萨义德这个阿拉伯姓氏组合而成，这个牵强组合的名字使他花了几乎 50 年时间来适应。名字的尴尬成为他自小就体验到的语言和身份困惑的隐喻。在他所上的殖民地学校中，他常常感受到他与那些英国孩子的差异，他们欺负他、凌辱他，此外他也透过学校组织感受到殖民地权威的不平等，他的反抗致使他最终被维多利亚寄宿学校赶出校门。1951 年，萨义德随家迁居美国，先后在普林斯顿大学和哈佛大学深造，并获哈佛大学比较文学博士学位，1963 年他任教于纽约哥伦比亚大学。萨义德的巴勒斯坦出身、欧洲学养和大都会视野这些多重背景给予他非同寻常的见识和切身的体验，最后发酵成为他以学术进入公共关怀的根基。

新的思想往往是对传统的创造性重读，对于它所受惠的思想的差异性再生。萨义德对福柯思想的重读和实践同样如此。在里程碑式的作品《东方主义》中，萨义德受到福柯关于知识和权力的交织性生产关系的启发，他进一步指出"东方主义"包含三层意义。

一是寄生在西方学术体制中的一个专门研究领域或学科"东方学"，它屈从于殖民主义或帝国主义的知识意志，即前者对于"东方"这个他者的探索和控制，这一学科的知识兴趣同帝国主义的征服欲望彼此纠缠。其次东方主义是一种思维方式。这种思维方式将"善/恶"、"西/东"等二元对立模式强加在它的知识对象之上，由此本质化的思维将西方视为充满高贵性的阳刚、民主、理性、文明、进步的世界，而将东方想象成西方的消极对立面，即柔弱、专制、非理性、野蛮、落后的黑暗领域。第三是作为话语系统的东方主义，这是地域空间想象在政治、经济、美学、文化等话语中滋生的微观权力，必须借助细密的话语分析才能层层揭示其中的历史深度和物质性，即话语如何渗透到物质性的博物馆、大学、艺术中心等文化机构的建制,乃至影响五角大楼、第七舰队等国防和作战组织的部署。

萨义德的一系列富有启发性的研究和著作成为后殖民批评的开创性成果,虽然他一生的著述穿行于不同主题,然而他始终将文本、叙事和全球语境、跨文化历史以及知识分子的人文诉求和政治关怀联系在一起。他的思想不断遭到从后殖民批评内部到其他持批评立场的思想家的反驳和攻击,关于文化和政治关系的论辩也不绝如缕,但是由法侬、萨义德等第三世界知识分子所倡导和实践的文化批评不断给予我们启示和提醒,即知识分子如何回到公共领域言说问题,这种言说在何种程度上回答"我们是谁"或者"我们会成为谁"的问题。

原典选读

东方主义(节选)

Introduction from Orientalism 王宇根,译

萨义德试图唤醒所谓纯粹的、中立的或神圣的学术知识之后的历史记忆。他认为由形形色色的西方著作呈现的东方并非历史上的真实东方,殖民文化再现的东方要么服务于西方殖民主义事业,要么深受殖民者价值观渗透,总之,西方对东方的文化再现必须被重新置于帝国主义、殖民主义和后殖民主义多重关系中来审视,西方关于东方的知识或学术也必须再语境化。本书所选的这篇绪论也可以视为萨义德对"东方主义"(西方中心主义)政治性细读的纲领性文件。

绪 论

......

东方学的含义一直摇摆于其学术含义与上述或多或少出自想像的含义二者之间,18世纪晚期以来,这两种含义之间存在着明显的、小心翼翼的——也许甚至是受到严格控制的——交合。接下来我要谈的是东方学的第三个含义,与前面两个含义相比,这一含义更多地是从历史的和物质的角度进行界定的。如果将18世纪晚期作为对其进行粗略界定的出发点,我们可以将东方学描述为通过做出与东方有关的陈述,对有关东方的观点进行权威裁断,对东方进行描述、教授、殖民、统治等方式来处理东方的一种机制:简言之,将东方学视为西方用以控制、重建和君临东方的一种方式。我发现,米歇尔·福柯(Michel Foucault)在其《知识考古学》(*The Archaeology of Knowledge*)和《规约与惩罚》(*Discipline and Punishment*)中所描述的话语(discourse)观念对我们确认东方学的身份很有用。我的意思是,如果不将东方学作为一种话语来考察的话,我们就不可能很好地理解这一具有庞大体系的学科,而在后启蒙(post-Enlightenment)时期,欧洲文化正是通过这一学科以政治的、社

会学的、军事的、意识形态的、科学的以及想像的方式来处理——甚至创造——东方的。而且,由于东方学占据着如此权威的位置,我相信没有哪个书写、思考或实际影响东方的人可以不考虑东方学对其思想和行动的制约。简言之,正是由于东方学,东方过去不是(现在也不是)一个思想与行动的自由主体。这并不是说东方学单方面地决定着有关东方的话语,而是说每当"东方"这一特殊的实体出现问题时,与其发生牵连的整个关系网络都不可避免地会被激活。本书力图显明这一过程是如何发生的。同时也力图表明,欧洲文化是如何从作为一种替代物甚至是一种潜在自我的东方获得其力量和自我身份的。

从历史和文化的角度而言,在第二次世界大战后美国的力量上升之前,法国和英国与其他任何欧洲和大西洋强国在处理这一问题时在质和量上都不可同日而语。因此,东方学主要是英国和法国的文化事业,这一事业所涉及的范围如此广泛,以至像想像、印度与黎凡特①、圣经文本以及圣经所述之地、香料贸易、殖民军队以及殖民统治的长久传统、令人可畏的学者群、无以计数的东方"专家"和"学者"、东方学教席、一大串"东方"观念的复杂组合(东方专制政体,东方之壮丽、残酷与纵欲)、大量被欧洲驯化的东方教派、哲学和智慧这些差异如此之大的领域都被包括进了东方学的计划之中,而且这一清单在某种程度上还可以无限扩展。我的意思是,东方学来源于英法与东方——直到19世纪早期,东方指的实际上仅是印度和圣经所述之地——之间所经历的一种特殊的亲密关系。自19世纪早期直到二战结束,法国和英国主导着东方与东方学;自第二次世界大战开始,美国逐步在此领域占据主导地位,并且以法国和英国同样的方式处理东方。我称之为"东方学"的绝大部分文本就是在这一亲密关系——二者之间所形成的动态机制具有非常强大的创造力,尽管在此机制中占优势的总是西方(英国、法国或美国)——中产生的。

应该交代清楚的是,尽管我考察了数目庞大的著作,不得不被忍痛舍弃的著作数量更大。然而,我的论说既不是建立在对与东方有关的文本做详尽的目录学式的梳理上,也并非建立在显然经过精心挑选的文本、作者和观点——这些东西共同构成东方学之经典——上。我的论说乃建立在一种不同的方法论——构成其基本骨架的在某种意义上说正是我上面一直尝试进行的那种历史概括——的基础之上,接下来让我们对这一方法论基础做更详细的分析。

二

我的出发点乃下面这样一种假定:东方并非一种自然的存在。它不仅仅存在于自然之中,正如西方也并不仅仅存在于自然之中一样。我们必须对维柯②的精彩观点——人的历史是人自己创造出来的;他所知的是他已做的——进行认真的思考,并且将其扩展到地理的领域:作为一个地理的和文化的——更不用说历史的——实体,"东方"和"西方"这样的地方和地理区域都是人为建构起来的。因此,像"西方"一样,"东方"这一观念有着自身的历史以及思维、意象和词汇传统,正是这一历史与传统使其能够与"西方"相对峙而

① 黎凡特(Levant),指地中海东部诸国及岛屿,即包括叙利亚、黎巴嫩等在内的自希腊至埃及的地区。
② 维柯(Giovanni Battista Vico, 1668—1744),意大利哲学家,著有《新科学》。

存在,并且为"西方"而存在。因此,这两个地理实体实际上是相互支持并且在一定程度上相互反映对方的。

交代完这一假定前提之后,接下来必须对其进行一些合理的限定性说明。首先,做出东方**本质**上乃一种观念或一种没有相对应的现实的人为创造物这一结论将是错误的。我想,当迪斯累里在其小说《坦克雷德》①中说东方是一种"谋生之道"(career)时,他真正想说的是,年轻聪明的西方人会发现,东方将会引发一种可以令人废寝忘食的激情;不应认为他说的是东方对西方人而言**不过**是一种谋生之道。东方曾经有——现在仍然有——许多不同的文化和民族,他们的生活、历史和习俗比西方任何可说的东西都更为悠久。对于这一事实,我们除了明智地予以承认外,几乎别无他途。但我研究东方学的目的主要不是为了考察东方学与东方之间的对应关系,而是为了考察东方学的内在一致性以及它对东方的看法(比如说东方乃一种谋生之道),不管其与"真正"的东方之间有无对应关系。我的意思是,迪斯累里关于东方的说法主要是为了强调有关东方的人为建构起来的内在一致性,有关东方是一引人注目的有规可循的观念群,而不是——如华莱士·史蒂文斯(Wallace Stevens)所言——其"纯粹存在"(mere being)。

第二个限定性说明是,如果不同时研究其力量关系,或更准确地说,其权力结构,观念、文化和历史这类东西就不可能得到认真的研究或理解。认为东方仅仅是人为建构起来的——或者如我所言,是被"东方化"(Orientalized)了的——相信观念、文化、历史这类东西仅仅出自想像,将是不严谨的。西方与东方之间存在着一种权力关系,支配关系,霸权关系,这一关系非常准确地体现在帕尼卡尔(K. M. Panikkar)经典性的《亚洲与西方霸制》(Asia and Western Dominance)一书的标题之中。之所以说东方被"东方化"了,不仅因为它是被 19 世纪的欧洲大众以那些人们耳熟能详的方式下意识地认定为"东方的",而且因为它**可以被制作成**——也就是说,被驯化为——"东方的"。比如,下面这一看法就不会得到人们太多的认同:是福楼拜与埃及妓女的艳遇导致了有关东方女性的具有深远影响的模式的产生——她从来不谈自己,从来不表达自己的感情、存在或经历。相反,是**他**在替她说话,把她表现成这样。他是外国人,相对富有,又是男性,正是这些起支配作用的因素使他不仅能够占有库楚克·哈内姆(Kuchuk Hanem)的身体,而且可以替她说话,告诉他的读者们她在哪些方面具有"典型的东方特征"。我的意思是,福楼拜在与库楚克·哈内姆关系中所处的有利地位并非孤立的现象。它很好地体现了东西方之间力量关系的模式,体现了在这种力量关系模式影响下产生的论说东方的话语模式。

这将我们引向第三个限定性说明。我们永远不应认为,东方学的结构仅仅是一种谎言或神话的结构,一旦真相大白,就会烟消云散。我本人相信,将东方学视为欧洲和大西洋诸国在与东方的关系中所处强势地位的符号比将其视为关于东方的真实话语(这正是

---

① 本杰明·迪斯累里(Benjamin Disraeli,1804—1881),英国作家,曾任首相、保守党领袖,写过小说和政论作品,其政府推行殖民主义扩张政策,发动过侵略阿富汗和南非的战争。坦克雷德(Tancred,1078?—1112)系安条克(Antiochia)公国摄政,第一次十字军首领之一,曾攻占安条克和耶路撒冷。

东方学学术研究所声称的)更有价值。尽管如此,我们却必须尊重并试图把握交织在东方学话语中的各种力量关系,其与实权社会经济和政治机构之间的紧密联系,以及它们所具有的令人恐惧而又挥之难去的持久影响力。应该承认,从19世纪40年代晚期厄内斯特·赫南①的时代直到现今的美国,(在学院、书籍、会议、大学、对外服务机构中)任何像可传授的智慧那样被视为恒久不变的观念体系都比谎言更为可怕。因此,东方学不是欧洲对东方的纯粹虚构或奇想,而是一套被人为创造出来的理论和实践体系,蕴含着几个世代沉积下来的物质层面的内含。这一物质层面的积淀使作为与东方有关的知识体系的东方学成为一种得到普遍接受的过滤框架,东方即通过此框架进入西方的意识之中,正如同样的物质积淀使源自东方学的观念不断扩散到一般的文化之中并且不断从中生成新的观念一样。

葛兰西②对民众社会和政治社会做过有益的区分,前者由学校、家庭和民间社团这类自愿的(或至少是理性的、非强制性的)联合体组成,后者由国家机器(军队、警察和中央政府)组成,其作用是对前者进行直接控制。当然,人们会发现文化乃运作于民众社会之中,在此,观念、机构和他人的影响不是通过控制而是通过葛兰西所称的积极的赞同(consent)来实现的。在任何非集权的社会,某些文化形式都可能获得支配另一些文化形式的权力,正如某些观念会比另一些更有影响力;葛兰西将这种起支配作用的文化形式称为文化**霸权**(hegemony),要理解工业化西方的文化生活,霸权这一概念是必不可少的。正是霸权,或者说文化霸权,赋予东方学以我一直在谈论的那种持久的耐力和力量。东方学与丹尼斯·赫依(Denys Hay)所说的欧洲观(the idea of Europe)仅一纸之隔,这是一种将"我们"欧洲人与"那些"非欧洲人区分开来的集体观念;确实可以这么认为:欧洲文化的核心正是那种使这一文化在欧洲内和欧洲外都获得霸权地位的东西——认为欧洲民族和文化优越于所有非欧洲的民族和文化。此外,欧洲的东方观念本身也存在着霸权,这种观念不断重申欧洲比东方优越、比东方先进,这一霸权往往排除了更具独立意识和怀疑精神的思想家对此提出异议的可能性。

东方学的策略积久成习地依赖于这一富于弹性的**位置的**优越(*positional superiority*),它将西方人置于与东方所可能发生的关系的整体系列之中,使其永远不会失去相对优势的地位。人们也许会问,为什么不该这样呢? 特别当我们想到从文艺复兴晚期直到现在欧洲的力量一直在不断上升的时候,更没有理由另作他想。科学家、传教士、学者、商人或士兵之所以去了东方或思考了东方,是因为他们想去就可以去,想思考就可以思考,几乎不会遇到来自东方的任何阻力。在东方的知识这一总标题下,在18世纪晚期开始形成的欧洲对东方的霸权这把大伞的荫庇下,一个复杂的东方被呈现出来:它在学院中被研究,在博物馆中供展览,被殖民当局重建,在有关人类和宇宙的人类学、生物学、语言学、种族、历史的论题中得到理论表述,被用作与发展、进化、文化个性、民族或宗教特征等有关的经

---

① 厄内斯特·赫南(Ernest Renan,1823—1892),法国哲学家、历史学家,著有《基督教起源史》等。
② 葛兰西(Antonio Gramsci,1891—1937),意大利理论家,"西方马克思主义"创始人之一。

济、社会理论的例证。此外,对东方事物富于想像的审察或多或少建立在高高在上的西方意识——这一意识的核心从未遭到过挑战,从这一核心中浮现出一个东方的世界——的基础上,首先依赖的是谁是东方或什么是东方的一般性观念,然后依赖的是具体的逻辑,这一逻辑不仅受制于经验的现实,而且受制于一系列抽象的欲念、压抑、内置和外化。我们不仅可以在西尔维斯特・德・萨西(Antoine-Issac-Silvestre de Sacy)的《阿拉伯文选》(*Chrestomathie arabe*)或爱德华・威廉・雷恩(Edward William Lane)的《现代埃及风俗录》(*Account of the Manners and Customs of the Modern Egyptians*)这类高水平的东方学学术著作中发现这一点,我们同时还可以发现,赫南和戈比诺(Joseph-Arthur Gobineau)的种族观,正如大量维多利亚时期的色情小说一样(参看史蒂文・马尔克斯〔Steven Marcus〕对"好色的土耳其人"〔"The Lustful Turk"〕的分析),源自同样的冲动。

然而,我们必须反复自问:对东方学来说,最要紧的是超越于物质之上的一般观念群——人们可以拒绝接受这一观念群,因为它们充斥着欧洲优越性的陈词滥调,形形色色的种族主义、帝国主义,以及将"东方"视为某种理想的、不变的抽象存在的教条观念——还是无以计数的作家(我们可以将其视为就东方这一对象进行写作的创作个体)创作出来的五花八门的单个作品? 在某种意义上说,无论是一般观念群还是单个作品,都只不过是处理同一问题的两种不同角度:在两种情况下,我们都不得不面对该领域像威廉・琼斯(Sir William Jones)这样的先驱者以及像内瓦尔或福楼拜这样伟大的艺术家。为什么不存在同时或一个接一个地使用这两种角度的可能性? 如果我们从太一般或太具体的层次进行系统描述,难道不会面临(东方学研究一直容易遭受的那种)扭曲对象的危险吗?

我的两个担忧一是扭曲,一是不准确,或者不如说是那种由过于教条化的概括和过于狭窄的定位所带来的不准确。为了考察这些问题,我试图对自己置身其中的当代现实的三个主要方面加以描述,这三个方面对我来说似乎指出了一条走出我一直在讨论的那种方法论困境或视角困境的路子。这些困境,一方面,可能迫使我在概括得令人难以接受的毫无价值的描述层次上写出粗略的论辩性文章,另一方面,可能迫使我为了使论说更具说服力而做出一系列详尽具体、细致入微的分析,代价是会失去这一领域的核心线索。那么,究竟怎样才能既保持个体性又能使其与尽管具有霸权色彩但却决不消极或武断的总体语境相协调呢?

[原典英文节选]　I have begun with the assumption that the Orient is not an inert fact of nature. It is not merely *there*, just as the Occident itself is not just *there* either. We must take seriously Vico's great observation that men make their own history, that what they can know is what they have made, and extend it to geography:as both geographical and cultural entities — to say nothing of historical entities—such locales, regions, geographical sectors as "Orient" and "Occident" are manmade. Therefore as much as the West itself, the Orient is an idea that has a history and a tradition of thought, imagery, and vocabulary that have given it reality and presence in and for the West. The two geographical entities thus support and to an extent reflect each other.

Having said that, one must go on to state a number of reasonable qualifications. In the first place, it would be wrong to conclude that the Orient was *essentially* an idea, of a creation with no corresponding reality. When Disraeli said in his novel *Tancred* that the East was a career, he meant that to be interested in the East was something bright young Westerners would find to be an all-consuming passion; he should not be interpreted as saying that the East was *only* a career for Westerners. There were—and are—cultures and nations whose location is in the East, and their lives, histories, and customs have a brute reality obviously greater than anything that could be said about them in the West. About that fact this study of Orientalism has very little to contribute, except to acknowledge it tacitly. But the phenomenon of Orientalism as I study it here deals principally, not with a correspondence between Orientalism and Orient, but with the internal consistency of Orientalism and its ideas about the Orient (the East as career) despite or beyond any correspondence, or lack thereof, with a "real" Orient. My point is that Disraeli's statement about the East refers mainly to that created consistency, that regular constellation of ideas as the pre-eminent thing about the Orient, and not to its mere being, as Wallace Stevens's phrase has it.

A second qualification is that ideas, cultures, and histories cannot seriously be understood or studied without their force, or more precisely their configurations of power, also being studied. To believe that the Orient was created—or, as I call it, "Orientalized"—and to believe that such things happen simply as a necessity of the imagination, is to be disingenuous. The relationship between Occident and Orient is a relationship of power, of domination, of varying degrees of a complex hegemony, and is quite accurately indicated in the title of K. M. Panikkar's classic *Asia and Western Dominance*. ① The Orient was Orientalized not only because it was discovered to be "Oriental" in all those ways considered commonplace by an average nineteenth-century European. but also because it *could be*—that is, submitted to being—*made* Oriental. There is very little consent to be found. for example, in the fact that Flaubert's encounter with an Egyptian courtesan② produced a widely influential model of the Oriental woman; she never spoke of herself, she never represented her emotions, presence, or history. He spoke for and represented her. He was foreign, comparatively wealthy, male, and these were historical facts of domination that allowed him not only to possess Kuchuk Hanem physically but to speak for her and tell his readers in What way she was "typically Oriental. " My argument is that Flaubert's situation of strength in relation to Kuchuk Hahem was not an isolated instance. It fairly stands for the pattern of relative strength between East and West, and the discourse about the Orient that it enabled.

This brings us to a third qualification. One ought never to assume that the structure of Orientalism is nothing more than a structure of lies or of myths which, were the truth about them to be told, would simply blow away. I myself believe that Orientalism is more particularly valuable as a sign of European-Atlantic power over the Orient than it is as a

① ［Said］K. M Panikkar, *Asia and Western Dominance*(London：George Allen & Unwin. 1959).

② The source for this incident is Gustave Flauert (1821-1880), *Flaubert in Egypt*：*A Sensibility on Tour*；*A Narrative Drawn from Gustave Flaubert's Travel Notes & Letters*, translated from the French and edited by Francis Steegmuller (1972).

veridic discourse about the Orient (which is what, in its academic or scholarly form, it claims to be). Nevertheless, what we must respect and try to grasp is the sheer knittedtogether strength of Orientalist discourse, its very close ties to the enabling socio-economic and political institutions, and its redoubtable durability. After all, any system of ideas that can remain unchanged as teachable wisdom (in academies, books, congresses, universities, foreign-service institutes) from the period of Ernest Renan① in the late 1840s until the present in the United States must be something more formidable than a mere collection of lies. Orientlism, therefore, is not an airy European fantasy about the Orient, but a created body of theory and practice in which, for many generations, there has been a considerable material investment. Continued investment made Orientalism, as a system of knowledge about the Orient, an accepted grid for filtering through the Orient into Western consciousness, just as that same investment multiplied—indeed, made truly productive— the statements proliferating out from Orientalism into the general culture.

Gramsci has made the useful analytic distinction between civil and political society in which the former is made up of voluntary (or at least rational and noncoercive) affiliations like schools, families, and unions, the latter of state institutions (the army, the police, the central bureaucracy) whose role in the polity is direct domination. Culture, of course, is to be found operating within civil society, where the influence of ideas, of institutions, and of other persons works not through domination but by what Gramsci calls consent. In any society not totalitarian, then, certain cultural forms predominate over others, just as certain ideas are more influential than others; the form of this cultural leadership is what Gramsci has identified as *hegemony*, an indispensable concept for any understanding of cultural life in the industrial West. ② It is hegemony, or rather the result of cultural hegemony at work, that gives Orientalism the durability and the strength I have been speaking about so far. Orientalism is never far from what Denys Hay has called the idea of Europe,③ a collective notion identifying "us" Europeans as against all "those" non-Europeans, and indeed it can be argued that the major component in European culture is precisely what made that culture hegemonic both in and outside Europe: the idea of European identity as a superior one in comparison with all the non-European peoples and cultures. There is in addition the hegemony of European ideas about the Orient, themselves reiterating European superiority over Oriental backwardness, usually overriding the possibility that a more independent, or more skeptical, thinker might have had different views on the matter.

In a quite constant way, Orientalism depends for its strategy on this flexible *positional* superiority, which puts the Westerner in a whole series of possible relationships with the Orient without ever losing him the relative upper hand. And why should it have been otherwise, especially during the period of extraordinary European ascendancy from the late Renaissance to the present? The scientist, the scholar, the missionary, the trader, or the soldier was in, or thought about, the Orient because he *could be there*, or could think about it, with very little resistance on the Orient's part. Under the general heading of knowledge of the Orient, and within the umbrella of Western hegemony over the Orient during the

---

① Ernest Renan(1823-1892), French writer, best known for his popular *Life of Jesus* (tr. 1927).

② Gramsci (above, page 936).

③ Denys Hay, *Europe: The Emergence of an Idea*, second ed. (Edinburgh: Edinburgh University Press, 1968).

period from the end of the eighteenth century, there emerged a complex Orient suitable for study in the academy, for display in the museum, for reconstruction in the colonial office, for theoretical illustration in anthropological, biological, linguistic, racial, and historical theses about mankind and the universe, for instances of economic and sociological theories of development, revolution, cultural personality, national or religious character. Additionally, the imaginative examination of things Oriental was based more or less exclusively upon a sovereign western consciousness out of whose unchallenged centrality an Oriental world emerged, first according to general ideas about who or what was an Oriental, then according to a detailed logic governed not simply by empirical reality but by a battery of desires, repressions, investments, and projections.

延伸阅读

1. 萨义德,《文化与帝国主义》(李琨译,生活·读书·新知三联书店,2003)。萨义德继续拓展他对帝国主义通过文化再现、历史叙事建构并与之合谋的殖民主义批评。在著作的开篇,萨义德借艾略特的《传统与个人才能》的一段文字引出他的历史观。包含政治关怀、文化认同的历史感并非外在于艺术或叙事,相反,对文化艺术的研究应该深深地包含一种历史感——我们对过去的阐释和理解将内含于我们对现在的理解之中。善于出位思考和左右腾挪的萨义德,借来音乐的对位法,并着手解读与帝国主义兴起交织在一起的小说文本。

2. 萨义德,《世界、文本、批评家》(李自修译,生活·读书·新知三联书店,2005)。这是萨义德80年代一系列论文的合集。萨义德质疑了文本的自足性,他认为文本自产生开始就与世界有不绝如缕的关系。文本的作者除了那个署名的作者外还有世界,这个经验的、意识形态的世界成为暗中影响书写的另一个潜在的声音。萨义德喜欢通过文本细读,发掘文本中的双重甚至多重声音。他认为通过"流亡性"的阅读,作为批评家的他自己正在参与文本意义的生产。萨义德的政治性的反东方主义阅读同样受到批评家的再批评,人们指出萨义德的介入性批评有作为"东方主义"阅读的反面的嫌疑。

3. 罗钢、刘象愚主编,《后殖民主义文化理论》(中国社会科学出版社,1999)。该书汇编了后殖民主义批评的代表人物的重要论文,既有我们在导论里提到的早期后殖民主义批评实践,如法侬、阿契贝等人的文章,也有包括萨义德在内的后殖民主义"三剑客"的论文,还涉及当代后殖民主义同女性主义、后现代主义观念的交叉,并由此激发的跨领域的研究成果。有助于我们了解后殖民主义批评的全貌。

IX 体裁分论

所谓体裁（genre），指的是文学、艺术、文化活动在历史发展过程中形成的表意和解读程式。例如诗有诗的特殊写法，更有其特殊读法。体裁的不同，往往由表面的形式上（例如分行与否），引向文化规定的此体裁特有的接受方式。因此，把《庄子》当成美文来读，它就是美文，当成哲学论文体裁，它就是哲学；把《水经注》读成散文，它就是散文，把它读成地理书，它就是地理。固然一个文本可以读成什么体裁，并非是完全随意的——《水经注》的文本，必须符合地理及散文两种体裁的条件——但至少我们可以看到，体裁并不完全是文本的先天规定：体裁是文本与文化之间至关重要的关联方式，是作者与读者、与文化签下的条约。

批评理论中相当大的一部分，并没有讨论抽象的理论问题，而是讨论各种体裁的文学、艺术、文化活动。批评实践往往不是就文本讨论文本，而是从这个体裁的实践找出具有普遍性的文化意义。而批评实践者，常常不是学者，而是艺术家、诗人、作家、导演等。他们的批评有感而发，表述生动，不守绳墨，但才华横溢，虽然有时学术上不一定严谨，却会对我们从事学术写作大有启发。也有一些批评家是学界中人，此时他们的批评文字眼光独到，观察犀利，文字优美，妙趣横生，与他们的学术论文相比，往往风格迥异。

限于篇幅，本书只能选择三篇在批评理论史上起过特殊作用的文字，作为体裁分论的范例，本书编者遗憾地放弃许多有趣的体裁分论，把宝贵篇幅给了几篇在批评理论历史上占有特殊地位的经典之作。但是可以在此介绍20世纪初以来一些体裁分论名篇，读者有机会不妨找来一读。

　　小说是现代文学最重要的体裁,小说家中,如写《追忆逝水年华》的马塞尔·普鲁斯特(Marcel Proust),他的小说论经常被批评家引用;法国新小说派的领军人物阿伦·罗伯-格里耶(Alan Robbe-Grillet),是先锋小说的重要理论辩护士;阿根廷作家何尔赫·博尔赫斯(Jorge Borges)往往以小说为小说写作的寓言;另一位作家,捷克的米兰·昆德拉(Milan Kundera),也喜欢把小说写成小说论,他的《小说的艺术》一书,在中国影响很大。《洛丽塔》的作者纳博科夫(Vladimir Nabokov)、《玫瑰之名》的作者艾柯(Umberto Eco),都是作家兼教授。纳博科夫的《文学讲稿》是他以文学教授身份写出的,见解独到;而在《悠游小说林》中,艾柯的才华和风度表现得淋漓尽致。

　　几乎每个诗人都写诗论,原因倒是简单:诗不容易读懂,诗人自己最能读诗;诗歌批评很多,但诗人总觉得批评家说不到点子上;诗歌理论至今是最困难的,几乎没有诗人遵循理论写作。诗歌理论的模糊性,迫使诗人自己阐发理论。里尔克(Rainer Maria Rilke)、魏尔伦(Paul Verlaine)、瓦莱里(Paul Valery)、叶芝(W. B. Yeats),都是重要的诗论家,艾略特(T. S. Eliot)在批评史上的地位,几乎可以与他在诗歌史上的地位相比。人们常说,现代艺术家似乎时时感到身边站着一个批评家,这意思是说他们心目中始终想着批评家会如何说,创作时不免以批评家为主要接受对象。而这些身兼批评家的作家则是脑子的两半分别属于艺术与批评,哪怕批评浸透了艺术家的潇洒,也让人感到他们想象和智慧的双刃。

　　在美术家音乐家那里,除了《艺术论》的作者罗丹这样少数的例外,兼做兼评的局面几乎不存在。原因不是因为美术和音乐直观易懂,而恰恰可能是因为他们的艺术更不好懂,他们不愿意用文字揭穿这种魔术。因此,批评理论家从事体裁批评的特别多。贡布里希(E. H. Gombrich)的美术研究,如《艺术与错觉》(Art and Illusion)、《秩序感》(The Sense of Order)等,成为现代艺术论的经典。而在近年,文化中出现了"图像转向",图像研究成为理论家着迷的体裁:米切尔(W. J. T. Mitchell)的《图像理论》(Picture Theory)详细讨论了当代文化的图像化问题;福柯(Michel Foucault)把哲学读进绘画的讨论如《这不是烟斗》(This Is Not a Pipe)精彩绝伦。而许多理论家为了证明自己玄妙的理论完全可以理解,喜欢讨论艺术作品,例如弗洛伊德讨论达·芬奇与米开朗基罗的艺术,例如齐泽克讨论电影《黑客帝国》,例如海德格尔讨论荷尔德林的诗。许多理论家各有他们钟爱的艺术体裁,他们的讨论往往比艺术家本人带着更多热忱:桑塔格(Susan Sontag)

的"论摄影"（On Photography），成为现代批评名篇；巴尔特（Roland Barthes）也最喜欢摄影，他的后期著作《明室》（*Camera Lucida*）让摄影活了起来。

电子技术时代的到来改变了当代世界的面貌，许多新的体裁随之诞生，尤其是电视与互联网，使我们的生活发生了巨大的变革。媒体不再是内容的载体，媒体形式成为文化变迁的主要动力，对此，电影学家贝拉幽默地评论说："先有勺子后有汤。"媒介的发展成为文化"全球化"进程的驱动力量。这个现象引发了批评理论界的深思，而且这种思考往往发展成对人类文明未来发展方向的预言：所谓"未来学"（futurology），经常都是围绕着媒介技术展开讨论。本书选用的媒介研究论文，是半个世纪前的一篇著名文字，此文预言的"未来"，已经令人惊奇地在当代成为现实。

庞　德

埃兹拉·庞德（Ezra Pound,1885—1972）被认为是美国 20 世纪现代派诗歌运动的最主要推动者,他在西方现代诗学的形成中起了关键作用。他基于对中国诗和汉字构成的理解,提出"表意文字法"（Ideogrammic Method）诗学,成为 20 世纪诗歌理论和符号诗学中的一个核心问题,也是现代诗歌写作中的一个原则立场,后来的理论家如克里斯台娃（Julia Kristeva）和德里达（Jacques Derrida）等人对庞德的中文字理论作了进一步发挥。庞德的理论与中国的关系,是理解现代西方诗歌理论的重要环节,哪怕误读,也有其特殊的文化原因,产生重大影响的误读,更是文化交流的必然环节。

庞德年轻时就离开美国旅居欧洲,在叶兹等人影响下,他放弃了早期的浪漫主义诗风。1913 年他发起了英语中第一个现代主义诗派"意象派"（Imagism）,1915 年离开意象派,与一批艺术家另组"漩涡派"（Vorticism）,在这两个派别中,他都团结了一批对中国诗感兴趣的诗人和艺术家。庞德在 1915 年翻译出版了中国诗集《神州集》（Cathay）,此诗集成为庞德早期最出名的作品,被艾略特称为"为这个时代发明了中国诗的人"。

庞德于 20 世纪 20 年代移居意大利,并用人生的后五十年全力写作《诗章》（The Cantos）,这是现代西方最让人叹为观止的哲理长诗,其中对中国钦慕备至,甚至写上了许多中文字。由于他的"反高利贷"立场,他在第二次世界大战期间帮助墨索里尼作反美广播宣传,因而在 1945 年被占领意大利的美军逮捕。关押期间他写出了名著《比萨诗章》（The Pisan Cantos）,1949 年他因叛国罪被押回美国受审,但是《比萨诗章》获得国会的"博林根文学奖",引起战后美国文学界关于文学与政治关系的重大争论。而法庭的判决是庞德"无责任能力",关押于精神病院。在十多年的关押期间,他翻译了《诗经》和其他儒家经典。由于庞德一贯的反西方学院派立场,他成为年轻的"垮掉一代"诗人的精神领袖。60 年代后期获释回意大利,70 年代初去世。

本书选用了庞德"编辑"的一篇著名论文"作为诗歌手段的中国文字"。此文原是美国东方学家厄内斯特·费诺罗萨（Earnest Fenollsa, 1853—1908）向日本汉学家学习中国诗时做的感想笔记。费诺罗萨去世后,他的遗孀在伦敦遇到庞德,这个青年诗人对东方诗的热情给她很深的印象,于是她把亡夫的笔记全部交给庞德整理。庞德以此为凭据"翻译"了《神州集》、《日本能剧》二书,1921 年整理出版了这篇论文,并且在自己的一系列著作中再三讲解并推进其中的主要观点。

费诺罗萨和庞德认为欧洲文字是"中世纪逻辑暴政"的产物,完全失去文字表现形象的能力,词语之间的联系也是专断的,如灰浆砌砖块一般(参考本书收录的索绪尔和皮尔斯在相近阶段提出的符号学观念,可以知道这种看法不是费诺罗萨和庞德所特有的)。而汉字从来没有失去表现事物以及事物之间关联的能力,因为汉字"并非武断的符号"。

庞德在发起意象派运动时,就提出诗歌语言应当"直接处理任何主观或客观的事物","绝不用任何无助于表现的词";在漩涡派阶段,他更要求诗歌意象成为"一个放射的节点……思想不断地奔涌,从它里面射出,或穿过,或进入"。无怪乎庞德读了费诺罗萨论文后欢呼:"中国诗是一个宝库,今后一个世纪将从中寻找推动力,正如文艺复兴从希腊人那里找推动力",因为"汉字的基础是大自然的生动的速记性画面","是名称与动作的合一,是动态的事物,或事物的动态,而中国的概念正是把两者合起来表现"。

要反驳这一点是容易的:任何汉语知识比费诺罗萨或庞德多一些的人,都知道汉字大部分是形声字,基本从音,形旁只是类别。哪怕象形字,也早因为反复使用形成的"非语义化","形"早已不显,而以形象为基础的指事、会意字,也早就成了约定俗成的语言符号。庞德此文中举的例子很生动:"人见马",两条腿的人,眼睛夹在腿上飞跑,见到四条腿的马,文字中有生动的动态意象,只是中国人自己已经感觉不到这三个字中各有几条腿了,也无法觉察"事物之间的有机联系",因为这些"意象"只不过是所谓"词源比喻"(除非特别提醒(例如辛弃疾词"如今识得愁滋味,欲说还休,欲说还休,却道天冷好个秋"),读者无法体会到汉字的形象组成。

实际上费诺罗萨也知道这一点:"的确,许多中国象形字的图画起源已无法追溯,甚至中国的词汇学家也承认许多组合经常只是取其语音。"庞德也从来没有从语言学角度为费诺罗萨论文辩护,庞德所需要的,只是为现代诗学,尤其是美国现代诗歌运动中的集成趋势寻找一个有几千年文化传统的理由。他编辑出版这篇论文的目的,是要建立一种诗学,这种诗学能够为诗歌语言找到语象的"再语义化"(re-semantization)途径。

庞德认为"表意文字法"是他对现代诗歌艺术做出的最大贡献:"如果说我对文学批评有任何贡献的话,那就是我介绍了表意文字体系。"

但是,即使如他所说,汉语是一种本质上诗性的语言,英语或其他任何西方语言,任何拼音语言,都"永远不可能有这种诗性"。那么,英语中如何使用"表意文字法"呢? 庞德在写作和翻译实践中实际上采用一系列办法,模仿汉字的"语言本有诗性"。

庞德采用的一个主要方法是所谓"并置法"(justaposition,或 parataxis),即尽量少用连接词、系词等,尽量少用介词,靠意象的并列表现比喻关系,表现事物间的动势。

这种方法的有意使用,的确使西方语言"中世纪暴政"式的逻辑减少,让语句之间的关系多元而含混。现代诗摆脱欧洲语言特有的缠连纠结句式,形成特殊的"脱体"(disembodiment)风格,可能正是因为庞德的大力推动,这种风格转换在美国诗中最为明显。类似的风格在20世纪初许多文学艺术门类中产生,例如海明威得到庞德指导,语句减少连接,趋向干涩、简短;例如艾略特的《荒原》,经过庞德删节,有许多场面并置;再例如苏联导演爱森斯坦大规模应用的蒙太奇技巧,据称也是来自汉字结构的启发,这最后一个例子证明,庞德并不是唯一发现汉字"诗性"的现代艺术家。

原典选读

作为诗歌手段的中国文字(节选)

The Chinese Written Character as a Medium for Poetry 赵毅衡,译

上面已经作了关于此文的详细介绍。全文较长,本教科书篇幅有限,只能选取全文前面约三分之一。

[庞德按语]

已故的厄内斯特·费诺罗萨实际上已完成此文;我所做的只是删去某些重复之外,把某些句子整理了一下。

摆在我们面前的不是一篇语文学的讨论,而是有关一切美学的根本问题的研究。费诺罗萨在探索我们所未知的艺术时,遇到了未知的动因和西方所未认识到的原则,他终于看到近年来已在"新的"西方绘画和诗歌中取得成果的思想方法。他是个先驱者,虽然他自己没意识到这点,别人也不知道。

他解析出的若干写作原则,他自己也并没有足够时间加以实践。在日本,他恢复了,或至少帮助恢复了对本国艺术的尊敬。在美洲和欧洲,他不应当被看作只是个探新猎奇的人。他的头脑中老是充满了东西艺术异同的比较。在他看来,异国的东西总是大有裨益的。他盼望见到一个美国文艺复兴,他的眼力可由以下事实证明:虽然这篇文章是他1908年逝世前写的,我却不必改动此文中关于西方艺术的任何提法。他逝世后发生的艺术运动证实了他的理论。

20世纪不仅在世界之书上翻过新的一页,而且另开了一个全新的惊人的篇章。在人们眼前展开了奇异未来的前景,这种未来从欧洲半断奶,却拥抱全世界各种文化,为各个国家和民族带来从未梦想到的责任。

光中国问题,就是如此巨大,没有一个国家能够忽视。我们在美国尤其应当越过太平洋去正视它,掌握它,否则它就会使我们不知所措。而掌握它的唯一方法,是以耐心和同情去理解其中最好的,最有希望的,最富于人性的因素。

不幸的是,英国和美国迄今忽视或误解了东方文化中深层的问题。我们错认为中国人是个物质主义的民族,一个低劣的疲乏不堪的种族。我们一直藐视日本人,以为他们是只会模仿的民族。我们愚蠢地断定中国历史在社会演变中一成不变,没有显著的道德和精神危机时期。我们否认了这些民族的基本的人性;我们轻视了他们的理想,似乎他们的理想只不过是闹剧中的滑稽歌曲。

我们面临的责任不是摧毁他们的要塞,或是利用他们的市场,而是研究,并进而同情他们的人性和他们高尚的志向。他们一向有高度的文明。他们有记载的经验成果数倍于我们。中国人一向是理想主义者,是塑造伟大原则的实验家;我们的历史打开了一个具有崇高目标和成就的世界,与古代地中海诸民族遥相辉映。我们需要他们最好的理想来补充我们自己——珍藏在他们的艺术中,文学中和生命的悲剧之中的那些理想。

我们业已见到足够的证据,证明东方绘画的活力和对我们的实际价值,以及作为理解东方之魂的钥匙的价值。接触他们的文学,尤其是其中最集中的部分,即诗歌,哪怕不能完美地理解它,也是值得一做的。

我觉得我应当表示歉意①的是,我居然忝列于一系列伟大学者——戴维斯(J. F. Davis)、理雅各(James Legge)、德理文(Hervey de Saint Dennys)、翟理斯(Herbert Giles)——之后来讨论中国诗。他们的深邃学识是我不敢望其项背的。我不是以职业语言学家或汉学家来作此芹献。我只是一个东方文化之美的热心的学生,一生中多年与东方人亲密相处,我自然而然地吸进了他们的生活中所体现的诗的精神。

我之所以大胆动笔,主要是有些个人的看法,在英美广为流传的一个不幸的信念是认为中国和日本的诗不过是一种小摆设似的幼稚的娱乐品,难以厕身于世界严肃文学创作之列。我听到过一些著名的汉学家也说,除了供作语言学研究,这些诗是太贫瘠的土地,耕耘是得不偿失。

我个人的印象与这种结论截然相反,一种宽容的热情使我愿与西方人分享我新发现的喜悦。若非我在欢欣之余过于自我陶醉,便是我们介绍中国诗的既成方法中缺乏艺术感应,或缺乏诗的感觉。我谨提出我喜悦的原因。

用英文介绍一种外国诗,其成败主要取决于使用所选择的手段的诗的技巧性。要求毕生与难以驾驭的汉字作殊死搏斗的老学者做个成功的诗人,是过高的奢望。哪怕是希腊诗,如果介绍者不得不满足英文押韵的偏狭标准,也会不堪一读。汉学家们应当记住,诗歌翻译的目标是诗,而不是词典上的文字定义。

可能我的工作有一点可取之处:它首次介绍了研究中国文化的一个日本学派。迄今为止,欧洲人多少受同时期中国学界左右。几个世纪之前,中国丢失了不少创造力和对其本身生命原因的洞察力,但是她原有的精神仍然活着,生长着、阐释着、带着原有的新鲜气息转移到日本。今日的日本的文化发展阶段大致相当于中国的宋朝。我很幸运地多年在森槐南教授个别指导下学习,他可能是中国诗今日的最大权威,最近应聘到东京帝国大学

---

① 庞德原注:此处的谦词完全不必,但费诺罗萨教授觉得合适,我也把他的话照录于此。

任教。

我的主题是诗,不是语言。但诗之根深植于语言之中。中文的书面文字,形式上与我们如此相异,要研究它,必须先弄清从构成诗学的这些普遍要素中如何能抽取合适的养分。

在何种意义上,用视觉性的象形文字写下的诗才是真正的诗呢?乍一看,诗就像音乐,是一种时间艺术,以声音之连续构成整体,很难吸收一种主要由半图画性的诉诸眼睛的语言手段。

可以比较一下两行诗。格雷的诗行:

The curfew tolls the knell of parting day

(晚钟敲响了离去的白昼之丧钟)

和中国诗行;

月　　耀　　如　　晴　　雪
Moon　Rays　Like　Pure　Snow

除非注明这行诗的发音,两者有什么地方相同?说这两行诗都有一个能用散文解释的意义,是不够的;因为,问题在于,这行中国诗在形式上如何能蕴含着将诗区别于散文的最基本要素?

再看第二眼,可以看出这些中国字,虽然是视觉性的,与格雷诗行的语言符号一样,是以一种必然性的次序排列。这些汉字可以用眼睛默默地看,默默地读,一个接一个:

Moon rays like pure snow.

可能我们未能时常考虑到思想是延续性的,这不是由于我们主观操作的偶然性或固有弱点,而是因为自然的运动是连续性的。力量从行动者转移到构成自然现象的客体是占用时间的。因此,在想象中再造这种转移就需要一个时间次序。

假定我们朝窗外看,看见一个人。突然,他转过头来,把注意力主动集中于某事物。我们自己也望过去,看到他的视线盯在一匹马上。首先,我们见到还未行动的人;其次,见到他行动;第三,他的行动指向的对象。在言语中,我们把这快速连续的动作及其图像分为三个以正确次序连接的要素部分,或三个节点,我们说

Man sees horse

很明显,这三个节点,或者说,三个词,只是三个语音符号,代表一个自然过程的三项。但是,我们可以很容易地用三个不以声音为基础的同样任意的符号,来表示我们思想的这三个阶段;例如,可以用三个汉字:

人　　見　　馬
Man　Sees　Horse

假如我们都懂得每个符号所代表的是这个马的心象的哪一部分,我们就可以靠画出符号来交谈,轻松得如使用言语一样。习惯上我们使用姿势语,其方式大致相同。

但是汉字的表记却远非任意的符号。它的基础是记录自然运动的一种生动的速记图画。在代数符号中,在说出的词中,符号与事物之间没有自然的联系,一切都依靠规约性。

但汉字的方法遵循自然的提示:首先是人用两腿站着。其次,他的眼睛在空间中运动:用一个眼睛下长两条腿来表示,眼睛的图画是变形的,腿的图画也是变形的,但一见难忘。第三,是马用四条腿站着。

这思维图画既由符号唤起,又由词语唤起,但生动具体得多。每个字中都有腿,它们都是活的。这一组字有连续的电影的性质。

绘画或照片虽具体但不真实,因为失去了自然的联贯这要素。

可以比较一下拉奥孔雕像与布朗宁的诗句:

我跳上马鞍,还有焦利斯,还有他

……

并驾齐驱地奔入夜色之中。

语言的诗作为艺术有个优点,它回归到时间的基本现实。中国诗的独特长处在于把两者结合起来。它既有绘画的生动性,又有声音的运动性。在某种意义上,它比两者都更客观,更富于戏剧性。读中文时,我们不像在掷弄精神的筹码,而是在眼观事物显示自己的命运。

让我们暂时搁开句子的形式,更仔细地看看单个汉字结构的生动性。汉字的早期形式是图画式的,但即使在后来规约性的变形中,它们对形象思维的依靠也很少动摇。恐怕人所不知的是这些表意字根(ideographic roots)带着一种动作的语言概念。可以认为一幅画自然是一个事物的图画,因此,汉字的根本概念是语法上称作名词的东西。

但是,考察一下即可看出,大部分原始的汉字,甚至所谓部首,是动作或过程的速记图画。

例如,意为"说话"的表意字是一张嘴,有二个字和一团火从中飞出。意为"困难地生长"的表意字是一棵草带着盘曲的根。但是,当我们从单纯的起始性的图画进到复合字时,这种存在于大自然和汉字符号中的动词品质,就更引人注目,更加富于诗意。在这种复合中,两个事物相加并不产生第三物,而是暗示两者之间一种根本性的关系。例如,意为"食伴"的表意字是一个人加一堆火。

一个真正的名词,一个孤立的事物,在自然界并不存在。事物只是动作的终点,或更正确地说,动作的会合点,动作的横剖面,或快照。自然中不可能存在纯粹的动词,或抽象的运动。眼睛把名词与动词合一:运动中的事物,事物在运动中。汉字的概念化倾向于表现这两方面。

太阳藏在萌发的植物之下 = 春

太阳的符号纠缠在树的符号中 = 東

"稻田"加上"用力" = 男

"船"加上"水" = 涉,水波。

让我们回到句子形式,看看它对构成字的文字单位添加了什么力量。我怀疑多少人问过自己为什么句子形式会存在,为什么在所有的语言中它一无例外是必要的?为什么所有的语言必须有句子形式。如果它如此普遍,它应与某种自然的根本法则相应。

我想语法专门家对这问题的回答并不令人满意。我们的定义分成两类:一是说,句子表达了一个"完整的意义";另一是说,在句子中我们使主语和谓语相结合。

前一定义优点是想求得某种自然的客观的标准,因为很明显,一个思想无法成为它本身完整性的标准。但是,自然中无完整性可言。从一方面,完整性可以用感叹语来表现,"嗨! 喂!"或"快!",或仅仅挥挥拳头就可以,不需要句子就把意思说清楚。另一方面,没有一个完整的句子真正表达了一个完全的思想。看见马的人和被看见的马都不会静止不动。看见马的人在看之前就打算要骑马,而马会蹶蹄不让人抓住它。事物真相是这些行为是前后相续的,甚至是延续不停的;一个动作会引起或变成另一个动作。虽然我们可以把尽可能多的分句串到一个复合句中,还是到处漏掉动作,就像裸露的电线会漏电一样。自然中的一切过程都是互相关联的,因此,不可能有符合这个定义的完全的句子,除非这句子将占用全部时间来发出。

前面提到的第二个定义,即"联系主语与谓语",在此,语法学家又一次落入纯粹的主观性。我们做一切,这只不过是从左手到右手掷球玩。主语是我将要谈的事物;谓语是我关于主语将说的东西。按这种定义造出的句子不是自然的一个属性,而是人作为会谈话的动物所做的一个偶然行为。

如果情况确是如此,那就不可能证实一个句子的真实性。虚假将与真实一样似是而非,言语就不会使人信服。

毋庸置疑,语法学家的这种观点来自早已站不住脚的,或者说无用的中世纪逻辑学。根据这种逻辑学,思维只是处理抽象,处理用筛滤方法从事物中抽出的概念。那些逻辑学家从来不考虑他们从事物中抽出的"品质"是如何形成的。在他们那小棋盘招式的把戏中,真实性来自自然的秩序,靠了这种自然的秩序,这些力量或品质才潜藏在具体事物之中,然而,他们鄙视"事物",认为那只是"特殊细节"或小卒子。这就好像从织进桌布的叶子花纹来推理出植物学一样。有效的科学的思维,在于尽可能紧紧地跟踪在事物中脉动而过的真实的,但又纠缠在一起的力量。思维并不处理苍白的概念,而是察看在显微镜下事物的运动。

句子的形式是自然界强加给原始人的,而不是我们造出来的;它是因果关系中时间次序的反映。所有的真理都必须用句子来表达,因为所有的真理都是力的转移。大自然中句子的形式有如闪电,它穿越两个项:云和地。没有一个自然的过程比这还少。所有的自然过程在它们的单位中都是如此。光、热、重力、化学亲和力、人的意志,都有这共同点,它们重新分配力。它们的过程单元可以表现如下:

起始项——力的转移——终点项

假如我们把这种力的转移看作是动作者有意识或无意识的行为,上面的图表可以转换成这样:

动作者——动作——客体

其中,动作是意指的事实之实体,动作者和客体只是有限制能力的项。

据我看,正常和典型的英文句子和中文句子一样,所表现的正是这种自然过程的单

元。它由三个必要的词组成,第一个词指动作者,或主语;第二个词体现动作的过程;第三个词指客体,即效应的接受者。这样:

农夫舂米。

中文的及物语形式与英文一样(冠词不计),正与大自然中这样普遍的运动形式相一致。这使语言接近事物,而且由于强烈依赖动词,它把所有的言语提高到戏剧诗的高度。

在所有的屈折语中,例如拉丁语、德语和日语,常有与此不同的句序。这是因为这些语言有词形变化,也就是说,有些小标记、词尾、记号来说明何者是动作者,客体等。在非屈折语如英语和汉语中,除了词序外没有任何东西来区别它们的作甪。要不是这种次序即是自然次序,——也就是说,因果次序——这次序不可能有充分的指示作用。

[原典英文节选之一·庞德按语]　This essay was practically finished by the late Ernest Fenollosa; I have done little more than remove a few repetitions and shape a few sentences.

We have here not a bare philological discussion, but a study of the fundamentals of all aesthetics. In his search through unknown art Fenollosa, coming upon unknown motives and principles unrecognised in the West, was already led into many modes of thought since fruitful in 'new' Western painting and poetry. He was a forerunner without knowing it and without being known as such.

He discerned principles of writing which he had scarcely time to put into practice. In Japan he restored, or greatly helped to restore, a respect for the native art. In America and Europe he cannot be looked upon as a mere searcher after exotics. His mind was constantly filled with parallels and comparisons between Eastern and Western art. To him the exotic was always a means of fructification. He looked to an American renaissance. The vitality of his outlook can be judged from the fact that although this essay was written some time before his death in 1908 I have not had to change the allusions to Western conditions. The later movements in art have corroborated his theories. [E. P. 1918.]

[原典英文节选之二]　This twentieth century not only turns a new page in the book of the world, but opens another and a startling chapter. Vistas of strange futures unfold for man, of world-embracing cultures half-weaned from Europe, of hitherto undreamed responsibilities for nations and races.

The Chinese problem alone is so vast that no nation can afford to ignore it. We in America, especially, must face it across the Pacific, and master it or it will master us. And the only way to master it is to strive with patient sympathy to understand the best, the most hopeful and the most human elements in it.

It is unfortunate that England and America have so long ignored or mistaken the deeper problems of Oriental culture. We have misconceived the Chinese for a materialistic people, for a debased and worn-out race. We have belittled the Japanese as a nation of copyists. We have stupidly assumed that Chinese history affords no glimpse of chang in social evolution, no salient epoch of moral and spiritual crisis. We have denied the essential humanity of these peoples; and we have toyed with their ideals as if they were no better than comic songs in an 'opéra bouffe'.

The duty that faces us is not to batter down their forts or to exploit their markets, but to study and to come to sympatize with their humanity and their generous aspirations. Their type of cultivation has been high. Their harvest of recorded experience doubles our own. The Chinese have been idealists, and experimenters in the making of great principles; their history opens a world of lofty aim and achicvement, parallel to that of the ancient Mediterranean peoples. We need their best ideals to supplement our own-ideals enshrined in their art, in their literature and in the tragedies of their lives.

We have already seen proof of the vitality and practical value of Oriental painting for ourselves and as a key to the Eastern soul. It may be worth while to approach their literature, the intensest part of it, their poetry, even in an imperfect manner.

延伸阅读

1. 庞德·费诺罗萨论文的全译文,见《诗探索》1993 年第 6 期。关于庞德与中国诗关系的详尽介绍和分析,请参阅赵毅衡著《诗神远游:中国如何改变了美国现代诗》(上海译文出版社,2003)。

2. 庞德《诗章》相当艰涩,至今没有中文全译本。但是其中的《比萨诗章》部分有黄运特的中译本(漓江出版社,1998)。

3. Hugh Kenner, *The Pound Era*, (Berkeley: University of California Press, 1971)。本书作者是加拿大现代文学教授。这本长达 600 多页的巨作,文字生动而睿智,对现代文学史大局面的掌握和表述几乎令人敬畏。这本书在庞德尚在世的时候出版,是庞德在现代文学中的地位最有力的辩护之作。

4. 庞德此文的原文,以及相关文件(原藏于耶鲁大学图书馆)由汉学家 Haun Saussy 等编辑整理成书(Fordham Universily Press, 2008),有意深入研究者可参考。

贝 尔

克莱夫·贝尔(Clive Bell,1881—1964)是英国艺术哲学家,20世纪形式主义艺术理论的重要代表之一,著名的视觉艺术评论家。他的艺术理论为现代主义艺术作了合法性辩护,曾被誉为"现代艺术中最令人满意的理论"。

1881年9月16日,贝尔诞生于英国伯克郡东希弗尔德(East Shefford)小镇,是父母的第三个儿子。他的父亲是一个土木工程师,在家族煤炭矿业中获得了大笔财富,成为富裕之家。贝尔早年在剑桥大学三一学院学习历史,1899年他和几个好朋友形成一个圈子。他的一个朋友托比·斯蒂芬给贝尔引荐了自己的两个姐妹,妹妹范奈莎·斯蒂芬是一名画家,姐姐弗吉尼亚·斯蒂芬是后来的意识流小说家弗吉尼亚·伍尔夫。他们逐步形成了一个由作家、艺术家、知识分子、经济学家等组成的著名团体,这就是布鲁姆斯伯里团体。英国艺术评论家罗杰·弗莱和经济学家凯恩斯都是这个圈子的成员。他们随时讨论文学、艺术、美学、女性、经济等各种各样的主题,在整个20世纪不断有活动,这个圈子对贝尔的艺术理论产生了不少的影响,尽管他在这个圈子里得到的评价不高,甚至被认为是富家花花公子。1902年贝尔获得机会到法国巴黎学习历史,受到法国艺术思潮和展览的影响对艺术产生浓厚的兴趣,转向了艺术研究。回到英国后,1907年贝尔与比他大两岁的画家范奈莎·斯蒂芬结婚。1909年,他在火车上意外地遇到了艺术评论家弗莱,两人积极加入1910年的后期印象主义作品展览。贝尔从1911年起写作《艺术》一书,1913年完成,1914年出版。此书对以塞尚为代表的后印象主义和以毕加索为代表的立体主义绘画进行了理论上的肯定,被认为是现代艺术理论的柱石。1914年,一战爆发,贝尔和范奈莎的夫妻生活结束了,妻子跟随画家格兰特(Duncan Grant)去了。虽然贝尔与其他很多女人有过交往,但是他和妻子从来没有正式离婚,他们相互尊重,还花时间一起去看望父母。1922年以后,贝尔还陆续发表了评论塞尚、普鲁斯特等现代主义文学艺术家的著作。1964年9月18日,贝尔在伦敦逝世。

贝尔的代表著作《艺术》是第一次世界大战前艺术哲学的突出成就。贝尔置身于日益兴盛的现代主义艺术运动之中,把新兴艺术的审美经验理论化,形成了视觉艺术的形式主义理论。他提出艺术是"有意味的形式"这一独特理论,超越了造型艺术的现实主

义美学原则,在 20 世纪美学和艺术理论中产生了重要影响。他的主要艺术观点有:

(1)艺术的本质是有意味的形式。贝尔的审美假说建立在对形式的纯粹把握的基础上,认为艺术的独特性在于唤起不同于日常生活中的生活情感的审美情感,这种独立而自足的审美情感根本上来自于艺术作品的有意味的形式。有意味的形式是一切视觉艺术的共同本质,它是以独特的方式来感动人们的各种排列组合形式,也就是从审美上感动欣赏者的线条、色彩组合。艺术形式在贝尔的艺术哲学中具有形而上学的意义,他不是把形式视为艺术家的思想情感的表现,而是视为对事物的本性的把握,是"终极实在"之感受的形式,也就是一个事物本身的意义,这与同属于布鲁姆斯伯里团体的伦理哲学家莫尔的实在论观点是密切联系在一起的。

(2)贝尔对艺术的伦理基础进行了思考。受莫尔的《伦理学原理》的影响,贝尔提出了艺术和伦理的关系。一方面他认为艺术以对形式的凝神观照获得审美情感,与传统功利意义上的伦理是有根本差异的,这是艺术自律和生活的差异;另一方面他又挑战传统伦理中"善"的界定,认为善就是目的本身,"善能引起好的心理状态",而艺术不仅是产生好的心理的手段,甚至可能是我们拥有的形成好的心理状态的最直接、最有效的手段,因为审美欣赏时的心境和情绪是最为好的也是最强烈的。所以,创造艺术品是人类力所能及的达到善这一目的的最直接的手段,艺术本身具有伦理的基础。

(3)对后印象主义绘画运动的美学阐释是贝尔的艺术哲学的基础。在他看来,有意味的形式的观点适合于历史上的伟大的艺术作品,尤其适用于当时的后期印象主义绘画运动。这场运动以贝尔向之致敬的塞尚为标志。塞尚决心把绘画从文学与科学中解放出来,注重形式与色彩,强调简化与构图,创造了具有意味的形式。后期印象主义绘画对形式意味的关注,使得艺术脱离了现实主义文学和艺术的"描写入微"这一核心观念,他说:"后期印象主义画家采用的是经过充分变换而足以遏制人们的兴趣和刹住人们的好奇心,然而又有着足以引起人注意的再现性成分的形式。运用这种形式,后期印象派画家们就找到了通往我们的审美情感的捷径。"

原典选读

艺　术(节选)

Art　周金环、马钟元,译

> 下面的选段出自贝尔的《艺术》一书的第一章"什么是艺术"的第一节"审美假说",这是"艺术是有意味的形式"论断的主要论述,也是全书的精华部分。

有关美学的无稽之谈比起其它学科的无稽之谈都要少,因为这一学科的论述尚不多见。然而,可以肯定,在我所熟知的任何学科中,还没有一门学科的论述像美学这样,如此难于被阐述得恰如其分。其原因是可想而知的。谁要详尽阐述一种能说服人的美学理论,必须具备两种素质——艺术的敏感性和清晰的思考能力。缺乏艺术敏感性的人不可能获得审美经验,而缺乏广泛、深刻的审美经验的审美理论显然是没有任何价值的。唯有那些能被艺术激起不竭热情的人,才有可能获得可以推导出有用理论的根据。然而,要从中推导出有用的理论,既要使理论可靠,也还需付出相当多的脑力劳动。令人遗憾的是,健全的智力与灵敏的感受能力往往不能兼得。最善于思考的人并不是都能经常得到审美经验的。我有个朋友,天生具有强健的智力,尽管他对美学颇感兴趣,可是,在他近四十年的生活中却从未体验过审美感情,就连区分一件艺术品与一把手锯的能力也没有,例如,他有时会振振有词地议论一通,偏说手锯是艺术品。这个弱点使他那条理清晰的表达和精辟的论证失去了许多价值。常言道,理直为壮,只有正确的逻辑才站得住脚,而在错误前提下所得出的结论都是不足于信的。然而,这种不敏感性,虽不幸使我的朋友未能为其论点找到有力的论据,使他看不到其结论的荒谬无稽,却使他陷入了对自己高明的论证自我欣赏的状态。假如有人认为埃德温·兰西尔(Edwin Landseer)先生是有史以来最优秀的画家,那么,他就轻易地相信某种证明乔托是最糟的画家的美学。所以,我的朋友非常合乎逻辑地得出结论说:艺术品应该是一件小巧的、或是圆形的、抑或是件光滑的制品;或者认为,为了全面鉴赏一幅画,就得在画前轻快地来回踱步,或使这幅画平稳地旋转。此时,他一定不会理解我为什么问他最近是否去过他常去观赏的剑桥。

另一方面,那些对艺术品能做出直接反应的人虽比起智力发达但感受能力低弱的人更值得羡慕,但是在谈到审美感受时同样是张口结舌,无言以对。他们的头脑不总是那么清晰,他们所掌握的论据应是任何一种审美方式都必须遵循的。可是,一般地说,他们缺乏用可靠的论据进行正确推理的能力。他们只要从艺术品中获得审美感受然后找出所有令他们感动的东西之共性就行了。实际上,他们并没有这样做,我也不责怪他们。既然他们感受到了审美感情,又何必去探讨自己的感情呢?既然他们不善于思考,又何必去进行思考呢?既然他们享受着各个不同艺术品的许多妙处与特色,又何必去搜寻以某种特殊方式使他们感动的一切审美对象的共性呢?如果他们进行评论,并称之为美学;如果当他们论述某些具体的艺术品或者绘画技巧时,自认为是在论述艺术;如果他们出于对某些具体的艺术品的喜爱而对笼统地评论艺术不感兴趣;那么,他们这样做就是对的。如果他们既不想弄清自己情绪的实质,又对唤起这种感情的所有艺术品的共性毫无兴趣的话,我只有对他们表示同情。同时,我也对他们表示敬佩,因为他们的论述常常很精彩并富有启发性。只要他们的论述不被人信奉为美学,而只是一种评论,或者只不过是为了"职业"的需要,那就好了。

一切审美方式的起点必须是对某种特殊感情的亲身感受,唤起这种感情的物品,我们称之为艺术品。大凡反应敏捷的人都会同意,由艺术品唤起的特殊感情是存在的。我的意思当然不是指一切艺术品均唤起同一种感情。相反,每一件艺术品都引起不同的感情。然而,所有这些感情都可以被认为是同一类的。迄今为止,那些最有见解的人的看法与我的看法是一致的。我认为,视觉艺术品能唤起某种特殊的感情,这对任何一个能够感受到这种感情的人来说都是不容置疑的，而且，各类视觉艺术品，如：绘画、建筑、陶瓷、雕刻以及纺织品等，都能唤起这种感情。这种感情就是审美感情。假如我们能够找到唤起我们审美感情的一切审美对象中普遍的而又是它们特有的性质，那么我们就解决了我所认为的审美的关键问题。我们就会找到艺术品的基本性质，即，将艺术品与其它一切物品区别开来的性质。

因为，要么承认一切视觉艺术品中具有某种共性，要么只能在谈到"艺术品"时含糊其辞。当人们说到"艺术"时，总要以心理上的分类来区分"艺术品"与其它物品。那么这种分类法的正当理由是什么呢？同一类别的艺术品，其共同的而又是独特的性质又是什么呢？不论这种性质是什么，无疑它常常是与艺术品的其它性质相关的；而其它性质都是偶然存在的，唯独这个性质才是艺术品最基本的性质。艺术品中必定存在着某种特性：离开它，艺术品就不能作为艺术品而存在；有了它，任何作品至少不会一点价值也没有。这是一种什么性质呢？什么性质存在于一切能唤起我们审美感情的客体之中呢？什么性质是圣·索非亚教堂、卡尔特修道院的窗子、墨西哥的雕塑、波斯的古碗、中国的地毯、帕多瓦（Padua）的乔托的壁画，以及普辛（Poussin）、皮埃罗·德拉、弗朗切斯卡和塞尚的作品中所共有的性质呢？看来，可做解释的回答只有一个，那就是"有意味的形式"。在各个不同的作品中，线条、色彩以某种特殊方式组成某种形式或形式间的关系，激起我们的审美感情。这种线、色的关系和组合，这些审美地感人的形式，我称之为有意味的形式。"有意味的形式"，就是一切视觉艺术的共同性质。

在这一点上可能有人要提出反对，会说我把审美说成是单纯的主观上的事——因为，我唯一的依据就是对这种特殊感情的亲身体验。这些人会说，不同的人被共同的艺术品激起的感情是各异的，因而，美学体系没有客观有效的标准。我要这样回答他，任何审美方式如果声称自己是建立在某种客观真理上的，那显然是非常可笑的，甚至可笑得不值一谈。除了我们自己对艺术品的感觉而外，再没有别的鉴别艺术品的办法了。艺术品唤起的审美感情因人而异。审美判断就是俗话说的鉴赏力。谈到鉴赏力，人人都会为自己的鉴赏力感到自豪，这是无可非议的。好的批评家会使我看到一幅画中最初没有感动我而被我忽略了的东西，直至使我获得了审美感情，承认它是件艺术品。不断地指出艺术品中那些组合在一起的产生有意味形式的部分和整体（换言之，它们的组合），正是艺术批评的作用之所在。假如一位批评家只告诉我们某物品是艺术品，这全然没有用，他必须让我们自己去感受这件物品具有某种能唤起我们审美感情的特质。要做到这一点，批评家只有让我去通过我的眼睛了解我的感情。除非他能使我看到某种令我感动的东西，否则就不会使我感动。我没有权利说一件不能在感情上打动我的物品是艺术品，也没有权利在我没有感觉到某件物品是件艺术品之前就在其中寻找其基本性质。批评家只有通过影响我的审美经验才能影响我的审美理论。一切审美方式必须建立在个人的审美经验之上。换句话说，它们都是主观的。

尽管一切审美理论都需建立在审美判断的基础之上，然而一切审美判断都是个人鉴赏力的结果。如果因此就得出结论，认为没有一种审美理论是普遍有效的，这未免有些轻率。因为,尽管 A、B、C、D 是感动我的作品,ADEF 是感动你的作品,那么,X 就有可能是你我二人都认为是我们各自列出的动人作品的共性。我们可能在审美观点上看法一致,而对具体艺术品的看法却不同。我们也许在 X 这一性质是否存在着问题有分歧。我的直接目的就在于指明"有意味的形式"是感动我的所有视觉艺术品的共同和独特的性质。我要让那些与我的审美经验不同的人看看,按照他们的判断,这种性质是否存在于一切使他们感动的艺术品的共性,他们是否还能发现艺术品中有别的同样值得一谈的其它性质。

在这个问题上也产生了一个的确与审美毫不相干而又难以避免的疑问:"我们为什么如此之深地为某种以特殊方式组合在一起的形式所感动呢?"这个问题极为有意思,可又与审美没有关系。在纯粹的审美中,我们只需要考虑自己的感情和审美对象。为了审美的目的,我们没有权利,也没有必要去探讨某个作品作者的心理状态。在本书的后部分,我要试图回答这个问题;只有这样我才有可能论述我的艺术与生活之关系的理论。然而,我不敢妄想使我的审美理论十分完善。在讨论审美问题时,人们只需承认,按照某种不为人知的神秘规律排列和组合的形式,会以某种特殊的方式感动我们,而艺术家的工作就是按这种规律去排列、组合出能够感动我们的形式。为了方便起见,也为了本书后面将要谈到的某种原因,我称这些动人的组合、排列为"有意味的形式"。

我还会遇到第三个问题,"你是否忘记了色彩?"当然没有。我的"有意味的形式"既包括了线条的组合也包括了色彩的组合。形式与色彩是不可能截然分开的;不能设想没有颜色的线,或是没有色彩的空间;也不能设想没有形式的单纯色彩间的关系。在一幅黑白画里,空间虽是白的,但它们是被黑色线条圈起来的白色;更何况大多数油画的空间都是复色的,围线也是多彩的;不能想象没有内容的围线,或没有围线的内容。因此,在我谈起"有意味的形式"之际,意指那种从审美上感动我的线条、色彩(包括黑白两色)的组合。

一定有人会因为我没有称之为"美"而感到惊讶。当然,对于那些把唤起人们审美感情的线、色的组合定义为"美"的人,我愿意表明,可以将我的话换成他们的定义。但是,我们之中的大多数人,无论用词多么严谨,都很容易使用性质形容词"美的"来形容某种不能唤起艺术品所能唤起的那种特殊感情的东西。我要问:虽然差不多人人都说过一只蝴蝶或一朵花是美的,但有谁对蝴蝶和花产生过他对一座教堂或一幅画所产生的感情呢?肯定地说,这种感情一般地说是对自然美的感情,而不是我们多数人感受到的我称之为审美感情的东西。后面我将提到有的人偶尔也许能在自然中见到我们在艺术中之所见,并对它产生审美感情。但是,我感到欣慰的是,一般地说,大多数人对鸟、花、蝴蝶翅膀的感情与对绘画、陶器、庙宇、塑像的感情是完全两样的。为什么这些美丽的东西不能像艺术品那样感动我们呢?这是另外的问题,不是审美的问题。为了我们直接的目的,我们唯一需要做的就是找出一切能像艺术品那样感动我们的物品的共性。在本章的最后一部分里,当我试着回答,"为什么我们能如此之深地为某些线、色的组合所感动?"这一问题时,希望对为什么其它东西不能如此令我们感动提供一个可以为人们所接受的解释。

如果我们把某种不能唤起独特审美感情的性质叫做"美",就会导致把能够唤起这种感情的性质亦称做"美"的错误。为了使美只作为审美感情的对象,我们必须给这个词下一个非常严格而且新颖的定义。谁都有把美用于非审美意思的时候；多数人习惯于这样做。大概除了各地的美学家外，多数人在用这个词时，通常都是从非审美角度去考虑的。在美的粗俗滥用中，有人独出心裁地用什么"美的狩猎"、"美的枪法"，这些我都不必予以考虑；让那些过分地讲究词句的人去回答吧。他们会说他们从未如此滥用过"美"。还有，在上述情况下，不存在混淆审美上的美与非审美上的美的危险。但是，当我们称一个女人很美时，这种危险就存在了，一般人谈美女，当然不单指从审美角度上打动他的美；但是，当艺术家称一个干瘪的老妪很美时，他的意思和称一段残断躯干雕像很美的意思是一样的。如果一个普通人很有审美鉴赏力，那么，他也会说残断躯干雕像很美，可是他绝不会说那个干瘪的老妪也是美的，因为，当他使用"美的"一词来形容女人时，这个词一般并不指老妪可能具有的那些审美性质，而是指它包含的另外一些性质。的确，我们大多数人从未梦想从人类得到审美情感，我们希求从人类得到的是一种与审美感情截然不同的东西。当我们在年轻女人身上发现这种东西时，就喻之为"美"。我们生活在美好的时代。对普通人来说，"美的"常常是"向往的"的同义词；这个词并不意味着任何审美的反映，我深信在许多人的心目中这个词在"性"方面的诱惑力比在美学上所说的"美"的诱惑力更大些。我注意到了一些人的一致看法。他们认为世界上最美的事莫过于有个漂亮女人，其次是有一幅画着美女的画。就审美的美与性感的美来说，它们容易被人混淆的程度也许不像人们想象的那样大，或许根本不存在这种混淆。原因是这些人可能从来没有产生过能与其它感情混淆的审美感情。他们称为"美的"艺术，一般是与女人紧密相关的。一张漂亮姑娘的照片就是一幅美的画，能激起歌剧中少女的歌声所激起的情绪的音乐就是美的音乐；能唤起二十年前写给院长女儿的诗所激起的感情的诗就是美的诗。很清楚，"美"一词通常总是被人们用来指那些引起过自己的某种突出的感情的对象。这正是我没有使用这个会使我和读者迷惑不解或误解的术语的原因。

另一方面，有一些人认为：更确切地说；应把唤起我们审美感情的各种组合、排列叫做"形式中的有意味的关系"，而不应叫做"有意味的形式"。而后，他们企图使这两个美学的和形而上学的词一致起来，并把这些形式间的关系叫做"节奏"。我对他们的这些提法没有任何异议。我已经清楚地讲过，我所指的"有意味的形式"，正是以独特方式来打动我们的各种排列、组合，我衷心希望与那些想以其它名字为这同一事物命名的同事们携手合作。

"有意味的形式"是艺术品之基本性质，这一假说，比起某些较之更著名、更引人注目的假说来，至少有一个为其它假说所不具有的优点——它确实有助于对本质问题的解释。我们都清楚，有些画虽使我们发生兴趣，激起我们的爱慕之心，但却没有艺术品的感染力。此类画均属于我称为"叙述性绘画"一类，即它们的形式并不是能唤起我们感情的对象，而是暗示感情，传达信息的手段。具有心理、历史方面价值的画像、摄影作品、连环画以及花样繁多的插图都属于这一类。显然，我们都认识到了艺术品与叙述性绘画的区别。难道不曾有人称一幅画既是一幅精彩的插图同时也是分文不值的艺术品吗？诚然，有不少叙述性绘画除具有其它性质外，也还具有形式意味，因为它们是艺术品；可是这类画中更多的却没有形式意味，它们吸引我们，或以上百种不同方式感动我们，但无论如何也不能从审美上感动我们。按照我的审美假说,它们算不上艺术品;它们不触动我们的审美情感。因为感动我们的不是它们的形式,而是这些形述所暗示,传达的思想和信息。

很少有比弗里斯的《帕丁顿火车站》更知名,更令人喜欢的绘画作品了。我绝不会说它不受大众欢迎。在多少个疲惫的四十分钟里,我揣摸着它那令人心旷神怡的细节。每个细节都使我联想到那缥缈的过去和那不可知的未来。可以肯定,这幅画虽是弗里斯的代表作或其翻版,而且给人们带来了无数个半小时的惊奇和如痴如狂的快感,但是,同样可以肯定,尽管这幅画里有绚丽多采的细节,尽管我们绝无理由说它画的不好,却没有一个人对它产生哪怕是半秒钟的审美情感。《帕丁顿火车站》不是艺术品,它只是一个有趣的、吸引人的文献。这幅画中的线条、色彩被用来列举轶事、传达思想、说明一个时期的风俗习惯,它们不是被用来唤起审美感情的。对于弗里斯来说,形式及形式间的关系并不是可以唤起感情的客体,而是传达思想,启发感情的手段。

《帕丁顿火车站》传达的思想和信息是如此娱人、如此恰如其分,致使这幅画有了相当高的价值并值得珍藏。但是,随着能够原原本本地反映事物的摄影和电影艺术的逐步发展,这一类绘画变得愈来愈多余了。一位《每日镜报》的摄影师与一位《邮报》记者合作,可以远比任何一位皇家院士所能告诉我们的"每日伦敦"的情况还要多。谁能怀疑这一点呢? 如果仅仅为描述风俗习惯,我们应朝着摄影再加上点儿出色的报导的方向发展,而不必朝着叙述性绘画方向发展。假使尼禄王朝的院士在壁画、镶嵌画中记录了当时的风俗习惯,而没有粗制滥造那些非常令人厌恶的古董仿制品的话,他们的作品即使没有艺术价值现在也成了历史珍品。要是这些画不是弗里斯的作品而是阿尔玛·塔德玛斯的作品就好了! 可是摄影技术使得任何现代毫无价值的艺术品不可能再招摇过市了。因此必须承认弗里斯式的传统画已经是多余的了,它们不过是让某些人浪费许多时间罢了——这些有才华的人原本可以从事更有益、贡献更大的工作。然而,这些画还不能说是令人不愉快的。可是对有的叙述性画还不能这样说,如《医生》这幅画就是很明显的例子。《医生》当然不是艺术品。其形式并不是唤起感情的客体,而是启发感情的手段,仅此一点就足以使它毫无价值了。更糟的是,它启发的感情是虚假的。这种感情不是怜悯、敬佩,而是我们自己慈悲和慷慨的自鸣得意之感,是一种多愁善感。艺术是高于道德的,或者恰切地说,一切艺术都是合乎道德的。正如我马上要阐明的,艺术是表达善的直接手段。一旦我们判定某物品是艺术品,我们已经从伦理上断定它是至关重要的,连伦理学家也对它望尘莫及。叙述性绘画并非艺术品,因此,它们也不一定是表达善的心理的手段,却恰恰是最能引起伦理哲学家注意的对象。《医生》不是件艺术品,它丝毫不具有其它一些能够唤起审美感情的客体所具有的极大道德价值。我内心对以插图为手段表现心理状态的做法一点也不感兴趣。

[原典英文节选] On the other hand, with those who judge it more exact to call these combinations and arrangements of form that provoke our aesthetic emotions, not "significant form," but "significant relations of form," and then try to make the best of two worlds, the aesthetic and the metaphysical, by calling these relations "rhythm," I have no quarrel whatever. Having made it clear that by "significant form" I mean arrangements and combinations that move us in a particular way, I willingly join hands with those who prefer to give a different name to the same thing.

The hypothesis that significant form is the essential quality in a work of art has at least one merit denied to many more famous and more striking—it does help to explain things. We are all familiar with pictures that interest us and excite our admiration, but do not move us as works of art. To this class belongs what I call "Descriptive Painting"—that is, painting in which forms are used not as objects of emotion, but as means of suggesting emotion or conveying information. Portraits of psychological and historical value, topographical works, pictures that tell stories and suggest situations, illustrations of all sorts, belong to this class. That we all recognize the distinction is clear, for who has not said that such and such a drawing was excellent as illustration, but as a work of art worthless? Of course many descriptive pictures possess, amongst other qualities, formal significance, and are therefore works of art: but many more do not. They interest us; they may move us too in a hundred different ways, but they do not move us aesthetically. According to my hypothesis they are not works of art. They leave untouched our aesthetic emotions because it is not their forms but the ideas or information suggested or conveyed by their forms that affect us.

Few pictures are better known or liked than Firth's "Paddington Station"; certainly I should be the last to grudge it its popularity. Many a weary forty minutes have I whiled away disentangling its fascinating incidents and forging for each an imaginary past and an improbable future. But certain though it is that Firth's masterpiece or engravings of it, have provided thousands with half-hours of curious and fanciful pleasure, it is not less certain that no one has experienced before it one half-second of aesthetic rapture—and this although the picture contains several pretty, passages of colour, and is by no means badly painted. "Paddington Station" is not a work of art; it is an interesting and amusing document. In it line and colour are used to recount anecdotes, suggest ideas, and indicate the manners and customs of an age: they are not used to provoke aesthetic emotion. Forms and the relations of forms were for Firth not objects of emotion, but means of suggesting emotion and conveying ideas.

延伸阅读

1. 克莱夫·贝尔的《艺术》(周金环,马钟元译,中国文艺联合出版公司,1984)是根据贝尔1949年第四次修订版翻译的,被选入李泽厚主编的"当代美学译文丛书"。此书前面有美学家腾守尧的《前言》,较为详细地揭示了贝尔的艺术哲学观点"艺术是有意味的形式"的基本内容,该文分"什么是有意味的形式","如何创造有意味的形式"以及"形式与意味的实质"三部分,这是了解贝尔艺术哲学较好的材料。

2. 蒋孔阳,朱立元主编的《西方美学通史》(上海文艺出版社,1999)第六卷《20世纪美学》,也重点介绍了贝尔的形式主义美学。

麦克卢汉

马歇尔·麦克卢汉(Marshall McLuhan, 1911—1980),20 世纪最富有原创性的传播学理论家,被誉为当代信息社会的"先知"。他在 60 年代初提出的"中介即信息论"、"重新部落化"、"感觉延伸"、"地球村"等论点,预言了半个世纪以来电子时代人类文化的惊人发展。要理解当今这个时代,不得不了解麦克卢汉在 60 年代初发表的这些重要思想。

麦克卢汉出生于加拿大艾伯塔省一个小镇,早年在曼尼托巴大学求学,1942 年获得英国剑桥大学三一学院英语文学博士学位,此后在北美多所大学执教英语文学,在这个时期他受一些先锋作家和文学理论家影响很深。

1951 年,麦克卢汉第一本传播学专著《机器新娘:工业人类的民谣》(*The Mechanical Bride: Folklore of Industrial Man*)出版,这本书广泛分析报纸、广播、电影和广告产生的社会冲击和心理影响,是麦克卢汉转入传媒研究的第一本书,没有引起多少注意。

20 世纪 60 年代初,麦克卢汉已是五十知天命之年,他的重要著作才开始陆续面世。1962 年出版的《古滕堡银河》(*The Gutenberg Galaxy*),标志着他的思想开始成熟。书中提出,德国人约翰奈斯·古滕堡于 1453 年创办了欧洲最早的印刷厂,欧洲文化由此进入了印刷时代,文艺复兴时代的巨星才得以涌现,形成群星灿烂的"星座效应"。麦克卢汉用印刷术的例子,证明一种重要的新媒介,会引起社会模式重组。媒介不仅仅是知识内容的载体,不是消极的、静态的,而是积极的、能动的,对文化发展会起关键性的作用。

两年后,1964 年,《理解媒介——论人的延伸》(*Understanding Media: The Extension of Man*)出版,书中提出"媒介即信息"的论点,引起强烈反响,由此麦克卢汉被誉为 20 世纪重要的思想家。但是当时麦克卢汉被认为是一个过于引起争议的作者,他的崇拜者大多是想抓住商机的企业界人士,还有热衷于拥抱新奇思想的大学生。现在称为"传播学"的领域,尚未充分发展,也未能在学院站稳脚跟,主流学术界觉得很难郑重对待麦克卢汉那些预言式的怪异思想。

此后麦克卢汉一再强调发展这个观点,写出《媒介即信息:效果清单》(*The*

Medium Is the Message：*An Inventory of Effects*，1969）麦克卢汉强调媒介传递的真正"信息"是媒介本身，而不是其内容，对受众的刺激：传播科技本身形式的发明或进步便是改革的动力。

麦克卢汉指出媒介是人体的延伸，传播媒介影响人的感官，进而影响整个心灵与社会；他认为人类历史上有三次基本的技术革新：首先是拼音文字的发明，打破了原始社会五官的平衡，突出了视觉的作用；然后是 15 世纪机械印刷的推广，进一步加快了感观失衡的进程；而 19 世纪中期发明电报，预告了电子时代的到来。在电子时代人的感官可能趋向平衡，人类重新"部落化"。媒介使人整合，回归整体思维的前印刷时代。麦克卢汉这个"部落化，非部落化，再部落化"（tribalization，de-tribalization，and re-tribalization）的演变观念，提出时理解者并不多，但是电子时代来临后，媒介的变化的确推动了社会关系的三阶段变化：七八十年代（在西方）是"电脑机房"部落化时代；八十年代个人电脑兴起，人们互相隔绝；九十年代后期网络开始兴盛，人们在虚拟空间"再部落化"。

麦克卢汉还提出：媒介有冷热之分，热媒介传递的信息比较清晰明确，无需更多感官和联想就能理解；冷媒介相反，信息含量少，但需多种感官联想配合理解。

麦克卢汉在 1968 年出版的《地球村中的战争与和平》（*War and Peace in the Global Village*）中提出"地球村"概念。在个人电脑、互联网、手机、卫星通信等技术尚未出现的时候，做出这样的预言，是很惊人的。

麦克卢汉这种敢于充分发挥想象力的"诗人气质"，使他的著作不太像传播学那么技术化，著作风格如神谕：出语惊人，论述趋向极端，这使有些传播学者视他为异端。"媒介即信息"这句名言对文学艺术研究者并不陌生。20 世纪上半期文学理论家，尤其是形式论-符号学学者对文学也有类似观念，例如雅克布森关于"诗性即符号自指"的观念。

麦克卢汉的看法之所以震惊世人，是因为媒介与传播一直被视为社会研究中的实证学科。用艺术的方式进行探索，就意味着传播的文化研究，不一定要采用社会学式的调查统计办法。麦克卢汉以诗人的想象力来观察传媒在现代社会的作用，他认为在传播技术飞速发展的新时代，我们如果不想成为文盲，就必须采取艺术家的态度。

原典选读

媒介即讯息（节选）

The Medium Is the Message　何迎宽，译

> 选文是麦克卢汉的《理解媒介——论人的延伸》的第一章。在《理解媒介》这本开拓性著作里，麦克卢汉再三强调"艺术和诗歌式观点"的重要："严肃的艺术家是仅有的能够在遭遇新技术时不会受到伤害的人，因为这样的人是认识感觉变化方面的专家。"这也是麦克卢汉值得文学系学生仔细阅读的一个原因。

　　我们这样的文化，长期习惯于将一切事物分裂和切割，以此作为控制事物的手段。如果有人提醒我们说，在事物运转的实际过程中，媒介即是讯息，我们难免会感到有点吃惊。所谓媒介即是讯息只不过是说：任何媒介（即人的任何延伸）对个人和社会的任何影响，都是由于新的尺度产生的；我们的任何一种延伸（或曰任何一种新的技术），都要在我们的事务中引进一种新的尺度。比如说，由于自动化这一媒介的诞生，人的组合的新型模式往往要淘汰一些就业机会，这是事实，是其消极后果。从其积极因素来说，自动化为人们创造了新的角色；换言之，它使人深深卷入自己的工作和人际组合之中——以前的机械技术却把这样的角色摧毁殆尽。许多人会说，机器的意义不是机器本身，而是人们用机器所做的事情。但是，如果从机器如何改变人际关系和人与自身的关系来看，无论机器生产的是玉米片还是卡迪拉克高级轿车，那都是无关紧要的。人的工作的结构改革，是由切割肢解的技术塑造的，这种技术正是机械技术的实质。自动化技术的实质则与之截然相反。正如机器在塑造人际关系中的作用是分割肢解的、集中制的、肤浅的一样，自动化的实质是整体化的、非集中制的、有深度的。

　　电光源的例子在这方面可以给人以启示。电光是单纯的信息。它是一种不带讯息（message）的媒介。除非它是用来打文字广告或拼写姓名。这是一切媒介的特征。这一事实说明，任何媒介的"内容"都是另一种媒介。文字的内容是言语，正如文字是印刷的内容，印刷又是电报的内容一样。如果要问"言语的内容是什么？"，那就需要这样回答："是实际的思维过程，而这一过程本身却又是非言语的（nonverbal）东西。抽象画表现的是创造性思维的直接显示，就像它们在电脑制图中出现的情况一样。然而，我们在此考虑的，是设计或模式所产生的心理影响和社会影响，因为设计或模式扩大并加速了现有的运作过程。任何媒介或技术的"讯息"，是由它引入的人间事物的尺度变化、速度变化和模式变化。铁路的作用，并不是把运动、运输、轮子或道路引入人类社会，而是加速并扩大人们过去的功能，创造新型的城市、新型的工作、新型的闲暇。无论铁路是在热带还是在北方寒冷的环境中运转，都发生了这样的变化。这样的变化与铁路媒介所运输的货物或内容是

毫无关系的。另一方面,由于飞机加快了运输的速度,它又使铁路塑造的城市、政治和社团的形态趋于瓦解,这个功能与飞机所运载的东西是毫无关系的。

我们再回头说说电光源。无论它是用于脑外科手术还是晚上的棒球赛,都没有区别。可以说,这些活动是电灯光的"内容",因为没有电灯光就没有它们的存在。这一事实只能突出说明一点:"媒介即是讯息",因为对人的组合与行动的尺度和形态,媒介正是发挥着塑造和控制的作用。然而,媒介的内容或用途却是五花八门的,媒介的内容对塑造人际组合的形态也是无能为力的。实际上,任何媒介的"内容"都使我们对媒介的性质熟视无睹,这种情况非常典型。只是到了今天,产业界才意识到自己所从事的是什么业务。国际商用机器公司发现,它的业务不是制造办公室设备或商用机器,而是加工信息;此后,它才以清楚的视野开辟新的航程。通用电器公司获取的利润,很大一部分靠的是制造灯泡和照明系统,它还没有发现,正如美国电话电报公司一样,它的业务也是传输信息。

电光这个传播媒介之所以未引起人们的注意,正是因为它没有"内容"。这使它成为一个非常珍贵的例子,我们可以用它来说明,人们过去为何没有研究媒介。直到电光被用来打出商标广告,人们才注意到它是一种媒介。可是,人们所注意的并不是电光本身,而是其"内容"(实际上是另一种媒介)。电光的讯息正像是工业中电能的讯息,它全然是固有的、弥散的、非集中化的。电光和电能与其用途是分离开来的,但是他们却消除了人际组合时的时间差异和空间差异,正如广播、电报、电话和电视一样,他们消除时空差异的功能是完全一致的,它们使人深深卷入自己所从事的活动之中。

如果描录莎士比亚的著作,我们可以编写一本相当完整的研究人的延伸的手册。有人会说,莎士比亚在《罗密欧与朱丽叶》的几句广为人知的台词中,是不是在指电视:

轻声!那边窗子里亮起来的是什么光?它欲言又止。①

和《李尔王》一样,《奥赛罗》与幻觉改变了的人的痛苦有关。《奥赛罗》的几句台词,说明莎士比亚对媒介改变事物的力量有一种直观的把握:

世上有没有一种引诱青年和少女失去贞操的邪术?罗德利哥,你有没有在书上读到过这一类的事情?②

《特罗伊罗斯与克瑞西达》几乎全部用来对传播进行心理和社会研究。莎士比亚在此表明他的认识:正确的社会和政治导航,有赖于能否预见革新产生的后果。他写了以下的台词:

什么事情都逃不过旁观者的冷眼,渊深没测的海底也可以量度得到,潜藏在心头的思想也会被人猜中。③

对媒介作用日益增长的认识——不论其"内容"或程序如何——在下面这一节表现烦恼的无名氏的诗歌中显露出来:

① 《罗密欧与朱丽叶》第二幕第二场,第三句话为著者所加。
② 《奥赛罗》第一幕第一场。
③ 《特罗伊罗斯与克瑞西达》第三幕第三场。

在现代思潮里,(即使事实并非如此)

不起作用的东西,确确实实存在;

只写隔靴搔痒的东西,也被看作是睿智有才。

　　与此相同的完整的轮廓意识,能揭示为何媒介是社会交往的讯息,这一认识在最新、最基础的医学理论中也出现了。汉斯·塞尔耶在《生活之压力》①中,述及同事听见他最新理论时的沮丧情绪:

　　我用这种那种不纯净的或有毒的物质做动物实验,以观察结果。当他看见我如痴如狂地描绘实验情况时,他用极其悲伤的眼神看着我,显然带着绝望的神情说:"可是塞尔耶,你应该知道自己在干什么,否则后悔就来不及了! 你做的决定,是搞那些脏东西的药理学,这要耗掉你的生命!"

　　塞尔耶在他的疾病的"压力"理论中研究的是整个环境。同样,媒介研究的最新方法也不光是考虑"内容",而且还考虑媒介及其赖以运转的文化母体。过去人们对媒介的心理和社会后果意识不到,几乎任何一种传统的言论都可以说明这一点。

　　几年前在圣母大学②接受荣誉学位时,萨诺夫(David Sarnoff)将军在演说中说:"我们很容易把技术工具作为那些使用者所犯罪孽的替罪羊。现代科学的产品本身无所谓好坏,决定它们价值的是它们的使用方式。"这是流行的梦游症的声音。假定我们说:"苹果馅饼无所谓好坏;决定它们价值的是如何吃。"或者说:"天花病毒无所谓好坏;决定其价值的是如何使用它。"又比如说:"火器本身无所谓好坏;决定火器价值的是使用火器的方法。"换言之,如果子弹落在好人手里,火器就是好的东西。如果电视显像管里用适当的武器向适当的人开火,武器技术就是好的东西。我这样说并不是刚愎自用。萨诺夫的话里,根本没有什东西,因为它忽视了媒介的性质,包括任何媒介和一切媒介的性质。它表现了人在新技术形态中受到的肢解和延伸,以及由此而进入的催眠状态和自恋情绪。萨诺夫将军接下来解释了他对印刷术的态度。他说,印刷术固然使一些垃圾得以流通,但是它同时又传播了《圣经》,宣传了先知和哲人的思想。萨诺夫将军从未想到,任何技术都不能给我们自身的价值增加什么是和非的东西。

　　希奥波尔德、罗斯托(W. W. Rostow)和加尔布雷思(Kenneth Galbraith)之类的经济学家多年来试图解释,古典经济学何以不能说明变革和增长。机械化自身有一个矛盾:虽然它是最大限度增长和变革的原因,可是机械化的原则又使增长不可能,又排除了理解变革的可能性。因为机械化的实现,靠的是将任何一个过程加以切分,并把切分的各部分排成一个序列。然而正如休姆③在 18 世纪里就证明的那样,单纯的序列中不存在因果原理。一事物紧随另一事物出现时,并不能说明任何因果关系。紧随其后的关系,除了带来变化之外,并不能产生任何东西。所以,最大的逆转与电能的问世同时发生,电能打破了事物

---

①　《特罗伊罗斯与克瑞西达》第三幕第三场。

②　圣母大学——即诺特丹大学,美国著名学府,天主教会办,位于印第安纳州北部。

③　休姆(David Hume,1711—1776)——苏格兰哲学家、史学家。

的序列,它使事物倏忽而来,转瞬即去。由于瞬息万变的速度,事物的原因又开始进入人们的知觉,正如过去它们在序列和连续之中出现时不曾被人觉察一样。人们不再问先有鸡还是先有蛋;突然之间,人们似乎觉得,鸡成了蛋想多产蛋的念头(A chicken is an egg's idea for getting more eggs)。

飞机速度接近音障的临界点时,机翼上的声波变成了可见波。声音行将消逝时突然出现的可见性足以说明存在所具有的美妙的模式。这一模式显示,早先形式的性能达到巅峰状态时,就会出现新颖的对立形式。机械化的切分性和序列性,在电影的诞生中得到了最生动的说明。电影的诞生使我们超越了机械论,转入了发展和有机联系的世界。仅仅靠加快机械的速度,电影把我们带入了创新的外形和结构的世界。电影媒介的讯息,是从线形连接过渡到外形轮廓。正是这一过渡产生了现已证明为十分正确的思想:"如其运转,则已过时"。(If it works, it's obsolete.)当电的速度进一步取代机械的电影序列时,结构和媒介的力的线条变得鲜明和清晰。我们又回到无所不包的整体形象。

对于高度偏重文字和高度机械化的文化来说,电影看上去是一个金钱可以买到的使人得意洋洋的幻影和梦幻的世界。在电影出现的时刻,立体派艺术出现了。戈姆布里克(E. H. Gombrich)在《艺术与幻觉》中,把立体派说成是"根绝含糊歧义,强加一种解读方式去理解绘画的、最极端的企图,而绘画则是一种人造的构图,一种有色彩的画布"。因为立体派用物体的各个侧面同时取代所谓的"视点",或者说取代透视幻象的一个侧面。立体派不表现画布上的第三维这一专门的幻象,而是表现各种平面的相互作用,表现各种模式、光线、质感的矛盾或剧烈冲突。它使观画者身临其境,从而充分把握作品传达的讯息。许多人认为这是绘画的操练,而不是幻觉的运用。

换言之,立体派在两维平面上画出客体的里、外、上、下、前、后等各个侧面。它放弃了透视的幻觉,偏好对整体的迅疾的感性知觉。它抓住迅疾的整体知觉,猛然宣告:媒介即是讯息。一旦序列让位于同步(sequence yields to the simultaneous),人就进入了外形和结构的世界,这一点还不清楚吗? 这一现象在物理学中发生过,正如在绘画、诗歌和信息传播中发生过一样,这一点难道不是显而易见吗? 对专门片断的注意转移到了对整体场的注意。现在可以非常自然地说:媒介即是讯息。在电的速度和整体场出现之前,媒介即是讯息这一现象并不显著。那时的讯息似乎是其"内容",因为人们总是爱问,画表现的是什么内容。然而,人们从来不想问,音乐的旋律表现的是什么内容;也不会想问,房子和衣服表现的是什么内容。在这样的东西中,人们保留着整体的模式感,保留着形式和功能是一个统一体的感觉。但是,在进入了电力时代之后,结构和外形这个观念已经变得非常盛行,以至于教育理论也接过了这个观念。结构主义的教育方法不再处理算术中专门的"问题",而是遵循数字场的力的外形,周旋于数论和"集合"之间。

红衣主教纽曼(Cardinal Newman)评价拿破仑时说:"他深谙火药的语法。"(He understood the grammar of gunpowder.)拿破仑还重视别的媒介,尤其重视旗语,这使他占了敌人的上风。据载他曾经说过:"三张敌对的报纸比一千把刺刀更可怕。"

托克维尔①是第一位深明印刷术和印刷品精义的人物,所以他才能解读出美国和法国即将发生的变革,仿佛他正在朗读一篇递到他手上的文章。事实上,法国和美国的 19 世纪对他来说正是一本打开的书,因为他懂得印刷术的语法。所以他也知道印刷术的语法何时行不通。有人问他既然谙熟英国、钦慕英国,为何不写一本有关英国的书。他回答道:

谁要是相信自己能在 6 个月之内对英国作出判断,那么他在哲理上一定是非常愚蠢的。要恰如其分地评价美国,一年的时间总是嫌短。获取对美国清晰而准确的观念比清楚而准确地了解英国,要容易得多。从某种意义上说,美国的一切法律都是从同一思想脉络中衍生出来的。可以说,整个社会只建立在一个单一的事实上;一切东西都导源于一个简单的原则。你可以把美国比作一片森林,许多道路贯穿其间,可是所有的道路都在同一点交汇。你只要找到这个交汇的中心,森林中的一切道路全都会一目了然。然而,英国的道路却纵横交错。你只有亲自踏勘过它的每一条道路之后,才能构建出一幅整体的地图。

托克维尔在较早一些的有关法国革命的著作中曾经说明,18 世纪达到饱和的出版物,如何使法国实现了民族的同一性。法国人从北到南成了相同的人。印刷术的同一性、连续性和线条性原则,压倒了封建的、口耳相传文化的社会的纷繁复杂性。法国革命是由新兴的文人学士和法律人士完成的。

然而,英国古老的习惯法的口头文化传统却是非常强大的,而且中世纪的议会制还为习惯法撑腰打气,所以新兴的视觉印刷文化的同一性也好,连续性也好,都不能完全扎根。结果,英国历史上最重要的事情就没有发生。换言之,根据法国革命的路线方针而组织的那种英国革命就没有发生。美国革命需要抛弃的,除了君主专制之外,没有中世纪的法律制度。许多人认为,美国的总统制已经变得比欧洲的任何君主制更加富有个人的色彩,已经比欧洲的君主制还要更加君主制了。

托克维尔就英美两国所做的对比,显然是建立在印刷术和印刷文化基础上的,印刷术和印刷文化创造了同一性和连续性。他说英国拒绝了这一原则,坚守住了动态的或口头的习惯法传统,因此而产生了英国文化的非连续性和不可预测性。印刷文化的语法无助于解读口头的、非书面的文化和制度的讯息。英国贵族被阿诺德②可怜巴巴地归入未开化的野蛮人,因为他们的权势地位与文化程度无关,与印刷术的文化形态无关。格罗切斯特郡的公爵在吉本③的《罗马帝国衰亡史》出版时对他说:"又一本该死的大部头的书,唉,吉本先生? 乱画一气、乱写一通、胡乱拼凑,唉,吉本先生?"托克维尔是精通文墨的贵族,他可以对印刷品的价值和假设抱一种超脱的态度。只有在这样的条件下,站在与任何结构或媒介保持一定距离的地方,才可以看清其原理和力的轮廓。因为任何媒介都有力量将其假设强加在没有警觉的人的身上。预见和控制媒介的能力主要在于避免潜在的自恋昏

---

① 托克维尔(Alexis de Tocqueville, 1805—1859)——法国政治家、旅行家、史学家。
② 阿诺德(Mathew Arnold, 1822—1888)——英国诗人、批评家、教育家。
③ 吉本(Edward Gibbon,1737—1794)——英国著名史学家,《罗马帝国衰亡史》是启蒙时期代表作,在近代史学中占重要地位。

迷状态。为此目的,唯一最有效的办法是懂得以下事实:媒介的魔力在人们接触媒介的瞬间就会产生,正如旋律的魔力在旋律的头几节就会施放出来一样。

[原典英文节选]　The instance of the electric light may prove illuminating in this connection. The electric light is pure information. It is a medium without a message, as it were, unless it is used to spell out some verbal ad or name. This fact, characteristic of all media, means that the "content" of any medium is always another medium. The content of writing is speech, just as the written word is the content of print, and print is the content of the telegragh. If it is asked, "What is the content of speech?" it is necessary to say, "It is an actual process of thought, which is in itself nonverbal." An abstract painting represents direct manifestation of creative thought processes as they might appear in computer designs. What we are considering here, however, are the psychic and social consequences of the designs or patterns as they amplify or accelerate existing processes. For the "message" of any medium or technology is the change of scale or pace or pattern that it introduces into human affairs. The railway did not introduce movement or transportation or wheel or road into human society, but it accelerated and enlarged the scale of previous human functions, creating totally new kinds of cities and new kinds of work and leisure. This happened whether the railway functioned in a tropical or a northern environment, and is quite independent of the freight or content of the railway medium. The airplane, on the other hand, by accelerating the rate of transportation, tends to dissolve the railway form of city, politics, and association, quite independently of what the airplane is used for.

Let us return to the electric light. Whether the light is being used for brain surgery or night baseball is a matter of indifference. It could be argued that these activities are in some way the "content" of the electric light, since they could not exist without the electric light. This fact merely underlines the point that "the medium is the message" because it is the medium that shapes and controls the scale and form of human association and action. The content or uses of such media are as diverse as they are ineffectual in shaping the form of human association. Indeed, it is only too typical that the "content" of any medium blinds us to the character of the medium. It is only today that industries have become aware of the various kinds of business in which they are engaged. When IBM discovered that it was not in the business of making office equipment or business machines, but that it was in the business of processing information, then it began to navigate with clear vision. The General Electric Company makes a considerable portion of its profits from electric light bulbs and lighting systems. It has not yet discovered that, quite as much as A. T. &T. , it is in the business of moving information.

The electric light escapes attention as a communication medium just because it has no "content". And this makes it an invaluable instance of how people fail to study media at all. For it is not till the electric light is used to spell out some brand name that it is noticed as a medium. Then it is not the light but the "content" (or what is really another medium) that is noticed. The message of the electric light is like the message of electric power in industry, totally radical, pervasive, and decentralized. For electric light and power are separate from their uses, yet they eliminate time and space factors in human association exactly as do radio, elegraph, telephone, and TV, creating involvement in depth.

A fairly complete handbook for studying the extensions of man could be made up from selections from Shakespeare. Some might quibble about whether or not he was referring to TV in these familiar lines from *Romeo and Juliet*:

But soft! what light through yonder window breaks?

It speaks, and yet says nothing.

延伸阅读

1.《理解媒介》是一本历经半个世纪没有过时的书,值得全读。有何道宽的中译本(商务印书馆,2007)。选文的中译文即采自此书。英文原本 *Understanding Media*: *The Extension of Man*, New York: McGraw-Hill, 1964。

2. 菲利普·马尔尚所著《麦克卢汉:媒介及信使》(何道宽译,中国人民大学出版社,2003)。英文原本 *Philip Marchand*, *Marshall McLuhan*: *The Medium and the Messenger*. Random House, 1989。这是至今麦克卢汉的传记中最适合一般读者阅读的一本。

3. 埃里克·麦克卢汉,弗兰克·秦格龙编《麦克卢汉精粹》(何道宽译,南京大学出版社,2001)。埃里克·麦克卢汉是麦克卢汉的儿子,在麦克卢汉生前埃里克已经多次担任他的研究助理,所以不是以亲属身份而是以专家身份编这本书。

20 世纪文学/文化理论术语与人名表

A

Abduction　试推法（Pierce）

Abjection　贱弃（Kristeva）

Absent　缺场，不在场

Action　行动,情节

Addressee　接收者

Addresser　发送者

Adorno, T　阿多尔诺

Advertisement industry　广告工业

Aesthetic colonization　审美殖民化（Jameson）

Aesthetic Ideology　审美意识形态（Eagleton）

Aesthetic of cognitive mapping　认知图绘美学
　（Jameson）

Aesthetic sensitivity　审美感性

Aesthetic　美学的,艺术的（审美的）

Aesthetics of Redemption　救赎美学（Wolin）

Affect　效果、影响

Affective Fallacy　感受谬见（Wimsatt）

Agency　行动主体性

Agent　行动者,行动主体

Alienation effect　间离效果（德文 verfremdungseffekt）
　（Brecht）

Alienation　异化

Allegory　寓言（Benjamin）

Alter-ego　他我

Althusser, L　阿尔都塞

Ambiguity　含混（Empson）

Ambivalence　模糊价值,矛盾价值

Analog　同构体

Analogy　同构

Analytical Psychology　分析心理学（Jung）

Androcentrism　男性中心主义

Androgyny　雌雄同体

Anima　阿尼玛（Jung）

Animus　阿尼姆斯（Jung）

Anthropocentrism　人类中心论

Anti-essentialism　反本质主义

Antimetaphor　反喻

Anti-Oedipus　反俄狄浦斯（Deleuze & Guattari）

Antonym　反义词

Anxiety of influence　影响焦虑（Bloom）

Aphasia　失语症（Jakobson）

Appelation　询唤（Althusser）

Appraisive　评价的（Morris）

Appropriations　挪用

Arbitrariness　任意性（武断性）（Saussure）

Arcade　拱廊街（Benjamin）

Archeology of Knowledge　知识考古学（Foucault）

Archetype　原型（Jung）

Articulation　分节

Artificial　人造的

Artistic Autonomy　艺术自律

Artworld　艺术界（Danto）

Association　联想

Attention Economy　注意力经济

Audience Segmentation　受众分割

Audience　受众

Auditory　听觉的

Aura　灵韵（Benjamin）

Authenticity　本真性

Authoritarianism　极权主义

Authorization　授权（Bourdieu）

Auto-communication　自我传播

Automatisation　自动化

Autonomy　自足论

Autopoiesis　自动创造

Avante-garde　先锋

Axiological　价值论的

B

Bakhtin, M. 巴赫金

Bally, C. 巴利

Baroque 巴洛克

Barthes, R 巴尔特

Base and superstructure 基础与上层建筑

Baudrillard, J 博得利亚

Bazin, A 巴赞

Becoming 生成

Becoming 生成（Deleuze & Guattari）

Behavourism 行为主义

Being 存在

Bell, C 贝尔

Benjamin, W 本雅明

Bilateral interaction 双边互动

Binarism 二分式

Binary 二元

Biopolitics 生命政治（Foucault）

Biopower 生命权力（Foucault）

Bloch, E 布洛赫

Bloomfield, L 布隆菲尔德

Bloomsbury Group 布鲁姆斯伯里团体

Bourdieu, P 布迪厄

Bricoleur 拼合（Levi-Strauss）

Brooks, C 布鲁克斯

Buhler, K 毕勒

Bullough 布洛

Bureaucratization 官僚化

C

canonization 经典化

Carnival 狂欢（Bakhtin）

Case Study 个案研究

Cassirer, E 卡西勒

Category 范畴

Catharsis 净化

Causality 因果性

Censorship 监查（Freud）

Ceremony 仪式

Channel 渠道

Chatman, S 恰特曼

Chicago School 芝加哥学派

Chomsky, N. 乔姆斯基

Chora 子宫间（Kristeva）

Chronemics 时间符号学

Circulation 流通（Greenblatt）

Civil Society 市民社会

Civilization 文明

Class consciousness 阶级意识（Lukács）

Classeme 类素

Classification 分类

Code 符码

Codification 符码化

Cognition 认知

Collective unconsciousness 集体无意识（Jung）

Commodification 商品化

Commodity 商品

Commodity Fetishism 商品拜物教

Commonwealth literature 国民文学（Williams）

Communication Rationality 交往理性（Habermas）

Communication 传达，交往（Habermas）

Community 社群，共同体

Commutation 替换

Competence 能力（Chomsky）

Conative 意动

Conceit 曲喻

Concept 概念

Concrete universal 具体共相（Wimsatt）

Concretization 具体化（Ingarden）

Condensation 浓缩

Configuration 图形

Conglomeracy 集团化

Connective being 互联个体

Connotation 内涵

Connotative 内涵的

Conspiracy theory 合谋理论

Constance School 康斯坦茨学派

Constellation 星座化（Benjamin）

Consumativity 消费性（Baudrillard）

Consumer Society 消费社会（Baudrillad）

Contact 接触

Contemplation 观照

Contemporaneity 当代性

Context 语境

Contextualism 语境论（Richards）

Contiguity 邻接

Contingency 偶然性

Continuity 邻接（Jakobson）

Convention 规约

Conversion 翻转

Coquet, J 高盖

Correlative　对应物

Correspondences　应和（Baudelaire）

Creative Prejudice　创造性偏见

Creativity economy　创意经济

Critical consciousness　批判意识

Critical theory　批判理论,批评理论

Critique of Ideology　意识形态批判

Critique　批判（Benjamin）

Culler, J　卡勒

Cult value　膜拜价值

Cultural Anthropology　文化人类学

Cultural Capital　文化资本（Bourdieu）

Cultural hegemony　文化霸权（Gramsci）

Cultural materialism　文化唯物主义（Williams）

Culture Industry　文化工业（Adorno & Hockheimer）

Cyber Space　赛博空间

Cybernetics　控制论

Cybernetization　赛博化

D

Dasein　此在（Heidegger）

Debord,G　德波

Decentring　去中心化

De-chronization　非时序化

Decoding　解码

Deconstructionism　解构主义

Decorum　合式

Deep description　深描（Geertz）

Deep structure　深层结构

Defamiliarization　陌生化

Della-Volpe　德拉-沃尔佩

Demetaphorization　消比喻化

Denotation　外延,直指

Denotative　外延的

Deontic　有义务的

Depthlessness　无深度

Derealization　去现实化

Derrida, J　德里达

Designation　指示

Desiring-Machines　欲望机器（Deleuze & Guattari）

Deterritorialisation　解辖域化（Deleuze & Guattari）

De-tribalization　非部落化（McLuhan）

Diachronic　历时性（Saussure）

Diagrammic　图表的（Peirce）

Dialectic　辩证法

Dialogic　对话

Dichotomy　二分式

Diegesis　叙述

Différance　延异（Derrida）

Difference　差异

Differentia of Literature　文学特异性

Differentiation　分化

Diffusion　扩散

Digression　枝蔓

Dilthey, W　狄尔泰

Disambiguation　消除含混

Discipline　规训（Foucault）

Discourse　话语

Disembodiment　脱体

Disinterestedness　非功利

Disjunction　脱节

Displacement　置换（Freud）

Disposition　性情（Bourdieu）

Disruption　断裂

Dissipative structure　耗散结构（Lotman）

Distinction　分别（Bourdieu）

Distributive　同层次的

Divine madness　迷狂

Dominant Ideology　主导意识形态（Williams）

Dominant　主导（Jakobson）

Double articulation　双重分节（Martinet）

Double　复本

Dragging effect　滞后效应

Dramatism　戏剧化论（Burke）

Duration　时长

Durée　绵延（Bergson）

Dystopia　反乌托邦

E

Eagleton,T　伊格尔顿

Eco, U　艾柯

Ego consumans　消费自我（Baudrillard）

Ego　自我（Freud）

Eidos　表相

Eikhenbaum,B　艾亨鲍姆

Elective affinities　亲和力

Electra Complex　厄勒克特拉情结（Freud）

Eliot, T. S　艾略特

Ellipsis　省略

Emancipation　解放

Emergent culture　突显文化

Emic　符位的

Empson,W　燕卜森

Encoding　编码

Enlightenment　启蒙

Entertainment industry　娱乐工业

Entropy　熵

Epic theatre　史诗剧(Brecht)

Episodic　片段式

Epistèmé　知识型(Foucault)

Epistemological Rupture　认知断裂

Epistemology　认识论

Epoche　加括号(Husserl)

Erasure　擦抹(Derrida)

Erotics　色情学(Barthes)

Essentialism　本质主义

Estrangement effect　间离效果

Eternal Return　永恒轮回(Nietzsche)

Ethics　伦理学

Ethnic identity　族群身份

Ethnicity　族裔

Ethnography　民族志

Etic　符形的

Etymology　词源学

Euphemism　委婉语

Exchange value　交换价值(Baudrillard)

Exegesis　解经

Exhibition value　展示价值

Existentialism　存在主义,存在论

Expression　表现

Extension　外包

F

Fairy tales　民间故事

Fake　造假

Fallacy　谬见

Falsification　证伪

Family resemblance　家族相似(Wittgenstein)

Fashion　时尚

Feedback　反馈

Femininity　女性气质

Feminism　女性主义

Fenollosa,E　费诺罗萨

Fictionality　虚构性

Field　场域(Bourdieu)

Figure　修辞格

Finance capital　金融资本

Firstness　第一性(Pierce)

Fish,S　费什

Flashback　倒述

Flashforward　预述

Focalization　聚焦(Genette)

Focus group　焦点集团

Force field　力量场域

Fore-conception　先概念(Kristeva)

Foregrounding　前推

fore-having　先有(Kristeva)

Foreshadowing　伏笔

fore-sight　先见(Kristeva)

Forgery　赝品

Foucault,M　福柯

Fracture　破绽

Frankfurt School　法兰克福学派

Free society　自由社会

Freud,S.　弗洛伊德

Fry,R　弗莱

Frye, N　弗赖

Function　功能

Fusion of horizons　视野的融合(Gadamer)

Fuzzy sets　模糊集

G

Gadamer　加达默尔

Gatekeeper　把关人

Gaze　凝视(Lacan)

Gender Performance　性别表演(Butler)

Genealogy　谱系学

Generic　门类的

Genetic　发生的

Genette,G　热奈特

Genre　门类,体裁

Geopolitical aesthetics　地缘美学(Jameson)

Gestalt　格式塔

Global perspective　全球视角

Global world system　全球世界体系

Gombrich,E　贡布里希

Grammatology　书写学(Derrida)

Gramsci,A　葛兰西

Grand Narrative　宏大叙事(Lyotard)

Grapheme　图素

Greimas, A　格雷马斯

Guattari,F　加塔利

Gustatory　味觉的

Gynocentric　女性中心

Gynocriticism　女性批评

H

Habitus　习性(Bourdieu)

Halliday, M　韩礼德

Halo-Effects　光环效应

Hegemony　霸权

Heidegger, M　海德格尔

Heresy　误说

Hermeneutics　诠释学

Heterogeneity　异质性

Heterogeneous　异质的

Heteroglossia　杂语(Bakhtin)

Hierarchical　层控的,层次的

High Culture　高雅文化

High tech paranoia　高新技术妄想狂

Hirsch, E　赫许

Historicism　历史主义

Historicity　历史性

Historicity of texts　文本的历史性

Universality　普遍性

Historiography　历史写作

Hjelmslev, L.　叶尔姆斯列夫

Homogeneity　同质性

Homogeneous　同质的

Homology　同型

Horizon　视阈

Horizon of expectations　期待视野(Gadamer)

Horkheimer, M　霍克海默

Humanism　人文主义

Hume　休谟

Husserl, E　胡塞尔

Hybridity　混杂

Hyperreal　超真实(Baudrillad)

Hypertext　超文本

Hypoicon　亚相似符号(Pierce)

Hyposeme　亚素符(Peirce)

Hypotext　次生文本,潜文本(Kristeva)

Hysterical sublime　歇斯底里的崇高(Jameson)

I

Icon　像似符(Pierce)

Iconicity　像似性(Pierce)

Iconography　图像学

Id　本我(Freud)

Idea　观念,理念

Identical sign　绝似符号

Identity　身份/认同

Identity politics　身份政治学

Ideogram　表意文字

Ideograph　指事字

Ideology　意识形态

Ideology of consumption　消费意识形态

Ideology of technicality　技艺意识形态

Image　形象

Imaginal　形象的(Pierce)

Imaginary Community　想象共同体(Anderson)

Imaginary Institution　想象制度(Castoriadis)

Imaginary Order　想象界(Lacan)

Imagination　想象,形象思维

Imagism　意象派

Imitation　模仿

Immanence　临即性,内在性

Imminent critique　内在性批判

Implied author　隐含作者(Booth)

Implied metaphor　潜喻

Implied reader　隐含读者(Booth)

Implosion　内爆(Baudrillard)

Impressionism　印象批评,印象主义

Incongruity　不相容(Richards)

Indeterminacy　不定点(Ingarden)

Index(pl. indices)　指示符(Pierce)

Indexicality　指示性

Individuality　个体性

Induction　归纳法

Information　信息

Informativity　信息性

Ingarden, R　英伽登

Institution　制度,体制

Institutionization　制度化

Instrumental Rationality　工具理性

Intension　内包

Intention　意向(Husserl)

Intentional Fallacy　意图谬见(Wimsatt)

Intentionality　意向性(Husserl)

Intentionally Fallacy　意图谬见(Wimsatt)

Internalized terror　内在化恐怖(Lefebvre)

Interpellation　询唤(Althusser)

Interpersonal communication　人际传播

Interpretant　解释项(Pierce)

Interpretation　解释

Moment-Site　此刻场（Heidegger）

Monologue　独白

Morpheme　词素

Morphology　形态学,词法

Morris,C　莫里斯

Motif　情节素

Motivation　理据性（Saussure）

Mukarovsky,J　穆卡洛夫斯基

Multiculturalism　多元文化主义

Multimedia　多中介,多媒体

Multinational Capital　跨国资本

Mysticism　神秘主义

Myth　神话

Mytheme　神话素

Mythic-Archetypal　神话-原型（Frye）

N

Name of the Father　父之名（Lacan）

Narratee　叙述接收者

Narrative　叙述

Narrativity　叙述性

Narratology　叙述学

Nation　民族

Nation-State　民族-国家

Naturalization　自然化

Necessity　必然性

Negotiation　协商

Neo-Historicism　新历史主义

New sensibility　新感性（Marcuse）

Nihilism　虚无主义

Noema　所思（Husserl）

Noesis　能思（Husserl）

Noetic Field　能思域（Husserl）

Noise　噪音

Nomad　游牧（Deleuze & Guattari）

Nominalism　唯名论

Readerly text　可读性文本（Barthes）

Normative　规范性的

Nostalgia Modern　怀旧模式

Notation　记录法

O

Object content　客观内容（Benjamin）

Object Form　物品形式（Baudrillard）

Object　对象（Peirce）物（Baudrillard）

Objectification　外化

Objective Correlative　客观对应物（Eliot）

Objectivism　客观主义

Objectivity　客观性

Oedipus Complex　俄狄浦斯情结（Freud）

Olfactory　嗅觉的

Onomatopoeia　拟声词

Ontology　本体论

Opoyaz　彼得堡语言研究会

Optical　光学的

Organic Intellecturals　有机知识分子

Organic Society　有机社会

Organism　有机论

Organon　研究法

Orientalism　东方主义（Said）

Overcoding　过度编码（Eco）

Overdetermination　多元决定（Althusser）

Overstatement　夸大陈述

P

Panopticism　全景敞视主义（Foucault）

Pansemiotism　泛符号论

Paradigm shift　范式转换

Paradigm　范式,聚合段

Paradigmatic　聚合的

Paradox　悖论

Paralanguage　类语言

Paraphrase　意释

Parataxis　并置

Parody　戏仿

Parole　言语（Saussure）

Patriarchy　父权

Peirce,C　皮尔斯

Perception　感知

Performance　演示（Chomsk,Goffman）

Performative　述行（Austen）

Performativity　表演性（Butler）

Periodization　分期

Persona　面具

Personality　人格面具（Jung）

Personalization　人格化

Perspective　角度

Persuasive　劝服

Phallus　菲勒斯（Lacan）

Phantasm　幻象

Phatic　接触性的,交际的（Jakobson）

Phenomenology　现象学

Philology　语文学

Phoneme　音位

Phonology　音位学

Piaget　皮亚杰

Pictogram　图画文字

Pluralism　多元主义

Plurality　多元性

Poetic discourse　诗性话语

Poeticalness　诗性

Point of presence　临在之点

Political Unconscious　政治无意识(Jameson)

Polymodality　多态性

Polyphony　复调(Bakhtin)

Polysemy　多义

Popular music　流行音乐

Position　位置

Positioning　在位(Althusser)

Post-Colonialism　后殖民主义

Post-Structuralism　后结构主义

Power　权力

Power-Knowledge　权力-知识(Foucault)

Practical philosophy　实践哲学

Pragmatics　符用学,语用学

Pragmatism　实用主义

Praxis　实践

Predicative　表语性

Presence　在场(Derrida)

Presentation　呈现

Presupposition　预设

Pretext　前文本

Pre-understanding　前理解(Heidegger)

Prieto, L　普利托

Print-capitalism　印刷资本主义(Anderson)

Privileges　特许权

Propp, V　普洛普

Prototype　基型

Proximics　空间符号学

Pseudo-Enironment　拟态环境

Pseudo-statement　拟陈述(Richards)

Psychical distance　心理距离

Psychoanalysis　精神分析

Psychologism　心理主义

Public Sphere　公共领域(Habermas)

Publicity　公共性

Punctum　刺点(Barthes)

Q

Qualisign　质符(Pierce)

Queer　酷儿

R

Radical Politics　激进政治学

Ramification of meaning　意义歧出

Random　随机

Ransom, J　兰色姆

Ratio dificilis　难率(Eco)

Ratio facilis　易率(Eco)

Rationality　合理性

Reader response theory　读者反应理论

Real Order　现实界(Lacan)

Realism　实在论,现实主义

Reception Aesthetics　接受美学(Jauss)

Reception Theory　接受理论

Redundancy　冗余

Reference　指称

Referent　指称物

Reflection　反映

Reification　物化

Relativism　相对主义

Reliability　可靠性(Booth)

Remark　评注(Benjamin)

Remetaphorisation　再比喻化

Replaceable　可替代的

Replica　副本(Eco)

Representamen　再现体(Peirce)

Representation　再现

Reproduction　再生产

Residual culture　剩余文化

Re-tribalization　再部落化(McLuhan)

Revision　修正

Rhetoric　修辞

Rhizome　块茎(Deleuze & Guattari)

Richards, I　瑞恰慈

Riffaterre, M　理法台尔

Rimmon-Kenan, S　里蒙-凯南

Ritual　仪式

Russian formalism　俄国形式主义

S

Sameness　相同性

Sampling　抽样

Sartre, J　萨特

Saussure, F　索绪尔

Scheme　图示

Schizophrenia　精神分裂

Sebeok, T　西比奥克

Sechehaye, M　塞切哈耶

Secondary literature　次生文学

Secondary　次生的

Secondness　第二性（Peirce）

Self-begetting　自我生成

Self-fashioning　自我塑造（Greenblatt）

Self-image　自我形象

Semanalyse　符号心理分析（Kristeva）

Semantics　符义学,语义学

Semantization　语义化

Semiosis　符号过程（Peirce）

Semiotization　符号化

Semisphere　符号域（Lotman）

Sender　发出者

Sense of self　自我意识

Sense　意思

Sensibility　感觉性

Set　集合

Sexual Politic　性政治（Mitchell）

Shadow　阴影（Jung）

Shklovsky, V　什克洛夫斯基

Shleiermacher, F　施莱尔马赫

Shock　震惊（Benjamin）

Shock experience　震惊经验

Signal　信号

Significance　意味（Hirsch）

Significant Form　有意味的形式（Bell）

Signification　表意

Signified　所指（Saussure, 法文 signifié）

Signifier　能指（Saussure, 法文 signifiant）

Similarity　像似

Simulacra　仿真（Baudrillard）

Simulacrum　拟像（Baudrillard）

Simulation　模拟（Baudrillard）

Sinsign　单符

Society of Spectacle　景观社会（Debord）

Somatic　身体的

Sontag, S　桑塔格

Sovereignty　主权

Spatial form　空间形式（Franks）

Specificity of the Aesthetic　审美特性（Lukacs）

Speech Act　言语行为（Austin）

Spiral of Silence　沉默螺旋

Stadium　展面（Barthes）

Standardization　标准化

Star system　明星体制

State Apparatuses　国家机器（Althusser）

Structuration　构筑

Structure of Feeling　情感结构（Williams）

Stylistics　风格学,文体学

Subaltern　属下/属下阶层

Subindex　次指示符（Peirce）

Subject　主体

Subjectivity　主体性

Sublime　崇高（Freud）

Substance　实质

Substitution　替代（Freud）

Super-Ego　超我（Freud）

Superposition　意象叠加（Pound）

Supersign　超符号

Supposition　设定

Surface structure　表层结构

Surplus Value　剩余价值

Suture　缝合

Syllogism　三段论

Symbiosis　共生

Symbol　规约符（Peirce）,象征,符号

Symbolic act　象征行为（Jameson）

Symbolic action　象征行动（Burke）

Symbolic capital　符号资本（Bourdieu）

Symbolic confinement　符号分圈（Bourdieu）

Symbolic order　象征界（Lacan）

Symmetric Reciprocity　对称性互惠（Heller）

Symptomatic Reading　症候式阅读（Althusser）

Synaesthesia　通感

Synchronic　共时性（Saussure）

Synecdoche　提喻

Syntactics　符形学（Morris）

Syntagmatics　横组合关系（Saussure）

System Theory　体系理论（Luhman）

Systemacity　系统性

T

Taboo　禁忌

Tactile　触觉的

Tate, A.　退特

Tautology　重复

Technoculture　技术文化

Technological rationality　技术合理性

Telematics　信息通讯

Telepathy　遥感

Tenor　所喻（Richards）

Tension　张力（Tate）

Territorialization　辖域化（Deleuze & Guattari）

Text　文本

Textuality　文本性

Texture　肌质（Ransom）

Thanatos　死亡本能（Freud）

Thirdness　第三性（Peirce）

Time lag　时滞

Todorov, T.　托多洛夫

Token　个别符

Topology　拓扑学（Kristeva）

Totality　整体性

Totem　图腾

Trace　踪迹（Derrida）

Transformation　转换（Chomsky）

Translatability　可译性

Transmutation　变换

Transparency　透明

Transsemiotic　超符号体系的

Trauerspiel　悲苦剧（本雅明）

Travesty　滑稽

Triadic　三分的

Tribalization　部落化（McLuhan）

Trope　修辞格

Trubetskoi, N　特鲁别茨柯伊

Truth content　真理内容（Benjamin）

Truth-value　真值

Tynianov, J　特尼亚诺夫

Type　类型符

Typicality　典型性

Typification　典型化

Typology　类型学

U

Ubiquity　普遍性

Undercoding　不足解码（Eco）

Understantement　克制陈述

Unilateral semiosis　单向符号过程

Universal　共项

Universalism　普适主义

Universality　普遍性

Untragic drama　非悲剧性戏剧

Use value　使用价值（Baudrillard）

Utterance　言说

V

Validity　有效性

Value-judgment　价值判断

Variable　变量

Variant　变体

Vehicle　能喻（Richards）

Verbal　语言的

Verbal Icon　语象（Wimsatt）

Verisimilitude　逼真性

Virtuality　虚拟性

Visual　视觉的

Vocal　嗓音的，有声的

Voloshinov, V.　沃洛辛诺夫

Vorticism　漩涡派

W

Warhol, A　沃霍尔

Warren, R　沃伦

Weber, M　韦伯

Wellek, R　韦勒克

Wholeness　完整性

Will to Power　权力意志（Nietzsche）

Williams, R　威廉斯

Wimsatt, W　维姆赛特

Wit　理趣

Wittegenstein, L　维特根斯坦

Wolin, R　沃林

Writerly text　可写性文本（Barthes）

Z

Zero sign　零符号（Sebeok）

Zero-dimentionality　零维度

Zizek, S　齐泽克

Zooming-In　瞄准